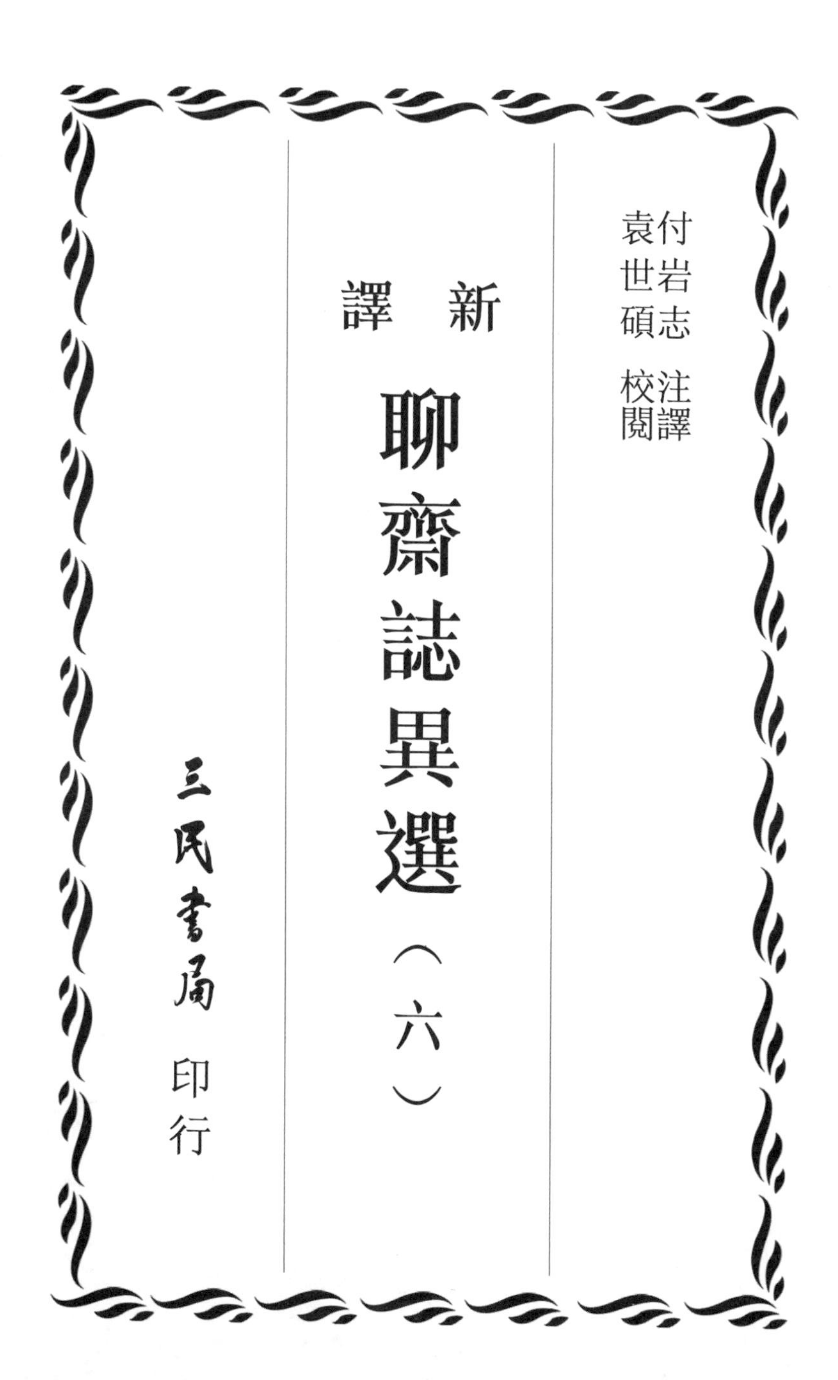

付岩志 注譯
袁世碩 校閱

新譯聊齋誌異選（六）

三民書局 印行

國家圖書館出版品預行編目資料

新譯聊齋誌異選／付岩志注譯,袁世碩校閱.－－初版二刷.－－臺北市：三民，2020
面；　公分.－－(古籍今注新譯叢書)

ISBN 978-957-14-5676-8（第六冊:平裝）

857.27　　100022409

古籍今注新譯叢書

新譯聊齋誌異選（六）

注譯者　付岩志
校閱者　袁世碩

發行人　劉振強
出版者　三民書局股份有限公司
地　址　臺北市復興北路 386 號（復北門市）
　　　　臺北市重慶南路一段 61 號（重南門市）
電　話　(02)25006600
網　址　三民網路書店 https://www.sanmin.com.tw

出版日期　初版一刷 2012 年 8 月
　　　　　初版二刷 2020 年 11 月
書籍編號　S033480
ISBN　978-957-14-5676-8

三民書局

新譯聊齋誌異選　目次

第六冊

林氏

濟南戚安期，素佻達❶，喜狎妓，妻婉戒之，不聽。妻林氏，美而賢。會北兵❷入境，被俘去。暮宿途中，欲相犯。林偽諾之。適兵佩刀繫床頭，急抽刀自剄死；兵舉而委諸野。次日，拔舍去❸。有人傳林死，戚痛悼而往。視之，有微息。負而歸，目漸動；稍稍嚬呻❹；扶其項，以竹管滴瀝灌飲，能咽。戚撫之曰：「卿萬一能活，相負者必遭凶折❺！」半年，林平復如故；但首為頸痕所牽，常若左顧。戚不以為醜，愛戀逾於平昔，曲巷❻之遊，從此絕跡。林自覺形穢，將為置媵；戚執不可。

居數年，林不育，因勸納婢。戚曰：「業誓不二，鬼神寧不聞之？即嗣續不承，亦吾命耳。若未應絕，卿豈老不能生者耶？」林乃託疾，使戚獨宿；遣婢海棠，襆被臥其床下。既久，陰以宵情問婢。婢言無之。

林不信。至夜，戒婢勿往，自詣婢所臥。少間，聞床上睡息已動。潛起，登床捫之。戚醒，問誰，林耳語曰：「我海棠也。」戚卻拒曰：「我有盟誓，不敢更也。若似曩年，尚須汝奔就耶？」林乃下床出。戚自是孤眠。

林使婢託己❼往就之。戚念妻生平曾未肯作不速之客，疑焉；摸其項，無痕，知為婢，又咄之。婢慚而退。既明，以情告林，使速嫁婢。林笑云：「君亦不必過執❽。倘得一丈夫子❾，即亦幸甚。」戚曰：「苟背盟誓，鬼責將及，尚望延宗嗣乎？」

林翼日❿笑語戚曰：「凡農家者流，苗與秀不可知，播種常例不可違。晚間耕耨之期至矣。」戚笑會之。既夕，林滅燭呼婢，使臥己衾中。戚入就榻，戲曰：「佃人來矣。深愧錢鎛⓫不利，負此良田。」婢不語。既而舉事，婢小語曰：「私處小腫，顛猛不任！」戚體意溫恤之。事已，婢偽起溺，以林易之。自此時值落紅，輒一為之，而戚不知也。

未幾，婢腹震。林每使靜坐，不令給役於前。故謂戚曰：「妾勸內婢，而君弗聽。設爾日⑫冒妾時，君誤信之，交而得孕，將復如何？」戚曰：「留犢鬻母。」林乃不言。無何，婢舉一子。林暗買乳媼，抱養母家。積四五年，又產一子一女。長子名長生，已七歲，就外祖家讀。林半月輒託歸寧⑬，一往看視。婢年益長，戚時時促遣之。林輒諾。婢日思兒女，林從其願，竊為上鬟⑭，送詣母所。謂戚曰：「日謂我不嫁海棠，母家有義男⑮，業配之。」

又數年，子女俱長成。值戚初度⑯，林先期治具，為候賓友。戚嘆曰：「歲月鶩過⑰，忽已半世。幸各強健，家亦不至凍餒。所闕者，膝下⑱一點。」林曰：「君執拗，不從妾言，夫誰怨？然欲得男，兩亦非難，何況一也？」戚解顏曰：「既言不難，明日便索兩男。」林言：「易耳，易耳！」早起，命駕至母家，嚴妝⑲子女，載與俱歸。入門，令雁行立，呼父，叩祝千秋⑳。拜已而起，相顧嬉笑。戚駭怪不解。林曰：

「君索兩男，妾添一女。」始為詳述本末。戚喜曰：「何不早告？」曰：「早告，恐絕其母。今子已成立，尚可絕乎？」戚感極，涕不自禁。乃迎婢歸，偕老焉。古有賢姬，如林者，可謂聖矣！

【注釋】❶佻達 語出《詩經・鄭風・子衿》：「挑兮達兮，在城闕兮。」輕薄無行的意思。❷北兵 清兵。❸拔舍去 拔營離開。❹嚬呻 皺眉呻吟。❺凶折 凶死；不得善終。❻曲巷 偏僻的小巷，這裡指妓院。❼託己 假冒自己。❽過執 過於固執。❾丈夫子 男孩。❿翼日 第二天。⓫錢鎛 古代兩種農具。語出《詩經・周頌・臣工》：「命我眾人，庤乃錢鎛。」⓬爾日 那天。⓭歸寧 回娘家。語出《詩經・周南・葛覃》：「害澣害否，歸寧父母。」⓮上鬢 挽上髮髻，梳成已嫁女子的髮式。⓯義男 養子，即乾兒子。⓰初度 指生日之時。語出〈離騷〉：「皇覽揆余初度兮，肇錫余以嘉名。」⓱鶩過 匆匆而過。鶩，急；快。⓲膝下 子女幼時依於父母膝下，故表示幼年。語出《孝經・聖治》：「故親生之膝下，以養父母日嚴。」⓳嚴妝 整妝。嚴，裝束；整飭。⓴叩祝千秋 跪拜祝壽。

【語譯】濟南戚安期，一向輕佻，喜歡嫖妓，妻子委婉地勸誡他，他不聽從。妻子姓林，美貌而賢惠。正值清兵進入山東境內，林氏被抓去。晚上清兵在路上宿營，有個士兵想姦汙她。她假裝答應。正好士兵的佩刀掛在床頭，林氏急忙抽出刀來自刎而死；士兵把她抬出去丟到野外。第二天，清兵拔營離開。有人傳說林氏死了，戚安期悲痛傷心地跑去。一看，林氏還有點兒氣息。戚安期把她背回家，眼睛漸漸能動了；慢慢又能呻吟了；戚安期扶著她的脖子，用竹管滴著灌她喝水，能咽下去。戚安期撫摸著她說：「你萬一能活下來，我再辜負你一定不得好死！」過了半年，林氏恢復得和往常一樣了；只是腦袋被脖子上的傷痕牽扯，常常像往左邊看似的。戚安期不認為她醜，對她的愛戀超過了以前，從此再也不逛妓院。林氏覺得自己面貌難看，打算給戚安期買個小妾；戚安期堅持不肯。

過了幾年，林氏不生育，於是勸丈夫找個婢女做妾。戚安期說：「已發誓不接近第二個女人，鬼神難道沒聽到嗎？即使家裡香火不接，也是我的命運。如果不該絕後，你難道是老得不能生育了嗎？」林氏於是推託有病，讓戚安期自己睡；讓婢女海棠搬鋪蓋睡在他床下。時間久了，林氏暗地問海棠晚上的情況。海棠說沒有事。林氏不信。到了晚上，她叫海棠不要去，自己到海棠的鋪上躺下。不久，聽到床上已經打起呼嚕來。她輕輕起來，登上床摸他。戚安期醒來，問是誰，林氏貼著耳朵說：「我是海棠。」戚安期推開她說：「我有盟誓，不敢改變。如果像往年，還要你自己跑來找我嗎？」林氏於是下床出來。戚安期從此獨自睡。

林氏叫海棠假冒自己去跟戚安期親熱。戚安期想妻子生平不肯不約而來，便起了疑心；摸她的脖子，沒有傷痕，知道是海棠，就又呵斥她。海棠羞愧地走了。天亮後，把這事告訴林氏，叫她趕快把海棠嫁走。林氏笑著說：「你也不必過於執拗。如果她能給你生個兒子，也很幸運。」戚安期說：「如果違背了盟誓，鬼神的責罰就會臨頭，還想傳宗接代嗎？」

第二天，林氏笑著對戚安期說：「大凡種田的人，種出來的只是禾苗還是能夠結穗不可預知，但播種的常例不能違反。今天晚上耕耘的時節到了。」戚安期笑著會意了。到了晚上，林氏滅了燈，把海棠叫來，讓她躺在自己的被窩裡。戚安期進來，走近床邊，開玩笑說：「農夫來了。非常慚愧，農具不好用，辜負了這良田。」海棠不說話。接著行房事，海棠小聲說：「私處有點腫，狂猛受不了！」戚安期非常體貼溫和地對待她。行房完畢，海棠裝作起來解手，換林氏進去。從此每逢林氏來月經，海棠就頂替一回，而戚安期不知道。

沒多久，海棠懷孕了。林氏常常讓她安靜地坐著，不叫她到跟前幹雜活。林氏故意對戚安期說：「我勸你納海棠為妾，而你不聽。假如有一天海棠冒充我時，你誤信了，跟她交合而懷了孕，將會怎麼辦？」戚安期說：「把孩子留下，把母親賣掉。」林氏於是不再說話。不久，海棠生下一個兒子。林氏暗地雇了奶媽，把孩子抱養在她娘家。過了四五年，又生下一子一女。大兒子叫長生，已經七歲了，在外祖父家讀書。林氏半個月就藉口回娘家，去看看孩子們。海棠的年紀越來越大了，戚安期時時催促把她打發走。林氏總是答應著。海棠天天想念兒女，林氏順從她的心願，私下給她挽上已婚婦女的髮髻，送到自己娘家。林氏對戚安期說：「你天天說我不把海棠嫁走，我娘家有個乾兒子，我已經把海棠許配給他了。」

又過了幾年，子女都長大了。正好碰上戚安期生日，林氏提前準備筵席用品，以招待賓朋好友。戚安期嘆息說：「歲月如奔馬般過去，一下子已過了半生。幸好大家都身體強健，家裡也不至於受凍挨餓。所缺少的，就是一個孩子。」林氏說：「你太執拗，不聽我的話，怨誰呢？然而想要兒子，給你兩個也不難，何況一個呢？」戚安期笑起來說：「既然說不難，明天就給你要兩個兒子。」林氏說：「好辦！好辦！」第二天一早起來，她命人駕車到娘家去，把子女們打扮整齊，載著他們一起回家。進了家門，叫他們排成一字兒站好，喊父親，磕頭祝父親長壽。孩子們拜完起來，互相望著嬉戲歡笑。戚安期非常驚奇，不明白怎麼回事。林氏說：「你要兩個兒子，我給你添個女兒。」她這才把事情來龍去脈細說一遍。戚安期高興地說：「怎麼不早告訴我？」林氏說：「早告訴你，怕你與他們的母親決絕。現在孩子們已經長大，還能決絕嗎？」戚安期感動到了極點，禁不住流下眼淚。於是把海棠迎回來，一同白頭到老。古時候有賢惠的王妃，像林氏這樣的，可以說是聖明了！

【研　析】〈林氏〉講述了一個感化丈夫改邪歸正並想方設法為丈夫解決子嗣問題的賢妻的故事。故事分為兩個部分。第一部分是林氏感化丈夫。林氏丈夫戚安期「素佻達，喜狎妓」，林氏勸誡也不聽。林氏在「北兵」欲相犯時，堅貞不屈，寧死不失身。戚安期有感於此，立下「卿萬一能活，相負者必遭凶折」的重誓，「曲巷之遊，從此絕跡」。經過這次生死考驗，夫妻之間感情更加深厚。第二部分是林氏想方設法為丈夫解決子嗣問題。戚林之間夫妻和睦，但「居數年，林不育」，而戚安期又立下「相負者必遭凶折」的重誓，在「妻」與「子」之間面臨著兩難選擇。這時林氏出來，巧妙地化解矛盾，即使戚安期不背盟誓，又讓婢女為戚安期生下兩子一女。蒲松齡對林氏表示了由衷的讚嘆，「古有賢姬，如林者，可謂聖矣」，把林氏推崇到聖明的高度。但明倫也說：「我卒讀之，忽不知何以亦代之喜極感極，而涕不自禁也。稱之曰聖，復何愧？」

後人對戚安期的行為作出兩種截然不同的評價。一方認為，戚安期的轉變值得讚賞和肯定。一開始戚安期是個風流浪子形象，但他受到妻子感化，發下了「相負者必遭凶折」的誓言。但明倫於此評論說：「固佻達狎妓之人也，然皇天后土，共聞此言矣。」林氏假裝成婢女，看丈夫是否真的與婢女沒有私情。戚安期拒絕「婢女」（實為林氏）說：「我有盟誓，不敢更也。若似曩年，尚須汝奔就耶?」馮鎮巒認為戚安期是「鐵漢,非迂漢」。林氏讓婢女代替自己與丈夫同房,婢女小聲對戚安期說:「私處小腫,顛猛不任。」戚安期便體意溫恤之。但明倫評論說:「此時宜有神助,蓋天早鑒其衷也。不然,豈有婢小語而不辨其聲哉?」把戚安期不能辨認出婢女歸結為如有神助。另一方認為,戚安期雖然受林氏感化,但其後發生的事明顯有作假的嫌疑。比如林氏「值落紅」,便讓婢女頂替自己與丈夫同房,而戚安期對此毫不察覺。何守奇評論說:「恐假也。」王金範說:「《聊齋》此篇,極意寫戚為林誑,余竊意林為戚誑也。」馬瑞芳則列舉了三條理由來證明戚對林的誑騙:其一,夫妻做愛,丈夫居然聽不出妻子聲音的變化,感覺不到妻子軀體的變化?其二,戚所說的「留犢鬻母」是個十分狡詐而到家的回答,是對林氏嫡妻神聖不可侵犯地位的保證書,以此鼓勵林氏讓孩子平平安安地出生。其三,在戚生日時,他故意說:「所闕者,膝下一點。」他清楚地知道自己有兩個兒子在外邊,提出「明日便索兩男」的要求。在林氏讓子女來叩祝千秋時,他又裝出駭怪不解,還要林氏詳述本末,真可稱得上是一個天才的演員。

在整篇故事中,我們可以發現蒲松齡強烈的子嗣觀念。故事的第一部分,即妻子感化丈夫部分並不占有很大比重,只是簡略地加以交待。蒲松齡的筆墨集中於第二部分,即妻子設法為丈夫解決子嗣問題上。其情節可謂一波三折,先是讓丈夫獨宿,遣婢海棠,襆被臥其床下;再是使婢託己往就之;然後是預約同衾、偷樑換柱。在婢女生下孩子之後,先暗買乳媼,抱養母家;再輒託歸寧,一往看視,等等。子嗣問題成為情愛、婚姻、家庭的中心問題。這在〈翠仙〉、〈俠女〉、〈阿英〉、〈聶小倩〉、〈湘裙〉等篇目中也有集中體現。

胡大姑

益都❶岳于九，家有狐祟，布帛器具，輒被拋擲鄰堵。蓄細葛，將取作服；見捆卷如故，解視，則邊實而中虛，悉被剪去。諸如此類，不堪其苦。亂詬罵之。岳戒止云：「恐狐聞。」狐在梁上曰：「我已聞之矣。」由是祟益甚。

一日，夫妻臥未起，狐攝衾服去。各白身蹲床上，望空哀祝之。忽見好女子自窗入，擲衣床頭。視之，不甚修長；衣絳紅，外襲雪花比甲❷。岳著衣，揖之曰：「上仙有意垂顧，即勿相擾，請以為女，如何？」狐曰：「我齒較汝長，何得妄自尊？」又請為姊妹，乃許之。於是命家人皆呼以胡大姑。

時顏鎮❸張八公子家，有狐居樓上，恒與人語。岳問：「識之否？」

答云：「是吾家喜姨，何得不識？」岳曰：「彼喜姨曾不擾人，汝何不效之？」狐不聽，擾如故。猶不甚祟他人，而專祟其子婦：履襪簪珥，往往棄道上；每食，輒於粥碗中埋死鼠或糞穢。婦輒擲碗罵騷狐，並不禱免。岳祝曰：「兒女輩皆呼汝姑，何略無尊長體耶？」狐曰：「教汝子出若婦，我為汝媳，便相安矣。」子婦罵曰：「淫狐不自慚，欲與人爭漢子耶？」時婦坐衣笥❹上，忽見濃煙出尻下，熏熱如籠。啟視，藏裳俱燼；剩一二事，皆姑服也。又使岳子出其婦，子不應。過數日，又促之，仍不應。狐怒，以石擊之，額破裂，血流，幾斃。岳益患之。

西山李成爻，善符水，因幣聘之。李以泥金❺寫紅絹作符，三日始成。又以鏡縛梃上，捉作柄，遍照宅中。使童子隨視，有所見，即急告。至一處，童言：「牆上若犬伏。」李即戟手❻書符其處。既而禹步❼庭中，咒移時，即見家中犬豕並來，帖耳戢❽尾，若聽教命。李揮曰：「去！」即紛然魚貫而去。又咒，群鴨即來，又揮去之。已而雞至。李指一雞，大叱之。他雞俱去，此雞獨伏，交翼長鳴，曰：「予不敢矣！」李曰：「此物是家中所作紫姑❾也。」家人並言不曾作。李曰：「紫姑今尚在。」因共憶三年前，曾為此戲，怪異即自爾日始也。遍搜之，見芻偶在廄梁上。李取投火中。乃出一酒瓻❿，三咒三叱，雞起徑去。聞瓻口言曰：「岳四狠哉！數年後，當復來。」岳乞付之湯火；李不可，攜去。或見其壁間挂數十瓶，塞口者皆狐也。言其以次縱之，出為祟，因此獲聘金，居為奇貨⓫云。

【注　釋】❶益都　縣名，在今山東省。❷比甲　一種無袖、無領的對襟兩側開叉及至膝下的馬甲。❸顏鎮　顏神鎮，在今山東淄博博山區。❹衣笥　盛衣服的竹器。❺泥金　用金粉或金屬粉製成的金色塗料。❻戟手　用食指和中指指點、指畫，其形如戟。這裡指用食指和中指懸空寫符。❼禹步　道士在禱神儀禮中常用的一種步法動作。傳為夏禹所創，故稱禹步。❽戢　收藏；收斂。❾紫姑　廁神。傳說紫姑有先知的能力，多迎祀於家，占卜諸事。又名子姑、廁姑、茅姑、坑姑、坑三姑娘等。❿瓻　古代盛酒的瓶子。⓫居為奇貨　囤積以獲取暴利的貨物。見《史記・呂不韋列傳》。

【語　譯】山東益都岳于九，家中有狐狸精作祟，布帛器具，常被扔到鄰居的圍牆上。存放著細葛布，準備取出來做衣服；看見像原來一樣捆捲著，打開一看，原來兩頭實、中間空，布全被剪走了。諸如此類，不能忍受這種煩惱。家裡人亂罵一通。岳于九制止說：「恐怕狐狸精聽見。」狐狸精在房梁上說：「我已經聽見啦。」從此鬧得更厲害。

一天，岳于九夫婦躺在床上還沒起來，狐狸精把被子、衣服拿走了。兩個人光著身子蹲在床上，望著空中哀告祈禱。忽然看見一位漂亮女子從窗戶進來，把他們的衣服扔在床頭。一看她，不太高；身穿暗紅色衣服，外罩雪花紋的背心。岳于九穿好衣服，向她拱手說：「上仙有意和我們交往，就請不要攪擾。請讓我認你為女兒，好不好？」狐狸精說：「我年齡比你大，你怎麼能妄稱尊長？」岳于九又請求拜她為姐妹，她就同意了。於是叫家裡人都稱呼她為胡大姑。

當時顏鎮張八公子家，有狐狸精住在樓上，常常跟人聊天。岳于九問：「你認識那個狐仙嗎？」胡大姑回答說：「那是我家喜姨，怎麼會不認識？」岳于九說：「那喜姨從來不侵擾人，你怎麼不學她？」狐狸精不聽從，仍舊騷擾。她還不大擾害別人，而專門擾害岳于九的兒媳：兒媳的鞋子襪子、頭簪耳環，常常被扔到路上；每當她吃飯，經常在她的粥碗裡埋死老鼠或者糞便。兒媳總是摔著碗罵「騷狐狸」，並不向狐狸精祈禱免於被擾。岳于九祝告說：「孩子們都稱你為『姑』，你怎麼一點沒有長輩的體統呢？」狐狸精說：「叫你兒子把媳婦休棄，我做你的兒媳婦，就相安無事了。」兒媳罵道：「淫蕩的狐狸不知羞恥，想跟人爭男人嗎？」當時兒媳坐在放衣服的竹箱子上，忽見濃煙從屁股下面冒出來，熏熱像蒸籠一般。打開一看，裡面放著的衣服全燒了；剩下一兩件，都是婆婆的衣服。狐狸精又叫岳于九的兒子把他媳婦休棄，他兒子不答應。過了幾天又來催促，還是不答應。狐狸精發起怒來，用石頭打他，打得額頭破裂，血流出來，幾乎喪命。岳于九更加發愁了。

西山李成爻，善於寫符燒神水，岳于九就出錢把他請來。李成爻用金粉調成泥狀，在紅色的絹上畫符，三天才畫成。又把鏡子綁在木棍上，握著木棍作手柄，在岳家宅子裡到處照。叫一個小孩跟著看，看到什麼，趕緊告訴他。照到一個地方，小孩說：「牆上好像有條狗趴著。」李成爻立刻伸手做成劍指，在那個地方畫符。然後他在院子裡走起禹步，念了好一會咒語，就見家裡的狗和豬都來了，垂著耳朵，夾緊尾巴，像來聽訓令似的。李成爻揮手說：「去！」豬狗們就紛紛然一個跟一個走了。李成爻又念咒，一群鴨子便走過來，又揮手讓牠們走了。接著來了一群雞。李成爻指著一隻雞，大聲喝叱。其他的雞都離去了。只有這隻雞伏在地上，交叉著翅膀，拖長聲音鳴叫，說：「我不敢了！」李成爻說：「這個妖物是你們家裡所做的紫姑。」家裡人都說沒做過紫姑。李成爻說：「那紫姑像現在還在。」大家於是一起回憶起三年前，曾經玩過迎紫姑的遊戲，家中的怪異現象就是從那天開始的。於是到處搜索，見那個用草紮成的紫姑像還在豬圈的梁上。李成爻取來扔進火裡。於是拿出一個大酒瓶子，念三次咒，吆喝三次，那隻雞站起來逕自走了。聽得酒瓶口傳出聲音說：「岳老四好狠哪！幾年後，我會再來。」岳于九懇求李成爻把妖怪燙死或燒死；李成爻不答應，帶著酒瓶子走了。有人看到李成爻家牆壁上掛著幾十個瓶子，塞著瓶口的都裝著狐狸精。據說他依次把狐狸精放掉，讓牠們出去作祟，以此賺取為人除妖的聘金，把狐狸精當作奇貨囤積起來罷了。

【研析】〈胡大姑〉主要講述了狐精干擾岳于九家日常生活最終被術士收服的故事。一開始，狐精干擾岳于九家的行為多是狐狸動物性的表現。比如，「布帛器具，輒被抛擲鄰堵。蓄細葛，將取作服；見捆卷如故，解視，則邊實而中虛，悉被剪去」，「夫妻臥未起，狐攝衾服去」，等等。這與〈焦螟〉中的「瓦礫磚石，忽如雹落」，以及〈小髻〉中的「時向人假器具，或吝不與，則自失之」相類似。到後來，狐精作祟漸漸加入了性的內容，「狐不甚祟他人，而專祟其子婦」，對岳于九提出了「教汝子出若婦，我為汝媳」的要求。無奈之下，岳于九只好求助於術士。《閱微草堂筆記》卷二十一中，狐女溫玉說狐所畏者有五，「曰凶暴，避其盛氣也。曰術士，避其劾治也。曰神靈，避其稽察也。曰有福，避其旺運也。曰有德，避其正氣也。」這篇故事中，西山李成爻善符水，「以泥金寫紅絹作符」，「以鏡縛梃上，捉作柄，遍照宅中」，「禹步庭中」，最後判別出化雞之狐，將它收入瓶中。

對於術士李成爻，讀者多提出批評意見，認為他沒有除惡務盡，「岳乞付之湯火；李不可，攜去」。為什麼呢？他是要把狐精控制在自己手中，成為牟取暴利的工具。他的家中「壁間挂數十瓶，塞口者皆狐也」，「以次縱之，出為祟，因此獲聘金，居為奇貨云」。但明倫認為，「無論為狐為紫姑，以其祟擾之罪，皆當付之湯火，以絕其患；留而攜去，則縱狐為祟之言非虛也。」何守奇也懷疑，「道士能鞫之而不能執之，何也？恐終是道士詐術」，「收之即其縱之者，術人之險，固可畏也」。

明清時期，人們對狐作祟背後的人的因素有了比較清醒的認識。有時，狐仙自己也現身說法，揭穿巫術之士的騙術。如《聊齋誌異・胡相公》中，南城巫嫗「日託狐神，漁病家利」，當張虛一去問：「聞爾家狐子大靈應，果否？」巫嫗假裝義正辭嚴地訓斥道：「若個蹀躞語，不宜貴人出得！何便言狐子，恐吾家花姊不歡。」張虛一便請真狐仙教訓了這個騙人錢財的巫媼。《閱微草堂筆記》卷四中，女巫郝媼「自言狐神附其體，言人休咎。凡人家細務，一一周知。故信之者甚眾。實則布散徒黨，結交婢媼，代為刺探隱事，以售其欺」。真狐仙出面進行了批駁：「吾輩雖與人雜處，實各自服氣煉形，豈肯與鄉里老嫗為緣，預人家瑣事？此嫗陰謀百出，以妖妄斂財，乃託其名於吾輩。故今日真附其體，使共知其奸」，狐仙便縷數其隱惡，並舉其徒黨姓名。儘管人們並沒有正本清源，從根本上認清所謂「真狐仙」亦非實有，但這也反映出人們能夠在形形色色的狐作祟中辨別出人的因素，從而保持一定程度的清醒與戒備。

蕭七

徐繼長，臨淄❶人，居城東之磨房莊。業儒未成，去而為吏。偶適姻家，道出于氏殯宮❷。薄暮醉歸，過其處，見樓閣繁麗，一叟當戶坐❸。徐酒渴思飲，揖叟求漿。叟起，邀客入，升堂授飲。飲已，叟曰：「曛❹暮難行，姑留宿，早旦而發如何也？」徐亦疲殆，樂遵所請。叟命家人具酒奉客，即謂徐曰：「老夫一言，勿嫌孟浪❺：郎君清門令望，可附婚姻。有幼女未字，欲充下陳❻，幸垂援拾❼。」徐踧踖❽不知所對。叟即遣伻❾告其親族，又傳語令女郎妝束。

頃之，峨冠博帶者四五輩，先後並至。女郎亦炫妝出，姿容絕俗。於是交坐宴會。徐神魂眩亂，但欲速寢。酒數行，堅辭不任。乃使小鬟引夫婦入幃，館同爰止❿。徐問其族姓，女自言：「蕭姓，行七。」又細審門閥。女曰：「身雖賤陋，配吏胥當不辱寞，何苦研窮？」徐溺其色，款昵備至，不復他疑。女曰：「此處不可為家。審知汝家姊姊甚平善，或不拗阻，歸除一舍，行將自至耳。」徐應之。既而加臂於身，奄忽就寐。既覺，則抱中已空。天色大明，松陰翳曉，身下藉黍穰⑪尺許厚。

駭嘆而歸，告妻。妻戲為除館，設榻其中，闔門出，曰：「新娘子今夜至矣！」因與共笑。日既暮，妻戲曳徐啟門，曰：「新人得無已在室耶？」既入，則美人華妝坐榻上。見二人入，橋起⑫逆之。夫妻大愕。女掩口局局而笑⑬，參拜恭謹。妻乃治具，為之合歡。女早起操作，不待驅使。

一日謂徐：「姊姨輩俱欲來吾家一望。」徐慮倉卒無以應客。女曰：「都知吾家不饒，將先賚饌具來，但煩吾家姊姊烹飪而已。」徐告妻，妻諾之。晨炊後，果有人荷酒胾⑭來，釋擔而去。妻為職庖人之役。晡後[15]，六七女郎至，長者不過四十以來，圍坐並飲，喧笑盈室。徐妻伏窗以窺，惟見夫及七姐相向坐，他客皆不可睹。

北斗挂屋角，歡然始去。女送客未返。妻入視案上，杯柈俱空。笑曰：「諸婢想俱餓，遂如狗舐砧[16]。」少間，女還，殷殷相勞，奪器自滌，促嫡安眠。妻曰：「客臨吾家，使自備飲饌，亦大笑話。明日合另邀致。」逾數日，徐從妻言，使女復召客。客至，恣意飲啖；惟留四簋[17]，不加匕箸。群笑曰：「夫人謂吾輩惡，故留以待『調人[18]』。」

座間一女，年十八九，素舄縞裳，云是新寡，女呼為六姊；情態妖豔，善笑能口。與徐漸洽，輒以諧語相嘲。行觴政[19]，徐為錄事[20]，禁笑謔。六姊頻犯，連引十餘爵，酡然[21]徑醉。芳體嬌懶，荏弱難持。無何，亡去。徐燭而覓之，則酣寢暗幃中。近接其吻，亦不覺。以手探褲，私處墳起。心旌方搖，席中紛喚徐郎；乃急理其衣，見袖中有綾巾，竊之而出。迨[22]於夜央，眾客離席，六姊未醒。七姐入搖之，始呵欠而起，繫裙理髮從眾去。

徐拳拳懷念，不釋於心，將於空處展玩遺巾，而覓之已渺。疑送客時遺落途間，執燈細照階除，都復烏有，意項項㉓不自得。女問之，徐漫應之。女笑曰，「勿誑語，巾子人已將去，徒勞心目。」徐驚，以實告，且言懷思。女曰：「彼與君無宿分㉔，緣止此耳。」問其故，曰：「彼前身曲中女；君為士人，見而悅之，為兩親所阻，志不得遂，感疾阽危㉕。使人語之曰：『我已不起。但得若來，獲一捫其肌膚，死無憾！』彼感此意，諾如所請。適以冗羈，未遽往；過夕而至，則病者已殞：是前世與君有一捫之緣也。過此即非所望。」後設筵再招諸女，惟六姊不至。徐疑女妒，頗有怨懟。

女一日謂徐曰：「君以六姊之故，妄相見罪。彼實不肯至，於我何尤？今八年之好，行將別矣，請為君極力一謀，用解從前之惑。彼雖不來，寧禁我不往？登門就之，或人定勝天，不可知。」徐喜，從之。女握手，飄若履虛，頃刻至其家。黃甓[26]廣堂，門戶曲折，與初見時無少異。岳父母並出，曰：「拙女久蒙溫煦。老身以殘年衰慵，有疏省問，或當不怪耶？」即張筵作會。女便問諸姊妹。母云：「各歸其家，惟六姊在耳。」即喚婢請六娘子來，久之不出。女入，曳之以至。俯首簡默，不似前此之諧。

少時，叟媼辭去。女謂六姊曰：「姐姐高自重，使人怨我！」六姊微哂曰：「輕薄郎何宜相近！」女執兩人殘卮[27]，強使易飲，曰：「吻已接矣，作態何為？」少時，七姐亡去，室中止餘二人。徐遽起相逼，六姊宛轉撐拒。徐牽衣長跽而哀之，色漸和，相攜入室。裁緩襦[28]結，忽聞喊嘶動地，火光射闥。六姊大驚，推徐起曰：「禍事忽臨，奈何？」徐忙迫不知所為，而女郎已竄避無跡矣。

徐悵然少坐，屋宇並失。獵者十餘人，按鷹操刃而至，驚問：「何人夜伏於此？」徐託言迷途，因告姓字。一人曰：「適逐一狐，見之否？」

答云：「不見。」細認其處，乃于氏殯宮也。怏怏而歸。猶冀七姐復至，晨占雀喜㉙，夕卜燈花㉚，而竟無消息矣。董玉玹談。

【注　釋】❶臨淄　縣名，在今山東淄博。❷殯宮　停放靈柩的房舍。語出《儀禮・既夕禮》：「遂適殯宮，皆如啟位。」❸當戶坐　在門裡向外坐著。❹曛　黃昏；傍晚。也指昏黑、昏暗。❺孟浪　魯莽；冒昧。❻下陳　侍女。❼援拾　接納。❽踧踖　恭敬而不安的樣子。❾伻　使者。語出《尚書・洛誥》：「伻來，以圖及獻卜。」❿館同爰止　如鳳凰一樣雙棲。比喻夫妻新婚洞房之樂。語出《詩經・大雅・卷阿》：「鳳凰于飛，翽翽其羽，亦集爰止。」⓫穰　稻、麥等的稈。⓬橋起　急起。語出《莊子・則陽》：「欲惡去就，於是橋起。」⓭局局而笑　即吃吃而笑。⓮酒胾　酒肉。胾，大塊肉。⓯晡後　黃昏之後。⓰砧　切肉的木板。⓱簋　古代盛食物的器具，圓口，雙耳。⓲調人　調味之人。⓳觴政　酒令。語出《說苑・善說》：「魏文侯與大夫飲酒，使公乘不仁為觴政。」⓴錄事　會飲時執掌酒令的人。㉑酡然　酒後臉紅的樣子。㉒迨　等到；達到。㉓項項　失意的樣子。語出《莊子・天地》：「子貢卑陬失色，項項然不自得，行三十里而後愈。」㉔宿分　即夙分，前生註定的緣分。㉕阽危　臨近危險。㉖甓　磚。㉗卮　古代一種盛酒器。這裡指酒。㉘襦　短衣；短襖。㉙雀喜　舊謂晨起聞雀噪是喜慶之兆。㉚燈花　舊時認為燈花爆是預示有貴客將至。

【語　譯】徐繼長，山東臨淄人，住在城東的磨房莊。讀書沒有成就，就放棄讀書當了個小衙吏。他偶然到一個姻親家去，路過于氏家族的墳地。傍晚，他喝醉酒回家，經過這地方，看見樓閣繁多華麗，有位老者坐在門前。徐繼長酒後口渴，向老者拱手施禮，討水喝。老者站起來，邀請徐繼長進屋，上了大廳，給他水喝。喝完，老者說：「天色昏黑，路不好走，你暫且留下過夜，明早再走怎麼樣？」徐繼長也覺得很疲倦，樂於聽從老者的提議。老者吩咐僕人準備酒席，款待客人，對徐繼長說：「老夫有一句話，不要嫌我唐突：你門第清高聲望好，可以攀附婚姻。我有個小女兒還未訂親，想許配給你做個小妾，請你接納。」徐繼長局促不安，不知如何回答。老者隨即派人通知親戚族人，又傳話叫女兒妝束打扮。

不一會兒，四五個戴著高帽子、束著寬腰帶的讀書人先後都來了。姑娘也盛妝而出，身姿容貌世間罕見。於是大家一齊就座，飲宴歡會。徐繼長神魂顛倒，只想快點上床。酒過幾巡，他就堅決推辭，說不勝酒力了。老者便叫小丫環領著他們夫婦進洞房，讓他們安歇了。徐繼長問姑娘的姓氏，她說：「姓蕭，排行第七。」徐繼長又詳細詢問她的家族門第。蕭七說：「我雖然卑賤醜陋，配你這小衙吏應當不辱沒你，何苦究根問底？」徐繼長迷戀於她的美色，極盡親昵，不再有什麼疑慮。蕭七說：「這裡不能安家。我知道你家裡那位姐姐非常平和善良，大概不會阻撓，你回家騰出一間屋子，我會自己去。」徐繼長答應了。後來他伸出手臂摟住蕭七，迷迷糊糊地睡著了。醒來後，發現懷裡已經空空的。天色大亮，松蔭遮蔽著早晨的天空，身下鋪著黍子的秸稈有一尺多厚。

徐繼長驚嘆著回了家，告訴了妻子。他妻子開玩笑地打掃了一間屋，在裡面擺了一張床，關上門出來，說：「新娘子今天晚上到了！」夫妻倆一起笑了。天黑以後，妻子開著玩笑拉徐繼長把這間屋的門打開，說：「新娘子莫不是已經在屋裡啦？」進去後，卻見有個美人打扮得華彩豔麗，坐在床上。見他們兩人進來，她趕緊站起來迎接。夫妻二人非常吃驚。蕭七掩著嘴巴吃吃地笑，參拜徐繼長的妻子，恭敬有禮。徐妻於是做了酒菜，慶賀他們結合。第二天蕭七早早起床操勞家務，不用別人吩咐。

一天，蕭七對徐繼長說：「我的姐姐阿姨們都想到咱們家來看一看。」徐繼長擔心倉促之間沒東西招待客人。蕭七說：「她們都知道咱們不富裕，要先送做飯菜的材料來，只是要麻煩我家姐姐烹調。」徐繼長告訴妻子，妻子答應了。早飯後，果然有人挑著酒肉送來，放下擔子就走了。徐妻於是幹起廚師的活來。黃昏後，來了六七個女郎，年長的不過四十來歲，圍坐著一起喝酒，滿屋子喧譁歡笑。徐妻趴在窗下偷看，只看見丈夫和蕭七相對坐著，其他客人都看不見。

北斗星已經掛在屋角上了，她們才歡笑著離去。蕭七送客還沒回來。徐妻進去看看桌子上，杯盤全都空了。她笑著說：「這些丫頭們想必都餓了，就像狗舔切肉板一樣乾淨。」一會兒，蕭七返回，殷勤地向徐妻道乏，把杯盤搶過去自己洗滌，催促徐妻好好休息。徐妻說：「客人到我們家，讓人家自己準備酒菜，也是大笑話。明兒應該另請她們來一次。」過了幾天，徐繼長聽從妻子的建議，讓蕭七再請客人們來。客人到了，隨意喝酒吃菜；只留著四碗菜，不下調羹筷子。客人們笑著說：「你家夫人說我們可惡，所以留下這菜等調味的人吃。」

座上有一位女子，十八九歲，穿著白鞋白衣裳，據說是新近死了丈夫，蕭七稱她為六姊；六姊神情意態妖豔，善於說笑。她跟徐繼長漸漸熟悉後，徐繼長便拿詼諧的話嘲弄她。喝酒行令，徐繼長執掌酒令，規定不准開玩笑。六姊頻頻違犯，一連被罰喝了十多杯，兩頰漲紅，一下子就醉了。她芳香的身體嬌顫顫、懶洋洋的，軟軟地支持不住。不多久，六姊跑掉了。徐繼長拿著燈去找，發現她在暗處的帷帳裡睡得很熟。走過去吻她的嘴唇，她也沒醒。用手探進她的褲子裡，摸到她的私處向上隆起。徐繼長正在心神動盪之際，酒席上人們紛紛喊「徐郎」；他便急忙整理好她的衣服，見她袖子裡有一條綾羅手巾，偷偷拿起走出來。到天快亮，客人們離席，六姊還沒醒。蕭七走進帷帳去搖她，她才打著呵欠起來，繫好衣裙，梳理頭髮，跟著大家走了。

徐繼長對六姊非常眷念，心裡總放不下，想在沒人的地方拿那條手巾出來玩賞，可是找它卻找不到了。他懷疑送客時丟在路上了，端著燈在臺階上仔細照，都沒找到，他心中惆悵失意。蕭七問他，他隨口應著。蕭七笑著說：「不要說假話，手巾人家已經拿回去，你是枉費心思。」徐繼長吃了一驚，照實說了，並說了自己對六姊的思念。蕭七說：「她跟你前世無緣，你們的緣分到此為止了。」徐繼長問是為什麼，蕭七說：「她前世是個妓女；你是個讀書人，見到她喜歡上了，被雙方家長阻撓，你願望不能實現，患病垂危。你打發人告訴她：『我已經不行了。只要你能來，讓我能摸一摸你的肌膚，死而無憾！』她感激你的情義，答應滿足你的請求。正巧讓瑣事纏住，沒能馬上去；隔一夜來時，病人已經死了；所以她前世跟你有一摸之緣。超過這個就不是可以企望的了。」此後徐繼長設宴再請女郎們時，就只有六姊不到。徐繼長疑心蕭七妒忌，很是怨恨。

一天，蕭七對徐繼長說：「你因為六姊的緣故，錯怪了我。其實是她不肯來，在我有什麼罪過？我們八年恩愛，現在就要分手了，讓我替你盡力想想辦法，以解除以前對我的懷疑。她雖然不來，難道能禁得住我們不去嗎？找上門去接近她，也許人力勝過天數也說不定。」徐繼長非常高興，同意了。蕭七握住他的手，飄飄忽忽，像是騰雲駕霧，頃刻就到了蕭七娘家。黃色的磚瓦，寬大的廳堂，門戶曲折，跟初次見到時沒有一點變化。岳父岳母一起出來，說：「小女久蒙你照顧。我們因為風燭殘年，衰弱慵懶，沒去看望你們，大概不會怪罪吧？」隨即設宴相會。蕭七便問姐妹們。母親說：「各自回她們婆家了，只有六姊在。」就叫丫環請六姑娘來，很久她都不出來。七姐進去，硬把她拉來。六姊低著頭，不大說話，不像從前那麼愛說笑。

一會兒，兩位老人告辭離開。蕭七對六姊說：「姐姐太自重了，讓人怨恨我！」六姊微笑說：「輕薄的男人哪好親近！」蕭七端起兩人喝了一半的杯子，強迫他們換著喝，說：「吻都接過了，裝模作樣幹什麼？」一會兒，蕭七走掉了，屋裡只剩兩個人。徐繼長突然站起來逼迫六姊，六姊左扭右擺，推託撐拒。徐繼長拉著她的衣服，跪下來哀求，六姊的臉色漸漸平和，兩人手拉手進了內室。徐繼長剛解開六姊衣帶的結子，忽聽人喊馬嘶，驚天動地，火光照進門來。六姊大驚，把徐繼長推開，爬起來說：「禍事忽然來了，怎麼辦？」徐繼長惶急不知所措，而六姊已逃竄得無影無蹤了。

徐繼長沮喪地坐了一會兒，屋宇樓閣全消失了。十來個獵人，架著鷹、提著刀來到，驚訝地問：「什麼人深更半夜趴在這裡？」徐繼長藉口說迷了路，於是說出姓名。一個獵人說：「我們正追趕一隻狐狸，你看到了嗎？」徐繼長回答說：「沒見。」他仔細地辨認這地方，正是于家的墓地。他怏怏不樂地回了家。還盼望七姐再來，早晨望喜鵲，晚上看燈花，但終於沒有消息。這是董玉玹講述的。

【研　析】〈蕭七〉描寫了一個官府小吏與女狐仙的交往過程，突出表達了作者的宿命論觀念。從總體上，故事可以分為三個部分。第一部分是徐繼長與蕭七的豔遇。第二部分是蕭七與徐妻的和諧共處。第三部分是徐繼長與蕭七合作對蕭六的勾引。

徐繼長與蕭七的結識是一場不期而至的豔遇。徐繼長走親戚，傍晚醉酒回家。一位老者留宿了他，並提出將女兒許配給他。在徐繼長猶豫不決之時，老者就派人通知親戚族人，「又傳語令女郎妝束」，高效率地組織了一場結婚儀式。儘管徐繼長一開始不知所措，但見到「姿容絕俗」的「女郎」，便把一切顧慮棄之腦後了。洞房之夜，他「問其族姓」，「細審門閥」。這對作為狐仙的蕭七來說，並不好回答。「身雖賤陋，配吏胥當不辱寞，何苦研窮」，蕭七這句含糊的答語，雖然略顯尖酸刻薄，但句句在理，以致徐繼長無言以對。這也突出表現了蕭七的聰慧過人之處。但明倫在評價這個細節時說：「事則形跡可疑，女則彌縫無隙。」

蕭七與徐妻的和諧相處則是蒲松齡理想的妻妾關係的展現。在《聊齋誌異》中有很多二女共一夫的情況。蕭七並不願被徐繼長養作外宅，以「審知汝家姊姊甚平善」為由提出要與徐妻共同生活。徐妻則友好地歡迎蕭七的到來，「戲為除館，設榻其中」，「戲曳徐啟門」，雖然有遊戲取笑的成分在裡面，但當發現蕭七真的「華妝坐榻上」，徐妻「乃治具，為之合歡」。她還親自「為職庖人之役」，熱情招待蕭家姐妹吃酒。蕭七對徐妻也是恭敬有加，「參拜恭謹」，「早起操作，不待驅使」，「奪器自滌，促嫡安眠」，周到地服侍她，極力維護她作為正室的地位。這種嫡庶和睦的家庭秩序在蒲松齡看來是再好不過的了。

徐繼長夥同蕭七勾引蕭六則表達了冥冥中定數的不可違。徐繼長看上了「素舃縞裳」、「情態妖豔」的蕭六，為之付出種種努力，但都無功而返。蕭七為他揭出「前世與君有一捫之緣也。過此即非所望」的前因後果。後來，蕭七也樂於幫助徐繼長達成心願，在蕭家百般促成徐繼長與蕭六相會，比如，強拉蕭六參加酒席，且「執兩人殘卮，強使易飲」，等等。但正當好事將成的關鍵時刻，「喊嘶動地，火光射闥」，不僅蕭六消失得無影無蹤，蕭七也不得相見。因此，徐繼長與蕭六的「一把之緣」僅僅是「一把」而已，蕭七的「八年之好，行將別矣」也不會有所延長。這讓人不得不感嘆謀事在人，成事在天。在不可逆轉的定數、緣分面前，人的一切努力都不過是徒勞。但明倫感嘆此文為「前半幅不求之而自至，後半幅強求之而終沮，有緣無緣，喚醒迷人不少」。

蒲松齡還活畫出徐繼長在面對美麗女子時的心理變化，用時髦之語來講，徐繼長是在用下半身思考。徐繼長見女郎「炫妝出，姿容絕俗」，在宴會期間就「神魂眩亂，但欲速寢」，酒過幾巡就堅決推辭，於是「夫婦入幃，館同爰止」。枕席之間，他「細審門閥」無果，便「溺其色，款昵備至，不復他疑」。天明後，發現「松陰翳曉，身下藉黍穰尺許厚」，繁麗樓閣與抱中美女都消失不見了，他滿腹惆悵，「駭嘆而歸」。第二次是見到蕭六，他「輒以諧語相嘲」，還趁其酒醉「近接其吻」，「以手探褲」，「見袖中有綾巾，竊之而出」。此後「設筵再招諸女，惟六姊不至」，他便懷疑蕭七忌妒，「頗有怨懟」。在蕭家，他在酒後「遽起相逼」，「牽衣長跽而哀之」。在蕭六逃走後，他「悵然少坐」，「怏怏而歸」。到家後，他「猶冀七姐復至」，癡心地等待，「晨占雀喜，夕卜燈花」。

或許這種隨時隨處漁色獵豔的心理，正是他「業儒未成」的原因。

董公子

青州❶董尚書可畏❷，家庭嚴肅，內外男女，不敢通一語。一日，有婢僕調笑於中門之外，公子見而怒叱之，各奔去。及夜，公子偕僮臥齋中。時方盛暑，室門洞敞。更深時，僮聞床上有聲甚厲，驚醒。月影中，見前僕提一物出門去。以其家人故，弗深怪，遂復寐。

忽聞靴聲訇然❸，一偉丈夫赤面修髯，似壽亭侯❹像，捉一人頭入。僮懼，蛇行入床下。聞床上支支格格，如振衣，如摩腹，移時始罷。靴聲又響，乃去。僮伸頸漸出，見窗櫺上有曉色。以手捫床上，著手粘濕，嗅之血腥。大呼公子，公子方醒。告而火之，血盈枕席。大駭，不知其故。

忽有官役叩門。公子出見，役愕然，但言怪事。詰之，告曰：「適衙前一人神色迷罔，大聲曰：『我殺主人矣！』眾見其衣有血污，執而白之官。審知為公子家人。渠言已殺公子，埋首於關廟❺之側。往驗之，穴土猶新，而首則並無。」公子駭異，趨赴公庭，見其人即前狎婢者也。因述其異。官甚惶惑，重責而釋之。

公子不欲結怨於小人，以前婢配之，令去。積數日，其鄰堵者❻，夜聞僕房中一聲震響若崩裂，急起呼之，不應。排闥入視，見夫婦及寢床，皆截然斷而為兩。木肉上俱有削痕，似一刀所斷者。關公之靈跡最多，未有奇於此者也。

【注釋】❶青州　縣名，在今山東濰坊。❷董尚書可畏　據呂湛恩注：尚書名可威，字嚴甫，號葆元，益都人。萬曆丁未進士，仕至工部尚書。此作可畏，疑訛。❸訇然　形容聲音很大。❹壽亭侯　即關羽，三國蜀漢大將。東漢末跟從劉備起兵，後為曹操所俘，雖受曹操厚待，但仍歸返劉備。後成為統治者宣揚「忠」、「義」的偶像，並為佛道等宗教所神化。後世稱為「關公」、「關帝」。❺關廟　關帝廟。❻鄰堵者　隔牆的鄰人。

【語譯】山東青州董可畏尚書，家裡門戶森嚴，內宅和外屋的男女僕人們，不敢互相說一句話。

一天，有個婢女和一個男僕在中門外調笑，董公子看見了，發火斥責他們，兩個人各自跑開了。到了夜裡，董公子帶著書僮睡在書房裡。當時正是盛夏，房門敞開著。夜深時，書僮聽見床上發出很響的聲音，驚醒過來。月影之中，見那個男僕提著個東西出門走了。因為他是家裡的僕人，書僮沒覺得特別奇怪，就繼續睡覺。

忽然聽到咚咚的靴聲，有個身材魁偉的男子，紅臉，長鬍子，像關公的塑像一樣，提著個人頭進來。書僮非常害怕，像蛇那樣鑽進床底下。只聽得床上吱吱咯咯地響，像抖衣服，像按摩肚子，好一會兒才停下來。靴子聲又響起，那人便走了。書僮伸著脖子慢慢爬出來，看見窗欞發白，天快亮了。他用手摸床上，手上又粘又濕，嗅起來有股血腥味。書僮大聲喊公子，董公子才醒過來。書僮把情況說了，點上燈一看，枕頭、席子上滿是血。他們非常吃驚，不知道是怎麼回事。

忽然有衙役來敲門。董公子出來見他們，衙役們滿臉驚愕，只是說「怪事」。董公子問什麼事，衙役說：「剛才衙門前有個人神色迷惘，大聲說：『我殺了我的主人！』眾人看他衣服上有血汙，抓住他報了官。經過審問，知道他是公子家的僕人。他說已經把公子殺了，人頭埋在關帝廟旁邊。前往查驗，那坑的土還是新的，可並沒有人頭。」董公子非常驚異，趕忙來到公堂，見那人就是昨天跟婢女調情的僕人。董公子於是把夜裡的怪事說出來。官員非常惶惑，把那僕人重重責打了一頓，釋放了。

董公子不願跟小人結仇，把那個婢女許配給這僕人，讓他離開。過了幾天，這人的鄰居夜裡聽見他的屋子裡一聲巨響，像山崩地裂般，急忙起來喊他，沒人答應。破門進去一看，見他們夫婦和他們睡的床，都整齊地斷成兩截，木頭和肉體上都有刀砍的痕跡，像是一刀砍斷的。關公顯靈的事極多，沒有比這更神奇的了。

【研　析】〈董公子〉是描寫關公懲罰不忠不義之僕的故事。董公子家門戶森嚴，「內外男女，不敢通一語」。董公子見有婢女和男僕在中門外調笑，便斥責了他們。男僕懷恨在心，趁夜幹出了弒主的行為，把董公子的頭埋在關帝廟旁邊。不料，關帝顯靈，不僅救活董公子，還讓殺人兇手到官府自揭其罪。最後，董公子把婢女配給男僕，打發出門，關帝將他們兩人一併斬殺。但明倫讚嘆道：「斷頭復續，死而生者不自知，使之自言其罪，則元凶授首，報應昭然，聖德神威，無以加此。」

蒲松齡對男僕弒主的描寫是通過書僮的觀察寫出，屬於側面描寫。「僮聞床上有聲甚厲」，即男僕殺董公子；「月影中，見前僕提一物出門去」，即男僕提著董公子的頭出門而去；赤面修髯的偉丈夫「捉一人頭入」，即關公提著董公子的頭回來；「聞床上支支格格，如振衣，如摩腹」，即關公為董公子續頭。這樣的側面描寫不是把故事情節平鋪直敘式的和盤托出，而是借書僮的眼睛作了隱隱約約的呈現，其中的模糊之處能夠有效引起讀者的猜測與聯想。

關羽是三國時期蜀國名將。在《三國演義》中，他生得「身長九尺，髯長二尺；面如重棗，唇若塗脂；丹鳳眼，臥蠶眉，相貌堂堂，威風凜凜」，是「五虎大將」之首。因為他義不負心、忠不顧死，毛宗崗稱其為「《演義》三絕」中的「義絕」。關羽死後，凝聚在他身上的忠、義、信、智、仁、勇等特徵被人們廣泛接受，各朝皇帝也都以他為忠義化身來教化臣民。經過多次加諡，光緒皇帝把關羽奉為「忠義神武靈佑仁勇顯威護國保民精誠綏靖翊贊宣德關聖大帝」，幾乎堆砌了封建時代所能找到的用於封號的美好字詞。在當代社會，關帝崇拜也廣泛存在於世界各地的華人社區。

一般而言，僕人因為弒主而受到懲罰，實屬罪有應得。但既然人世間的主人都能不計前仇，成人之美，作為神靈的關帝又何苦如此相逼，讓陰間平添一對怨鬼？看來，只有關帝極度重視忠義，對不忠不義之人極度痛恨這樣一種解釋了。這也應當是這篇故事的命意之所在。

冷生

平城❶冷生，少最鈍，年二十餘，未能通一經。忽有狐來，與之燕處❷。每聞其終夜語，即兄弟詰之，亦不肯泄。如是多日，忽得狂易病❸：每得題為文，則閉門枯坐；少時，譁然大笑。窺之，則手不停草，而一藝❹成矣。脫稿，又文思精妙。是年入泮❺，明年食餼❻。每逢場作笑，響徹堂壁，由此「笑生」之名大噪。幸學使退休，不聞。後值某學使規矩嚴肅，終日危坐堂上。忽聞笑聲，怒執之，將以加責。執事官代白其顛。學使怒稍息，釋之，而黜其名❼。從此佯狂詩酒。著有《顛草》四卷，超拔可誦。

異史氏曰：「閉門一笑，與佛家頓悟時何殊間哉！大笑成文，亦一快事，何至以此褫革❽？如此主司，寧非悠悠❾！」

學師孫景夏⑩，往訪友人。至其窗外，不聞人語，但聞笑聲嗤然，頃刻數作。意其與人戲耳。入視，則居之獨也。怪之。始大笑曰：「適無事，默溫笑談⑪耳。」

邑宮生，家畜一驢，性蹇劣。每途中逢徒步客，拱手謝曰：「適忙，不遑下騎，勿罪！」言未已，驢已蹶然伏道上，屢試不爽⑫。宮大慚恨，因與妻謀，使偽作客。己乃跨驢周於庭，向妻拱手，作遇客語。驢果伏。便以利錐毒刺之。適有友人相訪，方欲款關⑬，聞宮言於內曰：「不遑下騎，勿罪！」少頃，又言之。心大怪異，叩扉問其故，以實告，相與捧腹⑭。

此二則，可附冷生之笑以傳矣。

【注釋】❶平城　縣名，故地在今山西大同。❷燕處　友好地相處。❸狂易病　精神失常。《漢書・外戚傳下・孝元馮昭儀》：「由素有狂易病。」顏師古注：「狂易者，狂而變易常性也。」❹一藝　一篇八股文。❺入泮　入縣學為生員。❻食餼　指明清時經考試取得廩生資格的生員享受廩膳補貼。亦即成為廩生。❼黜其名除去其生員的名籍。❽褫革　剝奪冠服，革除功名。❾悠悠　荒謬。《晉書・王導傳》：「悠悠之談，宜絕智者之口。」❿孫景夏　即孫瑚，諸城人，康熙四年（西元一六六五年）任淄川縣教諭，後升任為鰲山衛教授、安徽涇縣知縣等職。與蒲松齡相熟。⓫笑談　笑話趣談。⓬不爽　沒有差錯。⓭款關　敲門。⓮捧腹　用手捧著肚子，形容大笑的情態。

【語　譯】平城的冷生，年輕時很笨，二十多歲，還沒能讀通一本經書。忽然來了狐精，和他友好相處。總聽到他們整夜交談，即便兄弟來問，冷生也不肯洩露談話內容。這樣過了許多天，冷生突然患了癲狂病：每次拿到題目作文章，就關起門來悶坐著；一會兒，哈哈大笑。家人偷偷看他，發現他不停地揮筆疾書，一篇文章很快就完成了。稿子寫完，還文思精妙。這一年冷生考取秀才，第二年取得領津貼資格。他每逢進考場都要笑，聲音透過大堂牆壁，從此「笑生」之名到處傳揚。幸好提學使退到後堂休息了，沒聽到。後來碰上某提學使規矩嚴肅，整天端坐堂上。忽然聽到笑聲，惱怒地把冷生抓起來，將要加以責罰。執事官代為稟告，說冷生有癲狂症。提學使怒氣稍減，放了他，但把他除名。從此冷生裝瘋扮傻，詩酒度日。他著有《顛草》四卷，高超脫俗，值得誦讀。

異史氏說：「關門一笑，和佛教的『頓悟』有什麼分別呢！大笑之後寫成文章，也是一件很痛快的事情，怎麼至於因此革除功名呢？這樣的提學使，豈不太荒謬了嗎？」

學師孫景夏，去拜訪朋友。到了窗外，沒聽到說話的聲音，只聽見「嗤嗤」的笑聲，一會兒便笑了好幾次。孫景夏以為朋友在和別人嬉戲。進去一看，發現朋友獨自坐著。孫景夏覺得奇怪。那朋友才大笑著說：「剛才沒事，默默地重溫一些笑話而已。」

本縣宮生，家裡養了一頭驢子，脾氣很怪。每當宮生在路上遇到步行的熟人，拱手表示歉意說：「正好很忙，沒時間下騎，不要見怪！」話沒說完，驢子已經趴臥在路上，碰上好多回，都是這樣。宮生非常慚愧而生氣，就和妻子商量，讓她扮作客人。自己騎著驢子在院子裡兜圈子，向妻子拱手，說遇到熟人時說的話。驢子果然趴下。宮生便用鋒利的錐子狠狠地刺牠。剛好有朋友來訪，正要敲門，聽到宮生在門裡說：「沒時間下騎，不要見怪！」一會兒，又這樣說。朋友心裡非常奇怪，敲門問原因，宮生照實說了，兩人相對大笑。

這兩個故事，可以與冷生的笑一起流傳了。

【研　析】蒲松齡借冷生之「譁然大笑」諷刺不苟言笑、過於嚴肅的官僚作派。冷生年少愚鈍，直到二十多歲還未讀通一部經書。機緣巧合，經過狐仙的點撥，他變得文思精妙，下筆如有神助。奇怪是他還得了癲狂病：拿到文章題目後就閉門枯坐，一會兒譁然大笑，然後才手不停草，一氣呵成。一方面，寫出精美的文章使他「是年入泮，明年食餼」，獲得學業上的突飛猛進；另一方面，莫明其妙的笑使他觸怒了提學使，慘被除名。

蒲松齡當然對冷生抱有相當程度的同情，把冷生之笑比作佛家的頓悟，把大笑成文當作一件痛快的事，並直斥提學使為荒謬。提學使為清代省級最高教育行政長官，負責總理全省學務、選用僚佐、旌別屬官、主持鄉試、管理駐防學務等事宜。這篇故事中，某提學使「規矩嚴肅」，終日危坐堂上，一副不食人間煙火、拒人於千里之外的樣子。他聽到冷生的笑聲，十分生氣，就要責罰冷生。執事官解釋說冷生有癲狂之病，他才「怒稍息，釋之」，但也要「黜其名」。後世評論者與蒲松齡一樣，都對只責罰冷生之笑、不顧品評其文章之妙的提學使提出批評。比如，但明倫認為，「規矩方肅，忽聞笑聲，怒之宜矣。執事代白其顛，則何妨閱其文而叩其故。文果精妙，則譁然與之大笑，奚不可者？此學使未免迂拘，未免托大。」馮鎮巒認為，「學使場規自宜嚴肅，然怒其笑，何不觀其文？文謬黜之，猶可說也，其文甚佳，因一笑黜之，此戴面具以嚇人者耳，主司愛才，豈忍出此？如此宗匠，無乃瞶瞶？」

中。

狐懲淫

某生購新第，常患狐。一切服物，多為所毀，且時以塵土置湯餅❶中。

一日，有友過訪，值生出，至暮不歸。生妻備饌供客，已而偕婢啜食餘餌。生素不羈，好蓄媚藥❷，不知何時，狐以藥置粥中，婦食之，覺有腦麝❸氣。問婢，婢云不知。食訖，覺慾焰上熾，不可暫忍；強自按抑，燥渴愈急。籌思家中無可奔者，惟有客在，遂往叩齋。客問其誰，實告之。問何作，不答。客謝曰：「我與若夫道義交，不敢為此獸行。」婦尚流連。客叱罵曰：「某兄文章品行，被汝喪盡矣！」隔窗唾之。婦大慚，乃退。因自念：我何為若此？忽憶碗中香，得毋媚藥也？檢包中藥，果狼藉滿案，盎盞中皆是也。稔知❹冷水可解，因就飲之。頃刻，心下清醒，愧恥無以自容。展轉既久，更漏已殘。愈恐天曉難以見人，乃解帶自經❺。婢覺救之，氣已漸絕。辰後，始有微息。客夜間已遁。生晡❻後方歸，見妻臥，問之，不語，但含清涕。婢以狀告。大驚，苦詰之。妻遣婢去，始以實告。生嘆曰：「此我之淫報也，於卿何尤？幸有良友；不然，何以為人！」遂從此痛改往行，狐亦遂絕。

異史氏曰：「居家者相戒勿蓄砒鴆❼，從無有相戒不蓄媚藥者，亦猶人之畏兵刃而狎床笫也。寧知其毒有甚於砒鴆者哉！顧蓄之不過以媚內耳！乃至見嫉於鬼神；況人之縱淫，有過於蓄藥者乎？」

某生赴試，自郡中歸，日已暮，攜有蓮實菱藕，入室，並置几上。又有藤津偽器❽一事，水浸盎中。諸鄰人以生新歸，攜酒登堂，生倉卒置床下而出，令內子❾經營供饌，與客薄飲。飲已，入內，急燭床下，盎水已空。問婦，婦曰：「適與菱藕並出供客，何尚尋也？」生憶肴中有黑條雜錯，舉座不知何物。乃失笑曰：「癡婆子！此何物事，可供客耶？」婦亦疑曰：「我尚怨子不言烹法，其狀可醜，又不知何名，只得糊塗臠切❿耳。」生乃告之，相與大笑。今某生貴矣，相狎者猶以為戲。

【注釋】❶湯餅　古代的麵食，類似於今天「麵條」一類的食物。❷媚藥　春宮藥，使男女發情的藥物。❸腦麝　龍腦與麝香的並稱，亦泛指此類香料。❹稔知　熟悉；習知。❺自經　上吊自殺。❻晡　申時，即午後三時至五時。❼砒鴆　兩種毒藥。砒，砷的舊稱。鴆，傳說中的一種毒鳥。❽藤津偽器　一種淫具，女子用以自慰和女子同性戀行為所用之陰莖狀物件。❾內子　妻子，古代卿大夫的嫡妻稱為內子。❿臠切　切成肉塊。

【語譯】某秀才買了新住宅，常常有狐狸作祟。各種衣服器物，許多被弄壞，狐狸還常常拿塵土放進麵食裡。

一天，有朋友來拜訪，正好秀才外出，到晚上沒回來。秀才的妻子準備了飯菜招待客人，客人吃完，她跟婢女吃剩下的東西。秀才一向放蕩，喜歡儲存春藥，不知什麼時候，狐狸把藥放進粥裡，秀才的妻子吃了，覺得有麝香氣味。問婢女，婢女說不知道。吃完，只覺得性欲像火焰一樣燒上來，一刻也無法忍受；自己硬壓下去，而焦躁渴望更加急迫。想著家裡沒人可以私通，只有客人在，於是去敲客人所住的書房門。客人問是誰，她照實說了。客人問幹什麼，她不回答。客人謝絕說：「我跟你丈夫是道義之交，不敢做這種禽獸之事。」她還捨不得離去。客人叱罵道：「我那仁兄的文章品行，全被你給喪盡了！」隔著窗子唾她。秀才的妻子非常慚愧，這才走了。她於是自己想：我怎麼會這樣呢？忽然想起碗裡的香味，莫非是春藥？翻看包裡的藥，果然撒滿桌子，碗裡杯裡到處都是。她一向知道這藥可以用涼水來化解，便跑去喝涼水。馬上心裡清醒過來，慚愧羞恥，無地自容。她翻來覆去很久，一夜快過去了，越來越害怕天亮後難以見人，於是解下衣帶上吊。婢女發現救下來，已經沒氣了。過了半個上午，才有了一點氣息。客人在夜間已經走掉了。秀才黃昏後才回來，見妻子躺著，問她也不說話，只是含著眼淚。婢女把情況告訴他。他大吃一驚，苦苦追問。妻子把婢女支開，才照實說了。秀才嘆息說：「這是我淫蕩的報應啊，在你有什麼罪過？幸虧我有這麼好的朋友；不然，我怎麼做人呢！」於是他從此痛改前非，狐狸也就絕跡了。

異史氏說：「人們在家裡住，互相告誡不要存放砒霜毒藥，從來沒有告誡不要存放春藥的，也正如人們害怕刀槍，卻熱衷於床上男女情事一樣。怎知它的毒性比砒霜還厲害呢！然而存放這東西不過是用來逢迎內人罷了，卻弄到為鬼神嫉恨；況且人們縱淫泄欲，還有比使用春藥更甚的嗎！」

某秀才參加考試後，從府城回家，天色已晚，帶著蓮子、菱角和蓮藕，進了屋，一起放在桌上。又有一件「藤津偽器」，用水泡在小盆子裡。鄰居們因他剛回來，帶了酒來到他家，秀才匆忙間把小盆子放到床底下就出來會客，叫妻子做菜，跟客人們喝上兩杯。喝完酒，他回到裡屋，趕緊拿燈照床底下，小盆子裡的水已經空了。他問妻子，妻子說：「剛才跟菱角、蓮藕一起拿出去招待了客人，怎麼還找呢？」秀才回想起菜裡有黑色長條的東西夾雜在中間，滿座客人都不知是什麼東西。他於是失笑道：「傻婆子！這是什麼東西，能用它招待客人嗎？」妻子也懷疑地說：「我還埋怨你不說怎麼煮，那樣子很難看，又不知叫什麼，只好胡亂切切罷了。」秀才於是告訴她，兩人一起大笑。現在這秀才已經顯貴了，相熟的人還拿這事來開玩笑。

【研 析】〈狐懲淫〉是狐仙懲罰家蓄媚藥之人的故事。媚藥即春宮藥，泛指用於增強性功能或提高性快感的藥物。馬王堆漢墓帛書中即有《養生方》、《雜療方》等房中醫學著作。明中晚期，社會思潮日益開放。吳存存在〈明清社會性愛風氣〉中指出，「明清兩代也許可以說是中國歷史上性愛觀念最為混亂的時期，尤其是在明中晚期至清代的約四百年間，禁欲與縱欲的並行使這個時期的性愛觀呈現出極其複雜的狀態」，一方面「節烈風氣的盛行」，另一方面「人們極力尋找新奇的性刺激」。當時人們的縱欲觀念體現在大量的情色小說中，如《金瓶梅》、《歡喜冤家》、《宜春香質》、《如意君傳》、《情史》、《隋煬帝豔史》，等等。這篇〈狐懲淫〉是清初封建士子私生活的典型反映。比如，某生「素不羈，好蓄媚藥」。吃了媚藥有什麼感覺呢？其妻「覺慾焰上熾，不可暫忍；強自按抑，燥渴愈急。籌思家中無可奔者，惟有客在，遂往叩齋」。這位秀才的妻子差點做下飢不擇食、違背倫理之事。再如，某生赴試，「自郡中歸」，攜有「藤津偽器一事」。其妻見「其狀可醜，又不知何名」，就胡亂切了切，和菱角、蓮藕一起拿出去招待了客人，至今「相狎者猶以為戲」。

蒲松齡對「蓄媚藥」這種事情是反對的。他認為，媚藥多是用來縱淫泄欲，其毒性比砒霜還要厲害。所以，他塑造了不為奔婦引誘、堅守正人君子風範的「客」。「我與若夫道義交，不敢為此獸行」、「某兄文章品行，被汝喪盡矣」，這些話說得擲地有聲，大義凜然。在某生感嘆說「此我之淫報也」之後，但明倫評論說，「當頭棒喝，回首是岸」，對知過即改的某生提出了肯定和讚揚。

從狐作祟角度來考察這篇短文，可以發現狐作祟有時也是作祟有道。一開始，某生買了新住宅，常患狐，「一切服物，多為所毀，且時以塵土置湯餅中」。這種作祟是狐狸動物性的表現。後來，狐「以藥置粥中」，導演了一場淫奔的鬧劇，以致某生痛下決心，改正了「蓄媚藥」的習慣，「狐亦遂絕」。從一定程度上說，這時的狐作祟是作祟有道、作祟有因，反映出蒲松齡對狐作祟的分析指向了人類自身。

山市

奐山❶山市，邑景之一也。數年恒不一見。

孫公子禹年❷，與同人飲樓上，忽見山頭有孤塔聳起，高插青冥❸。相顧驚疑，念近中❹無此禪院。無何，見宮殿數十所，碧瓦飛甍❺，始悟為山市。未幾，高垣睥睨❻，連亙六七里，居然城郭矣。中有樓若者，堂若者，坊若者❼，歷歷在目，以億萬計。忽大風起，塵氣莽莽然❽，城市依稀而已。既而風定天清，一切烏有；惟危樓❾一座，直接霄漢，五架❿窗扉皆洞開；一行有五點明處，樓外天也。層層指數⓫，樓愈高，則明愈少；數至八層，裁如星點；又其上，則黯然縹緲，不可計其層次矣。而樓上人往來屑屑⓬，或凭或立，不一狀⓭。逾時，樓漸低，可見其頂；又漸如常樓；又漸如高舍；倏忽⓮如拳如豆，遂不可見。

又聞有早行者，見山上人煙市肆，與世無別，故又名「鬼市」云。

【注釋】❶奐山　也作煥山，在淄川縣西北十五里。❷孫公子禹年　即孫琰齡，淄川人，拔貢生，曾任定州同知。❸青冥　天空。冥，天空高深無窮。❹近中　近間；附近的地方。❺飛甍　翹起的屋脊。❻睥睨　本指斜著眼睛看，瞧不起人的意思，這裡指城上有孔的矮牆。❼中有樓若者三句　其中有像樓臺的，有像廳堂的，有像牌坊的。❽莽莽然　廣大蒼茫的樣子。❾危樓　高樓。危，高聳的樣子。❿五架　五間。⓫指數　指點計數。⓬屑屑　本指瑣碎煩細，這裡指來往的人眾多而雜亂。⓭不一狀　姿態各異，多種多樣。⓮倏忽　極短的時間。

【語譯】奐山山市，淄川八景之一。常常幾年見不到一次。

孫禹年公子和友人在樓上喝酒，忽見山頭有座孤塔聳立起來，高高地直插青天。大家互相看著，十分驚疑，想想附近沒有這樣的禪院。沒多久，見宮殿幾十座，綠瓦飛簷，大家才醒悟是山市。一會兒，高城箭垛，綿延六七里，居然成了一城市。其中的建築，有像高樓的，有像廳堂的，有像牌坊的，歷歷在目，數以億萬計。忽然，大風起來，塵土迷茫，城市隱隱約約。後來，風停了，天氣清朗，一切都消失了；只剩下一座高樓，直接霄漢，五個窗戶都開著；每行有五點明亮之處，是樓外的天空。一層層用指頭點著數，樓層越高，亮點越暗；數到第八層，亮點才跟星星一樣；再往上，就暗淡縹緲，不能再數層次了。而樓上的人來來往往，有的靠著，有的站著，姿態不一。過了好一會，高樓漸漸變矮，可以看見樓頂；又漸漸跟普通的樓房一樣；又漸漸像高大的平房；轉眼間變成拳頭大、豆子大，再後就看不見了。

又聽說有早上趕路的人，看見山上人煙街市商店，與世上的城市沒有區別，所以又稱為「鬼市」。

【研　析】蒲松齡的家鄉淄川有八處著名景觀。據明嘉靖二十五年《淄川縣志》載，這八景是昆侖疊翠、孝水澄清、文廟古松、禪林峻塔、蘇相石橋、鄭公書院、萬山樵唱、豐源牧歌。後因禪林塔塌毀，便將禪林峻塔改為龍橋疏雨。再後來龍橋又壞，遂改龍橋疏雨為奐山山市。奐山在縣西十五里，舊有煙火臺，今不存。

山市類似於海市蜃樓，實際上是由光線折射而形成的一種自然現象。蒲松齡借孫禹年的眼睛寫出這一人間盛景。一開始，孫禹年與友人在樓上飲酒，並未意識到山市的發生。山頭有孤塔聳起，直插青冥，還有宮殿數十座，綠瓦飛簷。青冥，指天空，張九齡〈將至岳陽〉詩中有「湘岸多深林，青冥晝結陰」之句。這時，景物雖然不多，但山頭之孤塔還是十分引人注目的。然後，孤塔變成有樓堂、有街道的城閣，「高垣睥睨，連亘六七里，居然城郭矣」。「高垣睥睨」指高低起伏的城牆，《水經注．穀水》中有「城上西南列觀，五十步一睥睨」，由睥睨代指矮牆，語言形象傳神。這一段極寫山市景物的數量之多，「以億萬計」，其境界闊大而寬廣。最後，一陣大風把這一切都變成了一座直接霄漢的高樓，其上部「黯然縹緲，不可計其層次」。一會兒，這座高樓漸漸變矮，直到如拳如豆，至不可見。這一段極寫樓之高聳與其變化消失。

這篇故事在以花妖狐魅著稱的《聊齋誌異》中顯得有些特別。其內容奇特，但又在現實生活中可以親眼所見，因此是介於虛與實之間的特殊題材。這樣的美景，其實蒲松齡是沒有見到的。

他借別人的轉述而寫出這「數年恒不一見」的人間美景，給讀者神奇變幻之感。孫啟新在〈蒲松齡和淄川文人眼中的奐山山市〉一文中還比較了蒲松齡和唐夢賚、張紱、趙金昆等人的山市記載。

孫生

孫生，娶故家❶女辛氏。初入門，為窮褲❷，多其帶，渾身糾纏甚密，拒男子不與共榻。床頭常設錐簪之器以自衛。孫屢被刺剟❸，因就別榻眠。月餘，不敢問鼎❹。即白晝相逢，女未嘗假以言笑。

同窗某知之，私謂孫曰：「夫人能飲否？」答云：「少飲。」某戲之曰：「僕有調停之法，善而可行。」問：「何法？」曰：「以迷藥入酒，紿使飲焉，則惟君所為矣。」孫笑之，而陰服其策良。詢之醫家，敬以酒煮烏頭❺，置案上。入夜，孫釃❻別酒，獨酌數觥而寢。如此三夕，妻終不飲。

一夜，孫臥移時，視妻猶寂坐，孫故作齁聲；妻乃下榻，取酒煨爐上。孫竊喜。既而滿飲一杯；又復酌，約盡半杯許，以其餘仍內壺中，拂榻遂寢。久之無聲，而燈煌煌尚未滅也。疑其尚醒，故大呼：「錫檠❼熔化矣！」妻不應，再呼仍不應。白身❽往視，則醉睡如泥。啟衾潛入，層層斷其縛結。妻固覺之，不能動，亦不能言，任其輕薄而去。既醒，惡之，投繯自縊。孫夢中聞喘吼聲，起而奔視，舌已出兩寸許。大驚，斷索，扶榻上，逾時始蘇。

孫自此殊厭恨之，夫妻避道而行，相逢則俯其首。積四五年，不交一語。妻或在室中，與他人嬉笑；見夫至，色則立變，凜如霜雪。孫嘗寄宿齋中，經歲不歸；即強之歸，亦面壁移時，默然就枕而已。父母甚憂之。

一日，有老尼至其家，見婦，亟加贊譽。母不言，但有浩嘆。尼詰其故，具以情告。尼曰：「此易事耳。」母喜曰：「倘能回婦意，當不靳酬也。」尼窺室無人，耳語曰：「購春宮❾一幀，三日後，為若厭❿之。」尼去，母即購以待之。三日，尼果來，囑曰：「此須甚密，勿令夫婦知。」乃剪下圖中人，又針三枚、艾一撮，並以素紙包固，外繪數畫如蚓狀，使母賺婦出，竊取其枕，開其縫而投之；已而仍合之，返歸故處。尼乃去。

至晚，母強子歸宿。媼往竊聽。二更將殘，聞婦呼孫小字，孫不答。少間，婦復語，孫厭氣[11]作惡聲。質明，母入其室，見夫婦面首相背，知尼之術誣也。呼子於無人處，委諭[12]之。孫聞妻名，便怒，切齒。母怒罵之，不顧而去。越日，尼來，告之罔效。尼大疑。媼因述所聽。尼笑曰：「前言婦憎夫，故偏厭之。今婦意已轉，所未轉者男耳。請作兩制之法，必有驗。」母從之，索子枕如前緘置訖，又呼令歸寢。更餘，猶聞兩榻上皆有轉側聲，時作咳，都若不能寐。久之，聞兩人在一床上唧唧語，但隱約不可辨。將曙，猶聞嬉笑，吃吃不絕。媼以告母，母喜。尼來，厚饋之。

孫由是琴瑟和好。生一男兩女，十餘年從無角口之事。同人私問其故，笑曰：「前此顧影生怒，後此聞聲而喜，自亦不解其何心也。」

異史氏曰：「移憎而愛，術亦神矣。然能令人喜者，亦能令人怒；術人之神，正術人之可畏也。先哲云：『六婆⑬不入門。』有見矣夫！」

【注釋】❶故家　世代仕宦之家。❷窮褲　即緄襠褲，指前後有襠的褲子。見《漢書・孝昭上官皇后傳》：「光欲皇后擅寵有子，……雖宮人使令皆為窮絝，多其帶。」❸刺剟　刺。❹問鼎　這裡指接觸妻子。傳說禹築九鼎，傳夏、商、周三代，成為國家政權的象徵。春秋時，楚莊王陳兵洛水，向周王朝示威。周派使者慰勞，「楚子問鼎之大小輕重」，暗含楚莊王奪取周朝天下之意。見《左傳・宣公三年》。❺烏頭　毛茛科植物，可入中藥。❻釃　斟酒。❼檠　燈架；燭臺。❽白身　裸體。❾春宮　以性愛活動為主題的繪畫。❿厭　古代方士的一種巫術，謂能以詛咒制服人或物。⓫厭氣　厭惡的口氣。⓬委諭　委婉地勸說。⓭六婆　原指的是古代中國民間女性的幾種職業。明代陶宗儀《輟耕錄》說，三姑指尼姑、道姑、卦姑，六婆指牙婆（女性人販子）、媒婆、師婆（巫婆）、虔婆（妓院鴇母）、藥婆（女醫師）、穩婆（接生婆）。

【語譯】孫生，娶世家大族的女兒辛氏為妻。剛過門時，穿著緄襠褲，有很多帶子，密密地纏在身上，拒絕丈夫，不跟他同床。床頭常常放著鐵錐、銀簪等利器來自衛。孫生多次被刺，就到另一張床上去睡。結婚一個多月，不敢接觸妻子。即使白天碰見，辛氏也沒給他好話笑臉。

孫生的一個同學知道了這事，私下對他說：「你夫人能喝酒嗎？」孫生回答說：「喝一點。」那人開玩笑說：「我有一個調停的辦法，非常好，而且切實可行。」孫生問：「什麼辦法？」那人說：「拿迷魂藥放進酒裡，騙她喝了，那就隨你幹什麼了。」孫生笑著，暗暗佩服這個計謀很妙。他去問醫生，小心地拿酒煮烏頭，放在桌上。入夜後，他拿別的酒來喝，自斟自飲幾杯然後睡覺。這樣過了三個晚上，他妻子始終不喝。

一天夜裡，孫生睡下很久了，見妻子還孤寂地坐著，他故意發出鼾聲；妻子於是下床，拿酒到爐子上煨著。孫生暗地裡高興。後來妻子滿滿喝了一杯；又斟上，大約喝了半杯左右，把其餘的仍舊倒進壺裡，掃掃床鋪就睡了。過了很久沒有動靜，而燈燭明晃晃的還沒熄滅。孫生懷疑她還醒著，故意大喊：「錫燈座熔化了！」妻子不答應，再喊仍不答應。孫生赤著身子過去看，妻子已爛醉如泥地睡著了。他掀開被子，悄悄爬進去，一層層弄斷妻子身上綁的帶子。妻子本已發覺，不能動，也不能說話，任孫生輕薄一番離開了。她醒來後，很痛恨，上吊尋死。孫生在夢中聽見氣喘聲，起來跑過去看，妻子的舌頭已吐出兩寸來長。他大吃一驚，割斷繩子，把她扶到床上，過了好久才蘇醒。

孫生從此對妻子極其厭惡、惱恨，夫妻倆在路上避開走，碰上就低下頭。過了四五年，不說一句話。妻子有時在屋裡跟別人嬉笑；見丈夫來了，臉色馬上就變了，冷若冰霜。孫生曾經住到書房去，整年不回臥室；即使強迫他回來，也只是久久面對牆壁，默默地睡覺。父母非常擔憂。

一天，有個老尼姑來到他家，看見辛氏，滿口稱讚。孫生的母親不說話，只是長嘆。尼姑問是什麼緣故，母親把情況都說了。尼姑說：「這是很容易的事。」母親高興地說：「如果能叫媳婦回心轉意，我不會吝惜酬金。」尼姑看屋裡沒別人，耳語說：「你買一幅春宮圖來，三天後，我替你厭禳。」尼姑走後，母親便買了春宮圖來等著。三天後，尼姑果然來了，囑咐說：「這事需要非常保密，別讓他們夫婦知道。」於是剪下圖中的人，又拿三根針、一撮艾葉，一同拿白紙包好，外面畫了幾道像蚯蚓形狀的線條，叫母親把媳婦哄出來，偷偷拿她的枕頭，拆開縫線放進去；然後依舊縫合，放回原處。尼姑便走了。

晚上，母親強迫兒子回臥房睡覺。讓老僕婦去偷聽。二更快過，聽到辛氏喊孫生的小名，孫生不回答。一會兒，辛氏又說話，孫生就用厭惡的口氣罵她。天亮了，母親走進臥室，見小倆口臉孔相背，知道尼姑的法術不行。她把兒子喊到沒人的地方，委婉勸解他。孫生聽到妻子的名字就發怒，咬牙切齒。母親生氣地罵他，丟下他走開了。過了一天，尼姑來了，母親告訴她無效。尼姑非常疑惑。老僕婦於是把偷聽到的情況說了。尼姑笑著說：「先前說妻子憎恨丈夫，所以厭禳這一方。現在女的心意已經轉變，沒有轉變的只是男的。讓我作兩方面厭禳的法術，一定有效。」母親聽從了她，把兒子的枕頭找來，像上次那樣放一包東西封好，又叫兒子回臥房睡。

一更過後，還聽見兩張床上都有翻身的聲音，不時發出乾咳，好像都睡不著。過了很久，聽見兩人在一張床上咕咕唧唧地說話，只是隱隱約約聽不清楚。天快亮了，還聽到嬉笑聲，「吃吃」地不停。老僕婦去告訴母親。母親高興極了，尼姑來了，母親重重地酬謝她。

孫生從此夫妻和好。生了一男兩女，十多年從沒吵嘴的事。朋友們私下裡問是什麼緣故。孫生笑著說：「以前看見她的影子就生氣，後來聽到她的聲音就高興，自己也不知道是什麼心理。」

異史氏說：「把憎恨轉化為喜愛，法術也夠神奇了。但能讓人高興的，也能讓人發怒；有法術的人神奇之處，正是他們可怕之處。以前的哲人說：『三姑六婆不進門。』很有見地啊！」

【研　析】〈孫生〉講述了一位老尼將一對夫妻從數年不交一語轉變為兩情相悅、琴瑟和好的故事。辛氏剛剛嫁入孫家，就對丈夫處處設防，「不與共榻」。在被丈夫施以迷藥、輕薄一番後，憤而投繯自縊。辛氏如此對待丈夫，多半出於對性的無知。但明倫評論說：「娶婦如此，殊難為情，亦難為計，難為力。」一位老尼的出現使情況發生轉機。正是在她的一手操辦下，使得孫生與辛氏之間恩愛逾於常人，「十餘年從無角口之事」。老尼採取了什麼辦法呢？她「剪下圖中人，又針三枚、艾一撮，並以素紙包固，外繪數畫如蚓狀，使母賺婦出，竊取其枕，開其縫而投之」，首先扭轉了辛氏的態度。接著，又如法炮製，扭轉了孫生的態度。故事至此，讓人不得不佩服老尼的法術高強，而孫生一家也幸福美滿，似乎皆大歡喜。但蒲松齡與有的評論者並不止於此，反而說出了另一番道理。蒲松齡在「異史氏曰」中認為，「移憎而愛，術亦神矣。然能令人喜者，亦能令人怒；術人之神，正術人之可畏也。」但明倫說：「作兩制之法，果皆奇驗。易此而觀，尼之罪不少。」他們都表達了對法術的畏懼、恐慌之感。因為「術人」能令人喜，也能令人怒，能令人和，也能令人離，完全將他人操弄於股掌之上，而這也正是對他人的自主、自在、自由的控制與抹殺。

同樣引起讀者關注的還有這位老尼。她本應六根清淨、四大皆空，不問天下紅塵俗事，但在故事中卻諳熟使用春宮圖進行厭勝之法。明代中後期，資本主義萌芽和商品經濟逐漸發展，社會風尚以侈奢相高，文學作品中也充斥著酒色財氣、男女勾當。在明清小說中，尼姑思春、和尚偷情隨處可見。比如，《喻世明言》卷四〈閒雲菴阮三償冤債〉、《初刻拍案驚奇》卷三十四〈聞人生野戰翠浮庵〉等等，《聊齋誌異》中的〈陳雲棲〉中也有相關描寫。由於尼姑兼有宗教使者與女性閨中密友的雙重身分，她們行動自由，可以廣泛接觸各色人等，就很難保持清潔本色，也難免會成為這一風尚的推波助瀾者。正如《初刻拍案驚奇》卷六〈酒下酒趙尼媼迷花〉中，「話說三姑六婆，最是人家不可與他往來出入。蓋是此輩功夫又閒，心計又巧，亦且走過千家萬戶，見識又多，路數又熟，不要說那些不正氣的婦女，十個著了九個兒，就是一些針縫也沒有的，他會千方百計弄出機關，智賽良、平，辨同何、賈，無事誘出有事來。所以宦戶人家有正經的，往往大張告示，不許出入。其間一種最狠的，又是尼姑。他借著佛天為由，庵院為囤，可以引得內眷來燒香，可以引得子弟來遊耍。見男人問訊稱呼，禮數毫不異僧家，接對無妨。到內室念佛看經，體格終須是婦女，交搭更便。從來馬泊六、撮合山，十椿事到有九椿是尼姑做成、尼庵私會的。」這也是蒲松齡極口稱讚先哲所說「六婆不入門」的原因。

〈孫生〉的細節描寫也值得讀者仔細品味。這突出表現在辛氏飲酒這一節。孫生為了引誘辛氏飲酒，做足了準備工作。在物質上，他「詢之醫家」、「以酒煮烏頭」、「置案上」。然後開始表演，「入夜，孫釃別酒，獨酌數觥而寢」。這樣的表演連續進行了三個晚上，辛氏仍沒有飲酒。直到一天晚上，他故意裝出打鼾的聲音，辛氏才喝下約一杯半的酒。整個過程歷時數日，兩個人都沒有說一句話，全是通過各自動作進行展示，著實起到了此時無聲勝有聲的效果，值得讀者深入體會其中的韻味。這一段，馮鎮巒評價為「細寫如見」。

邵九娘

柴廷賓，太平❶人。妻金氏，不育，又奇妒。柴百金買妾，金暴遇之，經歲而死。柴忿出，獨宿數月，不踐閨闥。一日，柴初度❷，金卑詞莊禮，為丈夫壽。柴不忍拒，始通言笑。金設筵內寢，招柴。柴辭以醉。金華妝自詣柴所，曰：「妾竭誠終日，君即醉，請一盞而別。」柴乃入，酌酒話言。妻從容曰：「前日誤殺婢子，今甚悔之。何便仇忌，遂無結髮❸情耶？後請納金釵❹十二，妾不汝瑕疵❺也。」柴益喜，燭盡見跋❻，遂止宿焉。由此敬愛如初。

金便呼媒媼來，囑為物色佳媵；而陰使遷延勿報，己則故督促之。如是年餘。柴不能待，遍囑戚好為之購致，得林氏之養女。金一見，喜形於色，飲食共之，脂澤花釧，任其所取。然林固燕產❼，不習女紅，綉履之外，須人而成。金曰：「我家素勤儉，非似王侯家，買作畫圖看者。」於是授美錦，使學製，若嚴師誨弟子。初猶呵罵，繼而鞭楚。柴痛切於心，不能為地❽。而金之憐愛林，尤倍於昔，往往自為妝束，勻鉛黃❾焉。但履跟稍有折痕，則以鐵杖擊雙彎❿；髮少亂，則批兩頰。林不堪其虐，自經死。柴悲慘心目，頗致怨懟。妻怒曰：「我代汝教娘子，有何罪過？」柴始悟其奸，因復反目，永絕琴瑟之好。陰於別業修房闥，思購麗人而別居之。

荏苒⓫半載，未得其人。偶會友人之葬，見二八女郎，光豔溢目，停睇神馳。女怪其狂顧，秋波斜轉之。詢諸人，知為邵氏。邵貧士，止此女，少聰慧，教之讀，過目能了。尤喜讀《內經》及冰鑒書⓬。父愛溺之，有議婚者，輒令自擇，而貧富皆少所可，故十七歲猶未字也。柴得其端末，知不可圖，然心低徊之。又冀其家貧，或可利動。謀之數媼，無敢媒者，遂亦灰心，無所復望。

忽有賈媼者，以貨珠過柴。柴告所願，賂以重金，曰：「止求一通誠意，其成與否，所勿責也。萬一可圖，千金不惜。」媼利其有，諾之。登門，故與邵妻絮語。睹女，驚贊曰：「好個美姑姑！假到昭陽院⑬，趙家姊妹⑭何足數得！」又問：「婿家阿誰？」邵妻答：「尚未。」媼言：「若個娘子，何愁無王侯作貴客也！」邵妻嘆曰：「王侯家所不敢望；只要個讀書種子⑮，便是佳耳。我家小孽冤，翻復遴選，十無一當，不解是何意向。」媼曰：「夫人勿須煩怨。恁個麗人，不知前身修何福澤，才能消受得。昨一大笑事：柴家郎君云，於某家塋邊，望見顏色，願以千金為聘。此非餓鴟作天鵝想⑯耶？早被老身呵斥去矣！」邵妻微笑不答。媼曰：「便是秀才家，難與較計；若在別個，失尺而得丈，宜若可為矣。」邵妻復笑不言。媼撫掌曰：「果爾，則為老身計亦左矣。日蒙夫人愛，登堂便促膝賜漿酒；若得千金，出車馬，入樓閣，老身再到門，則閽者⑰呵叱及之矣。」

邵妻沉吟良久，起而去，與夫語；移時，喚其女；又移時，三人並出。邵妻笑曰：「婢子奇特，多少良匹悉不就，聞為賤媵則就之。但恐為儒林笑也！」媼曰：「倘入門，得一小哥子，大夫人便如何耶！」言已，告以別居之謀。邵益喜，喚女曰：「試同賈姥言之。此汝自主張，勿後悔，致懟父母。」女腆然[18]曰：「父母安享厚奉，則養女有濟矣。況自顧命薄，若得佳偶，必減壽數；少受折磨，未必非福。前見柴郎亦福相，子孫必有興者。」

媼大喜，奔告。柴喜出非望，即置千金，備輿馬，娶女於別業，家人無敢言者。女謂柴曰：「君之計，所謂燕巢於幕，不謀朝夕者也[19]。塞口防舌，以冀不漏，何可得乎？請不如早歸，猶速發而禍小。」柴慮摧殘。女曰：「天下無不可化之人。我苟無過，怒何由起？」柴曰：「不然。此非常之悍，不可情理動者。」女曰：「身為賤婢，摧折亦自分耳。不然，買日為活，何可長也？」柴以為是，終躊躇而不敢決。

一日，柴他往。女青衣[20]而出，命蒼頭控老牝馬，一嫗攜襆從之，竟詣嫡所，伏地而陳。妻始而怒；既念其自首可原，又見容飾兼卑，氣亦稍平。乃命婢子出錦衣衣之，曰：「彼薄幸人播惡於眾，使我橫被口語[21]。其實皆男子不義，諸婢無行，有以激之。汝試念背妻而立家室，此豈復是人矣？」女曰：「細察渠似稍悔之，但不肯下氣耳。諺云：『大者不伏小。』以禮論：妻之於夫，猶子之於父，庶之於嫡也。夫人若肯假以詞色，則積怨可以盡捐。」妻云：「彼自不來，我何與焉？」即命婢媼為之除舍。心雖不樂，亦暫安之。

柴聞女歸，驚惕不已，竊意羊入虎群，狼藉已不堪矣。疾奔而至，見家中寂然，心始穩貼。女迎門而勸，令詣嫡所。柴有難色。女泣下，柴意少納。女往見妻曰：「郎適歸，自慚無以見夫人，乞夫人往一姍笑[22]之也。」妻不肯行，女曰：「妾已言：夫之於妻，猶嫡之於庶。孟光舉案[23]，而人不以為諂，何哉？分在則然耳。」妻乃從之，見柴曰：「汝狡兔三窟㉔，何歸為？」柴俯不對。女肘之，柴始強顏笑。妻色稍霽，將返。女推柴從之，又囑庖人備酌。自是夫妻復和。

女早起青衣往朝；盥已，授帨，執婢禮甚恭。柴入其室，苦辭之，十餘夕始肯一納。妻亦心賢之；然自愧弗如。積慚成忌。但女奉侍謹，無可蹈瑕㉕。或薄施訶譴，女惟順受。一夜，夫婦少有反唇，曉妝猶含盛怒。女捧鏡，鏡墮，破之。妻益恚，握髮裂眦㉖。女懼，長跪哀免。怒不解，鞭之至數十。柴不能忍，盛氣奔入，曳女出。妻呶呶㉗逐擊之。柴怒，奪鞭反扑，面膚綻裂，始退。由是夫妻若仇。柴禁女無往。女弗聽，早起，膝行伺幕外。妻搥床怒罵，叱去，不聽前。日夜切齒，將伺柴出而後洩憤於女。柴知之，謝絕人事，杜門不通弔慶。妻無如何，惟日撻婢媼以寄其恨，下人皆不可堪。

自夫妻絕好，女亦莫敢當夕，柴於是孤眠。妻聞之，意亦稍安。有大婢素狡黠，偶與柴語，妻疑其私，暴之尤苦。婢輒於無人處，疾首怨罵。一夕，輪婢值宿，女囑柴，禁無往，曰：「婢面有殺機，叵測也。」柴如其言，招之來，詐問：「何作？」婢驚懼，無所措詞。柴益疑，檢其衣，得利刃焉。婢無言，惟伏地乞死。柴欲撻之，女止之曰：「恐夫人所聞，此婢必無生理。彼罪固不赦，然不如鬻之，既全其生，我亦得直焉。」柴然之。會有買妾者，急貨之。

妻以其不謀故，罪柴，益遷怒女，詬罵益毒。柴忿，顧女曰：「皆汝自取。前此殺卻，烏有今日！」言已而走。妻怪其言，遍詰左右，並無知者；問女，女亦不言。心益悶怒，捉裾浪罵。柴乃返，以實告。妻大驚，向女溫語；而心轉恨其言之不早。柴以為嫌郤盡釋，不復作防。適遠出，妻乃召女而數之曰：「殺主者罪不赦，汝縱之，何心？」女造次[28]不能以詞自達。妻燒赤鐵烙女面，欲毀其容。婢媼皆為之不平。每號痛一聲，則家人皆哭，願代受死。妻乃不烙，以針刺脅二十餘下，始揮去之。

柴歸，見面創，大怒，欲往尋之。女捉襟曰：「妾明知火坑而固蹈之。當嫁君時，豈以君家為天堂耶？亦自顧薄命，聊以泄造化㉙之怒耳。安心忍受，尚有滿時；若再觸焉，是坎已填而復掘之㉚也。」遂以藥糝患處，數日尋愈。忽攬鏡喜曰：「君今日宜為妾賀，彼烙斷我晦紋矣！」朝夕事嫡，一如往日。

金前見眾哭，自知身同獨夫，略有愧悔之萌，時時呼女共事，詞色平善。月餘，忽病逆，害飲食。柴恨其不死，略不顧問。數日，腹脹如鼓，日夜寢困。女侍伺不遑眠食，金益德之。女以醫理自陳；金自覺疇昔過慘，疑其怨報，故謝㉛之。

金為人持家嚴整，婢僕悉就約束；自病後，皆散誕無操作者。柴躬自經理㉜，劬勞甚苦，而家中米鹽，不食自盡。由是慨然興中饋㉝之思，聘醫藥之。金對人輒自言為「氣蠱㉞」，以故醫脈之，無不指為氣鬱者。凡易數醫，卒罔效，亦濱危矣。又將烹藥，女進曰：「此等藥，百裹無益，只增劇耳。」金不信。女暗撮別劑易之。藥下，食頃三遺㉟，病若失。遂益笑女言妄，呻而呼之曰：「女華陀㊱，今如何也？」女及群婢皆笑。金問故，始實告之。泣曰：「妾日受子之覆載㊲而不知也！今而後，請惟家政，聽子而行。」

無何，病痊，柴整設為賀。女捧壺侍側；金自起奪壺，曳與連臂，愛異常情。更闌，女託故離席；金遣二婢曳還之，強與連榻。自此，事必商，食必偕，即姊妹無其和也。無何，女產一男。產後多病，金親為調視，若奉老母。

後金患心痗㊳，痛起，則面目皆青，但欲覓死。女急取銀針數枚，比至，則氣息瀕盡，按穴刺之，畫然㊴痛止。十餘日復發，復刺；過六七日又發。雖應手奏效，不至大苦，然心常惴惴，恐其復萌。夜夢至一處，似廟宇，殿中鬼神皆動。神問：「汝金氏耶？汝罪過多端，壽數合盡；念汝改悔，故僅降災，以示微譴。前殺兩姬，此其宿報。至邵氏何罪，而慘毒如此？鞭打之刑，已有柴生代報，可以相準；所欠一烙、二十三針，今三次，止償零數，便望病根除耶？明日又當作矣！」醒而大懼，猶冀為妖夢之誣。食後果病，其痛倍苦。女至，刺之，隨手而瘥。疑曰：「技止此矣，病本[40]何以不拔？請再灼之。此非爛燒不可，但恐夫人不能忍受。」金憶夢中語，以故無難色。然呻吟忍受之際，默思欠此十九針，不知作何變症，不如一朝受盡，庶免後苦。炷盡，求女再針。女笑曰：「針豈可以泛常施用耶？」金曰：「不必論穴，但煩十九刺。」女笑不可。金請益堅，起跪榻上。女終不忍。實以夢告。女乃約略經絡，刺之如數。自此平復，果不復病。彌自懺悔，臨下[41]亦無戾色。

子名曰俊，秀惠絕倫。女每曰：「此子翰苑相[42]也。」八歲有神童之目，十五歲以進士授翰林。是時柴夫婦年四十，如夫人[43]三十有二三耳。輿馬歸寧，鄉里榮之。邵翁自鬻女後，家暴富，而士林羞與為伍；至是，始有通往來者。

異史氏曰：「女子狡妒，其天性然也。而為妾媵者，又復炫美弄機，以增其怒。嗚呼！禍所由來矣。若以命自安，以分自守，百折而不移其志，此豈梃刃所能加乎？乃至於再拯其死，而始有悔悟之萌。嗚呼！豈人也哉！如數以償，而不增之息，亦造物之恕矣。顧以仁術作惡報，不亦慎[44]乎！每見愚夫婦抱疴終日，即招無知之巫，任其刺肌灼膚而不敢呻，心嘗怪之，至此始悟。」

閩人有納妾者，夕入妻房，不敢便去，偽解屨作登榻狀。妻曰：「去休！勿作態！」夫尚徘徊，妻正色曰：「我非似他家妒忌者，何必爾爾。」夫乃去。妻獨臥，輾轉不得寐，遂起，往伏門外潛聽之。但聞妾聲隱約，不甚了了；惟「郎罷」二字，略可辨識。郎罷，閩人呼父也。妻聽逾刻，痰厥[45]而踣，首觸扉作聲。夫驚起，啟戶，尸倒入。呼妾火之，則其妻也。急扶灌之，目略開，即呻曰：「誰家郎罷被汝呼！」妒情可哂。

【注釋】❶太平　明清府名，在今安徽省，轄當塗、蕪湖、繁昌等縣。❷初度　生日。❸結髮　成婚。成婚之夕，男左女右共髻束髮，故稱結髮。❹金釵　婦女插於髮髻的金製首飾，由兩股合成。借指婦女。❺不汝瑕疵　即不瑕疵汝，不把納妾看作你的過失。❻跋　根部，泛指東西的底下部。❼燕產　燕地人。燕即今河北北部。❽不能為地　不能改變林女所處的環境。❾鉛黃　鉛粉、雌黃。這裡泛指面部化妝品。❿雙彎　雙腳。⓫荏苒　時間漸漸過去，形容時光易逝。⓬內經及冰鑒書　內經，即《黃帝內經》，此處泛指醫書。冰鑒書，即相書。⓭昭陽院　即昭陽殿，漢代宮殿名。⓮趙家姊妹　即漢成帝妃子趙飛燕及其妹趙合德。⓯讀書種子　指有根柢的讀書人。⓰餓鴟作天鵝想　飢餓的鴟梟想吃天鵝肉。鴟，貓頭鷹。⓱閽者　看門的人。⓲腆然　羞怯的樣子。⓳所謂燕巢於幕二句　這就是人們所說的燕子將巢築於飛幕之上，而不考慮旦夕之危的做法啊。⓴青衣　青色或黑色的衣服，漢代以後，多為地位低下者所穿。這裡指婢妾的衣服。㉑口語　眾口非議。㉒姍笑　嘲笑。㉓孟光舉案　孟光送飯時把托盤舉得跟眉毛一樣高。後形容夫妻互相尊敬。語出《後漢書・梁鴻傳》：「依大家皐伯通，居廡下，為人賃舂。每歸，妻為具食，不敢于鴻前仰視，舉案齊眉。」㉔狡兔三窟　狡猾的兔子準備好幾個藏身的窩。比喻隱蔽的地方或方法多。語出《戰國策・齊策四》：「狡兔有三窟，僅得免其死耳。」㉕蹈瑕　因其過失而加以責罰。㉖裂眦　眼眶瞪裂，形容極度憤怒的樣子。㉗呶呶　沒完沒了地說。㉘造次　倉促之間。㉙造化　自然界的創造者；命運。㉚坎已填而復掘之　把已填平的坑重新掘出來。㉛謝　謝絕。㉜經理　經營管理。㉝中饋　指家中供膳諸事，代指妻室。語出《易・家人卦》：「无攸遂，在中饋。」㉞氣蠱　亦稱「氣鼓」，中醫認為由怒氣鬱結導致的腹部腫脹的疾病。㉟食頃三遺　一頓飯的功夫，大便三次。㊱華陀　即華佗，漢末名醫，精於方藥、針灸及外科手術，後為曹操所殺。㊲覆載　像天覆地載一樣的恩情。㊳心痗　心病。語出《詩經・衛風・伯兮》：「願言思伯，使我心痗。」㊴畫然　即劃然，忽然之意。㊵病本　病根。㊶臨下　對待下人。㊷翰苑相　有入翰林院的骨相。㊸如夫人　妾的別稱。㊹傎　同「顛」。顛倒。㊺痰厥　中醫病症名。指因痰盛氣閉而引起四肢厥冷，甚至昏厥的病症。

【語　譯】柴廷賓，太平府人。妻子金氏，不能生育，又非常嫉妒。柴廷賓用一百兩銀子買了個侍妾，金氏殘暴地對待她，一年時間就死了。柴廷賓氣憤地離開，獨自住了好幾個月，不到內室來。一天，柴廷賓過生日，金氏謙卑地說話，用莊重的禮節，給丈夫祝壽。柴廷賓不忍拒絕，才有說有笑。金氏在房間裡擺下酒席，叫人請柴廷賓。柴廷賓推辭說已經醉了。金氏打扮得十分漂亮，親自到柴廷賓的住處，說：「我誠心誠意的等了你一天，你即使醉了，也請喝一杯再回來。」柴廷賓這才走進她的房間，喝酒說話。金氏從容不迫地說：「上次失手打死了侍妾，現在很後悔。你怎麼就懷恨在心，一點沒有結髮夫妻的情義呢？今後你就是娶上一打小妾，我也不再埋怨你。」柴廷賓十分高興，一直喝到蠟燭燒盡，並留在金氏房裡睡覺。從此兩人又敬愛如初。

金氏叫來一個媒婆，囑託她給丈夫物色一個好侍妾；暗中卻指使媒婆拖著不要回信兒，自己則故意去催促。這樣過了一年多。柴廷賓等不得了，就到處囑託親戚朋友為他選購，買到了林家的養女。金氏一看，喜形於色，吃喝都和她在一起，胭脂首飾任憑林女取用。但是林女生於河北，沒學過針線活，除了繡鞋以外，都要依賴別人完成。金氏說：「我家一向勤儉，不像王侯之家，買個人回來當畫兒看。」於是交給林女一些錦緞，叫她學做衣服，就像嚴厲的老師教導學生。初時還只是斥罵幾句，後來就掄起鞭子責打。柴廷賓十分心痛，又沒法改變林女所處環境。不過金氏又比以前加倍憐愛林女，常常親手為她穿衣束帶，塗脂抹粉。只是林女的鞋跟稍微有點折痕，就拿起鐵棍打她的兩隻小腳；頭髮稍微有點散亂，就打她耳光。林女無法忍受虐待，上吊自盡了。柴廷賓萬分悲痛，怨恨金氏。金氏生氣地說：「我替你管教娘子，有什麼罪過？」柴廷賓這才醒悟到她的奸詐，於是又翻了臉，發誓永遠斷絕夫妻恩愛。又暗中派人在別墅修好房子，想買個美人另外居住。

半年過去了，柴廷賓也沒有買到合適的。偶然去參加一個朋友的葬禮，看見有位十六七歲的少女，光彩照人，他不禁心往神馳，目不轉睛地看著。少女怪他直勾勾地看自己，就轉眼看別處。柴廷賓向別人打聽，知道是邵家的女兒。邵某是個貧寒的讀書人，只有這個女兒，從小聰明伶俐，教她讀書，能過目不忘。尤其愛讀《黃帝內經》及相面的書。邵某十分溺愛她，有來求婚的，總是讓她自己選擇，而她對窮人富人都看不中，所以十七歲了，還沒有許配人家。柴廷賓得知邵女的底細，明知不可能娶到手，但心裡始終戀戀不捨。又想到她家裡貧窮，或許可以用錢來打動。他和好幾個媒婆商量，卻沒有敢去做媒的，柴廷賓也就心灰意冷，不再抱什麼希望了。

忽然有個姓賈的媒婆，因為賣珠子來到柴廷賓家。柴廷賓把自己的心願告訴她，賄賂她很多金錢，說：「只求你轉達我的誠意，成功與否，我不會苛求你。萬一有希望，花一千兩銀子也在所不惜。」賈媒婆貪圖他的錢財，就答應了。賈媒婆來到邵家，故意和邵妻閒聊。她看見邵女，驚訝地讚嘆道：「好個漂亮姑娘！假如選進昭陽殿，那趙飛燕姐妹算得了什麼呢！」又問：「婆家是誰？」邵妻說：「還沒有婆家。」賈媒婆說：「像這樣的姑娘，何愁沒有王侯人家作女婿！」邵妻嘆氣說：「王侯人家是不敢奢望的；只要是個讀書人，那就很好了。我家這個小冤孽，反覆挑選，十個沒有一個中意的，不知是什麼想法。」賈媒婆說：「夫人不必煩惱。這樣一個美人，不知前世修下什麼福分才能享受。昨天有個大笑話：柴家郎君對我說，在某家的墳墓旁，遇到你家小姐，願用一千兩銀子做聘禮。這不是貓頭鷹想吃天鵝肉嗎？早被我喝罵走了！」邵妻只是微微地笑著，沒有答話。賈媒婆又說：「只是你們秀才家，難以商量；要是別人，丟一尺撿一丈，也應該是可以做的了。」邵妻還是笑著不說話。賈媒婆拍著手說：「要真是這樣，對我老婆子可太失算了。我天天承蒙夫人喜愛，一進屋就讓座給酒喝；你要是得了一千兩銀子，出門坐車馬，進門住高樓大廈，我再來串門時，守門人就該斥罵到我頭上了。」

邵妻沉吟了很久，起身走出去，和丈夫商量；一會兒，又呼喚她的女兒；再過一會兒，三個人一起出來。邵妻笑著說：「這丫頭真奇怪，多少好人家都不中意，聽說去做侍妾就答應了。只怕被讀書人笑話！」賈媒婆說：「如果進了門，生下個兒子，大老婆又能怎樣呢！」說完，又把柴廷賓另外居住的想法告訴他們。邵某更加高興，對女兒說：「你和賈姥姥說吧。這是你自己的主張，不要後悔，將來埋怨父母。」邵女羞答答地說：「父母安享優厚的奉養，那就是養活女兒得到的好處了。何況我知道自己命薄，如果嫁得太好，必定減少壽命；稍微受點折磨，未必不是福氣。我上次看見柴郎也是福相，他的子孫一定發跡的。」

賈媒婆非常高興，跑去告訴柴廷賓。柴廷賓喜出望外，馬上準備了一千兩銀子，備好車馬，把邵女娶到別墅，家人沒有敢聲張的。邵女對柴廷賓說：「你這個計策，正所謂燕子在帳幕上築巢，朝夕不保。想堵住別人的嘴巴，不走漏風聲，怎麼可能呢？還不如早回去，這樣矛盾很快會爆發，禍害反而會減小。」柴廷賓擔心回去會受到折磨。邵女說：「天下沒有不能感化的人。我如果沒有過錯，她又有什麼理由發怒呢？」柴廷賓說：「不。這個女人非常刁悍，是不能用情理打動的。」邵女說：「我身為奴婢，受折磨也是自己的本分。不然，花錢買日子混，怎能長久呢？」柴廷賓認為有道理，但總還有些躊躇，下不了決心。

一天，柴廷賓到別處去了。邵女穿著婢妾的衣服出門，叫老僕人給她牽一匹老騍馬，一個僕婦帶行李跟著，竟然來到金氏住的屋裡，跪在地上把事情說了一遍。金氏開始時十分生氣；後來想邵女來自首還是可以原諒的，又見她態度和服飾都很謙卑，氣也稍稍平息。便叫丫環拿出錦緞衣裳給她穿上，說：「那個薄情人到處說我的壞話，使我橫遭非議。其實都是男人沒有情義，丫環們沒有德行，事情都是她們惹起的。你試想想，背著妻子另立家室，這難道還算人嗎？」邵女說：「仔細觀察他似乎有些後悔，只是不肯低聲下氣罷了。俗話說：『大的不向小的屈服。』按照禮數來說：妻子對於丈夫，就像兒子對於父親，侍妾對於正妻一樣。夫人假如肯對他說幾句好話，給他點好臉色，那麼積怨就可以完全拋棄。」金氏說：「他自己不回來，我又能怎麼辦呢？」說完就叫丫環僕婦給邵女打掃房子。金氏心裡雖然不痛快，暫時也就相安無事。

柴廷賓聽說邵女回家，大吃一驚，心想綿羊走進老虎群，肯定被蹂躪得不成樣子了。飛跑回去，看見家裡很平靜，心裡才穩定下來。這時，邵女迎到門外勸他，叫他到金氏房裡去。他面有難色。邵女流下了眼淚，他才稍微表示願意聽從。邵女去見金氏說：「郎君剛剛回來，自愧沒臉見夫人，請夫人去嘲笑他一下。」金氏不肯去，邵女說：「我剛才說過：丈夫對於妻子，就像妻對於侍妾。孟光舉案齊眉，人們不認為她在諂媚丈夫，為什麼呢？名分所在，就應該如此。」金氏這才聽從，見柴廷賓說：「你狡兔三窟，還回來幹什麼？」柴廷賓低著頭沒有答話。邵女用胳膊碰碰他，他才勉強一笑。金氏臉色稍微溫和了些，準備回房間。邵女推著柴廷賓跟著，又囑咐廚師給他們準備酒菜。從此夫妻又和好了。

邵女每天早晨起來，穿著婢妾的服飾去問候金氏；金氏梳洗完了，她把佩巾遞過去，恭敬地謹守婢妾的禮節。柴廷賓走進她的房間，她苦苦地推辭，十幾個晚上才肯留他住一宿。金氏在心裡也認為她很賢惠；但是自愧不如。羞愧的心情越積越重，終於變成了忌恨。只是邵女侍奉她十分謹慎，沒瑕疵可挑。有時輕微責罵幾句，邵女只是逆來順受。一天晚上，夫妻頂了幾句嘴，早晨梳妝還滿面怒容。邵女為她捧著鏡子，鏡子掉在地上，摔破了。金氏更加惱怒，手握著頭髮，圓睜著雙眼。邵女害怕了，直挺挺地跪在地上哀求原諒。金氏怒氣不消，抽了邵女好幾十鞭子。柴廷賓不能忍受，氣沖沖地跑進來，把邵女拉出門外。金氏吵鬧著追出來繼續打。柴廷賓很生氣，奪下鞭子，回手就打，臉和身上都破了，才退回去。從此夫妻好像仇人。柴廷賓告誡邵女不到金氏那裡。邵女不聽從，早晨起來，膝行侍候在金氏幔帳外。金氏捶著床鋪，破口大罵，喝斥邵女出去，不讓她上前。金氏日夜咬牙切齒，想等柴廷賓出門後，在邵女身上發洩怒氣。柴廷賓知道以後，謝絕人情來往，關上大門，連婚喪嫁娶也不去參加。金氏無可奈何，只好每天打罵丫環僕婦來發洩怨恨，丫環僕婦都無法忍受。

自從夫妻斷絕恩愛以後，邵女也不敢留柴廷賓過夜，柴廷賓於是一個人睡覺。金氏聽說，心裡也稍微平和一些。有個大丫環一向很狡黠，偶然和柴廷賓說話，金氏懷疑他們私通，就更加殘暴地對待她。大丫環常常在沒人的地方，狠毒地怒罵金氏。一天晚上，輪到大丫環值夜，邵女囑咐柴廷賓，不要派大丫環去，說：「那丫環面有殺機，心懷叵測。」柴廷賓聽了邵女的話，把大丫環喊進來，詐問她一句：「你要幹什麼？」大丫環驚慌失措，無法回答。柴廷賓更加懷疑，就搜查她的衣服，搜出一把鋒利的刀子。大丫環無話可說，只好跪在地上求死。柴廷賓打算責打她一番，邵女勸阻說：「恐怕夫人聽到消息，這丫環就肯定不能活命。她的罪行固然不可饒恕，但還不如把她賣了，既保全她的性命，我們也可以得到一筆錢。」柴廷賓同意了。恰好有人想買個侍妾，趕緊把她賣掉了。

金氏因為丈夫沒和她商量，怪罪柴廷賓，更遷怒於邵女，罵得更加狠毒。柴廷賓很氣憤，對邵女說：「都是你自作自受。前幾天把她殺了，怎麼會有今天！」說完就走了。金氏聽他說得很奇怪，可是問遍了身邊的丫環僕婦，沒有誰知道是怎麼回事；又問邵女，邵女也不說。金氏心裡更加氣悶惱怒，牽著衣襟亂罵。柴廷賓於是回來，把那天的實情告訴她。金氏大驚，就很溫和地和邵女說話；可是心裡反而怨恨邵女沒有早告訴她。柴廷賓以為怨仇完全消除了，就不再防備。柴廷賓恰好有事出遠門，金氏就叫來邵女，數落她說：「謀殺主人者罪不容赦，你放走了她，安的是什麼心呢？」邵女倉促之間找不到適當的話來表白。金氏燒紅烙鐵去烙邵女的臉，想毀壞她的容貌。丫環僕婦都為邵女抱不平。邵女每慘叫一聲，家人都失聲而哭，情願替她受死。金氏就不烙了，用針在邵女肋下刺了二十多下，才揮手把她趕出去。

柴廷賓回來以後，看見邵女臉上的傷痕，勃然大怒，要去找金氏。邵女拉住他的衣襟說：「我明知這是個火坑，卻故意跳進來。當初嫁給你時，難道認為你家是個天堂嗎？也是知道自己命薄，姑且泄去老天爺對我的怒氣罷了。安心忍受，還有期滿的時候；假如再去觸犯她，這是填平了的火坑又要重新挖開。」於是把藥粉撒在傷口上，幾天就痊癒了。一天，她忽然對著鏡子笑著說：「你今天應該為我祝賀，她烙斷了我臉上的晦紋！」於是早晚都去侍奉金氏，就像以前一樣。

金氏前幾天看見家人為邵女痛哭，知道自己就像暴君獨夫，也有了一點愧悔之心，她常常叫邵女來商量事情，聲音、態度都平和了。過了一個多月，金氏忽然得了嘔吐症，不能吃東西。柴廷賓恨不得她早些死去，根本不去理她。又過了幾天，金氏肚子脹得像個鼓，日夜躺在床上難受。

邵女侍候她，顧不上吃飯睡覺，金氏更加感激邵女。邵女說自己懂得醫道；金氏覺得從前對待邵女太殘酷，懷疑邵女要報復，所以謝絕了。

金氏持家很嚴，丫環僕婦全都聽從她約束；自從病倒後，大家都懶懶散散，沒有幹活的。柴廷賓親自經營管理，操心費力很辛苦，可是家裡的米麵油鹽，還沒吃就全沒了。柴廷賓於是感慨中饋乏人，聘請醫生為金氏治病。金氏逢人就說自己患了「氣蠱」症，所以醫生給她診脈，沒有一個不說她是怒氣鬱結的。換了好幾個醫生，始終不見功效，金氏的病越來越危險了。這天又要熬藥時，邵女對金氏說：「這樣的藥，吃一百劑也沒用，只能加重病情罷了。」金氏不信。邵女暗地換了其他的藥。吃藥後，才一頓飯工夫，就大便了三次，病也似乎消失了。她於是更加取笑邵女胡說，呻吟著對邵女說：「女華陀，現在怎樣了？」邵女和丫環們都笑了。金氏問她們笑什麼，才如實告訴她。金氏哭著說：「我天天承你天高地厚般的恩情，自己不知道！從今以後，請你總管家務吧，一切聽你的。」

不久，金氏的病痊癒了，柴廷賓設宴為她慶賀。邵女捧著酒壺，站在旁邊侍候；金氏站起來，奪下酒壺，拉她坐在自己身邊，異常親熱。夜色已深，邵女藉故離開酒席；金氏打發兩個丫環把她拉回來，硬要她和自己一個床上睡覺。從此，有事一定商量，吃飯一定一起，就是親姐妹也沒有那樣和睦。不久，邵女生了個男孩。產後多病，金氏便親自調養照料她，就像侍奉自己的老母親。

後來，金氏患了心疼病，病情發作時，臉色變得一片青紫，只想尋死。邵女急忙去拿幾根銀針，等來到屋內，金氏已經快要咽氣了，邵女按照穴位給她扎了一針，馬上就不疼了。十幾天以後又發作一次，邵女又給她扎一針；過了六七天又發作了。雖然手到病除，不至於很痛苦，但金氏心裡經常惴惴不安，恐怕病情還要復發。晚上夢見到一個地方，好像一座廟宇，殿堂上的鬼神都在動。有個神問她：「你是金氏嗎？你作惡多端，陽壽該盡了，念你能夠改悔，所以只降一點災難，以示輕微的懲罰。你以前害死了兩個侍妾，那是她們的報應。至於邵氏，她有什麼罪過，你竟然那樣狠毒？你對她的鞭打，已經由柴廷賓替她報復了，可以兩相抵銷；所欠下的一烙和二十三針，現在才刺了你三次，僅僅償還了一個零頭，就想除掉病根了嗎？明天又該發作了！」金氏醒過來以後，非常害怕，還希望這是個荒誕的惡夢。可是吃飯以後，果然又犯病了，疼得比往日厲害幾倍。邵女來到跟前，給她扎了一針，馬上就沒事了。邵女疑惑地說：「我的本領也就這樣了，病根為什麼總是除不掉呢？請讓我再用艾炷燒灼一下。不過非燒爛皮膚不可，只怕夫人忍受不了。」金氏想起夢裡神靈的話，所以面無難色。但在呻吟忍受的時候，她默默地想還欠邵女十九針，不知又會變作什麼病症，倒不如一次受完，免得以後再受苦。艾炷燒完後，她要求邵女再扎針。邵女笑著說：「針怎麼可以隨便亂扎呢？」金氏說：「你不必按照穴位，只要亂扎上十九針就行了。」邵女笑著說不行。金氏請求得更堅決，還跪在床上。邵女始終不忍心。金氏就把夢裡的事如實告訴邵女。邵女才大致按照穴位，如數扎了針。金氏從此恢復健康，果然不再犯病。她更加懺悔，對待下人也沒有怒容了。

邵女的兒子叫柴俊，容貌俊美，聰明絕頂。邵女常常說：「這孩子是個翰林的骨相。」八歲就有神童之稱，十五歲考中進士，被授予翰林之職。這時柴廷賓夫婦四十歲，邵女只有三十二三歲。柴俊高車駿馬回家探親，鄉里都感到很榮耀。邵某自從賣了女兒以後，家境猛然富有，可讀書人羞於與他為伍；直到這時，才有人和他互通往來。

異史氏說：「女子狡猾嫉妒，這是她們天性決定的。而做侍妾的，又炫耀美貌，玩弄心計，以致加劇大老婆的憤怒。唉！這就是禍患的由來。如果安於自己的命運，堅守自己的本分，即使遭受很多挫折也不改變自己的意志，那麼棍棒利刃又怎能落到她的頭上呢？像金氏這樣的人，以至於再次把她從死亡中拯救過來她才開始有了悔悟之心。唉！她哪裡算是人呢！要她如數償還欠下的冤債，而沒有給她增加利息，這也是老天爺對她的寬恕了。只是醫術本是行仁之事，卻成了報復罪惡的手段，這不也顛倒了嗎！我常常見到一些愚蠢的夫妻，每當終日臥病時，就請來無知的巫醫，任憑針刺肌肉、艾灼皮膚，卻不敢呻吟，心裡總是感到很奇怪，到現在我才明白過來。」

福建有個納妾的人，晚上走進妻子的房間，不敢馬上離開，假裝脫鞋準備上床的樣子。妻子說：「你去吧！不要裝模作樣！」丈夫還在猶豫，妻子臉色嚴肅地說：「我不像別人家那種妒忌的女人，何必這樣。」丈夫這才走了。妻子一個人躺在床上，翻來覆去睡不著，於是爬起來，走到侍妾的房門外偷聽。只聽到侍妾隱隱約約的聲音，不大清楚；唯有「郎罷」兩個字，大致可以分辨出來。郎罷，是福建人對父親的稱呼。妻子偷聽了一陣，一口痰湧上來，身體向前仆倒，腦袋撞到房門上，發出了響聲。丈夫吃驚地爬起來，剛打開門，一具屍首就倒進屋裡。喊妾點燈一照，原來是他的妻子。連忙把她扶起來，灌了一些水，妻子雙目微微睜開，就呻吟著說：「誰家的郎罷被你叫呀！」嫉妒之情實在可笑。

【研　析】〈邵九娘〉中的金氏無疑是一個典型的悍婦形象。馮軍在〈從《聊齋》中的悍婦與夢境描寫看蒲松齡的婦女觀〉中指出，「〈邵女〉中金氏悍婦手段層出不窮，在方法、技巧、行為上都堪稱典型，她對丈夫陽奉陰違，至夫妻反目；對夫妾百般凌虐，致兩死一傷，對婢媪唯日撻打以寄其恨。夫喜亦喜、善待妾婢的傳統婦德在她這裡遭到徹底顛覆，悍與妒是她的形象符號。」

按照一般的邏輯，就悍婦的結局來看，要麼被感化，要麼遭惡報，無非這兩個結果。〈邵九娘〉也是如此，但寫得獨出心裁。金氏不育，但性格又出奇忌妒。她曾經虐待兩個侍妾以至死亡。很明顯，柴家成了金氏一手營建的專門針對侍妾的火炕。瞭解柴家情況的女子，避之唯恐不及，誰又敢主動嫁到柴家呢？偏偏就有一個光豔溢目的美姑姑做出常人所不能理解的舉動。她就是這篇故事的女主人公——邵九娘。邵九娘雖然出身並不高貴，但其父也是讀書之人，完全沒有必要淪落到要嫁給別人作妾的地步。但故事中有一句關鍵的話，說邵九娘「少聰慧，教之讀，過目能了。尤喜讀《內經》及冰鑒書」。《內經》即《黃帝內經》。《黃帝內經》是中醫學的奠基之作，系統講述了人的生理、病理、疾病、治療的原則和方法。「冰鑒」本指鏡潔如冰，後來用於察人、相面等，冰鑒書則是古代相面的典籍，有《麻衣神相》、《人倫大統賦》等。這就為邵九娘塗上一層神祕的色彩：她能看到隱藏在事件表象之下更深層的東西，或者說能夠參透人生的運數，從而做出超凡脫俗的選擇。因此，在她父母反覆徵求她的意見過程中，她堅持嫁給已有妒婦的柴廷賓。她的原因有三個：一是柴家可以拿出一千兩銀子，這樣父母可以「安享厚奉，則養有濟矣」，二是自己是命薄之人，如果得到眼下來看是很好的配偶，「必減壽數」，三是自己初見柴廷賓時，已經「秋波斜轉之」，發現「柴郎亦福相，子孫必有興者」。從這三個原因中，恐怕後兩個原因更為根本、更為深刻，因為憑她的條件，嫁入豪門並非難事，讓父母過上更好的生活自然不在話下。

成婚之後，邵九娘主動從外宅搬回柴家，與金氏生活在一起。她小心翼翼地侍奉著金氏，在夫妻生活方面，她也不擅寵專房，「十餘夕始肯一納」，把大部分時間留給金氏。金氏自愧弗如，但積慚成忌，抓住邵九娘小過失進行責罰。邵九娘逆來順受，每天「膝行伺幕外」，在大丫環要謀害金氏時，還妥善圓滿地進行了危機處理。金氏對有救命之恩的邵九娘表面上感激，內心卻「恨其言之不早」，以烙面針刺對待她。這在邵九娘看來，正好是藉此「泄造化之怒」，「烙斷我晦紋」。她的隱忍除了具有完成命運轉機的功利色彩之外，還體現其高尚的德行，她仍然「朝夕事嫡，一如往日」。接下來便是金氏的苦頭了，她長期受到病痛的折磨。「前殺兩姬」、「鞭打之刑」、「一烙」、「二十三針」等惡行一一償盡，毫釐不爽。最後，金氏「彌自懺悔，臨下亦無戾色」。而邵九娘所生柴俊「十五歲以進士授翰林」，則回應了柴廷賓有福相的預言。

在「異史氏曰」中，蒲松齡分析了妻妾不能和諧共處的兩方面原因：在妻子來說，「女子狡妒，其天性然也」；在媵妾來說，「炫美弄機，以增其怒」。而若能如邵九娘那樣，「以命自安，以分自守，百折而不移其志」，才會夫榮妻貴、子孝孫賢、光宗耀祖。但在蒲松齡的現實生活中，邵九娘這種擁有人生大智慧的女子畢竟太少了。

值得注意的是，蒲松齡從「造物之怒」的角度給金氏留下了退路。傳統社會裡，「女正位乎內，男正位乎外。男女正，天地之大義也」，金氏雖然悍妒，但在家庭中卻起著不可替代的作用。柴廷賓固然對妻子十分痛恨，「奪鞭反扑，面膚綻裂」，責備邵九娘「前此殺卻，烏有今日」，在金氏患病期間「恨其不死，略不顧問」，但金氏自有其長處，「金為人持家嚴整，婢僕悉就約束」，「自病後，皆散誕無操作者」。柴廷賓「躬自經理，劬勞甚苦，而家中米鹽，不食自盡，由是慨然興中饋之思，聘醫藥之。」金氏充分展現了她在家庭管理方面的價值。此外，金氏悍妒情緒也在一步步地發生轉化，首先是在傷害邵九娘時家人盡哭，她知道自己「身同獨夫，略有愧悔之萌」；其次，在自己生病期間，邵九娘「侍伺不遑眠食，金益德之」；再次，金氏受到夢境的啟發，「醒而大懼」，「彌自懺悔」。通過這種轉換性力量，金氏完成了自我救贖。而這也體現了蒲松齡內心深處的考慮。正如馮軍所說，「蒲松齡深受儒家思想的影響，對悍婦怨而不怒，曉之以理，動之以情，威之以鬼神，遵循倫理道德，背負著道德枷鎖，他可謂用心良苦，苦口婆心，希望金氏在家庭生活中安其位，司其職。蒲松齡在〈邵女〉悍婦與夢境結合描寫中體現出來的婦女觀是其思想觀的再現，家庭倫理觀的表達。」在不允許一夫多妻的現代社會，女子是不肯與人做妾的，人們也不會認同邵九娘和這篇故事表現的家庭倫理觀。

沂水秀才

沂水❶某秀才，課業❷山中。夜有二美人入，含笑不言，各以長袖拂榻，相將❸坐，衣軟無聲。少間，一美人起，以白綾巾展几上，上有草書三四行，亦未嘗審其何詞。一美人置白金一鋌，可三四兩許；秀才掇內❹袖中。美人取巾，握手笑出，曰：「俗不可耐！」秀才捫金，則烏有矣。

麗人在坐，投以芳澤❺，置不顧；而金是取，是乞兒相也，尚可耐哉！狐子可兒，雅態可想。

友人言此，並思不可耐事，附誌之：對酸俗客；市井人作文語❻；富貴態狀；秀才裝名士；旁觀諂態；信口謊言不倦；揖坐苦讓上下；歪詩文強人觀聽；財奴哭窮；醉人歪纏；作滿洲調❼；體氣❽苦逼人語；市井惡謔；任憨兒登筵抓肴果；假人餘威裝模樣；歪科甲❾談詩文；語次❿頻稱貴戚。

【注　釋】❶沂水　縣名，在今山東臨沂。❷課業　攻讀學業。❸將　扶；持。❹內　納。❺芳澤　古代婦女潤髮用的香油。這裡指美人題字的白綾巾。❻文語　文雅的話。❼作滿洲調　漢人模仿滿洲人的腔調說官話。❽體氣　這裡指狐臭。❾歪科甲　陋劣幸進的文人。❿語次　談話間。

【語　譯】山東沂水縣有一位秀才，在山中潛修學業。一天晚上，有兩個美人走進他的房間，滿面含笑，卻不說話，各自用長長的衣袖拂拭床榻，彼此相扶而坐，衣服柔軟得沒有一點聲音。過了一會兒，一個美人站起來，把白綾巾鋪在桌子上，上面寫有三四行草書，秀才也沒有細看是什麼字。另一個美人把一錠銀子放在桌子上，大約三四兩重；秀才把銀子拾起放入袖中。美人取走綾巾，手拉手笑著出去，說：「俗不可耐！」秀才摸了摸銀子，已經化為烏有了。

美人坐在身邊，送上白綾巾，卻毫不理會；只去拾取銀子，這是一副乞兒相，難道還可以容忍嗎！狐精這可意人兒，優雅的風度可想而知。

朋友講述此事，同時想起令人無法忍耐的事情，也附帶記下來：面對迂腐而庸俗的客人；市井之人卻裝作談吐文雅；作出腰纏萬貫的樣子；秀才冒充名士；察言觀色，極盡諂媚之事；信口說謊，不知疲倦；苦苦地互相謙讓座位；狗屁不通的詩文，卻強迫別人欣賞；守財奴哭窮；酒鬼胡攪蠻纏；漢人模仿滿洲人的腔調說話；身有狐臭，卻逼近別人說話；市井中人開有損人格的玩笑;任由無知小孩攀爬筵席,抓弄菜肴鮮果;假借他人的餘威裝模作樣;無才幸進的陋劣文人侈談詩文;談話之間頻頻稱呼貴戚。

【研析】〈沂水秀才〉講述了一個秀才在金錢、美色、知識三者之中選擇其一的故事。秀才在山中學習,兩個狐女進門,一個把寫有三四行草書的白綾巾放在書桌上,另一個則放了一錠銀子。秀才選擇了銀子,「掇內袖中」。這個行為被兩個狐女嘲笑為「俗不可耐」。何守奇說他是個「鈍秀才」。周先慎評價這位秀才,「見麗人而不動情,無才子之風情;見草書而不投眼,無文人之雅致;見白金即動手,便赤裸裸顯出一副窮酸乞兒嘴臉。」故事雖然短小,但文筆清麗,意味雋永。

蒲松齡由此生發開來,與友人共同擬寫了十七條俗不可耐之事。從總體上看,體現了蒲松齡不與世俗同流的高雅情志。主要有以下幾類:他反對趨炎附勢之人,如旁觀諂態、作滿洲調、語次頻稱貴戚;他反對附庸風雅之人,如市井人作文語、歪詩文強人觀聽;他反對重財貨而無內涵之人,如富貴態狀、財奴哭窮;他反對品行不端之人,如信口謊言不倦、醉人歪纏、市井惡謔;他反對不通常理之人,如酸俗客、體氣苦逼人語;他反對善於偽裝的虛假之人,如秀才裝名士、歪科甲談詩文、假人餘威裝模樣;他反對講求繁縟禮節之人,如揖坐苦讓上下;他反對不善教誨子弟之人,如任憨兒登筵抓肴果。這十七種俗不可耐之事,至今仍有許多啟示意義,不禁引人一笑。

其實,在有些人看來,蒲松齡及其友人所反對的,正是能夠在世俗社會獲得更好生活的「生存寶典」。以「作滿洲調」為例,滿族人是統治者,能夠模仿滿洲人腔調說話的漢人更容易得到賞識與重用。但對中國傳統知識分子來說，理想與責任是他們思考的重點，他們更注重高尚的精神世界的追求。在一般人看來他們過於自負清高，不會與世浮沉、與時俯仰，但這也恰恰是知識分子的風骨所在。蒲松齡在〈自題畫像〉中說：「癸巳九月，筠囑江南朱湘鱗為余肖此像，作世俗裝，實非本意，恐為百世後所怪笑也。」世俗裝即清代公服。這一段話也充滿了蒲松齡的自嘲之意。

閻王

李久常，臨朐❶人。壺榼❷於野，見旋風蓬蓬而來，敬酹奠之。後以故他適，路傍有廣第，殿閣弘麗。一青衣人自內出，邀李。李固辭。青衣要遮❸甚殷。李曰：「素不識荊❹，得無誤耶？」青衣云：「不誤。」便言李姓字。問：「此誰家？」答云：「入自知之。」入，進一層門，見一女子手足釘扉上。近視，其嫂也。大駭。李有嫂，臂生惡疽，不起者年餘矣，因自念何得至此。轉疑招致❺意惡，畏沮卻步。青衣促之，乃入。

至殿下，上一人，冠帶如王者，氣象威猛。李跪伏，莫敢仰視。王者命曳起之，慰之曰：「勿懼。我以曩昔擾子杯酌，欲一見相謝，無他故也。」李心始安，然終不知其故。王者又曰：「汝不憶田野酹奠時乎？」

李頓悟，知其為神，頓首曰：「適見嫂氏，受此嚴刑，骨肉之情，實愴於懷。乞王憐宥！」王者曰：「此甚悍妒，宜得是罰。三年前，汝兄妾盤腸而產❻，彼陰以針刺腸上，俾至今臟腑常痛。此豈有人理者！」李固哀之。乃曰：「便以子故宥之。歸當勸悍婦改行。」李謝而出，則扉上無人矣。

歸視嫂，嫂臥榻上，創血殷席❼。時以妾拂意故，方致詬罵。李遽勸曰：「嫂勿復爾！今日惡苦，皆平日忌嫉所致。」嫂怒曰：「小郎❽若個好男兒；又房中娘子賢似孟姑姑❾，任郎君東家眠，西家宿，不敢一作聲。自當是小郎大好乾綱❿，到不得代哥子降伏老媼！」李微哂曰：「嫂勿怒，若言其情，恐欲哭不暇矣。」曰：「便曾不盜得王母⓫簏中線，又未與玉皇⓬香案吏一眨眼，中懷坦坦，何處可用哭者！」李小語曰：「針刺人腸，宜何罪？」嫂勃然色變，問此言之因。李告之故。嫂戰惕不已，涕泗⓭流離而哀鳴曰：「吾不敢矣！」啼淚未乾，覺痛頓止，旬日而瘥⓮。由是立改前轍，遂稱賢淑。後妾再產，腸復墮，針宛然在焉。拔去之，腸痛乃瘳⓯。

異史氏曰：「或謂天下悍妒如某者，正復不少，恨陰網之漏多也。余謂不然。冥司之罰，未必無甚於釘扉者，但無回信耳。」

【注釋】❶臨朐　縣名，今山東臨朐。❷壺榼　壺、榼，均為盛酒的器具。❸要遮　邀請。❹識荊　敬辭，指久聞其名而初次見面結識。語出李白〈上韓荊州書〉：「生不用封萬戶侯，但願一識韓荊州。」❺招致　招引，邀請。❻盤腸而產　即盤腸生，產科學名詞。古人認為產母平日氣虛，臨產時怒掙，渾身氣血下注，以致腸隨兒下，兒娩出後腸仍不收。❼殷席　把席子染成赤黑色。❽小郎　古時婦女稱丈夫的弟弟為小郎。❾孟姑姑　即舉案齊眉的孟光。❿乾綱　夫綱。綱，綱常。中國傳統社會認為：君為臣綱、父為子綱、夫為妻綱。⓫王母　傳說中的女神，亦稱為金母、瑤池金母、西王母。傳說王母住在昆侖山的瑤池，園裡種有蟠桃，食之可長生不老。⓬玉皇　道教中地位最高、職權最大的神，又稱玉皇、玉帝、玉皇大帝。除統領天、地、人三界神靈之外，還管理宇宙萬物的興隆衰敗、吉凶禍福。⓭涕泗　眼淚和鼻涕。⓮瘥　病癒。⓯瘳　病癒；病除。

【語譯】李久常，山東臨朐人。他帶著酒壺酒杯在野外喝酒，看見一陣旋風飛捲而來，便恭敬地把酒灑在地上表示祭奠。後來，因為有事到別的地方去，路旁有座大宅院，殿閣高大壯麗。有個穿黑衫黑褲的人從裡面出來，邀請李久常進屋。李久常一再推辭。黑衣人攔住他，態度十分殷勤。李久常說：「咱們素不相識，怕是你認錯人吧？」黑衣人說：「沒有錯。」接著說出了李的姓名。

李久常問：「這是誰家的庭院？」回答說：「進去自然就知道了。」李久常跟著進去，進入第一道門，看見一個女子手和腳被釘在門上。近前一看，原來是他的嫂子。李久常十分驚駭。他有個嫂子，手臂生毒瘡，一年多不能起床了，心裡暗想她怎麼到這裡。轉念又懷疑叫他進來不是好意，神情沮喪，不肯邁步。黑衣人催促他，才走進去。

來到殿下，上面坐著一人，穿戴像個王爺，氣勢威猛。李久常跪下去，不敢抬頭看。王爺命人扶他起來，安慰說：「不要害怕。我因為從前叨擾過你一杯酒，想見你一面表示謝意，沒有別的緣故。」李久常這才安下心來，但還是不知道什麼緣故。王爺又說：「你不記得在田野祭奠的時候了嗎？」李久常立刻恍然大悟，知道他是神，連連磕頭說：「剛才看見我嫂子，受這樣的嚴刑，骨肉之情，心裡實在不好受。乞求大王可憐寬恕她！」王爺說：「她特別蠻橫嫉妒，應該得到這個懲罰。三年前，你哥哥的妾生孩子時子宮下墜，她暗中用針刺在腸上，使妾至今肚子裡常常作痛。這哪裡是有人性的人！」李久常一再哀求。王爺才說：「看在你面上饒恕她。回去應該勸這個悍婦改惡從善。」李久常道謝出來，那門上已經沒有人了。

李久常回到家裡去看嫂子，嫂子躺在床上，傷口的血染紅了席子。這時，因為妾的服侍不如她意，正在叫罵。李久常馬上勸告說：「嫂子不要再這樣了！今天你受的苦，都是平時嫉妒造成的。」嫂子憤怒地說：「小叔子像個好兒郎；而且房中娘子賢慧比得上孟姑姑，任你東家眠，西家宿，不敢吭一聲。就算小叔子是男子的表率，也輪不到讓你代替哥哥來降伏我這個老太婆呀！」李久常微微一笑說：「嫂子不要發怒，如果把內情說了出來，恐怕你連哭都顧不上了。」嫂子說：「我不曾偷過王母娘娘籮中線，又沒有和玉皇大帝香案吏擠眉弄眼，心懷坦蕩，哪裡用得著哭！」

李久常小聲說：「用針刺在別人腸上，該當何罪？」嫂子突然變了臉色，問這話的來由。李久常把緣故告訴她。嫂子渾身發抖，眼淚和鼻涕流淌下來，哭著哀求：「我不敢啦！」眼淚還沒有乾，覺得疼痛的地方立刻不疼了，十來天後痊癒了。從此痛改前非，變為一個賢妻良母。後來，李久常哥哥的妾又生孩子，子宮又下墜，針仍然還在。把針拔掉，肚子痛才好了。

異史氏曰：「有人說天下蠻橫嫉妒像李嫂的，實在是不少，只恨陰間的羅網漏掉的太多。我說不是這樣。閻王的懲罰，未必沒有更重於釘在門上的，不過沒有傳回消息罷了。」

【研　析】〈閻王〉講述李久常利用陰間所見勸誡其嫂的故事。李久常受青衣人引導，在陰間見其嫂「手足釘扉上」，得知她是因為趁夫妾生產之機，以針刺腸上而受到惡報。李久常回到陽世後，勸其嫂勿復悍妒，並將其臂生惡疽的原因明確告知，其嫂痛改前非。

李久常之所以能夠進入陰間，是因為閻王要酬謝李久常的一飯之德。但從全文來看，報恩只是個引子，用來標明故事的奇特之處，使李久常進入陰間顯得順理成章。但故事不止於此。馮鎮巒說：「咄嗟之食，君子弗尚，冥王非餓鬼，奠於野則德之，且此細事，特召生人致謝，亦淺甚矣。」整篇故事的重心在於對悍婦的懲戒及悍婦的改過自新。但明倫在閻王所說「歸當勸悍婦改行」之後評論說：「猶是冥王欲李寄語此婦，俾知罪戾而自改，且以儆天下為婦而悍妬者耳。不然，悍婦多矣，冥司何能一一釘之？如果皆釘之，於萬千中何以適見此婦乎？」蒲松齡在「異史氏曰」中指出，有人說「天下悍妒如某者，正復不少，恨陰網之漏多也」，而他自己卻認為，「冥司之罰，未必無甚於釘扉者」，只不過冥中懲罰的信息沒有傳回到陽世而已。與此相類，在〈僧孽〉中，張姓誤隨鬼使見到冥王，看見冥獄中「有一僧孔股穿繩而倒懸之，號痛欲絕」，原來是其身在人世犯了「廣募金錢，悉供淫賭」的罪行。張姓回到陽世後，他把原委告訴了這個僧人，僧人大驚失色，「乃戒葷酒，虔誦經咒。半月尋愈。」蒲松齡針對「鬼獄茫茫，惡人每以自解」的情況，認為這些惡人「不知昭昭之禍，即冥冥之罰也」，勸說大家要相信因果，相信鬼神會懲罰惡人，顯示出其諷世勸善的良苦用心。

《聊齋誌異》雖用文言文寫成，但它吸收了大量的方言、口語，這給文本增加了生動逼真、栩栩如生的藝術效果。這突出表現在李久常嫂子的一段話中。李久常初勸其嫂勿妒，其嫂怒斥李久常根本沒有資格教訓自己，「小郎若個好男兒，又房中娘子賢似孟姑姑，任郎君東家眠，西家宿，不敢一作聲。自當是小郎大好乾綱，到不得代哥子降伏老媼」，極盡諷刺挖苦之能事。李久常微笑著提醒其嫂，其嫂極言自己心中坦坦蕩蕩，毫無畏懼，「便曾不盜得王母籮中線，又未與玉皇案前吏一眨眼，中懷坦坦，何處可用哭者」。其嫂言詞尖酸刻薄，出語迅速，以其口才而言，不可謂不雄辯；以其辭鋒而言，不可謂不凌厲；以其思維而言，不可謂不敏捷。蒲松齡用寥寥幾筆便把盛氣凌人、得理不讓人、無理辯三分的刁婦人形象刻劃出來。這段對話，除個別詞語外，運用的都是與口語接近的語言。比如，「小郎」、「哥子」、「老媼」，以及「若個」、「自當是」、「到不得」等詞語，都採自日常生活用語。與此相類似的還有〈邵九娘〉中賈媼所說「好個美姑姑！假到昭陽院，趙家姊妹何足數得」；〈聶小倩〉中某媼所說「背地不言人，我兩個正談道，小妖婢悄來無跡響，幸不訾著短處」，「小娘子端好是畫中人，遮莫老身是男子，也被攝去」；〈顏氏〉中某生所說「閨中人，身不到場屋，便以功名富貴，似在廚下汲水炊白粥；若冠加於頂，恐亦猶人耳」，等等。這種日常俗語的運用，體現了《聊齋誌異》高超的語言運用成就。

金姑夫

會稽❶有梅姑祠。神故馬姓，族居東莞❷，未嫁而夫早死，遂矢志不醮❸，三旬而卒。族人祠之，謂之梅姑。丙申❹，上虞❺金生，赴試經此，入廟徘徊，頗涉冥想。至夜，夢青衣來，傳梅姑命招之。從去。入祠，梅姑立候簷下，笑曰：「蒙君寵顧，實切依戀。不嫌陋拙，願以身為姬侍。」金唯唯。梅姑送之曰：「君且去。設座成，當相迓❻耳。」醒而惡之。是夜，居人夢梅姑曰：「上虞金生，今為吾婿，宜塑其像。」詰旦❼，村人語夢悉同。族長恐玷其貞，以故不從。未幾，一家俱病。大懼，為肖像於左。既成，金生告妻子曰：「梅姑迎我矣。」衣冠而死。妻痛恨，詣祠指女像穢罵；又升座批頰❽數四，乃去。今馬氏呼為金姑夫。

異史氏曰：「未嫁而守，不可謂不貞矣。為鬼數百年，而始易其操，抑何其無恥也？大抵貞魂烈魄，未必即依於土偶；其廟貌有靈，驚世而駭俗者，皆鬼狐憑❾之耳。」

【注　釋】❶會稽　地名，今浙江紹興。❷東莞　古地名。古代曾有多處稱東莞。❸醮　改嫁。❹丙申　當指順治十三年（西元一六五六年）。❺上虞　縣名，清代屬浙江省紹興府。❻迓　迎接。❼詰旦　平明；清晨。❽批頰　打嘴巴。❾憑　假借。

【語　譯】浙江會稽有座梅姑祠。祠神原來姓馬，家族居住在東莞，還沒出嫁，丈夫就死了，於是她立志不改嫁，三十歲時就死了。族裡人為她建了祠堂，稱她為梅姑。

丙申年間，浙江上虞的金生赴考經過這裡，走進梅姑祠裡，徘徊其間，暗暗思念不已。到了晚上，夢見一位身著青衣的婢女來了，向他轉達梅姑要召見他。金生跟隨婢女來到祠裡，梅姑站在屋簷下等候，笑著說：「承蒙您垂青，實在令人依戀。假如您不嫌我醜陋笨拙，我願意做您的侍妾。」金生唯唯點頭。梅姑送別金生說：「您暫時離開。假如您在祠中的位置安排好了，我就會去迎接您。」金生醒來後，心裡很厭惡。當天夜裡，居住在祠廟附近的人夢見梅姑說：「上虞金生，現在是我的丈夫，應當給他塑像。」第二天早上，村民們說起所做的夢，都完全相同。族長恐怕玷辱梅姑的貞潔，所以沒有遵從。不久，族長一家都病倒了。族長十分害怕，在梅姑像的左邊塑了金生的像。塑像完成以後，金生告訴妻子說：「梅姑來迎接我了。」說罷，穿戴得整整齊齊地死了。金生的妻子又悲痛又氣憤，走到祠裡，指著梅姑的塑像咒罵；又登上供座，打了梅姑塑像臉頰幾個巴掌，這才離開。現在，馬氏被稱為金姑夫。

異史氏說：「未出嫁而守節，不能說不貞潔了。做鬼做了幾百年，才改變節操，怎麼這樣不知羞恥呢？大抵貞潔忠烈的魂魄，不一定依附在土塑的偶像上；那些廟宇貌似有靈驗，驚世駭俗，其實不過是鬼狐假借偶像作祟罷了。」

【研　析】梅姑祠祠神本姓馬，還未出嫁丈夫就死了，她立志不改嫁，年紀輕輕也死了，族人就為她建了祠堂。這種情況在明清時期屢見不鮮。宋明理學是明清兩代的官方哲學，理學家們倡導「存天理，滅人欲」，「餓死事極小，失節事極大」，形成對女子精神和思想的強大束縛。對於節婦烈女，各級政府都要進行表彰，修建「節孝祠」，被旌表的婦女題名坊上，死後設位祠中。蒲松齡對傳統社會的貞操觀念持贊同態度，充分肯定馬氏未嫁而守，批判其死後選擇金生作為夫婿。但如果剝離作者的態度，單純把〈金姑夫〉作為一個民間故事來看，我們可以發現官方理論設計在底層大眾生活中的悖論式的存在方式。這篇故事中，上虞金生赴試經過馬氏祠堂，「入廟徘徊，頗涉冥想」，馬氏就託夢給村裡的人，說金生「今為吾婿」，要求村民給金生塑像。經過一番曲折，族長為金生建好了雕像，金生也衣冠而死。後來，村裡的人就把馬氏稱作金姑夫。本來用來表彰貞節的祠堂，成為馬氏改嫁金生的現身說法之處，這就與官方所肯定和倡導的最初用意背道而馳，這一充滿諷刺意味的改變，充分顯示出民間智慧中的權變之道，頗有成人之美、通情達理的地方。顯然，這種民間操作方式不會得到蒲松齡的認可，他特地描寫了金生之妻對馬氏塑像的斥罵，而且「升座批頰數四」。但不可否認，這種現象實實在在地存在於人們的日常生活之中。

單純從故事的敘事層面來看，蒲松齡在創作《聊齋誌異》的過程中，對有的故事本身認識也不明確，存在模糊之處。對於馬氏改嫁這件事情，蒲松齡的解釋有兩個方面：一是如果此事確為馬氏所為，那麼，「未嫁而守，不可謂不貞矣。為鬼數百年，而始易其操，抑何其無恥也」；二是此事還有可能不是馬氏所為，「大抵貞魂烈魄，未必即依於土偶；而其廟貌有靈，驚世而駭俗者，皆鬼狐憑之耳。」這就給後代讀者留下了解讀空間。馮鎮巒傾向於第一種看法，並對此進行了闡發，認為「宋之王樸、范質，元之趙孟頫，明之危素，明季之錢謙益，皆梅姑類也」。但明倫則傾向於第二種看法，認為「定是邪鬼所憑」。《聊齋誌異》圖咏詩也對此進行了推測與落實，提出了自己的見解。它明確地排除了第一種可能，專門從第二種可能下筆進行了評論，即：雙雙塑像事荒唐，狐鬼憑依作婿鄉。烈魄真魂空受玷，小姑居處本無郎。這種多義性敘事在其他篇章中也能見到。如在《白蓮教》中，某白蓮教頭目被押解經過太行山時，一個巨人將其一家三口吞嚥而下，「從容竟去」。這就產生了一個問題，這個巨人的來頭，到底他是吞食了一家三口而去，還是救了一家三口而去？蒲松齡並未給出一個答案。何守奇認為，「兵士無識，乃為邪術所憑。」但明倫體會到故事的模稜兩可之處，認為「『從容竟去』句，囫圇極妙。有謂其全家俱入妖口，是大快事。笑應之曰『當時兵士亦如此說。』」圖咏詩則認為巨人是救了一家三口而去，即：左道由來幻術多，一家械繫太行過。巨人吞罷從容去，竟得安然脫網羅。正是《聊齋誌異》文本自身的不確定性、開放性，激發人們對《聊齋誌異》做出種種的猜測與坐實，大大拓展了人們的理解空間。

顛道人

顛道人，不知姓名，寓蒙山❶寺。歌哭不常，人莫之測，或見其煮石為飯者。會重陽，有邑貴載酒登臨，輿蓋❷而往，宴畢過寺，甫及門，則道人赤足著破衲，自張黃蓋❸，作警蹕❹聲而出，意近玩弄。邑貴乃慚怒，揮僕輩逐罵之。道人笑而卻走。逐急，棄蓋，共毀裂之，片片化為鷹隼，四散群飛。眾始駭。蓋柄轉成巨蟒，赤鱗耀目。眾譁欲奔，有同遊者止之曰：「此不過翳眼之幻術耳，烏能噬人！」遂操刃直前。蟒張吻怒逆，吞客咽之。眾駭，擁貴人急奔，息於三里之外。使數人逡巡往探，漸入寺，則人蟒俱無。方將返報，聞老槐內喘急如驢，駭甚。初不敢前；潛蹤移近之，見樹朽中空，有竅如盤。試一攀窺，則鬥蟒者倒植其中，而孔大僅容兩手，無術可以出之。急以刀劈樹，比❺樹開而人已死。逾時少蘇，舁歸。道人不知所之矣。

異史氏曰：「張蓋遊山，厭氣浹於骨髓。仙人遊戲三昧❻，一何可笑！予鄉殷生文屏，畢司農❼之妹夫也，為人玩世不恭❽。章丘❾有周生者，以寒賤起家，出必駕肩❿而行。亦與司農有瓜葛之舊。值太夫人⓫壽，殷料其必來，先候於道，著豬皮靴，公服持手本⓬。俟周輿至，鞠躬道左，唱曰：『淄川生員，接章丘生員！』周慚，下輿，略致數語而別。少間，同聚於司農之堂，冠裳滿座，視其服色，無不竊笑；殷傲睨自若。既而筵終出門，各命輿馬。殷亦大聲呼：『殷老爺獨龍車何在？』有二健僕，橫扁杖於前，騰身跨之。致聲拜謝，飛馳而去。殷亦仙人之亞⓭也。」

【注釋】❶蒙山　山名，在今山東蒙陰南。❷輿蓋　坐轎張蓋，是古代官僚因公出行時擺的排場。❸黃蓋　黃色傘蓋，為皇帝專用。❹警蹕　皇帝出行時，於所經路途侍衛警戒，清道止行，謂之「警蹕」。警，警戒。蹕，清道、禁止通行。❺比　比及；等到。❻遊戲三昧　遊戲的竅門。三昧，佛教用語，意思是止息雜念，使心神平靜，借指事物的要領、真諦。❼畢司農　即畢自嚴，明萬曆進士，曾官戶部尚書。司農，明清時戶部尚書的別稱。❽玩世不恭　對社會、對生活不滿而採取的不嚴肅的態度。❾章丘　縣名，在今山東濟南。❿駕肩　指坐轎子。肩，肩輿，即轎子。⓫太夫人　指畢司農的母親。⓬公服持手本　指殷生改穿衙役的服裝，扮作官差，拿著手本迎接周生。手本，明清時見上司、座師或貴官所用的名帖。⓭亞　近似、一類的意思。

【語　譯】顛道人，不知道他的姓名，住在山東蒙山的寺廟裡。他歌哭無常，沒有人能揣測他，有人曾看見他煮石頭當飯吃。正值重陽節，縣裡某貴人攜帶酒食登遊蒙山，坐轎張傘而去，宴遊結束後經過寺廟，剛到門口，顛道人赤著腳，穿著破僧服，自己打著黃傘，發著「喝道」的聲音走出來，神情分明在玩弄人。貴人惱羞成怒，叫奴僕們上前驅趕、謾罵。道人笑著往回跑。奴僕們追得急了，道人便扔掉黃傘，奴僕們一齊把傘扯爛，那一片片破傘布化為一隻隻鷹隼，四處結伴而飛。大家才開始害怕。傘柄轉眼間變成了巨蟒，紅色的鱗甲光芒耀眼。眾人喧譁著想要逃跑，有一個同行的勸住他們，說：「這不過是障眼的幻術，哪裡能吃人！」於是揮刀朝蟒蛇衝去。蟒蛇張開大口，憤怒地迎上來，把那人吞了下去。眾人大驚，擁著貴人急忙逃跑，跑了三里多路才停下來。派了幾個人回去探探消息，慢慢走進寺裡，人和蟒都不見了。正要回去稟報，聽見老槐樹中傳出驢子般急促的喘息聲。大家萬分驚駭。開始不敢上前；後來悄悄靠近，看見槐樹的樹心都朽空了，有盤子大的一個洞。試著爬上去窺看，只見那個和蟒爭鬥的人倒栽在樹洞裡，而洞口小得只能伸進兩隻手，沒有辦法可以把他弄出來。大家急忙用刀砍樹，等到把樹劈開，那人已經昏死過去。過了很久才蘇醒過來，大家把他抬回去。道人不知到哪裡去了。

異史氏說：「打著大傘去遊山，俗氣浸透了骨髓。仙人用遊戲之法捉弄他們，多麼有趣！我的同鄉殷文屏，是畢司農的妹夫，他為人玩世不恭。山東章丘縣有一位周生，出身寒微，後來發跡，出門一定坐轎。他和畢司農也有點遠親關係。正好畢司農的母親壽辰，殷文屏料想周生一定會來，便先在路上等候，他腳上穿著豬皮靴，身上穿著衙役的衣服，手裡拿著名帖。等周生的轎子到了，殷文屏就在道旁鞠躬，高聲喊道：『淄川生員迎接章丘生員。』周生很慚愧，走下轎子，略略寒暄了幾句就告辭走了。過了一會兒，殷文屏和眾人聚集在畢司農的大廳上，滿座都是官吏士紳，他們看到殷文屏的穿戴，沒有一個不暗暗發笑；而殷文屏傲視一切，態度自如。宴會結束後，客人們出門，各自呼喚車馬。殷文屏也大聲喊道：『殷老爺的獨龍車在哪裡？』馬上有兩位健壯的僕人，橫著扁擔站在跟前，殷文屏縱身一跳，跨了上去，說聲拜謝，便飛也似地離開了。殷文屏也和仙人有點相近啊。」

【研　析】這是一篇從虛實兩個方面諷刺世間權貴的故事。顛道人寄居在山東蒙山的寺廟裡，歌哭無常，煮石為飯，行為乖張古怪，性情難以揣度。重陽節時，縣裡的某位權貴在僕人們的前呼後擁下「輿蓋而往」，大張旗鼓，賣弄張揚。顛道人對此進行了模仿，他「赤足著破衲，自張黃蓋，作警蹕聲而出」，與這位權貴的排場、作派形成了鮮明對比。對某種特定行為的誇張模仿暗含了對這種行為及行為實施者的嘲弄與諷刺。權貴當然憤怒無比，揮僕輩逐罵之。顛道人的「黃蓋」被扯爛，但蓋布「片片化為鷹隼，四散群飛」，蓋柄「轉成巨蟒，赤鱗耀目」。顛道人的本意只是嚇退他們，不料有人偏偏要「操刃直前」，最後落得倒栽在老槐樹內，昏死過去。但明倫評曰：「載酒登臨，極雅之事，輿蓋而往，俗不可耐矣。玩弄之而不知返，宜其倒置於朽株內也。」這位顛道人與南宋時期的高僧道濟有相似之處。道濟和尚破帽破扇破鞋垢衲衣，浮沉市井，嗜好酒肉，不受戒律拘束，被人稱為「顛僧」，實則是一位學識淵博、行善積德的得道高僧。他經常遊方市井，扶危濟困，救死扶弱，揚善懲惡，被人稱為「濟公活佛」。顛道人之「顛」與濟公之「顛」在本質上是相同的。

如果說這位顛道人是虛幻人物，那麼在「異史氏曰」中出現的殷文屏則是現實生活中的人物。畢自嚴是明天啟、崇禎年間的戶部尚書，在任期間殫精竭慮，興利除弊，建樹頗多。殷文屏是畢自嚴的妹夫。他為人不拘禮法，藐視世俗。有一次，在參加岳母生日的時候，殷文屏充分表現了他玩世不恭的特點。章丘有個周生，出身寒微，後來發跡，「出必駕肩而行」，也就是說出門一定要坐轎。殷文屏料定他會來參加畢母的壽辰宴會，便穿上一身奇怪妝扮來迎接周生，「著豬皮靴，公服持手本。俟周興至，鞠躬道左，唱曰：『淄川生員，接章丘生員！』」，把周生搞得狼狽不堪，略略寒暄幾句就告別了。前來參加宴會的官吏士紳都暗暗嘲笑殷文屏的這身妝扮，但殷文屏傲視一切，態度自如，宴會結束乘自己的「獨龍車」（即兩個健壯的僕人抬著一根扁擔）離開。殷文屏的這身衣服是有來歷的。著名歷史學家孟森在〈跋《聊齋誌異‧顛道人》〉中進行了考證。根據道光年間倪鴻《桐陰清話》裡〈秦淮舊院教坊規條碑〉的記載，「官妓之夫，綠巾綠帶，著豬皮靴，出行路側，至路心被撻勿論。老病不准乘輿馬，跨一木，令二人肩之」，孟森認為殷生的打扮舉止是仿效行院中「官妓之夫」即俗稱「烏龜」的裝束舉止。這身打扮當然引來與席眾人的訕笑。殷文屏將自己玩世不恭情懷與滑稽之趣表現得淋漓盡致。但明倫評價道：「偏是寒賤起家者，多妄自尊大，殆恐人輕之也，不知適以此致人之侮。皮靴公服，道左唱名，形容真令人絕倒；獨龍車騰身馳去，何異神仙！」殷文屏頗具魏晉名士的一派煙雲水氣而又風流自賞的氣度。阮籍、嵇康、山濤、劉伶、阮咸、向秀、王戎等人在生活上不拘禮法，常聚於林中喝酒縱歌，被稱為「竹林七賢」。他們張揚個性、崇尚自然、超然物外，得到後來許多知識分子的讚賞。這種精神特質沉澱在傳統文人的心靈深處，也長期滋養著此後中國傳統的文士文學。

柳生

周生，順天❶宦裔也。與柳生善。柳得異人之傳，精袁許之術❷。嘗謂周曰：「子功名無分；萬鍾之貲，尚可以人謀。然尊閫❸薄相❹，恐不能佐君成業。」未幾，婦果亡。家室蕭條，不可聊賴。因詣柳，將以卜姻。入客舍，坐良久，柳歸內不出。呼之再三，始方出，曰：「我日為君物色佳偶，今始得之。適在內作小術，求月老❺繫赤繩耳。」周喜，問之。答曰：「甫有一人攜囊出，遇之否？」曰：「遇之。襤褸若丐。」曰：「此君岳翁，宜敬禮之。」周曰：「緣相交好，遂謀隱密，何相戲之甚也！僕即式微❻，猶是世裔，何至下昏❼於市儈？」柳曰：「不然。犁牛尚有子❽，何害？」周問：「曾見其女耶？」答曰：「未也。我素與無舊，姓名亦問訊知之。」周笑曰：「尚未知犁牛，何知其子？」柳曰：「我以數⑨信之。其人凶而賤，然當生厚福之女。但強合之必有大厄，容復禳之。」周既歸，未肯以其言為信。諸方覓之，迄無一成。

一日，柳生忽至，曰：「有一客，我已代折簡⑩矣。」問：「為誰？」曰：「且勿問，宜速作黍⑪。」周不諭其故，如命治具。俄客至，蓋傅姓營卒也。心內不合，陽浮道與之⑫；而柳生承應甚恭。少間，酒肴既陳，雜惡草具進。柳起告客：「公子嚮慕已久，每託某代訪，曩夕始得晤。又聞不日遠征，立刻相邀，可謂倉卒⑬主人矣。」飲間，傅憂馬病，不可騎。柳亦俯首為之籌思。既而客去，柳讓周曰：「千金不能買此友，何乃視之漠漠⑭？」借馬騎歸，因假周命，登門持贈傅。周既知，稍稍不快，已無如何。過歲，將如江西，投臬司幕⑮。詣柳問卜。柳言：「大吉！」周笑曰：「我意無他，但薄有所獵，當購佳婦，幾幸⑯前言之不驗也，能否？」柳云：「並如君願。」

及至江西，值大寇叛亂，三年不得歸。後稍平，選日遵路[17]，中途為土寇所掠。同難人七八位，皆劫其金貲，釋令去；惟周被擄至巢。盜首詰其家世，因曰：「我有息女[18]，欲奉箕帚[19]，當即無辭。」周不答。盜怒，立命梟斬。周懼，思不如暫從其請，因從容而棄之。遂告曰：「小生所以踟躕者，以文弱不能從戎，恐益為丈人累耳。如使夫婦得相將俱去，恩莫厚焉。」盜曰：「我方憂女子累人，此何不可從也。」引入內，妝女出見，年可十八九，蓋天人也。當夕合巹，深過所望。細審姓氏，乃知其父即當年荷囊人也。因述柳言，為之感嘆。

過三四日，將送之行，忽大軍掩至，全家皆就執縛。有將官三員監視，已將婦翁斬訖，尋次及周。周自分[20]已無生理。一員審視曰：「此非周某耶？」蓋傅卒已以軍功授副將軍矣。謂僚曰：「此吾鄉世家名士，安得為賊。」解其縛，問所從來。周詭曰：「適從江臬娶婦而歸，不意途陷盜窟。幸蒙拯救，德戴二天[21]！但室人離散，求借洪威，更賜瓦全。」

傳命列諸俘，令其自認，得之。餉以酒食，助以資斧，曰：「曩受解驂之惠，日夕不忘。但搶攘㉒間，不遑修禮，請以馬二匹、金五十兩，助君北旋。」又遣二騎持信矢㉓護送之。

途中，女告周曰：「癡父不聽忠告，母氏死之。知有今日久矣。所以偷生旦暮者，以少時曾為相者所許，冀他日能收親骨耳。某所窖藏巨金，可以發贖父骨；餘者攜歸，尚足謀生產。」囑騎者候於路，兩人至舊處，廬舍已燼，於灰火中取佩刀掘尺許，果得金；盡裝入橐，乃返。以百金賂騎者，使瘞㉔翁尸；又引拜母塚，始行。至直隸㉕界，厚賜騎者而去。

周久不歸，家人謂其已死，恣意侵冒㉖，粟帛器具，蕩無存者。聞主人歸，大懼，哄然盡逃；只有一嫗、一婢、一老奴在焉。周以出死得生，不復追問。及訪柳，則不知所適矣。女持家逾於男子，擇醇篤者㉗授以貲本，而均其息。每諸商會計於簷下，女垂簾聽之；盤中誤下一珠，輒指其訛。內外無敢欺。數年，夥商盈百，家數十巨萬矣。乃遣人移親骨，厚葬之。

異史氏曰：「月老可以賄囑，無怪媒妁之同於牙儈㉘矣。乃盜也而有是女耶！培塿無松柏㉙，此鄙人之論耳。婦人女子猶失之，況以相天下士哉！」

【注釋】❶順天 府名，治所在今北京市。❷袁許之術 即相人之術。袁，指袁天綱（亦稱袁天罡），唐代成都（今四川成都）人，精通相人之術，著有《五行相書》、《推背圖》等書。許，指許負，漢初河內溫（今河南溫縣）人，因關於相面而被封為雌亭侯。❸尊閫 尊夫人。閫，閨門，婦女所居處。❹薄相 命薄。❺月老 即月下老人，主管世間男女婚姻，以紅繩繫男女之足，以定姻緣。見唐人李復言《續玄怪錄・定婚店》。❻式微 衰微。語出《詩經・邶風・式微》：「式微式微，胡不歸。」式，文言的語氣助詞。❼下昏 降低身分與別人成親。❽犁牛尚有子 耕牛所產之子。語出《論語》：「犁牛之子，騂且角，雖欲勿用，山川其舍諸？」犁牛之子，比喻父惡而子賢。❾數 命數；運數。❿折簡 書信，這裡指請帖。⓫作黍 準備酒飯。⓬陽浮道與之 表面上應付。⓭倉卒 同「倉促」。⓮漠漠 冷漠；不關心。⓯投臬司幕 投奔按察使，作幕僚。臬司，明清時按察使的別稱。⓰幾幸 希望。⓱遵路 沿路而行。⓲息女 親生女兒。⓳奉箕帚 供灑掃之役，代指嫁給別人作妻子。⓴自分 自己認為。㉑二天 恩人，對庇護者的感恩之辭。語出《後漢書・蘇章傳》：「太守喜曰：『人皆有一天，我獨有二天。』」㉒搶攘 紛亂的樣子。㉓信矢 作為信物的令箭。㉔瘞 掩埋；埋藏。

㉕直隸 清朝單省設總督的行政區之一，行政中心在保定。㉖侵冒 侵占。㉗醇篤者 樸實忠厚之人。㉘牙儈 牙人，即集市上的經濟人。㉙培塿無松柏 小土堆上長不出大樹。語出《左傳．襄公二十四年》：「部婁無松柏。」培塿，本作「部婁」。小土丘。

【語　譯】周生，順天府官宦人家的後代。他和柳生關係很好。柳生得到了異人的傳授，精通相面之術。柳生曾對周生說：「你沒有功名的緣分；而豐厚的資財，還可以憑人力去謀取。不過尊夫人命薄，恐怕不能幫助你立業。」不久，周生的妻子果然死了。家庭冷落蕭條，周生百無聊賴。於是去拜訪柳生，請他占卜婚姻之事。來到柳生的客廳，坐了很久，柳生卻進屋不出來。再三喊他，柳生才走出來，說：「我每天都在為你物色一個好妻子，今天才找到。剛才我在裡面做個小法術，請求月老成全好事。」周生很高興，問是哪一家。柳生回答說：「剛才有一個人背著布袋出去，遇見他了嗎？」周生說：「碰見了。那人衣衫襤褸，像個乞丐。」柳生說：「這是你的岳父，應該恭敬有禮地對待他。」周生說：「只因我們兩人交情好，才和你商量個人私事，你怎麼這樣戲弄我呢！我雖然家道衰微，畢竟還是官宦人家的後代，怎至於降低身分和市儈人家通婚呢？」柳生說：「你這話不對。毛色黃黑混雜的牛尚且生出漂亮有用的小牛，你怕什麼呢？」周生問：「你見過他的女兒嗎？」柳生回答說：「沒見過。我和他素不相識，他的姓名我也是向別人打聽才知道的。」周生笑著說：「連毛色混雜的老牛尚且不知道，又怎麼知道牠所生的小牛呢？」柳生說：「我憑命數相信這一點。那人既兇惡又低賤，但所生的女兒會有厚福。不過勉強結合必定招來大禍，等我再向神明禱告。」周生回家以後，不肯相信柳生的話。他四處託媒，可是沒有一處辦成的。

一天，柳生忽然來到周生家，說：「有一個客人，我已經代你邀請他來了。」周生問：「客人是誰？」柳生說：「你先別問，還是快點準備酒飯吧。」周生弄不明白這是怎麼回事，只得按照柳生的話去做。一會兒，客人到了，原來是一個姓傅的士兵。周生心裡不以為然，只在表面上虛與應付；而柳生對那士兵十分恭敬。不一會兒，酒菜擺上來了，其中一些食物裡還混著雜草。柳生站起來對客人說：「公子仰慕你已經很久了，常常託我去尋訪你，直到前幾天才有幸會面。又聽說你不久就要遠征，所以立刻邀請你來，可以說是倉促之間作主人吧。」席間，姓傅的擔心自己的馬病了，不能騎。柳生也低下頭來替他想辦法。不久，客人回去了，柳生責備周生說：「這是一位千金難買的朋友，你怎麼把他看得無關緊要呢？」他借了周生的馬騎回去，假說奉了周生之命，找到姓傅的士兵，把馬送給他。周生知道以後，有點不高興，可是也無可奈何。過了一年，周生準備到江西去，投奔按察使做個幕賓。他到柳生家裡算一卦。柳生說：「大吉大利！」周生笑著說：「我也沒有別的意思，只要稍微得到一些錢財，一定娶個如意的妻子，希望你以前所說的那話不靈驗，能不能做到呢？」柳生說：「一切都會和你所希望的一樣。」

到了江西，正好碰上強賊叛亂，三年也無法回家。後來漸漸平定了，周生就選了個日子，循路而行，半路上被土匪劫掠。和他一起遭劫的七八個人，被搶去財物後都放走了；只有周生被劫持到強盜的巢穴裡。匪首詢問周生的家世，說：「我有個親生女，想嫁給你作妻子，你不要推辭。」周生不答話。匪首發怒了，馬上命令把周生斬首。周生害怕了，心想不如暫時屈從他們，以後找機會把賊女遺棄。他於是對匪首說：「我之所以猶疑不定，是因為自己是個文弱書生，不能從軍打仗，恐怕增加岳父大人的負擔。假如讓我們夫妻倆一塊兒離開這裡，沒比這更大的恩德了。」

匪首說：「我正擔憂女兒在這裡拖累人，你這個主意有什麼不可聽從的呢。」於是領周生走進裡屋，讓女兒梳妝打扮後出來相見，那女子大約十八九歲，長得簡直像天仙一樣。當晚兩人成婚，周生大大超過原來的期望。仔細詢問妻子的姓氏，才知道岳父就是當年那個背布袋的人。於是把柳生的話述說了一遍，兩人都感嘆了一番。

過了三四天，匪首準備送周生夫妻回去，忽然官軍的大隊人馬殺來，全家人都被捉住捆起來。有三員將官監視著，已經把周生的岳父斬了，接著就要輪到周生。周生自料這次已經沒有生還之望。其中一員將官把周生仔細打量了一番，說：「這不是周某嗎？」原來姓傅的士兵已經立了軍功被提升為副將軍了。姓傅的對同僚說：「這是我家鄉一位官宦人家的名士，怎麼會是強盜呢。」為周生鬆了綁，又問他怎麼來到這裡。周生撒謊說：「我剛從江西按察使處娶妻回鄉，沒想到途中陷入盜賊的巢穴。幸而得到拯救，非常感恩戴德！只是我妻子失散了，希望借助將軍的威力，使我們夫妻團聚。」姓傅的下令俘虜們排成一隊，讓周生自己去認，周生找回了妻子。姓傅的叫人端上酒菜，招待他們，並拿出銀兩送給他們作路費，說：「以前受你贈馬的恩惠，我時刻不敢忘懷。只是紛亂之中，來不及準備禮物，用兩匹馬、五十兩銀子，幫助你們回家。」又派了兩名騎兵拿著令箭護送他們。

路上，周妻對周生說：「我父親不聽忠告，我母親就為這個死了。我早就知道會有今天這種結果。之所以苟且偷生，是因為小時候曾得到一位相士的預言，希望日後能夠收殮父親的屍骨罷了。有個地方埋藏有很多銀子，可以挖掘出來贖取父親的屍骨；剩下的帶回去，還足以謀生。」囑咐兩名騎兵在路上等候一會兒，兩人便回到原來的地方，房屋已經化成灰燼，在灰炭中用佩刀掘了一尺多深，果然得到了銀子；把這些銀子全部裝入袋子裡，才返回去。周生拿出一百兩銀子賄賂兩名騎兵，讓他們埋葬岳父的屍骨；又由妻子帶著去拜祭了岳母的墳墓，這才繼續上路。到了河北地界，又厚贈兩名騎兵，讓他們回去。

周生很久沒回來，家人說他已經死了，就肆意侵奪他的財產，糧食、布匹、日用器具等等，都被搶得一乾二淨。聽說主人回來了，非常害怕，都紛紛逃走了；只剩下一個老太婆、一個丫環和一個老頭兒。周生因為是死裡逃生的，不再追問。後來他去拜訪柳生，卻不知到哪裡去了。周妻操持家業勝過男子，她選了樸厚忠實的人，把做生意的資本交給他們，而獲得的利潤大家平分。每逢商人們在簷下結帳，周妻就垂簾而聽；只要算盤撥錯了一顆珠兒，就馬上指出他們算錯了。因此，裡裡外外沒有敢欺騙她的。幾年以後，和周家做生意的商人有近百人，周家積累了幾十萬家產了。周妻於是派人把父母的屍骨遷移過來，厚禮安葬。

異史氏說：「月老也可以賄賂請託，難怪媒人就和掮客一樣了。那老頭居然也有這樣賢德的女兒！可見小土堆長不出松柏的說法，不過是見識淺陋之人的論調罷了。用來衡量婦人女子尚且有錯，更何況用來檢視天下的讀書人呢！」

【研　析】〈柳生〉是一篇以「人謀」實現天命的故事。天命是把人世間的順逆窮通、吉凶禍福看作命中註定的一種觀念，事情的發展具有特定的軌跡，並不以人的主觀意志為轉移。在這篇故事中，天命卻表現出了一定程度的靈活性，「人謀」在天命允許的限度內發揮了積極作用。在古代文人那裡，功名、財富與婚姻是十分值得關注的事情。對於周生的仕途發展，柳生預測「功名無分」，即是周生的讀書做官之路是走不通的；對於周生的財富，柳生預測「萬鍾之貲，尚可以人謀」，認為憑藉人為的努力，周生可以發家致富；對於周生的婚姻，柳生預測「尊閫薄相，恐不能佐君成業」，即周生的妻子命薄，不能幫助他成就事業，不久就應驗了。故事通篇沒有講周生參加科考，自然無所謂考試得中，正與「功名無分」對應。本文的重點，則放在柳生以「人謀」幫助周生獲得「萬鍾之貲」上。這正是天命留給「人謀」的可以操作的空間。

故事的主體情節圍繞柳生的三個預測展開。周生妻子去世後，「家室蕭條，不可聊賴」，便請精通相面之術的柳生幫助自己算命。柳生做出了三個預測，「攜囊出」、「襤褸若丐」者日後會成為周生的岳父；「傅姓營卒」為千金不可買之良友；周生的江西之行必定有所收穫，並能得到「佳婦」。在這裡，但明倫評價說：「間中反面點逗，遂令通體骨節靈通。」這些預測起到了承上啟下、提示後文的重要作用。周生行至江西，路遇匪亂，被劫入匪巢。在匪首的威逼下，周生與其女結婚，原來匪首即當年荷囊者。好不容易說服岳父同意自己攜婦離開，不料又被官軍抓捕。將斬之際，得一軍官相救，此軍官即當年傅姓營卒。周婦又幫助丈夫挖出父親窖藏的巨金，並精心加以管理，周生「家數十巨萬矣」。馮鎮巒在匪首全家被捕時，評論道：「上已許攜女去矣，卻不順敘去，突起大波，生下錦簇花團之文出來。」故事的敘事大開大合，常常在極兇險的情況下峰迴路轉，柳暗花明，表現出蒲松齡極為精巧的藝術構思。

〈柳生〉塑造了特色鮮明的人物形象，在對比中相映成趣、相得益彰。柳生是具有半神性的人。他精通相術，熱心幫助朋友，他作主求月老繫赤繩；他代折簡讓周生與傅姓營卒相識；他擅作主張將周生的馬匹贈給傅姓營卒，深化二者交往。這一切都是他積極為周生物色佳婦，並創造種種便利條件使周生獲得佳婦。何守奇在總評中說：「不求月老繫此婦，無從得巨金；繫此婦不令交傳，又不能脫此厄。展轉相引，要知柳生苦心。」周生乃是「順天宦裔」，他的性格特徵正與此相聯繫。當柳生告訴他「襤褸若丐」者乃是其岳父，「宜敬禮之」，他很輕慢地說：「僕即式微，猶是世裔，何至下昏於市儈？」柳生請他接待客人時，他「如命治具」，但當發現來的人只是一個營卒時，他感覺心內不合，便「陽浮道與之」，而且「酒肴既陳，雜惡草具進」。柳生代為贈馬後，周生「稍稍不快」。這些都表現出一個慳吝無禮、冷漠自私的凡俗之人形象。而匪首之女，也即是周婦，則是落落大方、才能卓異的女子形象。她「持家逾於男子，擇醇篤者授以貲本，而均其息」，善於選人用人，對被選者充分信任，所得利潤能與大家平分，充分調動起僕人們的積極性。同時，她精於管理，「每諸商會計於簷下，女垂簾聽之；盤中誤下一珠，輒指其訛」。正是賴周婦之福，周生才得以家稱巨富。

至於蒲松齡在「異史氏曰」中所發兩點議論，則是他基於個人經歷而闡發的感觸。一是「月老可以賄囑，無怪媒妁之同於牙儈矣」，批評媒人就像集市貿易中的掮客，為了賺取佣金而催促買賣雙方達成協議，這就背離了獲得心心相印、兩情相悅的愛情初衷。但明倫評價說：「作用甚奇。如果有術可求，則月老赤繩可以繫，可以解，何能作準？」二是「乃盜也有是女耶？培塿無松柏，此鄙人之論耳。婦人女子猶失之，況以相天下士哉」，小土堆長不出松柏樹的說法是淺陋之人的論調，匪首之女也有厚福，以此推論，檢視天下的讀書人更不可一概而論，不能簡單化、淺層化地下結論。這一點當是蒲松齡的發憤之言，大約是初受挫折但又沒有痛入骨髓之時的言論，其中還潛藏著奮發而起的雄心與壯志。

甄后

洛城❶劉仲堪，少鈍而淫❷於典籍，恒杜門攻苦，不與世通。一日，方讀，忽聞異香滿室；少間，珮聲甚繁。驚顧之，有美人入，簪珥光采；從者皆宮妝❸。劉驚伏地下。美人扶之曰：「子何前倨而後恭也？」劉益惶恐，曰：「何處天仙，未曾拜識。前此幾時有侮？」美人笑曰：「相別幾何，遂爾懵懵❹！危坐磨磚❺者，非子耶？」乃展錦薦，設瑤漿，捉坐對飲，與論古今事，博洽非常。劉茫茫不知所對。美人曰：「我止赴瑤池❻一回宴耳；子歷幾生，聰明頓盡矣！」遂命侍者，以湯沃水晶膏進之。劉受飲訖，忽覺心神澄澈。既而曛黑，從者盡去，息燭解襦，曲盡歡好。

未曙，諸姬已復集。美人起，妝容如故，鬢髮修整，不再理也。劉依依苦詰姓字。答曰：「告即不妨，恐益君疑耳。妾，甄氏❼；君，公幹後身。當日以妾故罹罪，心實不忍，今日之會，亦聊以報情癡也。」問：「魏文❽安在？」曰：「丕，不過賊父之庸子耳。妾偶從游嬉富貴者數載，過即不復置念。彼曩以阿瞞❾故，久滯幽冥，今未聞知。反是陳思❿為帝典籍⓫，時一見之。」旋見龍輿⓬止於庭中，乃以玉脂合贈劉，作別登車，雲推而去。

劉自是文思大進。然追念美人，凝思若癡。歷數月，漸近羸殆。母不知其故，憂之。家一老嫗，忽謂劉曰：「郎君意頗有思否？」劉以言隱中情⓭，告之。嫗曰：「郎試作尺一書，我能郵致之。」劉驚喜曰：「子有異術，向日⓮昧於物色。果能之，不敢忘也。」乃折柬為函，付嫗便去。半夜而返曰：「幸不誤事。初至門，門者以我為妖，欲加縛縶。我遂出郎君書，乃將去。少頃喚入，夫人亦欷歔，自言不能復會。便欲裁答。我言：『郎君羸憊，非一字所能瘳。』夫人沉思久，乃釋筆云：

『煩先報劉郎，當即送一佳婦去。』瀕行，又囑：『適所言，乃百年計；但無泄，便可永久矣。』」劉喜，伺之。

明日，果一老姥率女郎，詣母所，容色絕世。自言陳氏，女其所出⑮，名司香，願求作婦。母愛之，議聘；更不索貲，坐待成禮而去。惟劉心知其異，陰問女：「係夫人何人？」答云：「妾銅雀故妓⑯也。」劉疑為鬼。女曰：「非也。妾與夫人，俱隸仙籍，偶以罪過謫人間。夫人已復舊位；妾謫限未滿，夫人請之天曹，暫使給役，去留皆在夫人，故得長侍床簀⑰耳。」

一日，有瞽媼牽黃犬丐食其家，拍板俚歌⑱。女出窺，立未定，犬斷索咋女。女駭走，羅衿斷。劉急以杖擊犬，犬猶怒，齕斷幅，頃刻碎如麻。瞽媼捉領毛，縛以去。劉入視女，驚顏未定。曰：「卿仙人，何乃畏犬？」女曰：「君自不知：犬乃老瞞所化，蓋怒妾不守分香戒⑲也。」劉欲買犬杖斃。女不可，曰：「上帝所罰，何得擅誅？」

居二年，見者皆驚其豔，而審所從來，殊恍惚，於是共疑為妖。母詰劉，劉亦微道其異。母大懼，戒使絕之。劉不聽。母陰覓術士來，作法於庭。方規地為壇，女慘然曰：「本期白首；今老母見疑，分義⑳絕矣。要我去，亦復非難，但恐非禁咒所能遣耳！」乃束薪㉑爇火㉒，拋階下。瞬息煙蔽房屋，對面相失。忽有聲震如雷。已而煙滅，見術士七竅流血死矣。入室，女已渺。呼嫗問之，嫗亦不知所去。劉始告母：「嫗蓋狐也。」

異史氏曰：「始於袁，終於曹，而後注意於公幹，仙人不應若是。然平心而論：奸瞞之篡子，何必有貞婦哉？犬睹故妓，應大悟分香賣履之癡，固猶然妒之耶？嗚呼！奸雄不暇自哀，而後人哀之已㉓！」

【注　釋】❶洛城　今河南洛陽。❷淫　沉湎。❸宮妝　宮人妝束。❹懵懵　迷亂；不清醒。❺危坐磨磚　指曹操罰劉楨磨玉石贖罪之事。《世說新語・言語》劉孝標注引《文士傳》：「楨性辨捷，所問應聲而答，坐平視甄夫人，配輸作部，使磨石。」❻瑤池　傳說中西王母所居住的地方，位於昆侖山上。❼甄氏　中山無極（今河北無極）人，魏明帝曹叡之母。原為袁紹次子袁熙之妻，建安九年（西元二〇四年）曹操攻陷鄴城，改嫁曹丕。曹丕稱帝後，於黃初二年（西元二二一年）被賜死。死後諡曰文昭皇后。❽魏文　魏文帝曹丕。❾阿瞞　曹操的小字。❿陳思　指曹植，乃曹操之子，曹丕之弟。生前曾為陳王，去世後諡號「思」，故稱陳思王。⓫典籍　掌管文籍。⓬龍輿　高大軒敞的車輿。⓭言隱中情　所言暗合自己的思戀之情。⓮向日　昔日。⓯女其所出　女郎是其所生。⓰銅雀故妓　指曹操的姬妾。銅雀，臺名，位於河北臨漳境內，距縣城十八公里。曹操擊敗袁紹後營建鄴都，修建了銅雀、金虎、冰井三臺。曹操臨終時，令其姬妾居銅雀臺上，為其守節。⓱床簀　床和墊在床上的竹席。泛指床鋪。⓲俚歌　唱俚俗之歌。⓳分香戒　即守節之戒。見曹操〈遺令〉：「汝等時時登銅雀臺，望吾西陵墓田。餘香可分與諸夫人，諸舍中無所為，學作履組賣也。」諸舍中，指眾妾。後來用分香賣履指人臨死時捨不得丟下妻子兒女。⓴分義　夫妻的緣分。㉑束薪　把柴木捆紮起來。㉒爇火　點火；燒火。㉓不暇自哀二句　語出杜牧〈阿房宮賦〉：「秦人不暇自哀而後人哀之，後人哀之而不鑑之，亦使後人而復哀後人也。」蒲松齡在這裡說曹操生前來不及為此感傷，而由後人為其感傷。

【語　譯】河南洛陽的劉仲堪，小時候很愚鈍，卻沉迷於古代典籍，常常關起門來苦讀，不與世人交往。一天，正在讀書，忽然聞到異香滿屋；一會兒，又聽到很繁密的佩玉相碰之聲。劉仲堪吃驚地抬起頭來看，只見一美人進屋來了，髮簪、耳環光彩奪目；侍從都是宮女的打扮。劉仲堪嚇得跪在地上。美人扶起他來說：「你怎麼以前對我無禮，現在又這麼恭敬呢？」劉仲堪更加惶恐，說：「您是哪裡的天仙，我從來沒有拜見過。以前什麼時候得罪過您呀？」美人笑著說：「分別才不久，你就這樣糊塗！挺著腰坐在地上磨玉石的，不是你嗎？」說完，就叫人鋪好錦繡墊子，擺上美酒，拉劉仲堪面對面地喝酒，又和他談古論今，知識非常廣博。劉仲堪卻茫茫然不知怎麼回答。美人說：「我只不過到王母娘娘的瑤池參加了一次宴會罷了；你經過了幾世，那聰明勁卻全沒了！」於是命侍從用開水沖泡水晶膏給劉仲堪吃。劉仲堪接過來喝下去，突然感到心神澄明通透。一會兒到了黃昏時分，侍從都走開了，兩人熄燈脫衣，十分恩愛纏綿。

天還沒亮，侍從已經回來了。美人起床，打扮還和昨天一樣，頭髮紋絲不亂，不用重新梳妝。劉仲堪戀戀不捨，苦苦詢問美人的姓名。美人對他說：「告訴你也不妨，只是怕你更加疑惑罷了。我是甄氏，你是劉公幹的後身。當年你因我而獲罪，我心裡實在不忍，今天之會，也是為了報答你的一片癡情啊。」劉仲堪問：「魏文帝如今在哪裡呢？」美人說：「曹丕不過是他那賊父親的蠢兒子罷了。我只是偶然跟隨他在富貴之中遊戲幾年，過後就不再放在心上。曹丕在前一段時間因為曹操的緣故，在陰間呆了很久，現在怎樣沒聽說。倒是陳思王曹植為上帝掌管文書，不時和我見上一面。」正說著，一輛龍車停在院子裡，美人拿出一個玉石小盒贈給劉仲堪，告別上車，車子在雲彩的簇擁下漸漸遠去。

從此，劉仲堪的文思有很大進步。但他常常想起美人，凝神思念，就像傻了一樣。過了幾個月，漸漸消瘦不堪。母親不知道什麼緣故，心裡很憂愁。劉家有個老女僕，忽然對劉仲堪說：「少爺心裡是不是有所思念呢？」劉仲堪見她的話暗合自己的思戀之情，就把心事告訴了她。老女僕說：「少爺不妨寫封信，我能為你送到。」劉仲堪驚喜地說：「你原來有法術，過去一直不瞭解。如果真能辦到，我忘不了你的恩情。」於是寫了封信，交給老女僕馬上送去。半夜，她就回來了，說：「幸好沒有誤事。我剛到門口，守門的以為我是妖怪，要把我捆起來。我便拿出少爺的信，他就拿著信進去了。一會兒招呼我進去，夫人也很難過，說今後不能再相會了。說著就要寫回信。

我對她說：『少爺病得很厲害，不是一封信就能治好的。』夫人沉思了很久，才放下筆說：『麻煩你先回去告訴劉郎，說我馬上送一個好媳婦去。』我要走了，她又囑咐我說：『我剛才說的是百年大計；只要不洩露出去，就可以長久了。』」劉仲堪十分高興，等待著甄氏的安排。

第二天，果然有個老太太領著個姑娘，來到劉母的住處，姑娘容貌絕世無雙。老太太自我介紹說姓陳，姑娘是她的親生女兒，名叫司香，希望能許給劉家作媳婦。劉母很喜歡這姑娘，同老太太商議聘禮；老太太卻不要聘金，等他們行了婚禮才離去。只有劉仲堪心裡知道其中的奧祕，他背地裡問司香：「你是夫人的什麼人？」司香回答說：「我是銅雀臺的舊姬妾啊。」劉仲堪懷疑她是鬼。司香說：「我不是鬼。我和夫人都名列仙籍，只是因為偶然犯了過錯被罰到人間來。夫人已經恢復了原來的地位；而我的期限還沒滿，夫人向天神請求，暫且讓我服侍她，我是去是留都聽夫人的，所以我才能長期侍奉你。」

一天，有個瞎老太婆牽著條黃狗來到劉家討飯，她打著板子唱著小曲。司香出來窺看，腳還沒站穩，那條黃狗掙斷了繩索，撲過來咬司香。司香嚇得轉身就跑，衣襟被撕下一塊。劉仲堪急忙拿起棍子打狗，那黃狗還怒氣沖沖，撕咬那塊斷下的衣襟，轉眼間就咬得碎如亂麻。瞎老太婆抓住黃狗脖子上的毛，拴上繩索牽走了。劉仲堪走進屋裡去看司香，司香驚魂未定。劉仲堪問她：「你是仙人，怎麼還怕狗呢？」司香說：「你自然不知道：這條狗是曹操變的，大概惱恨我不遵守分香賣履的遺令啊。」劉仲堪想把黃狗買來打死。司香不同意，說：「上帝這樣處罰，又怎能擅自把牠打死呢？」

司香在劉家住了兩年，見到的人都驚嘆她太漂亮了，可是打聽她的來歷，卻是非常恍惚不清，人們於是都懷疑她是妖怪。劉母盤問兒子，劉仲堪也微微透露了些司香的奇異來歷。劉母非常害怕，要兒子同司香斷絕關係。劉仲堪不聽。劉母偷偷請來一位術士，在庭院裡施展法術。術士剛在地上擺設神壇，司香慘淡地對劉仲堪說：「本來想跟你白頭到老；可是現在婆母懷疑我，緣分到頭了。要我走，也不是難事，但恐怕不是念咒作法所能驅趕的！」說完點燃了一捆柴草，扔到臺階下。頓時濃煙遮蔽房屋，面對面站著也看不見。接著又響起了雷鳴般的聲音。一會兒，濃煙散去，只見術士七孔流血死了。進屋去看，司香已經蹤影全無。呼喚那老女僕來詢問，老女僕也不知去向了。劉仲堪才告訴母親：「老女僕大概是狐精。」

異史氏說：「甄氏最初嫁給袁紹的兒子，終為曹丕所得，而後又對劉楨有情，仙人不應該這樣。但平心而論：奸雄曹操那篡奪帝位的兒子，又何必有守貞的妻子呢？黃狗看見舊日的姬妾，應該徹底醒悟當年遺令分香賣履是多麼虛枉，怎麼還那樣嫉妒呢？唉！奸雄來不及為此悲傷，而後人卻為他悲傷啊！」

【研　析】〈甄后〉主要講述甄后與劉公幹之間異世情緣的故事。甄后本為袁紹次子袁熙的妻子，後袁紹為曹操所滅，遂被曹丕娶為妻。黃初二年，因失意有怨言，被賜死。劉公幹，名劉楨，建安七子之一。一次，曹丕宴請文士，叫甄氏出來見客，大家都俯身致敬，只有劉楨兩眼直視甄氏。曹操得知此事後，就把劉楨關入監牢，後來免除了他的死罪，罰他磨玉石以贖罪。有一次曹操見劉楨磨石時危坐正色，意態自若，就把劉楨釋放了。在蒲松齡的筆下，甄后變身仙女，劉公幹轉世為劉仲堪，仙女與劉仲堪演出了一幕曲折的愛情故事。

蒲松齡借仙女與劉仲堪之事，表達了對曹操、曹丕父子的痛恨之情。蒲松齡借仙女之口說：「丕，不過賊父之庸子耳。」但明倫評價道：「一語定評，千古鐵案。」而仙女下凡與劉仲堪共度良宵，銅雀故妓司香被贈給劉仲堪為妻，曹操之妾、曹丕之妻都沒有保持貞節，更表現曹操、曹丕身後之可悲。特別對曹操轉世成的黃犬攻擊司香，蒲松齡譏諷道：「犬睹故妓，應大悟分香賣履之癡，固猶然妒之耶？嗚呼！奸雄不暇自哀，而後人哀之已。」這種激烈的反對態度在《聊齋誌異》的其他篇章中亦有所見。在〈曹操塚〉中，蒲松齡諷刺曹操設七十二疑塚，「千餘年而朽骨不保，變詐亦復何益？嗚呼，瞞之智，正瞞之愚也！」在〈閻羅〉中，蒲松齡對曹操之案千年不決作出推斷，「豈以臨刑之囚，快於速割，故使之求死不得也？」

值得關注的還有甄后與劉公幹之間的感情。甄后與劉公幹經過幾世轉化，脫離了具體的歷史語境與時空限制，將這種毫無羈絆的愛情追求表現得淋漓盡致。在甄后身上，表現出了即使在蒲松齡那個時代也不多見的主動性和獨立意識。劉公幹在大庭廣眾之中注視自己，她並不覺得這是對自己的冒犯，反而因為劉公幹獲罪感到「心實不安」，在歷經幾世後，還要「聊以報情癡」。她主動來到劉仲堪家，「展錦薦，設瑤漿，捉坐對飲」，「息燭解襦，曲盡歡好」。她還這樣認識自己與曹丕的結合，「偶從游嬉富貴者數載，過即不復置念」，徹底掙脫了傳統倫理道德的束縛。她還把曹操的姬妾司香引薦給劉仲堪，讓他們結為夫妻，也表現了自己溫柔美好、繾綣多情的一面。

蒲松齡對曹操極為排斥，對甄后的不貞也頗有微詞，「始於袁，終於曹，而後注意於公幹，仙人不應若是」。在蒲松齡的心目中，這兩種感情似乎可以兩兩相抵，「平心而論：奸瞞之篡子，何必有貞婦哉」，指責曹丕不配有貞女。對甄后這種行為，傳統評點者也不認同。比如，在「當日以妾故罹罪，心實不忍，今日之會，亦聊以報情癡也」之後，但明倫評價道：「以此賈罪，則報於幾生後，亦復何益，況僅一會乎！」在「妾偶從游嬉富貴者數載，過即不復置念。彼曩以阿瞞故，久滯幽冥，今未聞知。反是陳思為帝典籍，時一見之」之後，但明倫評價道：「不貞本色全露。」馮鎮巒評價道：「長樂老輩歷仕五季，亦從富貴者遊耳，虧他開口。」何守奇評價道：「傷理背道。」在「妾與夫人，俱隸仙籍」之後，但明倫評價道：「仙籍頗不清白。」這些評論就不免有些酸腐之氣，實在與甄劉之情癡的藝術形象不相符合。

畫馬

臨清❶崔生，家窶❷貧。圍垣❸不修。每晨起，輒見一馬臥露草間，黑質白章❹；惟尾毛不整，似火燎斷者。逐去，夜又復來，不知所自。崔有好友，官於晉❺，欲往就之，苦無健步❻，遂捉馬施勒乘去，囑❼家人曰：「倘有尋馬者，當如晉以告。」

既就途，馬騖駛，瞬息百里。夜不甚餤❽芻豆，意其病。次日緊銜❾不令馳，而馬蹄嘶噴沫，健怒如昨。復縱之，午已達晉。時騎入市廛，觀者無不稱嘆。晉王聞之，以重直購之。崔恐為失者所尋，不敢售。居半年，無耗❿，遂以八百金貨於晉邸，乃自市健騾歸。

後王以急務，遣校尉⓫騎赴臨清。馬逸，追至崔之東鄰，入門，不見。索諸主人。主曾姓，實莫之睹。及入室，見壁間挂子昂⓬畫馬一幀，內一匹毛色渾似，尾處為香炷所燒，始知馬，畫妖也。校尉難復王命，因訟曾。時崔得馬貲，居積盈萬，自願以直貸曾，付校尉去。曾甚德之，不知崔即當年之售主也。

【注　釋】❶臨清　縣名，在今山東臨清。❷窶　貧窮；貧寒。❸垣　矮牆；牆。❹黑質白章　黑色皮毛，間有白色花紋。❺晉　山西省的簡稱。❻健步　原指善於走路的人，這裡指可供騎乘的大牲口。❼囑屬　囑咐；叮囑。❽餤　吃。❾銜　馬嚼子。❿無耗　沒有消息。⓫校尉　武官官職名。明、清以衛士為校尉。⓬子昂　即趙孟頫，字子昂，號松雪道人、水精宮道人、鷗波，吳興（今浙江湖州）人。元代著名畫家。

【語　譯】山東臨清崔生，家境貧困，院子的圍牆也沒整修。每天清晨起來，總看見一匹馬臥在露草叢中，黑皮毛，間有白色花紋；只是尾巴參差不齊，像被火燒斷了。崔生把牠趕跑，晚上牠又回來，不知從哪兒來。崔生有一位好朋友，在山西做官，他想前往投靠，苦於沒有健壯的坐騎，便把這馬捉來，套上轡繩騎走了，囑咐家人說：「如果有找馬的，就告訴他我到山西去了。」

上路後，馬飛快地奔馳，眨眼就是百里。晚上不大吃草料，崔生以為牠病了。第二天，勒緊轡繩不讓牠快跑，馬就踢蹄嘶叫，口噴白沫，像昨天那樣精力充沛。崔生便又縱馬奔馳，中午已經抵達太原。當時，騎著牠進入鬧市，見到馬的人沒有不讚嘆的。晉王聽到消息，出高價購買這匹馬。崔生擔心被失主找到，不敢賣。過了半年，沒有尋馬的消息，便以八百兩銀子賣給了晉王府，然後自己買了頭騾子騎回家。

後來，晉王因為緊急公務，派校尉騎這馬到臨清去。馬跑了，校尉追到崔生東面的鄰居家，那馬進了門，不見了。校尉向主人索取。主人姓曾，確實沒見到馬。等到校尉走進內室，見牆壁上掛著一幅趙子昂畫的馬，其中一匹馬的毛色很像，尾巴處被香火燒掉了，這才知道馬是畫中的精靈。校尉難以向晉王交待，於是控告曾某。當時崔生得了賣馬錢，做生意賺到上萬家財，他自願把錢借給曾某，交給校尉，讓他離去。曾某非常感激崔生，卻不知崔生就是當年的賣馬人。

【研析】《聊齋誌異・畫壁》講述朱孝廉恍惚之中進入佛寺壁畫的奇遇。朱孝廉見壁畫上有散花天女「拈花微笑，櫻唇欲動，眼波將流」，不由得「神搖意奪，恍然凝思」，遂飄飄如駕雲霧，到壁上與畫中人結為歡好。〈畫馬〉則是畫中之馬來到現世，展現其特異能力的故事。臨清曾某收藏一幅趙孟頫所畫之馬。此馬從畫上來到鄰居崔生家，崔生誤認為是無主之馬，在騎牠到山西去的過程中發現牠實際上是一匹神馬。後來崔生把馬賣給晉王。晉王派人騎馬到臨清辦理公務，神馬又回到故主家中。

這幅畫的作者是元代著名畫家趙孟頫。趙孟頫，字子昂，號松雪道人，別號水精宮道人，喜畫山水、人物、花鳥、竹石、鞍馬，同時也是歷史上的楷書四大家之一，有〈秋郊飲馬圖〉、〈浴馬圖〉、〈滾塵馬圖〉等畫作存世。前人對趙孟頫畫馬多有讚評。如劉敏中《中庵集》之〈跋趙子昂馬圖〉，「凡畫神為本，形似其末也。本勝而末不足，猶不失為畫。苟善其末而遺其本，非畫矣。二者必兼得而後可以盡其妙。觀子昂之畫馬，信其為兼得者歟！」再如朱德潤《存復齋文集》之〈題趙學士畫牧馬圖〉，「紫烟凝沙日色薄，奚官挽韁行踔躒。五馬追風振鬣高，逸態飛騰珠汗落。

方瞳紫焰耳卓錐，昂頭顧前行且嘶。驊騮真種忽殿後，獨立掉尾猶清奇。君不聞路州別駕征西河，于闐嘵貢拳毛騧。曹韓畫圖李杜贊，神物久去空文華。吳興學士非畫師，剡藤繪出真龍姿。今鞍遊客爭快睹，千金博取求新詩。」當然，由於趙孟頫以宋之皇裔出仕元朝，被一些人譏諷為缺乏氣節，馮鎮巒在評論〈金姑夫〉時就把趙孟頫比為變節的梅姑。

從繪畫中的圖形變成生活中的實體，比較著名的故事還有畫龍點睛。據唐代張彥遠《歷代名畫記・張僧繇》，「金陵安樂寺四白龍不點眼睛，每云：『點睛即飛去。』人以為妄誕，固請點之。須臾，雷電破壁，兩龍乘雲騰去上天，二龍未點眼者見在。」與「畫龍點睛」的簡單勾畫相比，〈畫馬〉具有神馬離家、返家的完整過程，中間還穿插了崔生識馬、用馬、賣馬等情節。蒲松齡對神馬進行了生動的細節描寫。首先，牠速度奇快，「鶩駛，瞬息百里」。其次，牠很少飲食，「不甚餧芻豆」。第三，牠神態飽滿，「蹄嘶噴沫，健怒如昨」。從山東臨清到山西太原，計有一千餘里，這匹馬卻只用了一天半的時間，真可謂良駒寶馬，神駿不凡。蒲松齡還刻劃了崔生這樣一個謹小慎微的知識分子形象。崔生每天清晨都會看見一匹馬臥在自家草叢中。從最初的想法來講，他並沒有想據為己有。崔生騎這匹馬到山西去，就在出發前，他還叮囑家人，「倘有尋馬者，當如晉以告」。到山西後，晉王想以重金購下此馬，但崔生怕失主來找，拖了半年，沒有任何消息才賣給晉王。後來，崔生用賣馬的錢做生意，賺到上萬家財，等畫的主人惹上官司，他「自願以直貸曾」，幫助畫主度過難關。

〈畫馬〉反映了一種殘缺之美。這匹馬在畫上「尾處為香炷所燒」，在現實中表現為「尾毛不整，似火燎斷者」。這點不完美，一方面與馬的威武神駿形成了鮮明對比，為牠增加了神韻；另一方面，也拉近了馬與讀者之間的距離，避免給人造成遙不可及的感覺。據《後漢書・蔡邕傳》：「吳人有燒桐以爨者，邕聞火烈之聲。知其良木，因請而裁為琴，果有美音，而其尾猶焦，故時人名曰焦尾琴焉。」蔡邕的「焦尾」與齊桓公的「號鐘」、楚莊公的「繞梁」、司馬相如的「綠綺」並稱中國古代四大名琴。馬尾「為香炷所燒」，琴尾「猶焦」，這正如斷臂的維納斯一樣，以局部的殘缺襯托整體的閃光，給讀者留下獨特的審美感受和廣闊的想像空間。

呂無病

洛陽[1]孫公子，名麒，娶蔣太守女，甚相得。二十夭殂[2]，悲不自勝。離家，居山中別業[3]。適陰雨，晝臥，室無人。忽見複室[4]簾下，露婦人足，疑而問之。有女子褰[5]簾入，年約十八九，衣服樸潔，而微黑多麻，類貧家女。意必村中僦屋者，呵曰：「所須宜白家人，何得輕入！」女微笑曰：「妾非村中人，祖籍山東，呂姓。父文學士[6]。妾小字無病，從父客遷，早離顧復[7]。慕公子世家名士，願為康成文婢[8]。」孫笑曰：「卿意良佳。但僕輩雜居，實所不便，容旋里[9]後，當輿聘之。」女次且[10]曰：「自揣陋劣，何敢遂望敵體[11]？聊備案前驅使，當不至倒捧冊卷。」孫曰：「納婢亦須吉日。」乃指架上，使取通書[12]第四卷，——蓋試之也。女翻檢得之。先自涉覽，而後進之，笑曰：「今日河魁不曾在房⑬。」孫意少動，留匿室中。女閑居無事，為之拂几整書，焚香拭鼎，滿室光潔。孫悅之。

至夕，遣僕他宿。女俯眉承睫，殷勤臻至。命之寢，始持燭去。中夜睡醒，則床頭似有臥人；以手探之，知為女，捉而撼焉。女驚起，立榻下。孫曰：「何不別寢，床頭豈汝臥處也？」女曰：「妾善懼。」孫憐之，俾施枕床內。忽聞氣息之來，清如蓮蕊，異之；呼與共枕，不覺心蕩；漸於同衾，大悅之。念避匿非策，又恐同歸招議⑭。孫有母姨，近隔十餘門，謀令遁諸其家，而後再致之。女稱善，便言：「阿姨，妾孰識之，無容先達，請即去。」孫送之，逾垣而去。

孫母姨，寡媼也。凌晨啟戶，女掩入⑮。媼詰之，答云：「若甥遣問阿姨。公子欲歸，路賒⑯乏騎，留奴暫寄此耳。」媼信之，遂止焉。孫歸，矯謂姨家有婢，欲相贈，遣人舁之而還。坐臥皆以從。久益嬖⑰之，納為妾。

世家論婚，皆勿許，殆有終焉之志。女知之，苦勸令娶；乃娶於許，而終嬖愛無病。許甚賢，略不爭夕；無病事許益恭，以此嫡庶偕好。許舉一子阿堅，無病愛抱如己出。兒甫三歲，輒離乳媼，從無病宿；許喚之，不去。無何，許病卒。臨訣，囑孫曰：「無病最愛兒，即令子之可也；即正位[18]焉亦可也。」既葬，孫將踐其言，告諸宗黨，僉謂不可；女亦固辭，遂止。

邑有王天官[19]女，新寡，來求婚。孫雅不欲娶，王再請之。媒道其美，宗族仰其勢，共慫恿之。孫惑焉，又娶之。色果豔；而驕已甚，衣服器用，多厭嫌，輒加毀棄。孫以愛敬故，不忍有所拂。入門數月，擅寵專房，而無病至前，笑啼皆罪。時怒遷夫婿，數相鬧鬥。孫患苦之，以多獨宿。婦又怒。孫不能堪，託故之都[20]，逃婦難也。婦以遠遊咎無病。無病鞠躬屏氣，承望顏色，而婦終不快。夜使直宿床下，兒奔與俱。每喚起給使，兒輒啼。婦厭罵之。無病急呼乳媼來抱之，不去；強之，益號。婦怒起，毒撻無算，始從乳媼去。兒以是病悸，不食。婦禁無病不令見之。兒終日啼，婦叱媼，使棄諸地。兒氣竭聲嘶，呼而求飲；婦戒勿與。日既暮，無病窺婦不在，潛飲兒。兒見之，棄水捉衿，號咷不止。婦聞之，意氣洶洶而出。兒聞聲輟涕，一躍遂絕。無病大哭。婦怒曰：「賤婢醜態！豈以兒死脅我耶！無論孫家襁褓物[21]；即殺王府世子[22]，王天官女亦能任之！」無病乃抽息忍涕，請為葬具。婦不許，立命棄之。

婦去，竊撫兒，四體猶溫，隱語媼曰：「可速將去，少待於野，我當繼至。其死也，共棄之；活也，共撫之。」媼曰：「諾。」無病入室，攜簪珥出，追及之。共視兒，已蘇。二人喜，謀趨別業，往依姨。媼慮其纖步為累，無病乃先趨以俟之，疾若飄風，媼力奔始能及。約二更許，兒病危，不復可前。遂斜行入村[23]，至田叟家，侍門待曉，扣扉借室，出簪珥易貲，巫醫並致，病卒不瘳。女掩泣曰：「媼好視兒，我往尋其父也。」媼方驚其謬妄，而女已杳矣。駭詫不已。

是日，孫在都，方憩息床上，女悄然入。孫驚起曰：「才眠已入夢耶！」女握手哽咽，頓足不能出聲。久之久之，方失聲而言曰：「妾歷千辛，與兒逃於楊——」句未終，縱聲大哭，倒地而滅。孫駭絕，猶疑為夢；喚從人共視之，衣履宛然，大異不解。即刻趣裝㉔，星馳㉕而歸。

既聞兒死妾遁，撫膺大悲。語侵婦，婦反脣相稽㉖。孫忿，出白刃；婢嫗遮救，不得近，遙擲之。刀脊中額，額破血流，披髮嗥叫而出，將以奔告其家。孫捉還，杖撻無數，衣皆若縷，傷痛不可轉側。孫命舁諸房中護養之，將待其瘥而後出㉗之。婦兄弟聞之，怒，率多騎登門；孫亦集健僕械禦之。兩相叫罵，竟日始散。王未快意，訟之。孫捍衛㉘入城，自詣質審，訴婦惡狀。

宰不能屈，送廣文㉙懲戒以悅王。廣文朱先生，世家子，剛正不阿。廉㉚得情，怒曰：「堂上公以我為天下之齷齪教官，勒索傷天害理之錢，以吮人癰痔者㉛耶！此等乞丐相，我所不能！」竟不受命。孫公然歸。王無奈之，乃示意朋好，為之調停，欲生謝過其家。孫不肯，十反不能決。婦創漸平，欲出之，又恐王氏不受，因循而安之。

妾亡子死，夙夜傷心，思得乳媼，一問其情。因憶無病言「逃於楊」，近村有楊家疃，疑其在是；往問之，並無知者。或言五十里外有楊谷，遣騎詣訊，果得之。兒漸平復；相見各喜，載與俱歸。兒望見父，噭然大啼，孫亦淚下。婦聞兒尚存，盛氣奔出，將致誚罵。兒方啼，開目見婦，驚投父懷，若求藏匿。抱而視之，氣已絕矣。急呼之，移時始蘇。孫恚㉜曰：「不知如何酷虐，遂使吾兒至此！」乃立離婚書，送婦歸。王果不受，又舁還孫。孫不得已，父子別居一院，不與婦通。

乳媼乃備述無病情狀，孫始悟其為鬼。感其義，葬其衣履，題碑曰「鬼妻呂無病之墓」。無何，婦產一男，交手於項而死之。孫益忿，復出婦；王又舁還之。孫乃具狀，控諸上臺㉝，皆以天官故，置不理。後天官卒，孫控不已，乃判令大歸[34]。孫由此不復娶，納婢焉。

婦既歸，悍名噪甚，居三四年無問名者。婦頓悔，而已不可復挽。有孫家舊媼，適至其家。婦優待之，對之流涕；揣其情，似念故夫。媼歸告孫，孫笑置之。又年餘，婦母又卒，孤無所依，諸娣姒[35]頗厭嫉之；婦益失所，日輒涕零。一貧士喪偶，兄議厚其奩妝而遣之，婦不肯。每陰託往來者致意孫，泣告以悔，孫不聽。

一日，婦率一婢，竊驢跨之，竟奔孫。孫方自內出，迎跪階下，泣不可止。孫欲去之，婦牽衣復跪之。孫固辭曰：「如復相聚，常無間言[36]則已耳；一朝有他，汝兄弟如虎狼，再求離逷[37]，豈可復得！」婦曰：「妾竊奔而來，萬無還理。留則留之，否則死之！且妾自二十一歲從君，二十三歲被出，誠有十分惡，寧無一分情？」乃脫一腕釧，並兩足而束之，袖覆其上，曰：「此時香火之誓[38]，君寧不憶之耶？」孫乃熒眦欲淚，使人挽扶入室；而猶疑王氏詐諼[39]，欲得其兄弟一言為證據。婦曰：

「妾私出，何顏復求兄弟？如不相信，妾藏有死具在此，請斷指以自明。」遂於腰間出利刃，就床邊伸左手一指斷之，血溢如涌。孫大駭，急為束裹。婦容色痛變，而更不呻吟，笑曰：「妾今日黃粱之夢已醒，特借斗室為出家計，何用相猜？」孫乃使子及妾另居一所，而己朝夕往來於兩間。又日求良藥醫指創，月餘尋愈。婦由此不茹[40]葷酒，閉戶誦佛而已。

居久，見家政廢弛，謂孫曰：「妾此來，本欲置他事於不問；今見如此用度，恐子孫有餓莩[41]者矣。無已，再腆顏一經紀之。」乃集婢媼，按日責其績織。家人以其自投也，慢之，竊相誚訕，婦若不聞知。既而課工，惰者鞭撻不貸，眾始懼之。又垂簾課主計[42]僕，綜理微密。孫乃大喜，使兒及妾皆朝見之。阿堅已九歲，婦加意溫恤，朝入塾，常留甘餌以待其歸；兒亦漸親愛之。

一日，兒以石投雀，婦適過，中顱而仆，逾刻不語。孫大怒，撻兒。婦蘇，力止之，且喜曰：「妾昔虐兒，中心每不自釋，今幸消一罪案矣。」

孫益嬖愛之，婦每拒，使就妾宿。居數年，屢產屢殤，曰：「此昔日殺兒之報也。」阿堅既娶，遂以外事委兒，內事委媳。一日曰：「妾某日當死。」孫不信。婦自理葬具，至日，更衣入棺而卒。顏色如生，異香滿室；既殮，香始漸滅。

異史氏曰：「心之所好，原不在妍媸㊸也。毛嬙、西施㊹，焉知非自愛之者美之乎？然不遭悍妒，其賢不彰，幾令人與嗜痂者㊺並笑矣。至錦屏之人㊻，其夙根原厚，故豁然一悟，立證菩提；若地獄道㊼中，皆富貴而不經艱難者矣。」

【注釋】❶洛陽　今河南洛陽。❷夭殂　短命而死。❸別業　別墅。❹複室　複屋，指內室。❺褰　揭起。❻文學士　讀書之人。文學，孔門四科之一，指文章博學。❼顧復　語出《詩・小雅・蓼莪》：「父兮生我，母兮鞠我。拊我畜我，長我育我，顧我復我，出入腹我。」後來用「顧復」指父母之養育。❽康成文婢　指東漢經學大師鄭玄家的奴婢。《世說新語・文學》載：「鄭玄家奴婢皆讀書。嘗使一婢，不稱旨，將撻之。方自陳說，玄怒，使人曳著泥中。須臾，復有一婢來，問曰：『胡為乎泥中？』答曰：『薄言往愬，逢彼之怒。』」問話出自《詩經・邶風・式微》，答話出自《詩經・邶風・柏舟》。❾旋里　回家。❿次且　同「趑趄」。猶豫不前。

⑪敵體　地位對等的妻子。⑫通書　這裡指曆書。⑬今日河魁不曾在房　據《聊齋誌異》本篇呂湛恩注引《荊湖近事》記載：李戴仁性格迂腐，一夜，其妻欲與同房，李查曆書，驚曰：「今夜河魁在房，不宜行事。」河魁，凶神。⑭招議　招來議論。⑮掩入　乘其不備而進入。⑯賒　遙遠。⑰嬖　寵愛。⑱正位　立為正室。⑲天官　明清時吏部尚書的別稱。⑳都　京城。㉑襁褓物　嬰兒。㉒王府世子　諸王家的嫡子。㉓斜行入村　走小路進入村子。㉔趣裝　急速置辦行裝。㉕星馳　在星夜急馳，形容速度很快。㉖稽　計較。㉗出　休棄。㉘捍衛　意思是讓自己的家僕帶著武裝器械護衛。㉙廣文　儒學教官。㉚廉　查考；訪察。㉛吮人癰痔者　語出《莊子·列禦寇》：「秦王有病召醫，破癰潰痤者，得車一乘；舐痔者，得車五乘。所治愈下，得車愈多。」後來指諂媚阿附之人。㉜恚　怨恨；憤怒。㉝上臺　上官。㉞大歸　已婚婦女被休棄回母家。㉟娣姒　妯娌。兄妻為姒，弟妻為娣。㊱閒言　閒話。㊲離逷　遠離。代指離婚。㊳香火之誓　指結婚時相約永好的誓言。香火，誓約結盟時燃點香火。㊴詐諼　欺詐。㊵茹　吃。㊶餓莩　餓死。㊷主計　主管財務，計算出入。㊸妍媸　美醜。㊹毛嬙西施　二者皆是古代著名的美女。㊺嗜痂者　南朝劉邕嗜食瘡痂，以為味似鰒魚。比喻以醜為美的變態心理。見《宋書·劉穆之傳》。㊻錦屏之人　深閨女子。這裡指王氏。㊼地獄道　佛教所謂生死輪迴，「六道」之一。

【語譯】洛陽孫公子，單名叫麒，娶了蔣太守的女兒，十分融洽。蔣氏二十歲夭亡，孫麒十分悲痛。他離開家，到山中的別墅居住。碰上一個陰雨天，孫麒白天在床上躺著，屋裡沒人。忽然看見內房門簾下，露出女子的腳，孫麒疑惑地詢問。有個女子掀簾進來，大約十八九歲，衣服樸素整潔，膚色微黑，長了不少麻子，像個貧苦人家的姑娘。孫麒想一定是村裡租房子的人，呵斥道：「需要什麼應該告訴我的家人，怎麼隨便進來！」女子微笑著說：「我不是村裡的人，祖籍山東，姓呂。父親是文學之士。我小名叫無病，隨父親遷居到這裡，父母早亡。我仰慕公子是世家大族的名士，願意做個鄭康成門下的婢女。」孫麒笑著說：「你的心意很好。但這裡僕人們雜居，實在不方便，等我回家以後，一定派轎子來聘你。」呂無病猶豫地說：「我知道自己醜陋，怎敢指望和您相配？姑且在案前供您使喚，應該不至於把書本倒過來拿。」孫麒說：「納婢也要挑個吉利日子。」於是指著書架，讓她把通書第四卷取來，——實在是試試她。呂無病找到了書。先自己瀏覽，然後遞給孫麒，笑著說：「今天河魁沒有在房間裡。」孫麒有點心動，留下她藏在房裡。呂無病閒著沒事，給孫麒擦桌子，整理書，焚香，擦香爐，整個房間光亮整潔。孫麒十分喜歡她。

到晚上，打發僕人到別處睡。呂無病溫順地侍候孫麒，殷勤備至。孫麒叫她去睡覺，她才端著蠟燭離去。孫麒半夜睡醒，床頭似乎睡著一個人；用手一摸，知道是呂無病，捉住她搖著。呂無病驚醒爬起來，站在床前。孫麒說：「怎麼不到別處睡，床頭難道是你睡覺的地方？」呂無病說：「我害怕。」孫麒可憐她，讓她在床上放個枕頭。忽然，孫麒聞到一陣氣息傳來，清香如蓮花蕊，很驚異；叫她來和自己同枕而睡，不覺心蕩神搖；漸漸和她同蓋一床被子，非常高興。想著藏著她不是辦法，又怕一同回家招來非議。孫麒有個姨媽，在近處只隔十幾戶人家，就商量讓呂無病偷偷跑到姨媽家，然後再把她接過來。呂無病認為很好，就說：「你姨媽我很熟，不用你先去告訴她了。我馬上就去吧。」孫麒送她，她翻過牆走了。

孫麒的姨媽是個寡婦。這天清早打開門，呂無病閃身進來。姨媽問她，回答說：「你外甥叫我來問候姨媽。公子打算回家去，路途遙遠，缺少馬匹，留下我暫時寄住在這裡。」姨媽相信了，就讓她住下。孫麒回到家裡，撒謊說姨媽家裡有個婢女，想贈送給自己，派人把呂無病抬了回來。從此，起居飲食都要呂無病跟著。時間長了，孫麒更加寵愛她，就娶她做侍妾。

大戶人家來提親，孫麒都不答應，似乎有和呂無病終生廝守的志向。呂無病知道了，苦苦勸他娶妻；孫麒於是娶了許氏，可是他始終寵愛呂無病。許氏很賢惠，一點也不爭著和孫麒過夜；呂無病侍奉許氏更加恭敬，因此妻妾相處得很好。許氏生了個兒子阿堅，呂無病很喜愛他，抱著他，如同自己親生的。阿堅才三歲，常常離開奶媽，跟呂無病睡；許氏喊他，也不離去。不久，許氏病故。臨終，囑咐孫麒說：「無病最愛兒子，就讓阿堅做她的兒子好了；即便把無病立為正室也是可以的。」許氏安葬後，孫麒想履行她的遺言，告訴族裡的人，眾人都說不行；呂無病也竭力推辭，就作罷了。

城裡有個姓王的吏部尚書，他的女兒新近守寡，來向孫麒求婚。孫麒很不想娶，王家再次請求。媒人說王家女兒很漂亮，同族的人仰慕王家的權勢，都慫恿孫麒。孫麒迷惑了，就娶了她。王氏的姿色果然豔麗；可是非常驕橫，對衣服、用品，很多不滿意，動不動就毀壞扔掉。孫麒因為喜歡、尊敬她，不忍違拗。過門幾個月，王氏每天晚上都要孫麒在她那裡過夜，而呂無病到她跟前，無論是笑是哭，都會得罪她。時時把怒氣發洩到孫麒頭上，數次吵鬧爭鬥。孫麒非常厭煩，常常獨自過夜。王氏又很生氣。孫麒不能忍受，找藉口到京城去，逃避老婆造成的災難。王氏把孫麒的遠遊歸咎於呂無病。呂無病鞠躬屏氣，察言觀色，王氏卻始終不痛快。夜裡，王氏讓呂無病睡在自己床前的地上值夜，阿堅跑來跟呂無病一起。每當王氏叫呂無病起來服侍，阿堅總是啼哭。王氏厭煩地罵他。呂無病急忙喊奶媽來抱阿堅，阿堅不肯離開；硬抱他走，他更是嚎哭。王氏發怒起來，把阿堅毒打一頓，阿堅才跟著奶媽出去。阿堅因此得了驚嚇症，飯也不吃。王氏禁止呂無病去看阿堅。阿堅整天啼哭，王氏喝斥奶媽，叫她把阿堅扔到地上。阿堅氣竭聲嘶，喊著要喝水；王氏告誡下人不准給他。天色已晚，呂無病瞅準王氏不在，偷偷送水給阿堅喝。阿堅見了她，丟下水，拉住她的衣襟，嚎啕大哭不止。王氏聽見了，氣勢洶洶地出來。阿堅聽到王氏的聲音，憋住哭聲，向前一跳就死過去了。呂無病放聲大哭，王氏發怒說：「看你這下賤丫頭的醜態！難道想用小孩子的死來威脅我嗎！別說是孫家的一個幼兒；就是殺了王府裡的公子，我王吏部的女兒也擔待得起！」呂無病於是抽泣著忍住淚水，求給孩子一口棺材。王氏不答應，立刻叫人把屍首扔掉。

王氏走後，呂無病偷偷摸了摸阿堅，四肢還溫熱，悄悄對奶媽說：「你趕快把孩子帶走，在野外等我一會兒，我隨後就到。孩子要是死了，咱們一起把他扔了；要是活著，就一起撫養他。」奶媽說：「好。」呂無病回到房裡，帶上首飾出來，追上奶媽。兩人一起看阿堅，阿堅已經蘇醒。她們非常高興，商量到別墅去，投靠孫麒的姨媽。奶媽擔心呂無病纖弱的小腳行走不便，呂無病就跑到前面去等著，她快得像一陣風，奶媽竭力奔跑才追得上。大約二更時分，阿堅病勢危急，不能再往前走了。於是走小路進了村子，來到一戶老農家，靠在門前等到天亮，敲門借一個房間，拿出首飾換錢使用，把巫師和醫生都請了來，阿堅的病始終不見好。呂無病捂著臉哭著說：「奶媽好好照料堅兒，我去找他父親。」奶媽正驚訝這話荒唐，而呂無病已杳無蹤影了。奶媽驚詫不已。

這一天，孫麒在京城裡，正躺在床上休息，呂無病悄悄進來。孫麒吃驚地起來說：「剛剛躺下就入夢了嗎！」呂無病握住他的手哽咽著，跺著腳說不出話來。過了很久很久，才嘶啞著聲音說：「我歷盡千辛萬苦，和堅兒逃到楊——」一句話沒說完，就放聲大哭，倒在地上不見了。孫麒驚異極了，還疑心是夢；他叫僕人起來一起看，呂無病的衣服、鞋子都在地上，大惑不解。孫麒馬上收拾行李，連夜趕回家。

到家後，他得知兒子死去、呂無病逃走，捶著胸口，非常悲痛。他責備王氏，王氏反唇相譏。孫麒氣極了，拿出刀子來；丫環僕婦遮住王氏，孫麒無法靠近，遠遠地把刀子扔過去。刀背砍中了王氏的額頭，頭破血流，她披散著頭髮，嗥叫著跑出去，想跑去告訴娘家。孫麒把她抓回來，舉起棍子打了無數下，衣服碎成一條一條的，王氏傷痛得無法翻身。孫麒叫人把她抬回房間養護，想等她傷好就把她休棄。王氏的兄弟聽說，非常惱怒，就帶著不少人馬找上門來；孫麒也集合健壯的家人，拿著棍棒抵禦。雙方互相叫罵，一整天才散去。王家不甘心，告了孫麒一狀。孫麒帶著護衛進城，主動到衙門對質，訴說王氏的惡劣行徑。

縣官無法使孫麒屈服，就送儒學教官加以懲戒，以取悅王家。儒學教官朱先生，是世家子弟，為人剛正不阿。他查知實情，氣憤地說：「衙門老爺以為我是天下那種骯髒教官，勒索傷天害理的錢財、給人吮瘡舔痔的人嗎！這種乞丐模樣，我做不來！」竟然不接受縣官的命令。孫麒大搖大擺地回家。王家無可奈何，就示意朋友們從中調停，想讓孫麒到王家賠禮。孫麒不肯，朋友們往返十次也沒有成功。王氏的傷口漸平復了，想休棄她，又怕王家不接受，便暫時安於現狀。

孫麒因為妾亡子死，日夜傷心，希望找到阿堅的奶媽，問一問內情。於是想起呂無病說「逃到楊」，附近有個村子叫楊家疃，孫麒懷疑奶媽在那裡；前往詢問，沒有一個人知道。有人說五十里外有個楊谷，孫麒就派人騎馬去打聽消息，果然找到了。阿堅漸漸康復了；見面大家都很高興，用車子把奶媽和阿堅一起接回家。阿堅看見父親，哇的一聲大哭起來，孫麒也掉下眼淚。王氏聽說阿堅還活著，氣沖沖地跑出來，準備責罵一番。阿堅正哭著，睜眼看見王氏，嚇得撲到父親懷裡，好像乞求把他藏起來。孫麒抱起來一看，已經停止呼吸了。急忙呼喚，很久才蘇醒過來。孫麒氣憤地說：「不知你是怎樣殘暴地虐待他，竟使我兒子害怕到這個地步！」於是立下離婚書，送王氏回娘家。王家果然不接受，又用轎子送回孫家。孫麒沒辦法，父子倆到另外一個院子居住，不和王氏來往。

奶媽就把呂無病的情況詳細告訴了孫麒，孫麒這才明白呂無病是鬼。他感激呂無病的情義，把她的衣服、鞋子安葬了，在墓碑上寫著：「鬼妻呂無病之墓」。不久，王氏生了個兒子，用手卡住脖子掐死了。孫麒更加氣憤，再次把她休棄；王家又把她抬回來。孫麒就寫了狀詞，告到官府去，都因為王吏部的緣故，對這事置之不理。後來王吏部死了，孫麒不斷地告狀，官府便判決王氏被休棄。孫麒從此不再娶妻，收了個丫環作侍妾。

王氏被休棄以後，刁悍的名聲遠近皆知，等了三四年也沒人來提親。王氏頓時後悔了，可已經不可挽回。有個曾在孫家做事的老僕婦，碰巧到王家。王氏熱情地招待她，對著她流淚；老僕婦揣摩王氏的心情，好像在懷念孫麒。老僕婦回去告訴孫麒，孫麒一笑置之。又過了一年多，王氏的母親又死了，王氏孤零零地無所依靠，嫂嫂和弟婦都很厭惡忌恨她；王氏更加無依無靠，每天都痛哭流淚。有個窮書生死了妻子，王氏的哥哥打算多賠些嫁妝把她打發出去，王氏不肯。她常常暗中託來往的人向孫麒致意，哭著訴說自己的悔恨，孫麒不聽信她的話。

一天，王氏帶上一個丫環，偷了驢子騎上，逕直跑到孫家。孫麒正從屋裡出來，王氏迎著跪在臺階下，哭個不停。孫麒想把她趕走，王氏拉住他的衣服重新跪下。孫麒再三推辭說：「如果重新相聚，平時沒有閒話還罷了；一旦有別的變故，你的兄弟如狼似虎，再想和你分離，哪還辦得到！」王氏說：「我偷著跑來，萬萬沒有再回去的道理。你肯留我就留下，否則我只有一死了！再說我從二十一歲嫁給你，二十三歲被休棄，就算我有十分罪惡，難道沒有一分情意嗎？」於是捋下一只手鐲，併攏兩腳用手鐲束上，把衣袖蓋在上面，說：「焚香立誓時的情景，你難道不記得了嗎？」孫麒眼中閃動著淚花，叫人把她扶進房間；可是還懷疑王氏欺騙他，想得到她兄弟的話作為證據。王氏說：「我偷跑出來，哪裡還有臉面再求我的兄弟？如果不相信，我還藏著用來自盡的刀子，請讓我砍下手指來表明心跡。」就從腰間掏出一把利刀，靠在床邊伸出左手一個指頭，一刀砍斷，血如泉湧。孫麒大驚，急忙為她包紮。王氏雖然疼得臉色都變了，卻沒有呻吟一聲，笑著說：「我今天黃粱夢已經醒了，只是借你一間斗室出家修行，哪裡用得著猜疑？」孫麒於是讓阿堅和侍妾另住一處，而自己早晚往來於妻妾之間。又天天為王氏尋找良藥醫治手指的創傷，過了一個多月，傷口很快痊癒了。王氏從此不吃葷，不喝酒，只是閉門念佛。

過了好久，她見家務越來越不成樣，對孫麒說：「我這次回來，本來想別的事都不過問了；現在看到這樣花費，恐怕子孫有被餓死的時候。沒辦法，我再厚著臉皮管理一下。」於是集中丫環僕婦，每天責成她們紡紗織布。家人因為她是自己跑回來的，對她怠慢，私下譏刺嘲笑她，王氏好像沒聽到。後來考核工作，對懶惰的人鞭打責罰，毫不姑息，大家才怕她。她又隔著簾子考察負責管帳的僕人，管理得非常細緻、周密。孫麒於是非常高興，讓阿堅和侍妾都來拜見王氏。阿堅已經九歲了，王氏對他特別體貼照顧，早晨上學以後，王氏常常把好吃的東西留著等他回來；阿堅也漸漸親近、喜歡她了。

一天，阿堅用石頭打鳥，王氏剛好經過，石頭打中她的頭，倒在地上，過了好一會還不能說話。孫麒很生氣，責打阿堅。王氏蘇醒過來，極力勸阻，還高興地說：「我以前虐待孩子，心裡常常不能自安，今天幸而把我的一件罪過抵消了。」孫麒更加寵愛王氏，王氏常常拒絕，讓孫麒到侍妾房裡睡。幾年過去了，王氏屢次生孩子屢次夭折，她說：「這是我以前殺死孩子的報應。」阿堅娶媳婦以後，王氏就把對外的事交給阿堅，家裡的事交給兒媳。一天，她說：「我某日就要死了。」孫麒不相信。她自己準備好棺材壽衣，到了那一天，換好壽衣躺進棺材就死了。容貌還像活著時一樣，奇異的香味充滿屋子；下葬以後，香味才漸漸消失。

異史氏說：「心裡喜愛一個人，本來不在於她是漂亮還是醜陋。毛嬙、西施，怎麼知道不是喜愛她們的人把她們美化了呢？但是不遭受兇悍嫉妒，她的賢惠就顯不出來，這幾乎讓人把孫麒和嗜吃瘡痂的人一齊嘲笑了。至於貴家女子，其前生根性原本深厚，所以一旦豁然醒悟，馬上就能立地成佛；那些墮入地獄裡的，都是富貴而沒有經過艱難的人啊。」

【研　析】〈呂無病〉是一篇關於妻妾關係的家庭倫理故事。故事主體情節可分為三個部分：一是孫麒與王天官女結婚之前，孫麒為紓解喪妻之痛，就離家到山裡居住，碰到了前來投靠的呂無病，共同度過了一段紅袖添香夜讀書的美好生活；二是孫麒續娶王氏，王氏大發閫威，氣走丈夫，虐待前妻所生之子阿堅與呂無病；三是呂無病死後，王氏經歷一系列家庭變故，囂張氣焰漸漸消磨，最終痛改前非，成為賢妻良母。

故事塑造了特點鮮明的人物形象。孫麒剛強、正直，決不向王家所代表的權豪勢要低頭。他先與蔣太守之女結為夫妻，「甚相得」。這說明孫麒本身並非偏執怪僻、無事生非之人。王氏入門後，橫行霸道，蠻不講理，借娘家的權勢耍威風。孫麒對她採取了容忍的態度，找藉口到京城去。直到有一天，他返回家中，聽說「兒死妾遁」，不由大怒。他先是責打王氏，「杖撻無數，衣皆若縷」；當內兄內弟們打上門來，他「集健僕械禦之」；當王家示弱，希望他上門賠禮道歉時，他十餘次拒絕協商；當他寫下離婚書，把王氏送回家，王家不接受，他便與阿堅「別居一院，不與婦通」；當王氏把親生兒子掐死後，他「控諸上臺」，達到離婚的目的。馮鎮巒在「孫不肯，十反不能決」後，認為「可稱有氣骨男子。」孫麒這一形象與〈馬介甫〉中懦弱無能的楊萬里、〈江城〉中逆來順受的高蕃形成了鮮明對比。

呂無病則是對丈夫順從、對正妻恭敬、對孩子慈愛、恪守為妾之道的完美人物。蒲松齡寫她的出場頗具特色，「年約十八九，衣服僕潔，而微黑多麻，類貧家女」。這與「嬌波流慧，細柳生姿」的嬌娜、「容華絕代，笑容可掬」的嬰寧、「妖姿要妙」的細侯等有極大不同。馮鎮巒讚嘆道：「偏不言美，文字善變。」正是這一並不美麗的外表，襯托出她完美的內在品質。她富有才情，機智活潑，陪伴孫麒在山裡讀書；她自甘為妾，苦勸孫麒娶妻；她盡最大努力做到「嫡庶偕好」；她忍辱負重，細心照顧阿堅；她當機立斷，拯救瀕於死亡的阿堅；她為給孫麒報信，深夜疾奔，直至獻出生命。以傳統的觀點來看，像無病這樣的女子當然值得大為讚揚；以現代的觀點來看，無病是有完全把自己融入到傳統倫理道德框範之中的傾向。這也正是蒲松齡賦予她的理想化色彩。所以，但明倫說：「慧心妙舌，已是可人，自不應以皮毛相之。況萬苦千辛，至死不變，以視勢家豔女，得失重輕，奚啻霄壤！勒貞珉而重之曰鬼妻，誰謂不直。」

王氏是從悍婦向賢妻良母轉化的代表。寫王氏的深刻之處在於，她之所以驕橫跋扈，是因為有家族勢力的支持；之所以痛心改過，是因為失去家族勢力的支持。孫麒選擇王氏，一是因為媒人稱讚王氏的美貌，二是因為族人仰慕王家的權勢。她利用王天官女兒的身分，苛求無病，虐待阿堅，可謂無所不用其極。她公然宣稱：「無論孫家襁褓物；即殺王府世子，王天官女亦能任之！」當孫麒責罵、鞭打她時，她「反唇相稽」，「將以奔告其家」，到娘家尋找支援。因此，當她賴以施威的基礎發生動搖，她就不得不做出調整和轉變。首先是「天官卒」，王氏失去了最大的靠山，結果被判令大歸。其次因為她悍名噪甚，所以離婚三四年也未有上門求親者，被社會輿論所拋棄。第三「婦母又卒」，王氏在家中更顯多餘，引來「諸娣姒頗厭嫉之」。所以她以壯士斷腕的決心回到孫家，以「不茹葷酒，閉門誦佛」完成自我救贖。當她看到家政廢弛後，展現出家庭管理方面的才能，並「加意溫恤」阿堅，得到全家上下的肯定。但明倫讚許她「是真能猛省回頭者。觀其自怨自艾，於法門為懺悔，所謂放下屠刀，立地成佛」。就悍婦轉化來看，王氏與〈邵九娘〉中的金氏、〈江城〉中的江城相類似。但金氏轉化是因為她受到來自冥間的懲罰，江城轉化是因為和尚的點化，王氏轉化則是由於她所依賴的經濟基礎發生變化，因此，王氏之轉化更為現實、更為深刻。

從蒲松齡本人的經歷來看，他的嫂子潑悍異常，導致兄弟們不得不早早分家。他的好朋友王鹿瞻懼內，老父親客死他鄉也不敢收屍，蒲松齡義憤填膺地斥責他「千夫所共指」。蒲松齡將真情實感貫注在〈呂無病〉中，使作品具有了強大的藝術感染力。這在後來的評點家那裡得到充分體現。但明倫在「句未終，縱聲大哭，倒地而滅」之後，評價說：「鞠躬盡瘁，死而後已。纏綿悱惻，絕妙文心，從左氏得來。讀到此，為之泣數行下。」馮鎮巒在「孫捉還，杖撻無數，衣皆若縷，傷痛不可轉側」後，評價說：「出我惡氣，那知他王天官女！」在「伸左手一指斷之，血溢如涌」之後，評價說：「前王天官女又係再醮，奇妬慘刻，吾欲手刃之久矣。聊齋真有回天手段，說悔真是悔，令鐵石人心亦為轉移，豈非怪事。」在「此昔日殺兒之報也」之後，評價說：「彌天大罪，當不得一悔字，悔到令人可憐，至令人欲泣。」這也正說明了蒲松齡講故事的高超之處。

錢卜巫

夏商，河間❶人。其父東陵，豪富侈汰，每食包子，輒棄其角，狼藉滿地。人以其肥重，呼之「丟角太尉❷」。暮年，家綦貧，日不給餐；兩肱瘦，垂革❸如囊，人又呼「募莊僧❹」——謂其挂袋也。臨終，謂商曰：「余生平暴殄天物，上干天怒，遂至饑凍以死。汝當惜福力行，以蓋父愆❺。」

商恪遵治命❻，誠樸無二，躬耕自給。鄉人咸愛敬之。富人某翁哀其貧，假以貲，使學負販，輒虧其母❼。愧無以償，請為傭。翁不肯。商瞿然❽不自安，盡貨其田宅，往酬翁。翁詰得情，益憐之，強為贖還舊業；又益貸以重金，俾作賈。商辭曰：「十數金尚不能償，奈何結來世驢馬債❾也？」翁乃招他賈與偕。數月而返，僅能不虧；翁不收其息，使復之。年餘，貨貲盈輦，歸至江，遭颶，舟幾覆，物半喪失。歸計所有，略可償主，遂語賈曰：「天之所貧，誰能救之？此皆我累君也！」乃稽簿付賈，奉身而退⑩。翁再強之，必不可，躬耕如故。每自嘆曰：「人生世上，皆有數年之亨，何遂落拓如此？」

會有外來巫，以錢卜，悉知人運數⑪。敬詣之。巫，老嫗也。寓室精潔，中設神座，香氣常熏。商入朝拜訖，巫便索貲。商授百錢，巫盡內木筒中，執跪座下，搖響如祈籤狀。已而起，傾錢入手，而後於案上次第擺之。其法以字⑫為否⑬，幕⑭為亨⑮；數至五十八皆字，以後則盡幕矣。遂問：「庚甲⑯幾何？」答：「二十八歲。」巫搖首曰：「早矣！早矣！官人現行者先人運，非本身運。五十八歲，方交本身運，始無盤錯也。」問：「何謂先人運？」曰：「先人有善，其福未盡，則後人享之；先人有不善，其禍未盡，則後人亦受之。」商屈指曰：「再三十年，齒已老耄，行就木矣。」巫曰：「五十八以前，便有五年回潤，略可營謀；然僅免饑寒耳。五十八之年，當有巨金自來，不須力求。官人生無過行，再世享之不盡也。」

別巫而返，疑信半焉。然安貧自守，不敢妄求。後至五十三歲，留意驗之。時方東作[17]，病痁[18]不能耕。既痊，天大旱，早禾盡枯。近秋方雨，家無別種，田數畝悉以種穀。既而又旱，蕎菽[19]半死，惟穀無恙；後得雨勃發，其豐倍焉。來春大饑，得以無餒。商以此信巫，從翁貸貲，小權子母[20]，輒小獲；或勸作大賈，商不肯。

迨五十七歲，偶葺牆垣，掘地得鐵釜；揭之，白氣如絮，懼不敢發。移時，氣盡，白鏹滿甕。夫妻共運之，秤計一千三百二十五兩。竊議巫術小舛[21]。鄰人妻入商家，窺見之，歸告夫。夫忌焉，潛告邑宰。宰最貪，拘商索金。妻欲隱其半，商曰：「非所宜得，留之賈禍。」盡獻之。宰得金，恐其漏匿，又追貯器，以金實之，滿焉，乃釋商。居無何，宰遷南昌[22]同知[23]。

逾歲，商以楙遷㉔至南昌，則宰已死。妻子將歸，貨其粗重；有桐油若干簍，商以直賤，買之以歸。既抵家，器有滲漏，瀉注他器，則內有白金二鋌；遍探皆然。兌之，適得前掘鏹之數。商由此暴富，益贍貧窮，慷慨不吝。妻勸積遺子孫，商曰：「此即所以遺子孫也。」鄰人赤貧至為丐，欲有所求，而心自愧。商聞而告之曰：「昔日事，乃我時數未至，故鬼神假子手以敗之，於汝何尤？」遂周給之。鄰人感泣。後商壽八十，子孫承繼，數世不衰。

異史氏曰：「汰侈已甚，王侯不免，況庶人乎！生暴天物，死無含飯，可哀矣哉！幸而鳥死鳴哀㉕，子能幹蠱㉖，窮敗七十年，卒以中興；不然，父孽累子，子復累孫，不至乞丐相傳不止矣。何物老巫，遂宣天之秘？嗚呼！怪哉！」

【注釋】❶河間　府名，治所在今河北河間。❷太尉　秦漢時中央掌管軍事的最高官員，後逐漸成為虛銜。❸革　皮膚。❹募莊僧　沿著村莊募款化緣的僧人。❺愆　罪過；過失。❻治命　指人死前神智清醒時的遺囑。

與「亂命」相對。後泛指生前遺言。見《左傳・宣公十五年》。❼母　這裡指做生意使用的本錢。❽瞿然　吃驚的樣子。❾驢馬債　指要用下輩子作驢作馬來償還的債。❿奉身而退　指恭敬地退出。⓫運數　命運。⓬字　錢幣的正面，鑄有文字。⓭否　不好；壞；惡。⓮幕　錢幣的背面，鑄有圖形。⓯亨　順利通達。⓰庚甲　年齡。⓱時方東作　當開始春耕之時。東作，春耕。⓲痁　瘧疾。⓳蕎菽　蕎麥，豆類。⓴權子母　做生意。㉑舛　差錯。㉒南昌　府名，治所在今江西南昌。㉓同知　清代府、州同知，乃是知府、知州的副職。㉔懋遷　貿易。㉕鳥死鳴哀　語出《論語・泰伯》：「鳥之將死，其鳴也哀；人之將死，其言也善。」這裡指夏商之父臨終「惜福力行」的遺言。㉖幹蠱　語出《周易・蠱卦》：「幹父之蠱，有子，考無咎，厲終吉。」指繼承並能勝任父親曾從事的事業。幹，承擔；從事。蠱，事業。這裡是夏商之父有過，而夏商能以賢德掩蓋之。

【語譯】夏商，河間縣人。他父親夏東陵，非常富有，奢侈放縱，每次吃包子，總是把邊角扔掉，滿地狼藉。人們因為他身體又胖又重，叫他「丟角太尉」。到了晚年，家境變得很窮困，每天都吃不飽；兩條胳膊消瘦，皮膚垂下來像口袋一樣，人們又叫他「募莊僧」——說他掛著口袋。臨死時，對夏商說：「我平生暴殄天物，惹得老天爺發怒了，以至於凍餓而死。你應該珍惜福分，努力做事，以掩蓋父親的罪過。」

夏商恭敬地遵守父親的遺言，誠樸專一，親自種地，自給自足。鄉里的人都很喜歡、尊敬他。有個富翁可憐夏商貧困，借給他錢，叫他去學做買賣，可他總是虧本。他羞愧於無錢償還，請求做富翁的傭人。富翁不肯。夏商惶惶不安，把田地房屋都賣掉，去還富翁的錢。富翁問明情況，更加同情他，硬替他贖回原來的產業；又加貸給他很多錢，讓他去經商。夏商推辭說：「十幾兩銀子尚且償還不起，怎能結下來世的驢馬債呢？」富翁就找別的商人和夏商一起做買賣。過了幾個月，夏商回來了，僅僅能不虧本；富翁不收他的利息，叫他再去賺回來。過了一年多，夏商載著滿車財物回來，渡江時遇到颶風，船差一點傾覆，貨物損失了一半。回來盤點資財，大約可以夠償還債主，於是對商人說：「老天讓一個人貧窮，誰能救他呢？這都是我拖累了你！」於是把帳目點清，交給那個商人，躬身告退了。富翁再勉強他做買賣，夏商堅決不答應，照舊親自種地。他常常自己感嘆說：「人生在世，總有幾年走運的，怎麼我就這樣窮困失意呢？」

恰好從外地來了個女巫，用銅錢占卜，人的運數都能知曉。夏商恭敬地拜訪她。女巫是個老太婆。住所乾淨整潔，中間設神座，常常香火繚繞。夏商進去朝拜後，巫婆就跟他要錢。夏商交給她一百個銅錢，巫婆把錢全放進木筒裡，拿著跪在神座下，搖得啪啪響，像求籤那樣。搖完站起來，把銅錢倒在手裡，然後在桌上挨個擺開。占卜的方法是帶字的一面表示命運淹蹇，背面表示命運亨通；數到第五十八個銅錢都是帶字的，以後則全是不帶字的了。巫婆就問：「你多大了？」夏商回答說：「二十八歲。」巫婆搖頭說：「早呢！早呢！你現在經歷的是先人的運道，不是你自身的運道。五十八歲，才交上自己的運道，才沒有曲折、坎坷。」夏商問：「什麼叫先人的運道？」巫婆說：「先人有善行，他的福分沒享受完，那麼後人就接著享受；先人有不良的行為，他的災禍沒有受盡，那麼後人也要接著受。」夏商屈指一算，說：「再過三十年，年紀已經很老，快要進棺材了。」巫婆說：「你在五十八歲以前，就有五年回潤期，稍微可以謀求生計，但僅能免於飢寒罷了。五十八歲那年，會有很多錢自動跑來，不用花力氣謀求。你平生沒有什麼過失，下輩子享受不盡哪。」

夏商告別巫婆回家，心裡疑信參半。不過，他安貧守命，不敢妄求。後來，到了五十三歲，夏商留意預言的應驗。當時正是春耕時節，他得了瘧疾，不能耕作。病好後，天大旱，早禾全枯死了。將近秋分才下了雨，家裡沒有其他種子，幾畝地都種上了稻穀。不久又旱了，蕎麥、豆子有一半死了，只有稻穀沒受損失；後來遇雨長得生機蓬勃，收成倍增。第二年春天鬧大饑荒，因為有稻穀而沒有挨餓。夏商因此相信了巫婆的話，又向那富翁借了錢，經營小本買賣，常常獲得一點小利；有人勸他做大生意，夏商不肯。

到五十七歲那年，夏商偶然修葺圍牆，從地下挖出一只鐵鍋；揭開來，一團白氣如棉絮一般，嚇得不敢打開。過了一會兒，白氣散盡，滿缸都是白銀。夏商夫妻倆一起搬運，稱得一千三百二十五兩。夏商私下跟妻子議論，說巫婆占卜出了點小差錯。鄰居的妻子來夏商家，窺見了這些銀子，回去告訴丈夫。她丈夫非常嫉妒，偷偷向縣官稟告。縣官最為貪婪，把夏商抓來，要那些銀子。夏商的妻子想把一半銀子隱瞞起來。夏商說：「不是我們應該得到的，留下來會招惹災禍。」就把銀子全部獻了出去。縣官拿到銀子，怕夏商藏起一部分，又追討盛銀子的器具，把銀子裝進去，正好裝滿，才把夏商放了。過了不久，縣官升任南昌府同知。

一年以後，夏商因做買賣來到南昌，而那個縣官已經死了。縣官的妻子小孩準備回鄉，把粗重的東西賣掉；其中有若干簍桐油，夏商認為價格便宜，就買下來運回家。到家後，有個簍往外滲漏，夏商就把桐油倒進別的簍，發現簍內有兩錠白銀；所有的簍逐一檢查，都是如此。一稱，恰好是以前挖掘出來的數目。夏商因此一下子變得非常富有，熱心地周濟貧苦人家，十分慷慨，毫不吝嗇。妻子勸他把錢積攢起來留給子孫，夏商說：「這就是留給子孫的呀。」那個告密的鄰居極為貧窮，淪為乞丐，想向夏商求助，可是心裡很慚愧。夏商知道後，告訴他說：「以前的事，是我的時運沒到，所以鬼神借你的手來壞我的事，你有什麼過失呢？」於是周濟了他。鄰居感動得哭起來。後來夏商活到八十歲，子孫繼承家業，好幾代也沒有衰落。

異史氏說：「過分奢侈浪費，王侯也難免遭到報應，何況是平民百姓呢！活著暴殄天物，死去連裝樣子的那碗飯也吃不上，真可悲呀！幸而鳥之將死，其鳴也哀，兒子又能夠矯正、彌補父親的過錯，貧窮衰敗七十年，最終得以復興。不然的話，父親的罪孽連累兒子，兒子又連累孫子，不到做了乞丐，這種罪孽就世代相傳，不會停止。那老巫婆是什麼人呢，竟能宣洩上天的祕密？唉！奇怪呀！」

【研　析】〈錢卜巫〉是一個借因果報應觀念倡導勤儉節約的故事。用王艺孫的話來說，其主體情節是「積善為子孫福，積不善為子孫殃」。夏商之父夏東陵奢侈放縱，不知節制。這從一個生活細節中就能體現出來，「每食包子，輒棄其角」。這種過分的奢侈浪費導致家境七十年的貧困衰敗。在這篇故事中，因果報應之「因」即是夏東陵之奢，「果」則可分為兩個部分。一是體現在夏東陵身上，他晚年十分貧窮，每天都吃不飽飯，從「丟角太尉」變成了「募莊僧」。二是體現在夏商身上，夏商因為家貧，就借貸做生意，先是「輒虧其母」，要賣房屋土地才能還債；再是「僅能不虧」，付出艱辛卻得不到回報；再後來是滿載財物回來，過江時卻碰上颶風，落得個「歸計所有，略可償主」。這便有夏商之問的產生，「人生世上，皆有數年之亨，何遂落拓如此？」

從敘事角度來看，故事的轉折發生在用銅錢占卜的女巫上。她對夏商的人生處境做出了準確預測。她的預言就像鐵一般的定律，規定著夏商此後的休咎禍福。她的預言是，「官人現行者先人運，非本身運。五十八歲，方交本身運，始無盤錯也」，「五十八以前，便有五年回潤，略可營謀；然僅免飢寒耳。五十八之年，當有巨金自來，不須力求」。何為先人運？用女巫的話來說，就是「先人有善，其福未盡，則後人享之；先人有不善，其禍未盡，則後人亦受之」，類似於父福子受、父債子償，因果報應不僅在「一人做事一人當」的當代得到體現，而且在下一代或下幾代上得到體現。馮鎮巒對此解釋說，「積善之家必有餘慶，積不善之家必有餘殃，兩餘字即所謂先人運。」

在讀者看來，夏商自身的品性與遭遇之間存在著明顯的不平衡。夏商的品性不可謂不淳厚。他遵守父親的遺言，「惜福力行」，「誠樸無二，躬耕自給」。他安貧自守，不敢妄求，直到五十三歲才敢做些小生意。他五十七歲時，縣官派人來要他挖到的白銀，妻子想隱藏一半，夏商說：「非所宜得，留之賈禍。」他得到「巨金」後，「益贍貧窮，慷慨不吝」。他主動接濟密告自己的鄰居，並大度地說：「昔日事，乃我時數未至，故鬼神假子手以敗之，於汝何尤？」這種安貧自守，不妄求非分之福，超越現實生活中的得失考量，按照自己命中註定的軌跡進行生活，正是傳統社會中樂天知命的生活態度。持有這樣一種態度，一方面可以償還先人欠下的債務，另一方面可以為自己贏得後半生的幸福，同時為子孫積德。正如夏商後來那樣，「後商壽八十，子孫承繼，數世不衰」。其實，這也是另一個層面上的因果報應。其「因」在於夏東陵遺命「當惜福力行，以蓋父愆」以及夏商終其一生的謹慎內斂、循禮守制。其「果」即是夏商後半生及後代子孫的「數世不衰」。

因果報應畢竟是一種宗教觀念，帶有外在性、強制性特徵，在傳統社會不失為框範人們行為的有效方法。若是自己作惡，自己就會受到懲罰。正如但明倫評價夏東陵的後半生時說：「盈虛消息，天道之常，得失憂虞，人事所召，未有丟角太尉而不為募莊僧者。以此相天下人，萬無一失。」同時，自己作惡還會累及子孫。但明倫認為，「暴殄天物，致上干天怒，而凍餓以死，亦其宜也；乃以本身未盡之禍，貽累後人，縱不自為謀，亦不為子孫計乎？讀『君子有穀，詒子孫』之詩，當及時自悟，努力生前，慎勿至將死哀鳴，徒以幹蠱蓋愆為詒謀燕翼之良策也。」在現代社會，當因果報應觀念日趨淡化，而個人對世界、人生、價值等問題尚未形成比較完全的理性認識的情況下，靠什麼來糾正人們的偏失行為，以期形成良好的社會風尚呢？或許，還是要歸結到教育上來，要靠家庭教育、學校教育、社會教育來共同引領社會的文明進步。

姚安

姚安，臨洮❶人，美丰標❷。同里宮姓，有女子字綠娥，豔而知書，擇偶不嫁。母語人曰：「門族丰采，必如姚某始字之。」姚聞，紿❸妻窺井，擠墮之，遂娶綠娥。雅甚親愛。然以其美也，故疑之：閉戶相守，步輒綴焉；女欲歸寧，則以兩肘支袍，覆翼以出，入輿封誌❹，而後馳隨其後，越宿，促與俱歸。女心不能善，忿曰：「若有桑中約❺，豈瑣瑣所能止耶！」姚以故他往，則扃女室中。女益厭之，俟其去，故以他鑰置門外以疑之。姚見大怒，問所自來。女憤言：「不知！」姚愈疑，伺察彌嚴。

一日，自外至，潛聽久之，乃開鎖啟扉，惟恐其響，悄然掩入。見一男子貂冠臥床上，忿怒，取刀奔入，力斬之。近視，則女晝眠畏寒，以貂覆面也。大駭，頓足自悔。宮翁忿質官。官收姚，褫衿苦械❻。姚破產，以巨金賂上下，得不死。由此精神迷惘，若有所失。

適獨坐，見女與髯❼丈夫，狎褻榻上，惡之，操刀而往，則沒矣；反坐，又見之。怒甚，以刀擊榻，席褥斷裂。憤然執刀，近榻以伺之，見女面立，視之而笑。遽斫之，立斷其首；既坐，女不移處，而笑如故。夜間滅燭，則聞淫溺之聲，褻不可言。日日如是，不復可忍，於是鬻其田宅，將卜居他所。至夜，偷兒穴壁入，劫金而去。自此貧無立錐❽，忿恚而死。里人藁葬❾之。

異史氏曰：「愛新而殺其舊，忍乎哉！人止知新鬼為厲❿，而不知故鬼之奪其魄也。嗚呼！截指而適其屨⓫，不亡何待！」

【注釋】❶臨洮　縣名，在今甘肅中部。❷丰標　風度，儀態。❸紿　欺騙；欺詐。❹入輿封誌　入轎後就在轎門上加上封條。❺桑中約　語出《詩・鄘風・桑中》：「期我乎桑中，要我乎上宮，送我乎淇之上矣。」後人用桑中之約代指男女私會。❻褫衿苦械　扒掉學子的衿服，施以酷刑。苦械，指用刑。❼髯　絡腮鬍子。

❽貧無立錐　窮得沒有立錐子的地方。後用來形容非常貧窮。見《史記・留侯世家》。❾藁葬　用葦席包裹而葬。❿厲　惡鬼。⓫截指而適其屨　即截趾適履，比喻勉強湊合或無原則的遷就。見《後漢書・荀爽傳》。

【語　譯】姚安，臨洮人，風度、儀態都很美。同街坊的宮家，有個女兒叫綠娥，姿容豔麗，又知書識墨，正在選擇夫婿，還沒出嫁。她母親對人說：「門第和風采，一定要像姚安那樣才嫁給他。」姚安聽說以後，騙妻子看井，把她推進了井裡，於是娶了綠娥。兩人非常相親相愛。可是因為綠娥太漂亮了，所以姚安總是疑心；關起門守著綠娥，寸步不離地跟著。綠娥想回娘家，他就用兩隻臂肘撐開袍子，遮護著綠娥出去，綠娥上了轎就貼上封條，然後騎馬跟在後面，過一宿，就催促綠娥跟他一塊回家。綠娥心裡不高興，氣憤地說：「要是有私下約會，豈是這些瑣碎的辦法所能禁止得了的！」姚安因事到別的地方去，就把綠娥鎖在屋裡。綠娥益發厭煩，等他走了，故意找一支別的鑰匙扔在門外，好讓他猜疑。姚安看見，大怒，問鑰匙從哪裡來的。綠娥忿忿地說：「不知道！」姚安越發疑心，對綠娥監視更嚴了。

一天，姚安從外面回來，偷聽了很久，才開鎖推門，惟恐發出聲響，悄悄進了屋。只見一個男子戴著貂皮帽子躺在床上，姚安怒火沖天，取了把刀奔進去，用力猛砍。湊近一看，卻是綠娥白天睡覺怕冷，把貂皮帽子蓋在臉上。姚安大驚，後悔得直跺腳。宮翁氣憤地告到官府。官府把姚安抓起來，革去秀才功名，狠狠拷打。姚安傾家蕩產，花重金賄賂上下官員，才得不死。從此精神迷惘，若有所失。

一天，姚安正獨自坐著，看見綠娥和一個大鬍子男人在床上親熱，他恨極了，拿刀奔過去，床上的人卻消失了；姚安回來坐下，又看見綠娥和那個男子。姚安憤怒極了，用刀砍床，席子和被褥都砍斷了。他氣憤地拿著刀，在床前等著，只見綠娥站在面前，看著他笑。姚安猛然砍去，一下子把綠娥的腦袋砍下來；姚安坐下來以後，發現綠娥沒有移動地方，依然在笑。晚上滅了燈，就聽見淫蕩的聲音，穢不可言。天天如此，姚安無法再忍受下去，於是變賣了田產、房屋，打算搬到別的地方去。到了夜裡，小偷挖穿牆壁進去，把他的錢全偷走了。從此姚安窮得沒有立錐之地，氣恨而死。街坊們草草地把他埋葬了。

異史氏說：「另愛新歡而殺了原來的妻子，多麼殘忍啊！人們只知道新鬼作祟，卻不知道舊鬼奪去了他的魂魄，唉！截斷腳趾以適應鞋子，不死還等什麼！」

【研　析】〈姚安〉講述了一個外表清秀俊雅、內心卑劣兇殘的男子受到惡報的故事。姚安為了娶到美女綠娥，竟把妻子推進井裡淹死了。娶了綠娥以後，姚安就患上了疑心病，對綠娥嚴加看管。在日益嚴重的猜疑、狂躁中，姚安殺死了綠娥，自己也忿恚而死。

蒲松齡精心選取了兩個細節來展示姚安的疑心。一是「閉戶相守，步輒綴焉」，綠娥要回娘家，姚安「以兩肘支袍，覆翼以出，入輿封誌，而後馳隨其後」，只過一夜，就催促綠娥回家。二是「姚以故他往，則扃女室中」。這兩個細節是有其必然性的。為了綠娥，姚安不惜鋌而走險，謀害原配妻子。這說明他在人格上存在巨大缺陷，他人只是達到自己目的的工具，人與人之間沒有最基本的道德準則可言。因為他持有這樣一種觀念，所以他會推斷別的男人一定會勾引美麗的綠娥，綠娥也一定會紅杏出牆，自己必須想方設法，嚴加防範。這就是姚安防範綠娥的思維邏輯，也是姚安最終自取滅亡的內在原因。

從故事的描寫看，蒲松齡主要是用動作來展示人物內心，推動情節進展。整篇故事只有兩三句話，一是綠娥之母所說「門族丰采，必如姚某始字之」，二是綠娥所說「若有桑中約，豈瑣瑣所能止耶」。作者選用大量的動詞來層層遞進地展開情節。如殺妻，他「紿妻窺井，擠墮之」；再如殺綠娥，他「潛聽」、「開鎖啟扉」、「掩入」、「忿怒」、「取刀」、「奔入」、「力斬」、「近視」、「大駭」、「頓足」等；又如姚安幻聽幻覺，他「惡之，操刀而往，則沒矣；反坐，又見之。怒甚，以刀擊榻，席褥斷裂。憤然執刀……」，這些將姚安的內心世界生動傳神地表現出來，同時構成了故事的主體情節。

故事的主題是勸善懲惡，使人們戒除種種不切實際的妄念，堅守內心的祥和與寧靜。在蒲松齡看來，姚安實際上是受到來自兩方面的報應，一是已為故鬼的原配妻子，二是剛成為新鬼的綠娥。他在「異史氏曰」中說：「愛新而殺其舊，忍乎哉！人止知新鬼為厲，而不知故鬼之奪其魄也。」但明倫評論道，「二鬼偕來，褫其魄矣」，「故鬼報之以紿，使之自殺其美而破其產矣；新鬼又復就其疑而紿之，使之日見狎褻之狀，夜聞淫溺之聲，至刻不可忍，忿恚而死，可謂請君入甕矣。」姚安忘記自己的本分，去追求不屬於自己的東西，導致惡的行為的發生。這正與前一篇〈錢卜巫〉中樂天知命的夏商不同。夏商不妄求非分之福，在貧困的生活中面對從天而降的一千多兩白銀毫不動心，最後不僅沒有惹上禍端，而且一千多兩白銀失而復得，完璧歸趙。姚安因為聽到綠娥母親的一句話，就幹出殺妻騙娶這樣傷天害理的事，最終受到惡報，正所謂「自作孽不可活」。

何守奇認為這件事情與明代才子徐文長之故事相似，「此事之報，與徐文長略相似。然徐則借官法以誣殺僧，姚以謀娶女而擠墮其妻，為更忍矣。得恚忿死，猶是報之輕者。」徐文長確因精神病發作而殺死妻子，但何守奇說徐文長殺妻是受因果報應則來自馮夢龍之《情史．徐文長》，「渭嘗出遊杭州某寺，僧徒不禮焉，銜之。夜宿妓家，竊其睡鞋一只，袖之入幕。詭言於少保，得之某寺僧房。少保怒，不復詳，執其寺僧一二輩，斬之轅門。渭為人猜而妒，妻死後再娶，輒以嫌棄。續又娶小婦，有殊色。一日渭方自外歸，忽戶內歡笑作聲。隔窗斜視，見一俊僧，年可二十餘，擁其婦於膝，相抱而坐。渭怒，往取刀杖，趨至，欲擊之，已不見矣。問婦，婦不知也。後旬日，復自外歸，見前少年僧與婦並枕，晝臥於床。渭不勝怒，怒聲如吼虎，便取鐵燈檠刺之，中婦頂門而死。遂坐法繫獄。後有援者獲免。一日閒居，忽悟僧報，傷其婦死非罪。」清人顧公燮《銷夏閑記》中也有類似記載，也應來源於馮夢龍的《情史》。

這篇故事與唐傳奇〈霍小玉傳〉也有相似之處。霍小玉在臨死時對負約的李益說：「我為女子，薄命如斯！君是丈夫，負心若此！韶顏稚齒，飲恨而終。慈母在堂，不能供養。綺羅絃管，從此永休。徵痛黃泉，皆君所致。李君李君，今當永訣！我死之後，必為厲鬼，使君妻妾，終日不安！」李益因為霍小玉的報復，不僅休掉了盧氏，而且「或侍婢媵妾之屬，暫同枕席，便加妒忌，或有因而殺之者。」他在折磨妻妾的同時，也在進行著自我折磨，扭曲的靈魂和病態的心理成為揮之不去的夢魘。

崔猛

崔猛，字勿猛，建昌❶世家子。性剛毅，幼在塾中，諸童稍有所犯，輒奮拳毆擊，師屢戒不悛；名、字，皆先生所賜也。至十六七，強武絕倫，又能持長竿躍登夏屋❷。喜雪不平，以是鄉人共服之，求訴稟白者盈階滿室。崔抑強扶弱，不避怨嫌；稍逆之，石杖交加，支體為殘。每盛怒，無敢勸者。惟事母孝，母至則解。母譴責備至，崔唯唯聽命，出門輒忘。

比鄰有悍婦，日虐其姑。姑餓瀕死，子竊啖之；婦知，詬厲萬端，聲聞四院。崔怒，逾垣而過，鼻耳唇舌盡割之，立斃。母聞大駭，呼鄰子，極意溫恤❸，配以少婢，事乃寢。母憤泣不食。崔懼，跪請受杖，且告以悔。母泣不顧。崔妻周，亦與並跪。母乃杖子，而又針刺其臂，作十字紋，朱塗之，俾勿滅。崔並受之。母乃食。

母喜飯❹僧道，往往饜飽之。適一道士在門，崔過之。道士目之曰：「郎君多凶橫之氣，恐難保其令終❺。積善之家，不宜有此。」崔新受母戒，聞之，起敬曰：「某亦自知；但一見不平，苦不自禁。力改之，或可免否？」道士笑曰：「姑勿問可免不可免，請先自問能改不能改。但當痛自抑；如有萬分之一❻，我告君以解死之術。」崔生平不信厭禳❼，笑而不言。道士曰：「我固知君不信。但我所言，不類巫覡❽，行之亦盛德；即或不效，亦無妨礙。」崔請教，乃曰：「適門外一後生，宜厚結之，即犯死罪，彼亦能活之也。」呼崔出，指示其人。蓋趙氏兒，名僧哥。趙，南昌人，以歲祲❾饑，僑寓建昌。崔由是深相結，請趙館於其家，供給優厚。僧哥年十二，登堂拜母，約為弟昆。逾歲東作，趙攜家去，音問遂絕。

崔母自鄰婦死，戒子益切，有赴訴者，輒擯斥❿之。一日，崔母弟卒，從母往弔。途遇數人，縶一男子，呵罵促步，加以捶扑。觀者塞途，輿不得進。崔問之，識崔者競相擁告。

先是，有巨紳子某甲者，豪橫一鄉，窺李申妻有色，欲奪之，道無由。因命家人誘與博賭，貸以貲而重其息，要使署妻於券，貲盡復給。終夜，負債數千；積半年，計子母三十餘千。申不能償，強以多人篡取其妻。申哭諸其門。某怒，拉繫樹上，榜笞刺剟，逼立「無悔狀⑪」。

崔聞之，氣湧如山，鞭馬前向，意將用武。母搴簾而呼曰：「唶⑫！又欲爾耶！」崔乃止。既弔而歸，不語亦不食，兀坐⑬直視，若有所嗔。妻詰之，不答。至夜，和衣臥榻上，輾轉達旦。次夜復然，忽啟戶出，輒又還臥。如此三四，妻不敢詰，惟懾息以聽之。既而遲久乃反，掩扉熟寢矣。

是夜，有人殺某甲於床上，刳⑭腹流腸；申妻亦裸尸床下。官疑申，捕治之。橫被殘梏，踝骨皆見，卒無詞⑮。積年餘，不堪刑，誣服，論辟[16]。會崔母死。既殯，告妻曰：「殺甲者，實我也。徒以有老母故，不敢泄。今大事已了，奈何以一身之罪殃他人？我將赴有司死耳！」妻驚挽之，絕裾而去，自首於庭。官愕然，械送獄，釋申。申不可，堅以自承。官不能決，兩收之。戚屬皆誚讓[17]申。申曰：「公子所為，是我欲為而不能者也。彼代我為之，而忍坐視其死乎？今日即謂公子未出也可。」執不異詞，固與崔爭。

久之，衙門皆知其故，強出之，以崔抵罪，瀕就決矣。會恤刑[18]官趙部郎，案臨閱囚，至崔名，屏人而喚之。崔入，仰視堂上，僧哥也。悲喜實訴。趙徘徊良久，仍令下獄，囑獄卒善視之。尋以自首減等，充雲南軍。申為服役而去。未期年，援赦[19]而歸：皆趙力也。

既歸，申終從不去，代為紀理生業。予之貲，不受。緣橦[20]技擊之術，頗以關懷。崔厚遇之，買婦授田焉。崔由此力改前行，每撫臂上刺痕，泫然流涕。以故鄉鄰有事，申輒矯命排解，不相稟白。有王監生者，家豪富，四方無賴不仁之輩，出入其門。邑中殷實者，多被劫掠；或迕之，輒遣盜殺諸途。子亦淫暴。王有寡嬸，父子俱烝㉑之。妻仇氏，屢沮王，王縊殺之。仇兄弟質諸官，王賕囑，以告者坐誣㉒。兄弟冤憤莫伸，詣崔求訴。申絕之使去。

過數日，客至，適無僕，使申瀹茗。申默然出，告人曰：「我與崔猛朋友耳，從徙萬里，不可謂不至矣；曾無廩給㉓，而役同廝養㉔，所不甘也！」遂忿而去。或以告崔。崔訝其改節，而亦未之奇也。申忽訟於官，謂崔三年不給傭值。崔大異之，親與對狀，申忿相爭。官不直之，責逐而去。又數日，申忽夜入王家，將其父子嬸婦並殺之，粘紙於壁，自書姓名；及追捕之，則亡命無跡。王家疑崔主使，官不信。崔始悟前此之訟，蓋恐殺人之累己也。關㉕行附近州邑，追捕甚急。會闖賊犯順㉖，其事遂寢。及明鼎革，申攜家歸，仍與崔善如初。

時土寇嘯聚，王有從子得仁，集叔所招無賴，據山為盜，焚掠村疃。

一夜，傾巢而至，以報仇為名。崔適他出；申破扉始覺，越牆伏暗中。賊搜崔、李不得，擄崔妻，括㉗財物而去。申歸，止有一僕，忿極，乃斷繩數十段，以短者付僕，長者自懷之。囑僕越賊巢，登半山，以火爇繩，散挂荊棘，即反勿顧。僕應而去。申窺賊皆腰束紅帶，帽繫紅絹，遂效其裝。有老牝馬初生駒，賊棄諸門外。申乃縛駒跨馬，銜枚㉘而出，直至賊穴。

賊據一大村，申縶馬村外，逾垣入。見賊眾紛紜，操戈未釋。申竊問諸賊，知崔妻在王某所。俄聞傳令，俾各休息，轟然嗷應。忽一人報東山有火，眾賊共望之；初猶一二點，既而多類星宿。申坌息急呼東山有警。王大驚，束裝率眾而出。申乘間漏出其右，返身入內。見兩賊守帳，紿之曰：「王將軍遺佩刀。」兩賊競覓。申自後斫之，一賊踣；其一回顧，申又斬之。竟負崔妻越垣而出。解馬授轡，曰：「娘子不知途，縱馬可也。」馬戀駒奔駛，申從之。出一隘口，申灼火於繩，遍懸之，乃歸。

次日，崔還，以為大辱，形神跳躁，欲單騎往平賊。申諫止之。集村人共謀，眾恇怯[29]莫敢應。解諭再四，得敢往二十餘人，又苦無兵。適於得仁族姓家獲奸細二，崔欲殺之，申不可；命二十人各持白梃[30]，具列於前，乃割其耳而縱之。眾怨曰：「此等兵旅，方懼賊知，而反示之。脫其傾隊而來，闔村不保矣！」申曰：「吾正欲其來也。」執匿盜者誅之。遣人四出，各假弓矢火銃，又詣邑借巨炮二。日暮，率壯士至隘口，置炮當其沖；使二人匿火而伏，囑見賊乃發。又至谷東口，伐樹置崖上。已而與崔各率十餘人，分岸伏之。

一更向盡，遙聞馬嘶，賊果大至，繈屬不絕。俟盡入谷，乃推墮樹木，斷其歸路。俄而炮發，喧騰號叫之聲，震動山谷。賊驟退，自相踐踏；至東口，不得出，集無隙地。兩岸銃矢夾攻，勢如風雨，斷頭折足者，枕藉[31]溝中。遺二十餘人，長跪乞命。乃遣人縶送以歸。乘勝直抵其巢。守巢者聞風奔竄，搜其輜重而還。崔大喜，問其設火之謀。曰：「設火於東，恐其西追也；短，欲其速盡，恐偵知其無人也；既而設於谷口，口甚隘，一夫可以斷之，彼即追來，見火必懼：皆一時犯險之下策也。」取賊鞫之，果追入谷，見火驚退。二十餘賊，盡劓刖㉜而放之。由此威聲大震，遠近避亂者從之如市，得土團㉝三百餘人。各處強寇無敢犯，一方賴之以安。

異史氏曰：「快牛必能破車㉞，崔之謂哉！志意慷慨，蓋鮮儷㉟矣。然欲天下無不平之事，寧非意過其通㊱者與？李申，一介細民，遂能濟美。緣橦飛入，翦禽獸於深閨；斷路夾攻，蕩幺魔於隘谷。使得假五丈之旗㊲，為國效命，烏在不南面而王㊳哉！」

【注釋】❶建昌　府名，治所在今江西南城。❷夏屋　大屋。夏，大。❸溫恤　體貼撫慰。❹飯　施飯。❺令終　善終。❻萬分之一　萬一，指萬一惹下禍事。❼厭禳　用巫術的方法祈禱鬼神，消除災難。❽巫覡　古代稱女巫為巫，男巫為覡，合稱「巫覡」。❾祲　妖氛；不祥之氣。❿擯斥　斥退；拒絕。⓫無悔狀　保證不反悔的字據。⑫唶　大聲喝斥。⑬兀坐　獨自端坐。⑭剜　挖；挖空。⑮卒無詞　始終沒有承認。⑯論辟　判處死刑。⑰誚讓　譴責。⑱恤刑　用刑慎重不濫。⑲援赦　根據赦令。⑳緣橦　爬竿。㉑烝　與母輩通姦。㉒坐誣　以誣告被治罪。㉓廩給　給以糧米。㉔廝養　對奴僕的賤稱。㉕關　關文，古代官府間相互質詢時所用的一種文書。㉖犯順　造反。㉗括　囊括。㉘銜枚　古代行軍時口中銜著枚，以防出聲。枚，形狀似筷子，兩端有帶，可繫於頸。㉙恇怯　膽小怕事，怯懦。㉚白梃　亦作「白挺」，大木棍。㉛枕藉　物體縱橫相枕而臥。言其多而雜亂。㉜劓刖　割鼻、斷足。㉝土團　民團。㉞快牛必能破車　跑得快的牛一定會把車子弄破。意思是剛勇盛氣之人，必然惹禍招災。據《晉書・石季龍載記》，石虎年輕時喜遊蕩，好馳獵，多次以彈傷人。其從父石勒欲殺之。勒母曰：「快牛為犢子時，多能破車，汝當小忍之。」㉟儷　並列。㊱意過其通　主觀想像超過通常的道理。㊲假五丈之旗　授以軍權。五丈之旗，杆高五丈的旗，借指帥旗。見《史記・秦始皇本紀》。㊳南面而王　建功立業，拜將封侯。南面，古代以坐北朝南為尊位。

【語　譯】崔猛，字勿猛，建昌縣的官僚世家子弟。他性情剛毅，小時候在私塾讀書，別的學生稍微觸犯了他，就揮起拳頭打人，老師屢次懲戒也不改；他的名和字，都是老師給他起的。到了十六七歲，勇武無比，又能手撐長竿躍上高大的房子。喜歡替人打抱不平，因此鄉里的人都很佩服他，向他求助訴冤的人擠滿臺階和屋子。崔猛壓抑豪強，扶持弱小，不怕結怨；有人稍微忤逆他，他就石頭棍子一齊打來，把人打得肢體傷殘。每當他大怒的時候，沒有敢勸的。只是侍奉母親非常孝順，母親一到，他的怒氣就消了。母親常常責備他，他唯唯諾諾地聽從，可是出門就忘了。

鄰居有悍婦，天天虐待婆婆。婆婆餓得快要死了，兒子偷偷送飯給她吃；悍婦知道後，百般辱罵，聲音都傳到四鄰那裡。崔猛非常憤怒，跳過牆去，把悍婦的鼻子、耳朵、嘴脣、舌頭全部割掉，立即死去。崔母聽到消息，大驚，把悍婦的丈夫叫來，極力溫語撫慰，又把一個年輕的丫環許配給他，事情才平息下來。崔母氣得直流淚，飯也不吃。崔猛害怕了，跪著請母親打他，並且說自己後悔了。崔母哭著不理睬他。崔猛的妻子周氏，也和崔猛一起跪下。崔母便用棍子責打兒子，又用針刺他的胳膊，刺了一個十字形花紋，塗上紅色，讓花紋不會磨滅。崔猛都接受了，崔母才開始吃飯。

崔母喜歡施捨粥飯給和尚道士，常常讓他們吃得飽飽的。剛好有個道士在門前，崔猛走過。道士打量著崔猛說：「你臉上有許多兇橫之氣，恐怕難保善終。積德行善的人家，不應該有這種情況。」崔猛新近受過母親的懲戒，聽到這話，恭敬地說：「我自己也知道；可是一見不平之事，就控制不住自己。竭力改正，也許可以免除災難吧？」道士笑著說：「別問能不能免除，請你先問問自己能不能改過。你應當痛下決心克制自己；萬一惹下禍事，我告訴你免死的辦法。」崔猛平生不相信祈禳之術，笑著不說話。道士說：「我本來知道你不相信。可是我所說的，跟巫師神婆不同，如果照著做，也是一件發揚美德的好事；即使沒有靈驗，也沒有什麼妨礙。」崔猛於是向道士請教，道士就說：「剛才門外有個年輕人，你應該和他結為深交，你即使犯了死罪，他也能救你的命。」他叫出崔猛，把那人指給他看。原來是趙某的兒子，名叫僧哥。趙某是南昌人，因為鬧災荒，客居建昌。崔猛從此和僧哥結下深交，請趙某到家中私塾來教書，供給十分豐厚。僧哥十二歲，登堂拜見崔母，和崔猛結拜為兄弟。第二年春耕時節，趙某帶著全家搬走了，從此也就斷了音信。

自從鄰家悍婦死後，崔母管束兒子更加嚴厲，有來訴說冤情的，她總是斥退他們。一天，崔母的弟弟死了，崔猛跟著母親去弔唁。途中遇見幾個人，捆著一個男子，斥罵著催他快走，不時加以鞭打。圍觀的人把道路堵塞了，轎子沒法通過。崔猛問是怎麼回事，認識崔猛的人都爭相圍上來告訴他。

原來有個大鄉紳的兒子某甲，在鄉里橫行霸道，看見李申的妻子有姿色，想奪過去，又找不到藉口。於是命家人引誘李申賭博，借給他錢而要很重的利息，脅迫他在借約上寫明用妻子作抵押，錢用光了就再借給他。李申賭了一夜，就欠了好幾千錢；過了半年，連本帶息共三十多千。李申沒能力償還，某甲就派了幾個人，硬把他妻子搶走了。李申在某甲家門前哭求。某甲很氣惱，把他捆起來吊在樹上，棒打錐刺，逼他立下「無悔狀」。

崔猛聽了，怒火沖天，策馬向前，看樣子就要動武。崔母撩起轎簾喊道：「嗨！又要那樣嗎！」崔猛才停下來。弔唁完了回到家，不說話也不吃飯，獨自呆坐，兩眼發直，好像在生氣。妻子問他，也不回答。到了夜裡，他和衣躺在床上，輾轉反側，直到天亮。第二天晚上還是這樣，忽然開門出去，接著又回來躺下。這樣三四次，妻子也不敢問他，只是屏住呼吸聽著他的動靜。後來崔猛出去了很久才回來，掩上房門睡熟了。

這天夜裡，有人把某甲殺死在床上，剖開肚子，腸子流出來；李申妻子的屍體，也一絲不掛地躺在床下。官府懷疑李申，把他抓起來治罪。李申橫遭酷刑，打得踝骨都露出來了，始終沒有招認。過了一年多，他受不了酷刑，屈打成招，被判斬首。剛好崔母死了。崔猛安葬完母親，告訴妻子說：「殺死某甲的，其實是我。只因為有老母親的緣故，不敢洩露。現在養老送終的大事已經辦完，我怎能因為自己的罪行殃及別人呢？我要到官府去受死！」妻子驚慌地把他拉住，他把衣襟掙斷走了，來到公堂自首。縣官十分吃驚，給他上了刑具送進監獄，釋放了李申。李申不肯走，堅持承認自己是殺人犯。縣官不能判決，把兩個人都關起來。李申的親屬都責備李申。李申說：「崔公子所做的，是我想做而不能做的。他替我做了，我卻忍心看著他被處死嗎？今天就當崔公子沒有出來自首就是了。」他執意不改變口供，再三和崔猛爭辯。

時間一長，衙門都知道內中的緣故，就硬把李申趕出監獄，用崔猛來抵罪，處決的日期快到了。恰好恤刑官趙部郎前來巡視，復勘罪囚時，看到崔猛的名字，就叫隨從退下去，把崔猛喚來。崔猛進來，抬頭一看大堂上的官員，就是趙僧哥。崔猛悲喜交集，照實傾訴。趙僧哥徘徊了很久，仍然叫人把崔猛押回監獄，囑咐獄卒好好照顧他。不久，崔猛因投案自首減刑，充軍雲南。李申願服侍崔猛，也跟去了。不到一年，根據赦令而回家：這都是趙僧哥出力的結果。

回家以後，李申始終跟著崔猛不肯離去，並替崔猛管理家業。給他工錢，他也不要。他對爬竿、武術等本領，頗感興趣。崔猛待李申非常好，為他娶了妻子，還送田地給他。崔猛從此力改前行，常常撫摸著胳膊上的刺痕，傷心流淚。因此，鄉鄰有事，李申總是假託崔猛的名義去排解，不稟告崔猛。有個姓王的監生，家裡非常富有，四方的無賴不仁之徒，在他家中進進出出。縣裡的富裕人家，多數被搶劫；有人不順從他，就派強盜把那人殺死在路上。他兒子也很荒淫殘暴。王監生有個守寡的嬸母，父子倆都和她通姦。王監生的妻子仇氏，多次勸阻他，王監生把她勒死了。仇氏兄弟告到官府，王監生賄賂官府，以誣告罪名治原告的罪。仇氏兄弟冤憤無處申訴，來找崔猛訴冤。李申拒絕了他們，把他們打發走了。

過了幾天，有客人來，剛好沒有僕人，崔猛讓李申沏茶。李申默默地走出去，告訴別人說：

「我和崔猛不過是朋友罷了，跟著他流放到萬里之外，不能說不仁至義盡了；他從來沒有給過我工錢，而把我當奴僕使喚，我心有不甘啊！」於是氣憤地走了。有人告訴了崔猛。崔猛驚訝於李申改變節操，但也不覺得奇怪。李申忽然到官府裡告狀，說崔猛三年不給他工錢。崔猛大為驚異，親自去和李申對質，李申氣沖沖地和他爭辯。縣官認為李申沒有理由，把他斥責一頓趕走了。又過了幾天，李申忽然夜裡潛入王監生家，把他們父子以及那個孀母都殺了，在牆上貼了一張紙，寫上自己的姓名；等到官府追捕他，他已經逃得無影無蹤了。王家懷疑是崔猛主謀指使的，縣官不相信。崔猛這才醒悟到先前李申打官司，其實是怕殺了人連累自己。官府向附近州縣發了公文，追捕得很急。正好碰上闖王李自成造反，這件事就平息了。等到明朝滅亡後，李申帶著家眷回來，仍然像當初那樣和崔猛親如一家。

當時，土匪嘯聚山林，王監生有個侄子叫王得仁，把王監生招攬的無賴糾集起來，占據山林，成為強盜，到村裡燒殺搶掠。一天夜裡，王得仁傾巢而至，打著報仇的旗號。崔猛剛好出門去了；李申在大門被砸開時才發覺，翻過牆頭，藏在暗處。賊寇搜不到崔猛和李申，抓住崔猛的妻子，劫去所有的財物，走了。李申回來，只剩下一個僕人，他氣憤極了，就剁了幾十段繩子，把短的交給僕人，長的自己懷揣著。他囑咐僕人繞過盜賊的巢穴，登上半山腰，用火把繩子點著，分散掛在荊棘上，立即返回，別的不用管。僕人答應著走了。李申暗地裡看到盜賊都腰束紅帶，帽子上繫著紅綢，於是模仿他們的裝束。有一匹老母馬剛生了馬駒，被強盜丟棄在門外。李申把馬駒拴好，騎上老母馬，靜靜地出村，一直來到強盜的巢穴。

強盜們占據了一個大村子，李申把馬拴在村外，爬牆進去。只見強盜們亂哄哄的，拿著兵器還沒放下。李申偷偷問了強盜，得知崔猛的妻子在王得仁的住處。一會兒，聽到傳下命令，叫各自休息，轟的一聲，眾人齊應。忽然有人報告東山有火，強盜們一起眺望；開始還不過一兩點，一會兒，火光多得像滿天繁星。李申氣喘吁吁的急喊，說東山有敵情。王得仁大驚，穿好戰袍，率領部下出去。李申瞅空落在後面，轉身走進屋裡。看到兩個盜賊守著帳幕，李申騙他們說：「王將軍掉了佩刀。」兩個盜賊就爭著去尋找。李申從後面砍去，一個盜賊倒下；另一個回頭來看，李申又把他斬了。他隨即背起崔猛的妻子越牆出去。解下老母馬，把韁繩交給崔猛的妻子，說：「娘子不知道路，讓馬自己跑就可以了。」老母馬惦記著馬駒，往家裡奔馳，李申跟在後面。出了一道險要山口，李申把繩子點著火，到處掛滿了，才回來。

第二天，崔猛回來了，認為是奇恥大辱，情緒煩躁，暴跳如雷，想一個人去掃平強盜。李申勸住了他。召集村民們一起商量，大家很害怕，沒有人敢響應。再三勸諭解釋，有二十多人敢去，又愁沒有兵器。正好在王得仁的一個族親家裡抓到兩個奸細，崔猛想殺了他們，李申不讓殺；他叫二十個人各自手持白木棍，列隊站在面前，才割掉奸細的耳朵，放了他們。大家埋怨說：「這樣的隊伍，正怕盜賊知道底細，你反而暴露出去。要是他們傾巢而來，整個村子都保不住了！」李申說：「我正想讓他們來呢。」隨即把窩藏強盜的人捉來殺掉。然後派人到四處去，借得弓箭火槍，又到縣城裡借來兩門大炮。黃昏時候，李申率領壯士們來到險要的山口，在要衝之處架好大炮；叫兩個人掩藏著火種埋伏好，囑咐他們看見強盜就發射。又到山谷的東面出口，伐下樹木放在山崖上。然後和崔猛各領十幾個人，分兩側埋伏起來。

一更快過，遠遠聽到馬嘶聲，強盜們果然大批出動，隊伍連綿不絕。等他們全部進入山谷，就把樹木推下去，截斷退路。一會兒，大炮發射，喧鬧號叫的聲音，震動山谷。強盜們急忙撤退，自相踐踏；退到山谷的東面出口，無法出去，人馬聚集，沒有一點空隙。山崖兩側用火槍和弓箭夾攻，勢如暴風驟雨，強盜們斷頭的、折腿的，在山谷裡七橫八豎。剩下二十多個人，直挺挺地跪著乞求活命。李申就派人把俘虜捆起來押送回村。他們乘勝直抵賊巢。留守的強盜聞風逃竄，他們就把物資搜出來運回村裡。崔猛高興極了，問李申前番設置火繩的計策。李申說：「在東面布置火繩，是怕他們往西追；火繩很短，是想讓它快點燒完，這是怕他們偵探到那裡沒人；後來在山口設置火繩，因為山口非常狹窄，一個人就可以把道路截斷，就算他們追來了，看見火光必然害怕：這都是一時冒險的下策。」把俘虜的強盜押來審問，那天晚上他們果然追進山谷，看見火光就驚慌地撤退了。那二十幾個盜賊，都割去鼻子、打斷腿放了。從此，李申、崔猛聲威大震，遠近很多躲避戰亂的人，來投奔他們，組成三百多人的民團。各地的賊寇沒有敢來進犯的，這一帶靠他們得到安寧。

異史氏說：「跑得快的牛一定會把車子弄破，說的就是崔猛啊！他意氣慷慨，實在很少有人比得上。但是要想天下沒有不平的事，豈不是主觀願望超過常理了嗎？李申是一個小百姓，便能繼承前人的光輝業績。爬竿飛入，在深閨裡除掉禽獸；斷路夾攻，在狹谷中掃蕩妖魔。要是授予他五丈高的主帥大旗，為國效命，在哪裡不能夠拜將封侯呢！」

【研　析】〈崔猛〉成功塑造了愛打抱不平、伸張正義的俠客形象。崔猛事母至孝，為人正直，不畏強暴，刺殺了霸占李申妻子的豪紳某甲。在安排好母親喪事之後，為不牽連李申而投案自首。

這一義舉令李申感動不已，從此追隨左右，為鄉鄰主持公道，李申逐漸成為了一個毫不遜色於崔猛的俠客。李申跟隨崔猛，卻比崔猛更具智謀，無論是面對官府還是流寇，都表現得有勇有謀，可算是崔猛身邊一位軍師。蒲松齡對以暴抗暴、鋤強扶弱的俠客進行了熱情的歌頌：「快牛必能破車，崔之謂哉！志意慷慨，蓋鮮儷矣。」

故事中，崔猛始終以勇、孝的面目示人，而李申的性格則發生了重要轉變。一開始，他不能自控，被人引誘參與賭博，沒有資金便「署妻於券」。在妻子被強奪後只能「哭諸其門」，被捆在樹上，逼立「無悔狀」。這時他是一個性情軟弱，受豪紳欺侮不能自保的普通百姓。李申性格轉變的原因在於妻子被奪，官府不能主持公道，而崔猛路見不平，拔刀相助，替他報仇卻被發配充軍。可以說，正是這種殘酷的社會現實教育、磨練了他。在他的個人遭遇中，他清醒地看到了自己的處境和命運，看到了要改變這一切不能寄希望於他人，而是要靠自己的力量。李申逐漸成長為一個堅強無畏的俠客，除了具有崔猛那樣的俠肝義膽和過人武力，他還具有臨危不亂、處變不驚的智慧。馮鎮巒說：「李申爛賭，以妻署券，此無賴子耳，至此卻變成有肝膽男子，非前之李申也。」

從崔、李二人的事蹟中，我們可以找到這類人物產生的現實基礎，即社會混亂及統治失序。當人們的正常利益得不到來自官方的保障時，便會希望民間的俠客來救助自己。崔猛樂於去管社會不平之事，於是「鄉人共服之，求訴禀白者盈階滿室」，正反映了當時人們對統治者失望的社會心理。但明倫評論崔猛懲罰悍婦時認為說：「快人快事，是能輔天譴法誅之所不及者。」在故事的最後，蒲松齡還真實描寫了明清交替之際的社會混亂景象。李申殺掉王監生後逃亡，因為「闖賊犯順」，事情才漸漸平息，再加上「明鼎革」，才攜家歸來。這時，「土寇嘯聚」，「據山為盜，焚掠村疃」。崔、李只好集聚村民，抵抗山賊。此時官方又在哪裡？從故事中，似乎只有「詣邑借巨炮二」與官方有些許關係，其餘皆是鄉民們自發組織起來維護社會治安，結成「土團三百餘人」，「各處強寇無敢犯，一方賴之以安」。

作品情節跌宕，構築懸念，藝術效果強烈。小說中，崔猛隨母弔喪，途中遇到李申被豪紳奪妻，頓時「氣涌如山，鞭馬前向，意將用武」，矛盾一觸即發，然而作者故意將矛盾遏制，令其母阻止崔猛，拖延矛盾爆發的時間，構成懸念。崔母的阻止看似化解了矛盾，卻加深了讀者的情緒，因為以崔猛的性格是不會撒手不管的，使讀者更加期待矛盾的爆發。回家後，崔猛不語不食，輾轉達旦，「忽啟戶出，輒又還臥」，把崔猛食不甘味、寢不安席的狀態活畫出來，直到殺死某甲之後才能「熟寢」。此時雖然矛盾已經爆發，但是真相並未揭示，李申被冤入獄。最終，崔猛為母送終後，方才真相大白於天下。此番周折，豐富了文章的情節，引人入勝，增強了文章的可讀性。但明倫在這一段後，評論說：「聞母命而止，歸不語亦不食，兀坐直視，若有所嗔。筆有畫工，將義俠面目精神，一齊活現。」

邢子儀

滕❶有楊某，從白蓮教❷黨，得左道❸之術。徐鴻儒❹誅後，楊幸漏脫，遂挾術以遨。家中田園樓閣，頗稱富有。至泗上❺某紳家，幻法為戲，婦女出窺。楊睨其女美，歸謀攝取之。其繼室朱氏，亦風韻，飾以華妝，偽作仙姬；又授木鳥，教之作用❻；乃自樓頭推墮之。

朱覺身輕如葉，飄飄然凌雲而行。無何，至一處，雲止不前，知已至矣。是夜，月明清潔，俯視甚了。取木鳥投之，鳥振翼飛去，直達女室。女見彩禽翔入，喚婢撲之；鳥已沖簾出。女追之，鳥墮地作鼓翼聲；近逼之，撲入裙底；展轉間，負女飛騰，直沖霄漢。婢大號。朱在雲中言曰：「下界人勿須驚怖，我月府姮娥❼也。渠是王母第九女，偶謫塵世。王母日切懷念，暫招去一相會聚，即送還耳。」遂與結襟而行。方及泗水⑧之界，適有放飛爆者，斜觸鳥翼；鳥驚墮，牽朱亦墮，落一秀才家。

秀才邢子儀，家赤貧而性方鯁⑨。曾有鄰婦夜奔，拒不納。婦銜憤去，譖諸其夫，誣以挑引。夫固無賴，晨夕登門詬辱之。邢因貨產，僦居別村。有相者顧某，善決人福壽，邢踵門叩之。顧望見笑曰：「君富足千鍾，何著敗絮見人？豈謂某無瞳耶？」邢嗤妄之。顧細審曰：「是矣。固雖蕭索，然金穴不遠矣。」邢又妄之。顧曰：「不惟暴富，且得麗人。」邢終不以為信。顧推之出，曰：「且去且去，驗後方索謝耳。」

是夜，獨坐月下，忽二女自天降；視之，皆麗姝。詫為妖，詰問之。初不肯言。邢將號召鄉里，朱懼，始以實告，且囑勿泄，願終從焉。邢思世家女不與妖人婦等，遂遣人告其家。其父母自女飛升，零涕惶惑；忽得報書，驚喜過望，立刻命輿馬星馳而去。報⑩邢百金，攜女歸。邢得豔妻，方憂四壁，得金甚慰。往謝顧。顧又審曰：「尚未尚未。泰運已交，百金何足言！」遂不受謝。

先是，紳歸，請於上官捕楊。楊預遁，不知所之，遂籍其家[11]，發牒追朱。朱懼，牽邢飲泣。邢亦計窘，始賂承牒者，賃車騎攜朱詣紳，哀求解脫。紳感其義，為竭力營謀，得贖免；留夫妻於別館，歡如戚好。紳女幼受劉聘；劉，顯秩[12]也，聞女寄邢家信宿[13]，以為辱，反婚書，與女絕姻。紳將議姻他族；女告父母，誓從邢。邢聞之喜；朱亦喜，自願下之。紳憂邢無家，時楊居宅從官貨，因代購之。夫妻遂歸，出曩金，粗治器具，蓄婢僕。旬日耗費已盡。但冀女來，當復得其資助。

一夕，朱謂邢曰：「孽夫楊某，曾以千金埋樓下，惟妾知之。適視其處，磚石依然，或窖藏無恙。」往共發之，果得金。因信顧術之神，厚報之。後女于歸，妝貲豐盛。不數年，富甲一郡矣。

異史氏曰：「白蓮殲滅而楊獨不死，又附益之，幾疑恢恢者疏而且漏[14]矣。孰知天留之，蓋為邢也。不然，邢即否極而泰[15]，亦惡能倉卒起樓閣、累巨金哉？不愛一色，而天報之以雨。嗚呼！造物無言，而意可知矣。」

【注釋】❶滕　縣名，在今山東滕州。❷白蓮教　佛教宗派之一，崇奉彌勒佛，元明清三代在民間流行。❸左道　邪門旁道，多指非正統的巫蠱、方術等。❹徐鴻儒　明末農民起義首領，天啟年間，與王森、王好賢父子聯手，利用「聞香教」（白蓮教的支派）率眾起義，後被鎮壓。❺泗上　泗水之濱。泗水，又名泗河，是山東中部較大的河流。❻作用　使用的方法。❼姮娥　即嫦娥。❽泗水　縣名，在今山東濟寧。❾方鯁　方正，剛直。❿報　酬謝；報答。⓫籍其家　抄沒其家產。⓬顯秩　顯要之官。⓭信宿　再宿；兩個晚上。⓮恢恢者疏而且漏矣　天網疏漏，將其放掉。見《老子》。⓯否極而泰　即否極泰來，運氣壞到極點而轉好。

【語譯】山東滕縣有個楊某，跟隨白蓮教，學了些左道旁門的法術。徐鴻儒被誅殺後，楊某僥倖漏網逃脫，於是身懷法術，四處遨遊。家裡田園樓閣，很稱得上富有。楊某來到泗水之濱一個豪紳家玩變戲法，婦女們出來偷看。楊某斜眼看見豪紳的女兒很漂亮，回去後謀劃把她攝取到手。楊某的繼室朱氏，也風韻有致，楊某用華麗的服飾打扮她，假扮成仙女；又交給她一隻木鳥，教她使用；就從樓頂把朱氏推下去。

朱氏覺得身體輕盈像樹葉一樣，飄飄蕩蕩在雲彩上飛行。沒多久，來到一個地方，雲彩停止不動，朱氏知道已經到了。這天夜裡，月光澄明，俯視地面，十分清晰。朱氏拿起木鳥向下拋，木鳥張開翅膀飛去，一直飛到那女子的臥室。女子看見一隻彩色的鳥兒飛進來，喊丫環撲捉；木鳥已經衝開房簾飛出去。女子追趕，鳥兒落在地上，發出拍打翅膀的聲音；女子走上前去，鳥兒撲入她的裙底；忙亂間，鳥兒馱著女子騰空飛起，直沖雲霄。丫環大聲哭叫。朱氏在雲彩上說：「下界的人不必驚慌，我是月宮裡的嫦娥。她是王母娘娘的九女兒，偶然貶謫塵世。王母娘娘每天都熱切掛念她，暫且招她相聚一下，就會送回來的。」她就把自己和女子的衣襟連結起來，一塊飛行。剛剛飛到泗水的邊界，恰好有人在放焰火，焰火從側面碰上了木鳥的翅膀；木鳥受驚掉下去，牽著朱氏也往下掉，落到一個秀才的家裡。

這秀才邢子儀，家裡極窮而性格鯁直。曾經有個鄰居的女人夜裡私奔他，他拒不接納。那婦人含恨離去，在丈夫面前說他壞話，誣衊他挑逗引誘自己。她丈夫本是個無賴，早晚上門謾罵侮辱邢子儀。邢子儀便賣掉家產，到別的村子租房住。有個相面先生顧某，善於替人判斷福壽，邢子儀登門拜訪他。顧某望見邢子儀，笑著說：「你有無數財產，為什麼穿著破衣服見人？難道說我有眼無珠嗎？」邢子儀嘲笑顧某胡說。顧某仔細打量一番，說：「對了。你雖然確實家境蕭索，可是藏金洞離你不遠了。」邢子儀又認為他亂說。顧某說：「你不僅一下子變得很富有，而且得到美人。」邢子儀始終不相信他的話。顧某推他出門，說：「先回去，先回去，等應驗後我才來跟你要酬金。」

這天夜裡，邢子儀獨自坐在月光下，忽然兩個女子從天而降；一看，都是絕色美人。邢子儀十分驚詫，以為是妖怪，就盤問她們。她們一開始不肯說。邢子儀要喊村裡的人來，朱氏害怕了，才把實情告訴邢子儀，並且囑咐他不要洩漏，願意終生跟從他。邢子儀想，世家大族的女兒和妖人的妻子不一樣，就派人告訴了那女子的家裡。女子的父母自從女兒飛走後，啼哭惶惑；忽然有人來報信，驚喜過望，立刻命人駕車飛奔而去。拿出一百兩銀子酬謝邢子儀，帶著女兒回了家。邢子儀得到美豔的妻子，正為四壁空空而憂心，又得到銀子，非常快慰。他去酬謝顧某。顧某又審視他，說：「還沒有，還沒有。你已經交上好運，一百兩銀子哪裡值得一提！」便不接受他的謝禮。

先前，豪紳回到家裡，請官府追捕楊某。楊某事先逃走了，不知逃到何處，官府於是抄沒他的家產，發下文書追緝朱氏。朱氏十分恐懼，拉著刑子儀哭泣。邢子儀也無計可施，才賄賂拿著文書捉人的差役，租了車馬帶著朱氏來找豪紳，哀求他解脫災難。豪紳感激他的情義，竭力替他們想辦法，獲准用財物贖免罪責；豪紳留邢子儀夫妻倆住在另一個宅裡，就像親戚好友那樣歡樂相處。豪紳的女兒小時候接受了劉家的聘禮；劉某是個大官，他聽說豪紳女兒在邢家住了兩夜，認為是恥辱，退回婚書，與她斷絕婚姻。豪紳想和別家議親；女兒告訴父母，發誓嫁給邢子儀。邢子儀聽說了，非常高興；朱氏也很高興，自願在她之下。豪紳擔憂邢子儀沒有房子，當時，楊某的住宅被官府變賣，於是代邢子儀買下來。邢子儀夫妻便回去，拿出上次那一百兩銀子，草草購置了日用器具，買了丫環僕人。過了十天，銀子已經用完了。邢子儀只有希望豪紳的女兒嫁來，會得到資助。

一天晚上，朱氏對邢子儀說：「我那作孽的丈夫楊某，曾經把一千兩銀子埋在樓下，這事只有我知道。我剛才去那地方看了一下，磚石還像過去一樣，或許埋藏的銀子還沒丟失。」一起前去發掘，果然挖到銀子。邢子儀因此相信顧某相術的神妙，給他很豐厚的報酬。後來豪紳的女兒嫁過來，嫁妝非常豐盛。不幾年，邢子儀成為本府最富有的人家了。

異史氏說：「白蓮教被殲滅，唯獨楊某沒死，又聚斂了大筆財富，叫人幾乎懷疑恢恢天網既疏且漏了。誰知老天爺留下楊某，原來是為了邢子儀。不然，邢子儀即使由逆境轉為順境，又怎麼可能倉猝之間蓋起樓閣亭臺、積累大量金銀呢？不貪戀一個女色，而老天爺用兩個來回報他。唉！造物主不說話，但祂的意思是可以知道的了。」

【研　析】〈邢子儀〉講述的是貧寒書生邢子儀「不愛一色，而天報之以兩」的故事。白蓮教黨楊某，依仗自己略通邪術，覬覦某紳的女兒，以木鳥授其妻朱氏，讓她假扮成仙人將某紳的女兒騙來。結果在歸來途中，木鳥跌落秀才邢子儀家。最終，邢子儀娶了兩位女子，並得到了楊某積蓄的所有財富。

小說是以徐鴻儒白蓮教起義為背景的。白蓮教是唐、宋以來流傳民間的一種祕密宗教結社。明萬曆二十九年（西元一六〇一年）前後，徐鴻儒與王森、王好賢父子聯合，利用「聞香教」（白蓮教的支派）組織農民，開展祕密活動。一六二二年，率眾在巨野西部、鄆城南部和范縣、倠陽起義，發展到十萬多人。後被官兵鎮壓，徐鴻儒因叛徒出賣而被明軍俘獲處死。蒲松齡對徐鴻儒領導的起義是持敵視態度的。〈邢子儀〉中的楊某是徐鴻儒的部下，在徐鴻儒起義失敗後潛逃民間，繼續「挾術以遨。家中田園樓閣，頗稱富有」，又妄圖用邪術拐騙良家婦女，據為己有。但最終還是落得個賠了夫人又折兵的下場。蒲松齡認為這是楊某罪有應得：「白蓮殲滅而楊獨不死，又附益之，幾疑恢恢者疏而且漏矣。孰知天留之，蓋為邢也。」白蓮教縱然法術神奇，最終還是難逃失敗的命運。

這篇故事還揭示了蒲松齡思想的一個重要方面：重視具有高尚品德的寒士。邢子儀家「赤貧」，但性格鯁直，曾將夜奔的鄰婦拒之門外，並因此避居鄰村，堅守著讀書人的道德追求和高尚情操。後通過一系列巧合，邢子儀不僅坐擁雙美，享有美滿婚姻，而且得到意外的財富，「富足千鍾」。後世評論者也持這種觀點，認為這是上天對邢子儀的厚報。但明倫說：「楊之漏脫，非楊之幸也，天將留之以有待也。楊死，則朱亦必死。楊、朱死，則紳女無由歸邢矣。……此固楊之作法自斃，惡貫已盈；而茍非邢之方鯁成性，不納私奔，又何得以含憤反誣，僦居泗上，而適在兩女墜落處哉！」王芑孫也說：「邢之後富，且得兩麗，皆自拒鄰婦之夜奔來耳。可知不愛色者，則造物必報之以厚也。」

陸押官

趙公，湖廣武陵❶人，官宮詹❷，致仕❸歸。有少年伺門下，求司筆札。公召入，見其人秀雅；詰其姓名，自言陸押官。不索傭值。公留之。慧過凡僕❹，往來箋奏，任意裁答，無不工妙。主人與客弈，陸睨之，指點輒勝。趙益優寵之。

諸僚僕見其得主人青目❺，戲索作筵。押官許之，問：「僚屬幾何？」會別業主計者皆至，約三十餘人，眾悉告之數以難之。押官曰：「此大易。但客多，倉卒不能遽辦，肆中可也。」遂遍邀諸侶，赴臨街店，皆坐。酒甫行，有按壺起者曰：「諸君姑勿酌，請問今日誰作東道主？宜先出貲為質，始可放情飲啖；不然，一舉數千，哄然都散，向何取償也？」眾目押官。押官笑曰：「得無❻謂我無錢耶？我固有錢。」乃起，向盆中捻濕麵如拳，碎掐置几上；隨擲，遂化為鼠，竄動滿案。押官任捉一頭，裂之，啾然腹破，得小金；再捉，亦如之。頃刻鼠盡，碎金滿前。乃告眾曰：「是不足供飲耶？」眾異之，乃共恣飲。既畢，會直三兩餘。眾秤金，適符其數。

眾索一枚懷歸，白其異於主人。主人命取金，搜之已亡。反質肆主，則償貲悉化蒺藜。僕還白趙，趙詰之。押官曰：「朋輩逼索酒食，囊空無貲。少年學作小劇[7]，故試之耳。」眾復責償。押官曰：「我非賺酒食者。某村麥穰中，再一簸揚，可得麥二石，足償酒價有餘也。」因浼一人同去。某村主計者將歸，遂與偕往。至則淨麥數斛，已堆場中矣。眾以此益奇押官。

一日，趙赴友筵，堂中有盆蘭甚茂，愛之。歸猶贊嘆之。押官曰：「誠愛此蘭，無難致者。」趙猶未信。凌晨至齋，忽聞異香蓬勃，則有蘭花一盆，箭葉多寡，宛如所見。因疑其竊，審之。押官曰：「臣家所蓄，不下千百，何須竊焉？」趙不信。適某友至，見蘭驚曰：「何酷肖寒家物！」趙曰：「余適購之，亦不識所自來。但君出門時，見蘭花尚在否？」某曰：「我實不曾至齋，有無固不可知。然何以至此？」趙視押官，押官曰：「此無難辨：公家盆破，有補綴處；此盆無也。」驗之始信。

夜告主人曰：「向言某家花卉頗多，今屈玉趾，乘月往觀。但諸人皆不可從，惟阿鴨無害。」——鴨，宮詹僮也。遂如所請，公出，已有四人荷肩輿❽，伏候道左。趙乘之，疾於奔馬。俄頃入山，但聞奇香沁骨。至一洞府，見舍宇華耀，迥異人間；隨處皆設花石，精盆佳卉，流光散馥。即蘭一種，約有數十餘盆，無不茂盛。觀已，如前命駕歸。

押官從趙十餘年。後趙無疾卒，遂與阿鴨俱出，不知所往。

【注釋】❶武陵　郡名，今湖南常德。❷宮詹　即太子詹事。屬東宮詹事府。❸致仕　官員辭職歸家。❹凡僕　一般的奴僕。❺青目　青眼；青睞。❻得無　恐怕；是不是。表示推測或反問。❼小劇　小戲法。❽肩輿小轎。

【語　譯】趙公，湖南武陵人，任詹事官，辭官回家。有個年輕人在門下等候，請求做文書工作。趙公把他叫進去，見他俊秀文雅；問他的姓名，他說叫陸押官。他不索求工錢。趙公把他留下了。他比一般僕人要聰明，往來的書信奏摺，他隨意作答，沒有不工致高妙的。主人和客人下棋，陸押官在旁邊觀看，一指點就會取勝。趙公對他更加優待、寵愛。

幕僚僕人們見他得到主人的另眼相看，開玩笑要他設宴請客。陸押官答應了，問：「僚屬有多少人？」剛好別墅裡主管帳目的人都來了，約有三十多人，大家把這個人數都告訴陸押官，藉此為難他。陸押官說：「這太容易了。只是客人多，倉猝之間不能馬上置辦酒席，到酒店去就是了。」於是邀請所有的人到臨街的酒店，都坐下了。剛開始斟酒，有人按著酒壺站起來說：「各位暫且別喝，請問今天誰作東道主？應該先把錢拿出來押著，才可以盡情吃喝；不然，一下子吃了幾千錢，大家一哄而散，向誰要錢呢？」大家看著陸押官。陸押官笑著說：「是不是說我沒錢嗎？我確實有錢。」於是站起來，在麵盆裡捏了一塊拳頭大小的濕麵團，掐碎放在桌子上；隨手一擲，碎麵塊就變成老鼠，滿桌子亂竄。陸押官任意捉住一隻，撕開，「啾」的一聲，老鼠的肚子被撕破了，從裡面拿出了一小塊銀子；再捉一隻，也是如此。頃刻之間，老鼠都被撕完了，碎銀子在面前擺了一堆。陸押官就對大家說：「這不是足夠供我們喝了嗎？」大家都很驚異，於是一起盡情歡飲。喝完算帳，要三兩多銀子。大家一稱碎銀子，剛好與這數目相符。

眾人向店主討了一小塊碎銀子帶回去，把這件奇異的事報告了主人。主人叫把那塊銀子拿出來，可摸遍了口袋，銀子已經不見了。大家返回去問店主，原來那些付帳的銀子都變成了蒺藜。僕人們稟告趙公，趙公問陸押官。陸押官說：「朋友們逼著要吃喝，我口袋空空沒有錢。小時候學過變戲法，所以試一試罷了。」大家又叫他償付酒錢。陸押官說：「我不是那種白吃白喝的。某村的麥稈堆中，再簸揚一次，可得兩石麥子，足夠償還酒錢有餘了。」於是請個人一起去。那個村子主管帳目的人正要回去，就和他一塊兒去了。到了那裡，見有幾斛簸揚乾淨的麥子，已經堆在打麥場中了。大家因此更加覺得陸押官是個奇異的人。

一天，趙公去朋友家參加宴會，大廳裡有一盆蘭花十分茂盛，趙公非常喜愛。回家後還在讚嘆。陸押官說：「你真的喜歡這蘭花，不難得到它。」趙公還不相信。凌晨，來到書房，忽然聞到一股濃烈奇異的香味，原來有一盆蘭花，花莖和葉子的多寡，就像在朋友家裡看到的那盆。趙公便懷疑是偷來的，盤問陸押官。陸押官說：「我家裡種的花卉，不下千百盆，哪裡用得著偷呢？」趙公不相信。恰好那個朋友來了，看見蘭花，吃驚地說：「怎麼這麼像我家裡的那盆呢！」趙公說：「是我剛買到的，也不知道它來自什麼地方。只是你出門時，家裡蘭花還在嗎？」那個朋友說：「我實在沒到書房去，蘭花在不在不知道。但怎麼會來到這裡？」趙公看著陸押官，陸押官說：「這不難分辨：你家的花盆破了，有修補過的地方；這個花盆沒有。」大家仔細查看，這才相信了。

晚上，陸押官告訴趙公說：「我早上說過，我家裡花卉很多，現在請移玉步，乘著月色去觀賞一下。不過其他人都不能跟著來，只有阿鴨沒關係。」——阿鴨，是趙公做詹事官時的書僮。於是照他的話，趙公走出大門，已經有四個人抬著小轎，伏在路旁等候。趙公坐上轎，比奔馳的駿馬還快。一會兒進了山，聞到奇異的香味，沁入骨髓。來到一個洞府，只見房屋華麗耀眼，和人間迥然不同；到處都擺設著花草山石，精巧的盆子，名貴的花卉，光彩流動，芳香四溢。光是蘭花一種，大約有好幾十盆，沒有一盆不花葉茂盛。觀賞完了，趙公又像剛才那樣坐轎返回。

陸押官跟從趙公十多年。後來趙公無災無病地去世了，陸押官就和阿鴨一起離開，不知到哪裡去了。

【研　析】〈陸押官〉描述的是一個具有特異功能的家僕——陸押官。陸押官慧過凡僕，受到趙公的青睞，其他僕人讓他請客，他沒錢付帳，便用法術變出銀子付了帳。之後，銀子全都不見了蹤影，陸押官又從某村的麥場得了麥子付酒錢，眾人都很佩服他。後來，趙公特別喜歡朋友家的蘭花，陸押官就弄來一盆一模一樣的蘭花，趙公難以相信，陸押官就帶他去仙界般的洞府觀賞蘭花。陸押官一直追隨趙公，直到趙公無疾而終。

這篇小說所有亮點都集中在陸押官一人身上。首先，這個人很神祕。趙公致仕歸，陸押官毛遂自薦，沒有人知道他之前在哪裡；趙公無疾而終，陸押官和阿鴨一起離開，不知所往。也就是說，沒有人知道他從哪裡來，也沒有人知道他往哪裡去。其次，這個人很神奇。他可以隨意變出銀子，可以知道遙遠的村子某處有麥子，可以輕而易舉為趙公弄來心愛的蘭花，觀賞了瑰麗無比的神仙洞府。他的所有特異功能使他近乎於仙。何守奇無法揣摩蒲松齡的用意，只用四個字概括全篇，即「神仙遊戲」。但明倫進行了推斷，「陸押官其仙者歟？顧何以伺人門下，而求司筆札也？觀其看花洞府，只謂阿鴨可從主人，後趙以無疾終，阿鴨亦同仙去，則直與有宿因可知，想趙亦仙去矣。」

作品中關於人間洞天福地的描繪，接近道教的仙境。「俄頃入山，但聞奇香沁骨。至一洞府，見舍宇華耀，迥異人間；隨處皆設花石，精盆佳卉，流光散馥，即蘭一種，約有數十餘盆，無不茂盛。」如此優美動人的環境描寫，顯然是與道教文化、尤其是與仙境有關。在絢麗多姿、虛無縹緲的洞天福地中，不僅有人物、色彩，還有流動的香氣。這一切可以調動讀者各種感官，令讀者陶醉於藝術美的境地。

顧生

江南❶顧生，客稷下❷，眼暴腫，晝夜呻吟，罔所醫藥。十餘日，痛少減。乃❸合眼時，輒睹巨宅：凡四五進，門皆洞闢；最深處有人往來，但遙睹不可細認。

一日，方凝神注之，忽覺身入宅中，三歷門戶，絕無人跡。有南北廳事❹，內以紅氈貼地。略窺之，見滿屋嬰兒，坐者、臥者、膝行者，不可數計。愕疑❺間，一人自舍後出，見之曰：「小王子謂有遠客在門，果然。」便邀之。顧不敢入，強之乃入，問：「此何所？」曰：「九王世子居。世子瘧疾新瘥，今日親賓作賀，先生有緣也。」言未已，有奔至者，督促速行。

俄至一處，雕榭朱欄，一殿北向，凡九楹。歷階而升，則客已滿座。

見一少年北面坐，知是王子，便伏堂下。滿堂盡起。王子曳顧東向坐。酒既行，鼓樂暴作，諸妓升堂，演《華封祝》❻。才過三折，逆旅主人及僕喚進午餐，就床頭頻呼之。耳聞甚真，心恐王子知，遂托更衣而出。仰視日中夕；則見僕立床前，始悟未離旅邸。心欲急返，因遣僕闔扉去。甫交睫，見宮舍依然，急循故道而入。路經前嬰兒處，並無嬰兒，有數十媼蓬首駝背，坐臥其中。望見顧，出惡聲曰：「誰家無賴子，來此窺伺！」顧驚懼，不敢置辯，疾趨後庭，升殿即坐。見王子頷下添髭尺餘矣。見顧，笑問：「何往？劇本過七折矣。」因以巨觥示罰。移時曲終，又呈齣目❼。顧點《彭祖娶婦》❽。妓即以椰瓢行酒，可容五斗許。顧離席辭曰：「臣目疾，不敢過醉。」王子曰：「君患目，有太醫在此，便合診視。」東座一客，即離座來，兩指啟雙眦，以玉簪點白膏如脂，囑合目少睡。王子命侍兒導入複室，令臥；臥片時，覺床帳香軟，因而熟眠。

居無何，忽聞鳴鉦鍠聒❾，即復驚醒。疑是優戲未畢；開目視之，則旅舍中狗舐油鐺❿也。然目疾若失。再閉眼，一無所睹矣。

【注釋】❶江南 清初省名，包括今江蘇、安徽。❷稷下 古地名，在戰國齊都臨淄（今山東淄博臨淄區）稷門附近。蒲松齡筆下的稷下、稷門一般指濟南府城。❸乃 才。❹廳事 官署視事問案的廳堂。❺愕疑 驚愕、疑問。❻華封祝 指華封三祝，本是華州人對上古賢者唐堯的三個美好祝願，即祝壽、祝富、祝多男子，合稱三祝。見《莊子・天地》。❼齣目 戲單子。❽彭祖娶婦 相傳彭祖活了八百多歲，先後娶了四十九個妻子，生了五十四個兒子。❾鳴鉦鍠聒 鑼聲亂響。鉦，鑼。鍠聒，鐘鼓之聲聒耳。❿油鐺 油鍋。

【語譯】江南的顧生，旅居山東濟南，眼睛突然腫起，日夜呻吟，沒有辦法治好。過了十幾天，疼痛稍微減輕了一些。才合上眼睛，就會看到一座很大的住宅：共有四五進院落，門都敞開著；最裡面的地方有人來回走動，但遠遠望去，看不清楚。

一天，顧生正聚精會神地注視著，忽然覺得身體進入那座住宅，穿過三道大門，一個人影也沒有。有南北兩個大廳，廳裡都鋪著紅色的地毯。他略微窺探一下，見滿屋子都是嬰兒，有的坐著，有的躺著，有的用膝蓋爬行著，不能勝數。正在驚愕猜疑時，一個人從屋後出來，看見他就說：「小王子說門外來了位遠方客人，果然如此。」就邀請顧生進屋。顧生不敢進去，那人再三強求，才進去了。顧生問：「這是什麼地方?」那人說：「是九王世子的住宅。世子的瘧疾剛剛痊癒，今天親戚朋友前來慶賀，先生有緣分啊。」話沒說完，有人跑來催他們快走。

一會兒，來到一個地方，雕花的亭榭，朱紅的欄杆，一座大殿朝北，共有九根大柱子。沿著臺階上去，客人已坐滿了。顧生見一個年輕人朝北坐著，知道就是王子，便跪在殿堂下。整個殿堂裡的人都站起來了。王子拉著顧生面朝東坐下。斟上酒，鼓樂大作，舞妓們走上殿堂，演《華封祝》。才演了三齣，旅館的主人和僕人來叫顧生去吃午飯，走近床頭頻頻呼喚。顧生耳朵聽得很真切，心裡怕王子知道，就藉口上廁所走出殿堂。

他抬頭望見太陽當午；看見僕人站在床前，才想起自己沒離開過旅館。心裡想趕緊回到夢境中去，就叫僕人關上門走開。才閉上眼睛，看見宮殿房屋依舊，急忙沿著舊路進去。路上經過上次滿屋嬰兒的地方，並沒有嬰兒，而有幾十個頭髮蓬亂、駝著背的老太婆，在裡面坐著、躺著。看見顧生，惡聲惡氣地說：「誰家的無賴子，來這裡偷看！」顧生十分害怕，不敢分辯，急步走向後面的庭院，登上殿堂就座。只見王子的下巴多了一尺多長的鬍子了。王子看見顧生，笑著問：「你到哪去了？戲演過七齣了。」於是用大杯罰顧生喝酒。不久，戲演完了，又呈上劇目。顧生點了《彭祖娶婦》。舞妓就用椰殼來敬酒，一個椰殼可以裝五斗左右。顧生離席推辭說：「我眼睛有病，不敢過量。」王子說：「你患了眼病，有太醫在這裡，正好診治。」坐在東邊的一位客人，馬上離開座位過來，兩個手指撐開顧生的眼睛，用玉簪給他點上像油脂一樣的白藥膏，囑咐他閉上眼睛稍微睡一會。王子叫侍兒領顧生走進內室，讓他躺下；顧生躺了片刻，覺得床褥帳子又香又軟，於是睡熟了。

沒多久，忽然聽到鑼聲嘈雜，就又驚醒了。他以為是舞妓演戲還沒演完；睜眼一看，原來是旅館裡的狗在舔油鍋。不過眼病好像痊癒了。再合上眼睛，什麼都看不見了。

【研 析】〈顧生〉以主人翁顧生臥病在床而幻想出奇異景象為線索，敘述了自己在夢中的所見所感，正如南柯一夢一般。起起伏伏的曲折經歷，不過是煮熟稻粱那麼一頃時間而已，正所謂「人生聚散，百年猶旦暮；世事沉浮，千載若春秋」。

顧生客居他鄉而得眼疾，身旁並無他人照料，只是「晝夜呻吟，罔所醫藥」，這是當時世態冷暖的自然表現，是「身在異鄉為異客」的孤獨落寞，從該文的開始，作者便營造了這樣一個悲涼氛圍。在接下來的夢中，顧生「合眼時，輒睹巨宅」，這或許是他彼時彼境內心渴望的流露，但在這種對財富的嚮往之中，卻表達出作者對財富飄渺和人生短暫的哀嘆與諷刺。

顧生初入巨宅時，見到的是「滿屋嬰兒」，「一少年北面坐，知是王子」。在宴會間，顧生短暫離開，等他再度入屋時，《華封祝》已經唱過七折，滿屋嬰兒變成「數十媼蓬首駝背」，少年王子也已「頷下添髭尺餘矣」。不到一齣戲的時間，嬰兒成為老嫗，少年成為老者，人生如白駒過隙之感油然而生。在時間面前，人的生命和財富都顯得是那樣渺小甚至不值一提；而在有限的人生中卻汲汲於功名利祿，又是何其短視與可笑。蒲松齡對富貴和多壽的鄙視之情在王子和嬰兒的老化之時達到了高潮。

更具諷刺意味的是所點的兩齣曲目，一齣為《華封祝》（即祝願「多子、多壽、多富貴」），一齣為《彭祖娶婦》。彭祖相傳活了八百多年，世俗之人所祝的多子、多壽、多富貴，在彭祖面前，又算得了什麼呢？在篇末，當顧生聽到鐘鼓之聲的時候，原以為還在夢中，卻不料已經回到現實，而耳中所聞的鐘鼓之聲，不過是旅舍之中狗舔油鍋之聲罷了。在這短暫的一齣戲之中，經歷了一代人的生老病死，這不能不引發人們對生命的思考，對人生價值的重新衡量與定位。

看似撲朔迷離、荒誕不經的短小篇製，卻內含了對於人生和富貴的深入探索。作者鄙視世俗之人為財富和權勢所做的蠅營狗苟之事，表達的是一種對於人生價值的肯定。這種價值並不體現為外在於人的財富和權勢上，而更多地指向內在於人的本真性的一些東西。永恆和瞬間往往只是一線之差，對於功名利祿和人生價值的不同認識，往往成為通往永恆或走向瞬間的關鍵所在。不知目疾痊癒的顧生會有何種認識？

于中丞

于中丞成龍❶，按部❷至高郵❸。適巨紳家將嫁女，妝奩甚富，夜被穿窬❹席卷而去。刺史無術。公令諸門盡閉，止留一門放行人出入，吏目❺守之，嚴搜裝載。又出示，諭闔城戶口，各歸第宅，候次日查點搜掘，務得贓物所在。乃陰囑吏目：設有城門中出入至再者，捉之。過午，得二人。一身之外，並無行裝。公曰：「此真盜也。」二人詭辯不已。公令解衣搜之，見袍服內著女衣二襲❻，皆奩中物也。蓋恐次日大搜，急於移置，而物多難攜，故密著而屢出之也。

又公為宰❼時，至鄰邑。早旦，經郭外，見二人以床舁病人，覆大被；枕上露髮，髮上簪鳳釵一股，側眠床上。有三四健男夾隨之，時更番以手擁被，令壓身底，似恐風入。少頃，息肩路側，又使二人更相為荷。于公過，遣隸回問之，云是妹子垂危，將送歸夫家。公行二三里，又遣隸回，視其所入何村。隸尾之，至一村舍，兩男子迎之而入。

還以白公。公謂其邑宰：「城中得無有劫寇否？」宰曰：「無之。」時功令❽嚴，上下諱盜，故即被盜賊劫殺，亦隱忍而不敢言。公就館舍❾，囑家人細訪之，果有富室被強寇入家，炮烙而死。公喚其子來，詰其狀。子固不承。公曰：「我已代捕大盜在此，非有他也。」子乃頓首❿哀泣，求為死者雪恨。

公叩關往見邑宰，差健役四鼓⓫出城，直至村舍，捕得八人，一鞫而伏。詰其病婦何人，盜供：「是夜同在勾欄⓬，故與妓女合謀，置金床上，令抱臥至窩處⓭始瓜分耳。」共服于公之神。

或問所以能知之故。公曰：「此甚易解，但人不關心耳。豈有少婦在床，而容入手衾底者？且易肩而行，其勢甚重；交手護之，則知其中必有物矣。若病婦昏憒⓮而至，必有婦人倚門而迎；止見男子，並不驚問一言，是以確知其為盜也。」

【注釋】❶于中丞成龍　于成龍，字北溟，別號子山，山西永寧州（今山西離石）人。生於明萬曆四十四年（西元一六一六年），卒於清康熙二十三年（西元一六八四年）。歷任知縣、知州、知府、道員、按察使、布政使、巡撫和總督、加兵部尚書、大學士等銜，被康熙稱為「古今第一廉吏」。❷按部　巡視屬下州縣。❸高郵　州名，治所在今江蘇高郵。❹穿窬　穿壁逾牆。❺吏目　官職名，主要佐理刑獄並管理文書。❻二襲　兩套。❼宰　縣官。這裡指于成龍任廣西羅城縣知縣時。❽功令　考核官員功過的規定。❾館舍　招待賓客供應食宿的房舍，這裡指驛館。❿頓首　磕頭；叩頭下拜。⓫四鼓　四更天。⓬勾欄　妓院。⓭窩處　窩藏贓物的地方。⓮昏憒　頭腦昏亂，神志不清。

【語譯】兩江總督于成龍，有一次巡視到高郵。恰好有個大財主將要嫁女，嫁妝很豐盛，夜裡被強盜挖通牆壁偷走了。太守束手無策。于成龍下令將高郵各個城門都關上，只留一個城門讓行人進出，派差役看守城門，嚴格搜查行人裝載的東西。同時張貼告示，曉諭全城百姓都要回到自己家中，等候第二天搜查，務必查出窩藏贓物的地方。隨後，于成龍暗中囑咐差役：假如有幾次進進出出城門的，就把他抓起來。過了中午，抓到兩個人。他們除了本身之外，並沒有攜帶別的行裝。于成龍說：「這是真正的強盜。」那兩個人不停地詭辯。于成龍叫人脫下他們的衣服進行搜查，只見外袍內穿著兩件女人的衣裳，都是嫁妝裡面的東西。原來是怕第二天大搜查，急於轉移，因為衣物太多，難以攜帶，只好穿在裡面，一次又一次地進城出城。

還有一次，于公早年在做知縣時，有一天到鄰縣辦事。清晨，他路過城郊，看見兩個人用床抬著一個病人，上面蒙著一床大被子；枕邊露出長髮，頭髮上還別著一支鳳頭釵，側著身子睡在床上。兩旁有三四個精壯漢子緊緊跟隨著，不時輪番伸手去掖被子，把它壓在病人的身下，好像怕風吹進去。一會兒，他們停在路旁歇肩，又換了兩個人抬。于公走過以後，打發衙役回去詢問，他們說是妹子生命垂危，要送她回婆家。于公往前走了二三里，又吩咐衙役回去，看看他們抬進哪個村子。衙役在後邊尾隨著，到了一個村莊，兩個男子出來把他們迎了進去。

衙役就回來告訴了于公。于公問那個縣的知縣：「縣城裡近來有沒有搶劫案？」知縣說：「沒有。」當時上級考核官吏很嚴，上上下下都避諱強盜二字，因此，即使有人被盜賊劫殺了，也要忍痛隱瞞，不敢說出來。于公住進了官舍，又囑咐僕役外出細心打聽，果然有個富戶被強盜闖進家中，把主人燒烙致死。于公把他兒子叫來，盤問被劫的情況。那家兒子卻矢口否認有這件事。于公說：「我已經替你抓住了大盜，沒有別的用意。」那家兒子這才跪下磕頭，淚流滿面，哀求為父親報仇雪恨。

于公去敲縣官大門，拜見知縣，選派健壯的衙役，四更出了城門，逕直到了那個村舍，當場抓住那八個大漢，一經審問就承認了。追問那個病婦是什麼人，強盜供認說：「那天晚上都去妓院裡玩，所以和妓女合謀，把搶來的金銀財寶放在床上，叫她抱在懷裡躺著，抬到窩藏的地方，再行分贓。」大家都佩服于公斷案如神。

有人問他怎麼知道那些人是強盜的緣故。于公說：「這事很容易理解，只是人們不關心罷了。世上哪有年輕婦女躺在床上，而容忍男子伸手到她的被裡去的呢？而且不斷地輪流抬她，看樣子很沉重；還有人搭手護衛著，可見被窩裡必有貴重的東西。若是病勢沉重的婦女被抬到家時，必然會有婦人倚門迎接；當時只見男人，並沒有驚訝地詢問病情，這就更可以斷定這夥人是強盜了。」

【研　析】同鬼狐仙怪故事不同，〈于中丞〉取材於現實生活，敘述的是于成龍成功偵破兩個案件的故事。在並不曲折的故事中，隱含了蒲松齡對當時社會的鞭撻與諷刺，揭出了當時社會的黑暗一面。

〈于中丞〉中有兩個小故事。一個講的是某地富戶嫁女所用嫁妝被人洗劫一空，于成龍借巡查之便搜查盜寇，最終破案；另一個講的是于成龍在路中見到可疑之事，主動發現案情，並將盜寇捉拿歸案。這兩個故事文字簡練，情節平淡，卻有一個共同的特點，即于成龍通過對細節的觀察來偵破案件。在第一個故事中，嫁妝被盜之後，全城封鎖，僅留一門以便出入，次日便要挨家挨戶搜索贓物。盜賊為轉移贓物，不得不多次出入城門。通過這一細節，于成龍將盜賊捉拿歸案。第二個故事中，于中丞更是現身說法，將故事的委婉曲折之處和盤托出，他說：「此甚易解，但人不關心耳。豈有少婦在床，而容入手衾底者？且易肩而行，其勢甚重；交手護之，則知其中必有物矣。若病婦昏憒而至，必有婦人倚門而迎；止見男子，並不驚問一言，是以確知其為盜也。」這一番話不僅分析了破案的原因，也道出了破案的真諦：觀察細節。但明倫感嘆說：「有作為之人何事不可了？人服其才大，吾嘆其心細。」

這篇故事還披露了當時社會現實的腐敗，無能官員充斥官場。第一個故事中，破案的並不是當地官員，而是到高郵巡視的于成龍，從側面諷刺了當地官吏的無所作為。第二個故事中，于成龍問「城中得無有劫寇」時，因「時功令嚴，上下諱盜」，所以邑宰說「無之」，富商之子也不敢說其父「被強寇入家，炮烙而死」，直到于成龍謊稱盜賊已經落網，「子乃頓首哀泣，求為死者雪恨」。正是這種逼官吏粉飾太平的功令，才使當地的寇賊有恃無恐，日益猖獗。從根本上看，這是官吏無能的表現，更是制度腐敗的惡果。

表面的現象並不代表內在的本質。在這兩個故事中，亂象無不掩蓋在正常行為之下：脫去平時的衣服，裡面是偷盜來的嫁妝；掀開床上的被褥，下面是等待瓜分的贓物；坐在衙門裡威風凜凜，實則面對案件一籌莫展；人人都說社會穩定，那只是人們對案件避而不談，等等。因此，在考察具體問題時，我們不能用一般性、表面化的語言一概而論，必須鞭辟入裡，在一連串的細節中體察人情世態。

金陵乙

金陵❶賣酒人某乙，每釀成，投水而置毒❷焉；即善飲者，不過數盞，便醉如泥。以此得「中山❸」之名，富致巨金。

早起，見一狐醉臥槽邊；縛其四肢，方將覓刃，狐已醒，哀曰：「勿見害，請如所求。」遂釋之，輾轉已化為人。時巷中孫氏，其長婦患狐為祟，因問之。答云：「是即我也。」乙窺婦娣❹尤美，求狐攜往。狐難之。乙固求之。狐邀乙去，入一洞中，取褐衣授之，曰：「此先兄所遺，著之當可去。」既服而歸，家人皆不之見；襲❺衣裳而出，始見之。大喜，與狐同詣孫氏家。見牆上貼巨符，畫蜿蜒如龍，狐懼曰：「和尚大惡，我不往矣！」遂去。乙逡巡近之，則真龍盤壁上，昂首欲飛。大懼亦出。蓋孫覓一異域僧，為之厭勝❻，授符先歸，僧猶未至也。

次日，僧來，設壇作法。鄰人共觀之，乙亦雜處其中。忽變色急奔，狀如被捉；至門外，踣❼地化為狐，四體猶著人衣。將殺之。妻子叩請。僧命牽去，日給飲食，數月尋斃。

【注釋】❶金陵　地名，今江蘇南京。❷投水而置毒　在酒中摻水，並放進有害人體的藥物。❸中山　語出張華《博物志》：「昔有人名玄石，從中山酒家沽酒。酒家與千日酒，忘語其節。至家醉臥，不醒數日。」指酒力很大的美酒。❹娣　這裡指孫家的二兒媳婦。❺襲　穿。❻厭勝　用法術詛咒或祈禱，以達到制勝所厭惡的人、物或魔怪的目的。❼踣　向前仆倒；跌倒。

【語譯】金陵有個賣酒的人某乙，每次把酒釀成以後，就往酒裡摻水，並放入藥物；即使很會飲酒的人，不過幾杯，就爛醉如泥。因此得了能釀好酒的美名，家庭富有，金錢無數。

一天早晨，看見一隻狐狸醉倒在酒槽邊；捆住牠的四條腿，正在尋找刀子，狐狸已經醒了，哀求說：「請不要害我，我能滿足你的要求。」於是放了牠，一轉眼就變化為人。當時同住一條巷子的孫氏，其大媳婦被狐精迷惑了，某乙就問狐精知不知道。狐精回答說：「那就是我。」某乙見孫家的二媳婦更美，便要求狐精把他帶去。狐精覺得很難。某乙再三懇求。狐精便邀請某乙到一個洞裡，拿了一件褐色的衣服交給他，說：「這是我去世的哥哥留下的，你把它穿上就可以去了。」他穿上那件衣服回到家裡，家人都看不見他；換上平常的衣服出來，才能看見他。

某乙非常高興，和狐精一起到了孫家。看見牆上貼著一張大符，畫面上蜿蜒曲折，好像一條龍，狐精戰戰兢兢地說：「和尚太可惡，我不進去了！」說完就走了。某乙縮手縮腳地走近，果然一條真龍盤踞在牆壁上，昂著頭像要飛起來。某乙很害怕，也出來了。原來孫家找到一個外地高僧，給孫家畫符念咒，把符交給孫家，先拿回家來，高僧還沒到呢。

第二天，高僧來了，在院裡築壇作法。鄰居都來瞧熱鬧，某乙也夾在其中。他忽然變了臉色，急忙往外奔跑，好像要被捉的樣子；跑到門外，跌倒在地上，變成一隻狐狸，身上還穿著人的衣服。孫家要殺掉他，某乙的妻子叩頭請求。高僧命令把他牽回去，妻子每天給他點飲食，過了幾個月就死了。

【研　析】〈金陵乙〉通過一作惡多端之人最終不得好死的故事宣揚了惡有惡報的因果理念，表達了作者對作惡多端之人的痛恨之情。作為賣酒人的金陵乙，每當釀成酒之後，「投水而置毒焉」，使得酒量很好的人也十分容易喝醉，以此來欺蒙大眾，牟取暴利。他不僅謀取不義之財，而且心懷不軌，妄圖借狐仙之力占有孫家的二媳婦，直接導致自己的死亡。通過表面的故事敘述，我們不難看出作者深層的主旨內涵。

首先，美好事物的背後往往不像人們平日所見那樣，其中有時隱藏著邪惡，即所謂「金玉其外，敗絮其中」。金陵乙所買之酒「得『中山』之名」，受到人們喜愛，並因此而「富至巨金」。這種光鮮外表的背後有著不可告人的祕密，酒之所以好喝，是因為「每釀成，投水而置毒焉」。因為這種見不得人的「毒」，才造就了此酒的假象，同時也使金陵乙大發其財。

其次，再隱蔽的邪惡最終會被人看穿，作惡之人只會自食惡果。文中金陵乙為了能夠得到孫家的二媳婦，不惜披上狐狸的裝扮。這種披著狐狸皮毛的人，實際上就是衣冠禽獸。雖然這種裝扮會暫時遮掩其醜陋行徑，但終究會被揭穿。在前往孫家時，掛在牆上的龍符已經對其發出了警告。第二天，高僧設壇作法，金陵乙露出了狐狸尾巴，落得個「踣地化為狐，四體猶著人衣」、「數月尋斃」的下場。但明倫說他「人也而甘為狐行，狐也而空著人衣矣。」在現實社會中，不少人狐假虎威，逞一時之威風，但當他失去暫時的庇護時，所面臨的下場也不過成為第二個金陵乙而已。所以何守奇在總評中說：「釀酒置毒，已為致富不仁，更欲垂涎鄰婦，貪財好色，不死何待？」

楊大洪

大洪楊先生漣❶，微時❷為楚名儒，自命不凡。科試❸後，聞報優等者，時方食，含哺❹出問：「有楊某否？」答云：「無。」不覺嗒然❺自喪，咽食入鬲❻，遂成病塊，噎阻甚苦。眾勸令錄遺才❼；公患無貲，眾醵❽十金送之行，乃強就道。夜夢人告之云：「前途有人能愈君疾，宜苦求之。」臨去，贈以詩，有「江邊柳下三弄笛，拋向江心莫嘆息」之句。

明日途次，果見道士坐柳下，因便叩請。道士笑曰：「子誤矣，我何能療病？請為三弄可也。」因出笛吹之。公觸所夢，拜求益切，且傾囊獻之。道士接金，擲諸江流。公以所來不易，啞然驚惜。道士曰：「君未能恝然❾耶？金在江邊，請自取之。」公詣視果然。又益奇之，呼為仙。道士漫指曰：「我非仙，彼處仙人來矣！」賺公回顧，力拍其項曰：「俗哉！」公受拍，張吻作聲，喉中嘔出一物，墮地堛然❿。俛而破之，赤絲⓫中裹飯猶存，病若失。回視道士已杳。

異史氏曰：「公生為河嶽，沒為日星⓬，何必長生乃為不死哉！或以未能免俗，不作天仙，因而為公悼惜：余謂天上多一仙人，不如世上多一聖賢，解者必不議予說之傎⓭也。」

【注釋】❶大洪楊先生漣　楊漣，字文孺，號大洪，湖廣應山人，萬曆三十五年（西元一六〇七年）進士，為明代晚期著名大臣、諫官、東林黨人、政治家。天啟五年（西元一六二五年）任左副都御史，因彈劾魏忠賢，被誣陷，死於獄中。後平反昭雪，諡號「忠烈」。❷微時　做官之前地位卑微的時候。❸科試　明清學校制度之一。每屆鄉試之前，各省學政巡迴所屬府州舉行考試。凡欲參加鄉試之生員，要通過此種考試。考試合格者，方准應本省之鄉試。❹哺　口中所含的食物。❺嗒然　形容沮喪悵惘的神情。❻鬲　通「膈」。介於胸腔和腹腔之間的膈膜。❼錄遺才　參加錄遺考試。錄遺，清科舉考試制度，凡生員參加科考、錄科未取，或未參加科考、錄科者，可在鄉試前補考一次，名為錄遺。❽醵　本指湊錢聚飲，這裡引申為籌集資金。❾赧然　漠不關心的樣子。❿堛然　形容物體著地之聲。堛，土塊。⓫赤絲　血絲。⓬公生為河嶽二句　語出文天祥〈正氣歌〉：「天地有正氣，雜然賦流形。下則為河嶽，上則為日星。」這裡指楊漣先生活著如高山大河，死後如日月星辰，為世人景仰。⑬傎 荒唐；荒謬。

【語 譯】楊大洪先生，名漣，地位卑微時，是楚地有名的儒生，自以為很了不起。有次科試後，聽到門外報科考優等的人來了，當時正在吃飯，含著食物出來問：「有我楊某人嗎？」報喜人回答說：「沒有。」不覺自感灰心沮喪，把飯咽入膈膜，成了病塊，堵噎得很難過。大家勸他去參加錄取遺才的考試；他苦於沒有旅費，友人湊了十兩銀子送給他，他就勉強上路了。夜裡，他夢見有人告訴他說：「路途前方有人能治好你的病，你應該苦苦哀求他。」臨別還贈他一首詩，詩中有「江邊柳下三弄笛，拋向江心莫嘆息」的句子。

第二天，在路上果然見到有個道士坐在柳樹下，就拜見道士，請求他幫忙治病。道士笑道：「你弄錯了，我怎麼會治病呢？我吹一曲梅花三弄的曲子吧。」說著取出笛子吹了起來。楊先生想起昨夜的夢，越發堅決地向他拜求，而且把衣袋裡的錢都拿出來獻給道士。道士接過銀子，扔到江裡去了。楊先生因為這些錢來之不易，吃驚得說不出話來。道士說：「你還不能淡然嗎？銀子就在江邊，請你自己去揀回來吧。」楊先生到江邊一看，銀子果然在那裡。越發感到驚奇，稱呼道士為神仙。道士漫不經心指著別處說：「我不是什麼神仙，那邊有仙人來啦！」騙得楊先生回頭去看，道士用力拍打楊先生的脖子說：「俗氣呀！」楊先生的脖子被拍了一下，張嘴咯咯有聲，喉嚨裡吐出一塊東西，掉在地上。他彎腰揀了起來，弄破一看，只見一團血絲裹著飯粒，病痛好像消失了。他回頭一看，道士已經無影無蹤了。

異史氏說：「公生為大河山嶽，死後化為日月星辰，何必長生不老才算是不死呢！有人說先生由於未能免俗，不能成為天仙，因而替楊公惋惜；我說天上多一個仙人，還不如人世間多一位聖賢，理解此中道理的人一定不會說我的見解過於偏頗。」

【研　析】〈楊大洪〉講述的是一道士為楊大洪治病的故事。楊大洪是楚地有名的儒生，自命不凡。有一次科試後，聽說自己沒有列為優等，口中的飯不覺咽入膈中，成為病塊，噎阻甚苦。眾人為其湊足盤纏，督促他去參加錄遺考試。在途中，偶遇一道士，將其疾病治癒。

楊大洪即楊漣，字文孺，明代湖廣應山人，萬曆三十五年（西元一六〇七年）進士，歷官常熟知縣、兵部右給事中、都給事中、副都御史，是明代著名諫官。天啟四年（西元一六二四年），上疏劾閹黨魏忠賢，揭露其迫害先帝舊臣、干預朝政等罪行，被革職為民。第二年受誣陷下獄，屢受折磨，最後以「欲以性命歸之朝廷，不圖妻子一環泣耳」的決絕慨然赴死。崇禎初年，誅滅魏忠賢閹黨之後，楊漣冤案平反，贈太子太保、兵部尚書，謚號「忠烈」。蒲松齡讚揚其「生為河嶽，沒為日星」，對楊大洪表示極度的崇敬之情。

蒲松齡並未著力描寫楊大洪的超凡脫俗之處，而是從「俗」入手進行刻劃。楊大洪之俗有三種表現。一是表現在他對科場功名的熱衷追求。楊大洪早年是楚地名儒，自命不凡。當他聽說沒有列為優等，便「嗒然自喪，咽食入鬲，遂成病塊」。這在豁達大度者看來是不應該的，在高士隱者看來是不值得的。二是表現在極為關注自己的病情。在參加錄取遺才考試的途中，他苦求道士治療自己的疾病，「拜求益切，且傾囊獻之」。三是表現在珍惜手邊的財貨。大家收集了錢財供他去考試，然而「道士接金，擲諸江流」，引得他「啞然驚措」。然而就是這樣一個「俗」人，卻因為以天下、以國家、以百姓為己任而青史留名。

後來，有人為楊大洪能夠遇到仙人，卻沒有把握住機會使自己成為仙人而感到遺憾。但在蒲松齡看來，「天上多一仙人，不如世上多一聖賢」，積極參與社會事務，為國家貢獻力量，是比個人成仙要重要。從這裡也可隱約看出，蒲松齡本人並不致力於遺世獨立、羽化登仙，而是努力成為胸懷天下、經國濟世的儒者聖賢。何守奇也說：「楊公忠義，足維持名教綱常，縱復成仙，究亦何益人世？世上多一神仙，不如多一聖賢，我亦云然。」

查牙山洞

章丘❶查牙山❷，有石窟如井，深數尺許。北壁有洞門，伏而引領望見之。

會近村數輩，九日登臨❸，飲其處，共謀入探之。三人受燈，縋❹而下。洞高敞與夏屋等；入數武❺，稍狹，即忽見底。底際一竇❻，蛇行可入。燭之，漆漆然暗深不測。兩人餒而卻退；一人奪火而嗤之，銳身塞而進。幸隘處僅厚於堵，即又頓高頓闊，乃立，乃行。頂上石參差危聳，將墜不墜。兩壁嶙嶙峋峋然❼，類寺廟山塑❽，都成鳥獸人鬼形：鳥若飛，獸若走，人若坐若立，鬼罔兩❾示現❿忿怒；奇奇怪怪，類多醜少妍。心凜然作怖畏。喜徑夷⓫，無少陂⓬。

逡巡幾百步，西壁開石室，門左一怪石鬼，面人而立，目努，口箕張，齒舌獰惡；左手作拳，觸腰際；右手叉五指，欲撲人。心大恐，毛森森以立。遙望門中有爇灰，知有人曾至者，膽乃稍壯，強入之。見地上列碗盞，泥垢其中；然皆近今物，非古窰也。傍置錫壺四，心利之，解帶縛項⑬繫腰間。

即又旁矚，一尸臥西隅，兩肱及股四布以橫。駭極。漸審之，足躡銳履⑭，梅花刻底⑮猶存，知是少婦。人不知何里，斃不知何年。衣色黯敗，莫辨青紅；髮蓬蓬似筐許，亂絲粘著髑髏上；目、鼻孔各二；瓠犀⑯兩行，白巉巉，意是口也。存想首顛當有金珠飾，以火近腦，似有口氣噓燈，燈搖搖無定，焰纏黃，衣動掀掀。復大懼，手搖顫，燈頓滅。憶路急奔，不敢手索壁，恐觸鬼者物也。頭觸石，仆，即復起；冷濕浸頷頰，知是血，不覺痛，抑不敢呻；坌息⑰奔至竇，方將伏，似有人捉髮住，暈然遂絕。

眾坐井上俟久，疑之，又縋二人下。探身入竇，見髮罥⑱石上，血淫淫已僵。二人失色，不敢入，坐愁嘆。俄井上又使二人下；中有勇者，始健進，曳之以出。置山上，半日方醒，言之縷縷⑲。所恨未窮其底極；窮之，必更有佳境。後章令⑳聞之，以丸泥封竇，不可復入矣。

康熙二十六七年間，養母峪之南石崖崩，現洞口；望之，鍾乳林林如密筍。然深險，無人敢入。忽有道士至，自稱鍾離㉑弟子，言：「師遣先至，糞除㉒洞府。」居人供以膏火，道士攜之而下，墜石筍上，貫腹而死。報令，令封其洞。其中必有奇境，惜道士尸解㉓，無回音耳。

【注釋】①章丘　地名，今屬山東濟南。②查牙山　乾隆《章丘縣志》作「杈枒山」，位於章丘東部，亦名東嶺山。③九日登臨　重陽節登山。④縋　以繩拴人或物向下或向上。⑤數武　不遠處；沒有多遠。武，量詞，古代六尺為步，半步為武，泛指腳步。⑥竇　孔穴；洞。⑦嶙嶙峋峋然　形容山崖峻峭、重疊。⑧山塑　山牆下的塑像。山，山牆，俗稱外橫牆。⑨罔兩　即魍魎，山精水怪之類。⑩示現　表情；神色。⑪夷　平坦。⑫陂　斜坡。⑬項　指錫壺頸部。⑭銳履　指尖足女鞋。⑮梅花刻底　納有梅花的鞋底。⑯瓠犀　瓠中之子，比喻潔白細密的牙齒。⑰坌息　喘粗氣。⑱罥　纏繞。⑲言之縷縷　敘述詳盡。⑳章令　章丘縣令。㉑鍾離　即鍾離權，號房，道教八仙之一。㉒糞除　打掃；清除。㉓尸解　道教認為修道成功者可遺棄肉體而仙去，或不留遺體，只假託一物（如衣、杖、劍）遺世而升天，謂之尸解。

【語　譯】山東章丘的查牙山，有個像井一般的石窟，深有數尺。北面石壁上有個洞口，趴著伸長脖子就能往下看。

附近村莊有幾個人，在重陽節登上查牙山，在那個地方喝酒，一起商議進洞探個究竟。其中三個人提著燈，拽著繩子下去了。山洞高大寬敞，跟大房子一樣；走進幾步，稍稍變窄了，隨即忽然見底。底部邊上有個小洞，像蛇一樣可以爬進去。用燈照去，一片漆黑，深不可測。兩人害怕，退了回來；剩下的那人奪過燈，嘲笑他們，挺身擠進去了。幸好狹窄處只比牆厚一點，過去後又變得很高闊，於是站起來，往前走去。頂上的石頭參差聳立，像快要掉下來而沒掉下來。兩邊洞壁峻峭突兀，像寺廟裡的塑像，都形成鳥獸人鬼的樣子：鳥像在飛，野獸像在跑，人好像坐著站著，鬼怪魍魎顯示出忿怒；稀奇古怪，大多醜惡，很少美好的。那人心頭冰涼，感到恐懼。好在道路平坦，沒一點斜坡。

他徘徊著走了幾百步，西面的石壁有個石頭屋子，門口左邊一個形狀古怪的石鬼，臉朝人站著，怒目圓睜，口像畚箕似的張開，露出獠牙巨舌；左手握拳，放在腰間；右手叉開五指，像要向人撲過來。那人心裡非常害怕，汗毛一根根豎起來。他遠遠望見門裡有燒過的灰，知道有人曾經來過，膽子才稍微壯了點，硬著頭皮走進去。只見地上擺著碗和杯子，裡面裝了泥土；但都是近代的物品，並非古陶。旁邊放著四把錫壺，認為有利可圖，解下帶子紮住壺頸，繫在腰間。

隨即又往旁邊張望，一具死屍躺在西面角落裡，雙臂和腿四面張開橫在那裡。那人恐懼極了。慢慢仔細察看，屍體腳穿小鞋，納有梅花的鞋底還在，知道這是個少婦。不知道她是哪兒人，哪年死的。衣服顏色黯淡，分不清綠色還是紅色；頭髮蓬亂，像一筐亂絲粘著在骷髏上；眼睛和鼻子各成了兩個小孔；有兩排白森森的牙齒，想來那是嘴了。那人猜想頭上應該有金銀珍珠首飾，把燈移近頭部，屍體口中好像有氣吹燈，燈火搖曳不定，火焰變黃紅色，衣服被吹得掀動著。那人又害怕起來，手顫抖著，燈頓時熄滅。他回憶著舊路急急奔跑，不敢用手摸索石壁，擔心碰到死鬼的物品。腦袋磕在石頭上，跌倒了，立刻爬起來；冷冰冰、濕淋淋的東西沾上了面頰和下巴，知道是血，不覺得疼，也不敢呻吟；屏著氣直跑到小洞口，正要趴下鑽出，好像有人揪住了頭髮，就昏死過去了。

眾人坐在石井上等了很久，不免疑慮，又讓兩個人下去。他們探身進入小洞，見那人頭髮纏在石頭上，血淋淋的已經僵死在那裡。兩人大驚失色，不敢進去，坐在那裡發愁、嘆息。不久，石井上又打發兩人下來；其中有個膽子大的，才勇敢地進去，把那人拖了出來。放在山上，半天才蘇醒，詳細地講述了經過。遺憾的是，他沒走到最盡頭；走到盡頭，一定有更美妙的景象。後來，章丘縣令聽說了此事，用泥團把小洞堵死，不能再進去了。

康熙二十六七年間，養母峪的南邊石崖崩塌，出現一個洞口；往裡面望去，鐘乳石密密麻麻像竹筍叢。但幽深險峻，沒人敢進去。忽然來了個道士，自稱是鍾離權的徒弟，說：「師父派我先來打掃洞府。」當地居民給他提供燈具燈油，道士帶著燈火下去，掉在石筍上，刺穿肚子，死了。報告給縣令，縣令把洞封了起來。洞裡肯定有奇境，可惜道士死了，沒帶回消息。

【研　析】《聊齋誌異》中許多寫鬼怪精靈的篇章頗具人間氣息，並不令人恐怖，這篇〈查牙山洞〉近似於現實生活中的紀遊類文章，讀來卻讓人感到有些毛骨悚然。用何守奇的話來說，就是「凶險怕人」。

重陽節又叫「登高節」，因為金秋九月，天高雲淡，菊花飄香，正是登高遠眺的好季節。在這樣一個愜意的時間，章丘幾位村民聚飲於查牙山上。他們暢飲一番後，酒壯人膽，人借酒力，其中一位膽子較大的人進入洞內探險。蒲松齡就以他的所見、所聞、所遇為線索，為我們呈現了一幅詭幻莫測的奇特景觀。

從這位村民的心理狀態來看，他經過三次「緊張——放鬆」的過程，最後達到緊張的頂峰。一開始，兩壁布滿怪石，「類寺廟山塑，都成鳥獸人鬼形」，嚇得他「心凜然作怖畏」；由於洞裡的路比較平坦，沒有斜坡，這又鼓勵他往裡走了幾百步。然後，他見到了一個石鬼，「目努，口箕張，齒舌獰惡；左手作拳，觸腰際；右手叉五指，欲撲人」，他「心大恐，毛森森以立」；由於遠遠地看門裡有燒剩的殘灰，知道曾經有人來過，「膽乃稍壯，強入之」。忽然，他又看見一具死屍，「駭極」；漸漸地看清楚是具女屍，而且推想她頭上一定有金銀珍珠首飾，就又大著膽子湊上前來。這時，洞裡惟一的光線來源——燈被風撲滅，「復大懼」，「憶路急奔」，以至「暈然遂絕」。

蒲松齡運用了對比的手法，使故事讀起來具有層次感和真實性。一開始是三個人提著燈，拽著繩子進洞。由於洞裡漆漆然暗深不測，其中兩人餒而退卻，只有一人「銳身塞而進」。相比退卻的這兩個人以及洞外的其他人，顯然他是膽量最大的。最後，探險者暈倒在洞內，眾人等了很久，就派兩個人下去看看。他們見那人頭髮纏在石頭上，血淋淋地僵死在那裡，「不敢入，坐愁嘆」。上面的人只好再派兩個人下來，「中有勇者，始健進，曳之以出」。

從遣詞造句來看，蒲松齡使用了「漆漆」、「嶙嶙峋峋」、「森森」、「蓬蓬」、「搖搖」、「掀掀」、

「縷縷」等疊字，增加了洞內景物的生動性，給人留下深刻的印象。但明倫高度稱讚了蒲松齡的寫法，認為「洞之幽深奇險，即身入其中，亦不過逐處稱怪，張目吐舌而已。妙手寫來，遂覺高低上下，前後左右，紛紛還還，怪怪奇奇。不敢望，不能不望；不敢入，不能不入。而心為之惴惴，手為之顫顫，汗為之淫淫；定睛移時，復言為之縷縷。轉恨其未窮此佳境也」。

至於查牙山，它本是章丘東部長白山山脈的一座山峰，海拔六一二米，又名杈枒山、東嶺山。其形勢險峻，怪石嶙峋，章丘八景之一的「臥看東嶺曉月明」即出於此山。查牙山洞是否為實有呢？《濟南時報》記者徐傳強、張娜曾進行過實地探訪，並寫成了一篇〈尋找查牙山洞〉。根據報道，他們在山上並未找到山洞，後來因為山上有採石作業，不得不結束查訪。下山後，他們採訪了原章丘市博物館館長甯蔭棠。據甯館長介紹，山上根本就沒有蒲松齡所寫的那個充滿神祕色彩的查牙山洞。甯蔭棠還說，早在他年輕的時候，就曾轉遍了查牙山，而且歷時多年，角角落落裡都找遍了，就是沒有找到查牙山洞。甯蔭棠還講到，在軍閥割據時期，淄博的一個名叫孫永瓚的軍閥，在讀了〈查牙山洞〉之後，便認為洞裡一定藏有珍寶。於是他帶領眾官兵上山尋寶，結果也是無功而返。因此，甯蔭棠推斷，蒲松齡在畢家坐館教書，所在位置正是在查牙山的東側，蒲松齡是在遊歷查牙山後，根據道聽途說的故事杜撰而成了〈查牙山洞〉。

天宮

郭生，京都❶人。年二十餘，儀容修美。一日，薄暮，有老嫗貽尊❷酒。怪其無因。嫗笑曰：「無須問。但飲之，自有佳境。」遂徑去。揭尊微嗅，洌香四射，遂飲之。忽大醉，冥然罔覺。

及醒，則與一人並枕臥。撫之，膚膩如脂，麝蘭噴溢，蓋女子也。問之，不答。遂與交。交已，以手捫壁，壁皆石，陰陰有土氣，酷類墳冢。大驚，疑為鬼迷，因問女子：「卿何神也？」女曰：「我非神，乃仙耳。此是洞府。與有夙緣，勿相訝，但耐居之。再入一重門，有漏光處，可以溲便。」既而女起，閉戶而去。

久之，腹餒，遂有女僮來，餉以麵餅、鴨臛❸，使捫啖之。黑漆不知昏曉。無何，女子來寢，始知夜矣。郭曰：「晝無天日，夜無燈火，食炙不知口處；常常如此，則姮娥何殊於羅剎❹，天堂何別於地獄哉！」女笑曰：「為爾俗中人，多言喜泄，故不欲以形色相見。且暗中摸索，妍媸亦當有別，何必燈燭！」

居數日，幽悶異常，屢請暫歸。女曰：「來夕與君一遊天宮，便即為別。」次日，忽有小鬟籠燈入，曰：「娘子伺郎久矣。」從之出。星斗光中，但見樓閣無數。經幾曲畫廊，始至一處，堂上垂珠簾，燒巨燭如晝。入，則美人華妝南向坐，年約二十許；錦袍炫目；頭上明珠，翹顫四垂；地上皆設短燭，裙底皆照：誠天人也。郭迷亂失次❺，不覺屈膝。女令婢扶曳入坐。俄頃，八珍❻羅列。女行酒曰：「飲此以送君行。」郭鞠躬曰：「向覿面❼不識仙人，實所惶悔；如容自贖，願收為沒齒不二❽之臣。」女顧婢微笑，便命移席臥室。室中流蘇綉帳，衾褥香軟。使郭就榻坐。

飲次，女屢言：「君離家久，暫歸亦無所妨。」更盡一籌❾，郭不言別。女喚婢籠燭送之。郭不言，偽醉眠榻上，抗⑩之不動。女使諸婢扶裸之。一婢排私處曰：「個男子容貌溫雅，此物何不文也！」舉置床上，大笑而去。女亦寢，郭乃轉側。女問：「醉乎？」曰：「小生何醉！甫見仙人，神志顛倒耳。」女曰：「此是天宮。未明，宜早去。如嫌洞中怏悶，不如早別。」郭曰：「今有人夜得名花，聞香捫幹，而苦無燈火，此情何以能堪？」女笑，允給燈火。

漏下四點，呼婢籠燭，抱衣而送之。入洞，見丹堊⑪精工，寢處褥革棕氈尺許厚。郭解屨擁衾，婢徘徊不去。郭凝視之，風致娟好，戲曰：「謂我不文者，卿耶？」婢笑，以足蹴枕曰：「子宜僵⑫矣！勿復多言。」視履端嵌珠如巨菽。捉而曳之，婢仆於懷，遂相狎，而呻楚不勝。郭問：「年幾何矣？」答云：「十七。」問：「處子亦知情乎？」曰：「妾非處子，然荒疏已三年矣。」郭研詰仙人姓氏，及其清貫、尊行⑬。婢曰：「勿問！即非天上，亦異人間。若必知其確耗，恐覓死無地矣。」郭遂不敢復問。

次夕，女果以燭來，相就寢食，以此為常。一夜，女入曰：「期以永好；不意人情乖沮⑭，今將糞除天宮，不能復相容矣。請以卮酒為別。」郭泣下，請得脂澤⑮為愛。女不許，贈以黃金一斤、珠百顆。三盞既盡，忽已昏醉。

既醒，覺四體如縛，糾纏甚密，股不得伸，首不得出。極力轉側，暈墮床下。出手摸之，則錦被囊裹，細繩束焉。起坐凝思，略見床欞⑯，始知為己齋中。時離家已三月，家人謂其已死。郭初不敢明言，懼被仙譴，然心疑怪之。竊間⑰一告知交，莫有測其故者。被置床頭，香盈一室；拆視，則湖綿⑱雜香屑為之，因珍藏焉。後某達官聞而詰之，笑曰：「此賈后⑲之故智也。仙人烏得如此？雖然，此事亦宜慎秘，泄之，族⑳矣！」有巫嘗出入貴家，言其樓閣形狀，絕似嚴東樓㉑家。郭聞之，大懼，攜家亡去。未幾，嚴伏誅，始歸。

異史氏曰：「高閣迷離，香盈綉帳；雛奴蹀躞，履綴明珠：非權奸之淫縱，豪勢之驕奢，烏有此哉？顧淫籌㉒一擲，金屋變而長門㉓；唾壺㉔未乾，情田鞠為茂草㉕。空床傷意，暗燭銷魂。含顰玉臺㉖之前，凝眸寶幄㉗之內。遂使糟丘㉘臺上，路入天宮；溫柔鄉中，人疑仙子。傖楚㉙之帷薄固不足羞，而廣田自荒者，亦足戒已！」

【注釋】❶京都　指京城北京。❷尊　盛酒器。❸鴨臛　鴨湯。臛，肉羹。❹姮娥何殊於羅剎　意思是美醜莫辨。姮娥，嫦娥，指美女。羅剎，惡魔名，指醜女。❺失次　次序錯亂，這裡是指郭生行為顛倒，不合常規。❻八珍　傳統菜肴中八種珍貴食品。代指豐美菜肴。❼覿面　迎面；見面。❽沒齒不二　終身不變心。沒齒，掉光牙齒。❾更盡一籌　一更已盡。籌，更籌；古代夜間報更用的計時竹簽。❿抏　搖動。⓫丹堊　塗紅刷白，泛指油漆粉刷。堊，一種白色土。⓬僵　睡眠的諱稱。⓭清貫尊行　籍貫及排行。清、尊，敬詞。⓮乖沮　乖違。⓯脂澤　脂粉、香膏等化妝品。⓰床欞　床鋪和窗欞。⓱竊間　私下找機會。⓲湖綿　湖州所產絲綿。⓳賈后　即賈南風，西晉時期晉惠帝司馬衷的皇后，貌醜而性妒，因惠帝懦弱而專權。嘗私洛南盜尉部某小吏，以簏箱載入宮中，供其淫樂。見《晉書．后妃傳》。⓴族　滅族。㉑嚴東樓　嚴世蕃，別號東樓，明朝奸相嚴嵩之子。㉒淫籌　傳說嚴世蕃以白綾汗巾為穢巾，每與婦人合，輒棄其一。終歲計之，為淫籌焉。見馮夢龍《情史》。㉓金屋變而長門　由受寵變失寵。金屋，漢武帝欲以金屋娶陳阿嬌為妻。長門，陳阿嬌（即漢武帝第一任皇后）因驕橫無子與巫蠱，罷居長門宮。見班固《漢武故事》。㉔唾壺　傳說嚴東樓吐唾，皆美婢以口承之，謂之香唾盂。㉕鞠為茂草 指雜草塞道，形容衰敗荒蕪的景象。這裡是被遺棄之意。鞠，通「鞫」。窮盡。㉖玉臺 玉鏡臺，即玉飾妝臺。㉗寶幄 精美的床帳。㉘糟丘 積糟成丘，比喻縱酒荒淫。㉙傖楚 魏晉南北朝時，吳人以上國自居，鄙視楚人粗傖，謂之「傖楚」。

【語 譯】郭生，京都人。年齡二十來歲，儀態容貌都很俊美。一天，太陽剛落山，有個老太太送來一瓶酒。他感到奇怪，認為無緣無故。老太太笑著說：「不需要問。只要喝了它，自然會有美妙的境遇。」說完就走了。郭生揭開瓶蓋，稍微一聞，酒香四射，於是就喝了幾杯。忽然酩酊大醉，昏沉沉地失去了知覺。

等到醒來時，就和一個人同枕躺在一起。伸手一摸，細膩的皮膚好像光滑的香脂，蘭麝的芬芳飄逸襲人，才知道是個女人。問她，也不回答。郭生就和她交合。完事以後，用手摸摸牆壁，牆壁都是石頭，陰沉沉的有一股土味，很像是一座墳墓。他大吃一驚，懷疑自己被女鬼迷惑了，就問這女人說：「你是什麼神呢？」女人回答說：「我不是神，是仙女。這是我的洞府。和你前世有緣，不要驚訝，只請安心地住在這裡。再進去一道門，有漏光的地方，可以大小便。」說完她就起身，關上房門走了。

過了很久，郭生感到肚子餓了，就來了一個女僮，給他送來麵餅、鴨羹，叫他摸索著吃下去。洞裡漆黑，不知是白天還是黑夜。沒多久，那女人又來睡覺，才知到了晚上。郭生說：「白天不見天日，夜晚不點燈火，吃美味佳肴卻不知嘴在哪裡；常常這樣的話，那麼嫦娥仙子和羅剎惡鬼有什麼區別，天堂又和地獄有什麼兩樣呢！」女人笑著說：「因為你是塵世上的俗人，愛多說話，喜歡洩露祕密，所以不想叫你看見我的身姿容貌。況且在暗中摸索，美與醜也有區別，何必一定要點燈呢！」

這樣又住了幾天，郭生感到特別憋氣鬱悶，多次請求暫時放他回去。女人說：「明天晚上和你到天宮裡遊玩一次，就和你告別。」第二天，忽然有個小丫環挑著燈籠進來，說：「娘子等候郎君已經很久了。」他就跟著丫環走出去。在滿天星光下，只見有數不清的樓臺殿閣。經過幾道彎彎曲曲的畫廊，才到達一個地方，大廳上掛著珍珠編成的簾子，點著巨型的蠟燭，如同白晝。進了房門，看見一位美女，穿著華麗的衣服面朝南坐著，約有二十來歲；錦繡的袍服光彩耀眼；頭上綴滿明珠，翠翅顫巍巍地垂在四周；地面都點著短燭，裙子底下全照得透明，真是一位天仙。郭生神魂迷亂，舉止失措，不自覺地跪拜在地。那女人叫丫環把他扶起來，拉他入座。轉眼之間，珍饈美味擺滿了桌子。女人向他敬酒說：「請你喝了這一杯，就送你回去。」郭生向女人鞠了一躬說：「從前對面相見，不識仙人的真面貌，實在惶恐不安，悔恨莫及；如果能容我贖罪，希望收下我做個一輩子也沒有二心的臣子。」女人看著丫環微微一笑，就讓丫環把酒席移到臥室裡。裡邊繡帳上掛著流蘇，被褥芳香而又柔軟。叫郭生坐在繡床上。

飲酒間，女人一再說：「你離家已經很久，暫時回去也無妨。」喝到深更半夜，郭生也不說告別的話。女人招呼丫環，挑著燈籠送他回去。他不說話，躺在床上裝醉，推他也不動彈。女人叫丫環們把他扶起來脫光衣服。一個丫環拍著他的陽物說：「這男子的容貌溫文爾雅，這個東西為何那麼不文雅呢！」抬起來放在床上，嘻嘻哈哈地走了。那女人也上床睡覺，郭生才翻過身來。女人問他：「你醉了嗎？」他說：「小生怎能喝醉呢？只是剛一見到仙人，神魂顛倒罷了。」女人說：「這裡是天宮。天亮以前就應該早點離開。如果嫌洞內憋悶，不如快些告別。」郭生說：

「如今有人夜裡得到一朵名花，聞著它的香味，摸著它的枝幹，卻苦於沒有燈火，此情此景誰能受得了呢？」女人笑了，答應給他燈火。

睡到四更，女人喊來丫環，挑著燈籠，抱著衣服，把他送回洞府。郭生進了洞府，看見紅色的石壁，裝飾十分精緻，睡覺的地方皮褥棕氈有一尺來厚。郭生脫鞋上床，擁著被子，有個丫環轉來轉去不肯離開。他注目細看，這丫環風姿秀美，開玩笑說：「說我不文雅的人，是你嗎？」丫環笑了，用腳踢踢他的枕頭說：「先生，你應該睡覺了，不必再說啦！」他看見丫環的鞋尖上綴著一顆珠子，如同一粒大豆。他抓住一拉，丫環撲倒在郭生懷裡，於是互相親愛交歡，丫環呻吟，似難勝任。郭生問：「多大年齡了？」丫環回答說：「十七歲了。」又問：「處女也知道男女情愛嗎？」丫環說：「我不是處女，但是荒疏已經三年了。」郭生盤問仙女的姓名，以及她的籍貫和身世排行。丫環說：「不要問了！這裡既非天上，也不同於人間。如果一定要知道她的真面目，恐怕你死無葬身之地了！」他於是再也不敢問了。

第二天晚上，女人果然拿來燈燭，睡在一起，吃在一處。以後也常常這樣。一天晚上，女人進來說：「我期望永遠和你相好；想不到世情多變，阻礙我們的歡會，近日將要清掃天宮，不能再留下你了。請飲這杯酒，從此分別。」郭生哭了，請求女人給件身上之物作為紀念。女人不答應，贈送他黃金一斤，珍珠百顆。喝完三杯酒，突然昏沉沉地醉倒了。

醒過來後，覺得四肢好像被捆住了，纏得很緊，腿伸不直，腦袋也伸不出來。極力翻轉身子，暈乎乎地掉在床下。伸出手來一摸，渾身被錦被包裹，細繩捆綁。坐起來仔細想，影影綽綽看見了床鋪和窗櫺，才知道在自己書房裡。當時離家已經三個月了，家人說他已經死了。郭生起初不敢明說，害怕受到神仙的譴責，但是心裡疑惑，深感奇怪。有時偷偷地告訴知心朋友，誰也猜不出其中的奧祕。把錦被放在床頭上，香氣飄滿屋子；拆開一看，是湖州絲綿摻進香料末做成的，於是就珍藏起來。後來，有個顯貴的官員，聽到消息，盤問當時的情況，笑著說：「這是漢朝賈皇后的老辦法。仙人怎能這樣做呢？雖然如此，對這件事情還要嚴守祕密，洩露出去，全家都要遭殃！」有個巫婆，時常出入顯貴人家，說到樓臺殿閣的形狀，很像嚴東樓的家。郭生一聽，非常恐懼，攜家逃走了。不久，嚴東樓被朝廷處決，才搬回來。

異史氏說：「高大的樓閣恍惚迷離，蘭麝的濃香飄滿繡帳；年輕的使女奔走服侍，鞋上綴著耀眼明珠：不是淫欲無度的奸臣，驕橫奢侈的豪強，誰能如此呢？只是女性一經玩弄，金屋就變成了冷宮；唾壺未乾，情田已長滿了荒草。在空床裡傷心失意，在幽暗的燈光下哀怨。在梳妝鏡前頻頻皺眉，在寶帳裡兩眼發呆。權奸縱酒荒淫，為姬妾引人入府開方便之門；流連溫柔鄉裡，誤把這些姬妾當作仙女。妻妾勾搭的男人，像嚴世蕃那樣的人固然不足增其羞恥，但是那些廣置姬妾而任其閒曠的人，也要引以為戒啊！」

【研　析】〈天宮〉講述了儀容修美的郭生被帶入「天宮」之中，與「仙女」及其婢女茍合三個月的故事。一開始是老嫗贈酒，郭生飲之大醉，在不知不覺中來到天宮。來後，郭生生活在一片黑暗中，與「仙女」交合是在黑暗中，吃飯也在黑暗中。這讓郭生懷疑自己進入了墳墓，便屢屢向「仙女」提出回家的請求。「仙女」帶他遊覽天宮，並向他展示了真實面目。郭生驚為天人，態度驟變，想方設法要留下來。三個月後，「仙女」派人送郭生回家。與來的時候相同，也是請郭生飲酒，「三盞既盡，忽已昏醉」，醒後則已經在自家床上。這樣一段豔遇發生在洞府之中，自始至終沒有見過陽光。這樣的描寫給人以虛幻縹緲的感覺，「天宮」、「仙女」，是真是假，是有還是無，讓人捉摸不透。但郭生回家後，時空發生轉換，由虛轉實。某達官向郭生揭示「此賈后之故智」。而有個巫婆更是指出「其樓閣形狀，絕似嚴東樓家」。郭生嚇得攜家逃亡，直到嚴東樓被處決，才敢回家。因此，在整體上，〈天宮〉前虛後實，似虛還實，既有讓人費盡心機、無法揣測的虛幻，又有在光天化日下和盤托出式的清晰，起到虛實相生的效果。

所謂賈后故智，是指關於晉惠帝司馬衷皇后賈南風的一段故事。賈后貌醜而性妒，因惠帝懦弱呆癡，便派人搜羅男寵供其淫樂。洛陽城南的一位小吏就曾被帶入宮中，住了好幾天，共寢歡宴，臨別時還獲贈極為華麗的衣服。段成式《酉陽雜俎》續集卷三中，蜀郡富家子人攜入廢寺，與縹若神仙的妓者共居兩年，後因思鄉返家。王明清《投轄錄》記載了章丞相在某雄偉住所經歷一番豔遇後逃亡回家的故事。周楫《西湖二集》卷二十八〈天台匠誤招樂趣〉也有相似的情節。此類故事的敘事模式是，某男子到一神祕所在，與嬌豔美貌的婦人苟合，一段時間（或一天，或數天，或數月，或數年）後又回到原來的生活中。

〈天宮〉作為後出者，與此前同類作品相比，又呈現出一些新的特點。在此前的同類作品中，故事的奇特性總是占據主要位置，作者隱去了女主人公的來歷、身分、去向，對於男主人公的豔遇經歷，作者有時還表達了一定程度的豔羨。而在〈天宮〉中，蒲松齡把女主人公的身分基本定位為嚴東樓的姬妾，而且蒲松齡的主要目的是對權奸豪勢者的辛辣諷刺，提醒他們在尋花問柳、放縱淫逸的時候，小心自己後院失火，正所謂「糟丘臺上，路入天宮；溫柔鄉中，人疑仙子。傖楚之帷薄固不足羞，而廣田自荒者，亦足戒已」。但明倫對此進行了證實、發揮，「聞京師宣武門外繩匠胡同某第，為嚴東樓故宅，有地道深邃不可究極，今已掩之。權奸所為，固不可測；而適以此貽帷薄之羞，亦奇矣。……此三月中，奸雄方且奪人婦子，逞其淫欲，擅作威福，顧盼自雄，初不料其身未及死，早已他人入室，明珠香被，專為人作嫁衣裳也。悲夫！」聶石樵也評論說：「蒲松齡在情節上是吸收了《太平廣記》中的記載，而內容是取材於現實生活。……作者說：『其樓閣形狀，絕似嚴東樓家。』可見他是在揭露嚴世蕃這類權奸、豪世之家驕奢淫逸的生活的。」可見，故事的現實性超過虛幻性，諷勸性超過獵奇性，這便是〈天宮〉的顯著特點。

劉夫人

廉生者，彰德❶人。少篤學；然早孤，家綦貧。一日他出，暮歸失途。入一村，有媼來謂曰：「廉公子何之？夜得毋深乎？」生方皇懼，更不暇問其誰何，便求假榻。媼引去，入一大第。有雙鬟籠燈，導一婦人出，年四十餘，舉止大家。媼迎曰：「廉公子至。」生趨拜。婦喜曰：「公子秀發❷，何但作富家翁❸乎！」即設筵，婦側坐，勸釂❹甚殷，而自己舉杯未嘗飲，舉箸亦未嘗食。生惶惑，屢審閥閱❺。笑曰：「再盡三爵告君知。」

生如命已。婦曰：「亡夫劉氏，客江右❻，遭變遽殞。未亡人❼獨居荒僻，日就零落。雖有兩孫，非鴟鴞，即駑駘❽耳。公子雖異姓，亦三生骨肉❾也；且至性純篤，故遂靦然相見。無他煩，薄藏數金，欲倩公子持泛江湖，分其贏餘，亦勝案頭螢枯死⑩也。」生辭以少年書癡，恐負重托。婦曰：「讀書之計，先於謀生⑪。公子聰明，何之不可？」遣婢運貲出，交兌八百餘兩。生惶恐固辭。婦曰：「妾亦知公子未慣懋遷，但試為之，當無不利。」生慮重金非一人可任，謀合商侶。婦曰：「勿須。但覓一朴愨諳練⑫之僕，為公子服役足矣。」遂輪纖指一卜之，曰：「伍姓者吉。」命僕馬囊金送生出，曰：「臘盡滌盞，候洗寶裝⑬矣。」又顧僕曰：「此馬調良，可以乘御，即贈公子，勿須將回。」生歸，夜才四鼓，僕繫馬自去。

明日，多方覓役，果得伍姓，因厚價招之。伍老於行旅，又為人戇拙不苟，貲財悉倚付之。往涉荊襄，歲杪始得歸，計利三倍。生以得伍力多，於常格外，另有饋賞，謀同飛灑⑭，不令主知。甫抵家，婦已遣人將迎，遂與俱去。見堂上華筵已設；婦出，備極慰勞。生納貲訖，即呈簿籍；婦置不顧。少頃即席，歌舞鞺鞳，伍亦賜筵外舍，盡醉方歸。

因生無家室，留守新歲。次日，又求稽盤⑮。婦笑曰：「後無須爾，妾會計久矣。」乃出冊示生，登誌甚悉，並給僕者，亦載其上。生愕然曰：「夫人真神人也！」過數日，館穀⑯豐盛，待若子侄。

一日，堂上設席，一東面，一南面；堂下一筵西向。謂生曰：「明日財星臨照，宜可遠行。今為主价粗設祖帳⑰，以壯行色。」少間，伍亦呼至，賜坐堂下。一時鼓鉦鳴聒。女優進呈曲目，生命唱《陶朱富⑱》。婦笑曰：「此先兆也，當得西施作內助矣。」宴罷，仍以全金⑲付生，曰：「此行不可以歲月計，非獲巨萬勿歸也。妾與公子，所憑者在福命，所信者在腹心。勿勞計算，遠方之盈絀⑳，妾自知之。」生唯唯而退。

往客淮上㉑，進身為鹺賈㉒，逾年，利又數倍。然生嗜讀，操籌不忘書卷，所與遊，皆文士；所獲既盈，隱思止足，漸謝任於伍。桃源㉓薛生與最善；適過訪之，薛一門俱適別業，昏暮無所復之。閽人延生入，掃榻作炊。細詰主人起居，——蓋是時方訛傳朝廷欲選良家女，犒邊庭，民間騷動。聞有少年無婦者，不通媒妁，竟以女送諸其家，至有一夕而得兩婦者。薛亦新婚於大姓，猶恐輿馬喧動，為大令㉔所聞，故暫遷於鄉。

初更向盡，方將拂榻就寢，忽聞數人排闥入。閽人不知何語，但聞一人云：「官人既不在家，秉燭者何人？」閽人答：「是廉公子，遠客也。」俄而問者已入，袍帽光潔，略一舉手，即詰邦族㉕。生告之。喜曰：「吾同鄉也。岳家誰氏？」答云：「無之。」益喜，趨出，急招一少年同入，敬與為禮。卒然曰：「實告公子：某慕姓。今夕此來，將送舍妹於薛官人，至此方知無益。進退維谷㉖之際，適逢公子，寧非數乎！」生以未悉其人，故躊躇不敢應。慕竟不聽其致詞，急呼送女者。

少間，二媼扶女郎入，坐生榻上。睨之，年十五六，佳妙無雙。生喜，始整巾向慕展謝；又囑閽人行沽，略盡款洽㉗。慕言：「先世彰德人；母族亦世家，今陵夷矣。聞外祖遺有兩孫，不知家況何似。」生問：

「伊誰？」曰：「外祖劉，字暉若，聞在郡北三十里。」生曰：「僕郡城東南人，去北里頗遠；年又最少，無多交知。郡中此姓最繁，止知郡北有劉荊卿，亦文學士，未審是否？然貧矣。」慕曰：「某祖墓尚在彰郡，每欲扶兩櫬歸葬故里，以資斧未辦，姑猶遲遲㉘。今妹子從去，歸計益決矣。」生聞之，銳然自任。二慕俱喜。酒數行，辭去。生卻僕移燈，琴瑟之愛，不可勝言。次日，薛已知之，趨入城，除別院館生。

生詣淮，交盤㉙已，留伍居肆；裝貲返桃源。同二慕啟岳父母骸骨，兩家細小，載與俱歸。入門安置已，囊金詣主。前僕已候於途。從去，婦逆見，色喜曰：「陶朱公載得西子來矣！前日為客，今日吾甥婿㉚也。」置酒迎塵，倍益親愛。生服其先知，因問：「夫人與岳母遠近？」婦云：「勿問，久自知之。」乃堆金案上，瓜分為五；自取其二，曰：「吾無用處，聊貽長孫。」生以過多，辭不受。淒然曰：「吾家零落，宅中喬木，被人伐作薪；孫子去此頗遠，門戶蕭條，煩公子一營辦之。」生諾，而金止受其半。婦強納之。送生出，揮涕而返。生疑怪間，回視第宅，則為墟墓。始悟婦即妻之外祖母也。既歸，贖墓田一頃，封植偉麗。

劉有二孫，長即荊卿；次玉卿，飲博無賴，皆貧。兄弟詣生申謝，生悉厚贈之。由此往來最稔。生頗道其經商之由，玉卿竊意冢中多金，夜合博徒數輩，發墓搜之。剖棺露胔[31]，竟無少獲，失望而散。生知墓被發，以告荊卿。荊卿詣生同驗之，入壙[32]，見案上累累，前所分金具在。荊卿欲與生共取之。生曰：「夫人原留此以待兄也。」荊卿乃囊運而歸，告諸邑宰，訪緝甚嚴。後一人賣墳中玉簪，獲之，窮訊其黨，始知玉卿為首。宰將治以極刑；荊卿代哀，僅得賒死。墓內外兩家並力營繕，較前益堅美。由此廉、劉皆富，惟玉卿如故。生及荊卿常河潤[33]之，而終不足供其博賭。

一夜，盜入生家，執索金貲。生所藏金，皆以千五百為個[34]，發示之。盜取其二，止有鬼馬[35]在廄，用以運之而去。使生送諸野，乃釋之。

村眾望盜火未遠，噪逐之；賊驚遁。共至其處，則金委路側，馬已倒為灰燼。始知馬亦鬼也。是夜止失金釧一枚而已。先是，盜執生妻，悅其美，將就淫之。一盜帶面具，力呵止之，聲似玉卿。盜釋生妻，但脫腕釧而去。生以是疑玉卿，然心竊德之。後盜以釧質賭，為捕役所獲，詰其黨，果有玉卿。宰怒，備極五毒㊱。兄與生謀，欲以重賄脫之，謀未成而玉卿已死。生猶時恤其妻子。生後登賢書㊲，數世皆素封焉。

嗚呼！「貪」字之點畫形象，甚近乎「貧」。如玉卿者，可以鑒矣！

【注釋】❶彰德　府名，治所在河南安陽。❷秀發　植物生長茂盛，這裡指人神采煥發，才華出眾。❸富家翁　富翁；財主。❹勸釂　勸客人喝酒。❺閥閱　門第；門閥。❻江右　長江下游西部地區。❼未亡人　舊時寡婦的自稱。❽駑駘　劣馬，比喻庸才。❾三生骨肉　隔代骨肉至親。❿案頭螢枯死　勤奮好學的讀書人，因為清貧至死。案頭螢，書案照讀之螢，比喻清貧好學之士。⓫讀書之計二句　要讀好書，先要學會謀生。⓬朴愨諳練　誠樸謹慎，熟悉商業。愨，誠實；謹慎。⓭候洗寶裝　等候接風洗塵。⓮謀同飛灑　把犒賞的這筆錢雜攤在其他支出項目中。⓯稽盤　查驗，盤點。⓰館穀　居其館，食其穀。泛指飲食款待。⓱為主价粗設祖帳　為主僕二人餞行。主价，店主和夥計。祖帳，古代送人遠行，在郊外路旁為餞別而設的帷帳，亦指送行的酒筵。⓲陶朱富　講述陶朱公致富故事的戲文。陶朱，春秋時越國大夫范蠡。⓳全金　全部資金。指上次經商帶回的所有本金和利潤。⑳盈絀　有餘或不足。㉑淮上　淮河沿岸。㉒鹺賈　鹽商。㉓桃源　縣名，在今湖南常德。㉔大令　對縣令的尊稱。㉕邦族　籍貫姓氏。㉖進退維谷　語出《詩經・大雅・桑柔》：「人亦有言：進退維谷。」指無論是進還是退，都是處在困境之中。維，是。谷，困境。㉗略盡款洽　略盡款待之禮。㉘遲遲　遷延。㉙交盤　移交盤點。㉚甥婿　外孫女婿。㉛露胔　露出腐屍。㉜入壙　進入墓穴。㉝河潤　語出《莊子・列禦寇》：「河潤九里，澤及三族。」比喻恩惠施及很遠。㉞以千五百為個　以一千兩或五百兩白銀鑄為一錠。㉟鬼馬　馬之鬼。指劉夫人先前贈給廉生的那匹馬。㊱五毒　鞭、捶、灼、徽、纆等刑罰，這裡指酷刑。㊲登賢書　指鄉試中式。賢書，舉薦賢能者的名冊。

【語　譯】廉生，彰德府人。從小勤奮好學；只是父母親過世很早，家裡非常貧窮。一天，廉生外出，晚上回來迷了路。進入一個村子，有個老太太迎上來說：「廉公子要到哪裡去呀？天不是黑了嗎？」廉生正在惶恐不安，也顧不得問老太太是誰，就求她借個地方過夜。老太太領他走進一個高大宅院。兩個丫環提著燈籠，引著一位夫人出來，年約四十多歲，舉止有大家風度。老太太迎上去說：「廉公子來了。」廉生急忙上前拜見。夫人高興地說：「公子神采煥發，才華出眾，豈止是做個富家翁啊！」隨即擺上酒宴，夫人坐在旁邊陪著，頻頻勸杯，而她自己端起酒杯卻沒有喝酒，拿起筷子卻沒有吃菜。廉生惶惑不安，一再請問主人的姓名家世。夫人笑著說：「請再喝三杯，我就告訴你。」

廉生遵命，連喝三杯。夫人說：「我故去的丈夫姓劉，客居江西，遭到變故突然去世。我一個寡婦人家獨居在這荒山野嶺，家境日漸零落。雖有兩個孫子，不是敗家子，就是庸才。公子雖然和我家不是同姓，但也是隔代骨肉至親；而且你秉性忠厚，所以我才請你來相見。沒有別的事麻煩你，手頭存了一點錢，想請公子拿到江湖上做個買賣，分點餘利，這總比你清貧致死要強。」廉生推辭說自己年輕，又是書呆子，恐怕有負重託。夫人說：「要讀好書，先要學會謀生。公子聰明，有什麼不能做呢？」便叫丫環把錢拿出來，交給廉生八百多兩銀子。廉生惶恐不安地再三推辭。夫人說：「我也知道公子不習慣做買賣，但試一試，應當不會碰上不順利的事。」廉生考慮這麼多銀子，不是一個人所能承擔的，就提議找個人合夥經營。夫人說：「不用。只要找個誠實能幹的夥計，幫你幹些雜活就行了。」於是就掰著纖細的手指算了算卦，說：「找姓伍的人大吉大利。」便叫家人備馬、裝銀子，送廉生出去，說：「到臘月底我一定洗杯滌盞，等著給你接風洗塵。」又對家人說：「這匹馬已調理得很馴良，可以騎，就送給公子，不用再牽回來了。」廉生回到家裡，才四更天，僕人把馬繫好就回去了。

第二天，廉生四處尋找夥計，果然找到一個姓伍的人，用優厚的工錢雇了他。伍某對行商販運很老練，為人又很戇厚樸實，一絲不苟，廉生把本錢都交給他。他們到了荊州、襄樊一帶做買賣，到了年底才回來，算一算，共得了三倍的贏利。廉生因為得到伍夥計很多幫助，在工錢之外，又多給了一筆犒賞，並把這筆錢雜攤在其他支出項目中，不讓夫人知道。剛剛到家，夫人已經派人迎出來，於是一起進屋。只見大廳裡已經擺好盛宴；夫人出來，再三表示慰勞。廉生交納了錢財後，便把帳簿送上；夫人放在一邊，沒有查看。一會兒，夫人請廉生入席，歌舞演奏，熱鬧非凡，夫人也在外屋給伍夥計擺設了宴席，喝得爛醉才回去。廉生因為沒有家室，便留在夫人家裡守歲。第二天，又請夫人檢查帳目。夫人笑著說：「以後不必記帳了，我早已給你算好了。」拿過她自己的帳簿給廉生看，登記得非常詳細，連廉生額外送給伍夥計的犒賞，都記在上面。廉生吃驚地說：「夫人真是神人啊！」住了好幾天，飲食十分豐盛，好像對待自家子侄一樣。

一天，夫人又在大廳上擺了酒桌，一桌朝東，一桌朝南；大廳下面一桌朝西。夫人對廉生說：「明天是財星高照的日子，適合出門遠行。今天特為你們主僕二人設宴壯行。」不一會兒，又把伍夥計召來，請他坐在廳下。一時絲竹悠揚，鼓樂齊鳴。歌女送上曲目單，廉生讓她們唱《陶朱富》。夫人笑著說：「這是個好兆頭，會得到西施作內助的。」酒宴過後，仍把所有的銀錢都交給了廉生，說：「這次出門不要限定日期，沒有賺夠上萬兩銀子就不要回來。我和公子所依靠的是福氣和命運，所信託的是忠厚的心腹。不必費心地記帳，你們在遠方是賠是賺，我自然會知道的。」廉生連聲答應，退下去了。

他們到了兩淮一帶，當了鹽商，過了一年，又贏利數倍。可是廉生嗜愛讀書，做買賣時也忘不了書本，與他交往的都是些文人；他見賺的錢不少了，便暗想歇手不幹了，於是逐漸把生意推給伍夥計。湖南桃源薛生與廉生最要好；有一次去拜訪他，薛生全家都到鄉下去了，天黑還沒回來。守門人請廉生進屋，掃床、做飯。廉生向他詳細地打聽薛生的情況，──原來此時，謠傳朝廷要選良家女子，送去慰勞邊防將士，民間正騷亂不安。聽說哪位青年還沒娶妻，連媒人不請，就把女兒直接送到他的家裡，甚至有一個小伙子一晚上得到兩個媳婦的事。薛生也是剛剛和一個大戶人家的女兒結親，恐怕車馬喧譁，被縣令聞知，所以暫時搬到鄉下去了。

初更剛過，正要鋪床準備睡覺，忽然聽到幾個人推開大門進來。守門人不知說了什麼話，只聽到有個人說：「你家官人既然不在家，那屋裡點著燈的是誰？」守門人回答說：「是廉公子，遠道來的客人。」過了一會，問話的人已經走進房來，穿戴華麗整潔，略一拱手，就問廉生的籍貫、出身，廉生告訴了他。那人高興地說：「咱們是同鄉，您岳父是誰？」廉生回答說：「還沒有。」那人更加高興，跑出去，急忙招呼一位年輕人一同進來，恭敬地和廉生見禮。那人直接說：「實話對公子說吧：我姓慕。今晚到這裡來，是想把妹妹送給薛官人成親的，到這裡才知道白跑了一趟。正在進退兩難時，遇到公子，這難道不是天命嗎！」廉生因為不熟悉女子，所以猶猶豫豫不敢答應。可是慕生根本不管廉生的意見，急忙招喚送親的人把妹妹送進來。

不一會兒，兩個老太太扶著一位姑娘進來，坐在廉生床上。廉生斜眼一看，這姑娘年紀約十五六歲，俊美無比。廉生很高興，這才整衣正帽向慕生致謝；又讓守門人去買酒，略盡款待之禮。慕生說：「先祖是彰德府人；母族也是官宦世家，如今衰敗了。聽說外祖父留下兩個孫子，也不知現在家境怎樣。」廉生問：「不知你外祖父是誰？」慕生回答說：「我外祖父姓劉，字暉若。聽說住城北三十里。」廉生說：「我是城東南人，離城北很遠；年紀又輕，沒有多少知交。郡中劉姓的最多，只知道城北有位劉荊卿，也是個讀書人，不知可是你外祖父的後人？不過這家已經很貧窮了。」慕生說：「我家祖墳還在彰德府。常想把父母的棺木歸葬故鄉，因為盤纏不足，就一直拖延下來。如今妹妹嫁了你，我也下決心回老家了。」廉生聽後，爽快地表示願意幫助他。慕家弟兄聽後都非常高興。喝了幾杯酒後，告辭走了。廉生打發走僕人，熄了燈，新婚夫婦的恩愛，就難以一一描述了。第二天，薛生知道了這件事，趕回城裡，專門安排一處院子讓廉生夫婦居住。

廉生前往淮上，移交了生意上的一些事務後，留下伍夥計在那裡管理店鋪；然後帶著資金，返回桃源。他同慕家弟兄一起，取出岳父母的遺骨，帶著兩家老小，一起回到故鄉。進門安置好，裝好銀錢去拜見夫人。先前送他的僕人已經在路上等候了。他就跟著一同前去，夫人迎出來，滿臉笑容地說：「陶朱公把西施帶回來啦！上次你還是客人，這次成了我的外孫女婿啦。」隨即為他擺酒洗塵，格外親熱。廉生佩服夫人有先見之明，便問道：「夫人和我岳母是什麼關係呢？」夫人說：「不用問，時間一長，自然就會知道。」說著，把廉生帶回的金銀堆在桌子上，均分成五份；夫人自己只取了兩份，說：「我要這兩份也沒什麼用，以後留給大孫子。」廉生覺得分給自己的錢太多，推辭不肯接受。夫人悲傷地說：「我家已經衰敗了，庭院中的樹木被人砍去當柴燒；孫子離這兒又遠，門戶蕭條，麻煩公子營建這破落的門戶。」廉生答應了，而錢只肯收一半。劉夫人硬塞給了他。送他出門，夫人灑淚而回。廉生正覺得奇怪，回頭一看宅院，卻是一片墳地。這時他才明白，夫人就是自己妻子的外祖母。回到家裡，將一頃墳地贖買回來，修墳種樹，整理得十分壯觀。

劉夫人有兩個孫子，大的就是荊卿；小的玉卿，是個吃喝嫖賭的無賴，都窮得要命。他們到廉生處表示感謝，廉生給他們各送不少錢。從此往來密切。廉生經常說起經商的事情，玉卿暗想墳裡一定有許多銀子，於是夜裡糾合了幾個賭徒，挖開祖墳尋找。可是打開棺木，露出腐屍，沒有什麼收穫，失望地散去了。廉生知劉家墳墓被盜，便告訴荊卿。荊卿和他一起去查看，進入墓穴，廉生看見桌子上堆滿銀子，是劉夫人上次所分得的那兩份。荊卿想把這些銀子和廉生平分。廉生說：「夫人留下這銀子，本來就是等著給你的。」於是荊卿就裝了銀子運回家去，向官府報告祖墳被盜，官府追查甚嚴。後來有一個人出賣墳裡的玉簪，被人抓住，嚴加審問其同夥，才知道玉卿是他們這夥的首犯。縣官要將玉卿處以極刑；荊卿代為哀求，只得以免死。廉生、荊卿兩家又合力重修墳地，墓裡、墓外修得比以前更加牢固壯觀。此後，這兩家都富裕起來了，唯獨玉卿和從前一樣貧窮。廉生和荊卿時常周濟他，但也不夠供他賭博揮霍。

一天夜裡，強盜闖進廉生家，抓住廉生索要金銀財寶。廉生儲藏的銀子，都是一千兩或五百兩鑄成一錠，挖出來給他們看。強盜們取了兩個，當時只有夫人送廉生的那匹馬在馬廄裡，強盜們便用牠把銀子馱去。逼廉生送他們到城外後，才放了他。村裡人見強盜逃得不遠，便呼喚著去追趕；強盜驚慌地跑掉了。大家追到跟前，只見兩錠大銀子丟棄在路邊，那匹馬卻倒在地上化成一堆灰。這時，人們才知道那匹馬也是鬼馬。這一夜，廉生只丟了一只金釧。開始，有個強盜抓住廉生的妻子，看她長得十分漂亮，就想強姦她。另一個戴面具的強盜，大聲呵斥制止他，聲音很像玉卿。強盜放開廉生的妻子，只脫去她手腕子上的金釧跑了。廉生懷疑這夥強盜是玉卿引來的，但心裡又暗暗感激他。後來，那強盜用金釧押賭，被捕役抓住，追查他的同黨，果然有玉卿。縣官大怒，把五種毒刑全用上。玉卿的哥哥和廉生商量，想用重金去疏通，使玉卿得到解脫，計劃還沒做好，玉卿已死在牢獄裡了。廉生仍然時常周濟玉卿的妻兒。廉生後來考中舉人，幾代都是富貴人家。

唉！「貪」字的點畫形象，近似於「貧」字。像玉卿這種人，可以引為借鑑了！

【研　析】〈劉夫人〉講述的是讀書士子替陰間鬼魂做生意的故事。劉夫人暗知廉生有致富之才，將他接入墳墓之中。廉生受劉夫人委託，穿梭於陰陽兩世，先後到荊襄和兩淮一帶做生意，期間意外地與劉夫人的外孫女結為夫婦。回家後，廉生移葬岳父母，並照顧劉夫人的兩個孫子荊卿和玉卿。

廉生是儒與商理想化結合的人物形象。廉生少篤學，但很早成了孤兒，家裡十分貧窮。這就在他愛好學習與客觀經濟條件之間形成了巨大矛盾。如何解決這個矛盾，是在艱難困苦中繼續讀書，希望有朝一日否極泰來，還是像蒲松齡的父親那樣棄儒從商，力求發家致富？廉生的選擇是儒而能商、商不廢儒。在劉夫人的安排下，廉生第一次「往涉荊襄，歲杪始得歸，計利三倍」；第二次「往客淮上，進身為鹺賈，逾年，利又數倍」。在做生意的同時，他不忘書卷，在獲得足夠的金錢後，留下夥計繼續經營，自己重新回歸到儒生的社會身分。當然廉生的這種選擇具有理想化的色彩。因為，無論是資本的提供，還是團隊的組建、商機的把握等等，幾乎都是劉夫人替他完成的，廉生只需付出時間和精力即可。相比對廉生「至性純篤」的描寫而言，對他商業才能的描寫顯然不足。但明倫對此曲為辯解，「案螢枯死，復有誰憐？至於無計謀生，借餘光於磷火，茫茫世宙，不少寒酸，何術向墓田中分窯金，而使窮措大發跡也？……鬼借人謀，人資鬼力，雖云福命，亦由至性純篤所致耳。」

劉夫人則是深謀遠慮、精明強幹，兼有鬼才與人性的人物形象。她洞察人物的性格和命運，對事情表現出極強的前瞻性、預見性。比如，她說自己的兩個孫子「非鴟鴞，即駑駘」，正預示荊卿、玉卿平凡無奇、不堪大任的特點；她說廉生「雖異姓，亦三生骨肉也」，預示廉生將與自己建立親戚關係；她通過占卜確定姓伍的人適合與廉生一起做生意；她對廉生在外經商期間的所有收支盡在掌握；她能預知玉卿前去盜墓，採取辦法將財產交給荊卿，等等。這些都是她超越凡人智能的鬼才的展露。儘管她身已為鬼，但仍心念塵世，表現出維繫家族、關心兒孫的濃濃的祖母情懷。她高興地看到廉生與外孫女前來，說「陶朱公載得西子來矣！前日為客，今日吾甥婿也」。她對廉生提出代為經商的請求，對廉生而言，是「分其贏餘，亦勝案頭螢枯死」；對自己而言，卻是為了幫助孫子荊卿。且看她如何分配所獲利潤，「乃堆金案上，瓜分為五；自取其二，曰：『吾無用處，聊貽長孫』」。她還請求廉生修葺墳塋，「吾家零落，宅中喬木，被人伐作薪；孫子去此頗遠，門戶蕭條，煩公子一營辦之」。何守奇評價劉夫人說：「死無需金，何庸商販；無亦以墓田零落，貽厥長孫，因並為三生骨肉締此良姻耳。乃知世情惓惓，鬼亦猶人。」

從故事的寫法來看，〈劉夫人〉可作為分析《聊齋誌異》敘事手法的典型作品之一。

首先，故事的開頭，「廉生者，彰德人。少篤學；然早孤，家綦貧」。這交待了故事的主人公、籍貫、性格、家庭情況等等，特別是「少篤學」與「家綦貧」更是構成了廉生生活中的主要矛盾。馮鎮巒評論這幾句話，「句句吊動全篇」。這種突出主人公性格，並在一定程度上預示主人公命運的寫法也是《聊齋誌異》故事開頭的常用手法。

其次，這篇故事用到「提筆」手法。沈繼常、錢模祥在〈談但明倫關於聊齋「雙提」寫法的評點〉中指出，所謂提筆，是指「在篇中以提供關鍵人物性格或主要情節線索的簡短話語來開啟、連接故事的敘事手法，其中的人物性格和情節線索必定是後文各個情節單元得以形成、串連並對它們具有提綱挈領作用的內在根據。」具體到〈劉夫人〉，廉生準備第二次出行，在宴會上，廉生命女優唱《陶朱富》，劉夫人笑著說：「此先兆也，當得西施作內助矣。」暗示後文廉生將在出行過程中娶妻。但明倫評價說：「藉此作提筆，文勢便不散漫。」馮鎮巒評價說：「又串起下文，預帶一筆。」對於讀者而言，「提筆」起到了提示故事情節、激發閱讀興趣、形成閱讀期待的作用。

第三，故事用到「伏筆」與「呼應」的手法。金聖歎評《水滸傳》有草蛇灰線法，毛宗崗評《三國演義》有「隔年下種，先進伏著」的說法，張竹坡評《金瓶梅》有「血脈貫通，藏針伏線，千里相牽」的說法，這些都指前文的字裡行間隱藏後文情節而使故事讀起來順理成章、合情合理。馮鎮巒在評價「因生無家室，留守新歲」時說「伏下」；在評價「然生嗜讀，操籌不忘書卷」時說「又生下登賢書」；在評價「先世彰德人；母族亦世家，今陵夷矣。聞外祖遺有兩孫，不知家況何似」時說「伏下生情，令人不測」；在評價「外祖劉」時說「劉字著眼」，等等。前文為後文作了充分的鋪墊，後文對前文進行了一一呼應，整個故事渾然一體，毫無突兀之感。

第四，故事使用「獺尾法」安排尾聲、餘波。水獺善於游泳，其尾扁長有力，常以之為舵。金聖歎在〈讀第五才子書法〉中說：「有獺尾法，謂一大段文字後，不好寂然便住，更作餘波演漾之。」〈劉夫人〉中，廉生完成劉夫人所託只是故事的主體部分，結尾處的荊卿與玉卿乃是蒲松齡所設置的「獺尾」。在「劉有二孫，長即荊卿；次玉卿，飲博無賴，皆貧」之後，馮鎮巒評論說：「荊卿現又帶出玉卿，作波致此，獺尾法也。」同時，荊卿、玉卿的正式登場，本是用以承接上文所有情節，這一部分十分必要，但又不能冗長無度。因此，在「兄與生謀，欲以重賄脫之，謀未成而玉卿已死」之後，馮鎮巒評論說：「書其死使筆墨乾淨，若敘其悔，則又多數行文字」。

劉夫人「讀書之計，先於謀生。公子聰明，何之不可」的觀點也值得關注。但明倫說它「言雖變格，卻有至理」，馮鎮巒評論道：「儒者以治生為第一事，許魯齋語。以多金為慮，這便是做得買賣之人。」蒲松齡並不贊成死讀書、讀死書的做法。在《聊齋誌異》的〈書癡〉中，書生郎玉柱篤信書中自有千鍾粟、黃金屋、顏如玉，乃至仙女真的到來，「枕席間親愛倍至，而不知為人」。

最後，郎玉柱在仙女的幫助下從讀書的單一生活中解脫出來，成為風流倜儻之士。在〈羅剎海市〉中，「馬驥，字龍媒，賈人子，美丰姿，少倜儻，喜歌舞。輒從梨園子弟，以錦帕纏頭，美如好女，因復有『俊人』之號。十四歲，入郡庠，即知名。父衰老，罷賈而歸，謂生曰：『數卷書，飢不可煮，寒不可衣，吾兒可仍繼父賈。』馬由是稍稍權子母。」這才有了後來他遊歷羅剎海市、娶龍女、巨富而歸的故事。可見，蒲松齡一生對科舉孜孜以求，力圖走學而優則仕的人生道路，未曾有任何從商的記錄，但受父親的影響，他對儒生經商並不排斥，採取一種相對開明的態度。

至於馮鎮巒所說的許魯齋乃是元初名臣、著名學者許衡。許衡，字仲平，號魯齋，謚文正，封魏國公，河內（今河南焦作）人。他青少年時即聰敏勤學，博覽群書並立志學以致用，與姚樞、竇默等講程朱理學，「慨然以道為己任」。他提出了著名的「治生論」，認為「言為學者，治生最為要務」。所謂治生，指農工商賈而言。《許文正公遺書》載，「士子多以務農為生。商賈雖為逐末，亦有可為者。果處之不失義理，或以姑濟一時，亦無不可。」這與朱熹正人心、明天理的為學之道相比，無疑更具靈活性與進步性。

真生

長安❶士人賈子龍，偶過鄰巷，見一客，風度洒如。問之，則真生，咸陽❷僦寓❸者也。心慕之。明日，往投刺，適值其亡；凡三謁，皆不遇。乃陰使人窺其在舍而後過之，真走避不出；賈搜之始出。促膝傾談，大相知悅。賈就逆旅，遣僮行沽❹。真又善飲，能雅謔，樂甚。酒欲盡，真搜篋出飲器，玉卮無當❺，注杯酒其中，盎然已滿；以小盞挹取入壺，並無少減。賈異之，堅求其術。真曰：「我不願相見者，君無他短，但貪心未淨耳。此乃仙家隱術，何能相授？」賈曰：「冤哉！我何貪。間萌奢想者，徒以貧耳。」一笑而散。

由是往來無間，形骸盡忘。每值乏窘❻，真輒出黑石一塊，吹咒其上，以磨瓦礫，立刻化為白金，便以贈生；僅足所用，未嘗贏餘。賈每求益，真曰：「我言君貪，如何，如何！」賈思明告必不可得，將乘其醉睡，竊石而要⑦之。一日，飲既臥，賈潛起，搜諸衣底。真覺之，曰：「子真喪心，不可處矣！」遂辭別，移居而去。

後年餘，賈遊河干，見一石瑩潔，絕類真生物。拾之，珍藏若寶。過數日，真忽至，䀺然⑧若有所失。賈慰問之。真曰：「君前所見，乃仙人點金石也。曩從抱真子遊，彼憐我介⑨，以此相貽。醉後失去，隱卜當在君所。如有還帶之恩⑩，不敢忘報。」賈笑曰：「僕生平不敢欺友朋，誠如所卜。但知管仲之貧者，莫如鮑叔⑪，君且奈何？」真請以百金為贈。賈曰：「百金非少，但授我口訣，一親試之，無憾矣。」真恐其寡信。賈曰：「君自仙人，豈不知賈某寧失信於朋友者哉！」真授其訣。賈顧砌上有巨石，將試之。真掣其肘⑫，不聽前。賈乃俯掬半磚置砧⑬上，曰：「若此者，非多耶？」真乃聽之。賈不磨磚而磨砧；真變色欲與爭，而砧已化為渾金。反石於真。真嘆曰：「業如此，復何言！

然妄以福祿加人，必遭天譴。如逭⑭我罪，施材⑮百具、絮衣百領，肯之乎？」賈曰：「僕所以欲得錢者，原非欲窖藏之也。君尚視我為守財鹵⑯耶？」真喜而去。

賈得金，且施且賈；不三年，施數已滿。真忽至，握手曰：「君信義人也！別後被福神奏帝，削去仙籍；蒙君博施，今幸以功德消罪。願勉之，勿替⑰也。」賈問真係天上何曹。曰：「我乃有道之狐耳。出身綦微，不堪孽累⑱，故生平自愛，一毫不敢妄作。」賈為設酒，遂與歡飲如初。賈至九十餘，狐猶時至其家。

長山某，賣解信藥⑲，即垂危，灌之無不活；然秘其方，即戚好不傳也。一日，以株累被逮。妻弟餉食獄中，隱置信焉。坐待食已，而後告之。某不信。少頃，腹中潰動，始大驚，罵曰：「畜產速行！家中雖有藥末，恐道遠難俟；急於城中物色薜荔⑳為末，清水一盞，速將來！」妻弟如其教。迨覓至，某已嘔瀉欲死，急投之，立刻而安。其方自此遂傳。此亦猶狐之秘其石也。

【注釋】❶長安　地名，即今陝西西安。❷咸陽　地名，即今陝西咸陽。❸僦寓　租房子住。❹行沽　買酒。❺玉卮無當　沒有底的玉酒杯。卮，古代一種酒器。當，底。❻乏窘　窮困艱難。❼要　要挾。❽瞲然　失意的樣子。❾介　有節操。❿還帶之恩　歸還珍貴失物的恩情。唐裴度遊香山寺，拾得三條玉帶、一條犀帶，裴度歸還失主。見丁用晦《芝田錄》。元關漢卿據此撰有《裴度還帶》雜劇。⓫知管仲之貧者莫如鮑叔　語出《史記・管晏列傳》：「管仲曰：『吾始困時，嘗與鮑叔賈，分財利多自與，鮑叔不以我為貪，知我貧也。』」比喻朋友之間深刻的理解。管仲，即管夷吾。鮑叔，即鮑叔牙。⓬掣其肘　扯住他的胳膊。⓭砧　搗衣石。這裡指墊在礴下的石頭。⓮逭　免除。⓯材　棺材。⓰守財鹵　守財奴。鹵，通「虜」。奴。⓱勿替　不要懈怠。⓲累牽累。⓳解信藥　解砒藥。信，信石，即砒石，有劇毒。⓴薜荔　植物名，又稱木蓮。常綠藤木，葉橢圓形，果實可製涼粉，有解暑作用。

【語譯】長安書生賈子龍，偶然經過鄰近的巷子，見到一個客人，風度灑脫自如。上前一問，原來是真生，咸陽人，在長安租房子住著。賈生心裡喜歡真生。第二天，前往真生的住處遞上名帖，正好不在家；總共去了三次，都沒遇上。於是暗地派人看準真生在家，然後再去拜訪，真生躲起來不肯出見；賈生到處找他才出來。兩人促膝傾談，十分愉快。賈生到旅店裡，叫僕人去買酒來。真生又很能喝酒，善於說清雅的笑話，非常快樂。酒快喝沒了，真生翻找箱子，拿出一個酒器，是個沒有底的玉酒杯，往裡面倒一杯酒，就已經滿了；用小酒盅從裡面把酒舀到酒壺裡，玉酒杯裡的酒一點也不減少。賈生很奇怪，一定要學這法術。真生說：「我之所以不願跟你相見的原因，你沒有別的短處，只是貪心沒除淨。這是仙家的祕密法術，怎麼能傳授呢？」賈生說：「冤枉啊！我哪裡貪婪。偶然產生過分的念頭，只是因為窮罷了。」他們一笑而散。

從此，他們來往親密無間，不拘形跡。每當賈生窮困時，真生總拿出一塊黑石頭，往上面吹氣念咒，用來磨瓦塊碎石，瓦塊碎石立刻變成白銀，便拿來送給賈生；這些銀子剛好夠賈生用，從來沒有剩餘的。賈生常常要求多給一些。真生說：「我說你貪心，怎麼樣，怎麼樣！」賈生想明著要求一定得不到，打算乘真生喝醉睡覺，偷了黑石頭來要挾他。一天，喝完酒睡下以後，賈生悄悄爬起來，在真生衣服下搜尋。真生發覺了，說：「你真是瘋了，沒法兒相處了！」於是告辭，搬走了。

一年多以後，賈生在河岸上遊玩，看見一塊石頭，晶瑩光潔，很像真生的寶物。他撿起來，像寶貝一樣珍藏起來。過了幾天，真生忽然來了，一臉失意的樣子，像是丟了什麼。賈生撫慰並問他何事。真生說：「你以前見到的，是仙人的點金石。以前跟仙人抱真子交遊，他喜歡我有節操，把點金石送給我。我前幾天喝醉酒把它丟了，暗中占卜，應該在你這裡。如果你能還給我，我一定不忘報答你的恩德。」賈生笑著說：「我生平不敢欺騙朋友，確實像你占卜的那樣。但瞭解管仲的貧窮的，莫過於鮑叔牙，你看怎麼辦呢？」真生提出送他一百兩銀子。賈生說：「一百兩銀子不少了，但傳授給我口訣，讓我親自試一試，就沒有遺憾了。」真生怕他不講信用。賈生說：「你本是仙人，難道不知道我賈某豈是失信於朋友的人嗎！」真生把口訣告訴了他。賈生看到臺階上有塊巨石，準備試一試。真生拉住他的胳膊，不讓他上前。賈生於是彎腰拾起半截磚頭，放在洗衣的石砧上，說：「像這個，不算多吧？」真生才允許了。賈生拿了點金石不磨磚頭，而磨石砧；真生變了臉色，想跟他爭執，而石砧已化為純金。賈生把點金石還給真生。真生嘆氣說：「已經這樣了，還有什麼可說呢！不過隨便給人福祿，必遭上天懲罰。如果能免除我的罪罰，要布施一百口棺木和一百件棉衣，你肯這樣嗎？」賈生說：「我之所以想要錢，本來不是要藏在地窖裡。你還看我是個守財奴嗎？」真生高興地走了。

賈生得了金子，一面布施一面做買賣；不到三年，布施的數目已滿。真生忽然來到，握著他的手說：「你真是個講信義的人！分手之後，我被福神向玉帝參奏，削去仙籍；多虧你廣為布施，現在有幸用功德抵銷了罪過。希望你自勉，不要懈怠。」賈生問他在天上管什麼。真生說：「我只是得道的狐狸。因為出身卑微，經不起罪孽的牽累，所以平生潔身自愛，一絲一毫不敢胡來。」賈生為他擺酒，於是像當初一樣高興地喝起來。直到賈生九十多歲，狐仙還時常到他家來。

山東長山縣有一個人，以賣解砒霜的藥為業，即使中毒垂危，藥灌下去，沒有不活過來的；但他保守他的藥方，即便親戚朋友也不傳授。一天，他因為受到連累而被捕。他的小舅子送飯到獄中，暗中下了砒霜。坐著等他把飯吃完，然後告訴他。他不信。過了一會兒，肚子裡不舒服起來，這才大驚，罵道：「畜生快去！家裡雖然有藥粉，只怕路遠等不及了；趕緊在城裡找木蓮來弄成粉末，清水一杯，快點拿來！」小舅子照他教的做。待得找到拿來，他已經又吐又瀉，快要死了，急忙服藥，馬上就好了。那藥方從此就傳開來。這也就像狐狸保守點金石的祕密一樣。

【研　析】〈真生〉是一篇關於財富與信義的故事。長安士人賈子龍結識了有道之狐真生。真生向他展示了自己的兩項法術：飲器不竭之術與點石成金之術。在賈子龍表達謀求點石術的想法之後，真生離開了賈子龍。巧合的是，賈子龍撿到了真生遺失的點金石，點石而不貪財，獲利而能濟眾，最終真生「以功德消罪」。真生與賈子龍「歡飲如初」，友誼得以長存。

賈子龍愛財而又不見利忘義，是蒲松齡筆下值得注意的人物形象。賈子龍愛財表現在以下五個方面：一是向真生索求飲器不竭之術；二是要求真生多把瓦礫化為白金，在「足所用」之外有所「贏餘」；三是趁真生醉酒之際竊取點金石；四是拒絕真生百金之酬而要求傳授口訣；五是真生授訣之後，不變磚而變砧。然而，賈子龍之愛財與貪財還有著很大不同。從故事中看，賈子龍確實生活貧困，有時日用生活也不能保證。當真生批評他「貪心未淨」時，他自我解嘲說：「冤哉！我何貪。間萌奢想者，徒以貧耳。」更為重要的是，賈子龍還有誠信與豪爽的品質。首先，在真生找到他要石頭時，他沒有欺騙真生，「僕生平不敢欺友朋，誠如所卜」，最終把石頭奉還給真生。其次，真生請求他施捨「材百具、絮衣百領」後，他立即表示同意。至於他奉還石頭時索要回報，授訣後不變磚而變砧，只不過是他給真生開的個小玩笑而已。這些都在他日後且施且賈、博施濟眾的行為中得到證實。一個重財又重德、立體、豐富、鮮活的人物形象樹立起來。但明倫對賈子龍多持批評態度，「已用足矣，而又贏餘，是果貪心未淨也。欲竊石而要之，是謂富貴可妄加乎？斥其喪心而移居遠去，宜矣。」對賈子龍的博施於人，但明倫轉變了態度，評論說：「不作守財鹵，功德便不可思量。」按照蒲松齡「善有善報、惡有惡報」的觀念，賈子龍也得到了善報。

真生乃是得道狐仙，他謹慎內斂，因為「出身綦微，不堪孽累」，所以「生平自愛，一毫不敢妄作」。一開始他對要求結為朋友的賈子龍屢屢迴避。賈子龍「陰使人窺其在舍而後過之」，真生還「走避不出」。直到賈子龍「搜之始出」。兩人結交後，賈子龍生活乏窘，真生就用點石成金之術資助賈子龍，資助的額度「僅足所用，未嘗贏餘」。賈子龍想要竊取點金石，真生怒斥他「子真喪心，不可處矣」，憤而離去。為了找回點金石，真生不得不到賈子龍處求索。在得到賈子龍不失信的承諾後，才將口訣傳授給賈子龍。真生還展現出了謹慎之外的多面性。但明倫評價他表演飲器不竭之術時說：「既知其貪，何以自炫其術？」他嗜好杯中之物以致遺失點金石，也表現出他有時不夠謹慎、細緻的一面。真生是得道的狐仙，性格中卻有世俗的成分；賈子龍是世俗之人，性格中也有高貴典雅之處。真生又真又假，賈子龍似假還真，兩者互相映襯，細密地交織在一起。這不由使人想起《紅樓夢》裡太虛幻境對聯：假作真時真亦假，無為有處有還無。真生與賈（假）子龍的對比，不由使人想起《紅樓夢》中賈（假）寶玉與甄（真）寶玉之間的對比。這一點頗為耐人尋味。

值得關注還有賈子龍表現出的財富流通觀。真生要求賈子龍「然妄以福祿加人，必遭天譴。如逭我罪，施材百具、絮衣百領，肯之乎」。賈子龍回答說：「僕所以欲得錢者，原非欲窖藏之也。君尚視我為守財鹵耶？」可見，賈子龍固然窮困，但他自認為並不是一毛不拔的慳吝之人，得到錢物後一定會像真生廣為施捨。對此，但明倫評論說：「得錢而不欲窖藏，其人方可以得錢。蓋錢者，泉也，泉以言乎其流通也。守財鹵欲滯塞之，天亦惟有水之、火之、疾病之、盜賊之，而後可以望其流通耳。」這不由使人想起了西門慶的名言，「（錢財）那東西，是好動不喜靜的，怎肯埋沒一處？也是天生應人用的，一個人堆積，就有一個人缺少了。因此積下財寶，極有罪的。」在這裡，賈生與西門慶所謂的財富流通，是指通過廣為善事實現財富在人與人之間的流動，而不是財富通過流通實現自身增值。但賈生與西門慶的「流通」還是有相當大的區別。西門慶所謂的流通，是他贈予結拜兄弟常峙節，而且他認為這種贈予能為其日常的反道德行為起到某種意義上的贖罪作用。同樣也是西門慶的名言，「咱聞那佛祖西天也止不過要黃金鋪地，陰司十殿也要些楮鏹營求。咱只消盡這家私廣為善事，就便強姦了嫦娥，和姦了織女，拐了許飛瓊，盜了西王母的女兒，也不減我潑天富貴！」賈子龍儘管不諱言對財貨的愛好，也通過做買賣發家致富，但他始終保持著自己的高尚品行，不因財富的獲得而挑戰道德的權威、否定人性的尊嚴、停止至善人生的追求。這便是兩種截然不同的財富流通觀，對於當今世人也不無啟發意義。

何仙

長山[1]王公子瑞亭，能以乩[2]卜。乩神自稱何仙，為純陽[3]弟子，或謂是呂祖所跨鶴云。每降，輒與人論文作詩。李太史質君[4]師事之，丹黃課藝[5]，理緒明切；太史揣摩[6]成，賴何仙力居多焉，因之文學士多皈依之。然為人決疑難事，多憑理，不甚言休咎。

辛未，朱文宗[7]案臨[8]濟南，試後，諸友請決等第。何仙索試藝，悉月旦[9]之。座中有與樂陵[10]李忭相善者。李固好學深思之士，眾屬望之，因出其文，代為之請。乩注云：「一等。」少間，又書云：「適評李生，據文為斷。然此生運數大晦，應犯夏楚[11]。異哉！文與數適不相符，豈文宗不論文耶？諸公少待，試一往探之。」少頃，又書云：「我適至提學署中，見文宗公事旁午[12]，所焦慮者殊不在文也。一切置付幕客六七人，粟生、例監[13]，都在其中，前世全無根氣，大半餓鬼道[14]中游魂，乞食於四方者也。曾在黑暗獄中八百年，損其目之精氣，如人久在洞中，乍出，則天地異色，無正明也。中有一二為人身所化者，閱卷分曹[15]，恐不能適相值耳。」眾問挽回之術。書云：「其術至實，人所共曉，何必問？」眾會其意，以告李。李懼，以文質孫太史子未[16]，且訴以兆。太史贊其文，因解其惑。李以太史海內宗匠，心益壯，乩語不復置懷。

後案發[17]，竟居四等。太史大駭，取其文復閱之，殊無疵摘。評云：「石門公祖[18]，素有文名，必不悠謬至此。是必幕中醉漢，不識句讀者所為。」於是眾益服何仙之神，共焚香祝謝之。乩書曰：「李生勿以暫時之屈，遂懷慚怍。當多寫試卷，益暴之，明歲可得優等。」李如其教。久之署中頗聞，懸牌特慰之。次歲果列前名。其靈應如此。

異史氏曰：「幕中多此輩客，無怪京都醜婦巷中，至夕無閑床也。」

嗚呼！」

【注釋】❶長山　舊縣名，在今山東鄒平。❷乩　即扶乩，一種迷信活動。施術者手扶木筆於沙盤之上，作法後木筆在沙面畫出符號或文字，能為人決疑，預言禍福。❸純陽　即呂洞賓。❹李太史質君　李質君，名斯義，康熙二十七年（西元一六八八年）進士，官至福建巡撫。太史，指翰林官，朝廷管理文史的官員。❺丹黃課藝　評改習作文章。丹黃，舊時點校書籍用朱筆書寫，遇誤字，塗以雌黃，故稱點校文字的丹砂和雌黃為丹黃。❻揣摩　揣度對方，以相比合。❼朱文宗　指朱雯，浙江石門人，進士，康熙三十年（西元一六九一年）任山東提學使。❽案臨　蒞臨查考。❾月旦　品評。❿樂陵　縣名，在今山東德州。⓫夏楚　教師使用的教鞭。這裡指歲考四等，受到撻責。⓬旁午　繁雜。⓭粟生例監　用錢買到秀才資格的人。⓮餓鬼道　佛教所說生死輪迴的「六道」（天、人、阿修羅、地獄、餓鬼、畜生）之一。⓯分曹　分組。這裡指正、副主考按房簽、卷簽把試卷分送各房官案前。⓰孫太史子未　孫子未，名勷，康熙二十四年（西元一六八五年）進士，官至大理寺少卿，終於通政司參議。⓱案發　公布歲考判定的名次。⓲公祖　明清時士紳對知府以上官員的尊稱。

【語譯】山東長山縣王瑞亭公子，能用扶乩占卜。臨乩的神仙自稱何仙，是純陽祖師呂洞賓的弟子，有人說是呂洞賓所騎的仙鶴。每次降臨，經常與人論文作詩。李質君太史把何仙當老師侍奉，何仙評改他的習作文章，條理分明而中肯；李太史揣摩文章而成名，依賴何仙的幫助為多，因此文人學士多皈依何仙。不過何仙替人判斷疑難之事，多憑藉事理，不怎麼談吉凶禍福。

辛未年，提學使朱雯來濟南查考，考過後，幾個朋友請何仙評定等次。何仙要來各人的文章，一一品評。座中有個跟樂陵李忭相好的。李忭本是個好學而善於思考的書生，大家都寄望於他，所以拿出他的文章，代請何仙評定。乩文批道：「一等。」稍後又寫道：「剛才評定李生，是就文章本身做的判斷。但這人運氣很壞，恐怕會由於文章不被閱卷官看好，要受到譴責。奇怪呀！文章跟運氣不相符，難道提學使不管文章好壞嗎？各位稍等，讓我試著打探一下。」一會兒，又寫道：「我剛才到提學使的衙門裡，見那位提學使公事繁雜，他心中所焦慮的一點也不在文章上。所有的事都交給六七個幕僚，粟生、例監都在其中，這些人前世沒有一點根氣，大半是餓鬼道中的遊魂，到處乞食討飯的。他們曾在地下黑暗獄裡八百年，損壞了眼睛的精氣，就像人長期在山洞裡，剛一出來，會覺得天地變色，沒有正常視力了。其中有一兩個人是人身轉化的，不過批閱試卷是分人負責的，李生的試卷恐怕不能正巧碰上他們。」大夥兒問挽回的辦法。何仙寫道：「這辦法最實在，人人都知道，何必問？」大夥兒明白這意思，告訴了李忭。李忭很緊張，拿了文章去問孫子未太史，並且說了占卜結果。孫太史稱讚他的文章，叫他不必疑惑。因為孫太史是遠近聞名的文章大師，李忭心裡更踏實了，不再把乩語放在心上。

後來成績一公布，李忭竟居四等。孫太史大驚，拿他的文章再讀一遍，完全沒有毛病。他評論說：「石門朱大人，文章一向知名，絕不會荒謬到這種地步。這一定是官署中的醉漢，不懂斷句標點的人幹的。」於是大家更加佩服何仙的神明，一起焚香祈禱拜謝。何仙的乩語寫道：「李生不要因暫時的委屈，就心懷慚愧。應該把應試文章多多傳抄，盡力張揚，明年可以得到優等。」李忭照著辦了。時間一久，提學使官署中都知道了，就掛出牌子特別撫慰李忭。第二年李忭果然名列前茅。何仙就是這麼靈驗。

異史氏說：「官署中有很多這類幕僚，難怪京城那些專收醜陋女人的妓院裡，一到晚上就沒有閒空的床鋪了。唉！」

【研析】這是一篇借乩神之口抨擊科考試官的故事。樂陵李忭是好學深思的書生，在秀才考核中大家對他寄予厚望。何仙卻預測他由於文章等級太低而要受到責打，並揭出了其中的原由：提學使公事繁雜，將閱卷之事交給幕僚。而這些幕僚都是「前世全無根氣，大半餓鬼道中遊魂，乞食於四方者」。蒲松齡將辛辣的諷刺毫無保留地投向了黑白不分、妍媸不辨的幕僚們。馮鎮巒於此評曰：「罵得痛。」

我們知道，蒲松齡十九歲時，「初應童子試，即以縣、府、道三第一補博士弟子員，文名籍籍諸生間」（見雍正三年張元〈柳泉蒲先生墓表〉），但終其一生牢落名場，對於科舉弊端有著切身的體會和感受。《聊齋誌異》不少篇目深刻地揭露了科舉考試的黑暗，特別是對試官的昏聵無知刻劃得入骨三分。如〈司文郎〉寫一個瞎和尚能用鼻子聞出文章的好壞，但發榜後，寫出好文章的人名落孫山，寫出令人作嘔的文章的人卻得以高中。於是和尚嘆息道：「僕雖盲於目，而不盲於鼻；簾中人並鼻盲矣！」〈三生〉則寫一群科場失意者向閻王請願，要求把「黜佳士而進凡庸」的考官「挖其雙睛，以為不識文之報」，「剖其心，以伸不平之氣」，表達了落第士子極端憤懣的情緒。此外在〈于去惡〉、〈賈奉雉〉、〈三仙〉等篇目中也有十分精彩的描寫。這些篇章文筆幽默，嘲諷尖刻，蒲松齡辛酸、無奈、憤怒之情溢於言表。而這也是當時廣大落第士子的共同心聲。

從另一個角度來看，蒲松齡文場屢戰屢敗成為其一生最大的痛處，但在此基礎上結出的《聊齋誌異》、《聊齋俚曲》、《聊齋文集》、《聊齋詩集》等病痛之花卻輝耀千古。從一個較長的歷史時期來看，當時多少進士、舉人都湮沒在歷史時空中，蒲松齡以知識分子的良心和筆耕不輟的辛勞贏得了生前身後的巨名，正所謂「爾曹身與名俱滅，不廢江河萬古流」。

〈何仙〉故事情節雖然離奇，但所提到歷史人物大部分有跡可考。李太史，名斯義，字質君，號靜安，康熙二十七年（西元一六八八年）進士，選庶吉士，散館改河南道監察御史，歷任京畿道監察御史、通政使司右左參議、翰林院提督四譯館、太常寺少卿、大理寺卿，官至福建巡撫。朱文宗，即朱雯，字復思，康熙三年（西元一六六四年）進士，康熙三十年（西元一六九一年）任山東提學使，三年任滿轉濟南道，辛未年的這次考試就是由他主持的。孫太史，名勷，字子未，號莪山，又號誠齋。康熙二十四年（西元一六八五年）進士，改庶吉士，授檢討，官至大理寺少卿，終於通政司參議。何仙，即《長山縣志》卷十〈人物志．仙釋〉所載之何五子，「童子時遇純陽，授異術，遂辟穀於淩岩，明洪武中化去。及康熙丙寅、丁卯間，屢降乩於邑南李中丞斯義之慶雲堂，訂風雅，談性命」。這種將真實人物採入虛幻故事的寫法增強了故事的可信性。

故事中，蒲松齡為朱雯做了開脫，更多地將批判矛頭指向了幕僚們。但明倫對此進行了更深一層的追問，在「如人久在洞中，乍出，則天地異色，無正明也」之後評曰：「天地異色，無正明，此等全無根氣之人，原不足責，所可怪者，焦慮殊不在文之文宗一切置付之耳。然此輩充滿四方，延之入幕者亦無足責。誰司黑暗獄、餓鬼道，而乃縱之乞食於四方耶？」

上仙

癸亥❶三月，與高季文❷赴稷下❸，同居逆旅。季文忽病。會高振美亦從念東先生❹至郡，因謀醫藥。聞袁鱗公言，南郭梁氏家有狐仙，善「長桑之術❺」。遂共詣之。

梁，四十以來女子也，致綏綏❻有狐意。入其舍，複室中挂紅幕。探幕以窺，壁間懸觀音像；又兩三軸，跨馬操矛，騶從❼紛沓。北壁下有案；案頭小座，高不盈尺，貼小錦褥。云仙人至，則居此。眾焚香列揖。婦擊磬三，口中隱約有詞。祝已，肅客就外榻坐。婦立簾下，理髮支頤❽與客語，具道仙人靈跡。久之，日漸曛。眾恐礙夜難歸，煩再祝請。婦乃擊磬重禱。轉身復立，曰：「上仙最愛夜談，他時往往不得遇。昨宵有候試秀才，攜肴酒來與上仙飲；上仙亦出良醞❾酬諸客，賦詩歡笑。散時，更漏⑩向盡矣。」

言未已，聞室中細細繁響，如蝙蝠飛鳴。方凝聽間，忽案上若墮巨石，聲甚厲。婦轉身曰：「幾驚怖煞人！」便聞案上作嘆咤聲，似一健叟。婦以蕉扇隔小座。座上大言曰：「有緣哉！有緣哉！」抗聲讓坐，又似拱手為禮。已而問客：「何所諭教？」高振美遵念東先生意，問：「見菩薩否？」答云：「南海⑪是我熟徑，如何不見。」又：「閻羅亦更代否？」曰：「與陽世等耳。」「閻羅何姓？」曰：「姓曹。」已乃為季文求藥。曰：「歸當夜祀茶水，我於大士⑫處討藥奉贈，何恙不已。」眾各有問，悉為剖決。

乃辭而歸。過宿，季文少愈。余與振美治裝先歸，遂不暇造訪矣。

【注釋】❶癸亥　指康熙二十二年（西元一六八三年）。❷高季文　名之駿，康熙丁丑拔貢，授東昌府茌平縣教諭，未任，卒。❸稷下　這裡指濟南。❹念東先生　高珩，字蔥佩，號念東，晚號紫霞道人，山東淄川人。明崇禎十六年（西元一六四三年）進士，入清後，官至吏部左侍郎、刑部左侍郎。曾為《聊齋誌異》作序。❺長

桑之術　高超的醫術。長桑君，戰國時代著名醫生扁鵲的老師。見《史記・扁鵲倉公列傳》。❻綏綏　語出《詩經・衛風・有狐》：「有狐綏綏，在彼淇梁。」這裡用來形容狐仙的神態。❼騶從　古代貴族、官員出行時的騎馬侍從。騶，古代養馬駕車的小吏。❽支頤　托著下巴。❾良醞　好酒。❿更漏　古時夜間憑漏壺表示的時刻報更，故稱更漏。⓫南海　指浙江舟山的普照陀山，是全國著名的觀音道場。⓬大士　指觀音菩薩。

【語譯】癸亥年三月，我和高季文到濟南府，一起住在一個旅店。高季文忽然病倒了。剛好高振美和念東先生也來到府城，我便和他們商量到哪兒找醫藥。據袁鱗公說，城南梁氏家有個擅長長桑君術的狐仙。於是，我們三人一同前去梁家。

梁氏，是個四十來歲的女子，她的言談舉止都帶著狐意。走進她的屋子，套間中掛著紅色的幔幕。掀開幔幕一看，牆上掛著觀音像；還有兩三幅畫的是很多跨馬持矛的隨從。北牆下擺著桌子；桌子上有張不到一尺高、鋪著小繡墊的椅子。據說，仙人來了，就坐在那兒。我們大家列隊燒香叩頭。梁氏敲了三下磬，口中念念有詞。禱祝完了，她請我們到外間長凳上坐。梁氏站在門簾旁邊，整理著頭髮，手托著腦袋和我們說話，盡講些仙人顯靈之事。過了很久，天漸漸黑了。我們擔心夜間難回旅店，就央求梁氏再祈禱請求。梁氏於是敲著磬再次祈禱。然後，她轉過身來，仍站著說：「上仙最喜歡在夜裡聊天，別的時間往往遇不上他。昨天夜裡，有幾個等候考試的讀書人，帶著酒菜來和上仙歡聚；上仙也拿出好酒招待他們，作詩說笑。分別時，天都快亮了。」

話還沒說完，就聽到屋子裡有細碎繁密的響聲，像蝙蝠飛時發出的鳴叫聲。正在聚精會神地聽著，忽然桌子上像落下了一塊大石頭，聲音很響。梁氏轉過身去，說：「差點兒嚇死人了！」這時，便聽見桌子上響起嘆息、詫異的聲音，像是一個健壯的老頭兒在說話。梁氏用芭蕉扇把小椅子隔起來。椅子上大聲說：「有緣啊！有緣啊！」接著高聲讓座，又像是拱手行禮。然後，那聲音問：「你們有什麼要說的嗎？」高振美按照念東先生的意思，問：「您見過菩薩嗎？」那聲音答道：「去南海的路我很熟悉，怎麼會沒見過。」高振美又問：「閻羅王是不是也改朝換代呢？」那聲音答道：「和陽間是一樣的。」高振美問：「閻羅王姓什麼？」那聲音回答：「姓曹。」接著，便為高季文討藥。那聲音說：「回去後，一定要在晚上用清茶祭祀，我到菩薩處討了藥就送來，什麼病都會好起來。」大家問了自己要問的事，上仙都一一作了回答。

於是，大家告辭回去。過了一宿，高季文便好了一些。我和高振美整理行裝先走了，就沒時間再去拜訪上仙了。

【研　析】〈上仙〉描寫了蒲松齡與友人一起拜訪狐仙的故事。蒲松齡與高季文一同到濟南，高季文忽然病倒。蒲松齡聽說濟南城南的梁家有個醫術高明的狐仙，就前往求醫問藥。馬瑞芳先生認為，梁氏實際上是「擅長口技的藝人，她做出蝙蝠飛鳴、巨石擊案等聲音，並模仿健叟說話的聲響，大言不慚南海為熟徑，閻王已換人，都是為了誘人相信」。可見，「狐仙」本為子虛烏有之人，是梁氏靠變換說話腔調虛擬出來的。蒲松齡對「狐仙」的醫術也是將信將疑，從高季文「過宿少愈」可以看出「狐仙」的作用並不明顯。

蒲松齡留下了清初民間供奉狐仙以及與狐仙進行溝通的場景的生動描寫，具有民俗史料方面的獨特意義。受萬物有靈觀念的影響，中國北方的動物崇拜廣泛流行著「四大門」的說法。「四大門」又稱「四大家」，是對狐狸、黃鼠狼、刺蝟、蛇四種動物崇拜的總稱，其中民間對「狐仙」、

「黃仙」更為敬畏。這篇故事中的梁氏就是利用人們對狐仙的崇拜，運用她高超的口技進行自我神化，達到替人看病以謀取利益的目的。

明清時期是中國狐文化的鼎盛時期。沈德符《萬曆野獲編》載，「狐之變幻，傳紀最夥，然獨盛於京師。聞以舉廠為窟穴，值鄉會試期則暫他徙」。謝肇淛《五雜俎》載，「齊、魯、燕、趙之墟，狐魅最多，今京師住宅有狐怪者十六七」。狐故事在這一時期更為發達，根據黃建國在〈明清文言小說狐意象解讀〉中的統計，「據現已掌握的材料統計，明清狐仙故事記錄於文獻者超過六百則」，遠遠超過漢晉以來至元代的總和。而這也為有些人藉此謀利留下了操作空間。聞香教、玄狐教等便是以狐道設教的民間祕密宗教。聞香教的創立本身具有濃厚的巫術色彩。明黃尊素《說略》載，聞香教教主王森「路遇狐妖，為鷹所搏。狐求救於森，森收之。至家，狐斷尾相謝，傳以妖香，凡聞此香者，心既迷惑，妄有所見」。王森及其子王好賢就以此聚斂錢財，廣置田莊，成為明後期白蓮教諸教派中影響較大的一支。明末清初談遷在《北遊錄》中記玄狐教流傳之事，「《康對山集》云：咸陽、醴泉、三原、三水、淳化、高陵處處有之，但不若涇陽之多耳。此教風行二十餘年」，「妖師所至，家家事若祖考，惟其所命，極意奉承。一飲一饌，妖師方下箸入口，其家長幼大小，即便跪請留福，奪去自食。至於退處空室，則使處女少婦次第問好，倘蒙留伺枕席，即為大幸有福云云。」可見，在巫風盛行的環境裡，人們往往把一些怪異現象當作狐鬼作怪，而許多居心不良者便以此欺騙大眾，愚弄人民。本文中的梁氏也就是一個借狐仙之名聚斂錢財的巫女。

胭脂

東昌❶卞氏，業牛醫❷者，有女小字胭脂，才姿惠麗。父寶愛之，欲占鳳❸於清門❹，而世族鄙其寒賤，不屑締盟❺，以故及笄未字。

對戶龔姓之妻王氏，佻脫❻善謔，女閨中談友也。一日，送至門，見一少年過，白服裙帽，丰采甚都❼。女意似動，秋波縈轉之。少年俯其首，趨而去。去既遠，女猶凝眺。王窺其意，戲之曰：「以娘子才貌，得配若人❽，庶可無恨。」女暈紅上頰，脈脈不作一語。王問：「識得此郎否？」答云：「不識。」王曰：「此南巷鄂秀才秋隼，故孝廉之子。妾向與同里，故識之。世間男子，無其溫婉。今衣素，以妻服未闋❾也。娘子如有意，當寄語使委冰❿焉。」女無言，王笑而去。

數日無耗，心疑王氏未暇即往，又疑宦裔不肯俯拾。邑邑徘徊，縈念頗苦，漸廢飲食，寢疾惙頓⑪。王氏適來省視，研詰病因。答言：「自亦不知。但爾日別後，即覺忽忽不快，延命假息⑫，朝暮人⑬也。」王小語曰：「我家男子，負販未歸，尚無人致聲鄂郎。芳體違和⑭，非為此否？」女赬顏⑮良久。王戲之曰：「果為此者，病已至是，尚何顧忌？先令夜來一聚，彼豈不肯可？」女嘆息曰：「事至此，已不能羞⑯。若渠不嫌寒賤，即遣媒來，疾當愈；若私約，則斷斷不可！」王頷之，遂去。

王幼時與鄰生宿介通，既嫁，宿偵夫他出，輒尋舊好。是夜宿適來，因述女言為笑，戲囑致意鄂生。宿久知女美，聞之竊喜，幸其有機之可乘也。將與婦謀，又恐其妒，乃假無心之詞⑰，問女家閨闥甚悉。次夜，逾垣入，直達女所，以指叩窗。內問：「誰何？」答以「鄂生」。女曰：「妾所以念君者，為百年，不為一夕。郎果愛妾，但宜速倩冰人；若言私合，不敢從命。」宿姑諾之，苦求一握纖腕為信。女不忍過拒，力疾⑱

啟扉。宿遽入，即抱求歡。女無力撐拒，仆地上，氣息不續。宿急曳之。女曰：「何來惡少，必非鄂郎；果是鄂郎，其人溫馴，知妾病由，當相憐恤，何遂狂暴如此！若復爾爾，便當鳴呼，品行虧損，兩無所益！」宿恐假跡敗露，不敢復強，但請後會。女以親迎為期。宿以為遠，又請。女厭糾纏，約待病愈。宿求信物，女不許。宿捉足解綉履而出。女呼之返，曰：「身已許君，復何吝惜？但恐『畫虎成狗⑲』，致貽汙謗。今褻物⑳已入君手，料不可反。君如負心，但有一死！」

宿既出，又投宿王所。既臥，心不忘履，陰揣衣袂，竟已烏有。急起篝燈㉑，振衣冥索。詰之，不應。疑婦藏匿，婦故笑以疑之；宿不能隱，實以情告。言已，遍燭門外，竟不可得。懊恨歸寢，竊幸深夜無人，遺落當猶在途也。早起尋之，亦復杳然。

先是，巷中有毛大者，遊手無籍㉒。嘗挑㉓王氏不得，知宿與洽，思掩執以脅之。是夜，過其門，推之未扃，潛入。方至窗外，踏一物，耎㉔若絮帛，拾視，則巾裹女舄。伏聽之，聞宿自述甚悉，喜極，抽身而出。逾數夕，越牆入女家，門戶不悉，誤詣翁舍。翁窺窗，見男子，察其音跡，知為女來者。心忿怒，操刀直出。毛大駭，反走。方欲攀垣，而下追已近，急無所逃，反身奪刀；媼起大呼，毛不得脫，因而殺之。女稍痊，聞喧始起。共燭之，翁腦裂不復能言，俄頃已絕。於牆下得綉履，媼視之，胭脂物也。逼女，女哭而實告之；但不忍貽累王氏，言鄂生之自至而已。

天明，訟於邑。邑宰拘鄂。鄂為人謹訥，年十九歲，見客羞澀如童子。被執，駭絕。上堂不知置詞，惟有戰慄。宰益信其情真，橫加梏械。生不堪痛楚，以是誣服。既解郡，敲扑如邑。生冤氣填塞，每欲與女面相質；及相遭，女輒詬詈，遂結舌不能自伸，由是論死。往來復訊，經數官無異詞。

後委濟南府復案。時吳公南岱㉕守㉖濟南，一見鄂生，疑不類殺人者，陰使人從容私問之，俾得盡其詞。公以是益知鄂生冤。籌思數日，始鞫之。先問胭脂：「訂約後，有知者否？」答：「無之。」「遇鄂生時，別有人否？」亦答無之。乃喚生上，溫語慰之。生自言：「曾過其門，但見舊鄰婦王氏與一少女出，某即趨避，過此並無一言。」吳公叱女曰：「適言側無他人，何以有鄰婦也？」欲刑之。女懼曰：「雖有王氏，與彼實無關涉。」公罷質，命拘王氏。

數日已至，又禁不與女通，立刻出審，便問王：「殺人者誰？」王對：「不知。」公詐之曰：「胭脂供言，殺卞某汝悉知之，胡得隱匿？」婦呼曰：「冤哉！淫婢自思男子，我雖有媒合之言，特戲之耳。彼自引姦夫入院，我何知焉！」公細詰之，始述其前後相戲之詞。公呼女上，怒曰：「汝言彼不知情，今何以自供撮合哉？」女流涕曰：「自己不肖，致父慘死，訟結不知何年，又累他人，誠不忍耳。」公問王氏：「既戲後，曾語何人？」王供：「無之。」公怒曰：「夫妻在床，應無不言者，何得云無？」王供：「丈夫久客未歸。」公曰：「雖然，凡戲人者，皆笑人之愚，以炫己之慧，更不向一人言，將誰欺？」命梏十指㉗。婦不得已，實供：「曾與宿言。」公於是釋鄂拘宿。

宿至，自供不知。公曰：「宿妓者必非良士！」嚴械之。宿自供：「賺女是真。自失履後，未敢復往，殺人實不知情。」公怒曰：「逾牆者何所不至！」又械之。宿不任凌藉㉘，遂以自承。招成報上，無不稱吳公之神。鐵案如山，宿遂延頸以待秋決矣。

然宿雖放縱無行，故東國㉙名士。聞學使施公愚山㉚賢能稱最，又有憐才恤士之德，因以一詞控其冤枉，語言愴惻。公討其招供，反復凝思之，拍案曰：「此生冤也！」遂請於院、司㉛，移案再鞫㉜。問宿生：「鞋遺何所？」供言：「忘之。但叩婦門時，猶在袖中。」轉詰王氏：「宿介之外，姦夫有幾？」供言：「無有。」公曰：「淫亂之人，豈得專私一人？」供言：「身與宿介，稚齒交合，故未能謝絕；後非無見挑者，身實未敢相從。」因使指其人以實之，供云：「同里毛大，屢挑而屢拒之矣。」公曰：「何忽貞白如此？」命搒之。婦頓首出血，力辨無有，乃釋之。又詰：「汝夫遠出，寧無有托故而來者？」曰：「有之。某甲、某乙，皆以借貸饋贈，曾一二次入小人家。」蓋甲、乙皆巷中遊蕩子，有心於婦而未發者也。公悉籍其名，並拘之。

既集，公赴城隍廟，使盡伏案前。便謂：「曩夢神人相告，殺人者不出汝等四五人中。今對神明，不得有妄言。如肯自首，尚可原宥；虛者，廉得㉝無赦！」同聲言無殺人之事。公以三木㉞置地，將並加之；括髮㉟裸身，齊鳴冤苦。公命釋之，謂曰：「既不自招，當使鬼神指之。」使人以氈褥悉障殿窗，令無少隙；袒諸囚背，驅入暗中，始授盆水，一一命自盥訖；繫諸壁下，戒令「面壁勿動。殺人者，當有神書其背」。少間，喚出驗視，指毛曰：「此真殺人賊也！」蓋公先使人以灰塗壁；又以煙煤濯其手。殺人者恐神來書，故匿背於壁而有灰色；臨出，以手護背，而有煙色也。公固疑是毛，至此益信。施以毒刑，盡吐其實。判曰：

「宿介：蹈盆成括㊱殺身之道，成登徒子㊲好色之名。只緣兩小無猜，遂野鶩如家雞之戀；為因一言有漏，致得隴興望蜀之心㊳。將仲子而逾園牆㊴，便如鳥墮；冒劉郎㊵而至洞口，竟賺門開。感帨驚尨㊶，鼠有皮胡若此㊷？攀花折樹，士無行其謂何㊸！幸而聽病燕之嬌啼，猶為玉惜；憐弱柳之憔悴，未似鶯狂。而釋么鳳㊹於羅中，尚有文人之意；乃劫香盟於襪底，寧非無賴之尤！蝴蝶過牆，隔窗有耳㊺；蓮花卸瓣，墮地無蹤㊻。假中之假以生，冤外之冤誰信？天降禍起，酷械至於垂亡；自作孽盈㊼，斷頭幾於不續。彼逾牆鑽隙，固有玷夫儒冠；而僵李代桃㊽，誠難消其冤氣。是宜稍寬笞扑，折其已受之慘；姑降青衣㊾，開其自新之路。若毛大者：刁猾無籍，市井凶徒。被鄰女之投梭㊿，淫心不死；伺狂童之入巷，賊智忽生。開戶迎風，喜得履張生之跡(51)；求漿值酒(52)，妄思偷韓掾之香[53]。何意魄奪自天，魂攝於鬼。浪乘槎木，直入廣寒之宮[54]；徑泛漁舟，錯認桃源之路[55]。遂使情火息焰，欲海生波。刀橫直前，投鼠無他顧之意[56]；寇窮安往，急兔起反噬之心。越壁入人家，止期張有冠而李借[57]；奪兵遺繡履，遂教魚脫網而鴻離[58]。風流道乃生此惡魔，溫柔鄉[59]何有此鬼蜮[60]哉！即斷首領，以快人心。胭脂：身猶未字，歲已及笄。以月殿之仙人，自應有郎似玉；原霓裳之舊隊，何愁貯屋無金[61]？而乃感關雎而念好逑[62]，竟繞春婆之夢[63]；怨摽梅而思吉士[64]，遂離倩女之魂[65]。為因一線纏縈，致使群魔交至。爭婦女之顏色，恐失『胭脂』；惹鷙鳥之紛飛，並托『秋隼』。蓮鉤摘去，難保一瓣之香；鐵限[66]敲來，幾破連城之玉。嵌紅豆於骰子，相思骨竟作厲階[67]；喪喬木[68]於斧斤，可憎才[69]真成禍水！葳蕤[70]自守，幸白璧之無瑕；縲紲[71]苦爭，喜錦衾之可覆[72]。嘉其入門之拒，猶潔白之情人；遂其擲果[73]之心，亦風流之雅事。仰[74]彼邑令，作爾冰人。」

案既結，遐邇傳誦焉。自吳公鞫後，女始知鄂生冤。堂下相遇，靦然含涕，似有痛惜之詞，而未可言也。生感其眷戀之情，愛慕殊切；而又念其出身微[75]，且日登公堂，為千人所窺指，恐娶之為人姍笑，日夜縈迴，無以自主。判牒既下，意始安帖。邑宰為之委禽，送鼓吹[76]焉。

異史氏曰：「甚哉！聽訟之不可以不慎也！縱能知李代為冤，誰復思桃僵亦屈？然事雖暗昧，必有其間，要非審思研察，不能得也。嗚呼！人皆服哲人之折獄明，而不知良工之用心苦矣。世之居民上者，棋局消日，紬被放衙[77]；下情民艱，更不肯一勞方寸。至鼓動衙開，巍然高坐，彼嘵嘵者[78]直以桎梏靜之，何怪覆盆[79]之下多沉冤哉！」

愚山先生，吾師也。方見知時，余猶童子。竊見其獎進士子，拳拳如恐不盡。小有冤抑，必委曲呵護之，曾不肯作威學校，以媚權要。真宣聖之護法[80]，不止一代宗匠[81]，衡文無屈士已也。而愛才如命，尤非後世學使虛應故事者所及。嘗有名士入場，作「寶藏興焉[82]」文，誤記

「水下」；錄畢而後悟之，料無不黜之理。作詞曰：「寶藏在山間，誤認卻在水邊。山頭蓋起水晶殿，瑚[83]長峰尖，珠結樹顛；這一回崖中跌死撐船漢！告蒼天：留點蒂兒，好與友朋看。」先生閱文至此，和之曰：「寶藏將山誇，忽然見在水涯。樵夫漫說漁翁話。題目雖差，文字卻佳，怎肯放在他人下。嘗見他，登高怕險；那曾見，會水淹[84]殺？」此亦風雅之一斑，憐才之一事也。

【注釋】❶東昌　舊府名，府城在今山東聊城。❷業牛醫　以醫牛為職業。❸占鳳　許嫁的意思。春秋時，陳國大夫懿仲想把女兒嫁給陳敬仲，懿的妻子去占卜，卦辭上有「鳳凰于飛，和鳴鏘鏘」的話，便把女兒嫁給了陳敬仲。後人就以許婚為占鳳。事見《左傳・莊公二十二年》。❹清門　沒有官爵的文人家庭。❺締盟　這裡指締結婚約。❻佻脫　輕薄。❼都　美好。❽若人　那個人。❾妻服未闋　妻死，給妻服喪，還沒有滿期。闋，終了之意。❿委冰　委託別人做媒。⓫惙頓　委頓；憂困。⓬假息　意思是氣息是暫時借來的，不能長久。息，氣息。⓭朝暮人　朝不保夕的人，意思是快要死了。⓮違和　生病。⓯赬顏　紅著臉。⓰不能羞　不能因為害羞而不說。⓱假無心之詞　借隨隨便便說出的話。⓲力疾　勉強支撐病體。⓳畫虎成狗　原指跟別人學而學得不好以致變了樣，這裡是說把好事做壞了。語出東漢馬援〈誡兄子嚴敦書〉：「效伯高不得，猶為謹敕之士，所謂『刻鵠不成尚類鶩』者也。效季良不得，陷為天下輕薄子，所謂『畫虎不成反類狗』者也。」⓴褻物　貼身的衣物。這裡指繡花鞋。㉑篝燈　點著燈。篝，燈籠，這裡作動詞。㉒無籍　沒有戶口，沒有固定的職業和住所。㉓挑　挑逗；引誘。㉔耎　柔軟。㉕吳公南岱　江蘇武進人，進士。在順治年間任濟南知府，見《濟南府志》卷三十。㉖守　這裡作動詞用，做太守，這裡指做濟南府知府。㉗梏十指　拶指。梏，這裡用作動詞。㉘淩藉　折磨，這裡指酷刑。㉙東國　指山東。㉚施公愚山　清代文學家施閏章，號愚山，安徽宣城人，清順治進士。在順治十三年任山東提學僉事，見《濟南府志》卷三十七。㉛院司　院，即巡撫。司，臬司，省級司法官。㉜鞫　審問。㉝廉得　查出。㉞三木　指枷、杻、械，加在犯人頭上和手上、腳上的刑具。杻、械，即手銬、腳鐐。㉟括髮　把頭髮束起來。㊱盆成括　盆成，複姓，名括，戰國時人。孟子聽說他到齊國去做官，認為他有小才而不懂大道理，必死無疑。後來他果然被殺。見《孟子．盡心下》。㊲登徒子　登徒，複姓。子，男子的通稱。戰國宋玉有〈登徒子好色賦〉，說登徒子之妻極為醜陋，而登徒子卻喜歡她，和她生了五個孩子。後來用登徒子指好色而不擇美醜的人。㊳得隴興望蜀之心　東漢大將岑彭攻占隴右後又想攻打四川，漢光武帝寫信給他說：「人苦不知足，既平隴，復望蜀。」見《後漢書》。後用「得隴望蜀」比喻貪心不足。㊴將仲子而逾園牆　語出《詩經．鄭風．將仲子》：「將仲子兮，無逾我牆。」是女子拒絕男子爬牆追求，以免被家人發覺。㊵劉郎　指東漢人劉晨。傳說他和阮肇進天台山採藥，遇見兩個仙女，迎接他們進山洞，同居了半年才回來。㊶感帨驚尨　語出《詩經．召南．野有死麕》：「無感我帨兮，無使尨也吠。」意思是不要動我的佩巾，不要驚動狗叫，這是女子貞潔自守、拒絕男子追求的表示。感，同「撼」。動的意思。帨，佩巾。尨，狗。㊷鼠有皮胡若此　語出《詩經．鄘風．相鼠》：「相鼠有皮，人而無儀；人而無儀，不死何為。」意思是老鼠那樣的小動物還有皮，人怎麼能不要臉面。㊸謂何　奈何。㊹么鳳　桐花鳳，四川出產的一種五色小鳥。這裡比喻少女，指胭脂。㊺蝴蝶過牆二句　指宿介在王氏家的談話被毛大偷聽到。㊻蓮花卸瓣二句　指宿介丟失了胭脂的鞋子，再也沒找到。㊼自作孽盈　自作的罪孽已經滿盈。㊽僵李代桃　語出《古樂府．雞鳴》：「桃生露井上，李樹生桃旁。蟲來嚙桃根，李樹代桃僵。桃本身相代，兄弟還相忘。」後用「李代桃僵」比喻代人受過。

49姑降青衣　這是對秀才一種降級性處罰，由藍衫改著青衫，並不准參加當年的科考。50被鄰女之投梭　語出《晉書・謝鯤傳》：謝鯤調戲鄰家的女兒，被鄰女用織布的梭投擲，打落了兩個牙齒。這裡指毛大調戲王氏被拒絕。51開戶迎風二句　唐朝元稹〈鶯鶯傳〉寫書生張生與貴族小姐崔鶯鶯相戀，崔鶯鶯寫詩約張生幽會，有「待月西廂下，迎風戶半開；拂牆花影動，疑是玉人來」之句。這裡指宿介和王氏歡會，門沒有關，毛大追蹤而至。52求漿值酒　本來只求漿，卻得到了酒。比喻所獲過望。語出《續博物志》：「太歲在酉，乞漿得酒。」53偷韓掾之香　《世說新語・惑溺》載：韓壽為賈充掾吏，與賈女私通，賈女把家中異香偷贈給他。這裡指毛大企圖誘姦胭脂。54浪乘槎木二句　根據張華《博物志》記載：傳說天河與海相通，每年八月，住在海渚上的人乘浮木而去，二十多天後便隱隱約約看見天上的宮殿。浪，隨意。槎，水中浮木。廣寒宮，傳說中的月宮，這裡指胭脂的住處。55徑泛漁舟二句　借用陶潛〈桃花源記〉中漁人誤入桃花源的故事，比喻毛大誤闖到卞翁窗外。56投鼠無他顧之意　投鼠忌器的反語，指無所顧慮，不管後果如何。見《漢書・賈誼傳》。這裡指毛大殺卞翁。57張有冠而李借　這是引「張冠李戴」的俗語，指毛大想冒著鄂秋隼的名義和胭脂幽會。58魚脫網而鴻離　語出《詩經・邶風・新臺》：「魚網之設，鴻則離之。」指張網捕魚，鴻卻鑽進了網。離，遭遇。這裡指毛大逃脫，宿介被捕。59溫柔鄉　漢成帝喜愛趙飛燕的妹妹，說願意終老在溫柔鄉裡。見《飛燕外傳》。後以溫柔鄉指沉溺在男女情愛之中。60鬼蜮　比喻陰險之人。蜮，古代傳說中的一種蟲，在水裡暗處，含沙射人，被射中身子的就要生瘡，被射中影子的也要生病。61何愁貯屋無金　不怕嫁不到好丈夫的意思。金屋藏嬌是漢武帝少時要以金屋貯阿嬌的故事，見《漢武外傳》。62感關雎而念好逑　語出《詩經・周南・關雎》：「關關雎鳩，在河之洲。窈窕淑女，君子好逑。」關關，雎鳩雌雄和應的聲音。好逑，好的配偶。63春婆之夢　語出宋趙令時《侯鯖錄》卷七：「有老婦年七十，謂坡曰：『內翰昔日富貴，一場春夢。』」這裡指胭脂的夢想。64怨摽梅而思吉士　語出《詩經・召南・摽有梅》：「摽有梅，其實七兮。求我庶士，迨其吉兮。」這是描寫女子見到梅子熟透落下，聯想到自己已經成年而未及時結婚。65離倩女之魂　唐陳玄祐〈離魂記〉記張倩娘因思念書生王宙得病之事，這裡指胭脂因思想鄂生成病。(66)鐵限　鐵門檻，這裡指棍棒。(67)嵌紅豆於骰子二句　指胭脂因思念鄂生，招來禍害。見溫庭筠〈楊柳枝〉：「玲瓏骰子安紅豆，入骨相思知不知？」厲階，禍端。(68)喬木　代指父親。古代把喬、梓兩種樹木比作父子。(69)可憎才　討厭的傢伙，這裡表示親暱。《西廂記》有「與我那可憎才居止處門兒相向」等句。(70)葳蕤　草名，屬百合科，根長有節多鬚，形象似有威儀。(71)縲紲　捆犯人的繩子。(72)錦衾之可覆　「一床錦被遮蓋」，是宋元以來俗語，意思是錯誤可以原諒，或長處可以遮掩短處。(73)擲果　晉潘岳是美男子，在洛陽時，每逢外出，路上婦女見了，都拿果子投擲他，以表示愛慕。見《晉書・潘岳傳》。(74)仰　公文中上級責令下級的習慣語。(75)微　卑賤。(76)鼓吹　指迎親的樂隊。(77)棋局消日二句　用下棋來消磨時間，睡在綢被裡叫衙門裡的人散值。這裡指官員只知高眠和消遣，不顧人民的死活。紬，同「綢」。(78)嘵嘵者　指陳述冤屈的老百姓。嘵嘵，話說不完的樣子。(79)覆盆　黑暗的意思，比喻有冤不能伸。語出《漢書・司馬遷傳》：「戴覆盆何以望天。」(80)護法　佛家把保護佛教的人叫做護法，這裡是指給孔子護法。(81)宗匠　典型人物。(82)寶藏興焉　語出《禮記・中庸》：「今夫山，一卷石之多。及其廣大，草木生之，禽獸居之，寶藏興焉。」是在談論山的時候說的。(83)瑚　珊瑚的省詞。(84)渰　通「淹」。雲興起的樣子。

【語　譯】東昌府的卞氏，以醫牛為業，有個女兒小名胭脂，聰明美麗。父親很珍愛她，想把她許配給書香門第，但世家大族嫌棄他貧寒低賤，不屑跟他結親，所以胭脂十五歲還沒訂婚。

卞家對門住著龔家，龔妻王氏輕薄愛開玩笑，是胭脂閨中聊天的夥伴。一天，胭脂送王氏到門口，見一個年輕人從門前經過，穿著素白的衣帽，丰采美好。胭脂似乎動了心，眼睛在他身上打轉。年輕人低下頭，快步離開。他已經走遠了，胭脂還在凝神眺望。王氏看出她的心思，開玩笑地說：「以娘子的才貌，能配上這樣的人，才能沒有遺憾。」胭脂紅暈飛上臉頰，含情脈脈一句話不說。王氏問：「認識這個年輕人嗎？」胭脂回答：「不認識。」王氏說：「他是南巷的秀才鄂秋隼，已故鄂舉人的兒子。我以前和他是街坊，所以認識。世上的男子，沒有他那麼溫柔和順的。現在他穿素服，是因為他妻子死了，服喪還沒有滿期。你如果有意，我就傳話讓他託媒提親。」胭脂不說話，王氏笑著走了。

王氏幾天沒回音，胭脂懷疑王氏沒時間馬上去說，又猜疑鄂秋隼這個官宦後代不肯俯就。她心情憂鬱，焦慮苦悶，漸漸不吃不喝，臥病在床。正好王氏來看望她，就問她的病因。胭脂答道：「我自己也不知道。只是那天分別後，就覺得恍恍惚惚不舒坦，現在苟延殘喘，恐怕早晚就要死了。」王氏小聲說：「我丈夫出門做買賣沒回來，還沒有人給鄂郎說。你身體不舒服，莫非為了這事？」胭脂臉紅了半天。王氏逗她說：「真是為了這個，已病成這樣，還有什麼顧忌？先叫他夜裡來相聚一次，他難道不答應？」胭脂嘆息說：「事情到了這個地步，也顧不上害羞了。如果他不嫌我貧寒低賤，就找個媒人來，我的病就會好；如果私自約會，那萬萬不行！」王氏點點頭，就走了。

王氏少年時和鄰居的秀才宿介私通，出嫁後，宿介打探到她丈夫外出，就來重溫舊好。這天晚上宿介恰好來了，王氏就說了胭脂的話當作笑料，開玩笑地囑咐他轉告鄂秋隼。宿介很早就知道胭脂漂亮，聽了這話，心裡暗暗高興，慶幸有機可乘。他準備跟王氏商量，又怕王氏妒忌，便假借無心的話題，把胭脂家的門戶打聽得清清楚楚。第二天晚上，宿介爬牆進入卞家，逕直來到胭脂的房間，用手指敲著窗戶，裡面問：「誰呀？」宿介回答說是鄂秋隼。胭脂說：「我之所以想念你，是為了百年之好，不是為了一夜之歡。你要是真心愛我，只應該快點請媒人來；如果說私下苟合，我不敢從命。」宿介姑且表示同意，苦苦央求握一握她的小手以示誠意。胭脂不忍過分地拒絕，勉強支撐著起來開門。宿介一下闖進去，就抱住她要尋歡。胭脂無力抵抗，倒在地上，接不上氣來。宿介急忙來扯她。胭脂說：「哪裡來的小惡棍，一定不是鄂郎；如果真是鄂郎，他為人溫柔馴良，知道我的病因，一定會憐愛體恤，怎麼會這樣狂暴！如果再這樣，我就要喊起來，敗壞了名聲，兩人都沒好處！」宿介怕假冒的行跡敗露，不敢再逼迫她，只求約定下次相會的日期。胭脂說到迎親之日。宿介認為太久，再次請求。胭脂討厭他糾纏，就約病好以後。宿介索取信物，胭脂不肯給。宿介捉住她的腳脫下一隻繡鞋來走了。胭脂喊他回來，說：「我的身子已許給你，還有什麼捨不得的？只怕畫虎不成反類犬，以致被人恥笑、誹謗。現在我貼身之物已落入你手，料想要不回來了。你如果負心，我只有一死！」

宿介出來後，又到王氏那裡過夜。躺下後，心裡記掛著那隻繡鞋，暗中摸摸衣袖，竟然沒有了。他急忙起來點燈，抖衣服，到處尋找。王氏問他找什麼，他也不答。宿介懷疑王氏藏起來了，王氏又故意笑著讓他疑心；宿介不能隱瞞，把實情告訴了她。講完，拿燈照遍門外，始終沒找著。他懊惱地回屋睡覺，心裡慶幸深夜沒人，丟失的繡鞋還在路上。但一早起來去找，也還是不見蹤影。

此前，這條巷裡有個叫毛大的，遊手好閒沒有戶籍。他曾挑逗王氏，沒有得手，知道宿介跟王氏相好，想捉姦以要脅王氏。這天晚上，毛大經過王氏家門，一推，沒上閂，就偷偷進去。剛到窗下，踩著一件東西，軟軟的像棉絮，撿起來一看，是一條巾子包著一隻女人的繡鞋。他趴著偷聽，把宿介說的那些話聽得很清楚，高興極了，就抽身溜走了。過了幾個晚上，毛大爬牆進了胭脂家，由於不熟悉門戶，錯跑到卞翁的房間。卞翁從窗戶裡往外看，見是個男子，從他的聲響、行跡推斷，知道是為女兒來的。他心中忿怒，操起一把刀直趕出來。毛大大驚，轉身就跑。正想爬牆，卞翁已追到跟前，急迫間無路可逃，返身奪刀；卞婦起來大喊，毛大不能脫身，就把卞翁殺了。胭脂病剛好些，聽到喧嚷才起來。母女倆點燈一照，卞翁腦殼破裂，已經不能說話，一會兒就斷了氣。在牆腳下撿到一隻繡花鞋，卞婦一看，是胭脂的東西。逼問胭脂，胭脂哭著照實說了；只是不忍心連累王氏，只說是鄂秋隼自己來的。

天亮後，告到縣裡。縣令把鄂秋隼抓來。鄂秋隼為人拘謹說話遲鈍，十九歲了，見了生人羞答答的像個孩子。他被抓來，嚇得要死。上了公堂不知分辯，只有發抖。縣令更相信他真殺了人，橫加酷刑。鄂秋隼受不了痛楚，於是屈打成招。押解到府裡以後，像在縣裡一樣拷打。鄂秋隼冤氣填塞胸膛，每每想和胭脂當面對質；可等到見了面，胭脂總是痛罵，他便張口結舌，無法申辯，因此判了死罪。來回復審，經過幾個官員都沒有不同意見。

後來案子交濟南府復審。當時吳南岱任濟南知府，一見鄂秋隼，懷疑他不像殺人兇徒，暗中派人找機會私下問他，使他把話都說出來。吳南岱由此更確信鄂秋隼受了冤枉。他思考了幾天，才來審問。他先問胭脂：「你和鄂秋隼訂約以後，有人知道嗎？」胭脂答道：「沒有。」他又問：「你遇見鄂秋隼時，有別人在嗎？」胭脂還是回答「沒有」。吳南岱於是叫鄂秋隼上堂，用溫和的話語安慰他。鄂秋隼自述：「我曾路過她家門前，只見從前的鄰居王氏和一個少女出來，我就快步避開，這以後並沒說過一句話。」吳南岱訓斥胭脂說：「剛才說旁邊沒別人，怎麼有鄰居的婦女呢？」說完就要用刑。胭脂害怕了，說：「雖然有王氏，跟她其實沒有關係。」吳南岱停止審訊，下令拘傳王氏。

幾天後，王氏帶到，吳南岱又不讓她和胭脂見面，立刻出來審問，直接問：「殺人兇手是誰？」王氏答道：「我不知道。」吳南岱哄她說：「胭脂招供說，殺卞翁的事你全知道，怎麼能隱瞞？」王氏喊道：「冤枉啊！那騷丫頭自己想男人，我雖然有做媒撮合的話，只是逗她罷了。她自己勾引姦夫進門，我怎麼知道呢！」吳南岱細細盤問她，她才把前後兩次玩笑話說出來。吳南岱傳胭脂上堂，生氣地說：「你說王氏不知情，現在怎麼她自己供述給你們撮合呢？」胭脂流著淚說：「我自己不肖，導致父親慘死，官司不知哪年了結，又連累別人，實在不忍心。」吳南岱問王氏：「開玩笑之後，曾對誰說過？」王氏回答：「沒對誰說。」吳南岱發怒說：「夫妻在床上，應該無話不說，怎能說沒說過？」王氏供道：「丈夫外出很久沒回來。」吳南岱說：「儘管如此，凡戲弄別人的人，都笑別人蠢，用來炫耀自己的聰明，說沒跟任何人講，騙誰呢？」吩咐夾起十個指頭。王氏迫不得已，如實招供：「曾對宿介說過。」吳南岱於是釋放鄂秋隼，拘拿宿介。

宿介拿到，自己供說不知道。吳南岱說：「嫖女人的一定不是好的讀書人！」對他嚴刑拷打。宿介供認：「賺騙胭脂是事實。自從丟失繡鞋後，沒敢再去，殺人的事實在不知情。」吳南岱大怒，說：「爬牆頭的人什麼事情幹不出來！」又對他用刑。宿介不堪折磨，就承認下來。口供做成報上去，人們無不稱讚吳公的神明。如今鐵案如山，宿介只有伸著脖子等待秋後處決了。

不過，宿介雖然放蕩不端，卻是山東名士。他聽說提學使施愚山最為賢能，又有憐才恤士的美德，就寫了一張狀子申訴自己的冤枉，文辭悲切。施愚山討要他的供狀，反覆凝神思考，一拍桌子說：「這秀才冤枉啊！」於是報請巡撫和按察使，把案子移交給他再行審理。他問宿介：「繡鞋丟在哪裡？」宿介供道：「忘了。但在敲王氏家門時，還在袖子裡。」施愚山轉而問王氏：「除宿介之外，你還有幾個姦夫？」王氏供道：「沒有。」施愚山說：「淫亂的女人，哪會專跟一人私通？」王氏供稱：「我和宿介幼年相好，所以沒能拒絕他；後來不是沒有來挑逗的，但我確實沒有依從。」施愚山就讓她指出哪些人曾挑逗過她，王氏供稱：「同街坊的毛大多次挑逗，每次都被我拒絕了。」施愚山說：「怎麼忽然這麼貞潔呢？」下令動刑。王氏磕頭以至流血，極力辯白沒別的姦夫，施愚山才放開她。又問：「你丈夫出遠門，難道沒有人藉故上你家來嗎？」王氏說：「有的。某甲、某乙，都為借錢或贈送東西，曾到我家來一兩次。」原來某甲、某乙都是街上的浪蕩子，是對王氏有邪念還沒有動作的。施愚山都記下他們的名字，全抓了起來。

人犯集中後，施愚山帶人到城隍廟去，讓犯人都跪在香案前。說：「日前夢見神人告訴我，殺人兇手不出你們這四五個人。現在面對神明，不許說假話。如果肯自首，還可饒恕；要是說假話，查出來決不寬恕！」這幾個人一齊說沒有殺人之事。施愚山把頭枷、手梏、腳械放在地上，準備都給罪犯戴上；把他們頭髮束起、衣服扒光，那些人一齊喊冤叫苦。施愚山命令放開他們，對他們說：「既然不肯自己招認，就讓鬼神指出來。」他叫人用氈子褥子把城隍殿的窗戶遮住，不留一點縫隙；又讓囚徒們光著脊背，把他們趕進黑暗的大殿裡，隨即給一盆水，命他們逐個洗過手；把他們拴在牆壁下面，命令他們「面對牆壁不許動。殺人的兇手，會有神人在他背上寫字」。一會兒，把他們叫出來驗看，指著毛大說：「這是真正的殺人犯！」原來他先叫人用灰塗過牆壁，又用煤煙水給他們洗手。兇手怕神人在他背上寫字，所以把脊背貼在牆上因而沾上灰的顏色；臨出來，用手護著脊背，又抹上煤煙的顏色。施愚山本來就懷疑是毛大，到這時更加確信。對他施以酷刑，他就吐出了全部實情。施愚山判決道：

「宿介：重蹈盆成括殺身之路，得到登徒子好色之名。只因自幼相好，雖各自成婚卻像夫妻一樣相愛；因為洩漏內心祕密，引起得隴望蜀之心。仿效仲子爬過牆頭，像鳥兒一樣墜地；冒充劉郎來到洞口，竟然把門騙開。扯人佩巾，驚動狗叫，老鼠也有皮，怎麼能這樣？攀摘花朵，折斷樹枝，書生沒有品行，算是什麼東西！幸而聽到病女的嬌啼，還能憐惜姑娘的玉體；憐憫弱柳的憔悴，未似飛鶯那樣輕狂。從羅網中釋放鳳鳥，還有讀書人的斯文；在襪子下搶走繡鞋，豈不是十分無賴！蝴蝶過牆，隔窗有偷聽之耳；蓮花落瓣，掉在地上便無影無蹤。由此生出假中之假，誰能相信冤外有冤？禍從天降，嚴刑拷打，以至於險些喪命；自己作孽滿盈，幾乎砍頭，沒法接上。他翻牆鑽洞，固然玷汙了儒生的身分；但李代桃僵，實在難消他胸中的冤氣。因此應該免去鞭笞，抵消他已受過的刑罰；姑且降為末等秀才，給他一個改過自新的機會。像毛大這樣的人：刁蠻狡猾，無業遊民，是市井中兇惡歹徒。遭鄰居婦女的拒絕，淫心不死；見狂妄少年走進小巷，頓生奸計。打開門喜迎春風，高興地追蹤張生的腳步；找水喝卻有美酒，妄想偷得韓壽的異香。誰料老天奪去七魄，鬼卒攝走三魂。水波載著木筏，直入嫦娥所住宮殿；逕自駕著漁船，錯認通往桃源的道路。於是情火熄滅，欲望受阻。橫刀直前，沒有投鼠忌器之心；賊寇沒有退路，產生反咬一口之心。爬牆進入人家，只想冒名頂替；奪刀丟下繡鞋，自己逃之夭夭卻讓別人入獄。在男女愛情上竟生出如此惡魔，溫柔鄉裡哪會有這般鬼蜮！馬上砍掉腦袋，以大快人心。胭脂：尚未嫁人，年已十五。這樣美貌的仙女，應該有如玉的郎君；原是霓裳隊裡的舊人，何愁找不到富貴人家？卻有感於雎鳩鳴叫，思念配偶，像做了一場春夢；怨恨梅子熟落就思慕郎君，便成為離魂倩女。因為一線情絲縈繞，致使群魔交替來到。爭奪美女的顏色，恐怕失掉『胭脂』；惹得猛禽紛飛，都假託『秋隼』。繡鞋被搶，一瓣香蓮難以保住；鐵棒打來，無價璧玉幾乎砸破。紅豆鑲嵌在骰子裡，相思骨釀成災難；父親慘遭毒手，情人竟成了禍水！堅守貞操，幸好白壁無瑕；牢中力爭，長處可以遮蓋短處。讚賞她對宿介的拒絕，仍是潔白的情人；成全她對鄂生的愛慕，也是一件風流雅事。就讓縣令作你們的媒人。」

結案後，遠近傳誦。自從吳南岱主審後，胭脂才知道鄂秋隼冤枉。在公堂下相遇，她羞愧含淚，好像有痛惜的話，卻又沒有說出口。鄂秋隼感念她的眷戀之情，深深愛慕她；但又想到她出身低微，而且天天上公堂，被無數人指指點點，怕娶了她被人取笑，這件事日夜縈繞在他的心頭，拿不定主意。判決書下來，心裡才安穩。縣令替他送了聘禮，就吹吹打打地辦了喜事。

異史氏說：「太重要了！審案不能不謹慎啊！縱然能知道是代人受過，誰又想到惹起禍端的也受了委屈呢？但事情雖然撲朔迷離，一定有線索可尋，問題在於不仔細瞭解，縝密思索，就查不出來。唉！人們都佩服明哲的人斷案精明，卻不知道優秀工匠的煞費苦心。世上居於百姓之上的官員們，用下棋消磨日子，從綢被裡探出頭來吩咐開衙聽訟；對下面的百姓疾苦，不肯操一下心。等到擂鼓升堂時，巍然高坐在公堂上，對爭辯的人直接用刑罰使之安靜，難怪日月照射不到之處有那麼多的冤案哪！」

愚山先生，是我的恩師。剛受到他賞識時，我還不是秀才。我私下裡見他獎勵提拔讀書人，非常懇切、熱心，好像惟恐有所遺漏。讀書人稍有冤屈，他一定想方設法保護他們，從來不肯在學校裡逞威風，以討好權豪勢要之人。他真是孔夫子的護法衛士，不僅僅是一代文章宗師，評閱考卷不委屈有才之士。他的愛才如命，尤其不是後代的提學使做做虛假樣子所能趕得上的。曾經有一個名士進了考場，作「寶藏興焉」為題的文章，把山誤記成水；謄清後才醒悟過來，自料沒有不落榜之理。便作了一首曲詞：「寶藏在山間，誤認卻在水邊。山頭蓋起水晶殿，瑚長峰尖，珠結樹顛；這一回崖中跌死撐船漢！告蒼天：留點蒂兒，好與友朋看。」先生評卷看到這裡，也和了一首：「寶藏將山誇，忽然見在水涯。樵夫漫說漁翁話。題目雖差，文字卻佳，怎肯放在他人下。嘗見他，登高怕險；那曾見，會水淹殺？」這也可見他風流儒雅之一斑，是他憐愛才學的一件趣事。

【研析】〈胭脂〉是《聊齋誌異》中頗負盛名的一篇小說，敘述了一個由愛情引發的冤案故事。胭脂對鄂秋隼一見鍾情，鄰婦王氏戲言願為他們撮合。但王氏並未將胭脂之意告知鄂生，反而告訴了自己的姘頭宿介。宿介趁機謀色，冒名來會胭脂，並搶到一隻繡鞋作為信物，不料又將繡鞋丟在王氏窗外。毛大曾挑逗王氏不得，本想捉宿介與王氏之姦，卻意外揀到胭脂的繡鞋，並得知整個事情的經過。毛大持鞋來到胭脂家，撞到了胭脂的父親，慌亂中將其殺死，遺鞋在地。胭脂見鞋，以為兇手是鄂秋隼，便告了官。經過三次審理，才將真兇緝獲。毛大被處死，宿介被降為末等秀才，胭脂與鄂秋隼結為夫妻。

第一次審理在縣裡舉行。縣令把鄂秋隼抓來，橫加梏械，使鄂生誣服。押解到府裡以後，鄂生像在縣裡一樣被拷打。鄂生與胭脂當面對質，也無由辯解。就這樣，來回復審，幾個官員經手，都沒有不同意見，鄂生就被判了死罪。

第二次審理由濟南知府吳南岱主持。吳公見到鄂生後，覺得他不像是殺人的，便重新審理。

吳公通過提審胭脂，得知王氏可能知曉胭脂與鄂生的約定。吳公拘傳王氏，根據「凡戲人者，皆笑人之愚，以炫己之慧」，順藤摸瓜地抓到宿介。根據「宿妓者必非良士」和「逾牆者何所不至」的常理，吳公對宿介施以大刑。宿介不堪折磨，不得已認下殺人的罪名。

第三次審理由當時學使施愚山主持。施愚山任學使於山東，宿介聽說他最為賢能，而且有憐才恤士之德，便寫了狀子向他申訴自己的冤屈。施愚山受理了此案。根據「淫亂之人，豈得專私一人」，施愚山將有意於王氏且到過王氏家的毛大、某甲、某乙等拘捕。在城隍廟中，施愚山藉口神示，最終找到了真兇毛大，為宿介昭雪。

蒲松齡曾受過施閏章的獎掖提拔，根據路大荒著《蒲松齡年譜》，順治十五年（西元一六五八年），蒲松齡「初應童子試，即以縣、府、道試第一，補博士弟子員，受知於施閏章，文名籍籍諸生間。」在這篇故事中，蒲松齡主要塑造了施閏章賢能、恤士的良好形象。首先他判案英明。在前兩次審理中，官員都動用了刑罰。比如，縣令見鄂生戰戰兢兢的樣子，便以為鄂生必定犯下罪惡才會如此，於是對鄂生「橫加梏械」，使鄂生「不堪痛楚，以是誣服」。再如，吳公審案，他雖然發現鄂生受了冤屈，但提審王氏時，他「命梏十指」。再對宿介「嚴械之」，宿介不承認殺人，吳公「又械之」，導致宿介「不任凌藉，遂以自承」。實際上，吳公洗脫了鄂生的罪名，卻又將宿介冤枉了。再看施閏章審案，他威脅要對王氏動刑，逼王氏說出內心隱情，再利用「殺人者，當有神書其背」的詐言，使真兇自動現身。可見，施公斷案主要是靠思慮和計謀，這比吳公更細緻、更深入。其次他憐才恤士。他看到宿介的申訴狀子「語言愴惻」，便討其招供，反覆凝思，不肯輕斷。審明案情後，他把宿介降為末等秀才，給宿介留下改過自新之路。對鄂生和胭脂，他「仰彼邑令，作爾冰人」，成就一段美滿姻緣。蒲松齡還加寫了一個施愚山愛才的故事。某名士入場，作了「寶藏興焉」為題的一篇文章，把山誤記為水，可見犯了方向性錯誤。但施愚山卻認為，「題目雖差，文字卻佳，怎肯放在他人下」，由此足見施愚山敢於突破常規、憐才恤士，不僅是「衡文無屈士」的一代宗匠，更是「宣聖之護法」。

〈胭脂〉不僅塑造了施閏章等官員形象，而且在跌宕起伏情節中將胭脂的性格塑造得豐滿生動，令人愛之敬之，憐之憫之。小說的開頭說她「才姿惠麗」，當她在門口偶遇鄂生，頓生愛慕之心，她的「意似動」、「猶凝眺」，刻劃出情竇初開的少女在心儀一個人時的情態。王氏為胭脂牽線，但數日無音訊，胭脂「疑王氏未暇即往，又疑宦裔不肯俯拾」，讓讀者讀出了癡情小女子對這份愛情的企盼。當王氏提議讓鄂生夜晚前來相會，被胭脂拒絕，「若渠不嫌寒賤，即遣媒來，疾當愈；若私約，則斷斷不可」。這反映出胭脂的品行端正。宿介冒充鄂生在夜晚潛入胭脂家，胭脂對他說：「妾所以念君者，為百年，不為一夕。郎果愛妾，但宜速倩冰人；若言私合，不敢從命。」當宿介欲強行無禮，胭脂斷然拒絕，「若復爾爾，便當鳴呼」。至此，展示給讀者的是一個對愛情嚮往而又矜持、自愛、守禮的女性形象。隨著三位判官審判案件，胭脂又以別樣的性格打動了讀者。邑宰審案時，胭脂「詬詈」鄂生，大罵自己曾經心儀之人。在這「詬詈」背後，隱藏的是憤怒、傷心和對父親遇害的無限自責。濟南知府吳南岱復審，胭脂包庇王氏，只因「自己不肖，致父慘死，訟結不知何年，又累他人，誠不忍耳。」由此看得出胭脂的義氣，寧可自己受苦也不忍牽連他人。「自吳公鞫後，女始知鄂生冤。堂下相遇，靦然含涕，似有痛惜之詞」，此時的胭脂勇於擔當，知錯即改，心有悔意但又不直接表達出來，矜持、善良的性格躍然紙上。故事一波三折，每一折都將胭脂的性格刻劃得細膩動人，使讀者印象深刻、不能忘懷。

〈胭脂〉情節跌宕起伏，讀來引人入勝。但它到底是否實有其事？馬振方對此做了考證。在《胭脂》、〈折獄〉虛實辨析〉中，馬振方從故事內部找出三條理由以證實〈胭脂〉乃是蒲松齡虛構而成。第一條理由是，胭脂家住東昌，東昌明清與濟南並列為府，鄂生即經縣、郡審斷皆論死，應由東昌知府或更高的司、院官員復案，而不會讓並不管轄東昌的濟南知府吳南岱復案。第二條理由是，審斷命案至州、府以上應歸按察使或其署官，即便學員受冤如宿介者，呈送學使，學使一般也只能向按察使或巡撫進言，不會個人直接審案。第三條理由是，吳南岱調任濟南知府是在順治十二年，次年即由魏震接任，而施閏章至順治十三年十月始抵濟南任山東學使，因此施閏章沒有時間接受宿介的翻案訴訟。基於此，馬振方認為蒲松齡得遇施閏章這樣的憐才之官，並深受其恩，在小說中為他虛擬複雜的案件，以表現其斷案的才能和愛民品德，是很可理解的事。

仇大娘

仇仲，晉人，忘其郡邑。值大亂，為寇俘去。二子福、祿俱幼；繼室邵氏，撫雙孤，遺業幸能溫飽。而歲屢祲❶，豪強者復凌藉❷之，遂至食息不保❸。仲叔尚廉利其嫁，屢勸駕❹，而邵氏矢志不搖。廉陰券於大姓，欲強奪之；關說❺已成，而他人不之知也。

里人魏名，夙狡獪，與仲家積不相能，事事思中傷之。因邵寡，偽造浮言❻以相敗辱。大姓聞之，惡其不德而止。久之，廉之陰謀與外之飛語，邵漸聞之，冤結胸懷，朝夕隕涕，四體漸以不仁❼，委身床榻。福甫十六歲，因縫紉無人，遂急為畢姻。婦，姜秀才屺瞻之女，頗稱賢能，百事賴以經紀。由此用❽漸裕，仍使祿從師讀。

魏忌嫉之，而陽與善，頻招福飲，福倚為腹心交。魏乘間告曰：「尊堂病廢，不能理家人生產；弟坐食，一無所操作，賢夫婦何為作馬牛哉！且弟買婦，將大耗金錢。為君計，不如早析⑨，則貧在弟而富在君也。」福歸，謀諸婦；婦咄之。奈魏日以微言⑩相漸漬，福惑焉，直以己意告母。母怒，詬罵之。福益恚，輒視金粟為他人之物也者而委棄之。魏乘機誘與博賭，倉粟漸空，婦知而未敢言。既至糧絕，被母駭問，始以實告。母憤怒，而無如何，遂析之。幸姜女賢，旦夕為母執炊，奉事一如平日。

福既析，益無顧忌，大肆淫賭。數月間，田屋悉償戲債⑪，而母與妻皆不及知。福貲既罄，無所為計，因券妻貸貲，而苦無受者。邑人趙閻羅，原漏網之巨盜，武斷一鄉⑫，固不畏福言之食也，慨然假貲。福持去，數日復空。意踟躕，將背券盟。趙橫目相加。福大懼，賺妻付之。魏聞竊喜，急奔告姜，實將傾敗仇也。姜怒，訟興。福懼甚，亡去。姜女至趙家，始知為婿所賣，大哭，但欲覓死。趙初慰諭之，不聽；

既而威逼之，益罵；大怒，鞭撻之，終不肯服。因拔笄自刺其喉，急救，已透食管，血溢出。趙急以帛束其項，猶冀從容而挫折焉。明日，拘牒已至，趙行行⑬殊不置意。官驗女傷重，命笞之，隸相顧無敢用刑。官久聞其橫暴，至此益信，大怒，喚家人出，立斃之。姜遂舁女歸。

自姜之訟也，邵氏始知福不肖狀，一號幾絕，冥然大漸⑭。祿時年十五，煢煢⑮無以自主。先是，仲有前室女大娘，嫁於遠郡。性剛猛，每歸寧，饋贈不滿其志，輒迕父母，往往以憤去，仲以是怒惡之；又因道遠，遂數載不一存問。邵氏垂危，魏欲招之來而啟其爭。適有貿販者，與大娘同里，便托寄語大娘，且歆⑯以家之可圖。

數日，大娘果與少子至。入門，見幼弟侍病母，景象慘澹⑰，不覺愴惻。因問弟福，祿備告之。大娘聞之，忿氣塞吭，曰：「家無成人，遂任人蹂躪至此！吾家田產，諸賊何得賺去！」因入廚下，爇火炊糜，先供母，而後呼弟及子共啖之。啖已，忿出，詣邑投狀，訟諸博徒。眾懼，斂金賂大娘。大娘受其金，而仍訟之。邑令拘甲、乙等，各加杖責，田產殊置不問。大娘憤不已，率子赴郡。郡守最惡博者。大娘力陳孤苦，及諸惡局騙⑱之狀，情詞慷慨。守為之動，判令邑宰追田給主；仍懲仇福，以儆不肖。既歸，邑宰奉令敲比⑲，於是故產盡反。

大娘時已久寡，乃遣少子歸，且囑從兄務業，勿得復來。大娘由此止母家，養母教弟，內外有條。母大慰，病漸瘥，家務悉委大娘。里中豪強，少見陵暴，輒握刃登門，侃侃爭論，罔不屈服。居年餘，田產日增。時市藥餌珍肴，饋遺姜女。又見祿漸長成，頻囑媒為之覓姻。魏告人曰：「仇家產業，悉屬大娘，恐將來不可復返矣。」人咸信之，故無肯與論婚者。

有范公子子文，家中名園，為晉第一。園中名花夾路，直通內室。或不知而誤入之，值公子私宴，怒執為盜，杖幾死。會清明，祿自塾中歸，魏引與遊遨，遂至園所。魏故與園丁有舊，放令入，周歷亭榭。俄至一處，溪水洶涌，有畫橋朱檻，通一漆門；遙望門內，繁花如錦，蓋即公子內齋也。魏紿之曰：「君請先入，我適欲私[20]焉。」祿信之，尋橋入戶，至一院落，聞女子笑聲。方停步間，一婢出，窺見之，旋踵即返。祿始駭奔。無何，公子出，叱家人綰索逐之。祿大窘，自投溪中。公子反怒為笑，命諸僕引出。見其容裳都雅，便令易其衣履，曳入一亭，詰其姓氏。藹容溫語，意甚親昵。俄趨入內；旋出，笑握祿手，過橋，漸達曩所。祿不解其意，逡巡不敢入。公子強曳入之，見花籬內隱隱有美人窺伺。既坐，則群婢行酒。祿辭曰：「童子無知，誤踐閨闥，得蒙赦宥，已出非望。但求釋令早歸，受恩匪淺。」公子不聽。俄頃，肴炙紛紜。祿又起，辭以醉飽。公子捺坐，笑曰：「僕有一樂拍名，若能對之，即放君行。」祿唯唯請教。公子云：「拍名『渾不似[21]』。」祿默思良久，對曰：「銀成『沒奈何[22]』。」公子大笑曰：「真石崇[23]也！」祿殊不解。

蓋公子有女名蕙娘，美而知書，日擇良偶。夜夢一人告之曰：「石崇，汝婿也。」問：「何在？」曰：「明日落水矣。」早告父母，共以為異。祿適符夢兆，故邀入內舍，使夫人女輩共覘之也。公子聞對而喜，乃曰：「拍名乃小女所擬，屢思而無其偶，今得屬對，亦有天緣。僕欲以息女奉箕帚；寒舍不乏第宅，更無煩親迎耳。」祿惶然遜謝，且以母病不能入贅為辭。公子姑令歸謀，遂遣圉人負濕衣，送之以馬。

既歸告母，母驚為不祥。於是始知魏氏險；然因凶得吉，亦置不仇，但戒子遠絕而已。逾數日，公子又使人致意母，母終不敢應。大娘應之，即倩雙媒納采㉔焉。未幾，祿贅入公子家。年餘遊泮，才名籍甚㉕。妻弟長成，敬少弛㉖；祿怒，攜婦而歸，母已杖而能行。頻歲賴大娘經紀，第宅亦頗完好。新婦既歸，婢僕如雲，宛然有大家風焉。

魏又見絕，嫉妒益深，恨無瑕之可蹈，乃引旗下逃人誣祿寄貲。國初立法最嚴，祿依令徙口外㉗。范公子上下賄托，僅以蕙娘免行；田產盡沒入官。幸大娘執析產書，銳身告理，新增良沃如干㉘頃，悉掛福名，母女始得安居。

祿自分不返，遂書離婚字付岳家，伶仃自去。行數日，至都北，飯於旅肆。有丐子怔營㉙戶外，貌絕類兄；近致訊詰，果兄。祿因自述，兄弟悲慘。祿解複衣，分數金，囑令歸。福泣受而別。

祿至關外，寄將軍帳下為奴。因祿文弱，俾主支籍㉚，與諸僕同棲止。僕輩研問家世，祿悉告之。內一人驚曰：「是吾兒也！」蓋仇仲初為寇家牧馬，後寇投誠，賣仲旗下，時從主屯關外。向祿緬述，始知真為父子，抱首悲哀，一室為之酸辛。已而憤曰：「何物逃東㉛，遂詐吾兒！」因泣告將軍。將軍即命祿攝書記；函致親王，付仲詣都。仲伺車駕出，先投冤狀。親王為之婉轉㉜，遂得昭雪，命地方官贖業歸仇。仲返，父子各喜。祿細問家口，為贖身計。乃知仲入旗下，兩易配而無所出，時方鰥也。祿遂治任返。

初，福別弟歸，蒲伏[33]自投。大娘奉母坐堂上，操杖問之：「汝願受扑責，便可姑留；不然，汝田產既盡，亦無汝啖飯之所，請仍去。」福涕泣伏地，願受笞。大娘投杖曰：「賣婦之人，亦不足懲。但宿案[34]未消，再犯首官[35]可耳。」即使人往告姜。姜女罵曰：「我是仇家何人，而相告耶！」大娘頻述告福而揶揄之，福慚愧不敢出氣。

居半年，大娘雖給奉周備，而役同廝養。福操作無怨詞，托以金錢輒不苟。大娘察其無他，乃白母，求姜女復歸。母意其不可復挽。大娘曰：「不然。渠如肯事二主，楚毒[36]豈肯自罹？要不能不有此忿耳。」遂率弟躬往負荊[37]。岳父母詬讓良切，大娘叱使長跪，然後請見姜女。請之再四，堅避不出；大娘搜捉以出。女乃指福唾罵，福慚汗無以自容，姜母始曳令起。大娘請問歸期，女曰：「向受姊惠綦多，今承尊命，豈復敢有異言？但恐不能保其不再賣也！且恩義已絕，更何顏與黑心無賴子共生活哉？請別營一室，妾往奉事老母，較勝披削[38]足矣。」大娘代白其悔，為翌日之約而別。

次朝，以乘輿取歸，母逆於門而跪拜之。女伏地大哭。大娘勸止，置酒為歡，命福坐案側，乃執爵而言曰：「我苦爭者，非自利也。今弟悔過，貞婦復還，請以簿籍交納；我以一身來，仍以一身去耳。」夫婦皆興席[39]改容，羅拜哀泣，大娘乃止。

居無何，昭雪之命下，不數日，田宅悉還故主。魏大駭，不知其自，恨無術可以復施。適西鄰有回祿之變[40]，魏托救焚而往，暗以編菅爇祿第，風又暴作，延燒幾盡；止餘福居兩三屋，舉家依聚其中。

未幾，祿至，相見悲喜。初，范公子得離書，持商蕙娘。蕙娘痛哭，碎而投諸地。父從其志，不復強。祿歸，聞其未嫁，喜如岳所。公子知其災，欲留之；祿不可，遂辭而退。大娘幸有藏金，出葺敗堵。福負鍤營築，掘見窖鏹，夜與弟共發之，石池盈丈，滿中皆不動尊[41]也。由是鳩工大作，樓舍群起，壯麗擬於世胄。祿感將軍義，備千金往贖父。福請行，因遣健僕輔之以去。祿乃迎蕙娘歸。未幾，父兄同歸，一門歡騰。

大娘自居母家，禁子省視，恐人議其私也。父既歸，堅辭欲去。兄弟不忍。父乃析產而三之：子得二，女得一也。大娘固辭。兄弟皆泣曰：「吾等非姊，烏有今日！」大娘乃安之。遣人招子，移家共居焉。或問大娘：「異母兄弟，何遂關切如此？」大娘曰：「知有母而不知有父者，惟禽獸如此耳，豈以人而效之？」福祿聞之皆流涕。使工人治其第，皆與己等。

魏自計十餘年，禍之而益以福之，深自愧悔。又仰其富，思交歡之，因以賀仲階進，備物而往。福欲卻之；仲不忍拂，受雞酒焉。雞以布縷縛足，逸入竈；竈火燃布，往棲積薪，僮婢見之而未顧也。俄而薪焚災舍，一家惶駭。幸手指眾多，一時撲滅，而廚中百物俱空矣。兄弟皆謂其物不祥。後值父壽，魏復饋牽羊。卻之不得，繫羊庭樹。夜有僮被僕毆，忿趨樹下，解羊索自經死。兄弟嘆曰：「其福之不如其禍之也！」

自是魏雖殷勤，竟不敢受其寸縷，寧厚酬之而已。後魏老，貧而作丐，仇每周以布粟而德報之。

異史氏曰：「噫嘻！造物之殊不由人也！益仇之而益福之，彼機詐者無謂甚矣。顧受其愛敬，而反以得禍，不更奇哉？此可知盜泉㊷之水，一掬亦汙也。」

【注釋】❶歲屢祲　連年收成不好。祲，不祥之氣。❷凌藉　侵陵；欺侮。❸食息不保　沒有吃的，幾乎無法維持生存。息，呼吸。❹勸駕　勸別人做某一件事情。❺關說　代人陳說。❻浮言　謠言。❼四體漸以不仁　四肢逐漸麻痹。四體，四肢。不仁，麻痹，指患痹症。❽用　家用；用度。❾析　分家。❿微言　祕密進言，暗中挑唆。⓫戲債　賭博欠下的債務。戲，賭博。⓬武斷一鄉　以威勢橫行鄉里。⓭行行　倔強的樣子。⓮大漸　病重；病危。⓯煢煢　孤獨無依的樣子。⓰歆　羨慕。這裡是引誘的意思。⓱慘澹　即慘淡。⓲局騙　做成圈套騙人。⓳敲比　動用刑罰。⓴私　小便。㉑渾不似　一種長頸的小型琵琶。傳說王昭君的琵琶壞了，叫人做一個，做成後，形狀卻較小。王昭君笑曰：「渾不似。」見《席上腐談》。㉒沒奈何　相傳宋朝張俊家多白銀，每千兩鑄成一個圓球，稱為「沒奈何」；意思說特大銀塊，盜賊也沒法偷竊。見《堅瓠集》。㉓石崇　西晉時的大富豪，後人以石崇為富豪的代稱。㉔納采　古代婚禮，男女雙方同意後，男家備彩禮去女家締結婚約。㉕籍甚　傳播得很廣。㉖弛　鬆懈。㉗口外　長城以外的北部地區。㉘如干　若干。㉙怔營　惶恐不安的樣子。㉚主支籍　主管收支簿籍。㉛逃東　逃人的主人。㉜婉轉　委婉說情。㉝蒲伏　即匍匐。㉞宿案　舊的案子。

㉟首官 向官府告發。㊱楚毒 指姜女自刺其喉，拒絕趙閻羅的威逼。㊲負荊 即負刑請罪，道歉、賠罪的意思。見《史記·廉頗藺相如列傳》。㊳披削 披緇削髮，指做尼姑。㊴興席 離開坐席。㊵回祿之變 火災。回祿，傳說中的火神。㊶不動尊 銀錢的別稱。本是譏笑人有錢不用的意思。㊷盜泉 古代山東泗水縣的一眼泉水。《尸子》寫孔子經過盜泉，儘管口渴也不喝它的水，因為不喜歡這個名稱。

【語譯】仇仲，山西人，忘記他屬哪府哪縣。遇上大亂，被強盜俘虜了去。兩個兒子仇福和仇祿年齡都小；續娶的妻子邵氏撫養兩個孤兒，留下的產業幸好還能維持溫飽。但連年受災，豪強又欺壓他們，以至於生活不保。仇仲的叔父仇尚廉覺得邵氏改嫁對自己有利，就屢次勸她，但邵氏毫不動搖。仇尚廉與一個大戶人家暗地簽下契約，想強迫邵氏改嫁；已經談妥，而外人還不知道。

同村人魏名，一向狡猾奸詐，跟仇仲家長期不和，事事都想中傷他們。因為邵氏寡居，魏名就編造謠言來敗壞她的名聲。大戶人家聽到謠言後，嫌她沒德行就取消了契約。時間一長，仇尚廉的陰謀和外面的流言飛語，邵氏漸漸聽說了，冤氣鬱結在胸中，日夜流淚，四肢漸漸麻木，臥病在床。仇福才十六歲，因為家裡縫縫補補的人也沒有，於是趕緊給他完婚。媳婦是秀才姜屺瞻的女兒，非常賢慧能幹，所有的事情全仗她經營管理。從此家用漸漸寬裕，仍讓仇祿跟老師念書。

魏名很忌恨，卻佯裝跟仇福交好，時常邀仇福喝酒，仇福把他當心腹朋友來依靠。魏名找機會對仇福說：「你母親病倒了，不能管理家人、生產；你弟弟坐著吃閒飯，一點事不幹，你們兩夫婦為何替他當牛做馬呢！再說你弟弟將來娶媳婦，要花一大筆錢。我替你打算，不如早早分家，那麼窮在你弟弟而富在你。」仇福回家，跟妻子商量；妻子斥責他。無奈魏名天天暗中進言影響，仇福迷惑了，直接把自己的意思告訴母親。母親大怒，把他痛罵一頓。仇福更加怨恨，總把家中錢糧看作別人的東西而隨意丟棄糟蹋。魏名乘機引誘他賭博，倉房的糧食漸漸空了，姜氏知道卻不敢說。到家裡斷了糧，被婆婆吃驚地問，她才如實稟告。邵氏非常憤怒，但沒辦法，於是分了家。幸虧姜氏賢慧，早晚替婆婆做飯，像往常一樣侍奉她。

仇福分家後，更加沒有顧忌，大肆賭博。幾個月之間，田地房產都還了賭債，而母親和妻子都不知道。仇福錢花完了，沒有辦法，就立下抵押妻子的契約向人借錢，但苦於沒人接受。本縣有個趙閻羅，原是漏網大盜，以威勢橫行鄉里，根本不怕仇福說話不算數，很痛快地借錢給他。仇福拿去，幾天又輸光了。他心中猶豫，想要違背契約。趙閻羅眼睛一橫瞪著他。仇福很害怕，就把姜氏騙出來，交給趙閻羅。魏名聽說，暗暗高興，急忙跑去告訴姜秀才，其實想把仇家弄得傾家敗業。姜秀才很憤怒，提出訴訟。仇福十分害怕，就逃跑了。

姜氏到了趙家，才知道被丈夫賣了，放聲大哭，只想尋死。趙閻羅起初勸解她，她不聽從；接著加以威逼，姜氏更是大罵。趙閻羅大怒，鞭打她，她始終不肯屈服。姜氏拔出簪子刺自己的咽喉，趙閻羅急忙施救，已經刺透了食管，鮮血流出來。趙閻羅急忙用綢布包紮她的脖子，還希望慢慢使她屈服。第二天，衙門的拘票已經下來，趙閻羅很強橫，滿不在乎。縣令檢驗姜氏的傷勢嚴重，命令杖責趙閻羅，衙役們面面相覷，沒人敢用刑。縣令早就聽說這人橫暴，這下更相信了，非常生氣，叫家丁出來，當場把趙閻羅打死。姜秀才便把女兒抬回家。

自從姜家告狀，邵氏才知道仇福不爭氣的情況，一聲號哭，幾乎斷了氣，昏迷不醒，生命垂危。仇祿當時只有十五歲，孤孤單單地沒有主張。早先，仇仲有個前妻的女兒仇大娘，嫁往很遠的郡府。她性情剛猛，每次回娘家，娘家送的東西滿足不了她的要求，總跟父母頂撞，常常氣憤地離去，仇仲因此惱恨她；又因路遠，她就幾年不探望一次。邵氏病危，魏名想把仇大娘叫來以引起他們的紛爭。正好有個做生意的人，和仇大娘同村，魏名就託他捎話給仇大娘，並且用家產可圖的話來引誘她。

過了幾天，仇大娘果然和小兒子來了。進門後，看見年幼的弟弟侍候著重病的母親，一派慘淡景象，她非常傷心。於是問起弟弟仇福，仇祿都告訴了她。仇大娘聽了，怒氣填膺，說：「家裡沒有成年人，就任人糟蹋成這樣！我們家田產，怎能叫賊徒詐騙去！」於是進廚房，燒火煮粥，先給母親，然後叫弟弟和兒子一塊兒吃。吃完，忿然出門，到縣衙遞上狀子，告那些賭棍。那些人害怕了，湊錢賄賂仇大娘。大娘收下錢，但仍然告狀。縣令拘捕了某甲、某乙等人，各加杖責，對田產則完全擱置不問。大娘氣憤不已，領著兒子到府裡去告。知府是最痛恨賭博的。大娘竭力陳述仇家的孤苦，以及惡棍們設局詐騙的情況，感情詞語激昂慷慨。知府被說動，判令知縣追還田產給原主；仍然處罰仇福，以警戒不肖之輩。大娘回來後，縣令奉命動用大刑，於是仇家原來的田產全部收回。

大娘當時守寡已經很久了，便叫小兒子回家去，並囑咐他跟著哥哥料理家業，不要再來。大娘從此住在娘家，奉養母親，教導弟弟，裡裡外外井井有條。邵氏非常欣慰，疾病逐漸痊癒，家裡事務都交給大娘。鄉里的豪強稍有欺凌，大娘就拿著刀子找上門去，理直氣壯地爭論，沒人不向她屈服。過了一年多，家裡田產日益增多。大娘時常買藥物、補品及珍奇食物，送給姜氏。又見仇祿逐漸長大成人，頻頻囑託媒人替他說親。魏名對人說：「仇家產業都被仇大娘掌握，恐怕將來不能再歸仇家了。」人們都相信這話，所以沒人肯跟他們結親。

有貴家公子范子文，家中有名的花園在山西首屈一指。園中名花夾路，直通內宅。有人不知道誤從這條路進去，碰上范公子舉行私宴，生氣地把那人抓住，指為小偷，幾乎用棍子打死。正逢清明，仇祿從學堂回來，魏名帶他遊玩，於是來到這座花園。魏名本與園丁有交情，園丁放他們進去，周遊亭臺水榭。一會兒，來到一個地方，溪水洶湧，有一座彩繪小橋，朱紅欄杆，通向一扇漆門；遠望門內，繁花似錦，原來就是范公子的內宅。魏名騙仇祿說：「你先進去，我要去解個手。」仇祿相信了，沿著橋進了門，到了一所院落，聽到女子的笑聲。他正停住腳步時，一個丫環出來，看見他，轉身就回去了。仇祿這才驚慌地跑出來。不久，范公子出來，喝令家人拿繩子追趕。仇祿非常窘迫，自己跳進溪中。范公子轉怒為笑，命僕人們拉仇祿上來。他見仇祿相貌俊美，衣著清雅，就叫人替他換衣服鞋襪，拉進一座亭子，問他的姓名。范公子和顏悅色，溫聲細語，態度非常親切。一會兒，范公子快步走進內宅；很快又出來，笑著握住仇祿的手，過了橋，慢慢走到剛才那個地方。仇祿不明白他的意思，猶豫著不敢進去。范公子強拉他進去，只見花籬後面隱隱約約有個美貌女子在窺看他。坐下後，便有大群丫環來斟酒。仇祿推辭說：「我年幼無知，誤入內宅，能得到寬恕，已出乎所望。只願早放我回去，受恩不淺。」范公子不聽從。一會兒，各種菜肴紛紛端上來。仇祿又站起來，推說喝醉吃飽了。范公子按他坐下，笑著說：「我有一個樂曲的名字，如果能對上，就放你走。」仇祿恭敬地答應，請他指教。范公子道：「拍名『渾不似』。」仇祿默想了很久，對道：「銀成『沒奈何』。」范公子大笑說：「真是石崇啊！」仇祿很困惑。

原來范公子有個女兒名叫蕙娘，長得很美，知書識墨，正在挑選理想的配偶。夜裡夢見有人告訴她說：「石崇是你的丈夫。」她問：「在哪裡？」那人說：「明天會落水。」早上告訴父母，都覺得奇怪。仇祿恰好符合夢中的預言，所以范公子邀他進內宅，讓夫人、女兒等一同窺看他。范公子聽仇祿的對句，很高興，於是說：「樂曲名是我女兒擬的，想來想去沒有對句，今天你能對上，也是上天註定的緣分。我想把女兒許配給你；我家不缺少房屋，也不麻煩你迎娶了。」仇祿惶恐地辭謝，並且以母親有病不能入贅推託。范公子叫他暫且回家商議，便派馬夫背上他的濕衣服，用馬送他回家。

仇祿回家告訴母親，邵氏很吃驚，認為不祥。她這時才知道魏名陰險；不過因禍得福，也不跟他結仇，只是告誡兒子和他斷絕來往。過了幾天，范公子又派人向邵氏表達結親的意願，邵氏始終不敢答應。仇大娘答應下來，馬上請兩個媒人送去彩禮。不久，仇祿入贅范公子家。一年多後考取秀才，才名傳播得很廣。小舅子長大了，對姐夫不大敬重；仇祿很生氣，領著妻子回自己家，這時母親已經能拄著拐杖走路了。多年依靠大娘的經營，房宅也很完好。新媳婦住過來，丫頭僕人一大群，居然有大戶人家的氣派了。

魏名見仇祿與他絕交，忌恨更深，只恨無機可乘，於是收買一名逃亡的滿人家奴，誣告仇祿窩贓。清初立法極嚴，仇祿被依法流放關外。范公子上下行賄請託人，僅僅使蕙娘免於同行；仇祿的田產全部沒收充公。幸虧大娘拿著分家文書，挺身見官論理，新買良田若干頃都掛在仇福名下，母女才得以安居。

仇祿自料回不來了，便寫了離婚書交給岳父家，孤身一人走了。走了幾天，來到京城北面，在旅店吃飯，見有個乞丐惶恐不安地站在門外，相貌很像仇福；過去一問，果然是哥哥。仇祿於是說了自己的情況，兄弟倆十分傷心。仇祿脫下一重衣服，分出幾兩銀子，叫哥哥回家去。仇福哭著收下告別了。

仇祿到了關外，寄身在一位將軍帳下做奴僕。因為他文弱，將軍讓他管帳，跟其他僕人一起住。僕人們詢問他的家世，他都說了。內中有一個人吃驚地說：「這是我兒子呀！」原來仇仲當初給強盜家放馬，後來強盜投誠，仇仲被賣給滿族人，當時正隨主人駐紮關外。他對仇祿講述了這些經過，仇祿才知道他真是自己的父親，抱頭痛哭，一屋子人都替他們心酸。仇仲憤憤地說：「那逃亡的滿人是什麼東西，卻詐害我兒子！」於是流著淚稟告將軍。將軍當即任仇祿為代理文書；寫了封信給一位親王，讓仇仲帶上信到京城去。仇仲候著親王的車駕出來，先遞上訴冤狀子。親王替他婉轉疏通，於是得到昭雪，命地方官贖回仇祿的家產，歸還原主。仇仲回到關外，父子倆都很歡喜。仇祿細問父親的家口，為贖身打算，才知道仇仲入旗籍後，換過兩次配偶，都沒生下兒女，當時正是獨身。仇祿便整裝回了家鄉。

當初仇福辭別弟弟回家，進門就磕頭。大娘侍奉母親坐在堂上，提著棍子問他：「你願意受打，就暫且留下；不然，你的田產都沒有了，也沒你吃飯的地方，你還是走吧。」仇福哭泣著伏在地上，願受責打。大娘扔了棍子說：「賣媳婦的人，也不值得打。只是舊案還沒了結，再犯了送官就是了。」馬上派人去告訴姜氏。姜氏罵道：「我是仇家什麼人，卻來告訴我！」仇大娘把這話反覆說給仇福聽，挖苦他，仇福很慚愧，大氣也不敢出。

過了半年，大娘對仇福雖然供給周全，但像僕人一樣使喚他。仇福幹活毫無怨言，讓他拿錢去辦事總是一絲不苟。大娘考察他沒別的行為，就稟白母親，要請姜氏再回來。邵氏認為難以挽回。大娘說：「不會的。她要是肯嫁別的男人，怎麼會受那樣的罪？主要是不能不有這股氣罷了。」她於是帶著弟弟親自到姜家請罪。岳父岳母痛責仇福，大娘斥令仇福跪下，然後請見姜氏。請了好幾遍，姜氏硬躲著不出來；大娘進屋找，拉她出來。姜氏便指著仇福唾罵，仇福慚愧得直冒汗，無地自容，姜母才拽他起來。大娘請問姜氏回去的日期。姜氏說：「我一向受到姐姐許多恩惠，今天受你吩咐，難道還敢有二話？只怕不能保證他不再賣我！況且夫妻恩義已絕，還有什麼臉面跟這個黑心的無賴漢一起生活呢？請另外收拾一間屋子，我去侍奉老母，比剃髮出家好就夠了。」大娘代仇福表白悔過之情，約好第二天回來就告辭了。

第二天早上，大娘派轎子接姜氏回來，邵氏迎出門向她跪拜。姜氏伏到地上大哭。大娘勸住，擺酒歡慶，命仇福坐在桌旁，仇大娘於是拿起酒杯說：「我苦苦爭鬥，不是為自己得到好處。現在弟弟悔過，貞潔的弟媳重新回來，讓我把錢糧帳冊交還；我空著身子來，仍舊空著身子走。」仇福夫婦都從席上站起，臉色大變，圍著大娘叩拜哭泣，大娘才作罷。

過了沒多久，仇祿昭雪的命令下達，不幾天，田產房宅全部歸還原主。魏名大驚，不知是什麼緣故，只恨再沒有手段可耍。這時，碰上仇家西鄰失火，魏名假裝跑去救火，偷偷用草薦引著仇祿的房子，偏偏又突然刮起大風，把仇家的房屋幾乎燒光；只剩仇福住的兩三間房子，全家擠在裡面。

不久，仇祿回來了，大家相見又悲又喜。早先，范公子得到仇祿的離婚書，拿去跟女兒商量。蕙娘痛哭，把離婚書撕碎扔在地上。她父親依了她的意願，不再勉強。仇祿回來，聽說她沒嫁人，高興地來到岳父家。范公子知道他家受災，想留他住下；仇祿不同意，便告辭退了出來。幸喜大娘有存下的銀子，拿出來修葺倒塌的房屋。仇福扛鐵鍬去修房，挖到了藏銀子的地窖，夜裡和弟弟一同把窖挖開，是個石頭砌的池子，一丈見方，裡面滿滿全是銀錠。從此他們大興土木，樓房成群地建起來，壯觀華麗可以跟世家貴族媲美。仇祿感激將軍的恩義，備下一千兩銀子前去贖回父親。仇福請求讓他去，於是派個能幹的僕人輔佐他一起去。仇祿隨即把蕙娘接回家來。不久，父親和哥哥也一同回來，全家歡天喜地。

大娘自從住在娘家，禁止兒子來探望，怕人議論她有私心。父親回來後，她堅決告辭要走。兄弟倆不忍心。父親便把家產分作三份：兒子得兩份，女兒得一份，大娘一再推辭。兩個兄弟都哭泣著說：「我們要不是姐姐，哪能有今天！」大娘才安心了。她派人叫兒子們把家搬來一起住。有人問大娘：「對異母兄弟，你為什麼這樣關懷？」大娘說：「只知有母而不知有父，只有禽獸才那樣，難道人能學禽獸嗎？」仇福和仇祿聽到都流下眼淚。請來工匠為姐姐修建住宅，一切都跟自己的一樣。

魏名自想十多年來，坑害仇家卻使仇家愈加得福，深感慚愧和悔恨。又仰慕仇家有錢，想跟仇家交好，於是借祝賀仇仲回鄉來攀交情，準備禮物送上門。仇福想拒絕他；仇仲不忍拂他的好意，接受了他送的雞和酒。那雞用布條綁著腳，逃進灶炕；灶火燒著布條，那雞又竄到柴堆上棲息，僕人、丫環看見了，但沒去管牠。一會，柴禾著火，點著房子，全家驚惶。幸虧人手眾多，很快就撲滅了，但廚房裡各種東西都燒光了。兄弟倆都說魏名的東西不吉利。後來趕上父親做壽，魏名又牽來一隻羊送給他們。仇家推卻不掉，把羊拴在院子的樹上。晚上有個小僮挨了僕人的打，忿然跑到樹下，解下拴羊的繩子上吊死了。兄弟倆嘆息說：「他對我們好，反倒不如坑害我們！」

從此儘管魏名十分殷勤，仇家始終不敢接受他一點禮物，寧可給他優厚的酬謝。後來，魏名老了，窮得成了乞丐，仇家時常周濟他衣服糧食，以德報怨。

異史氏說：「哈！老天爺真不由人！越是仇恨加害，越使人家得福，那種機巧奸詐的人沒意思透了。只是接受他的敬慕，倒反招來禍患，不是更奇怪嗎？由此可知盜泉的水，捧上一次也會被玷汙的。」

【研析】〈仇大娘〉講述的是一位女中豪傑幫助困厄中的家庭走向興盛的故事，蒲松齡藉以表達了對離亂社會中不幸家庭的同情和對日常生活中奸惡小人的憎惡。

故事塑造了幾位敢於負責、勇於擔當、性格鮮明的女性形象。首先是堅韌的邵氏。邵氏是仇仲之妻，在丈夫被強盜擄走不知所蹤後，她拒絕仇家人的改嫁要求，獨自一人含辛茹苦地撫養兩個兒子。其次是豪俠的仇大娘。她是仇仲前妻之女，本來想分些家產，但見到「幼弟侍病母，景象慘澹」後，她憤而「詣邑投狀，訟諸博徒」，使故產盡返，從此主持家政，直至父弟同歸，一門歡騰。第三是剛烈的姜氏。姜氏是邵氏的大兒媳婦。她本為姜秀才之女，成婚後「頗稱賢能，百事賴以經紀」。在被賣入趙閻羅家後，她憤而反抗，拔笄自刺其喉。在丈夫決意悔過之後回到仇家。第四是節義的范氏。范氏是邵氏的二兒媳婦。她本為貴家公子范子文之女，出身高貴，容貌華美，雖然嬌生慣養，但卻知書達理。當丈夫被人誣告，「依令徙口外」，「田產盡沒入官」時，她沒有拋棄仇家，反而把丈夫寫下的離婚書「碎而投諸地」，表示了同舟共濟、同甘共苦的堅定信心。

相形之下，故事中的男性形象則隨著環境條件的變化而變化。首先是蒲松齡大力塑造的反派人物魏名。前半部分主要寫他「夙狡獪，與仲家積不相能，事事思中傷之」，只要他出場，就是算計仇家，後半部分則寫他「深自愧悔。又仰其富，思交歡之」，兩次到仇家送禮。其次是改過自新的仇福。前半部分主要寫他在壞人引誘下大肆淫賭，先力主分家，再劵妻貸貲，為逃避官司隱遁他鄉，後半部分則是狼狽返家，甘受責罰，迎回妻子，並親至關外贖回父親。第三是日漸成熟的仇祿。家庭遭難之際，他尚且年幼，不能承擔更多的責任，只有讀書、遊園、入贅等情節。直到成婚後，仇祿才逐漸顯出男兒本色。因為「妻弟長成，敬少弛」，他大為憤怒，「攜婦而歸」，不再入贅。在流放途中碰上淪為乞丐的哥哥，他「解複衣，分數金，囑令歸」。在流放地偶遇父親，他竭力為父親贖身，最終一門團聚。對於仇仲，蒲松齡並未花費太多筆墨，只有被俘、投狀、返家、析產等情節，寥寥數十字而已。

蒲松齡在「異史氏曰」中感嘆說，「噫嘻！造物之殊不由人也！益仇之而益福之，彼機詐者無謂甚矣。顧受其愛敬，而反以得禍，不更奇哉？」在蒲松齡看來，對魏名這種機巧奸詐之人的嘲諷構成了故事的主軸。魏名共對仇家進行九次陷害，一是偽造浮言以毀壞邵氏的名譽，二是極力鼓動仇福分家，挑撥仇福、仇祿兄弟之間的關係，三是引誘仇福賭博，使其田產蕩盡，貨賣妻子，四是向姜家通報消息，借姜家之力傾敗仇家，五是託人寄語仇大娘，以引起仇家內鬥，六是散布「仇家產業，悉屬大娘」的謠言，使人不敢給仇祿提親，七是誘騙仇祿進入范家花園，想借范子文之手懲罰仇祿，八是「引旗下逃人誣祿寄貲」，使仇祿「依令徙口外」，九是「托救焚而往，暗以編管爇祿第」，燒掉了仇家大部分房屋。魏名改悔之後，又兩次主動結好仇家，一是借祝賀仇仲回鄉送禮物，二是借仇仲過生日送禮物。實際上，魏名的最初想法與客觀結果截然相反，他每一次作惡都給仇家帶來預想不到的福氣，每一次行善都給仇家帶來出乎意料的禍事。比如，他敗壞邵氏的名譽，卻使得仲叔想賣掉邵氏的陰謀流產；仇祿被騙到范公子家，卻被范公子招為女婿；仇祿被誣陷而流放關外，卻遇到了哥哥與父親，使他們一家團聚；魏名招來仇大娘，卻使仇家在大娘的幫助下解除危難，重振家業，等等。魏名送來賀禮，卻導致仇家的一場火災。他送給仇家一隻羊，拴羊的繩子卻成為仇家小僮上吊的工具。在「其福之不如其禍之也」句後，馮鎮巒評價：「此語消許多不平之憾。」但明倫評價：「長篇大文，止以二語收束。」故事就這樣充滿了偶然和巧合，使人不得不感嘆生活中得與失、禍與福的互補相生之道。而最後仇家的興旺發達、魏名的貧而作丐也昭示人們堅守正道、積德行善的重要意義。

龍飛相公

安慶❶戴生，少薄行❷，無檢幅。一日，自他醉歸，途中遇故表兄季生。醉後昏眊❸，亦忘其死，問：「向在何所？」季曰：「僕已異物，君忘之耶？」戴始恍然，而醉亦不懼，問：「冥間何作？」答云：「近在轉輪王❹殿下司錄。」戴曰：「人世禍福，當必知之？」季曰：「此僕職也，烏得不知。但過煩，非甚關切，不能盡記耳。三日前偶稽冊，尚睹君名。」戴急問其何詞。季曰：「不敢相欺，尊名在黑暗獄❺中。」戴大懼，酒亦醒，苦求拯拔。季曰：「此非僕所能效力，惟善可以已之。然君惡籍盈指❻，非大善不可復挽。窮秀才有何大力？即日行一善，非年餘不能相準❼，今已晚矣。但從此砥行❽，則地獄或有出時。」戴聞之泣下，伏地哀懇；及仰首，而季已杳矣。悒悒❾而歸。由此洗心改行，不敢差跌[10]。

先是，戴私其鄰婦，鄰人聞之而不肯發，思掩執之[11]。而戴自改行，永與婦絕；鄰人伺之不得，以為恨。一日，遇於田間，陽與語，紿窺眢井[12]，因而墮之。井深數丈，計必死。而戴中夜蘇，坐井中大號，殊無知者。鄰人恐其復生，過宿往聽之；聞其聲，急投石。戴移閉洞中，不敢復作聲。鄰人知其不死，斸土[13]填井，幾滿之。洞中冥黑，真與地獄無少異者。空洞無所得食，計無生理。蒲伏漸入，則三步外皆水，無所復之，還坐故處。初覺腹餒，久竟忘之。因思重泉[14]下無善可行，惟長宣佛號而已。

既見燐火浮游，熒熒滿洞，因而祝之：「聞青燐悉為冤鬼；我雖暫生，固亦難反，如可共話，亦慰寂寞。」但見諸燐漸浮水來；燐中皆有一人，高約人身之半。詰所自來，答云：「此古煤井。主人攻煤[15]，震動古墓，被龍飛相公決地海之水，溺死四十三人。我等皆其鬼也。」問：

「相公何人？」曰：「不知也。但相公文學士，今為城隍幕客。彼亦憐我等無辜，三五日輒一施水粥。要我輩冷水浸骨，超拔無日。君倘再履人世，祈撈殘骨葬一義冢[16]，則惠及泉下者多矣。」戴曰：「如有萬分一，此即何難。但深在九地[17]，安望重睹天日乎！」因教諸鬼使念佛，捻塊代珠，記其藏數[18]。不知時之昏曉，倦則眠，醒則坐而已。

忽見深處有籠燈，眾喜曰：「龍飛相公施食矣！」邀戴同往。戴慮水沮，眾強扶曳以行，飄若履虛。曲折半里許，至一處，眾釋令自行；步益上，如升數仞之階。階盡，睹房廊，堂上燒明燭一支，大如臂。戴久不見火光，喜極趨上。上坐一叟，儒服儒巾。戴輟步不敢前。叟已睹之，訝問：「生人何來？」戴上，伏地自陳。叟曰：「我耳孫[19]也。」因令起，賜之坐。自言：「戴潛，字龍飛。曩因不肖孫堂，連結匪類，近墓作井，使老夫不安於夜室，故以海水沒之。今其後續如何矣？」蓋戴近宗凡五支，堂居長。初，邑中大姓賂堂，攻煤於其祖塋之側。諸弟畏其強，莫敢爭。無何，地水暴至，採煤人盡死井中。諸死者家，群與大訟，堂及大姓皆以此貧；堂子孫至無立錐。戴乃堂弟裔也。曾聞先人傳其事，因告翁。翁曰：「此等不肖，其後烏得昌⑳！汝既來此，當毋廢讀。」因餉以酒饌，遂置卷案頭，皆成、洪制藝㉑，迫使研讀。又命題課文，如師授徒。

堂上燭常明，不剪亦不滅。倦時輒眠，莫辨晨夕。翁時出，則以一僮給役。歷時覺有數年之久，然幸無苦。但無別書可讀，惟制藝百首，首四千餘遍矣。翁一日謂曰：「子孽報已滿，合還人世。余冢鄰煤洞，陰風刺骨，得志後，當遷我於東原。」戴敬諾。翁乃喚集群鬼，仍送至舊坐處。群鬼羅拜再囑。戴亦不知何計可出。

先是，家中失戴，搜訪既窮，母告官，繫縲㉒多人，並少蹤緒。積三四年，官離任，緝察亦弛。戴妻不安於室，遣嫁去。會里中人復治舊井，入洞見戴，撫之未死，大駭，報諸其家。舁歸經日，始能言其底裏。

自戴入井，鄰人毆殺其婦，為婦翁所訟，駁審年餘，僅存皮骨而歸。聞戴復生，大懼，亡去。宗人議究治之，戴不許；且謂曩時實所自取，此冥中之譴，於彼何與焉。鄰人察其意無他，始逡巡而歸。井水既涸，戴買人入洞拾骨，俾各為具㉓，市棺設地，葬叢冢焉。又稽宗譜名潛，字龍飛，先設品物，祭諸其冢。學使聞其異，又賞其文，是科以優等入闈㉔，遂捷於鄉㉕。既歸，營兆㉖東原，遷龍飛厚葬之；春秋上墓，歲歲不衰。

異史氏曰：「余鄉有攻煤者，洞沒於水，十餘人沉溺其中。竭水求尸，兩月餘始得涸，而十餘人並無死者。蓋水大至時，共泅高處，得不溺。縋而上之，見風始絕，一晝夜乃漸蘇。始知人在地下，如蛇鳥之蟄，急切未能死也。然未有至數年者。苟非至善，三年地獄中，烏復有生人㉗哉！」

【注釋】❶安慶 府名，治所在今安徽安慶。❷薄行 輕薄無行。❸昏眊 眼睛昏花。❹轉輪王 又名轉輪聖王、轉輪聖帝、輪王，傳說祂由天感得輪寶，轉其輪寶，而降伏四方，故曰轉輪王。❺黑暗獄 傳說中的地獄之一。❻惡籍盈指　記錄惡跡的簿冊堆滿一尺厚。指，指尺。古時以中指中節為寸，十倍為尺，故名指尺。❼相準　相抵消。❽砥行　砥礪品行。❾悒悒　憂鬱；愁悶。❿差跌　即蹉跌，失足跌倒，比喻失誤。⓫思掩執之　想乘其不備抓住他。⓬眢井　乾枯的井。⓭斸土　掘土。斸，大鋤。挖掘之意。⓮重泉　地下，指死者所歸之處。⓯攻煤　挖煤。⓰義冢　舊時收埋無主屍骸的墓地。⓱九地　同「重泉」。⓲藏數　佛經數。藏，佛道經典的總稱。⓳耳孫　遠孫。⓴其後烏得昌　他的後代怎麼能興盛。㉑成洪制藝　明代成化、弘治年間的八股文。成，成化，明憲宗年號（西元一四六五～一四八七年）。洪，弘治，明孝宗年號（西元一四八八～一五○五年）。㉒縶縲　牽連。㉓俾各為具　使其各各湊成完整的屍骨。㉔是科以優等入闈　這年科考以優等參加鄉試。㉕捷於鄉　考中舉人。㉖營兆　營建墳墓。兆，墓地；埋葬死人之處。㉗生人　活人。

【語　譯】安徽安慶的戴生，年輕時輕薄無行，很不檢點。一天，從別處喝醉酒回家，途中遇到已故的表兄季生。他酒後迷迷糊糊，也忘記季生已經死了，問：「你前些時在哪裡？」季生說：「我已成了鬼，你忘了嗎？」戴生這才恍然大悟，但醉中也不害怕，問：「你在陰間幹什麼？」季生回答說：「近來在轉輪王殿下做文書。」戴生說：「人世間的禍福，你一定知道嘍？」季生說：「這是我的職責，怎麼不知道。只是太煩雜，不是很關切的，不能都記住罷了。三天前偶然查閱簿冊，還看到你的名字。」戴生急忙問上面寫著什麼。季生說：「不敢騙你，你的大名在黑暗獄中。」戴生非常害怕，酒也醒了，苦苦哀求他拯救。季生說：「這不是我能效勞的，只有行善可以消災。不過記錄你惡行的簿冊有一尺厚，不是大善是不能再挽回。你這窮秀才有多大能耐？即使每天做一件善事，沒一年多抵消不了，現在已經晚了。但從此積德行善，到地獄中或許會有出來的時候。」戴生聽了，流下眼淚，伏在地上哀求；等到抬起頭來，季生已經不見了。他心情憂鬱地回了家。從此洗心革面，力改前行，不敢有所失誤。

早先，戴生同鄰人的妻子私通，鄰人聽說了卻不肯挑明，想乘其不備抓住他。而戴生自從悔改後，便跟那女人斷了來往，鄰人找不到機會，更加惱恨。一天，他們在田間相遇，鄰人假裝跟戴生說話，騙他看一口乾枯的廢井，趁機推他下去。井有幾丈深，鄰人算計戴生一定死了。但戴生到半夜蘇醒了，坐在井裡大叫，根本沒人知道。鄰人怕他復活，隔了一夜去聽；聽到他的聲音，急忙往下扔石頭。戴生挪動到一個洞裡，不敢再發出聲音。鄰人知道他沒死，挖土填井，幾乎填滿了。洞裡漆黑一片，真跟地獄沒一點區別。洞裡空空的找不到東西吃，戴生估計自己不會活下去。後來匍匐著慢慢爬進洞裡，三步之外都是水，沒地方可去，便又回來坐在原處。起初覺得肚子餓，時間一久，餓也忘了。他想在地底下沒有善事可做，只有不斷地念「阿彌陀佛」。

後來他見有燐火漂浮遊蕩，熒熒點點，布滿洞內，於是祝禱說：「聽說燐火都是冤鬼；我雖然暫時還活著，也難以返回人間了，如能一起說說話，也可以撫慰寂寞的心情。」只見許多燐火漸漸在水上浮過來；每片燐火中都有一個人，約有人身一半高。戴生問他們從哪裡來，他們回答說：「這是古時的煤井。煤井的主人採煤，震動古墓，被龍飛相公掘開地下海的水，淹死四十三個人。我們都是這些人的鬼魂。」戴生問：「龍飛相公是什麼人？」鬼魂們說：「不知道。只知道他是個讀書人，現在是城隍的幕僚。他也憐憫我們無辜，三五天就施捨一次稀粥。問題是我們被冰冷的水浸著骨頭，沒有脫離苦境的日子。你如果再回到人世，求你打撈我們的殘骨葬在一座公墓裡，那對我們這些泉下的鬼魂就功德無量了！」戴生說：「如果萬一有機會出去，這有什麼難的。只是我被深深埋在九層地下，怎能奢望重見天日呢！」於是他教鬼魂們念佛，捏泥塊代替佛珠，記住所念經卷的數目。就這樣，不知時辰早晚，睏了就睡，醒了就坐著。

忽然看見深處有燈籠的光，鬼魂們高興地說：「龍飛相公施捨食物了！」邀戴生一同前往。戴生顧慮有水阻隔，大家就硬扶著拽他走，他飄飄然像在空中。曲曲折折走了半里左右，到一個地方，大家放開讓他自己走；他一步一步往上走，像是登幾丈高的臺階。到臺階盡頭，看見房舍門廊，堂上燃著一支明亮的蠟燭，有手臂那麼粗。戴生很久不見火光，高興極了，快步上去。上面坐著一位老翁，穿戴著儒生的衣服頭巾。戴生停步不敢上前。老翁已經看見他，驚訝地問：「陌生人從哪裡來？」戴生上前拜倒在地，作自我介紹。老翁說：「是我的遠代孫子。」於是叫他起來，賜給他座位。老翁自我介紹說：「我叫戴潛，字龍飛。以前因為不肖的孫子戴堂，勾結壞人，貼近祖墳打煤井，使老夫不能安居於地下暗室，所以用地下海水淹沒煤井。現在他的後代怎樣了？」原來戴生的近房族共五支，戴堂是長房。當初，縣裡的大姓買通戴堂，在戴家祖墳旁邊採煤。弟弟們害怕戴堂勢力強大，不敢抗爭。不久，地下水突然湧出，採煤工人都死在井裡。死者們的家屬聯合起來大打官司，戴堂和那個大姓都因此而貧窮；戴堂的子孫窮得無立錐之地。戴生是戴堂弟弟的後裔。他曾聽前輩人傳說過這事，於是告訴了老翁。老翁說：「這樣的不肖子孫，他的後代哪能昌盛！你既然來到這裡，不要荒廢學業。」於是拿酒食給他吃，然後把書放在桌上，都是成化、弘治年間的八股文，督促他閱讀、鑽研。又命題作文，考核功課，像老師教授學生一樣。

廳堂上燈燭長明，不剪燈花也不熄滅。困倦的時候就睡覺，不能分辨早晨還是晚上。老翁有時外出，就派一個僮僕給戴生使喚。經歷的時間，覺得有幾年之久，不過幸好不怎麼苦。只是沒有別的書可讀，只有八股文一百篇，每篇念過四千多遍了。一天，老翁對他說：「你的孽報已經滿期，該回人世了。我的墳墓鄰近煤洞，陰風刺骨，你飛黃騰達以後，應該把我遷到東邊高地上去。」戴生恭敬地答應了。老翁於是把鬼魂們叫來，讓他們仍舊送戴生到原來坐的地方。鬼魂們圍著戴生叩拜，再次囑託。戴生也不知道有什麼辦法可以出去。

當初家裡不見了戴生，到處查訪沒有結果，他母親告了官，抓了好些人，也沒有一點線索。過了三四年，那官員離任，緝察也就鬆弛下來。戴生的妻子不安心獨守空房，戴家把她嫁走了。正逢村裡人重新治理舊煤井，進洞裡見到戴生，摸摸還沒死，大吃一驚，報告了他家。把他抬回來，過一整天，才能講述經過。自從戴生掉進井裡，鄰人把妻子打死，被岳父告狀，反覆審理一年多，只剩下皮包骨頭回家。聽說戴生復活，非常害怕，就逃走了。戴家的族人商量追究懲治他，戴生不答應；並且說以前實在是自作自受，這是神明冥冥之中對自己的懲罰，跟他有什麼關係。鄰人察覺他沒別的意思，才猶豫著回了家。煤井裡的水乾了，戴生雇人進洞收拾採煤人的骸骨，使其各各湊成完整的屍骨，買棺木，置墓地，葬為多座墳墓。又查閱宗譜，果然有名潛字龍飛的，便備辦供品，到墳上祭祀。提學使聽說戴生的奇事，又賞識他的文章，這年科考以優等參加鄉試，又中了舉人。回來後，戴生在東面高地上營造墳墓，把龍飛的遺骨遷過去厚葬了；以後春、秋掃墓，年年不絕。

異史氏說：「我鄉裡有採煤的，煤洞被水淹沒，十多個人被淹在裡頭。人們掏乾水去找屍體，兩個多月才掏乾，而那十多個人並沒死。原來水湧來時，他們一起游到高處，所以沒淹著。把他們用繩子吊上來，一見風開始都暈死過去，一天一夜才逐漸蘇醒。這才知道人在地下，如同蛇和鳥的冬眠，一下子死不了。不過沒有在地下活到幾年的。要不是做大善事，三年地獄之中，哪還會有活人呢！」

【研析】《聊齋誌異》中，有不少篇目講述輪迴因果報應的故事，〈龍飛相公〉就是其中的一篇。這篇故事雖然名為「龍飛相公」，但故事的主人公卻是「龍飛相公」的遠代子孫戴生。

戴生年輕時胡作非為，很不檢點。一天，酒醉遇故表兄季生，問起自己的人生禍福。季生告訴他屬於黑暗獄一列。戴生大懼，苦求拯救。季生指引他「惟善可以已之。……但從此砥行，則地獄或有出時」。戴生開始洗心革面，不敢有所差錯。此前，戴生與鄰婦私通，遇到季生後，就斷絕了與她的來往。鄰人本想捉姦，這時就抓不到把柄，但還是找機會把戴生推下廢井。在井裡，戴生遇到一群冤鬼，本為挖煤工，因龍飛相公決地海之水，而皆被溺死。戴生教眾鬼念佛，在眾鬼的引薦下，戴生見到了龍飛相公，並知其為本家祖輩。龍飛相公督促戴生讀書，如師授徒。終於戴生孽報已滿，可以返回陽世。回家後，戴生依然大行善事，對鄰人不再追究。並實現其在洞中的諾言，將洞中之骨悉數入棺設地，葬入墳冢；設品物祭祀龍飛相公，遷其墓，厚葬之。戴生也以優等入闈，遂捷於鄉。

蒲松齡寫作此文的目的是「勸善懲惡」，但並沒有長篇累牘地講述枯燥的道德觀念，而是將故事講述得情節曲折，展現了作者獨特的構思，在刻意營造的類似地獄的井中，戴生終大徹大悟，並得善果。按佛家觀點「有情輪迴生六道，猶如車輪無始終。」（《心地關經》）六道輪迴中之善三道為天道、人道、阿修羅道，惡三道為地獄道、餓鬼道和畜生道。眾生自無始以來，或時行善，或時行惡，生死於六道中，如車輪迴轉不已，故云輪迴。進化的輪迴果報思想即包括俗所謂三生

（今世、前世、後世）轉世，及前生果報或當世實報或現報。佛家這種輪迴果報思想（善有善報、惡有惡報），在長期中國封建社會已形成一種普遍道德準則。這些在《聊齋誌異》鬼故事中頗多表現。

蒲松齡採用浪漫超現實的手法，通過虛幻的情節，借用超人的力量來表現「勸善懲惡」思想。這種行文思路在〈龍飛相公〉中也得到很好的體現。故事的構思情節，並非為了追求新奇，而是將理想寄予在幻想中，通過這一段段超出常情的故事來將自己的善惡觀灌輸其中，使人在富有趣味的故事中得到啟發。蒲松齡的「勸善懲惡」，不僅表現在懲辦惡者上，而且在於給予惡者以改惡從善的機會。戴生因為遇到故表兄之後，大行善事，痛改前非，這是改惡從善的開始；但因他作惡太多，仍然被埋井中。這既是對他的一個考驗，也是為了使他能夠真正地改惡從善。最終他從井中出來後，以優等入闈，成就善果。但明倫在讀了這篇文章後，發表感慨，「願普天下善男子、善女子，生清淨心，自計我身所行，是否名在黑獄，雖有差跌，砥行可挽；雖有修積，懈馳皆隳；慎勿至罔睹天日，而始悔無善可行，急時報佛腳也。」毋需諱言，在封建思想占統治地位的社會中，只憑「勸善」是不能改變惡人的本性的，而「懲惡」又把希望寄託在來世。因此，「勸善懲惡」思想也有其自身局限性。即便如此，也不能抹殺蒲松齡此類小說的價值所在。

五通

南有五通❶，猶北之有狐也。然北方狐祟，尚百計驅遣之；至於江浙五通，民家有美婦，輒被淫占，父母兄弟，皆莫敢息，為害尤烈。

有趙弘者，吳之典商❷也。妻閻氏，頗風格❸。一夜，有丈夫岸然自外入，按劍四顧，婢媼盡奔。閻欲出，丈夫橫阻之，曰：「勿相畏，我五通神四郎也。我愛汝，不為汝禍。」因抱腰舉之，如舉嬰兒，置床上，裙帶自脫，遂狎之。而偉岸甚不可堪，迷惘中呻楚欲絕。四郎亦憐惜，不盡其器。既而下床，曰：「我五日當復來。」乃去。弘於門外設典肆，是夜婢奔告之。弘知其五通，不敢問。質明視妻，憊不起，心甚羞之，戒家人勿播。

婦三四日始就平復，而懼其復至。婢媼不敢宿內室，悉避外舍；惟婦對燭含愁以伺之。無何，四郎偕兩人入，皆少年蘊藉❹。有僮列肴酒，與婦共飲。婦羞縮低頭，強之飲亦不飲；心惕惕然❺，恐更番為淫，則命合盡矣。三人互相勸酬，或呼大兄，或呼三弟。飲至中夜，上座二客並起，曰：「今日四郎以美人見招，會當邀二郎、五郎醵酒為賀。」遂辭而去。四郎挽婦入幃，婦哀免；四郎強合之，血液流離，昏不知人，四郎始去。婦奄臥床榻，不勝羞憤，思欲自盡，而投繯則帶自絕，屢試皆然，苦不得死。幸四郎不常至，約婦痊可始一來。積兩三月，一家俱不聊生。

有會稽❻萬生者，趙之表弟，剛猛善射。一日，過趙，時已暮，趙以客舍為家人所集，遂導客宿內院。萬久不寐，聞庭中有人行聲，伏窗窺之，見一男子入婦室。疑之，捉刀而潛視之，見男子與閻氏並肩坐，肴陳几上矣。忿火中騰，奔而入。男子驚起。急覓劍；刀已中顱，顱裂而踣。視之，則一小馬，大如驢。愕問婦；婦具道之，且曰：「諸神將至，為之奈何！」萬搖手，禁勿聲。滅燭取弓矢，伏暗中。未幾，有四五人自空飛墮。萬急發一矢，首者殪❼。三人吼怒，拔劍搜射者。萬握刃倚扉後，寂不少動。一人入，剁頸亦殪。仍倚扉後，久之無聲，乃出，叩關告趙。趙大驚，共燭之，一馬兩豕死室中。舉家相慶。猶恐二物復仇，留萬於家，炰豕❽烹馬而供之；味美，異於常饈。萬生之名，由是大噪。居月餘，其怪竟絕，乃辭欲去。

有木商某苦要❾之。先是，某有女未嫁，忽五通晝降，是二十餘美丈夫，言將聘作婦，委金百兩，約吉期而去。計期已迫，闔家惶懼。聞萬生名，堅請過諸其家。恐萬有難詞，隱其情不以告。盛筵既罷，妝女出拜客，年十六七，是好女子❿。萬錯愕不解其故，離坐傴僂⓫。某捺坐而實告之。萬初聞而驚；而生平意氣自豪，故亦不辭。

至日，某仍懸彩於門，使萬坐室中。日昃不至，竊意新郎已在誅數。未幾，見簷間忽如鳥墮，則一少年盛服入。見萬，反身而奔。萬追出，但見黑氣欲飛，以刀躍揮之，斷其一足，大嗥而去。俯視，則巨爪大如手，不知何物；尋其血跡，入於江中。某大喜，聞萬無耦[12]，是夕即以所備床寢，使與女合巹[13]焉。

於是素患五通者，皆拜請一宿其家。居年餘，始攜妻而去。自是吳中止有一通，不敢公然為害矣。

異史氏曰：「五通、青蛙[14]，惑俗已久，遂至任其淫亂，無人敢私議一語。萬生真天下之快人也！」

又

金生，字王孫，蘇州人。設帳於淮[15]，館縉紳[16]園中。園中屋宇無多，花木叢雜。夜既深，僮僕散盡，孤影彷徨，意緒良苦。

一夜，三漏將殘[17]，忽有人以指彈扉。急問之，對以「乞火」，音類館童。啟戶納之，則二八麗者，一婢從諸其後。生意妖魅，窮詰甚悉。女曰：「妾以君風雅之士，枯寂可憐，不畏多露⑱，相與遣此良宵。恐言其故，妾不敢來，君亦不敢納也。」生又疑為鄰之奔女，懼喪行檢，敬謝之。女橫波⑲一顧，生覺魂魄都迷，忽顛倒不能自主，婢已知之，便云：「霞姑，我且去。」女頷之，既而呵曰：「去則去耳，甚得雲耶、霞耶！」婢既去，女笑曰：「適室中無人，遂偕婢從來。無知如此，遂以小字令君聞矣。」生曰：「卿深細如此，故僕懼有禍機。」女曰：「久當自知，保不敗君行止⑳，勿憂也。」上榻緩其裝束，見臂上腕釧，以條金貫火齊㉑，銜雙明珠；燭既滅，光照一室。生益駭，終莫測其所自至。事甫畢，婢來叩窗。女起，以釧照徑，入叢樹而去。自此無夕不至。生於去時，遙尾之；女似已覺，遽蔽其光，樹濃茂，昏不見掌而返。

一日，生詣河北㉒，笠帶斷絕，風吹欲落，輒於馬上以手自按。至河，坐扁舟上，飄風墮笠，隨波竟去。意頗自失。既渡，見大風飄笠，團轉空際；漸落，以手承之，則帶已續矣。異之。歸齋向女緬述[23]；女不言，但微哂之。生疑女所為，曰：「卿果神人，當相明告，以祛煩惑。」女曰：「岑寂[24]之中，得此癡情人為君破悶，妾自謂不惡。縱令妾能為此，亦相愛耳。苦致詰難，欲見絕耶？」生不敢復言。

先是，生養甥女，既嫁，為五通所惑，心憂之而未以告人。緣與女狎昵既久，肺膈無不傾吐。女曰：「此等物事，家君能驅除之。顧何敢以情人之私告諸嚴君[25]？」生苦哀求計。女沉思曰：「此亦易除，但須親往。若輩皆我家奴隸，若令一指得著肌膚，則此恥西江不能濯也[26]。」生哀求無已。女曰：「當即圖之。」次夕至，告曰：「妾為君遣婢南下矣。婢子弱，恐不能便誅卻耳。」

次夜方寢，婢來叩戶。生急內入。女問：「如何？」答云：「力不能擒，已宮[27]之矣。」笑問其狀。曰：「初以為郎家也；既到，始知其非，比至婿家，燈火已張，入見娘子坐燈下，隱几若寐。我斂魂覆瓿[28]

中。少時，物至，入室急退，曰：『何得寓生人！』審視無他，乃復入。我陽若迷。彼啟衾入，又驚曰：『何得有兵氣！』本不欲以穢物汙指，奈恐緩而生變，遂急捉而閹之。物驚嗥，遁去。乃起啟甑，娘子若醒，而婢子行矣。」生喜謝之，女與俱去。

後半月餘，絕不復至，亦已絕望。歲暮，解館欲歸，女忽至。生喜逆之，曰：「卿久見棄，念必何處獲罪；幸不終絕耶？」女曰：「終歲之好，分手未有一言，終屬缺事。聞君捲帳[29]，故竊來一告別耳。」生請偕歸。女歎曰：「難言之矣！今將別，情不忍昧：妾實金龍大王[30]之女，緣與君有夙分，故來相就。不合遣婢江南，致江湖流傳，言妾為君閹割五通。家君聞之，以為大辱，忿欲賜死。幸婢以身自任，怒乃稍解；杖婢以百數。妾一跬步，皆以保姆從之。投隙一至[31]，不能盡此衷曲[32]，奈何！」言已，欲別。生挽之而泣。女曰：「君勿爾，後三十年可復相聚。」生曰：「僕年三十矣，又三十年，皤然一老，何顏復見？」女曰：

「不然，龍宮無白叟也。且人生壽夭，不在容貌，如徒求駐顏，固亦大易。」乃書一方於卷頭而去。

生旋里，甥女始言其異，云：「當晚若夢，覺一人捉予塞盎中；既醒，則血殷床褥，而怪絕矣。」生曰：「我曩禱河伯㉝耳。」群疑始解。

後生六十餘，貌猶類三十許人。一日，渡河，遙見上流浮蓮葉，大如席，一麗人坐其上，近視，則神女也。躍從之，人隨荷葉俱小，漸之如錢而滅。

此事與趙弘一則，俱明季事，不知孰前孰後。若在萬生用武之後，則吳下僅遺半通，宜其不足為害也。

【注釋】❶五通　即五通神，又稱五郎神，是橫行鄉野、淫人妻女的妖鬼。❷典商　開設當鋪的商人。❸頗風格　很有姿色。風格，風韻。❹蘊藉　寬和有涵容。❺惕惕然　驚恐不安的樣子。❻會稽　縣名，即今浙江紹興。❼殪　殺死。❽炰豕　烤豬肉。❾要　邀請，挽留。❿好女子　美麗的女子。⓫傴僂　鞠躬，表示恭敬。⓬無耦　沒有配偶。⓭合巹　舉行婚禮，結婚之意。⓮青蛙　即青蛙神，湖北一帶民間信奉的一種神。⓯淮　淮水，這裡指淮安。⓰縉紳　原意是插笏於帶，代指官宦。⓱三漏將殘　三更將近。⓲不畏多露　語出《詩經・

召南・行露》：「厭浥行露。豈不夙夜？謂行多露。」這裡指不怕辛勞，乘夜而來。⑲橫波　比喻女子眼神流動，如水橫流。⑳行止　品行。㉑以條金貫火齊　用金捻子串著紅寶石。火齊，寶珠名。㉒河北　一一九四年（南宋時）黃河奪淮入海，流經淮安城北。至一八五五年（清嘉慶年間）又改道北上，才遠離淮安。㉓緬述　盡情敘說，備敘。㉔岑寂　寂靜；冷清。㉕嚴君　指父親。㉖此恥西江不能濯也　這恥辱是西江之水也洗不清的。西江，泛指大江。㉗宮　閹割。㉘甌　古代用以盛物的容器。㉙捲帳　坐館的教師休教回家。帳，指絳帳，講座的代稱。㉚金龍大王　宋末謝太后之侄謝緒，於宋亡後悲憤投水自盡，葬於錢塘金龍山上；據說曾在戰場上顯靈助朱元璋，明代敕封「金龍四大王」，為黃河之神。㉛投隙一至　乘間隙來一次。㉜衷曲　內心的隱祕之處。㉝河伯　古代神話中的黃河水神。

【語　譯】 南方有五通，正如北方有狐妖。但北方的狐妖作祟，人們還能千方百計地驅趕；至於江浙一帶的五通，百姓家裡有漂亮婦女，就被它們姦淫霸占，而她們的父母兄弟，大氣都不敢出，為害尤其嚴重。

有個叫趙弘的，是蘇州開當鋪的商人。他妻子閻氏，很有姿色。一天夜裡，有個男子昂然從外面進來，手按寶劍，四處張望，丫環、僕婦都跑出去了。閻氏想出去，那男子橫身攔住，說：「不用害怕，我是五通神四郎。我喜歡你，不會害你。」於是把她攔腰抱住舉起來，像舉一個嬰兒，隨後放在床上，裙帶自行脫落，於是把她姦汙了。而四郎下體大得不堪忍受，閻氏在迷迷糊糊中痛苦呻吟，幾乎昏死過去。四郎也憐惜她，沒有肆意進入。後來下了床，說：「我五天後會再來。」說完就走了。趙弘在門外開當鋪，這天夜裡丫環跑去告訴他。趙弘知道是五通，不敢追究。天亮後，他看到妻子很疲憊，不能起床，心裡覺得很羞恥，告誡家人不要外傳。

閻氏三四天才恢復過來，害怕四郎再來。丫環、僕婦不敢睡在內室，都躲到外屋；只有閻氏對著燈燭，滿面愁容地等著。不久，四郎和兩個人進來，都很年輕有涵容。有僮僕擺上酒菜，同閻氏一起喝酒。閻氏羞澀畏縮，低著頭，強迫她喝酒也不喝；心裡驚恐不安，怕被輪番姦淫，那樣命就沒有了。那三個人互相勸酒，有的叫大哥，有的叫三弟。喝到半夜，坐上席的兩個客人一齊起來，說：「今天四郎以美人陪席邀請我們，我們該和二郎、五郎湊錢置酒為你祝賀。」說完告辭走了。四郎拉著閻氏進了羅帳。閻氏哀告求饒；四郎強行交合，閻氏鮮血淋漓，昏迷不省人事，四郎才離去。閻氏奄奄一息地躺在床上，十分羞慚悲憤。想要自殺，可一上吊，繩子自己就斷，試了幾回都這樣，苦於死不了。幸好四郎不常來，大約閻氏痊癒才來一趟。過了兩三個月，一家人都無法安生。

浙江會稽的萬生，是趙弘的表弟，剛強勇猛，擅長射箭。一天，來趙弘家，當時天色已晚，趙弘因為客房讓家人住滿了，於是帶著萬生住到內院。萬生久久不能入睡，聽見院子裡有人走動的聲音，趴在窗前窺看，見一男子進入閻氏的房間。萬生起了疑心，拿著刀悄悄去看，見那男子和閻氏並肩坐著，酒菜擺在桌上。萬生心中怒火升騰，衝了進去。男子吃驚地起來，急忙找劍；萬生的刀已經砍中他的腦袋，腦袋裂開倒下了。一看，原來是一匹小馬，體型大得和驢子差不多。萬生驚愕地問閻氏；閻氏把事情都告訴了他，並說：「幾個五通神快來了，怎麼辦呢！」萬生擺擺手，不讓她發出聲音。他滅了燈，取來弓箭，伏在暗處。沒多久，有四五個人從空中飛落。萬生迅速射出一箭，為首的一個死了。其餘三個人憤怒咆哮，拔劍搜尋射箭的人。萬生握著刀倚在門後，靜悄悄地一動不動。一個人進來，萬生剁著他脖子，也死了。萬生仍倚在門後，過了很久，沒有聲響，於是出來，敲門告訴趙弘。趙弘大驚，一起點燈來看，只見一匹馬、兩頭豬死在屋裡，全家歡慶。趙弘還怕那兩個妖怪來復仇，便把萬生留在家裡，烤豬煮馬招待他；味道鮮美，和一般的肉食不同。萬生名聲大噪。過了一個多月，怪物竟絕跡了，萬生於是想告辭回家。

這時有個木材商苦苦邀請他。原來木材商有個女兒，還沒出嫁，忽然五通神白天降臨，是二十來歲的美男子，說要娶他女兒作妻子，放下一百兩銀子，約定成親的日子就走了。算算日期已近，全家惶恐不安。他們聽到萬生的英名，便硬把他請到家裡來。怕萬生畏難推託，就隱瞞實情不告訴他。豐盛的酒宴結束後，木材商把女兒打扮一番，讓她出來拜見客人，她十六七歲，是個美麗的姑娘。萬生感到愕然，不知道其中的緣故，便離座鞠躬。木材商按他坐下，說了實話。萬生剛聽了，感到很吃驚；但他生平慷慨豪爽，所以也就沒有推辭。

到了那天，木材商照樣在門外張燈結綵，讓萬生坐在房間裡。太陽偏西，五通還沒來，萬生內心猜想這新郎大概已在被殺的那幾個妖怪之中了。沒過多久，見房檐間忽然有個像鳥似的東西落下，一個年輕人穿著盛妝進來。他看見萬生，轉身就跑。萬生追了出去，只見一股黑氣正要飛起，他躍起用刀一揮，砍斷妖怪一隻腳，妖怪大聲嗥叫著逃走了。萬生低頭一看，是個大爪子，大如人手，不知什麼怪物；沿著血跡尋找，妖怪進入江裡。木材商非常高興，聽說萬生沒有妻子，當晚就用準備好的床和被褥，讓萬生和女兒成了親。

這樣一來，受五通之害的人家，都拜請萬生到家裡住一住。過了一年多，他才帶妻子離開了。從此江浙一帶只有一通，不敢公開作惡了。

異史氏說：「五通和青蛙神擾惑民間由來已久，以致任憑它們淫亂，也沒人敢私下議論一句。

萬生真是天下痛快的人啊！」

又

金生，字王孫，江蘇蘇州人。他在淮安當私塾老師，私塾設在一個官宦的花園裡。園子裡房屋不多，花草樹木叢雜繁茂。到了深夜，僕人都走了，金王孫一個人孤寂彷徨，情緒苦悶。

一天夜裡，三更將盡，忽然有人用手指敲門。金王孫忙問是誰，外面回答說：「借火。」聲音像是私塾的學生。開門讓進來，卻是位十六七歲的美女，一個丫環跟在後面。金王孫認為她是妖怪，詳細追問。美女說：「我因你是個文雅的讀書人，枯燥寂寞，非常可憐，所以不怕辛勞，來陪你度過美好的夜晚。恐怕講出根底，我不敢來，你也不敢接納我。」金王孫又懷疑她是鄰居私奔的女子，怕喪失了自己的節操，便婉言謝絕。美女眼神流動，看了他一眼，金王孫覺得神魂顛倒，不能自主。丫環已經察覺，便說：「霞姑，我先走了。」美女點點頭，然後叱責說：「走就走吧，什麼雲啊霞的！」丫環走後，她笑著說：「正好屋裡沒人，就讓丫環跟來。這麼不懂事，小名也讓你知道了。」金王孫說：「你這樣深邃細緻，所以我擔心這裡頭有禍害。」霞姑說：「時間久了自然知道，保險不會敗壞你的品行，不用擔心。」上床脫下衣服，只見她臂上的手鐲，是用金捻子串著紅寶石，綴著兩顆明珠；熄燈後，光亮照遍整個房間。金王孫更吃驚了，始終猜不透她是從哪兒來的。剛親熱完，丫環來敲窗子。霞姑起來，用鐲子照著路，進入樹叢走了。從此沒有一晚不來。金王孫在她走時，遠遠跟著；霞姑似乎已經察覺，一下擋住了光，樹林茂密，黑得伸手看不見五指，他就回來了。

一天，金王孫到黃河北岸去，斗笠的帶子斷了，風一吹，斗笠就要掉下來，他在馬上總要用手按著。來到黃河，坐在小船上，風把斗笠吹落水裡，隨波漂走了。金王孫心裡很不自在。過了黃河，見大風吹著斗笠，在空中旋轉；慢慢落下，金王孫用手接住，帶子已經接好了。他很詫異。回到書房對霞姑詳細述說；霞姑不說話，只是微笑。金王孫猜想是她做的，說：「你要真是神仙，應該明白告訴我，好除去我的煩惱、困惑。」霞姑說：「寂寞之中，有這樣的癡情人為你解悶，我自己覺得不是壞事。即使我能做這樣的事，也只是因為相愛。你苦苦責問，想跟我斷絕來往嗎？」金王孫不敢再說什麼。

先前，金王孫撫養一個外甥女，出嫁後，被五通迷惑，金王孫心裡很憂慮，但沒告訴別人。因為和霞姑親密地生活了很長時間，沒有心裡話不對她說。霞姑說：「這些東西，我父親能夠驅除它們。只是怎敢把情人的私事告訴嚴厲的父親呢？」金王孫苦苦哀求她想個辦法。霞姑沉思說：「這也容易除掉，只是要我親自去。那幫東西都是我家的奴隸，如果讓它們一個指頭碰著我的肌膚，這樣的恥辱是西江之水也洗不清的。」金王孫不住地哀求。霞姑說：「我會儘快想辦法。」第二天夜裡霞姑來，告訴金王孫說：「我為你派丫環南下了。只是丫環力量單薄，恐怕不能一下子便殺掉那東西。」

第二天晚上剛剛睡覺，丫環來敲門。金王孫忙起來開門，讓她進來。霞姑問：「怎麼樣？」丫環答道說：「我的力量逮不住它，已經把它閹了。」霞姑笑著詢問情況。丫環說：「起初我以為是在金郎家；到了才知道不是。等到他外甥女婿家，已是掌燈時分，進去看見娘子坐在燈下，靠著桌子，像睡著了。我收起她的魂魄蓋在瓦罐裡。一會兒，那東西來了，進了房間急忙退出去，說：『怎麼讓陌生人進來了！』仔細察看沒什麼，才又進來。我裝作昏迷的樣子。它掀開被子進來，又吃驚地說：『怎麼有兵器的氣味！』我本不想讓那骯髒之物弄髒手指，無奈怕慢了發生變故，便趕緊捉住它閹割了。那東西驚恐嗥叫，逃走了。我起來打開瓦罐，娘子像要醒了，我就離開了。」金王孫高興地向她道謝，霞姑同丫環一起走了。

此後半個多月，霞姑一直沒來，金王孫也已絕望。年底，金王孫辭了教職準備回鄉，霞姑忽然來了。金王孫高興地迎上去，說：「你拋下我這麼久，想必是什麼地方得罪你了；有幸你還想和我最後決絕吧？」霞姑說：「歡聚一年，分手時沒有一句話，到底是件遺憾的事。聽說你辭去教職，所以偷偷來告別一聲。」金王孫請她一同回鄉。霞姑嘆氣說：「太難開口了！現在即將分別，不忍心瞞你：我實是金龍大王的女兒，因為和你有前世的緣分，所以跟你幽會。不該派丫環到江南去，致使江湖上流傳，說我為你閹割五通。我父親聽說後，認為是很大羞辱，氣得想讓我自盡。幸好丫環挺身承擔責任，怒氣才稍微緩解；把丫環杖責一百多下。我每走一步，都讓保姆跟著。好容易找個機會來一趟，不能盡訴衷腸，沒辦法！」說完，就要告別。金王孫拉著她哭泣。霞姑說：「你別這樣，三十年後可以再相聚。」金王孫說：「我三十歲了，再過三十年，就是滿頭白髮的一個老翁，有什麼臉再見你呢？」霞姑說：「不然，龍宮裡沒有白髮老翁。況且人生的壽夭，不在容貌上，如果只求保持容貌，其實也很容易。」於是她在書眉上寫下一個方子，告別而去。

金王孫回到家鄉，他外甥女才講述了那件怪事，說：「當晚像在做夢，覺得有個人捉住我塞進瓦罐裡；醒來後，見血染床鋪，以後妖怪就絕跡了。」金王孫說：「我在這之前向黃河神祈禱過。」大家心裡的疑團才解開了。

後來，金王孫六十多歲，相貌還像三十來歲的人。一天，他渡過黃河，遠遠看見上游漂來一張荷葉，像席子那麼大，一位美人坐在上面，靠近一看，正是霞姑。金王孫跳上蓮葉跟隨霞姑而去，人隨著荷葉一起變小，蓮葉漸漸變得像銅錢那樣大，最後消失了。

這件事和趙弘那個故事，都是明末的事，不知哪個先哪個後。如果這一件在萬生對五通用武之後，那麼江蘇一帶只剩下半通，就不足為害了。

【研析】關於五通神的來歷，畢曉玲曾在〈五通神小考〉中作了梳理，簡錄如下，「五通神是江南地區民間信仰中重要的神靈之一，起源於民間的鬼信仰，定型於唐代。而以『五』為數則是受到了中國古代陰陽五行說的影響。在唐代，五通神是五位能恩澤一方的正神，宋代還曾正式受封。但從宋代開始，五通神的形象與佛教中五通仙的形象在流傳過程中發生了交融。受五通仙的影響，五通神開始淪落為邪神。至明清，五通神終於完全蛻變為民間信仰之神，並屢遭禁毀。」在宋人洪邁所著《夷堅志》中，就有許多關於五通神的記載。如在《夷堅丁志》卷十九〈江南木客〉條中，五通神「尤喜淫，或為士大夫美男子，或隨人心所喜慕而化形，或止見本形，至者如猴猱、如蝦蟆，體相不一，皆矯捷勁健，冷若冰鐵。陽道壯偉，婦女遭之者，率厭苦不堪，羸悴無色，精神奄然。」在明代馮夢龍所著《情史》中，也有類似記載，「杭人最信五通神，亦曰五聖。姓氏原委，俱無可考。相傳其神好矮屋，高廣不逾三四尺，而五神共處之，或配以五婦。凡委巷，若空圍大樹下，多建祀之，而西泠橋尤盛。或云其神能姦淫婦女，運輸財帛，力能禍福，見形人間。」蒲松齡據此寫了兩個關於五通神的故事。

〈五通〉及〈又〉都是對五通神的討伐。前者是對五通的直接鬥爭，人類以自身的力量戰勝肆虐人間的邪惡力量，屬於正面描寫，後者則嵌套在人神之戀的愛情故事之中，人類借助神女的幫助達到祛除五通的美好願望，屬於側面描寫。在前一個故事中，蒲松齡主要塑造了有勇有謀、俠義慷慨的萬生形象。在萬生出場之前，作者作了充分的鋪墊。從社會上來看，江浙五通淫占民家美婦，為害特別嚴重。從個體來看，典商趙弘之妻閻氏被五通淫虐，「奄臥床榻，不勝羞憤」，想要自盡亦不可得，「投繯則帶自絕，屢試皆然，苦不得死」。在邪祟的淫威面前，人們敢怒不敢言，只有忍氣吞聲，「父母兄弟，皆莫敢息」，趙弘「知其五通，不敢問」，「心甚羞之，戒家人勿播」，完全是走投無路，無計可施，到了山窮水盡的地步。萬生的出場，是因為他偶然寄宿在表兄趙弘家。晚間他發現一個陌生男子進入閻氏房中，與閻氏並肩而坐，居然還擺好了酒菜。他頓時怒火中燒，直接衝進去，用刀砍倒了這名男子。這名男子也就是在此為害已久的所謂「四郎」。隨後，閻氏告知萬生內情，並說其他的五通神快要來了，萬生並沒有畏懼退縮，反而「滅燭取弓矢，伏暗中」，射殺了第二個邪物，「握刃倚扉後，寂不少動」，砍倒了第三個邪物。因此，在趙弘家裡，萬生充分表現出他的剛強、勇猛、智慧、謀略。在木商家中，萬生則展現出他俠義慷慨的一面。木商之女被五通強訂婚約，「闔家惶懼」。木商在未提前告知的情況下，請萬生前來除害。萬生「初聞而驚，而生平意氣自豪，故亦不辭」。不料這次根本不費周折，這位逼婚的五通神見到萬生，嚇得掉頭就跑，想必在趙家已見識過萬生的非凡手段。當然，萬生不會輕易放過他，「以刀躍揮之，斷其一足」。由此，萬生也收穫了自己的愛情，與木商之女喜結良緣。蒲松齡由衷地稱讚其為「天下之快人」。

在後一個故事中，蒲松齡主要描寫金王孫與神女霞姑的人神之戀，除五通之害的情節穿插其中。蒲松齡首先詳細描寫了金王孫接受霞姑的心理變化過程。他在一天深夜打開房門，發現一位「二八麗者」，「一婢從諸其後」。第一反應認為這是妖魅，苦苦追問她的底細。接著又懷疑她是「鄰之奔女」，要婉言謝絕她。當霞姑嬌呵婢女暴露自己的小名後，金王孫認為她深細如此，恐怕自己會遇到禍患。但這些疑慮與擔憂都抵擋不住霞姑的「橫波一顧」，金王孫「魂魄都迷，忽顛倒不能自主」。就這樣，在驚恐於霞姑的神祕莫測與驚嘆於霞姑的嬌豔美麗中，金王孫與霞姑完成了第一次相會。蒲松齡繼續通過接笠帶與除五通兩件事渲染霞姑的神祕性。金王孫到黃河北岸去，大風將斷了帶子的斗笠刮到河裡，不料過河後，大風又將他的斗笠刮回來，此時帶子已經被接好。金王孫的外甥女被五通所祟，霞姑遣其婢女前往除害，閹割了這個五通，使其不能為害人間。但除五通這件事引起霞姑之父的猜疑，導致他們分離三十年才再次相聚。在這個故事中，霞姑的形象亮麗動人。她美麗異常，她的「橫波一顧」讓金王孫不能自主；她言語俏皮，用「妾以君風雅之士，枯寂可憐，不畏多露，相與遣此良宵。恐言其故，妾不敢來，君亦不敢納也」打消金王孫的疑慮；她活潑天真，在暗中幫助金王孫接好笠帶，但又隱而不言；她聰慧機智，經過一番考慮後才派遣婢女前往除害；她一往情深，在金王孫解館之際，不顧父親反對前來送別，贈給金王孫駐顏之術，並於三十年後再次相聚，等等。霞姑就是這樣一個兼具人性與神性的可愛的女性形象。

蒲松齡用文學故事表達了人類對邪祟之神的痛恨與戰勝它們的期待，在現實社會中，人們出於畏懼之心而採取崇拜、敬事、祭祀等辦法來求取安寧，而這又會被不法之人所利用，成為愚弄民眾、聚斂財富的手段。關於清除五通祭祀的記載，王漁洋在《池北偶談・談故四》中記載清初理學名臣湯斌毀淫祠之事，「康熙丙寅，擢江寧巡撫都御史湯斌禮部尚書掌詹事府事。湯瀕行，疏毀吳下淫祠五通、五顯、劉猛將、五方賢聖等廟，恭請上諭，勒石上方山。得俞旨通行直省。初，湯以閣學遷巡撫，過予邸舍，予為言吳中婦女，好入寺院燒香，首當禁止，湯以為然，在吳遂力行之，風俗一變。若淫祠一節，尤於世道人心裨益不小。」此事亦見《清史稿・湯斌傳》，「斌令諸州縣立社學，講《孝經》、小學，修泰伯祠及宋范仲淹、明周順昌祠，禁婦女遊觀，胥吏、倡優毋得衣裘帛，毀淫詞小說，革火葬。蘇州城西上方山有五通神祠，幾數百年，遠近奔走如騖。諺謂其山曰『肉山』，其下石湖曰『酒海』。少婦病，巫輒言五通將娶為婦，往往瘵死。斌收其偶像，木者焚之，土者沉之，並飭諸州縣有類此者悉毀之，撤其材修學宮。教化大行，民皆悅服。」

齊天大聖

許盛，兗❶人。從兄成，賈於閩，貨未居積。客言大聖靈著❷，將禱諸祠。盛未知大聖何神，與兄俱往。至則殿閣連蔓，窮極弘麗。入殿瞻仰，神猴首人身，蓋齊天大聖孫悟空云。諸客肅然起敬，無敢有惰容。盛素剛直，竊笑世俗之陋。眾焚奠叩祝，盛潛去之。

既歸，兄責其慢。盛曰：「孫悟空乃丘翁❸之寓言，何遂誠信如此？如其有神，刀槊雷霆，余自受之！」逆旅主人聞呼大聖名，皆搖手失色，若恐大聖聞。盛見其狀，益嘩辨之；聽者皆掩耳而走。至夜，盛果病，頭痛大作。或勸詣祠謝，盛不聽。未幾，頭小愈，股又痛，竟夜生巨疽，連足盡腫，寢食俱廢。兄代禱，迄無驗。或言神譴須自祝，盛卒不信。月餘，瘡漸斂，而又一疽生，其痛倍苦。醫來，以刀割腐肉，血溢盈碗；

恐人神其詞❹，故忍而不呻。

又月餘，始就平復。而兄又大病。盛曰：「何如矣！敬神者亦復如是，足徵余之疾，非由悟空也。」兄聞其言，益恚，謂神遷怒，責弟不為代禱。盛曰：「兄弟猶手足。前日支體糜爛而不之禱；今豈以手足之病，而易吾守❺乎？」但為延醫剉藥❻，而不從其禱。藥下，兄暴斃。

盛慘痛結於心腹，買棺殮兄已，投祠指神而數之曰：「兄病，謂汝遷怒，使我不能自白。倘爾有神，當令死者復生，余即北面稱弟子，不敢有異詞；不然，當以汝處三清之法❼，還處汝身，亦以破吾兄地下之惑。」至夜，夢一人招之去，入大聖祠，仰見大聖有怒色，責之曰：「因汝無狀❽，以菩薩刀穿汝脛股；猶不自悔，嘖有煩言。本宜送拔舌獄❾，念汝一生剛鯁，姑置宥赦。汝兄病，乃汝以庸醫夭其壽數，與人何尤？今不少施法力，益令狂妄者引為口實。」乃命青衣使請命於閻羅。青衣曰：「三日後，鬼籍已報天庭，恐難為力。」神取方版❿，命筆，不知何詞，使青衣執之而去。良久乃返。成與俱來，並跪堂上。神問：「何遲？」青衣白：「閻摩不敢擅專，又持大聖旨上咨斗宿[11]，是以來遲。」盛趨上拜謝神恩。神曰：「可速與兄俱去。若能向善，當為汝福。」兄弟悲喜，相將俱歸。

醒而異之。急起，啟材視之，兄果已蘇，扶出，極感大聖力。盛由此誠服，信奉更倍於流俗。而兄弟貲本，病中已耗其半，兄又未健，相對長愁。一日，偶游郊郭，忽一褐衣人相之曰：「子何憂也？」盛方苦無所訴，因而備述其遭。褐衣人曰：「有一佳境，暫往瞻矚，亦足破悶。」問：「何所？」但云：「不遠。」從之。出郭半里許，褐衣人曰：「予有小術，頃刻可到。」因命以兩手抱腰，略一點頭，遂覺雲生足下，騰踔[12]而上，不知幾百由旬[13]。盛大懼，閉目不敢少啟。

頃之，曰：「至矣。」忽見琉璃世界，光明異色，訝問：「何處？」曰：「天宮也。」信步而行，上上益高。遙見一叟，喜曰：「適遇此老，子之福也！」舉手相揖。叟邀過諸其所，亨茗獻客；止兩盞，殊不及盛。褐衣人曰：「此吾弟子，千里行賈，敬造仙署，求少贈饋。」叟命僮出白石一柈，狀類雀卵，瑩澈如冰，使盛自取之。盛念攜歸可作酒枚⑭，遂取其六。褐衣人以為過廉，代取六枚，付盛並裹之。囑納腰橐，拱手曰：「足矣。」辭叟出，仍令附體而下，俄頃及地。

盛稽首⑮請示仙號。笑曰：「適即所謂觔斗雲⑯也。」盛恍然，悟為大聖，又求祐護。曰：「適所會財星，賜利十二分⑰，何須他求。」盛又拜之，起視已渺。既歸，喜而告兄。解取共視，則融入腰橐矣。後輦貨而歸，其利倍蓰⑱。自此屢至閩，必禱大聖。他人之禱，時不甚驗；盛所求無不應者。

異史氏曰：「昔士人過寺，畫琵琶於壁而去；比返，則其靈大著，香火相屬焉⑲。天下事固不必實有其人；人靈之，則既靈焉矣。何以故？人心所聚，而物或托焉耳。若盛之方鯁，固宜得神明之祐；豈真耳內綉針、毫毛能變，足下觔斗，碧落可升哉？卒為邪惑，亦其見之不真也。」

【注釋】❶兗　今山東兗州。❷靈著　靈驗。❸丘翁　指金元時道士丘處機。其弟子李志常記丘處機赴西域之事為《長春真人西遊記》，因此舊時誤認為小說《西遊記》的作者是丘處機。❹神其詞　以神其說。❺守　操守。❻剉藥　切藥，即製藥。剉，磨。❼處三清之法　處置三清聖像的辦法。據《西遊記》第四十四回，孫悟空在車遲國三清觀，叫豬八戒把三清（元始天尊、靈寶道君、太上老君）的神像丟進廁所裡。❽無狀　沒有禮貌。❾拔舌獄　十八層地獄之一。據《西遊記》第十一回，陰山後有十八層地獄，其中有拔舌獄。❿方版　木版。古時的簡牘。⓫斗宿　天上二十八星宿之一。這裡指南斗宿、北斗宿。⓬騰踔　騰躍。⓭由旬　古印度長度單位，為一日行軍的路程。⓮酒枚　酒籌。⓯稽首　跪拜。⓰觔斗雲　跟頭雲。據《西遊記》第七回，孫悟空的觔斗雲，一縱十萬八千里。⓱賜利十二分　賜給十二分利市。⓲倍蓰　數倍。倍，一倍。蓰，五倍。⓳昔士人過寺五句　故事源於唐末皇甫氏《原化記》。有書生在某寺內畫一琵琶，僧人誤以為「恐是五臺山聖琵琶」。村人「禮施求福甚效」。後書生道明真相，靈聖亦絕。

【語譯】許盛，山東兗州人。他跟著哥哥許成到福建做買賣，貨物還沒有買進。客商們說大聖十分靈驗，許成就要到大聖祠去禱告。許盛不知道大聖是何方神聖，就和哥哥一起去了。到了那裡，只見殿堂樓閣連成一片，十分宏偉壯麗。走進大殿瞻仰，那神像猴首人身，原來是齊天大聖孫悟空。客商們肅然起敬，沒有人敢露出怠慢的神色。許盛平素剛直，心下嘲笑世俗的淺陋。大家燒香祭祀，叩頭禱告，許盛悄悄離開了。

回去後，哥哥責怪他怠慢神靈。許盛說：「孫悟空是丘公所寫的寓言，怎麼能這麼虔誠地相信呢？如果祂真有神靈，刀砍雷轟，我自己承當！」旅店主人聽他喊大聖的姓名，都連連搖手，變了臉色，好像擔心大聖聽到。許盛看見他們的樣子，更加大聲議論；聽的人都捂著耳朵跑開。到了夜裡，許盛果然病了，頭疼大作。有人勸他到大聖祠去謝罪，許盛不聽從。不久，頭稍稍好了點，大腿又疼起來，過了一夜生了個大毒瘡，一直到腳都腫了，睡不著覺，吃不下飯。哥哥代他禱告，始終沒有效驗。有人說被神責罰必須自己禱告，許盛始終不信。過了一個多月，創口漸漸癒合，但又一個毒瘡長了出來，那疼痛加倍難受。醫生來了，用刀割去爛肉，血流了滿滿一碗；他怕別人自神其說，所以忍著不呻吟。

又過了一個多月，許盛才歸於平復。但他哥哥又得了大病。許盛說：「怎麼樣了！敬神的人也這樣，足以證明我的病，並非由於得罪了孫悟空。」哥哥聽了他的話，更加怨恨，說是神遷怒自己，責怪弟弟不代他禱告。許盛說：「兄弟如手足。日前我的肢體糜爛而不去禱告；現在豈能因為兄弟有病而改變我的操守呢？」他只是為哥哥請醫生、熬藥，而不聽從哥哥的吩咐去禱告。他哥哥服下藥，突然死了。

許盛悲痛糾結於胸中，買棺材把哥哥裝殮後，來到大聖祠，指著神像數落說：「哥哥生病，說是你遷怒，使我不能替自己辯白。如果你有神靈，就讓死者復生，我就面朝北向你稱弟子，不敢有二話；不然，我就用你處置三清的辦法，反過來處置你，也好解除我哥哥在九泉之下的困惑。」到了夜裡，許盛夢見一個人招他前去，走進大聖祠，仰頭看見大聖有生氣的神氣，責備他說：「由於你無禮，我用菩薩刀刺穿你的腿腳；你還不知道悔悟，妄加爭辯，抱怨責備。本來應該把你送到拔舌獄，念你一生鯁直，姑且饒恕你。你哥哥患病，是你誤請庸醫使他夭折，別人有什麼過錯？

現在不稍微施展法力，就更讓狂妄之徒當作話柄了。」於是派青衣使者向閻羅王請命。青衣使者說：「人死了三天後，鬼簿已經報到天庭，恐怕難辦。」大聖取過一塊方形木板，用筆在上面不知寫了什麼話，叫青衣使者拿著去了。過了很久，青衣使者才回來。許成和他一塊來了，一起跪在堂上。大聖問：「怎麼這麼晚？」青衣使者稟報：「閻羅王不敢擅自作主，又拿著大聖的旨意去請示南北星斗，所以來晚了。」許盛快步上前拜謝大聖的恩德。大聖說：「你趕快和你哥哥一塊回去吧。如果能一心向善，我會賜福給你。」許盛兄弟倆悲喜交集，互相攙扶著一起回去了。

許盛醒來，覺得很奇異。趕緊起來，把棺材打開一看，哥哥果然已經蘇醒了，他把哥哥扶出來，深深感謝大聖的法力。許盛從此心悅誠服，信奉大聖比一般人勝過一倍。但是，兄弟倆的本錢，在患病期間已經花去一半，而哥哥還沒有完全康復，兩人相對，十分愁悶。一天，許盛偶然到城郊遊玩，忽然一個穿著粗布衣服的人端詳著他說：「你為什麼發愁呢？」許盛正苦於無處訴說，於是一一講述了自己的遭遇。穿粗布衣服的人說：「有一個好地方，暫且去看一看，也足以消愁解悶。」許盛問：「什麼地方？」那人只是說：「不遠。」許盛跟著他走。走出城外半里多，那人說：「我有個小法術，片刻工夫就可到達那裡。」就叫許盛用雙手抱住他的腰，他略微點了一下頭，許盛便覺得腳下生雲，身體騰躍而上，不知去了幾千萬里。許盛大為驚懼，閉著眼睛不敢稍稍睜開。

一會兒，那人說：「到了。」許盛忽然看見琉璃般的世界，光輝明亮，異彩紛呈，許盛驚訝地問：「這是什麼地方？」那人說：「這是天宮。」兩人信步而行，越上越高。遠遠望見有個老人，那人高興地說：「碰巧遇見這位老人，是你的福氣啊！」他舉手向老人作揖。老人邀請他們到自己的住處，烹茶獻給客人；但只有兩杯茶，一點不顧及許盛。穿粗布衣服的人說：「這是我的弟子，到千里外做買賣，虔敬地拜訪上仙，請你略微送他點東西。」老人叫童子拿出一盤白石，形狀像鳥蛋，晶瑩澄澈，像冰一樣，讓許盛自己拿。許盛心想帶回去可以作酒籌，就拿了六枚。穿粗布衣服的人認為太少，又替他取了六枚，交給許盛一齊包裹起來。囑咐他裝進腰包裡，拱拱手說：「夠了。」辭別老人出來，那人仍舊叫許盛附著他的身體降落，一會兒到了地上。

許盛叩著頭請那人告訴他的仙號。那人笑著說：「剛才就是所謂的觔斗雲啊。」許盛恍然明白他就是大聖，又請求保祐。孫大聖說：「剛才你所遇到的是財星，已經賜給你利錢十二分，你哪還用要求別的。」許盛又叩頭拜謝，起來一看，孫大聖已經渺無蹤影。回去以後，許盛高興地告訴了哥哥。解下腰包拿來一起看，那些石頭已經融入腰包了。後來他們用車拉著貨物回鄉，獲得幾倍的利潤。從此許盛多次到福建去，一定向大聖禱告。別人的禱告，有時不太靈驗；而許盛所祈求的沒有不應驗的。

異史氏說：「從前有個讀書人經過一座寺廟，在牆壁上畫了一個琵琶就走了；等他回來時，這個琵琶已經很靈異了，香火不斷。天下的事情本來不必實有其人；人們認為它靈驗，它就靈驗了。什麼緣故呢？人心所聚，而靈物有時就依託罷了。像許盛這樣鯁直的人，本來就應該得到神明的保祐；難道真的有耳朵裡藏繡花針、毫毛能變化，腳下翻觔斗雲、能飛升碧空的孫大聖嗎？許盛終於被邪怪現象迷惑，也是表現他的見地不夠純正啊。」

【研析】《聊齋誌異》的作者蒲松齡廣聞博識，多才多藝，小說也是雜學旁收，應有盡有，其中也富含了許多民俗知識。在這篇作品中，涉及到世人所熟悉的一位神靈——齊天大聖。人們對於齊天大聖的認識和瞭解更多的是源於《西遊記》。齊天大聖本是一天生石猴，自封美猴王，本領高強，神通廣大，上天入地，無所不能，就連玉帝也奈何他不得，只能求助西天如來將他收歸佛門。後來他保護唐僧西天取經，降妖除魔，最後修成正果。由於齊天大聖嫉惡如仇、行俠仗義、敢於對抗統治階級，贏得廣大平民百姓的喜愛乃至崇拜，其故事傳說在民間流傳極廣。

〈齊天大聖〉寫許盛由不信神到信神的經歷。許盛隨哥哥許成到福建經商，那裡有座大聖廟，據說十分靈驗，兄弟倆就去參拜。許盛對齊天大聖頗不以為然，遭到懲罰，頭痛大作，繼而其兄病亡。許盛求大聖讓其兄還陽，由此誠服信奉，倍於流俗。後又得大聖相助，獲利日富，自此至閩必禱大聖。從故事情節看，這篇文章主要是要人信奉齊天大聖，因為不信就受懲處，信了就有好報。但蒲松齡在「異史氏曰」中卻發表了另一番議論，他認為，「昔士人過寺，畫琵琶於壁而去；比返，則其靈大著，香火相屬焉。天下事固不必實有其人；人靈之，則既靈焉矣。何以故？人心所聚，而物或托焉耳。若盛之方鯁，固宜得神明之祐；豈真耳內綉針、毫毛能變，足下觔斗、碧落可升哉？卒為邪惑，亦其見之不真也。」士人畫琵琶見於《太平廣記》卷三百一十五。大意是：一位書生路過江西的一座寺廟，隨手在牆上畫了個琵琶。廟裡的僧人與村民們以為是聖琵琶顯像，便「禮施求福」，還頗有靈驗。後來書生再過寺廟，見大家對自己所畫的琵琶奉若神明，便用水將琵琶沖洗掉了，並告訴了僧人和村民們原委。從此，也就沒有靈驗了。蒲松齡認為其根本原因在於「人靈之，則既靈焉矣」，世間本來沒有靈事靈物，人們認為它有靈，就成了靈物。齊天大聖的那些神奇本領，不過是許盛被「惑」的結果，是許盛見識不深。

顯然，故事情節與作者的創作意圖之間存在著矛盾和不一致的地方。如何理解？袁世碩先生在〈悖論的遊戲——說〈齊天大聖〉〉中進行了精彩論述，「蒲松齡不認為鬼神為實有，不是客觀存在的東西，卻又認為作為人們特別是民眾心靈中的幻影，還是有意義的，雖然不會有靈驗，但卻是民眾心靈的一種寄託，可以藉以表示心願，寄託歌哭，宣洩喜怒哀樂之情。他還認同聖人以神道設教之意義，不完全反對修廟宇，造神像，認為那也可以『規正人心』，讓人警惕，有『勸善功德』。從這個角度說，蒲松齡又時而與宗教神學走到一起來了。蒲松齡既不認為鬼神為實有，又要編織神仙狐鬼精魅故事，取『聖人神道設教』之義，藉以啟示人生，這就不能不在一種悖論的情況下做文章了。這篇故事正顯示出這兩種思想難以融合，無法自圓其說的情況。……大聖之所以對許盛情有獨鍾，是因為他為人方鯁，無所私求，小說的意旨是勉勵人鯁直，只要為人正直，敬信不敬信神是無關緊要的。」這也正和但明倫所說的相類似，「天下所稱神靈者，祠廟而外，木石亦多有之，有鬼物憑之故也。然不必問其果靈與否，惟剛者不以私求，直者不以枉見，兩不相涉，即過而不問，曷害焉。」

青蛙神

江漢之間❶，俗事蛙神最虔❷。祠中蛙不知幾百千萬，有大如籠者。或犯神怒，家中輒有異兆：蛙遊几榻，甚或攀緣滑壁不得墮，其狀不一，此家當凶。人則大恐，斬牲禳禱❸之，神喜則已。

楚有薛昆生者，幼惠，美姿容。六七歲時，有青衣媼至其家，自稱神使，坐致神意，願以女下嫁昆生。薛翁性朴拙，雅不欲，辭以兒幼。雖故卻之，而亦未敢議婚他姓。遲數年，昆生漸長，委禽於姜氏。神告姜曰：「薛昆生，吾婿也，何得近禁臠❹！」姜懼，反其儀。薛翁憂之，潔牲往禱，自言「不敢與神相匹偶」。祝已，見肴酒中皆有巨蛆浮出，蠢然擾動；傾棄，謝罪而歸。心益懼，亦姑聽之。

一日，昆生在途，有使者迎宣神命，苦邀移趾。不得已，從與俱往。

入一朱門，樓閣華好。有叟坐堂上，類七八十歲人。昆生伏謁。叟命曳起之，賜坐案旁。少間，婢媼集視，紛紜滿側。叟顧曰：「入言薛郎至矣。」數婢奔去。移時，一媼率女郎出，年十六七，麗絕無儔。叟指曰：「此小女十娘，自謂與君可稱佳偶；君家尊乃以異類見拒。此自百年事，父母止主其半，是在君耳。」昆生目注十娘，心愛好之，默然不言。媼曰：「我固知郎意良佳。請先歸，當即送十娘往也。」昆生曰：「諾。」趨歸告翁。

翁倉遽無所為計，乃授之詞，使返謝❺之，昆生不肯行。方誚讓間，輿已在門，青衣成群，而十娘入矣。上堂朝拜，翁姑見之皆喜。即夕合巹，琴瑟甚諧。由此神翁神媼，時降其家。視其衣，赤為喜，白為財，必見❻，以故家日興。

自婚於神，門堂藩溷❼皆蛙，人無敢詬蹴之。惟昆生少年任性，喜則忌，怒則踐斃，不甚愛惜。十娘雖謙馴，但善怒，頗不善昆生所為；

而昆生不以十娘故斂抑之[8]。十娘語侵昆生，昆生怒曰：「豈以汝家翁媼能禍人耶？丈夫何畏蛙也！」十娘甚諱言「蛙」，聞之恚甚，曰：「自妾入門，為汝家田增粟，賈益價[9]，亦復不少。今老幼皆已溫飽，遂如鴞鳥生翼，欲啄母睛[10]耶！」昆生益憤曰：「吾正嫌所增汙穢，不堪貽子孫。請不如早別。」遂逐十娘。

翁媼既聞之，十娘已去。呵昆生，使急往追復之。昆生盛氣不屈。至夜，母子俱病，鬱冒[11]不食。翁懼，負荊於祠，詞義殷切。過三日，病尋愈。十娘亦自至，夫妻歡好如初。

十娘日輒凝妝坐，不操女紅[12]，昆生衣履，一委諸母。母一日忿曰：「兒既娶，仍累媼！人家婦事姑，我家姑事婦！」十娘適聞之，負氣登堂曰：「兒婦朝侍食，暮問寢，事姑者，其道如何？所短者，不能吝傭錢，自作苦[13]耳。」母無言，慚沮自哭。昆生入，見母涕痕，詰得故，怒責十娘。十娘執辨不相屈。昆生曰：「娶妻不能承歡，不如勿有！便觸老蛙怒，不過橫災死耳！」復出十娘。

十娘亦怒，出門徑去。次日，居舍災，延燒數屋，几案床榻，悉為煨燼[14]。昆生怒，詣祠責數曰：「養女不能奉翁姑，略無庭訓[15]，而曲護其短！神者至公，有教人畏婦者耶！且盎盂相敲[16]，皆臣所為，無所涉於父母。刀鋸斧鉞，即加臣身；如其不然，我亦焚汝居室，聊以相報。」言已，負薪殿下，爇火欲舉。居人集而哀之，始憤而歸。父母聞之，大懼失色。

至夜，神示夢於近村，使為婿家營宅。及明，賚材鳩工，共為昆生建造，辭之不止；日數百人相屬於道，不數日，第舍一新，床幕器具悉備焉。修除甫竟，十娘已至，登堂謝過，言詞溫婉。轉身向昆生展笑，舉家變怨為喜。自此十娘性益和，居二年，無間言[17]。

十娘最惡蛇，昆生戲函小蛇，紿使啟之。十娘色變，詬昆生。昆生亦轉笑生嗔，惡相抵。十娘曰：「今番不待相迫逐，請從此絕！」遂出門去。薛翁大恐，杖昆生，請罪於神。幸不禍之，亦寂無音。

積有年餘，昆生懷念十娘，頗自悔，竊詣神所哀十娘，迄無聲應。未幾，聞神以十娘字袁氏，中心失望，因亦求婚他族；而歷相數家，並無如十娘者，於是益思十娘。往探袁氏，則已堊壁⑱滌庭，候魚軒⑲矣。心愧憤不能自已，廢食成疾。父母憂皇，不知所處。

忽昏憒中有人撫之曰：「大丈夫頻欲斷絕，又作此態！」開目，則十娘也。喜極，躍起曰：「卿何來？」十娘曰：「以輕薄人相待之禮，止宜從父命，另醮而去。固久受袁家采幣⑳，妾千思萬思而不忍也。卜吉㉑已在今夕，父又無顏反璧㉒，妾親攜而置之矣。適出門，父走送曰：『癡婢！不聽吾言，後受薛家凌虐，縱死亦勿歸也！』」昆生感其義，為之流涕。家人皆喜，奔告翁媼。媼聞之，不待往朝，奔入子舍，執手嗚泣。

由此昆生亦老成，不作惡謔，於是情好益篤。十娘曰：「妾向以君儇薄[23]，未必遂能相白首，故不敢留孽根於人世；今已靡他[24]，妾將生子。」居無何，神翁神媼著朱袍，降臨其家。次日，十娘臨蓐，一舉兩男。由此往來無間。

居民或犯神怒，輒先求昆生；乃使婦女輩盛妝入閨，朝拜十娘，十娘笑則解。薛氏苗裔甚繁，人名之「薛蛙子家」。近人不敢呼，遠人則呼之。

又

青蛙神，往往托諸巫以為言。巫能察神嗔喜：告諸信士[25]曰「喜矣」，福則至；「怒矣」，婦子坐愁嘆，有廢餐者。流俗然哉？抑神實靈，非盡妄也？

有富賈周某，性吝嗇。會居人斂金修關聖祠，貧富皆與有力，獨周一毛所不肯拔。久之，工不就，首事者[26]無所為謀。適眾賽[27]蛙神，巫忽言：「周將軍倉命小神司募政[28]，其取簿籍來。」眾從之。巫曰：「已捐者，不復強；未捐者，量力自注。」眾唯唯敬聽，各注已。巫視曰：「周某在此否？」周方混跡其後，惟恐神知，聞之失色，次且[29]而前。巫指籍曰：「注金百。」周益窘。巫怒曰：「淫債尚酬二百，況好事耶！」蓋周私一婦，為夫掩執，以金二百自贖，故訐[30]之也。周益慚懼，不得已，如命注之。既歸，告妻。妻曰：「此巫之詐耳。」巫屢索，卒弗與。

一日，方晝寢，忽聞門外如牛喘。視之，則一巨蛙，室門僅容其身，步履蹇緩，塞兩扉而入。既入，轉身臥，以閾承頷[31]，舉家盡驚。周曰：「此必討募金也。」焚香而祝，願先納三十，其餘以次賚送，蛙不動；請納五十，身忽一縮，小尺許；又加二十，益縮如斗；請全納，縮如拳，從容出，入牆罅而去。周急以五十金送監造所，人皆異之，周亦不言其故。

積數日，巫又言：「周某欠金五十，何不催併？」周聞之，懼，又送十金，意將以此完結。一日，夫婦方食，蛙又至，如前狀，目作努。少間，登其床，床搖撼欲傾；加喙於枕而眠，腹隆起如臥牛，四隅皆滿。周懼，即完百數與之。驗之，仍不少動。半日間，小蛙漸集，次日益多，穴倉登榻，無處不至；大於碗者，升竈啜蠅，糜爛釜中，以致穢不可食；至三日，庭中蠢蠢㉜，更無隙處。

一家皇駭，不知計之所出。不得已，請教於巫。巫曰：「此必少之也。」遂祝之，益以廿金，首始舉；又益之，起一足；直至百金，四足盡起，下床出門，狼犺㉝數步，復返身臥門內。周懼，問巫。巫揣其意，欲周即解囊。周無奈，如數付巫，蛙乃行。數步外，身暴縮，雜眾蛙中，不可辨認，紛紛然亦漸散矣。

祠既成，開光㉞祭賽，更有所需。巫忽指首事者曰：「某宜出如干數。」共十五人，止遺二人。眾祝曰：「吾等與某某，已同捐過。」巫曰：「我不以貧富為有無，但以汝等所侵漁之數為多寡。此等金錢，不可自肥，恐有橫災非禍。念汝等首事勤勞，故代汝消之也。除某某廉正無苟且㉟外，即我家巫，我亦不少私之，便令先出，以為眾倡。」即奔入家，搜括箱櫝。妻問之，亦不答，盡卷囊蓄而出，告眾曰：「某私克銀八兩，今使傾橐。」與眾共衡之，秤得六兩餘，使人誌其欠數。眾愕然，不敢置辨，悉如數納入。巫過此茫不自知；或告之，大慚，質衣以盈之。惟二人虧其數，事既畢，一人病月餘，一人患疔瘇㊱，醫藥之費，浮於所欠，人以為私克之報云。

異史氏曰：「老蛙司募，無不可與為善之人，其勝刺釘拖索㊲者，不既多乎？又發監守之盜㊳，而消其災，則其現威猛，正其行慈悲也。」

【注釋】❶江漢之間　長江、漢水之間，指湖北地區。❷虔　誠敬；恭敬。❸禳禱　祭神以消災祈福。❹禁臠　語出《晉書・謝安傳》：「元帝始鎮建業，公私窘罄，每得一㹠，以為珍饈。項上一臠尤美，輒以荐帝，群下未敢先嘗，於時呼為『禁臠』。」後來用以比喻獨自占有而不容別人分享的東西。❺謝　謝絕；推辭。❻必

見 必定應驗。❼藩溷 籬笆，廁所。❽斂抑之 收斂、克制自己的行為。❾田增粟二句 田裡增產糧食，生意上增加利潤。❿鴞鳥生翼二句 舊說貓頭鷹羽翼長成後，就將母鳥眼睛啄瞎。這裡用來比喻忘恩負義。⓫鬱冒 鬱悶。⓬女紅 舊指女子的針線活。⓭自作苦 自己辛苦勞作。⓮煨燼 灰燼；燃燒後的殘餘物。煨，焚燒。⓯庭訓 家教。⓰盎盂相敲 比喻一家人爭吵。盎、盂，皆為食器。⓱間言 非議；異議。⓲堊壁 粉刷牆壁。⓳魚軒 古代貴族婦女所乘的車。代指夫人。見《左傳·閔公二年》。⓴采幣 幣帛；彩色絲織品。古代常用作饋贈的禮物或聘禮。㉑卜吉 占問選擇吉利的婚期。㉒反璧 退還聘禮。㉓儇薄 輕薄。儇，輕薄；小聰明。㉔靡他 沒有二心。㉕信士 信奉佛教的在家男子。㉖首事者 倡議者或主持者。㉗賽 祭。㉘司募政 主持募集資金之事。㉙次且 同「趑趄」。猶豫不前。㉚訐 揭發別人的隱私或攻擊別人的短處。㉛以閾承頷 把下巴擱在門檻上。閾，門檻。㉜蠢蠢 眾多而雜亂。㉝狼犺 踉蹌。㉞開光 佛像落成後，擇日致禮而供奉之，謂之開光。㉟苟且 不遵循禮法。㊱疔瘇 毒瘡。疔，惡性小瘡。瘇，通「腫」。㊲刺釘拖索 這裡指用酷刑來追索拖欠的銀兩。刺，刺剟，以鐵刺之。釘，釘鐐，用以固定刑具。㊳發監守之盜 揭發監守自盜者的行為。

【語　譯】長江、漢水之間，民間風俗中信奉青蛙神最為虔誠。祠廟裡青蛙不知有幾百千萬，有大的像蒸籠的。有人惹青蛙神發怒，他家裡就會有異常的徵兆：青蛙在桌上床上來回跑，甚至有的爬上光滑的牆壁也不掉下來，情狀不一，這戶人家就會遇上禍患。家人就大為恐慌，宰牲口祈禱消災，青蛙神高興就沒事了。

湖北有個薛昆生，從小很聰明，容貌英俊。他六七歲時，有個穿青色衣服的老僕婦來到他家，自稱是青蛙神的使者，坐下來轉達了青蛙神的意思，願意把神女下嫁給薛昆生。薛翁性格樸實憨厚，很不願意，以兒子年幼為藉口推辭了。薛家雖然推卻了這門婚事，但也不敢和別的人家議婚。

過了幾年，薛昆生逐漸長大了，和姜家定了婚。青蛙神對姜某說：「薛昆生是我的女婿，你們怎能接近！」姜某害怕了，退還了聘禮。薛翁很擔憂，準備了乾淨的祭品前往禱告，說不敢和神仙相匹配。禱告完，見酒菜裡都有大蛆蟲浮出來，亂紛紛地蠕動；他把酒菜倒掉，向神謝罪，回家去了。他心裡更加害怕，也只好姑且聽之任之。

一天，薛昆生在路上走著，有個使者迎上來宣讀青蛙神的命令，苦苦邀請他走一趟。薛昆生不得已，跟著使者一起前往。走進一座朱漆大門，樓臺殿閣華麗漂亮。有個老翁坐在堂上，像是七八十歲的人。薛昆生跪下參拜，老翁叫人把他扶起來，賜他坐在桌子旁邊。一會兒，丫環僕婦圍過來看，亂哄哄地站滿兩旁。老翁對她們說：「進去說薛郎來了。」幾個丫環跑著去了。一會兒，一個老太太領著一個女郎出來，女郎十六七歲，美麗絕倫，天下無雙。老翁指著她說：「這是我的小女兒十娘，我自己覺得她和你可稱得上是好伴侶；你父親卻因為我們是異類而拒絕了。這是百年大事，父母只能作一半主，關鍵在你自己。」薛昆生看著十娘，心裡很喜歡她，默不說話。老太太說：「我本來就知道你心裡很滿意。請先回家，我們會馬上把十娘送去。」薛昆生說：「好的。」他快步跑回家告訴父親。

薛翁倉促間想不出辦法，便教給兒子一些話，讓他回去謝絕，薛昆生不肯去。正在責備兒子的時候，花轎已到了門前，使女成群，十娘進來了。她走上大堂拜見公婆，公婆見了她都很喜歡。當天晚上成了親，夫妻感情很融洽。從此青蛙神老翁、老太太經常降臨薛家。看他們的衣服，紅色是喜事，白色是財運，必定應驗，因此薛家一天天興旺起來。

薛家自從和青蛙神結親，門前、廳堂、籬笆、廁所都是青蛙，人們沒有敢斥罵、踩踏的。只有薛昆生少年任性，高興時還有所顧忌，生氣了就踩死青蛙，不怎麼愛惜。十娘雖然謙和溫順，但也容易發怒，很不滿意薛昆生的所作所為；薛昆生卻不因為十娘的緣故而有所收斂。十娘說話衝撞薛昆生，薛昆生生氣地說：「難道你仗著你家父母能給人帶來災禍嗎？大丈夫怎麼怕青蛙呢！」十娘很忌諱說「蛙」，聽了這話非常生氣，說：「自從我過了門，為你家田裡增產糧食，生意上增加利潤，也不少了。現在老小都已經穿得暖、吃得飽了，就像貓頭鷹長了翅膀，就要啄母鳥的眼睛了嗎！」薛昆生更加氣憤地說：「我正嫌所增加的財富汙穢骯髒，不能留給子孫後代。不如早早分手。」於是把十娘趕走了。

薛昆生的父母聽說後，十娘已經離去。他們呵斥薛昆生，叫他趕快把十娘追回來。薛昆生態度蠻橫，不肯屈服。到了夜裡，母子倆都病了，鬱悶地吃不下東西。薛翁很害怕，到青蛙神祠負荊請罪，言詞十分懇切。過了三天，母子倆的病就好了。十娘也自己回來了，夫妻仍舊和好。

十娘每天總是打扮整齊坐著，不做針線活，薛昆生的衣服鞋子，都交給母親做。一天，薛母生氣地說：「兒子已經娶了媳婦，仍然讓我很辛苦！別人家媳婦侍奉婆婆，我們家婆婆侍奉媳婦！」十娘剛好聽見了，賭氣走進廳裡說：「兒媳婦早晨侍候你吃飯，晚上問候你安寢，侍奉婆婆的媳婦之道做得怎麼樣？我的短處，就是不能省下雇傭人的錢，自己辛苦勞作罷了。」薛母無話可答，沮喪地自己哭泣。薛昆生進屋，看見母親的淚痕，問明原因，怒沖沖地責備十娘。十娘固執地爭辯，不肯屈服。薛昆生說：「娶了妻子不能博得父母歡心，不如沒有！就算惹得老青蛙發怒，不過是遭到橫禍一死罷了！」他再次把十娘休棄。

十娘也發怒了，出門逕自走了。第二天，薛家住宅發生火災，火勢蔓延燒了幾間房屋，桌椅床鋪都化為灰燼。薛昆生發怒，到祠裡譴責、數落青蛙神，說：「你生養女兒不能侍奉公婆，沒有家教，卻委曲袒護她的短處！神是最公道的，有教人怕老婆嗎！而且一家人吵鬧，都是我幹的，並不涉及我的父母。刀劈斧砍，就加在我身上吧；如果不是這樣，我也燒掉你的房子，作為報復。」說完，背來柴火堆在殿堂下，點著火要焚燒。居民們聚攏來哀求，他才憤憤地回家了。父母聽說了，大驚失色。

到了夜裡，青蛙神託夢給附近村子的人，叫他們給祂女婿家建房子。到天亮，人們帶來材料，召集工匠，共同為薛昆生建房子，推辭也制止不住；每天幾百人在路上絡繹不絕，不幾天，房舍煥然一新，床榻、帷幕、日用器具全都齊備。剛剛修建清掃完畢，十娘已經回來，走進廳裡道歉，說話十分溫柔。她轉過身對著薛昆生笑，全家人變怨恨為喜悅。從此十娘的性情更加溫和，過了兩年，沒有發生口角。

十娘最討厭蛇，薛昆生惡作劇地用盒子裝了一條小蛇，騙十娘打開。十娘臉色大變，罵薛昆生。薛昆生也變笑為氣，惡聲頂撞。十娘說：「這次不用等你趕我，讓我們從此決絕！」就出門走了。薛翁大為恐慌，把兒子責打一頓，向青蛙神請罪。幸而神沒有降災，可也毫無回音。過了一年多，薛昆生懷念十娘，自己十分後悔，偷偷到神祠去哀求十娘，始終沒有回應。不久，聽說青蛙神把十娘許配給了袁家，薛昆生心裡失望，因而也向別家求婚；但是看了好幾家，都沒有比得上十娘的，於是更加想念十娘。他到袁家去探聽，袁家已經在粉刷牆壁、清洗庭院，等待花轎了。薛昆生心裡又慚愧又氣憤，無法控制自己，吃不下飯，終於病倒。他父母憂心忡忡，不知如何是好。

忽然昏迷之中，有人撫摸他說：「大丈夫屢次想和我斷絕情義，又作出這副模樣！」睜眼一看，原來是十娘。他高興極了，跳起來說：「你從哪裡來的？」十娘說：「按照輕薄的人對待我的禮數，只該聽從父命，另嫁別人。本來收下袁家的聘禮已經很久了，可是我千思萬想，不忍心拋棄你。吉日已選定在今晚，我父親又沒臉面退還聘禮，我親自拿去放回袁家了。剛才我出門時，父親出來送我，說：『傻丫頭！不聽我的話，以後受薛家的欺凌虐待，就算死了你也別再回來！』」薛昆生被十娘的情義所感動，流下了眼淚。家裡人都很高興，跑去告訴薛翁和薛母。薛母聽到了，不等兒媳婦來拜見，跑到兒子的屋裡，拉著十娘的手哭泣。

從此薛昆生也變得老成了，不再惡作劇，兩人的感情於是越來越深了。十娘說：「我以前因為你輕薄，未必就能白頭到老，所以不敢在人世留下孽根；現在你對我已經沒有二心，我就要生孩子了。」過了不久，青蛙神老翁、老太太穿著紅袍降臨薛家。第二天，十娘臨產，一胎生下兩個兒子。從此兩家經常來往，沒有隔閡。

居民們有惹青蛙神發怒的，總是先來求薛昆生；然後讓婦女們打扮整齊進閨房裡，朝拜十娘，十娘一笑就解除了。薛家的子孫很興旺，人們稱之為「薛蛙子家」。附近的人不敢這樣叫，遠的人才這樣稱呼。

又

青蛙神，往往借巫師的口來說話。巫師能體察神的喜怒：他告訴信神的人說「神高興了」，福氣就會降臨；說「神生氣了」，連婦女兒童都坐著發愁、嘆息，有的還吃不下飯。這是流俗造成的呢？還是青蛙神確實靈驗，不都是虛妄呢？

有個富商周某，生性吝嗇。剛好居民們募集資金修建關聖祠，窮的富的都出一把力，唯獨周某一毛不拔。過了很久，工程還沒完成，領頭辦這事的人想不出辦法。正好人們祭祀青蛙神，巫師忽然說：「周倉將軍命小神負責募捐事宜，你們把捐資簿冊拿來。」人們照辦了。巫師說：「已經捐了的，不再勉強；還沒捐的，量力而為，自己填寫數目。」人們唯唯諾諾，恭敬地聽從，各自填寫完畢。巫師看著眾人說：「周某在這裡嗎？」周某正混在人們身後，惟恐青蛙神知道，聽到這話，大驚失色，猶豫著走上前去。巫師指著簿冊說：「你寫一百兩銀子。」周某更加窘迫。巫師生氣地說：「你淫債尚且給二百兩銀子，何況這是好事呢！」原來周某與一個婦女私通，被那婦女的丈夫抓住，周某用二百兩銀子來贖罪，所以巫師揭發他。周某更加羞慚、驚懼，不得已，按照吩咐寫上數目。回家後，周某告訴了妻子。妻子說：「這是巫師的詭計罷了。」巫師多次索取，周某始終不給。

一天，周某正在睡午覺，忽然聽到門外有像牛喘氣的聲音。一看，原來是一隻巨大的青蛙，房門僅能容下它的身體，步履緩慢，擠著兩扇門進來。進來後，轉過身躺下，把下巴擱在門檻上。全家人都很驚慌。周某說：「它一定是來索取捐款的。」他燒香禱告，願意先交三十兩，其餘的陸續送去，青蛙不動；周某請求先交五十兩，青蛙的身體忽然一縮，小了一尺多；周某又增加二十兩，青蛙更縮小了，像斗一樣大；周某表示全部交納，青蛙縮得像拳頭大小，從容出門，鑽進牆縫裡走了。周某急忙把五十兩銀子送到監造關聖祠的地方，人們都很奇怪，周某也不說其中緣故。

過了幾天，巫師又說：「周某欠五十兩銀子，怎麼不催他都交來？」周某聽了很害怕，又送去十兩，意思是就此了結。一天，周某夫妻倆正在吃飯，那青蛙又來了，情形像上次一樣，眼睛露出憤怒的神色。一會兒，青蛙登上床，床搖動著幾乎倒塌；青蛙把嘴搭在枕頭上睡覺，腹部隆起像臥牛一般，四個角落都占滿了。周某非常害怕，馬上交足一百兩的數目。看看青蛙，仍然一動不動。半天時間，小青蛙漸漸聚集，第二天更多了，鑽進倉庫，登上床鋪，無處不去；比碗還大的跳上灶間吞食蒼蠅，甚至爛在鍋裡，以致鍋裡的飯汙穢得不能食用；到了第三天，青蛙在院子裡蠕動著，再沒有一點空隙。

周某一家驚駭萬分，不知該怎麼辦。周某不得已，向巫師請教。巫師說：「這一定是神認為你捐得太少了。」周某於是向青蛙神禱告，增加二十兩銀子，那大青蛙才把頭抬起來；再增加，大青蛙就抬起一隻腳；一直增加到一百兩銀子，大青蛙四隻腳都抬了起來，下床出門，踉蹌地走了幾步，又回過身來躺在門內。周某很驚慌，又問巫師。巫師揣摩青蛙神的意思，是要周某馬上拿錢。周某無可奈何，如數把銀子給巫師，大青蛙這才走了。走了幾步，身子猛然縮小，混雜到蛙群裡，不能辨認，群蛙也亂哄哄地漸漸散去。

關聖祠修好後，首次拜祭，還需要銀子。巫師忽然指著主持這事的人：「某人應該出若干數目。」主持者共有十五個人，只留下兩個人沒點。人們禱告說：「我們和某人、某人，已經一起捐過了。」巫師說：「我不以貧窮和富有作為有錢沒錢的標準，只是以你們所侵吞的銀兩數目來決定你們多捐還是少捐。這種錢不能損公肥私，否則恐怕會有意外的橫禍。念你們主持此事勤勉辛勞，所以替你們消災解難。除了某人和某人廉潔正直，沒做不合禮法的事之外，就是我家巫師，我也一點兒不袒護他，就讓他先拿出來，作為大家的榜樣。」巫師當即跑進家裡，翻箱倒櫃地找。

妻子問他，也不回答，拿上全部積蓄走出去。他告訴眾人說：「某人私自克扣了八兩銀子，現在讓他傾盡錢袋。」於是和大家一起稱銀子，稱得六兩多，叫人記下欠缺的數目。眾人愕然，不敢爭辯，都如數交納。過後，巫師自己茫然不知；有人告訴他，他非常慚愧，典賣衣服補足了欠款。只有兩個人虧欠著銀兩，事情完畢後，其中一個病了一個多月，另一個生了毒瘡，請醫吃藥的費用，超過了所欠的數目，人們都認為這是他們私自克扣捐款的報應。

異史氏說：「老青蛙負責募捐，就沒有不能做善事的人，這比用酷刑來追索拖欠的銀兩，不是好得多嗎？又揭發監守自盜者，而為他們消災，那麼，它的顯示威猛，也正是它的慈悲啊。」

【研　析】在遠古時代，人們除對各種自然現象進行崇拜外，對動物的崇拜也很普遍。根據「中國史博學人」網站介紹，「形形色色的動物崇拜，是人們在長期的生活實踐中所建立起來的一種感情的表現。經過人格化以後，動物便成了有神靈的物體，為了不觸犯神靈，祈求神靈的保佑，便出現了各種形式的動物崇拜活動」。在中國南方地區，就廣泛存在著青蛙神信仰。清人施鴻保在《閩雜記》卷十二〈五色蛤蟆〉中記載，「省垣督中協署後巷，名『能補天』，以有女媧廟也。相傳廟中有五色蛤蟆，大徑尺許。每年端午日一見，色赤則主省中多火災，青則多疫，白則旱，黑則潦，唯黃為豐年之兆。」俞樾在《茶香室四鈔》卷二十中記載，「元吳師道《敬鄉錄》云：『〈福州〉有玉蟾大王廟，在子城上，時見白玉蟾，形大小不一，威靈甚厲。』余疑玉蟾大王廟，乃近世所奉青蛙神之類，而又疑仙家白玉蟾亦即此神。」在現代社會，廣西西北部紅水河上游一帶的壯族群眾還有過青蛙節、跳青蛙舞的習俗，以此祈求風調雨順、五穀豐登。〈青蛙神〉是蒲松齡根據江漢地區的青蛙神信仰演繹出的兩個動人故事。

第一個故事是關於人神相戀的愛情故事。薛昆生是人間的聰明伶俐帥小伙，十娘則是「麗絕無儔」的青蛙神女。早在薛昆生六七歲的時候，青蛙神就派人前來定下這門親事，雖然薛家不甚同意，但也沒有辦法。好在結婚後夫妻感情融洽，在青蛙神的照顧下，薛家也一天天興旺起來。隨著時間變化，人與蛙在物類上的差異導致了薛昆生與十娘之間三次比較大的矛盾衝突。第一次是由於薛昆生少年任性，對於家裡的青蛙「喜則忌，怒則踐斃，不甚愛惜」，還放出豪言「豈以汝家翁媼能禍人耶？丈夫何畏蛙也」。十娘本來就忌諱別人說青蛙如何如何，就與薛昆生爭吵起來。第二次是由於十娘自小嬌生慣養，嫁到薛家後，「日輒凝妝坐，不操女紅」，就連丈夫的衣服鞋子也都要婆婆動手，這自然就引起了婆婆的不滿，薛昆生在這場婆媳之爭中自然傾向於自己的母親，休棄了十娘。第三次是昆生利用十娘怕蛇的特點，用盒子裝了一條小蛇，哄騙十娘打開，這個本來是開玩笑的惡作劇最終演變成一場夫妻之戰。值得注意的是，薛昆生與十娘之間矛盾的解決遵循了理性的原則。衝突雙方都比較開通，人沒有利用人類中心主義蔑視蛙的權利，蛙也沒有過度利用神的力量施壓於人。第一次衝突的挑起者是薛昆生，青蛙神用使昆生母子生病的辦法警示薛家，薛父到青蛙神祠中負荊請罪，兩家合好如初。第二次衝突更多的是因為十娘對人世生活的不適應，她因頂撞薛母被逐出家門，青蛙神一開始還想用高壓的辦法使薛家屈服，但薛昆生憤怒地到青蛙神祠中說理，慷慨激昂，理直氣壯。青蛙神明白事情原委後，沒有仗勢欺人，主動與薛家修好。第三次衝突是緣於薛昆生不夠老成，十娘主動離開薛家。薛父「杖昆生，請罪於神」，薛昆生也「竊詣神所哀十娘」。原來青蛙神怕十娘再受委屈，要將十娘改嫁袁家。或許只有分離才知道相守的溫馨，只有失去才懂得擁有的寶貴。薛昆生「心愧憤不能自已，廢食成疾」，十娘「千思萬思而不忍」，薛昆生與十娘完全超越人蛙的界限，再次相聚，情好益篤。這種不簡單地訴諸武力，而是靠擺清事實、辨明是非來解決問題的辦法對化解現實社會中的矛盾與衝突不無啟發意義。而人與蛙之間美滿幸福也昭示要以合作互諒的態度求得人與自然的和諧共生。

第二個故事是借老蛙司募來諷刺吝嗇的富賈及監守自盜的巫師。村民們籌集資金修建關聖祠，大家無論貧富，「皆與有力」，唯獨生性吝嗇的富商周某一毛不拔。蒲松齡圍繞周某捐錢展開了生動有趣的描寫。巫師讓周某捐納百金，周某十分不情願。巫師便揭出周某的隱私，迫使他認捐一百兩。但做出承諾並不等於兌現承諾，這中間還充滿著曲折和變數。周某受其妻的鼓動，多次拒絕上門索要捐款的巫師。青蛙神便親自出場，兩次登門。第一次上門追繳，周某請求先交三十兩，青蛙不動；交到五十兩，青蛙縮小一點；交到七十兩，青蛙又縮小一點；交到一百兩，青蛙才縮得像拳頭一樣大小，出門而去。然而，言而無信、詭詐善變的周某並未足數交納，只送了五十兩到監造關聖祠的地方。在巫師的催逼下，周某又交了十兩，便再也不肯多交了，想以實交六十兩把認捐的一百兩敷衍過去。青蛙神第二次上門追繳。這次祂登上了周某的床鋪，許多小青蛙也擠滿了周某的院子。周某十分害怕，馬上交上四十兩，補足一百兩之數。但青蛙仍不離去，周某表示再交二十兩，祂抬起了頭；再追加二十兩，抬起一條腿；此後每追加二十兩就抬一條腿，直到周某追加到一百兩，青蛙才從周某的床上下來。有了上次教訓，這次青蛙直到見到周某把承諾的錢全部交給巫師，才離開周家。這樣，周某前前後後總共捐出二百兩，這個數目恰好與他的「淫債」數相等，更增加了一層諷刺意味。蕭春雷在〈青蛙神〉一文中說：「青蛙在這裡採取的戰術和《聖經》中摩西對埃及法老施的魔術如出一轍，都是出動龐大的青蛙軍團，地毯式布陣。青蛙沒有爪牙之利，牠們的鬥爭方略是糾合同胞，手無寸鐵去請願，依靠比殺戮更可怕的犧牲精神戰勝對方。牠們是動物界的甘地。」蒲松齡還把侵吞公共財物的「首事者」諷刺了一通。首事者即倡導建祠祭祀之人，他們一般是村中有威望有地位的頭面人物，在缺乏有效監管的情況下，往往利用職務之便渾水摸魚，侵占公家的便宜。青蛙神明察秋毫，不僅表彰了廉潔正直的兩位「首事者」，還把其他十三位「首事者」貪汙的數目一一公布，勒令全部上交，上交者既往不咎，不交者嚴懲不貸。即便是代自己說話的巫師，青蛙神也不護短、不心軟，讓巫師率先交出了尅扣的錢財。這樣的青蛙神引起了蒲松齡的由衷讚嘆，「發監守之盜，而消其災，則其現威猛，正其行慈悲也」。

段氏

段瑞環，大名❶富翁也。四十無子。妻連氏最妒，欲買妾而不敢。私一婢，連覺之，撻婢數百，鬻諸河間❷欒氏之家。段日益老，諸侄朝夕乞貸，一言不相應，怒徵聲色。段思不能給其求，而欲嗣一侄，則群侄阻撓之，連之悍亦無所施，始大悔。憤曰：「翁年六十餘，安見不能生男！」遂買兩妾，聽夫臨幸，不之問。居年餘，二妾皆有身❸。舉家皆喜。於是氣息漸舒，凡諸侄有所強取，輒惡聲梗拒之。無何，一妾生女，一妾生男而殤。夫妻失望。

又將年餘，段中風不起，諸侄益肆，牛馬什物，競自取去。連詬斥之，輒反唇相稽❹。無所為計，朝夕嗚哭。段病益劇，尋死。諸侄集柩前，議析遺產。連雖痛切，然不能禁止之，但留沃墅❺一所，贍養老稚，侄輩不肖。連曰：「汝等寸土不留，將令老嫗及呱呱者餓死耶！」日不決，惟忿哭自撾。

忽有客入弔，直趨靈所，俯仰盡哀。哀已，便就苫次❻。眾詰為誰，客曰：「亡者吾父也。」眾益駭。客從容自陳。先是，婢嫁欒氏，逾五六月，生子懷，欒撫之等諸男。十八歲入泮。後欒卒，諸兄析產，置不與諸欒齒。懷問母，始知其故，曰：「既屬兩姓，各有宗祏❼，何必在此承人百畝田哉！」乃命騎詣段，而段已死。言之鑿鑿，確可信據。

連方忿痛，聞之大喜，直出曰：「我今亦復有兒！諸所假去牛馬什物，可好自送還；不然，有訟興也！」諸侄相顧失色，漸引去。懷乃攜妻來，共居父憂❽。諸段不平，共謀逐懷。懷知之，曰：「欒不以為欒，段復不以為段，我安適歸乎！」忿欲質官，諸戚黨為之排解，群謀亦寢。而連以牛馬故，不肯已。懷勸置之。連曰：「我非為牛馬也，雜氣集滿胸，汝父以憤死，我所以吞聲忍泣者，為無兒耳。今有兒，何畏哉！前事汝不知狀，待予自質審[9]。」懷固止之，不聽，具詞赴宰控。

宰拘諸段，審狀，連氣直詞惻，吐陳泉涌。宰為動容，並懲諸段，追物給主。既歸，其兄弟之子有不與黨謀者招之來，以所追物盡散給之。連七十餘歲，將死，呼女及孫媳囑曰：「汝等誌之：如三十不育，便當典質釵珥，為婿納妾。無子之情狀，實難堪也！」

異史氏曰：「連氏雖妒，而能疾轉[10]，宜天以有後伸其氣也。觀其慷慨激發，吁！亦杰矣哉！」

濟南蔣稼，其妻毛氏，不育而妒。嫂每勸諫，不聽，曰：「寧絕嗣，不令送眼流眉者[11]忿氣人也！」年近四旬，頗以嗣續為念。欲繼兄子，兄嫂俱諾，而故悠忽之。兒每至叔所，夫妻餌以甘脆[12]，問曰：「肯來吾家乎？」兒亦應之。兄私囑兒曰：「倘彼再問，答以不肯。如問何故不肯，答云：『待汝死後，何愁田產不為吾有。』」一日，稼出遠賈，兒復來。毛又問，兒即以父言對。毛大怒，曰：「妻孥在家，固日日盤算吾田產耶？其計左矣！」逐兒出，立招媒媼，為夫買妾。時有賣婢者，其價昂，傾貲不能取盈⑬，勢將難成。其兄恐遲而變悔，遂暗以金付媼，偽稱為媼轉貸者玉成⑭之。毛大喜，遂買婢歸。毛以情告夫，夫怒，與兄絕。年餘，妾生子。夫妻大喜。毛曰：「媼不知假貸何人，年餘竟不置問。此德不可忘。今子已生，尚不償母價也！」稼乃囊金詣媼。媼笑曰：「當大謝大官人。老身一貧如洗，誰敢貸一金者。」具以實告。稼感悟，歸告其妻，相為感泣。遂治具⑮邀兄嫂至，夫婦皆膝行，出金償兄，兄不受，盡歡而散。後稼生三子。

【注釋】❶大名　府名，治所在今河北大名。❷河間　府名，治所在今河北河間。❸有身　懷孕。❹稽計較。❺沃墅　肥沃的田莊。墅，田廬；村舍。❻苫次　原指居親喪的地方，也用作居親喪的代稱。苫，舊時居喪睡的草席。《儀禮．喪服》：「居倚廬，寢苫枕塊。」❼宗祏　宗廟中藏神主的石室。這裡指祖宗。❽居父憂居父喪。❾質審　申訴。❿疾轉　迅速改變。⓫送眼流眉者　眉目傳情之人。⓬甘脆　美味可口的食物。⓭取盈　滿足其欲望。⓮玉成　成全。⓯治具　整治酒菜。

【語譯】段瑞環，大名府的富翁，四十歲還沒有兒子。妻子連氏最為妒忌，段瑞環想買妾而又不敢。他和一個丫頭私通，連氏發覺了，打了丫頭幾百鞭子，把她賣到河間欒家。段瑞環一天天老了，他的侄兒們從早到晚都來乞求借貸，一句話不合心意，就憤怒形於聲色。段瑞環想到無法滿足他們的要求，就想過繼一個侄兒，但侄兒們共同阻撓，連氏雖然強悍也無計可施，這才大為後悔。她生氣地說：「老頭才六十來歲，怎麼見得不能生兒子呢！」於是買來兩個妾，任憑丈夫和她們睡覺，一點也不過問。過了一年多，兩個妾都有了身孕。全家人都很高興。連氏也漸漸心氣舒展，凡是侄兒們前來強行索取財物，她都惡聲惡氣地拒絕。過了不久，一個妾生了個女兒，另一個妾生了個男孩卻夭折了。夫妻倆都感到失望。

又過了一年多，段瑞環得了中風症，不能起床，侄兒們更加肆無忌憚，牛馬牲口、日用雜物，都被他們爭相奪去。連氏辱罵斥責他們，他們總是反脣相譏。連氏沒有辦法，只有日夜哭泣。段瑞環的病更加嚴重，不久就死了。侄兒們聚集在靈柩前，商議瓜分段瑞環的遺產。連氏雖然十分悲痛，但是又不能制止，只求留給她一所田莊，養活老小。可侄兒們不肯答應。連氏說：「你們連一寸土地都不留下，難道想讓我這個老太婆和那呱呱啼哭的小孩子餓死嗎！」一整天過去了，還沒有結果，連氏氣憤得直哭，自己打自己的嘴巴。

忽然有個客人進來弔喪，他逕直走到靈堂，鞠躬跪拜，極盡哀悼。哀悼之後，他就走到子女居喪期間寢息的草席前。大家問他是誰，客人說：「死者是我的父親。」大家更加吃驚。客人從容不迫地述說了自己的身世。原來，和段瑞環私通的那個丫頭嫁到欒家後，過了五六個月，生了個兒子叫懷，欒某像對待其他兒子一樣撫養他。懷十八歲時入了縣學。後來欒某去世了，欒氏兄弟分家產，卻並不把懷與欒家兄弟一視同仁。懷於是詢問他母親，才知道其中的緣故，說：「既然分屬不同姓氏，各有自己的祖宗，何必在這裡繼承別人的一百幾十畝田地呢！」於是叫人備好車馬回段家，而段瑞環已經死了。懷的話言之鑿鑿，確實可以相信。

連氏正在氣憤悲痛，聽了懷的話，十分高興，逕直走出來說：「我現在又有兒子了！你們所借去的牛馬牲口、日用雜物，可要好好地自己送回來；不然的話，就會有官司要打！」侄兒們面面相覷，大驚失色，漸漸地一個接一個走了。懷於是把妻子帶來，一起為父親守喪。段家兄弟都很不服氣，共同商量把懷趕走。懷知道後，說：「欒家不認我是欒家人，段家也不把我當段家人，我到底歸哪裡呢！」他氣得要到官府去申訴，親戚們為他調解，段家兄弟的圖謀也停息了。可是連氏因為牛馬牲口等東西被奪去，不肯罷休。懷勸她放棄算了。連氏說：「我並非為了這些牛馬牲口，而是因為各種冤氣填滿胸膛，你父親因為氣憤而死，我之所以眼淚往肚裡流，不敢哭出聲來，只是因為沒有兒子。現在有了兒子，還害怕什麼呢！以前的事你不知情況，等我自己去申訴。」懷極力勸止她，她不聽從，寫好狀詞告到縣府去。

縣官把段家兄弟都拘捕起來，開審時，連氏理直氣壯，陳辭悲惻，口若懸河，滔滔不絕。縣官為之動容，懲處了段家兄弟，把原物追回還給連氏。段家兄弟的孩子們當中有人並未參與圖謀，連氏回家後，就把他們叫來，將追討回來的東西都分給了他們。連氏活到七十多歲，臨終時，把女兒和孫媳婦叫到跟前，囑咐說：「你們都要記住：如果到了三十歲還沒有生育，就應該典賣首飾，為丈夫納妾。沒有兒子的情形，實在難以忍受啊！」

異史氏說：「連氏雖然妒忌，但能迅速改變，老天爺確實應該讓她有個兒子來伸雪她的怨氣。看她慷慨激昂的樣子，噫！也是人中豪傑啊！」

山東濟南的蔣稼，他的妻子毛氏，沒有生育卻十分妒忌。嫂子常常勸她，她不聽從，說：「寧願絕後，也不讓那些抛媚眼、送秋波的人來惹我生氣！」毛氏年近四十了，蔣稼很為後嗣擔憂。他想讓過繼哥哥的一個兒子，哥哥和嫂子都答應了，卻又故意拖延著。侄兒每次來到叔叔家裡，蔣稼夫婦都給他一些美味可口的東西吃，問他：「你肯來我家嗎？」侄兒也說肯。蔣稼的哥哥私下囑咐兒子說：「如果他們再問你，就回答說不肯。如果他們問你為什麼不肯，你就回答說：『等你死了以後，還愁你家的田產不歸我所有嗎。』」一天，蔣稼出遠門做生意，侄兒又來了。毛氏又問他，侄兒就用父親教他的話來回答。毛氏聽了大怒，說：「這幫妻子兒女，原來在家裡天天算計我們的田產嗎？你們的主意可錯了！」把侄兒趕出去，立刻叫來媒婆，為丈夫買妾。剛好有賣婢女的，要價很高，就算把所有的錢都拿出來也不夠，看樣子這件事很難辦成。蔣稼的哥哥恐怕拖延下去毛氏會後悔、變卦，就暗中把錢交給媒婆，要媒婆謊稱是她替毛氏轉借的，不過是為了促成這件事。毛氏大喜，於是把那婢女買了回來。然後，毛氏把其中的情形告訴了丈夫，蔣稼十分憤怒，就和哥哥斷絕了來往。過了一年多，侍妾生了個兒子，蔣稼夫婦大喜。毛氏說：「不知道媒婆是向誰借的錢，一年多了也不來要。這個恩德可不能忘記。現在兒子已經生了，卻還沒償還他母親的身價錢呢！」蔣稼於是帶著一袋銀子去找媒婆。媒婆笑著說：「你應該好好地感謝你哥哥。我一貧如洗，誰敢借給我銀子呢。」於是把詳情告訴了蔣稼。蔣稼這才明白過來，回家後便告訴了妻子，夫婦倆感動得哭起來。於是準備了酒席，把哥哥和嫂子請來，蔣稼夫婦都跪在地上向前迎接，又拿出銀子還給哥哥，哥哥卻不接受，極盡歡宴才散去。後來蔣稼生了三個兒子。

【研析】〈段氏〉為我們講述了一個以子嗣為中心的家庭倫理故事。段瑞環儘管是個大富翁，但四十無子，妻子連氏又不許其納妾。因為沒有子嗣，兩人遭受諸侄欺壓。連氏買了兩個妾，「聽夫臨幸」，無奈「一妾生女，一妾生男而殤」。段瑞環死後，連氏是受到百般刁難。所幸與段瑞環有私情的婢女，生下一個兒子，解救了連氏的危局。連氏對丈夫納妾之事也發生了徹底轉變。評點家們對此給予眾口一詞的肯定。馮鎮巒說：「喚醒天下許多愚婦。」但明倫說：「情狀難堪，現身說法，任爾頑石亦當點頭。」

小說通篇圍繞子嗣的有無來構架情節，並隨著情節的發展使得主人公觀念發生變化，最終使連氏得出「如三十不育，便當典質釵珥，為婿納妾。無子之情狀，實難堪也」的反省。從這篇小說中，我們不難看出封建社會中人們對子嗣的重視，由此也加深了我們對古人所言「不孝有三，無後為大」等倫理觀念的認識。這種倫理觀念雖已不適合當代社會，但在當時卻與現實生活緊密相連。沒有子嗣，連氏連個人財產都得不到保障；有了子嗣，她便可以在眾侄面前揚眉吐氣，再也不受欺凌。連氏對其夫納妾態度的前倨後恭，以及無子所受的冤屈與有子後的揚眉吐氣，既讓我們看到了富有喜劇性的轉變，其反映的深刻社會意義更是令人深省。

在情節結構上，小說雖則教化意味濃厚，卻因情節的一波三折而靈秀生動，引人入勝。在人物形象塑造上，連氏的性格可以說是複雜、立體的。一開始，連氏對丈夫的私婢「撻婢數百，鬻諸河間欒氏之家」，可謂心狠手辣。以致後來受諸侄欺凌之際，馮鎮巒還意有不平地說：「妬婦不足憐惜。」但這僅是連氏「悍婦」形象的一個側面。後來，連氏因無子而受「諸侄朝夕乞貸，一言不相應，怒徵聲色」的百般欺侮。當丈夫死後，連氏更是萬念俱灰，以至「忿哭自撾」。忽然，被其趕走的奴婢所生之子歸來，她聞之大喜，出來說：「我今亦復有兒！」但明倫評價說：「來自天邊，喜從天外，如睹其狀，如聞其聲。」現實生活給連氏開了一個大玩笑，真是「有心栽花花不開，無心插柳柳成蔭」！連氏在大堂上「氣直詞惻，吐陳泉涌」時，讀者似乎也有了冤情得伸、鬱鬱不平之氣一掃而光的快感。此後，連氏又做了一件驚人之舉，「其兄弟之子有不與黨謀者招之來，以所追物盡散給之」，這時她似乎變成了磊落疏財、慷慨豪邁的巾幗英雄。這種隨情節進展而發生的形象變化，使得人物變得豐滿而立體，得到昇華。

樂仲

樂仲，西安人。父早喪，遺腹生仲。母好佛，不茹葷酒。仲既長，嗜飲善啖，竊腹誹❶母，每以肥甘❷勸進。母咄之。後母病，彌留❸，苦思肉。仲急無所得肉，刲❹左股獻之。病稍瘥，悔破戒，不食而死。仲哀悼益切，以利刃益刲右股見骨。家人共救之，裹帛敷藥，尋愈。心念母苦節，又慟母愚，遂焚所供佛像，立主❺祀母。醉後，輒對哀哭。

年二十始娶，身猶童子。娶三日，謂人曰：「男女居室，天下之至穢，我實不為樂！」遂去❻妻。妻父顧文淵，浼戚求返。請之三四，仲必不可。遲半年，顧遂醮女。仲鰥居二十年，行益不羈：奴隸優伶皆與飲；里黨乞求，不斬❼與；有言嫁女無釜者，揭灶頭舉贈之。自乃從鄰借釜炊。諸無行者知其性，朝夕騙賺之。或以博賭無貲，對之欷歔，言追呼急，將鬻其子。仲措稅金如數，傾囊遺之；及租吏登門，自始典質營辦。以故，家日益落。

先是，仲殷饒，同堂子弟❽爭奉事之，凡有任其取攜，莫與較；及仲蹇落，存問絕少。仲曠達，不為意。值母忌辰，仲適病，不能上墓，欲遣子弟代祀；諸子弟皆謝以故。仲乃酹諸室中，對主號痛；無嗣之戚，頗縈懷抱。因而病益劇。瞀亂❾中，覺有人撫摩之；目微啟，則母也。驚問：「何來？」母曰：「緣家中無人上墓，故來就享，即視汝病。」問：「母向居何所？」母曰：「南海。」撫摩既已，遍體生涼。開目四顧，渺無一人，病瘥。

既起，思朝南海。會鄰村有結香社者，即賣田十畝，挾貲求偕。社人嫌其不潔，共擯絕之。乃隨從同行。途中牛酒薤蒜❿不戒，眾更惡之，乘其醉睡，不告而去。仲即獨行。至閩，遇友人邀飲，有名妓瓊華在座。適言南海之遊，瓊華願附以行。仲喜，即待趨裝，遂與俱發；雖寢食與共，而毫無所私。

及至南海，社中人見其載妓而至，更非笑之，鄙不與同朝[11]。仲與瓊華知其意，乃俟其先拜而後拜之。眾拜時，恨無現示。及二人拜，方投地，忽見遍海皆蓮花，花花瓔珞[12]垂珠；瓊華見為菩薩，仲見花朵上皆其母。因急呼奔母，躍入從之。眾見萬朵蓮花，悉變霞彩，障海如錦。少間，雲靜波澄，一切都杳，而仲猶身在海岸。亦不自解其何以得出，衣履並無沾濡。望海大哭，聲震島嶼。瓊華挽勸之，愴然下刹，命舟北渡。

途中有豪家招瓊華去，仲獨憩逆旅。有童子方八九歲，丐食肆中，貌不類乞兒。細詰之，則被逐於繼母。心憐之。兒依依左右，苦求拔拯，仲遂攜與俱歸。問其姓氏，則曰：「阿辛，姓雍，母顧氏。嘗聞母言：適雍六月，遂生余。余本樂姓。」仲大驚。自疑生平一度，不應有子。因問樂居何鄉，答云：「不知。但母沒時，付一函書，囑勿遺失。」仲急索書，視之，則當年與顧家離婚書也。驚曰：「真吾兒也！」審其年月良確，頗慰心願。然家計日疏，居二年，割畝⑬漸盡，竟不能畜僮僕。一日，父子方自炊，忽有麗人入，視之，則瓊華也。驚問：「何來？」笑曰：「業作假夫妻，何又問也？向不即從者，徒以有老嫗在；今已死。顧念不從人，無以自庇；從人，則又無以自潔。計兩全者，無如從君，是以不憚千里。」遂解裝代兒炊。仲良喜。至夜，父子同寢如故，另治一室居瓊華。

兒母之，瓊華亦善撫兒。戚黨聞之，皆餪⑭仲，兩人皆樂受之。客至，瓊華悉為治具，仲亦不問所自來。瓊華漸出金珠，贖故產，廣置婢僕牛馬，日益繁盛。仲每謂瓊華曰：「我醉時，卿當避匿，勿使我見。」華笑諾之。一日，大醉，急喚瓊華。華豔妝出。仲睨之良久，大喜，蹈舞若狂，曰：「吾悟矣！」頓醒。覺世界光明，所居廬舍，盡為瓊樓玉宇，移時始已。從此不復飲市上，惟日對瓊華飲。瓊華茹素，以茶茗侍。

一日，微醺，命瓊華按股，見股上封痕，化為兩朵赤菡萏⑮，隱起肉際，奇之。仲笑曰：「卿視此花放後，二十年假夫妻分手矣。」瓊華信之。

既為阿辛完婚，瓊華漸以家付新婦，與仲別院居。子婦三日一朝，事非疑難不以告。役二婢，一溫酒，一瀹茗而已。一日，瓊華至兒所，兒媳咨白⑯良久，共往見父。入門，見父白足坐榻上。聞聲，開眸微笑曰：「母子來大好！」即復瞑。瓊華大驚，曰：「君欲何為？」視其股上，蓮花大放。試之，氣已絕。即以兩手捻合其花，且祝曰：「妾千里從君，大非容易！為君教子訓婦，亦有微勞。即差二三年，何不一少待也？」移時，仲忽開眸笑曰：「卿自有卿事，何必又牽一人作伴也？無已，姑為卿留。」瓊華釋手，則花已復合。於是言笑如初。

積三年餘，瓊華年近四旬，猶如二十許人。忽謂仲曰：「凡人死後，被人捉頭舁足，殊不雅潔。」遂命工治雙槥。辛駭問之，答云：「非汝所知。」工既竣，沐浴妝竟，命子及婦曰：「我將死矣。」辛泣曰：「數年賴母經紀，始不凍餒。母尚未得一享安逸，何遂捨兒而去？」曰：「父種福而子享，奴婢牛馬，皆騙債者填償汝父，我無功焉。我本散花天女[17]，偶涉凡念，遂謫人間三十餘年，今限已滿。」遂登木自入。再呼之，雙目已合。辛哭告父，父不知何時已僵，衣冠儼然。號慟欲絕。入棺，並停堂中，數日未殮，冀其復返。光明生於股際，照徹四壁。瓊華棺內，則香霧噴溢，近舍皆聞。棺既合，香光遂漸減。既殯，樂氏諸子弟覬覦其有，共謀逐辛。訟諸官，官莫能辨，擬以田產半給諸樂。辛不服，以詞質郡，久不決。

初，顧嫁女於雍，經年餘，雍流寓於閩，音耗遂絕。顧老無子，苦憶女，詣婿，則女死甥逐。告官。雍懼，賂顧，不受，必欲得甥。窮覓不得。一日，顧偶於途中，見彩輿過，避道左。輿中一美人呼曰：「若非顧翁耶？」顧諾。女子曰：「汝甥即吾子，現在樂家，勿訟也。甥方有難，宜急往。」顧欲詳詰，輿已去遠。顧乃受賂入西安。至，則訟方沸騰。顧自投官，言女大歸⑱日、再醮日，及生子年月，歷歷甚悉。諸欒皆被杖逐，案遂結。及歸，述其見美人之日，即瓊華沒日也。辛為顧移家，授廬贈婢。六十餘生一子，辛顧恤之。

異史氏曰：「斷葷遠室，佛之似也；爛熳天真，佛之真也。欒仲對麗人，直視之為香潔道伴⑲，不作溫柔鄉⑳觀也。寢處三十年，若有情，若無情，此為菩薩真面目，世中人烏得而測之哉！」

【注釋】❶腹誹　內心有意見，卻不說出來。❷肥甘　肥美的食品。❸彌留　本指久病不癒，後指病重將死。❹刲　割取。❺主　牌位。❻去　拋棄。❼靳　吝惜。❽同堂子弟　同族子弟。❾瞀亂　昏亂；精神錯亂。❿薤蒜　蔥韭薤蒜，為齋戒者所忌。薤，多年生草本植物，地下有鱗莖，鱗莖和嫩葉可食，味辛，性溫。⓫朝　朝拜。⓬瓔珞　古代用珠玉串成的裝飾品。⓭割畝　割賣田地。⓮餪　古代的一種禮儀，女兒嫁後三日娘家送食物給女兒。這裡指贈送賀婚禮物。⓯菡萏　荷花。⓰咨白　稟告。⓱散花天女　管理天界花圃的神女。⓲大歸　舊時婦女被丈夫休離回娘家為大歸。⓳香潔道伴　潔淨的香火旅伴。⓴溫柔鄉　指男女情愛。

【語譯】欒仲，陝西西安人。他父親早死，母親當時正懷孕，後來生下欒仲。他母親信佛，不吃肉，不喝酒。欒仲長大以後，喜歡喝酒、吃肉，對於母親不吃酒肉的做法心裡很不以為然，常常拿肥美的東西勸母親吃。母親斥責他。後來母親得了病，病危的時候，非常想吃肉。急迫之下，樂仲沒有地方可以弄到肉，就從左腿上割下一塊獻給母親。母親的病稍有好轉，後悔破了戒，就絕食死了。樂仲益發悲痛，用鋒利的刀子在右腿上割肉，直到露出骨頭。家人一齊來救他，敷上藥，包好傷口，不久就痊癒了。樂仲心裡思念母親的苦心守節，又為母親的愚昧而痛心，就燒掉了母親供奉的佛像，立起牌位祭祀母親。每當喝醉酒之後，就對著母親的牌位痛哭。

樂仲到了二十歲才娶妻，還是個童子身。娶妻第三天，他對別人說：「男女同居，是天下最骯髒的事，我實在不認為那是快樂！」於是把妻子休棄了。妻子的父親顧文淵，託親戚去說情，要把女兒送回去。請求了三四次，樂仲堅決不答應。過了半年，顧文淵就讓女兒改嫁了。樂仲獨自生活了二十年，行為更加不羈：即使是差役、優伶，樂仲也和他們一起喝酒；鄰居朋友向他借貸，都毫不吝嗇地給他們；有人說嫁女沒有鍋做飯，他就把自己灶上的鍋揭下來送給人家。自己就到鄰居家去借鍋做飯。那些品行不好的人知道他的性格，就天天來騙取他的財物。有人因為賭博沒有錢，就對著他嘆氣，說官府催繳租稅很急，將要把兒子賣掉。樂仲正好籌措了一筆稅款，都拿出來送給那個人；等到收稅的官吏登門，他自己才典當物品籌辦。因為這些，他的家境日益衰落了。

原先樂仲家境殷實富足的時候，同族子弟都爭著侍奉他，凡是家裡有的東西，都任憑他們拿取，從來不計較；等到樂仲家境敗落時，就極少有人來看望他。樂仲心胸曠達，毫不在意。正值母親的忌日，樂仲恰好生病了，不能去上墳，就想叫同族子弟代他去祭祀；可是同族子弟都用各種藉口推辭。樂仲只好把酒灑在屋裡祭奠母親，對著牌位嚎啕痛哭；沒有兒子的悲傷，縈繞在他的心頭。因此，他的病更加嚴重了。神志昏亂之際，樂仲覺得有人撫摩他；微微睜開眼睛一看，原來是母親。他驚奇地問：「你怎麼回來了？」母親說：「因為家裡沒人上墳，所以回來享受你的祭祀，也看看你的病情。」樂仲又問：「母親一向住在哪裡？」母親說：「南海。」撫摩完了以後，樂仲渾身涼快舒暢。他睜開眼睛四面環顧，沒有一個人，病也好了。

樂仲康復後，想到南海去朝拜。恰好鄰村有人結成香社，他就馬上賣了十畝田，帶上錢請求和他們同行。香社裡的人嫌他不潔淨，都拒絕了他。他就跟在後面一同走。路上，樂仲吃肉喝酒，韭蒜一概不戒，大家更加厭惡他，乘他酒醉熟睡，沒告訴他就走了。樂仲於是獨自前行。到了福建，遇到一個朋友請他喝酒，有個名叫瓊華的名妓也在座。樂仲恰好說要到南海朝拜，瓊華願意和他一起去。樂仲很高興，就等著瓊華準備行裝，然後一起出發；路上兩人雖然吃睡在一起，但毫無男女私情。

到了南海以後，香社裡的人看見樂仲帶著妓女來了，更是譏笑鄙視他，不和他一起朝拜。樂仲和瓊華知道他們的意思，就等他們先朝拜完然後再拜。眾人朝拜時，都惋惜沒有什麼靈跡顯現。等到樂仲和瓊華朝拜時，兩人剛剛跪在地上，忽然看見整個海面上都是蓮花，花上綴著用珠玉串成的裝飾物；瓊華看見蓮花上都是菩薩，樂仲看見蓮花上都是他的母親。於是樂仲急忙呼喊著向母親奔去，跳入大海跟從母親。大家看見萬朵蓮花都變成彩霞，如同錦緞一般遮住了大海。一會兒，雲靜風平，碧波澄澈，所有景象都消失了，而樂仲依然身在海岸上。他自己也不明白是怎麼從海裡出來的，衣服鞋襪並沒有沾濕。他望著大海放聲痛哭，哭聲震撼島嶼。瓊華挽著他的手臂勸慰他，他才悲淒地離開佛寺，雇了條船向北開去。

途中有個富豪人家把瓊華招去，樂仲就獨自住在旅店。有個才八九歲的孩子，在店鋪裡要飯，看那相貌並不像小乞丐。樂仲仔細詢問，原來是被繼母趕出來的。樂仲心裡可憐這個孩子。孩子依戀在樂仲的身邊，苦苦地哀求搭救他，樂仲就領著孩子一起回家。問孩子叫什麼名字，孩子說：「姓雍，叫阿辛，母親姓顧。曾聽母親說：她嫁到雍家六個月，就生下了我。我本來姓樂。」樂仲聽了，大吃一驚。自己懷疑平生只和妻子同房過一次，不應該有兒子。於是就問阿辛那個姓樂的家住在哪裡，阿辛回答說：「不知道。只是母親去世時，交給我一封信，囑咐我不要遺失。」樂仲急忙要來書信，打開一看，原來是當年他給顧家的離婚書。他吃驚地說：「真是我的兒子呀！」再仔細查問阿辛的出生年月，果然千真萬確，樂仲心裡很是寬慰。可是生計日益蕭條，過了兩年，田地漸漸賣光，最後竟然連僕人也養不起了。

一天，樂仲父子倆正在做飯，忽然有個美人走進屋裡，抬頭一看，原來是瓊華。樂仲吃驚地問：「你怎麼來了？」瓊華笑著說：「已經做了假夫妻，怎麼又問呢？以前沒有馬上跟你回來，只是因為有個老太太還在；現在老太太已經死了，我想如果不嫁人，無法自我保護；嫁人又不能潔身自好。兩全之策，就是不如跟著你，所以不怕千里之遙來到這裡。」說完，就放下行裝，替阿辛做飯。樂仲十分高興。到了晚上，父子仍像往常那樣一起睡覺，另外打掃了一間房子給瓊華住。

阿辛把瓊華當作母親，瓊華也慈愛地撫育阿辛。親戚朋友聽到消息，都贈送禮物給樂仲，兩人都愉快地接受。來了客人，瓊華親自準備酒菜，樂仲也不問東西是從哪裡來的。瓊華逐漸拿出金銀珠寶贖回原來的產業，又買了很多丫環、僕人和牛馬，家業日益繁盛。樂仲常常對瓊華說：「我喝醉酒的時候，你應該躲藏起來，不要讓我看見你。」瓊華笑著答應了。有一天，樂仲喝得大醉，急忙呼喚瓊華。瓊華穿著豔麗的衣服走出來。樂仲斜著眼睛看了很久，非常高興，手舞足蹈，像要發狂，說：「我悟了！」酒立刻醒了。只覺得世界一片光明，他所住的房舍，都變成了瓊樓玉宇，過了好一會兒，幻景才消失。從此，樂仲不再到市上去喝酒，只是每天和瓊華對飲。瓊華吃素，就喝茶來陪他。一天，樂仲微微有點醉意，叫瓊華為他按摩大腿。瓊華看見他大腿上用刀割過的傷痕，化作兩朵紅蓮，隱隱浮現在肌膚上，瓊華覺得很奇怪，樂仲笑著說：「你看見這兩朵花開放後，二十年的假夫妻就要分手了。」瓊華相信了他的話。

為阿辛完婚後，瓊華逐漸把家事交給新媳婦，自己和樂仲搬到另一個院子裡住。阿辛夫婦倆每隔三天過來拜見一次，不是疑難之事就不告訴他們。樂仲和瓊華只用兩個丫環，一個管溫酒，一個管泡茶。一天，瓊華來到阿辛住的地方，兒媳婦稟告了很久，然後阿辛和她一起去看望父親。進了門，只見樂仲光著腳坐在床上。聽到聲音，樂仲睜開眼睛微笑著說：「你們母子來得太好了！」又立刻閉上了眼睛。瓊華大驚，說：「你要幹什麼呢？」一看他的大腿，蓮花已經開放。再試試他的鼻息，沒有氣息了。瓊華急忙用兩隻手捏合他腿上的蓮花，並且禱告說：「我千里迢迢跟了你，太不容易了！為你撫養兒子，訓導媳婦，也算有點小功勞。就差那麼兩三年，你為什麼不稍微等等我呢？」過了一會兒，樂仲忽然睜開眼睛笑著說：「你有你自己的事，何必又拉上一個人和你作伴呢？沒辦法，姑且為你留下吧。」瓊華放開手，蓮花已經合上了。於是兩人又像過去一樣說笑。

過了三年多，瓊華年近四十，可是還像二十來歲的人。她忽然對樂仲說：「平常人死了，都被別人抱頭捉腳的，很不雅觀整潔。」於是叫工匠做了兩口棺材。阿辛驚駭地問她，瓊華回答說：

「這不是你所知道的。」棺材完工以後，瓊華沐浴、化妝完畢，對兒子和媳婦說：「我就要死了。」阿辛流著眼淚說：「多年來全靠母親經營家業，才沒有受凍挨餓。母親還未能享受到安逸的生活，怎麼就捨棄兒子走了呢？」瓊華說：「父親播種的福分由兒子享受，家裡的僕人、丫環和牛馬牲口，都是那些騙子和欠債的人償還給你父親的，我並沒有什麼功勞。我本來是散花天女，偶然動了凡念，於是被貶到人間三十多年，現在期限已經滿了。」說完就自己走進棺材裡躺下。阿辛一再呼喚她，兩隻眼睛已經閉上了。阿辛哭著去告訴父親，而父親不知什麼時候也已經死了，衣帽穿戴得整整齊齊的。阿辛痛哭欲絕。他把父親的屍體放進棺材裡，和瓊華的棺材並排停放在廳堂中，好幾天沒有入殮，希望他們能夠復活過來。樂仲的腿上放出光芒，把四壁照得通明。瓊華的棺材裡則噴出香霧，鄰居都能聞到。棺材蓋合上後，香霧和光芒才逐漸減弱。安葬完畢，樂氏家族的子弟們都覬覦那筆遺產，共同謀劃驅逐阿辛。他們告到官府裡，官府不能辨別，想把樂仲的一半田產判給樂氏家族的子弟們。阿辛不服，就寫了狀詞到郡府裡申辯，拖了很久沒有解決。

當初，顧文淵把女兒改嫁給雍家，過了一年多，雍某流落到福建居住，從此音信斷絕。顧文淵年老無子，非常想念女兒，找到女婿家，可是女兒已經死了，外孫也被趕了出去。顧文淵去官府裡告狀。雍某很害怕，賄賂顧文淵，顧文淵不接受，一定要得到外孫。到處找也沒有找到。一天，顧文淵偶然在路上看見一頂彩轎經過，就在路旁躲避。轎子裡有個美人招呼他說：「你不是顧翁嗎？」顧文淵說是。美人說：「你外孫就是我的兒子，他現在住在樂家，你不要告狀了。你外孫現在有難，要趕快去救他。」顧文淵正想詳細問清楚，轎子已經走遠了。他便接受了雍家的錢去西安。到了西安，樂家的官司正打得熱鬧。顧文淵自己來到衙門，說明了女兒被休、改嫁的日子以及生子的年月，都十分清楚。於是樂氏家族的子弟們都被打一頓，趕出衙門，案子也了結了。等到顧文泗和阿辛回到家裡，說起在路上遇見美人的日子，正是瓊華去世的那一天。阿辛把顧文泗的家搬過來，給他房子住，又送給他丫環。顧文泗六十多歲，生了個兒子，阿辛為他照管撫養。

異史氏說：「斷葷戒酒，遠離私情，只是表面上敬佛；爛漫天真，才是真的敬佛。樂仲對待瓊華，只是把她看作潔淨的香火旅伴，而不把她看作溫柔鄉裡的美人。日夜相處三十年，好像有情，又像無情，這是菩薩的真面目，世上的凡人怎麼能揣度他呢！」

【研　析】〈樂仲〉講述的是一個凡人修道成佛的故事。樂仲之母好佛，因病中破葷戒羞愧至死。樂仲「遂焚所供佛像，立主祀母」。後樂仲娶妻，覺得「男女居室，天下之至穢，我實不為樂」，於是休掉妻子。樂仲去南海朝聖，路遇妓女瓊華，攜其共至南海。樂仲回家後，瓊華忽於一日飄然而至，幫他照顧兒女，數年後兩人同時升天，修成正果。

〈樂仲〉篇在《聊齋誌異》中卓爾不群，其獨特之處源於小說中蘊含的極其複雜的宗教思想。馮鎮巒認為：「一片天真，我眼所見，無非是佛，勝讀一部《楞嚴》。」簡單來說，小說通篇描寫的就是樂仲的成佛史。但是，他的成佛道路是與眾不同的。比如樂仲曾焚毀佛像，「牛酒薤蒜不戒」，更有甚者曾與妓女瓊華「寢食與共」。但是，這些都沒有成為樂仲修成正果的障礙。這是因為，從佛教的觀念來看，世間一切諸法包括人自身皆「空相」，沒有絕對的善惡之分。樂仲的放蕩不羈恰恰契合了佛學境界中的「心無挂礙，無挂礙故，無有恐怖，遠離顛倒夢想」（《心經》）。蒲松齡認為，那些「斷葷遠室」者，只是在形式上像佛，「佛之似也」，而只有那些「爛熳天真」者，才實際上具有佛性，「佛之真也」。崔蘊華在〈佛教中摩登伽女原型與聊齋誌異樂仲篇之淵源探討〉中認為，《聊齋誌異・樂仲》中男主人公樂仲與妓女的交往並非一般意義上的文學描述，而是有著深厚的佛教淵源。其「男性佛者與女性誘惑者」的情節模式直接源於《楞嚴經》中的「摩登伽女」故事，並由此展開對佛教教義「真心常住」的闡釋，顯示了佛教眾生平等的理念。

從〈樂仲〉出發，我們還可以發現妓女與佛之間還有著奇特的聯繫。在中國歷史上，妓女轉變為佛徒由來已久：北宋一代名尼勒超，出家前原為西湖名妓，後受蘇東坡點化，厭倦風塵生活，在西湖一寺中出家，成為得道高尼。宋寧宗嘉定年間，妓女瑙兒，受妙住庵師太點化，皈依佛門。瓊華入棺後，棺內「則香霧噴溢，近舍皆聞」，顯然是一位得道者。她如何能成佛？方舒巖認為儘管她「辱身狹邪」，但她有孝心，「俟老嫗卒而後從人，其孝皆不可及」。崔蘊華認為有兩個原因，一是她身為妓女而不以情欲為念，同樂仲相依相伴，並無其他雜念，共同的愛好使她受到了尊敬；二是個性善良，到樂仲家後，她全力教養樂仲兒子，操持家務，受到其子的尊敬。也就是蒲松齡所說，「寢處三十年，若有情，若無情，此為菩薩真面目」。

王十

高苑❶民王十，負鹽於博興❷。夜為二人所獲。意為土商❸之邏卒❹也，舍鹽欲遁；足苦不前，遂被縛。哀之。二人曰：「我非鹽肆中人，乃鬼卒也。」十懼，乞一至家，別妻子。不許，曰：「此去亦未便即死，不過暫役耳。」十問：「何事？」曰：「冥中新閻王到任，見奈河❺淤平，十八獄❻坑廁俱滿，故捉三種人淘河：小偷、私鑄、私鹽❼；又一等人使滌廁，樂戶❽也。」

十從去，入城郭，至一官署，見閻羅在上，方稽名籍。鬼稟曰：「捉一私販王十至。」閻羅視之，怒曰：「私鹽者，上漏國稅，下蠹民生者也。若世之暴官奸商所指為私鹽者，皆天下之良民。貧人揭錙銖之本❾，求升斗之息❿，何為私哉！」罰二鬼市鹽四斗，並十所負，代運至家。

留十，授以蒺藜骨朵[11]，令隨諸鬼督河工。

鬼引十去，至奈河邊，見河內人夫，繈續如蟻[12]。又視河水渾赤，臭不可聞。淘河者皆赤體持畚鍤[13]，出沒其中。朽骨腐尸，盈筐負舁而出；深處則滅頂求之。惰者輒以骨朵擊背股。同監者以香綿丸如巨菽，使含口中，乃近岸。見高苑肆商，亦在其中；十獨苛遇之：入河楚[14]背，上岸敲股。商懼，常沒身水中，十乃已。經三晝夜，河夫半死，河工亦竣。前二鬼仍送至家，豁然而蘇。

先是，十負鹽未歸，天明，妻啟戶，則鹽兩囊置庭中，而十久不至。使人遍覓之，則死途中。舁之而歸，奄有微息，不解其故。及醒，始言之。肆商亦於前日死，至是始蘇。骨朵擊處，皆成巨疽，渾身腐潰，臭不可近。十故詣之。望見十，猶縮首衾中，如在奈河狀。一年，始愈，不復為商矣。

異史氏曰：「鹽之一道，朝廷之所謂私，乃不從乎公者也；官與商之所謂私，乃不從其私者也。近日齊、魯新規，土商隨在設肆⑮，各限疆域。不惟此邑之民，不得去之彼邑；即此肆之民，不得去之彼肆。而肆中則潛設餌以釣他邑之民：其售於他邑，則廉其直；而售諸土人，則倍其價以昂之。而又設邏於道，使境內之人，皆不得逃吾昂。其有境內冒他邑以來者，法不宥。彼此互相釣，而越肆假冒之愚民益多。一被邏獲，則先以刀杖殘其脛股，而後送諸官；官則桎梏之，是名『私鹽』。嗚呼！冤哉！漏數萬之稅非私，而負升斗之鹽則私之；本境售諸他境非私，而本境買諸本境則私之，冤矣！律中『鹽法』最嚴，而獨於貧難軍民⑯，背負易食者，不之禁⑰，今則一切不禁，而專殺此貧難軍民！且夫貧難軍民，妻子嗷嗷，上守法而不盜，下知恥而不娼；不得已，而揭十母而求一子⑱。使邑盡此民，即『夜不閉戶』可也，非天下之良民乎哉！彼肆商者，不但使之淘奈河，直當使滌獄廁耳！而官於春秋節⑲，受其斯須之潤⑳，遂以三尺法㉑助使殺吾良民。然則為貧民計，莫若為盜及私鑄耳：盜者白晝劫人，而官若聾；鑄者爐火烜天㉒，而官若瞽；即異日淘河，尚不至如負販者所得無幾，而官刑立至也。嗚呼！上無慈惠之師㉓，而聽奸商之法，日變日詭，奈何不頑民日生，而良民日死哉！」

各邑肆商，舊例以若干石鹽貲，歲奉本縣，名曰「食鹽」。又逢節序，具厚儀㉔。商以事謁官，官則禮貌之，坐與語，或茶焉。送鹽販至，重懲不逭。張公石年宰淄㉕，肆商來見，循舊規，但揖不拜㉖。公怒曰：「前令受汝賄，故不得不隆汝禮；我市鹽而食，何物商人㉗，敢公堂抗禮乎！」捋褲將笞。商叩頭謝過，乃釋之。後肆中獲二負販者，其一逃去，其一被執到官。公問：「販者二人，其一焉往？」販者曰：「逃去矣。」公曰：「汝腿病不能奔耶？」曰：「能奔。」公曰：「既被捉，必不能奔；果能，可起試奔，驗汝能否。」其人奔數步欲止。公曰：「奔勿止！」其人疾奔，竟出公門而去。見者皆笑。公愛民之事不一，此其閑情，邑人猶樂誦之。

【注 釋】❶高苑 舊縣名，治所在今山東博興高苑鎮。❷博興 縣名，在今山東濱州。❸土商 當地鹽商。❹邏卒 當地鹽商派來巡查私販食鹽的士卒。❺奈河 佛教所傳地獄中的河名。其源出於地府，水皆血，腥穢不可近。❻十八獄 指陰曹地府的十八層地獄。❼私鑄私鹽 未經官府批准的私自鑄錢、賣鹽。❽樂戶 娼家。❾揭錙銖之本 持少量資本。錙銖，形容微小的數量。❿求升斗之息 求取賴以糊口的微薄利息。升斗，比喻少量口糧。⓫蒺藜骨朵 古代一種長柄兵器，頂端瓜形，上有如蒺藜般的鐵刺。⓬繩續如蟻 人群不斷。繩，繩索。⓭畚鍤 簸箕，鐵鍬。⓮楚 打；捶。⓯隨在設肆 隨處開店。⓰貧難軍民 貧困的軍戶和民戶。⓱背負易食者不之禁 清代鹽法規定，貧苦老弱和殘疾之人，可以每天買鹽四十斤挑賣，不算私販。⓲揭十母而求一子 以十分的本錢求取一分的利息。⓳春秋節 歲時節序的意思。春秋，歲時；四時。⓴斯須之潤 暫時撈到一點好處。潤，利益，這裡指賄賂。㉑三尺法 古代沒有紙之前，把法律寫在三尺長的竹簡上，故稱「三尺法」。㉒烜天 照耀天空。烜，盛大；顯著。㉓慈惠之師 仁慈的法官。師，古代專掌一職的官。㉔厚儀 厚重的禮物。㉕張公石年宰淄 張嵋，字石年，仁和（今浙江杭州）人，康熙二十五年（西元一六八六年）為淄川令。乾隆《淄川縣志・職官志》說他「精明有才幹，邑中百廢俱舉」。㉖但揖不拜 只作揖而不行跪拜禮。㉗何物商人 意思是商人是什麼東西。

【語 譯】山東高苑有個平民叫王十，到博興去販鹽。夜裡被兩個人捉住了。他以為這兩個人是當地鹽商的巡邏士兵，扔下鹽就想逃跑；可兩隻腳用盡全力也不能前行，於是被綁起來了。王十哀求他們。那兩個人說：「我們不是鹽市上的人，而是陰間的鬼差。」王十非常恐懼，請求回家一趟，向妻子兒女告別。兩個鬼差不允許，說：「這次去也不一定馬上就死，不過是暫時服役罷了。」王十問：「什麼事？」鬼差說：「地府裡新閻王上任，他看見奈河已經淤塞，十八層地獄的茅坑也滿了，所以抓三種人去淘河：小偷、私鑄錢幣的和私鹽販子；又叫另外一種人去洗廁所，那就是開設妓院的人。」

王十跟著鬼差前去，進了城，來到一座官署，看見閻王坐在堂上，正在檢查名冊。鬼差稟告說：「把一個私鹽販子王十抓來了。」閻王看了看，生氣地說：「私鹽販子，是指上漏國稅、下害百姓的人。像世上那些酷吏奸商所說的私鹽販子，都是天下的良民。窮人拿著少量的本錢，求取賴以糊口的微薄利息，怎麼能算私鹽販子呢！」於是罰這兩個鬼差去買四斗鹽，連同王十所背的，一起替王十運到家裡。又留下王十，給他一根帶有鐵蒺藜骨朵的棒子，讓他跟著鬼差們去監督河工。

鬼差領著王十離開，來到奈河岸邊，看到河裡的民工絡繹不絕，多得像螞蟻一樣。又見河水渾濁發紅，臭不可聞。淘河的人都赤身露體，拿著竹筐和鐵鍬，出沒在河水中。把朽爛的骨頭和腐臭的屍體裝滿竹筐，背著抬著運出來；河水深的地方就鑽進水裡掏取。對那些偷懶的，就用骨朵打他們的脊背和大腿。一同監工的鬼差給王十一顆大豆般的香綿丸，讓他含在口中，這才靠近河邊。王十看見高苑的一個鹽商也在河工當中，就特別苛刻地對待他；鹽商下河時就捶他的脊背，上岸時就敲他的大腿。鹽商十分懼怕，常常把身體泡在水裡，王十這才停手。經過三天三夜，河工死了一半，淘河的工程也竣工了。先前的那兩個鬼差仍然把王十送回家裡，王十一下子蘇醒過來了。

此前，王十去背鹽沒有回家，天亮後，他妻子打開門，發現有兩袋鹽放在院子裡，但王十久久沒有回來。他妻子就叫人到處找，結果發現他死在路上。大家把他抬回家裡，王十還有很微弱的氣息，大家都不明白其中的緣故。王十蘇醒後，才把事情的原委說出來。那個鹽商也是在前天死的，到這時才蘇醒。鹽商身上被骨朵敲打過的地方，都變成了很大的毒瘡，渾身潰瘍腐爛，臭得不能接近。王十故意去看他。鹽商看見王十，把頭縮到被子裡，就像在奈河時的情形一樣。一年後，鹽商的傷才痊癒，就不再從商了。

異史氏說：「販鹽一事，朝廷所說的私販，是指違反政府法律的；官府和鹽商所說的私販，是違反他們私法的。近來山東有新的規定，當地商人要在各處設置鹽鋪，都有一定的地域限制。不僅本縣的百姓不准到其他縣去買鹽；就是這個鹽鋪所屬的百姓，也不准到其他鹽鋪去買鹽。可是鹽鋪卻暗中設下誘餌去引誘其他縣的百姓：他們賣給其他縣的百姓，價錢很便宜；而賣給本地人，卻提高一倍的價錢。還在路上設有巡邏，使所屬地域內的百姓，都不能逃出他們的羅網。如果本地域的百姓冒充其他縣的人來買鹽，就決不寬恕。鹽鋪彼此之間互相引誘屬於對方的百姓，使越過所屬鹽鋪，冒充其他縣來買鹽的愚民就日益增多。這些愚民一旦被巡邏的人抓住，就先用刀槍棍棒把他們的腿打殘廢，然後送到官府；官府就給他們戴枷鎖，說他們是『私鹽販子』。唉！冤枉啊！偷漏幾萬兩銀子稅的不叫私販，而背一升半斗鹽巴的卻叫私販；把本境的鹽拿到外境去賣的不是私販，而本境的人在本境買鹽卻是私販，真是太冤枉了！法律中『鹽法』是最嚴的，但對那些貧困的軍戶和民戶去背點鹽來換口飯吃的，也並不禁止，現在卻是一切都不禁止，而專門去殺這些貧困的軍戶和民戶！這些貧困的軍戶和民戶，妻子兒女餓得嗷嗷直叫，他上知守法不做盜賊，下知廉恥不做妓女；沒有辦法，只好拿十兩銀子的本錢去求取一兩銀子的利錢。如果一個縣裡都是這樣的百姓，那麼『夜不閉戶』也是可以的，這難道不是天下的良民嗎！而那些鹽商，不只是叫他們去淘奈河，簡直應該叫他們去洗地獄裡的廁所！而那些當官的在逢年過節時，受了鹽商的一點好處，就用法律來幫助他們殘殺良民。這樣，為窮苦百姓考慮，還不如去做強盜或私鑄錢幣：做強盜的白天搶劫，當官的卻像個聾子；私鑄錢幣的爐火沖天，當官的卻像個瞎子；即使將來要去淘河，也還不至於像背鹽的小販，賺到的錢很少，官刑卻立刻加到身上了。唉！上面沒有仁慈明智的法官，就聽憑奸商濫用私法，私法天天在變化，越變越奸詐，刁民怎麼不會每天產生，而良民每天死亡呢！」

各縣的鹽商，按照老規矩，每年拿出相當於若干擔鹽的銀子送給本縣的縣官，稱為「食鹽」。逢年過節，還要送上一份厚禮。鹽商有事拜見縣官，縣官都禮貌地對待他們，坐在一起說話，有時還請他們喝茶。他們要是送來私鹽販子，縣官就重重懲罰，不敢怠慢。張石年在淄川做縣官時，鹽商來見他，遵照老規矩，只作揖沒磕頭。張石年憤怒地說：「前任縣官受了你的賄賂，所以不得不隆重地對待你；我自己花錢買鹽吃，商人算什麼，竟敢在公堂上抗禮嗎！」於是叫差役捋下鹽商的褲子準備責打。鹽商叩頭謝罪，張石年才把他放了。後來鹽鋪抓到兩個背鹽的小販，其中一個逃走了，另一個被捉到縣衙。張石年問：「你們兩個小販，另一個哪裡去了？」小販說：「他逃走了。」張石年又問：「你的腿有毛病不能跑嗎？」小販說：「我能跑。」張石年說：「既然被抓住，肯定不能跑；要是真能跑，可以起來試著跑一跑，看你能不能。」小販跑了幾步就想停下來。張石年說：「跑，不要停下！」那小販於是飛跑起來，竟然跑出衙門逃走了。看見的人都笑起來。張石年愛民的故事不止一個，這是他富有情趣之處，淄川的百姓至今仍津津樂道。

【研　析】蒲松齡在〈聊齋自志〉中曾說：「集腋為裘，妄續幽冥之錄；浮白載筆，僅成孤憤之書。

寄託如此，亦足悲矣。」從此我們可以看出，《聊齋誌異》也是蒲松齡是從一個被社會遇之不公的讀書人的視角來觀察和抒寫人生的。他所懷的感情基調是悲，作品中展現出的，是對社會黑暗不平的悲嘆、對百姓生活多艱的同情、對社會時弊的針砭，還有對不合理制度的辛辣諷刺。〈王十〉便是這樣一篇針對鹽法之弊所作的佳作，它揭露了官商勾結買賣食鹽卻嚴懲貧民私自販鹽之事，從而表達了作者「吾願為商者莫作陷阱坑吾桑梓，尤願居官者莫助奸商殺吾良民也」的願望。

〈王十〉一文講述的是貧民王十因販鹽而被抓到閻羅殿之事。王十夜間負鹽於博興，而被二鬼卒抓去。他們乃是奉閻王之命，抓三種人去淘河：小偷、私鑄、私鹽。入城郭，閻王知王十為私販，發怒說：「私鹽者，上漏國稅，下蠹民生者也。若世之暴官奸商所指為私鹽者，皆天下之良民。貧人揭錙銖之本，求升斗之息，何為私哉！」於是留王十隨諸鬼督河工。王十見高苑肆商也在河中勞作，便待之尤苛。故事大致如此，但文章後面還有一段長長的「異史氏曰」，也是針對鹽法之弊而發出的深切感慨。作者從奸商牟利的手段，到與官員的相互勾結，到朝廷律法的不公，都進行了鞭辟入裡的分析，將官商勾結、壟斷鹽業而逼迫良民無路可走的悲慘景象擺在了眾人面前，最後發出了「上無慈惠之師，而聽奸商之法，日變日詭，奈何不頑民日生，而良民日死哉」的感慨。這是作者的肺腑之言，更是對那個社會不公現象的強烈控訴！而這也充分顯示了蒲松齡敢於為民言屈、抨擊社會的膽識和氣魄！馮鎮巒評價這段文字說：「層層駁，語語快，慨乎其言，一片婆心。武夷九曲，轉轉不窮，真是好看。後生解此，作文百發百中。」

蒲松齡曾作過〈鹽法論〉一文，與〈王十〉主旨相似，也是揭露鹽法之弊。但〈王十〉一文卻借用志怪的手法，通過塑造王十、鬼卒、閻王、肆商等形象，借助新任閻王公正執法、為民著想的剛正品格，嚴懲了惡商，從而抒發了作者心中的憤懣。同時，作者將這一切安排在虛幻的冥界，也表明了蒲松齡對無力改變現實世界的一種妥協，因而只好藉虛幻的閻王來為平民抒發心中的怨氣。這種因事設境、借助虛構的世界來表情達意的手法，在蒲松齡的作品中多有出現。其構思之新穎，手法之奇特，皆有獨到的思想價值和藝術特色，充分顯示了蒲松齡這位文壇聖手的匠心獨運。總之，無論從主題思想還是藝術手法來看，〈王十〉一文都堪稱佳作，令人讀之難忘，並受到深刻的思想教益。

大男

奚成列，成都士人也。有一妻一妾。妾何氏，小字昭容。妻早沒，繼娶申氏。性妒，虐遇何，因並及奚；終日嘵聒❶，恒不聊生。奚怒，亡去。去後，何生一子大男。奚去不返，申擯何不與同炊，計日授粟。大男漸長，用不給，何紡績佐食。

大男見塾中諸兒吟誦，亦欲讀。母以其太稚，姑送詣讀。大男慧，所讀倍諸兒。師奇之，願不索束脩❷。何乃使從師，薄相酬。積二三年，經書❸全通。一日歸，謂母曰：「塾中五六人，皆從父乞錢買餅，我何獨無？」母曰：「待汝長，告汝知。」大男曰：「今方七八歲，何時長也？」母曰：「汝往塾，路經關帝廟，當拜之，祐汝速長。」大男信之，每過必入拜。母知之，問曰：「汝所祝何詞？」笑云：「但祝明年便使我十六七歲。」母笑之。然大男學與軀長並速，至十歲，便如十三四歲者；其所為文竟成章。

一日，謂母曰：「昔謂我壯大，當告父處，今可矣。」母曰：「尚未，尚未。」又年餘，居然成人，研詰益頻，母乃緬述之。大男悲不自勝，欲往尋父。母曰：「兒太幼，汝父存亡未知，何遽可尋？」大男無言而去，至午不歸。往塾問師，則辰餐未復。母大驚，出貲傭役，到處冥搜，杳無蹤跡。

大男出門，循途奔去，茫然不知何往。適遇一人將如夔州❹，言姓錢。大男丐食相從。錢病其緩，為賃代步❺，資斧耗竭。至夔，同食，錢陰投毒食中，大男瞑不覺。錢載至大剎，託為己子，偶病絕貲，賣諸僧。僧見其丰姿秀異，爭購之。錢得金竟去。僧飲之，略醒。長老知而詰視，奇其相，研詰，始得顛末❻。甚憐之，贈貲使去。

有瀘州蔣秀才，下第歸，途中問得故，嘉其孝，攜與同行。至瀘，主其家❼。月餘，遍加咨訪。或言閩商有奚姓者，乃辭蔣，欲之閩。蔣贈以衣履，里黨皆斂貲助之。途遇二布客，欲往福清❽，邀與同侶。行數程，客窺囊金，引至空所，縶其手足，解奪而去。適有永福❾陳翁過其地，脫其縛，載歸其家。翁豪富，諸路商賈，多出其門。翁囑南北客代訪奚耗。留大男伴諸兒讀。大男遂住翁家，不復遊。然去家愈遠，音梗矣。

何昭容孤居三四年，申氏減其費，抑勒❿令嫁，何志不搖。申強賣於重慶賈，賈劫取而去。至夜，以刀自剄。賈不敢逼，俟創瘥，又轉鬻於鹽亭⓫賈。至鹽亭，自刺心頭，洞見臟腑。賈大懼，敷以藥。創平，求為尼。賈曰：「我有商侶，身無淫具，每欲得一人主縫紉。此與作尼無異，亦可少償吾值。」何諾。賈輿送去。入門，主人趨出，則奚生也。

蓋奚已棄儒為商，賈以其無婦，故贈之也。相見悲駭，各述苦況，始知有兒尋父未歸。奚乃囑諸客旅，偵察大男。而昭容遂以妾為妻矣。

然自歷艱苦，痾痛多疾，不能操作，勸奚納妾。奚鑒前禍，不從所請。何曰：「妾如爭床笫者，數年來固已從人生子，尚得與君有今日耶？且人加我者，隱痛在心，豈及諸身而自蹈之？」奚乃囑客侶，為買三十餘老妾。逾半年，客果為買妾歸。入門，則妻申氏。各相駭異。

先是，申獨居年餘，兄苞勸令再適，申從之。惟田產為子侄所阻，不得售。鬻諸所有，積數百金，攜歸兄家。有保寧⑫賈，聞其富有奩資，以多金啖苞，賺娶之。而賈老廢不能人。申怨兄，不安於室，懸梁投井，不堪其擾。賈怒，搜括其資，將賣作妾。聞者皆嫌其老。賈將適夔，乃載與俱去。遇奚同肆，適中其意，遂貨之而去。既見奚，慚懼不出一語。奚問同肆商，略知梗概，因曰：「使遇健男，則在保寧，無再見之期，此亦數也。然今日我買妾，非娶妻，可先拜昭容，修嫡庶禮。」申恥之。奚曰：「昔日汝作嫡，何如哉！」何勸止之，奚不可，操杖臨逼。申不得已，拜之。然終不屑承奉，但操作別室。何悉優容之，亦不忍課其勤惰。奚每與昭容談宴，輒使役使其側；何更代以婢，不聽前⑬。

會陳公嗣宗宰臨亭。奚與里人有小爭，里人以逼妻作妾揭訟⑭奚。公不準理，叱逐之。奚喜，方與何竊頌公德。一漏既盡，僮呼叩扉，入報曰：「邑令公至。」奚駭極，急覓衣履，則公已至寢門；益駭，不知所為。何審之，急出曰：「是吾兒也！」遂哭。公乃伏地悲咽。蓋大男從陳公姓，業為官矣。

初，公至自都，迂道過故里，始知兩母皆醮，伏膺⑮哀痛。族人知大男已貴，反其田廬。公留僕營造，冀父復還。既而授任臨亭，又欲棄官尋父，陳翁苦勸止之。會有卜者，使筮焉。卜者曰：「小者居大，少者為長；求雄得雌，求一得兩：為官吉。」公乃之任。為不得親，居官不茹葷酒。是日，得里人狀，睹奚姓名，疑之。陰遣內使⑯細訪，果父。乘夜微行而出。見母，益信卜者之神。臨去，囑勿播，出金二百，啟父辦裝歸里。

父抵家，門戶一新，廣畜僕馬，居然大家矣。申見大男貴盛，益自斂。兄苞不憤，訟官，為妹爭嫡。官廉得其情，怒曰：「貪貲勸嫁，已更二夫，尚何顏爭昔年嫡庶耶！」重笞苞。由此名分益定。而申姊何，何亦姊之。衣服飲食，悉不自私。申初懼其復仇，今益愧悔。奚亦忘其舊惡，俾內外皆呼以太母⑰，但誥命⑱不及耳。

異史氏曰：「顛倒眾生，不可思議，何造物之巧也！奚生不能自立於妻妾之間，一碌碌庸人耳；苟非孝子賢母，烏能有此奇合，坐享富貴以終身哉！」

【注釋】❶嘵聒　吵鬧。嘵，爭辯不止的聲音。❷束脩　語出《論語・述而》：「自行束脩以上，吾未嘗無誨焉。」指學生送給老師的酬金。脩，乾肉。❸經書　指儒家經書。❹夔州　舊府名，治所在今重慶奉節。❺代步　替代步行。這裡指驢子。❻顛末　始末。顛，本；始。❼主其家　寄居其家。❽福清　縣名，即今福建福清。❾永福　縣名，即今福建永泰。❿抑勒　強逼；壓制。⓫鹽亭　縣名，即今四川鹽亭。⓬保寧　舊府名，治所在四川閬中。⓭不聽前　不讓申氏在面前侍奉。⓮揭訟　告發於官。⓯膺　胸。⓰內使　隨身役使之僕。⓱太母　祖母。這裡指奴僕對官員主人嫡母的敬稱。⓲誥命　即誥書，是皇帝封贈官員的專用文書。有時，朝廷還對高官的母親或妻子加封，稱誥命夫人。

【語 譯】奚成列，四川成都的一個讀書人。他有一妻一妾。妾姓何，小名叫昭容。妻子很早就死了，奚成列就續娶了申氏。申氏性情妒忌，虐待何氏，又連帶斥責奚成列；她整天吵鬧，總是無法平靜地生活。奚成列一怒之下，離家出走了。丈夫走後，何氏生了一個兒子，取名叫大男。奚成列離開後沒有回來，申氏排斥何氏，不和她一起燒飯吃，只是按天給她糧食。大男逐漸長大了，生活用度不夠，何氏給人紡線織布來幫補生活。

大男見私塾中的孩子們在讀書，就也想讀書。何氏認為他年齡還小，就姑且送他到學堂去讀書。大男很聰明，所讀的書比其他孩子多一倍。老師感到很驚奇，願意不收學費。何氏便讓大男跟著老師學習，並且給老師一點微薄的酬金。過了兩三年，大男把經書都讀通了。一天，他放學回家，對母親說：「學堂中有五六個人，都向父親要錢買餅吃，為什麼只有我沒父親呢？」母親說：「等你長大了，再告訴你。」大男說：「現在才七八歲，什麼時候長大啊？」母親說：「你去學堂時，經過關帝廟，就進去拜一拜，保佑你快快長大。」大男聽信了母親的話，每次路過關帝廟時一定進去拜一拜。母親知道了，就問他：「你禱告些什麼？」大男笑著說：「只是祝願我明年就長成十六七歲的樣子。」母親笑了。這樣，大男的學業與身體一起快速成長，到了十歲，他就像十三四歲的人；他所寫的文章竟然很有章法。

一天，大男對母親說：「你以前說，等我長大了，就把父親的去處告訴我，現在可以了。」母親說：「還不行，還不行。」又過了一年多，大男居然長大成人，他問得更加頻繁，母親於是把過去的事情詳細地說了一遍。大男聽了，不勝悲傷，想去尋找父親。母親說：「你還太小，你父親又生死不明，怎麼能匆匆忙忙去找呢？」大男沒說什麼就走了，到了中午還沒有回來。母親就到私塾去問老師，老師說大男辰時用過早餐就沒回來。母親大吃一驚，出錢雇人到處尋找，可是毫無蹤跡。

大男出門以後，順著大路向前跑，內心很茫然，不知道要到哪裡去。恰好遇到一個人要去夔州，說姓錢。大男就一路討飯，跟著那個人走。錢某嫌他走得慢，就為他租了頭驢子，大男的錢全都花光了。到了夔州，錢某和大男一起吃飯，暗地裡在食物中下了蒙汗藥，大男昏睡過去。錢某就把大男馱到大佛寺裡，假說是自己的兒子，因為偶然病倒了，又沒錢醫治，要賣給和尚們。和尚們看見大男長得十分俊秀，爭相要買他。錢某拿到錢後就走了。和尚給大男喝水，大男才略微清醒了一些。長老知道以後，親自來看大男，覺得他長相奇特，就細細詢問，才得知事情的始末。長老很可憐大男，送了一些錢，讓他走了。

有個瀘州的蔣秀才，考試落第回來，途中問明大男的情況，稱讚大男的孝順，就帶著他一起走。到了瀘州，大男就寄住在秀才家。一個多月後，他到處打聽。有人說福建商人中有個姓奚的，大男就辭別秀才，要到福建去。蔣秀才就送他一些衣服鞋子，鄰居朋友都拿出錢來資助他。途中遇見兩個販賣布匹的客商，他們想到福清縣去，邀請大男結伴同行。走了幾程路，那兩個客商窺見大男口袋裡的銀子，就把他帶到一個沒有人的地方，綁住他手腳，搶去錢袋就逃跑了。正好有個永福縣的陳翁路過那個地方，解開大男的繩子，用車子把他拉回家。陳翁非常有錢，各路商人大多出於他的門下。陳翁囑咐南北客商代為訪查奚成列的消息。又留下大男陪伴孩子們讀書。大男就住在陳翁家裡，不再外出。但他離家更遠了，音信也更加不通了。

何昭容一個人住了三四年，申氏減少她的生活費用，強迫她改嫁，何氏的意志毫不動搖。申氏硬把她賣給重慶的一個商人，商人就把何氏搶走了。到了晚上，何氏用刀割自己的肉。商人不敢逼她，等她的刀傷好了，又把她轉賣給鹽亭的商販。到了鹽亭，何氏用刀刺自己的胸膛，刺了個洞，內臟看得見。商販十分恐懼，用藥把她的傷口敷上。何氏傷口平復，請求去做尼姑。商販對她說：「我有個經商的朋友，他沒有性器官，常常想得到一個人給他縫縫補補。這和當尼姑沒什麼不同，我也可以稍微補償一下錢財損失。」何氏同意了。商販用車把何氏送去。進了大門，主人快步迎出來，原來正是奚成列。

奚成列已經棄學為商，那個商販認為他沒有妻子，所以把何氏賣給他。兩人相見，又驚又悲，各自把痛苦的經歷敘述了一遍，奚成列才知道自己有個兒子，外出尋父一直沒回家。奚成列便囑託商人旅客，代他探訪大男的消息。何昭容也就由妾變成了妻。可是何氏自從經歷了這番磨難，體弱多病，不能操持家務，她就勸奚成列納妾。奚成列鑑於以前的禍患，所以沒聽從何氏的建議。何氏說：「我如果是那種爭床奪位的人，這些年來早就嫁人生子了，還能和你有今天嗎？況且別人強加給我的，心裡還有隱痛，我怎麼能夠又像別人那樣去虐待人呢？」奚成列這才囑咐客伴，為他買一個三十多歲的老妾。過了半年，客伴果然為奚成列買回一個妾。進了門，原來是妻子申氏。大家都感到驚異。

原來，申氏獨自居住了一年多，他的哥哥申苞勸她再嫁，申氏聽從了。只是田產被侄兒擋著，不能出售。申氏就所有的東西都賣了，攢了幾百兩銀子，帶上銀子回到了哥哥家裡。有個保寧的商人，聽說她有很多陪嫁錢，就花了許多錢賄賂申苞，貪便宜把申氏娶過去。可是這個商人年紀老了，不能和申氏同房。申氏埋怨哥哥，不安心住在商人家，還要上吊投井，商人忍受不了她的擾亂。商人發了怒，把申氏的錢財搜括一空，要把她賣給別人作妾。聽說的人都嫌她年紀大。商人要去夔州，便帶上她同去。路上遇見奚成列的同店夥伴，恰好合他的心意，商人就把申氏賣給他，自己走了。申氏見到奚成列，既慚愧又害怕，說不出一句話。奚成列問了一下同店夥伴，知道了事情的大概，就對申氏說：「如果當初改嫁給一個健壯的男子，那你就在保寧，我們沒有再見面的日子了，這也是天數啊。但今天我是買妾，不是娶妻，你可以先去拜見何昭容，演習嫡庶之間的禮節。」申氏認為這是恥辱。奚成列說：「以前你做夫人的時候，是怎麼樣的呢！」何氏勸阻丈夫，可奚成列說不行，拿起棍子走近申氏逼她行禮。申氏迫不得已，只好拜見了何氏。但是始終不屑於侍奉何氏，只是在別的屋裡幹活。何氏都優待寬容她，也不忍心去檢查她是勤快還是懶惰。奚成列每次和何昭容喝酒談笑，都叫申氏在一旁服侍；何氏總是讓婢女代替她，不叫她前來。

剛好陳嗣宗到鹽亭來當縣令。奚成列和鄰居有些小小的紛爭，鄰居就以奚成列逼妻子為侍妾的罪名告了他一狀。陳公不受理，斥責鄰居並把他趕出公堂。奚成列很高興，私下與何氏稱讚陳公的德行。一更以後，僮僕喊叫著敲門，進來稟告說：「縣令陳公來了。」奚成列驚駭極了，急忙尋找衣服鞋子，而陳公已經來到臥室門口；奚成列更加害怕，不知道如何是好。何氏仔細一看，急忙走出來說：「這是我的兒子呀！」於是哭了起來。陳公也跪在地上悲傷地哽咽著。原來大男跟了陳翁姓陳，已經做官了。

當初，陳公到自己做官的縣去，繞道經過家鄉，才知道兩個母親都已經改嫁了，心裡極度哀痛。同族的人知道大男已經富貴，就把田地房屋都交還給他。陳公留下僕人經營，希望父親能夠再回家。不久，大男被派到鹽亭任縣令，可他又想棄官去尋找父親，陳翁苦苦地勸阻他。恰好有個算卦的，就讓他算了一卦。算卦的說：「小者居大，少者為長；求雄得雌，求一得兩；為官吉。」陳公這才上任。因為沒有找到父親，所以陳公身在官位卻不吃葷，不喝酒。這一天，得到那個鄰居的狀詞，看見了奚成列的姓名，就起了疑心。他暗中派貼身僕人去細細查訪，果然是自己的父親。陳公趁著夜色，穿上便服出了門。陳公見到母親，於是更加相信算卦人的神機妙算。陳公離開奚家時，囑咐他們不要傳出去，又拿出二百兩銀子，叫父親置辦行裝回家鄉去。

奚成列回到家裡，見房屋門窗煥然一新，還有成群的僕人和牲口，居然成了豪富之家。申氏見大男做了官，就更加收斂了。她的哥申苞卻憤憤不平，告到官府，為他妹妹爭嫡妻的地位。縣官查明了事情的真相，憤怒地說：「你貪圖錢財勸妹妹改嫁，她已經換了兩個丈夫，還有什麼臉面去爭以前那個嫡妻的地位呢！」把申苞重重地打了一頓。從此，名分更加確定了。然而，申氏把何氏當姐姐，何氏也把申氏當姐姐，衣服飲食，都毫不自私。申氏開始還怕何氏報復，到現在更加慚愧後悔。奚成列也忘掉了申氏以前的惡行，讓裡外的人都叫她做太母，只是誥命沒有封到她身上罷了。

異史氏說：「顛倒人的位置，真是不可思議，為什麼命運那麼巧呢！奚生不能在妻妾之間自立，一個碌碌無為的平庸之人罷了；如果不是孝子賢妻，怎麼能有這樣奇遇，能夠終生坐享富貴呢！」

【研　析】〈大男〉講述了一個富有傳奇色彩的家庭故事。奚成列的繼室申氏「性妒」，虐遇妾何氏；奚成列不堪申氏「終日嘵聒，恒不聊生」，忿而出走。後來何氏生一子大男，「申擯何不與同炊，計日授粟」。大男漸漸長大成人，踏上了尋父的漫漫征途。經過一系列戲劇性變化，何氏由妾變妻，申氏由妻變妾，而大男也做了官。何氏因為自己的賢德忍讓，終於使這個幾乎破裂的家庭重新變得溫馨祥和。這是一個封建時代典型的「妻妾易位」故事。

古代男人有三妻四妾是很正常的。「三從四德」則是對女子的要求，何氏以其經歷很好地詮釋如何為人妻、如何為人妾。面對申氏的虐待，何氏表現出極強的忍耐性，申氏不讓她們母子吃飽，她便「紡績佐食」。她善於教育孩子，送大男去讀書，在大男提出沒有父親的疑問後，她巧妙地回答說「待汝長，告汝知」。申氏強迫她改嫁，她毫不動搖，不惜採用自殘的方式保全貞節。在成為正室之後，她因為「疴痛多疾，不能操作」，主動勸丈夫納妾。對於以妾身分歸來的申氏，她不計前嫌，「悉優容之」，表現出了極高的涵養。對這樣的女子，蒲松齡顯然是傾心讚揚的。但明倫認為她得到關帝等神靈的佑護，「大男學與軀速長，帝實鑒之。其後從死得生，因離致合，顛倒怪變，皆非人力所能為，非意想所可及者，孰非此賢母孝子之誠，仰邀聖佑哉！」

但是，妻妾關係畢竟是一種畸形的家庭人際關係，它是以無視女性利益和尊嚴為代價的。對於嫡妻來說，她們既要被迫接受夫權的威壓和領導，又要面對來自新婦的擠兌與排斥。如果丈夫以嫡妻不能生育子嗣為由而納妾，那麼她們的地位也就更為危險和不保。故事中的申氏之所以一變為妾，很大原因在於她不能為奚生留下子嗣，而小妾何氏做到了。而妾相對於嫡妻來說，更值得人們同情。她們大多出身卑微，家庭地位低下，還往往要遭受嫡妻的虐待。蒲松齡理想中的妾應該作出更大讓步，以自己的委曲忍讓來爭取嫡妻的寬容和理解，甚至一度將這一妻妾矛盾歸於女人「善妒」的天性。他在〈邵九娘〉篇末評論道：「女子狡妒，其天性然也。而為妾媵者，又復炫美弄機，以增其怒。嗚呼！禍所由來矣。若以命自安，以分自守，百折而不移其志，此豈梃刃所能加乎？」他認為嫡妻應容忍並配合丈夫納妾，驕悍嫉妒是沒有出路的；而那些善妒且不能守節的女人則會受到懲罰。比如奚成列之妻申氏，在奚生外出不回的情況下，再嫁為賈人婦，因賈不能行人道，又被輾轉賣與奚生為妾，失去了自己的嫡妻地位。同時，蒲松齡認為男人應該對自己的妻子擁有絕對的控制力，否則就是丈夫的失職。比如奚成列不能制服悍婦申氏，蒲松齡評論說：「奚生不能自立於妻妾之間，一碌碌庸人耳。」可見，蒲松齡受傳統男權思想的觀念影響還是十分深刻的。

蒲松齡運用了很多巧合誤會之法來結構全篇，給人巧妙新奇之感。但明倫對此大加讚賞。他評論說：「大男之孝出於童，昭容之貞出於庶，事皆僅見，筆難寫生。兼之子留永福，易奚為陳；父在鹽亭，棄商作賈。天涯咫尺，萍梗何期？又況昭容之轉鬻且三，申氏之更夫已二，事勢固難撮合，文筆豈易彌縫？及其寫大男也，若有知，若無知，任天而動，備歷艱辛。其寫昭容也，能自忍，能自潔，率性以行，洞見臟腑，已是行行血淚，字字酸心。而買來重慶者，為求祝髮而賺以縫紉；娶自保寧者，為備小星而嫌其老大。一則因無婦而相贈，一則買老妾而適逢。文之變，則所謂『拔趙幟易漢赤幟』也；文之譎，則所謂『明修棧道，暗度陳倉』也；文之巧而捷，則所謂『兩岸猿聲啼不住，輕舟已過萬重山』也。」

大男之事與朱壽昌棄官尋母有相似之處。朱壽昌，字康叔，宋代天長人，歷史上的二十四孝之一。其父朱巽是宋仁宗年間的工部侍郎，朱壽昌七歲時，生母劉氏被嫡母嫉妒，不得不改嫁他人，五十年母子音信不通。朱壽昌長大後，蔭襲父親功名，仕途頗為順利。但他一直未能與生母團聚，思母之心日切，以至於「飲食罕御酒肉，言輒流涕」。宋熙寧初年，經多方打聽，聽說母親流落陝西一帶，他便辭去官職，千里迢迢前去尋母。後終於在同州找到生身母親。此事在當時引起轟動。宋神宗得知此事後，讓朱壽昌官復原職。蘇軾、王安石等人也寫詩讚美其事。蘇詩為：「嗟君七歲知念母，憐君壯大心愈苦。羨君臨老得相逢，喜極無言淚如雨。不羨白衣作三公，不愛白日升青天。愛君五十著彩服，兒啼卻得償當年。烹龍為炙玉為酒，鶴髮初生千萬壽。金花詔書錦作囊，白藤肩輿簾蹙繡。感君離合我酸辛，此事今無古或聞。長陵朅來見大姊，仲孺豈意逢將軍。開皇苦桃空記面，建中天子終不見。西河郡守誰復譏，潁谷封人羞自薦。」王詩為：「彩衣東笑上歸船，萊氏歡娛在晚年。嗟我白頭生意盡，看君今日盡淒然。」

曾友于

曾翁，昆陽❶故家也。翁初死未殮，兩眶中淚出如瀋❷。有子六，莫解所以。次子悌，字友于，邑名士，以為不祥，戒諸兄弟各自惕，勿貽痛於先人；而兄弟半迂笑之。

先是，翁嫡配生長子成，至七八歲，母子為強寇擄去。娶繼室，生三子：曰孝，曰忠，曰信。妾生三子：曰悌，曰仁，曰義。孝以悌等出身賤，鄙不齒，因連結忠、信為黨。即與客飲，悌等過堂下，亦傲不為禮。仁、義皆忿，與友于謀，欲相仇。友于百詞寬譬❸，不從所謀；而仁、義年最少，因兄言，亦遂止。

孝有女，適邑周氏，病死。糾悌等往撻其姑，悌不從。孝憤然，令忠、信合族中無賴子，往捉周妻，搒掠無算❹，拋粟毀器，盎盂無存。

周告官。官怒，拘孝等因繫之，將行申黜❺。友于懼，見宰自投。友于品行，素為宰重，諸兄弟以是得無苦。友于乃詣周所負荊❻，周亦器重友于，訟遂止。

孝歸，終不德友于。無何，友于母張夫人卒，孝等不為服❼，宴飲如故。仁、義益忿。友于曰：「此彼之無禮，於我何損焉。」及葬，把持墓門，不使合厝❽。友于乃瘞母隧道中。

未幾，孝妻亡，友于招仁、義同往奔喪。二人曰：「『期❾』且不論，『功❿』於何有！」再勸之，鬨然散去。友于乃自往，臨哭盡哀。隔牆聞仁、義鼓且吹，孝怒，糾諸弟往毆之。友于操杖先從。入其家，仁覺先逃。義方踰垣，友于自後擊仆之。孝等拳杖交加，毆不止。友于橫身障阻之。孝怒，讓友于。友于曰：「責之者，以其無禮也，然罪固不至死。我不怙⓫弟惡，亦不助兄暴。如怒不解，身代之。」孝遂反杖撻友于，忠、信亦相助毆兄，聲震里黨，群集勸解，乃散去。友于即扶杖詣兄請罪，孝遂去之，不令居喪次⑫。

而義創⑬甚，不復食飲。仁代具詞訟官，訴其不為庶母行服。官簽拘孝、忠、信，而令友于陳狀。友于以面目損傷，不能詣署，但作詞稟白，哀求寢息⑭，宰遂消案。義亦尋愈。由是仇怨益深。仁、義皆幼弱，輒被敲楚。怨友于曰：「人皆有兄弟，我獨無！」友于曰：「此兩語，我宜言之，兩弟何云！」因苦勸之，卒不聽。友于遂扃戶，攜妻子借寓他所，離家五十餘里，冀不相聞。

友于在家，雖不助弟，而孝等尚稍有顧忌；既去，諸兄一不當，輒叫罵其門，辱侵母諱⑮。仁、義度不能抗，惟杜門思乘間刺殺之，行則懷刀。

一日，寇所掠長兄成，忽攜婦亡歸。諸兄弟以家久析，聚謀三日，竟無處可以置之。仁、義竊喜，招去共養之。往告友于。友于喜，歸，共出田宅居成。諸兄怒其市惠⑯，登門窘辱。而成久在寇中，習於威猛，大怒曰：「我歸，更無人肯置一屋；幸三弟念手足，又罪責之。是欲逐我耶！」以石投孝，孝仆。仁、義各以杖出，捉忠、信，撻無數。成乃訟宰，宰又使人請教友于。友于詣宰，俯首不言，但有流涕。宰問之，曰：「惟求公斷。」宰乃判孝等各出田產歸成，使七分相準[17]。

自此仁、義與成倍加愛敬。談及葬母事，因並泣下。成恚曰：「如此不仁，真禽獸也！」遂欲啟壙[18]，更[19]為改葬。仁奔告友于，友于急歸諫止。成不聽；刻期[20]發墓，作齋於塋。以刀削樹，謂諸弟曰：「所不衰麻[21]相從者，有如此樹！」眾唯唯。於是一門皆哭臨，安厝盡禮。自此兄弟相安。

而成性剛烈，輒批撻諸弟，於孝尤甚。惟重友于，雖盛怒，友于至，一言即解。孝有所行，成輒不平之，故孝無一日不至友于所，潛對友于詬詛。友于婉諫，卒不納。友于不堪其擾，又遷居三泊[22]，去家益遠，音跡遂疏。又二年，諸弟皆畏成，久亦相習。

而孝年四十六，生五子：長繼業，三繼德，嫡出；次繼功，四繼績，庶出；又婢生繼祖。皆成立。效父舊行，各為黨，日相競，孝亦不能呵止。惟祖無兄弟，年又最幼，諸兄皆得而詬厲之。岳家故近三泊，會詣岳，迂道詣叔。入門，見叔家兩兄一弟，絃誦[23]怡怡，樂之，久居不言歸。叔促之，哀求寄居。叔曰：「汝父母皆不知，我豈惜甌飯瓢飲[24]乎！」乃歸。過數月，夫妻往壽岳母。告父曰：「兒此行不歸矣。」父詰之，因吐微隱。父慮與叔有夙隙[25]，計難久居。祖曰：「父慮過矣。二叔，聖賢也。」遂去，攜妻之三泊。友于除舍居之，以齒兒行[26]，使執卷從長子繼善。祖最慧，寄籍三泊年餘，入雲南郡庠[27]。與善閉戶研讀，祖又諷誦[28]最苦。友于甚愛之。

自祖居三泊，家中兄弟益不相能。一日，微反唇，業詬辱庶母，功怒，刺殺業。官收功，重械之，數日死獄中。業妻馮氏，猶日以罵代哭。功妻劉聞之，怒曰：「汝家男子死，誰家男子活耶！」操刀入，擊殺馮，自投井死。馮父大立，悼女死慘，率諸子弟，藏兵[29]衣底，往捉孝妾，裸撻道上以辱之。成怒曰：「我家死人如麻，馮氏何得復爾[30]！」吼奔而出。諸曾從之，諸馮盡靡。成首捉大立，割其兩耳。其子護救，繼續以鐵杖橫擊，折其兩股。諸馮各被夷傷，鬨然盡散。惟馮子猶臥道周[31]。成夾之以肘，置諸馮村而還。遂呼績詣官自首。馮狀亦至。於是諸曾被收。

惟忠亡去，至三泊，徘徊門外。適友于率一子一侄鄉試歸，見忠，驚曰：「弟何來？」忠未語先淚，長跪道左。友于握手拽入，詰得其情，大驚曰：「似此奈何！然一門乖戾，逆[32]知奇禍久矣；不然，我何以竄跡至此。但我離家久，與大令[33]無聲氣之通，今即蒲伏而往，徒取辱耳。但得馮父子傷重不死，吾三人中幸有捷者，則此禍或可少解。」乃留之，晝與同餐，夜與共寢。忠頗感愧。居十餘日，見其叔侄如父子，兄弟如同胞，淒然下淚，曰：「今始知從前非人也。」友于喜其悔悟，相對酸惻。

俄報友于父子同科[34]，祖亦副榜[35]。大喜，不赴鹿鳴[36]，先歸展墓。明季[37]科甲最重，諸馮皆為斂息[38]。友于乃託親友賂以金粟，資其醫藥，訟乃息。

舉家泣感友于，求其復歸。友于乃與兄弟焚香約誓，俾各滌慮自新[39]，遂移家還。祖從叔不願歸其家。孝乃謂友于曰：「我不德，不應有亢宗之子[40]；弟又善教，俾姑為汝子。有寸進時，可賜還也。」友于從之，又三年，祖果舉於鄉。使移家，夫妻皆痛哭而去。不數日，祖有子方三歲，亡歸友于家，藏伯繼善室，不肯返；捉[41]去輒逃。孝乃令祖異居，與友于鄰。祖開戶通叔家。兩間定省[42]如一焉。時成漸老，家事皆取決於友于。從此門庭雍穆[43]，稱孝友[44]焉。

異史氏曰：「天下惟禽獸止知母而不知父，奈何詩書之家，往往蹈之也！夫門內之行[45]，其漸漬[46]子孫者，直入骨髓。古云：其父盜，子必行劫，其流弊然也。孝雖不仁，其報亦慘；而卒能自知之德，託子於弟，宜其有操心慮患之子也。若論果報，猶迂也。」

【注釋】❶昆陽　州名，在今雲南晉寧。❷瀋　汁。❸寬譬　寬慰，解說。❹無算　無數。❺申黜　向上級申報革除其功名。❻負荊　即請罪。❼不為服　不穿喪服。❽合厝　合葬。❾期　期服，齊衰為期一年的喪服。斬衰、齊衰、大功、小功、緦麻為中國古代五種喪服，分別表示不同的血緣關係及尊卑關係。這裡指曾孝等兄弟應給庶母張夫人服喪。❿功　大功、小功的統稱。這裡指曾友于等兄弟為曾孝之妻服喪。⓫怙　袒護。⓬喪次　喪葬時，哀祭者的位次。⓭創　傷。⓮寢息　停止，這裡指罷訟。⓯辱侵母諱　叫著母親的名字辱罵。⓰市惠　買好。⓱七分相準　以財產平分為七份為準。⓲啟壙　掘開墳墓。⓳更　再。⓴刻期　定期。㉑衰麻　披麻戴孝。㉒三泊　舊縣名，原屬昆陽州，清雍正年間三泊縣改稱雲龍鎮，屬安寧州。㉓絃誦　絃歌誦讀。㉔甌飯瓢飲　少量飯食。甌、瓢，均為飲食用具。㉕夙隙　舊時積怨。㉖齒兒行　列入兒輩行列。㉗郡庠　府學。明洪武二年（西元一三六九年）命各府州縣皆設立學校，屬於府者稱府學。㉘諷誦　誦習；研讀。㉙兵　兇器。㉚復爾　再這樣。㉛道周　道旁。周，旁。㉜逆　預先。㉝大令　舊時對縣令的尊稱。㉞父子同科　父子同榜考中舉人。㉟副榜　科舉時代會試取士分正榜、副榜。正式錄取的名列正榜，在正榜之外另取若干，名列副榜。明嘉靖中有鄉試副榜，副榜錄取的，準作貢生。㊱鹿鳴　即鹿鳴宴，起於唐代，明清沿此，於鄉試放榜次日，宴請新科舉人和內外簾官等。宴會時歌《詩經・小雅・鹿鳴》之章。㊲明季　明朝末年。㊳斂息　收斂氣焰。㊴滌慮自新　滌除惡念，改過自新。㊵亢宗之子　光宗耀祖之子。亢宗，指庇護宗族。㊶捉　促；迫使。㊷定省　早晚向父母問安。㊸雍穆　和睦；融洽。㊹孝友　孝順父母，友愛兄弟。㊺門內之行　家門之內的品行。㊻漸漬　逐漸浸染，這裡指潛移默化。

【語　譯】曾翁，是昆陽縣一戶世族大家之主。他剛死還沒入殮的時候，兩個眼眶流出像汁液一樣的眼淚。他有六個兒子，沒有人能明白這是為什麼。曾翁的二兒子曾悌，字友于，是昆陽縣的名士，認為這是不祥之兆，就告誡兄弟們要各自警惕，不要讓死去的父親在九泉之下感到悲痛；但有半數的兄弟都笑他迂腐。

此前，曾翁的嫡妻生了大兒子曾成，曾成在七八歲的時候，母子兩人被強盜擄去。曾翁娶了繼妻，生了三個兒子：分別是曾孝、曾忠、曾信。妾也生了三個兒子：名叫曾悌、曾仁、曾義。曾孝認為曾友于等三人出身低賤，鄙視他們，不把他們當兄弟看待，於是和曾忠、曾信結成一夥。即使和客人飲酒時，曾友于等人從堂下經過，曾孝也很傲慢無禮。曾仁、曾義都很氣憤，就和曾友于商量，要和曾孝互相抗衡。曾友于百般勸解，不聽從他們的主意；而曾仁、曾義年紀最小，因為哥哥的一番話，也就罷休了。

曾孝有個女兒，嫁給縣裡一家姓周的，不久得病死了。曾孝要糾合曾友于等人前去毆打女兒的婆婆，曾友于沒有聽從。曾孝很氣憤，叫曾忠、曾信糾合同族中的無賴子弟，前去捉住周某的妻子，打了不知多少下，他們又拋撒糧食，搗毀器物，鍋碗瓢盆一件不留。周某告到官府。縣官大怒，就把曾孝等人抓起來關進監獄裡，準備向上級申報，革除他們的功名。曾友于很擔心，就親自到縣官那裡去投案。曾友于的品行，一向為縣官所敬重，曾孝等兄弟們因此沒受什麼苦。曾友于又到周家負荊請罪，周某也很器重曾友于，便終止了訴訟。

曾孝回到家中，始終不感激曾友于。沒多久，曾友于的生母張夫人去世了，曾孝等人不為她戴孝，照常歡宴飲酒。曾仁、曾義更加氣憤。曾友于說：「這是他們無禮，對我們有什麼損害呢。」

等到安葬的時候，曾孝等人把住墓門，不讓把庶母和父親合葬。曾友于就把母親埋在父親墓穴的隧道裡。

不久，曾孝的妻子死了，曾友于就叫曾仁、曾義一同去奔喪。曾仁、曾義兩人說：「咱們母親死了他都不服孝，憑什麼要去給他老婆戴孝！」曾友于再三勸他們，他們一哄而散。曾友于就自己去奔喪，痛哭哀悼。隔牆卻聽到曾仁、曾義在敲鼓吹喇叭，曾孝怒火中燒，糾集他的兩個弟弟去打曾仁、曾義。曾友于拿著棍子走在前面。進了他們家門，曾仁發覺不妙，先逃走了。曾義正要爬過牆頭，曾友于從後面把他打倒在地上。曾孝等人拳棒交加，打個沒完。曾友于橫身護住曾義。曾孝十分惱火，責備曾友于。曾友于說：「我們責罰他，是因為他無禮，但他的罪過不至於要把他打死。我既不縱容弟弟作惡，也不助長哥哥行兇。如果哥哥的怒氣還沒消，我就替他挨打。」曾孝就掉轉棍子打曾友于，曾忠、曾信也幫曾孝打曾友于，打鬧的聲音震動了鄰居，人們都跑來勸解，他們這才散去。曾友于就拄著拐杖到哥哥家裡請罪，曾孝把他趕了出去，不讓他為嫂嫂守喪。

曾義傷勢嚴重，吃不下飯，也喝不進水。曾仁代他寫好狀子送到官府去，告曾孝等人不給庶母服喪戴孝。縣官發下簽牌拘捕曾孝、曾忠和曾信，又叫曾友于陳述情況。曾友于因為臉上受了傷，不能到公堂去，只是寫了一封信稟明情況，哀求終止這個案子，縣官就把這個案子撤銷了。曾義不久也痊癒了。從此，雙方的怨仇更深了。曾仁、曾義年紀小，常被曾孝他們毆打。曾仁、曾義埋怨曾友于說：「人人都有兄弟，唯獨我們沒有！」曾友于說：「這兩句話應該是我說的，你們倆怎能這樣說呢！」於是苦苦勸解，他們始終不聽取。曾友于就鎖上家門，帶著妻子兒女到別的地方借房子住，離家有五十多里，希望不再聽到他們的紛爭。

曾友于在家的時候，雖然不幫助弟弟，但是曾孝等人還稍微有所顧忌；他離開後，曾孝等人一不順心，就到曾仁、曾義家門前叫罵，甚至叫著庶母的名字辱罵。曾仁、曾義自料不能抗衡，只有關上大門，想尋找機會刺殺他們，走路的時候都揣著刀子。

一天，被強盜擄走的長兄曾成，忽然帶著妻子逃回來了。曾孝等兄弟因為早已分家，聚在一起商量了三天，竟沒有地方安置曾成。曾仁、曾義暗暗高興，就把曾成招呼到家裡供養。又去告訴曾友于。曾友于很高興，回到家裡，和曾仁、曾義共同拿出田地房屋給曾成。曾孝等兄弟對他們討好曾成感到憤怒，登門辱罵他們。而曾成在強盜群中呆了很久，習慣於威武剛猛，他生氣地說：「我回來以後，你們沒有人肯給我一間房子住；幸虧這三個弟弟顧念手足之情，你們又來怪罪責罵他們。是想驅逐我嗎！」說完，用石頭砸向曾孝，曾孝倒在地上。曾仁、曾義也各自拿著棍棒跑出來，捉住曾忠、曾信，打了無數下。曾成到縣官那裡告狀，縣官又派人請教曾友于。曾友于來到縣官跟前，低頭不說話，只是流淚。縣官問他怎麼處理，曾友于說：「只求公允地作個判決。」縣官就判曾孝等三人各拿出一部分田產給曾成，使弟兄七個人的田產相等。

從此，曾仁、曾義對曾成倍加敬愛。談到安葬母親的事，曾仁、曾義一齊流下眼淚。曾成聽了，生氣地說：「他們這樣不仁，簡直是禽獸！」便想打開墓穴，重新安葬張夫人。曾仁就跑去告訴曾友于，曾友于連忙趕回來勸阻。曾成不聽從；選定了一個日期打開墓穴，在墳邊擺上祭品。他用刀子在一棵樹上削去一塊，對弟弟們說：「不跟我披麻戴孝的，就跟這棵樹一樣！」大家唯唯諾諾地答應了。於是一家大小都來到哀哭，完全按照禮節重新安葬了張夫人。從此，兄弟們相安無事了。

但曾成性情剛烈，動不動就打弟弟們，對待曾孝尤其厲害。唯獨十分尊重曾友于，即使在盛怒之下，曾友于來到跟前，一句話就能化解他的怒火。對曾孝的所作所為，曾成往往不滿，所以曾孝沒有一天不到曾友于的住處，偷偷地對他詛咒曾成。曾友于婉言規勸，曾孝終究沒有接受。曾友于實在受不了他的騷擾，又遷到三泊去住，離家更遠了，音訊也少了。又過了兩年，弟弟們都懼怕曾成，時間長了也就習慣了。

曾孝四十六歲時，一共生了五個兒子：大兒子繼業，三兒子繼德，是嫡妻生的；二兒子繼功，四兒子繼績，是妾生的；還有一個丫環生的叫繼祖。五個兒子都長大成人了。他們仿效父親過去的行為，各自拉幫結派，天天爭吵打鬧，曾孝也不能制止他們。只有繼祖沒有同母所生的兄弟，年紀又最小，幾個哥哥都可以欺負辱罵他。繼祖的岳父家住在三泊附近，繼祖去看望岳父，繞道去叔叔家探望。一進門，看見叔叔家裡的兩個哥哥和一個弟弟，在那裡彈琴讀書，十分和睦，繼祖很高興，在叔叔家裡住了很長時間也不說要回家。叔叔催促他，他便哀求寄住在這裡。叔叔說：「我擔心的是你父母都不知道你在哪裡，我難道是憐惜一碗飯和一杯水嗎！」繼祖這才回去。過了幾個月，繼祖帶著妻子去給岳母祝壽。他告訴父親說：「我這次去就不回來了。」父親問他為什麼，繼祖便吐露了一些隱情。父親擔心和曾友于有舊怨，估計繼祖難以長期住在曾友于家。繼祖說：「父親太過慮了。二叔是個聖賢。」於是離開了，帶著妻子到了三泊。曾友于收拾了一所房子給他們住，把繼祖當作兒子一樣看待，讓他跟大兒子繼善一起讀書。繼祖非常聰明，在三泊寄住了一年多，就考上了雲南府學。他和繼善閉門讀書，繼祖研讀又最刻苦，曾友于很喜愛他。

自從繼祖來到三泊，家裡的兄弟更不能互相容忍。一天，兄弟之間發生了一點小口角，繼業辱罵庶母，繼功大怒，把繼業刺死了。官府把繼功抓起來，重刑拷打，幾天後繼功死在監獄裡。繼業的妻子馮氏，仍然天天以罵代哭。繼功的妻子劉氏聽了，憤怒地說：「你家的男人死了，誰家的男人還活著呢！」拿著刀衝進馮氏屋裡，砍死了馮氏，自己也投井自盡了。馮氏的父親馮大立，為女兒慘死痛心，就帶著子侄兄弟，在衣服裡藏著刀子，去抓曾孝的妻子，在大路上扒光她的衣服痛打，以此侮辱她。曾成非常憤怒，說：「我家死人如麻，姓馮的怎麼還能這樣欺負人！」就大吼著跑出去。曾家的人跟在後面，馮家的人全都被打垮了。曾成首先抓住馮大立，割掉他的兩隻耳朵。馮大立的兒子前來救護，繼續用鐵棍橫掃過去，打斷了他的兩條大腿。馮家的人都被打傷，哄然而散。只有馮大立的兒子還躺在路旁。曾成就用胳臂夾著他來到馮村，放下就回來了。接著曾成就招呼繼績到官府去自首。這時，馮家的狀子也到了。於是，曾家的人都被抓起來。

只有曾忠逃跑了，他來到三泊，在曾友于的門外徘徊。剛好曾友于領著一個兒子和一個侄子參加鄉試回來，看見曾忠，吃驚地問：「弟弟怎麼來了？」曾忠話還沒出口，先掉下了眼淚，他直挺挺地跪在路邊。曾友于握著他的手，把他拉進屋裡，問清了情由，大吃一驚，說：「這可怎麼辦呢！一家人總是不和，我早就料到會有大禍；不然的話，我怎麼會躲到這裡呢。可是我離家太久了，和縣官老爺不通音訊，現在就算爬著去求他，也只不過自取其辱罷了。但願馮家父子的傷不至於嚴重死亡，我們三個當中僥倖有人考中，那麼這個災禍或許可以化解。」於是把曾忠留下來，白天和他一起吃飯，晚上和他一塊睡覺。曾忠很感動，又很慚愧。住了十幾天，曾忠看見他們叔侄之間如同父子一般，堂兄弟也和同胞一樣，就忍不住傷心落淚，說：「現在才知道我以前不是人啊！」曾友于很高興他幡然醒悟，兩人互相看著，都很心酸難過。

不久，捷報傳來，曾友于父子一齊考中舉人，繼祖也中了副榜。曾友于大喜，不去參加官府舉行的宴會，先回家拜祭祖墳。明朝末年是最看重科舉的，馮家的人都因此而收斂了氣焰。曾友于就託親友贈送錢糧給馮家，為他們治傷提供醫藥費，官司於是平息了。

曾家兄弟都流著眼淚感激曾友于，請求他再搬回來住。曾友于就和兄弟們焚香立誓，讓每個人都滌除惡念，改過自新，然後就把家搬了回來。繼祖願意跟隨叔叔，不想回自己家。曾孝就對曾友于說：「我沒有德行，不該有光宗耀祖的兒子；弟弟你又善於教導，叫他暫時做你的兒子吧。等有點長進的時候，你再送他回來。」曾友于答應了。又過了三年，繼祖果然考中了舉人。曾友于叫他搬回自己家裡，繼祖夫妻倆都痛哭著離去。不幾天，繼祖剛滿三歲的兒子又逃回曾友于家，藏在伯伯繼善的房子裡，不肯回去；把他抓回去，他總是要逃出來。曾孝就讓繼祖另外居住，和曾友于作鄰居。繼祖在牆壁上開了個門通到叔叔家，早晚都去問安，就像一家人一樣。這時，曾成漸漸老了，曾家的事都由曾友于決定。從此，曾家團結和睦，稱得上是孝悌友愛的大家庭了。

異史氏說：「天下唯獨禽獸才只知道有母親而不知道有父親，怎麼詩書人家也往往重蹈禽獸的行徑！家裡人的品行，那種逐漸浸染子孫的影響力，是直入骨髓的。古人說：父親盜竊，兒子必然搶劫，這是相沿下來的弊病造成的。曾孝雖然不仁，而他的報應也太慘了；可是他最終知道自己缺乏德行，把兒子託付給弟弟，他理應有一個能夠為憂患而操心的兒子。如果說這是因果報應，那還是迂腐之論。」

【研　析】〈曾友于〉講述了曾友于一家兄弟不和、妯娌不睦，以至鬥毆殺人，鬧到官府，惟有曾友于以德報怨，終於使瀕於破碎的家族得以維繫的故事。曾友于名悌，是曾家庶出的長子，他與同母兄弟仁、義常常受到嫡出兄弟孝、忠、信的輕視和欺負，這在等級森嚴的家族中是比較常見的情況，但他始終泰然處之，主動退讓，不與他們計較。同時，作為仁、義的兄長，他也沒有表現出特殊偏愛。曾孝的妻子去世後，仁、義沒有去祭拜，友于「操杖先從」，後來孝等對異母弟弟「拳杖相加，毆不止」，友于「橫身障阻之」，並說：「責之者，以其無禮也，然罪固不至死。我不怙弟惡，亦不助兄暴。如怒不解，身代之。」無論發生什麼事情，友于都用博大的胸懷包容自家兄弟，終於振興家門，父慈子孝，呈現出一派祥和幸福的景象。

〈曾友于〉是蒲松齡感同身受之作，充溢著濃厚的理想主義色彩。小說中的曾友于，簡直就是一個超拔於現實的禮教聖人。蒲松齡之所以創造出這麼一個完美的人物形象，與其人生經歷是分不開的。蒲松齡是一個非常重視倫理秩序、嚮往父慈子孝、兄弟友愛的正統文人，然而不幸的是，他成年後不久便遭遇了妯娌不和、兄弟分家的家庭變故。對蒲松齡而言，這給他帶來了巨大的痛苦和創傷。因而，他把無限的感慨憤抑抒寫到自己的小說之中，並傾注了自己的滿腔熱情，塑造了曾友于這個恪守封建倫理的賢德知識分子的完美典型。為了家中的和睦，曾友于可以委曲求全、默默忍受來自兄弟們的一切無理言行；為了不使兄弟們受官司的牽累，他不計前嫌四處奔波，尋求解救的辦法。顯然，在他的身上，寄寓了作者心目中理想君子應該擁有的一切美德：孝順、友愛、孝悌、無私、忍讓等，因而無形之中，這便成了作家在現實家庭生活中所遭遇的一系列痛苦和缺憾的精神補償者。

顯然，曾友于是作者極力歌頌的具有完美封建道德的一個典型，儘管這種夢幻般的人物註定只能存在於蒲松齡的理想主義之中，但他也確實給人們以生活希望與心理慰藉，或許也正是這篇作品的意義所在。馮鎮巒就感慨於這篇作品的思想影響力。比如他在讀到「孝等拳杖相加，毆不止，友于橫身障阻之」時，說：「我每讀鼻酸淚下，非欺人語也。不知人亦如我否?」在讀到「友于即扶杖詣兄請罪」時，說：「非大聖大賢安能如此。仁至義盡，可當經傳讀之。循常教孝教弟之書哪能如此激切動人。予令子弟日讀數過。」在讀到「友于喜，歸，共出田宅居成」時，說：「吾不識聊齋何如人，觀其於天理人倫，處事持論，何其仁至義盡，毫無可議也，雖聖人亦當骨肉。」在讀到「友于乃與兄弟焚香約誓，俾各滌慮自新」時，說：「我讀至此，不知何以亦泣數行下。」最後，馮鎮巒說蒲松齡創作〈曾友于〉，是「一片救苦經，亦可作渡人經觀之，實可作忠孝經讀。」

〈曾友于〉對後代小說創作也產生了比較大的影響。乾隆年間的話本小說菊畦子《醒夢駢言》第五回〈逞凶焰欺凌柔懦，釀和氣感化頑殘〉以及《刪定二奇合傳》卷十四第三十四回〈曾孝廉解開兄弟劫〉等，均是據此改寫。道光年間，黃燮清又據以改編成戲曲《脊令原》二卷二十四齣，收入光緒七年（西元一八八一年）刊本《倚晴樓七種曲》。

苗生

龔生，岷州❶人。赴試西安，憩於旅舍，沽酒自酌。一偉丈夫入，坐與語，生舉卮勸飲，客亦不辭。自言苗姓，言噱❷粗豪。生以其不文，偃蹇❸遇之。酒盡，不復沽。苗生曰：「措大❹飲酒，使人悶損！」起向壚頭❺沽，提巨瓻❻而入。生辭不飲，苗捉臂勸釂，臂痛欲折。生不得已，為盡數觴。苗以羹碗自吸，笑曰：「僕不善勸客，行止惟君所便。」生即治裝行。約數里，馬病臥於途，坐待路側，行李重累。正無方計，苗尋至。詰知其故，遂謝裝付僕，己乃以肩承馬腹而荷之，趨二十餘里，始至逆旅，釋馬就櫪❼。移時，生主僕方至。生乃驚為神，相待優渥❽，沽酒市飯，與共餐飲。苗曰：「僕善飯，非君所能飽，飫飲可也。」引盡一瓻，乃起而別曰：「君醫馬尚須時日，余不能待，行矣。」遂去。

後生場事畢，三四友人邀登華山⑨，藉地作筵。方共宴笑，苗忽至，左攜巨尊，右提豚肘，擲地曰：「聞諸君登臨，敬附驥尾。」眾起為禮，相並雜坐，豪飲甚歡。眾欲聯句，苗爭曰：「縱飲甚樂，何苦愁思！」眾不聽，設「金谷之罰⑩」。苗曰：「不佳者，當以軍法從事！」眾笑曰：「罪不至此。」苗曰：「如不見誅，僕武夫亦能之也。」首座靳生曰：「絕巘⑪憑臨眼界空。」苗信口續曰：「唾壺擊缺⑫劍光紅。」下座沉吟既久，苗遂引壺自傾。移時，以次屬句，漸涉鄙俚⑬。苗呼曰：「只此已足，如赦我者，勿作矣！」眾弗聽。苗不可復忍，遽效作龍吟，山谷響應；又起俯仰作獅子舞。詩思既亂，眾乃罷吟，因而飛觴再酌。時已半酣，客又互誦闈中作⑭，迭相贊賞。苗不欲聽，牽生豁拳⑮。勝負屢分，而諸客誦贊未已。苗厲聲曰：「僕聽之已悉。此等文只宜向床頭對婆子讀耳，廣眾中刺刺者可厭也！」眾有慚色，更惡其粗莽，遂益高吟。苗怒甚，伏地大吼，立化為虎，撲殺諸客，咆哮而去。所存者，惟生及靳。

靳是科領薦。後三年，再經華陰[16]，忽見嵇生，亦山上被噬者。大恐欲馳，嵇捉鞚[17]使不得行。靳乃下馬，問其何為。答曰：「我今為苗氏之倀[18]，從役良苦。必再殺一士人，始可相代。三日後，應有儒服儒冠者見噬於虎，然必在蒼龍嶺[19]下，始是代某者。君於是日，多邀文士於此，即為故人謀也。」靳不敢辨，敬諾而別。至寓，籌思終夜，莫知為謀，自拚背約，以聽鬼責。適有表戚蔣生來，靳述其異。蔣名下士[20]，邑尤生考居其上，竊懷忌嫉。聞靳言，陰欲陷之。折簡邀尤，與共登臨，自乃著白衣而往，尤亦不解其意。至嶺半，肴酒並陳，敬禮臻至。會郡守登嶺上，與蔣為通家[21]，聞蔣在下，遣人召之。蔣不敢以白衣往，遂與尤易冠服。交著未完，虎驟至，銜蔣而去。

異史氏曰：「得意津津者，捉衿袖，強人聽聞；聞者欠伸[22]屢作，欲睡欲遁，而誦者足蹈手舞，茫不自覺。知交者亦當從旁肘之躡之，恐座中有不耐事之苗生在也。然嫉忌者易服而斃，則知苗亦無心者耳，故厭怒者苗也？非苗也。」

【注　釋】❶岷州　州名，治所在今甘肅岷縣。❷言噱　言談笑語。❸偃蹇　驕橫；傲慢。❹措大　對窮寒讀書人的蔑稱。❺壚頭　酒店。壚，酒店前安置酒甕的土墩。❻瓻　古代陶製酒器，大者容一石，小者五斗。❼櫪　馬槽。❽優渥　豐足優厚。❾華山　五嶽中的西嶽，在陝西華陰。❿金谷之罰　語出晉石崇〈金谷詩序〉：「遂各賦詩，以敘中懷，或不能者，罰酒三斗。」謂賦詩不能或不成則罰酒三杯。⓫絕巘　險峻的山峰。⓬唾壺擊缺　語出《世說新語・豪爽》：「王處仲（王敦）每酒後輒詠『老驥伏櫪，志在千里。烈士暮年，壯心不已』。以如意打唾壺，壺口盡缺。」形容心情憂憤或感情激昂。唾壺，一種用於吐痰的器具。⓭鄙俚　粗野，庸俗。⓮闈中作　科考中所作的文字，即八股文。⓯豁拳　猜拳。⓰華陰　華山北坡。⓱鞚　帶嚼子的馬籠頭。⓲倀　傳人為虎所食，鬼魂被虎奴役，引虎吃人，稱為「倀鬼」。⓳蒼龍嶺　華山著名險道之一，位於救苦臺南、五雲峰下。⓴名下士　有文名的讀書人。㉑通家　世交。㉒欠伸　打哈欠，伸懶腰。

【語　譯】龔生，四川岷州人。他前往西安參加考試，在一家旅店歇息，買了酒，自斟自飲。一個身材魁梧的男子進來，坐下和龔生說話。龔生遞過杯子，請他喝酒，那男子也不推辭。他自稱姓苗，談笑粗獷豪放。龔生因為他不夠文雅，就傲慢地對待他。酒喝光了，他不再去買。苗生說：「窮秀才喝酒，讓人悶死了！」起身到酒店買酒，提著一大罈酒進來。龔生推辭不喝，苗生抓著他的手臂勸飲，龔生的手臂痛得像要折斷一般。龔生迫不得已，喝乾了幾杯。苗生用大碗自斟自飲，笑著說：「我不善於招呼客人，要去要留隨你的便。」龔生馬上整裝出發。大約走了幾里路，馬病倒了，躺在路上，龔生只好坐在路旁，行李沉重。正無計可施，苗生隨即趕上來了。問清了原因，苗生便把馬背上的行李卸下來交給僕人，自己就用肩膀抵著馬肚子，把馬扛起來，跑了二十多里，才來到旅館，把馬放在槽邊。過了好一陣子，龔生主僕才來到。龔生驚訝地認為苗生是個神仙，非常豐盛地款待他，買酒買飯，請苗生一起吃。苗生說：「我特別能吃飯，不是你能供給到飽的，喝足酒就可以了。」苗生喝光了一罈酒，便站起來告辭說：「你把馬治好還需要一些日子，我不能等，要起程了。」說完就走了。

後來龔生考試完畢，有三四個朋友邀他同登華山，大家坐在地上飲酒。正在暢飲說笑，苗生忽然來了，他左手拿著大酒瓶，右手提著豬肘子，往地上一扔，說：「聽說諸位登山遊覽，我也充個數吧。」眾人都站起來行禮，然後雜坐在一起，大杯喝酒，十分歡快。大家想聯句作詩，苗生爭辯說：「縱情喝酒，很是快樂，何苦傷腦筋！」大家不聽從，商定吟不出的要罰酒三杯。苗生說：「作得不好的，要以軍法處置！」大家笑著說：「罪過不至於那麼重吧。」苗生說：「如果不殺頭，我這個武夫也會吟詩。」坐在首座的靳生吟道：「絕巘憑臨眼界空。」苗生信口續道：「唾壺擊缺劍光紅。」鄰座的書生沉思了很久，苗生便取過酒壺自己倒酒。過了一會兒，大家按次序聯下去，漸漸涉於粗俗。苗生大聲說：「這已經夠了，你們如果願意放過我，就不要再作了！」大家不理睬。苗生再也忍受不了，忽然仿效龍吟，山谷迴響；又站起來前俯後仰作獅子舞。作詩的思緒給攪亂了，大家便停止吟詩，於是舉杯再喝。這時酒已半醉，書生們又互相朗誦考場上作的文章，互相吹捧。苗生不願聽，拉著龔生猜拳。兩人已各有幾次勝負了，可那幾個還在吟誦吹捧。苗生厲聲說：「我都聽清楚了。這樣的文章只配在床頭給老婆念一念，在大庭廣眾中嘮嘮叨叨，討厭極了！」眾人面有慚色，更厭惡他的粗莽，便更加高聲朗誦。苗生憤怒極了，趴在地上大吼，立刻變成一隻老虎，把書生們撲倒咬死，咆哮著走了。活下來的只有龔生和靳生。

靳生就在這一科考取了舉人。三年後，靳生再次經過華山北坡，忽然遇見了嵇生，他是在山上被老虎咬死的。靳生很害怕，想策馬而逃，嵇生抓住馬籠頭，讓他走不了。靳生便下馬，問他要幹什麼。嵇生答道：「我現在是苗生的倀鬼，為他做勞役很辛苦。一定要再殺一個讀書人，才能替換我。三天後，應該有穿戴儒生衣帽的人被老虎吃掉，但一定要死在蒼龍嶺下，才是代替我的。你在那天多請些讀書人到這裡來，就是為老朋友著想了。」靳生不敢申辯，恭敬地答應下來，告辭而去。回到寓所，靳生考慮一整夜，不知道該怎麼辦，只得豁出去違背諾言，任憑倀鬼責罰。剛好他表親蔣生來訪，靳生把這怪事告訴他。蔣生有點名氣，但縣裡的尤生考試名次在他前面，他暗懷嫉妒。聽了靳生的話，暗中想陷害尤生。蔣生給尤生寫信，請他一起登蒼龍嶺，自己卻穿了便服前往，尤生也弄不清他的用意。到了山腰，酒菜擺開，蔣生招待尤生恭敬又周到。恰好知府登臨嶺上，他和蔣生是通家，聽說蔣生在下面，派人來召見他。蔣生不敢穿便服前去，於是和尤生換衣服、帽子。衣服還沒換好，老虎突然來到，把蔣生叼走了。

異史氏說：「得意的人唾沫橫飛，拉著人家的衣袖，強迫別人聽他說話；聽者頻頻打呵欠，伸懶腰，想要睡覺想要離開，可朗誦的人手舞足蹈，茫然不覺。他的好友也應從旁用肘碰他，用腳踩他，恐怕座中有不耐煩的苗生。然而嫉妒的人換了衣服才被吃掉，可知苗生也是無意的。所以憎惡這種人的是苗生嗎？不是苗生吧。」

【研析】從情節上看，〈苗生〉這篇故事並不曲折離奇，也不複雜多變，是由幾個結構相對鬆散的片斷連綴而成。主要包括三個片斷：一是龔生與苗生在赴考途中的交往。龔生是儒生，苗生是武夫，一開始兩人互不接受對方。龔生因為苗生談笑粗獷，不夠溫文爾雅，所以「偃蹇遇之」。苗生因為龔生「酒盡，不復沽」，便自己買了一大罈酒，並強行勸龔生喝酒。兩人別過後，龔生因為所騎之馬生病，不得不在路旁等候。這時苗生出現，「以肩承馬腹而荷之，趨二十餘里，始至逆旅，釋馬就櫪」。龔生大為驚奇，馬上改變了最初的態度，「相待優渥，沽酒市飯，與共餐飲」。如果〈苗生〉的故事到此為止，則它與唐代豪俠小說頗為相似。苗生酒量與力量遠遠地超出一般人，其膽識、精神、境界與昆侖奴、紅線、聶隱娘、虯髯客等俠客有許多相同之處。第二個片斷是龔生、靳生、嵇生等與苗生在華山聚飲。一開始他們「相並雜坐，豪飲甚歡」，但時間一長，儒生們便開始玩起他們擅長的文字遊戲——聯句。對此，苗生表示了反對。儒生們聯句之後又開始「互誦闈中作」，還「迭相贊賞」，苗生又表示了不滿。眾儒生討厭他的粗魯無禮，反而更加大聲的朗誦起來。苗生「立化為虎，撲殺諸客，咆哮而去」。第三個片斷是蔣生妒忌尤生考得比自己好，便設計加以陷害尤生，把尤生騙至蒼龍嶺，想讓老虎把尤生吃掉。不料搬起石頭砸自己的腳，尤生沒害成，蔣生自己反受害，葬身虎口。

從描寫上看，〈苗生〉中的苗生乃是一老虎變化而來，處處顯示出他是虎性與人性的交織。他體格偉岸，化身為「偉丈夫」；他性格豪爽，言談舉止粗獷不羈；他擅長飲酒，「以羹碗自吸」，直接喝完一罈；他力量巨大，抓住龔生的手臂勸酒，把龔生抓得「臂痛欲折」，扛著一匹馬也健步如飛；他聲音浩大，「效作龍吟，山谷響應」，等等。楊玉軍在〈從〈申屠澄〉和〈苗生〉的對比談蒲松齡對精怪形象的成功塑造〉中談到，「蒲松齡筆下的異類形象，都是以人的形神和性情為主體，同時將異類的某種屬性特徵附加在更準確地說是融入在其身上，人的特徵、人的社會性已成為他們的主要特徵，而且這種人性和他們本身所具有的物性是有機地融和，不是簡單相加的，成為一種以人性為主體、人性與物性複合統一的藝術形象。這樣的處理，增強了作品的虛幻性和浪漫主義色彩，又使人物形象更具特殊的真實感，也在藝術上大大滿足了讀者的欣賞要求，從閱讀心理上契合了讀者在長期的傳統中所形成的對鬼狐精怪的認識，因而也受到廣大讀者的喜愛。」

正如蒲松齡在「異史氏曰」中所說，「得意津津者，捉衿袖，強人聽聞；聞者欠伸屢作，欲睡欲遁，而誦者足蹈手舞，茫不自覺。知交者亦當從旁肘之躡之，恐座中有不耐事之苗生在也。然嫉忌者易服而斃，則知苗亦無心者耳，故厭怒者苗也？非苗也」，在〈苗生〉中，蒲松齡實際上表達了對儒生中某些不良行為的極度反感。第一種行為是在大庭廣眾之中，得意洋洋，唾沫橫飛地誦讀闈中之作，毫不顧及他人厭煩的感受；第二種行為是為達到目的不惜採用卑劣手段，甚至密謀以犧牲他人的生命來搏得自己的上位。因此，有這兩種習氣的儒生最後都被老虎吃掉。

楊海波在〈簡短的故事　深刻的意蘊〉中對〈苗生〉進行了解讀，「〈苗生〉一方面通過苗生形象，寄託和探求一種自由、直率、豪放的理想人生，另一方面又通過龔生和眾儒生形象，隱含曲折地揭露和批判封建科舉制度對廣大知識分子精神的腐蝕和毒害」，「對科舉制度的揭露和批判貫穿著整個〈苗生〉故事的始終」，「虎的豪放、不受羈縛的野性，恰恰表現了恨不能把由科舉制度滋生出來的種種醜惡現象掃蕩乾淨的憤激情緒」。在這裡，儘管蒲松齡曾借苗生之口怒斥八股文為「此等文只宜向床頭對婆子讀耳，廣眾中刺刺者可厭也」，這只是一時激憤之語，並不能得出蒲松齡以此嘲諷當時知識分子和批判封建科舉制度的結論來。嵇生等人被吃掉並不是因為他們的儒生身分，而是因為他們蔑視苗生的粗魯無文，一味挑戰苗生的忍耐底線，卻絲毫沒有意識到危險的悄然降臨。蔣生被吃掉則純粹是因果報應所致，是惡有惡報的典型反映。其實蔣生行為所表現出來的妒忌心理並非儒生的專利，而是根深蒂固地普遍存在於人性深處，只是人們如何加以引導和應對的問題。

在現代社會，我們可以對〈苗生〉帶給人們的啟示作一番新的闡發。蔣生被老虎吃掉，告訴人們不可妄生害人之心，只能在規則框架內進行人與人之間的競爭，同時要加強道德修養，正確處理理與欲、義與利的關係。嵇生等人被老虎吃掉，則告訴人們不要企圖以書生意氣來看待和處理世間之事，把書生的思維方法、觀點邏輯、言行偏好強加到他人身上，特別是手握生殺大權的強勢者身上，這是極為危險和可怕的。平心而論，嵇生等人罪不至死，苗生輕取人命顯然失之草率。但關鍵恰恰在於苗生可以生殺予奪，掌握話語強權與保持這種權力的武力，嵇生等人卻手無縛雞之力，只能依附於這種權力結構之下。指點江山、激揚文字的讀書人一般不會受到統治階層的歡迎。這一點在傳統中國社會表現得尤為突出。比如，魏晉時期「剛腸疾惡，輕肆直言，遇事便發」的嵇康就躲不過被殺的命運。或許這是〈苗生〉帶給我們新的思考，這也超出了蒲松齡創作〈苗生〉的本意。

雹神

唐太史濟武❶，適日照❷會安氏葬。道經雹神李左車❸祠，入遊眺。祠前有池，池水清澈，有朱魚數尾游泳其中。內一斜尾魚，唼呷❹水面，見人不驚。太史拾小石將戲擊之。道士急止勿擊。問其故，言：「池鱗皆龍族，觸之必致風雹。」太史笑其附會之誣，竟擲之。既而升車東行，則有黑雲如蓋，隨之以行。簌簌雹落，大如綿子。又行里餘，始霽。太史弟涼武❺在後，追及與語，則竟不知有雹也。問之前行者亦云。太史笑曰：「此豈廣武君作怪耶！」猶未深異。

安村外有關聖祠，適有稗販客❻，釋肩門外，忽棄雙簏❼，趨祠中，拔架上大刀旋舞，曰：「我李左車也。明日將陪從淄川唐太史一助執紼❽，敬先告主人。」數語而醒，不自知其所言，亦不識唐為何人。安氏聞之，大懼。村去祠四十餘里，敬修楮帛❾祭具，詣祠哀禱，但求憐憫，不敢枉駕。太史怪其敬信之深，問諸主人。主人曰：「雹神靈跡最著，常託生人以為言，應驗無虛語。若不虔祝以尼❿其行，則明日風雹立至矣。」

異史氏曰：「廣武君在當年，亦老謀壯事者流也。即司雹於東，或亦其不磨之氣，受職於天。然業已神矣，何必翹然自異⓫哉！唐太史道義文章，天人之欽矚⓬已久，此鬼神之所以必求信於君子也。」

【注釋】❶唐太史濟武　唐夢賚，字濟武，號嵐亭，別號豹巖，順治六年（西元一六四九年）進士，授翰林院庶吉士、祕書院檢討，是繼高珩後第二個為《聊齋誌異》寫序的淄川籍縉紳。❷日照　縣名，即今山東日照。❸李左車　秦漢之際謀士，趙國名將李牧之孫。秦末，六國並起，左車輔佐趙王歇，被封為廣武君，後歸附韓信。相傳其死後為雹神。❹唼呷　魚、鳥吃食。❺涼武　唐夢師，字涼武，唐夢賚之弟。❻稗販客　小商販。❼雙篚　兩個竹筐。篚，竹編的盛器。❽執紼　送葬。紼，牽引靈車的繩索。❾楮帛　祭祀時焚化的紙錢。❿尼　阻止。⓫翹然自異　自高自傲，與眾不同。⓬欽矚　欽佩，矚目。

【語譯】太史唐濟武，前往山東日照為安氏家人送葬。途中經過雹神李左車祠，就進去遊覽。祠前有池塘，池水清澈，有幾條金魚在水中游來游去。其中一條歪尾巴魚在水面吸呷，見了人也不驚嚇。太史撿起小石塊要戲耍投擲。道士急忙制止，不讓他扔。太史詢問原因，道士說：「池裡的魚都是龍族，觸犯牠們必定招致風雹。」太史笑道士的牽強附會之言，竟向那條魚擲去。然後上車東行，有一片烏雲像傘一樣隨著車子走。冰雹簌簌地落下，像棉子般大小。又走了一里多路，天才晴了。太史的弟弟唐涼武在後面，趕上後和他說起來，竟不知道下過冰雹。問走在前面的人，也是這麼說。太史笑著說：「這難道是廣武君在作怪嗎！」但也沒感到特別驚異。

安村外有座關聖祠，恰好有個小商販在門外卸下擔子，忽然，扔下兩個竹筐，跑到祠裡，拔起架子上的大刀旋轉揮舞，說：「我是李左車。明天去陪淄川的唐太史，為安氏下葬助一臂之力，現在先告訴主人一聲。」講完這幾句話就醒了，不知道自己說過什麼，也不認識唐太史是什麼人。安氏聽說，十分害怕。村子離雹神祠四十多里，安氏恭敬地準備了紙錢祭品，到祠裡哀告祈禱，只求雹神憐憫，不敢有勞大駕。太史奇怪於他虔敬和迷信之深，便向他詢問。安氏說：「雹神最靈，經常附在活人身上說話，總是應驗，並無虛言。如果不虔誠祝禱，勸阻祂行動，風雹明天就要來了。」

異史氏說：「廣武君在當年也是個深謀遠慮、辦事利索的人。就是在東方掌管冰雹，或許也是因為他有著不可磨滅的豪氣，所以被上天授與神職。但既然已經成神，何必自高自傲，與眾不同呢！唐太史的道德文章，早已為天上、人間所欽佩、矚目，這就是鬼神一定要取得君子的相信啊。」

【研 析】冰雹也叫「雹」，俗稱「雹子」，有的地方也叫「冷子」，它是水汽隨氣流上升遇冷凝結，當上升氣流支托不住時就下降到地面的固態降水，其直徑一般為五～五十毫米，最大的可達十釐米以上。在傳統農業社會，冰雹通常給農業生產和農民生活帶來災害。人們對它無法做出科學解釋，便把下冰雹想像為神靈主使，通過崇拜或祭祀的辦法來乞求少下或不下冰雹，從而產生雹神信仰。但在一些文化層次較高的知識分子那裡，對此卻不以為然。唐夢賚就是其中之一。

在〈雹神〉中，唐夢賚到日照為安氏家人送葬，在經過雹神李左車祠時，他聽道士說池中的游魚都是龍族，觸犯牠們將會招致風暴冰雹。唐夢賚「笑其附會之誣」，撿起一塊石頭擲向池中的游魚。後來冰雹落在他的車子上，他一笑置之，「猶未深異」。雹神李左車借商販之口發出警告，安氏大懼，「敬修楮帛祭具，詣祠哀禱」，唐夢賚還「怪其敬信之深」。通過這樣的描寫，蒲松齡把唐夢賚不迷信鬼神的豁達之情展現出來。

從「異史氏曰」中，我們可以看出蒲松齡對唐夢賚的極度推崇。蒲松齡在一定程度上信奉鬼神，即便如此，他也對雹神提出了委婉批評，「然業已神矣，何必翘然自異哉」。何守奇也說：「前後不雹，而中間獨雹，廣武君似亦可以不必。」蒲松齡極為敬重這位同邑前賢。除〈雹神〉外，他還寫了〈泥鬼〉來讚頌唐夢賚的「童年磊落，膽即最豪」。少年唐夢賚摳下了泥鬼的琉璃眼珠，「懷而歸之」，泥鬼不敢怪罪唐夢賚，只好遷怒於另外一位兒童，說到底是「蓋以玉堂之貴，而且至性觥觥，觀其上書北闕，拂袖南山，神且憚之，而況鬼乎」。唐夢賚去世後，蒲松齡作〈祭唐太史〉文，祭文中說，「嗚呼！老成凋謝，梁木摧崩；河山變色，風月無情！衣冠遂無領袖，里社竟絕典型！值大庭之公議，嘿相視而無聲！烏爰止於誰屋，徒遺恨於冥冥」，可見極盡哀痛。

根據袁世碩先生的考證，唐夢賚本人也十分關心〈雹神〉的寫作。中山大學藏舊抄本《聊齋詩文集》，附錄有總題「致聊齋」的一部分書札。其中來自唐夢賚的一札有「李左車一案，久不成，亦當有示我矣」的句子。袁先生推斷，「前此不久，唐夢賚曾向蒲松齡講述了他出弔道經安丘時所遇的怪異事，並要蒲松齡記入其《聊齋誌異》中。唐夢賚這時已達古稀之年，有此欲借蒲松齡志怪之筆顯揚自己的念頭，也不為怪。……大約是蒲松齡由於早年已經寫過一篇〈雹神〉，見於手稿第一冊，記明人王筠蒼遇雹神李左車事，而且唐夢賚所述之事如何立意，亦頗費斟酌，所以遲遲未作成，致使唐夢賚在札中要催詢幾句。」

李左車是趙國名將李牧之孫，秦末輔佐趙王歇，被封為廣武君。後敗於韓信，韓信以師禮相待，左車歸漢，獻攻取齊燕之策。「智者千慮，必有一失；愚者千慮，必有一得」即是其名言。李左車在民間享有很高威望，傳說玉皇大帝因其品德剛正，把他封為雹神，掌管大地、山川、江河、湖泊、雨雪、風雹及人間莊稼的獎懲。在現代民間還有祭祀雹神的儀式，韓同春在〈民眾記憶中的雹神信仰與祭祀儀式〉中對民間各種祈求避免或減輕冰雹災害的禳解儀式進行了梳理與描述。

李八缸

太學❶李月生，升宇翁之次子也。翁最富，以缸貯金，里人稱之「八缸」。翁寢疾❷，呼子分金：兄八之，弟二之。月生觖望❸。翁曰：「我非偏有愛憎，藏有窖鏹❹，必待無多人時，方以畀❺汝，勿急也。」過數日，翁益彌留。月生慮一旦不虞❻，覷無人，即床頭秘訊之。翁曰：「人生苦樂，皆有定數。汝方享妻賢之福，故不宜再助多金，以增汝過。」蓋月生妻車氏，最賢，有桓❼、孟❽之德，故云。月生固哀之。怒曰：「汝尚有二十餘年坎壈❾未歷，即予千金，亦立盡耳。苟不至山窮水盡時，勿望給與也！」月生孝友敦篤❿，亦即不敢復言。無何，翁大漸，尋卒。幸兄賢，齋葬之謀，勿與校計。月生又天真爛漫，不較錙銖，且好客善飲，炊黍治具，日促妻三四作，不甚理家人生產。里中無賴窺其懦，輒魚肉之[11]。逾數年，家漸落。窘急時，賴兄小周給[12]，不至大困。無何，兄以老病卒，益失所助，至絕糧食。春貸秋償，田所出，登場輒盡。乃割畝為活，業益消減。又數年，妻及長子相繼殂謝[13]，無聊益甚。尋買販羊者之妻徐，冀得其小阜；而徐性剛烈，日凌藉[14]之，至不敢與親朋通弔慶禮。忽一夜夢父曰：「今汝所遭，可謂山窮水盡矣。嘗許汝窖金，今其可矣。」問：「何在？」曰：「明日畀汝。」醒而異之，猶謂是貧中之積想也。次日，發土葺墉[15]，掘得巨金，始悟向言「無多人」，乃死亡將半也。

異史氏曰，「月生，余杵臼交[16]，為人樸誠無偽。余兄弟與交，哀樂輒相共。數年來，村隔十餘里，老死竟不相聞。余偶過其居里，因亦不敢過問之。則月生之苦況，蓋有不可明言者矣。忽聞暴得千金，不覺為之鼓舞。嗚呼！翁臨終之治命[17]，昔習聞之，而不意其言皆讖[18]也。抑何其神哉！」

【注　釋】❶太學　明清兩代稱國子監為太學。❷寢疾　臥病。❸觖望　不滿意。❹窖鏹　窖藏的白銀。❺畀　給予。❻不虞　意外，這裡指死亡。虞，預料。❼桓　桓少君，漢代鮑宣的妻子。鮑宣曾經跟隨少君的父親學習，少君的父親驚訝於鮑宣能守清苦，就把女兒嫁給他，並送了許多嫁妝。鮑宣表示：「吾實貧賤，不敢當禮。」桓少君便「悉歸侍御服飾，更著短布裳，與宣共挽鹿車歸鄉里」。見《後漢書・鮑宣妻傳》。❽孟　孟光，東漢梁鴻的妻子。梁鴻貧困為人傭工，歸家，孟光每為具食，不敢於鴻前仰視，舉案齊眉。見《後漢書・梁鴻傳》。❾坎壈　困頓；不順利。❿敦篤　敦厚篤實。⓫魚肉之　以之為魚肉，這裡指欺淩。⓬周給　接濟。⓭殂謝　去世。⓮淩藉　侵陵；欺侮。⓯葺墉　修理牆壁。葺，修理房屋。⓰杵臼交　語出《後漢書・吳祐傳》：「公沙穆來遊太學，無資糧，乃變服客傭，為祐賃舂。祐與語大驚，遂共定交於杵臼之間。」指不計貧賤的友誼。⓱治命　臨終前的清醒遺言。見《左傳・宣公十五年》。⓲讖　預言；預兆。

【語　譯】太學生李月生，李升宇老人的次子。升宇老人非常富有，用缸來貯藏銀子，鄉里人稱他為「李八缸」。老人臥病，叫兩個兒子分財產：哥哥占十分之八，弟弟占十分之二。月生不滿意。老人說：「我不是偏心，有愛有憎，我窖藏的白銀，一定要等人不多時，才能給你，別著急。」過了幾天，老人更接近彌留。月生擔心很快就有意外，看看沒人，走近床前悄悄地問父親。老人說：「人生的痛苦和快樂，都是註定的。你正享受著妻子賢惠的福，所以不宜再給你太多的錢，增加你的過失。」原來，月生的妻子車氏極其賢惠，具有桓少君和孟光那樣的品德，所以老人這樣說。月生再三哀求。老人生氣地說：「你還有二十多年的坎坷沒有經歷，即使給你千兩銀子，也會立時用光。如果不是到山窮水盡的地步，別指望會給你！」月生孝順父母，與兄弟友愛，忠厚誠實，也就不敢再說。不久老人病危，很快去世了。幸好哥哥賢德，謀劃治喪事宜，不和弟弟計較。月生又天真幼稚，從不斤斤計較，而且好客善飲，每日催促妻子準備三四次酒菜，不怎麼管理自己家的生產。鄉里的無賴見月生懦弱，總是侵害、欺凌他。過了幾年，家境漸漸衰落。困難時，全靠哥哥略為接濟，還不至於陷入絕境。

不久，哥哥因年老生病而死，月生更失去了幫助，以致家裡斷了糧食。春天借貸，秋天償還，田裡的莊稼，一收成就全沒了。於是賣地為生，產業越來越少。又過了幾年，妻子和長子相繼去世，月生更是無依無靠。不久，他買下羊販子的妻子徐氏，希望得到她帶來的一點財產；但徐氏性情剛烈，每天欺侮他，以致親戚朋友的婚娶喪葬之事，他也不敢前去致禮。忽然，一天夜裡，月生夢見父親說：「如今你的遭遇，可以說是山窮水盡了。先前答應給你的藏金，現在可以了。」月生問：「在哪裡？」父親說：「明天給你。」月生醒來，感到很奇怪，還以為是窮困中的幻想。第二天，他挖土修牆，挖出大批銀子，這才明白以前所說的「人不多」，是指家裡人死亡將近一半。

異史氏說：「月生和我是貧賤之交，為人誠樸，毫不虛偽。我兄弟和他交往，總是共同分享哀愁和歡樂。幾年來，村子相隔十來里，卻老死不通音訊。我偶然路過他住的巷子，也不敢前去問候。月生的苦況，原有難以明言之處。忽然聽說他一下子得了很多錢，不由得為他感到鼓舞。唉！升宇老人的臨終遺囑，過去我經常聽說，卻沒想到他講的都是預言。怎麼這麼神啊！」

【研　析】〈李八缸〉講述的是一個關於人生定數的故事。李升宇是一位富豪，在分遺產時把大部分遺產給了大兒子。小兒子月生便多次去找父親求情。李升宇對月生說了三句話，「我非偏有愛憎，藏有窖鏹，必待無多人時，方以畀汝」，「人生苦樂，皆有定數。汝方享妻賢之福，故不宜再助多金」，「汝尚有二十餘年坎壈未歷，即予千金，亦立盡耳。苟不至山窮水盡時，勿望給與也」。李升宇的意思很簡單，自己確實給月生留下了錢財，但由於人生定數，還不能馬上就給，直到月生度過命中註定的苦難才能給他。這一方面表現了李升宇預知月生遭遇的神奇性，另一方面也表現了定數不可違的客觀性。

蒲松齡雖然寫了人生定數，「翁臨終之治命，昔習聞之，而不意其言言皆讖也」，但從整個事件來看，其中也蘊含著一些值得借鑑的人生道理。

一是看待一件事情，特別是看待一件在當時來說不是好事、有利之事時，要用長遠眼光，從較長一段時間範圍來觀察，從而由壞變好，化不利為有利。李升宇在病重之際，給他兩個兒子分配遺產，大兒子得八，小兒子月生得二，這顯然有失公平，也引起月生的不滿。儘管月生非常失望，但他孝順父母，與兄弟友愛，忠厚誠實，就沒過多計較。實際上，到最後，月生在最需要錢的時候，「發土葺墉，掘得巨金」。

二是在達到一定程度後要懂得知足，不要貪得無厭、妄求多福。比如，李月生家境極為富有，其父李升宇「以缸貯金」，可見擁有財富數量之大；其妻車氏又「最賢，有桓、孟之德」，可以坐享妻賢之福。在這種情況下，如果再糾纏於遺產的多少，分配得是否公正，就有吃了五味想六味、當了皇帝想成仙的嫌疑了。這也是傳統觀念中恰如其分、適可而止的智慧。

三是加強道德修養的同時，還要培養打理生計、當家理財等事務管理方面的才能。在傳統社會中，知識分子更關注思想層面的問題，對操作層面的具體事務往往不太願意投入精力。李月生「天真爛漫，不較錙銖，且好客善飲，炊黍治具，日促妻三四作，不甚理家人生產」。這種散漫無度的生活使他「家漸落」，以至「春貸秋償，田所出，登場輒盡。乃割畝為活，業益消滅」。再過幾年，妻子和長子相繼謝世，李月生更加無依無靠，可謂山窮水盡。在《聊齋誌異》的〈宮夢弼〉中，還寫了一位與李月生相似的人物——柳芳華，「柳芳華，保定人。財雄一鄉，慷慨好客，座上常百人。急人之急，千金不靳。賓友假貸常不還」，以致死後「無以治凶具」。因此，對知識分子而言，在日常生活中，不僅要讀書、寫字、吟詩、聚飲，還要主持家政，盤點收支，量入為出，否則坐吃山空，一家老小不免受飢餓凍餒之苦。

老龍船戶

朱公徽蔭❶巡撫粵東❷時，往來商旅，多告無頭冤狀。千里行人，死不見尸，數客同遊，全無音信，積案累累，莫可究詰。初告，有司尚發牒行緝；迨投狀既多，竟置不問。公涖任，歷稽舊案，狀中稱死者不下百餘，其千里無主者，更不知凡幾。公駭異惻怛，籌思廢寢。遍訪僚屬，迄少方略❸。於是潔誠熏沐，致檄城隍之神。已而齋寢❹，恍惚見一官僚，搢笏❺而入。問：「何官？」答云：「城隍劉某。」「將何言？」曰：「鬢邊垂雪，天際生雲，水中漂木，壁上安門。」言已而退。既醒，隱謎不解。輾轉終宵，忽悟曰：「垂雪者，老也；生雲者，龍也；水上木為舡❻；壁上門為戶：豈非『老龍舡戶』耶！」

蓋省之東北，曰小嶺，曰藍關，源自老龍津，以達南海，嶺外巨商，每由此入粵。公遣武弁❼，密授機謀，捉龍津駕舟者，次第擒獲五十餘名，皆不械而服。蓋此等賊以舟渡為名，賺客登舟，或投蒙藥，或燒悶香，致客沉迷不醒；而後剖腹納石，以沉水底。冤慘極矣！自昭雪後，遐邇歡騰，謠頌❽成集焉。

異史氏曰：「剖腹沉石，慘冤已甚，而木雕之有司，絕不少關痛癢，豈特❾粵東之暗無天日哉！公至則鬼神效靈，覆盆俱照，何其異哉！然公非有四目兩口，不過恫瘝之念❿，積於中者至耳。彼巍巍然，出則刀戟橫路，入則蘭麝熏心，尊優雖至，究何異於老龍船戶哉！」

【注釋】❶朱公徽蔭　朱宏祚，字徽蔭，順治五年（西元一六四八年）舉人，曾任盱眙縣知縣、兵部郎中、廣東巡撫、閩浙總督等職。❷粵東　今廣東省。❸方略　對策。❹齋寢　齋戒時的寢宿。❺搢笏　插笏於束帶，這裡指身著公服。笏，笏板。❻舡　船。❼武弁　武官。❽謠頌　稱頌功德的民歌民謠。❾特　只。❿恫瘝之念　語出《尚書·康誥》：「恫瘝乃身。」意謂像病痛在自己身上一樣。這裡指把人民的疾苦放在心上。恫，痛。瘝，病。

【語譯】朱徽蔭任粵東巡撫時，往來的客商告了很多無頭冤狀。出門千里的旅客，死不見屍，幾個人一同出遊，都沒有音信，案子累積了很多，沒有可查勘的地方。起初告的狀子，官府還頒發文牒緝捕疑兇；等投的狀子多了，官府竟棄置不問。朱公到任後，一一翻閱舊案，狀子中稱死亡的不下一百多，那些出門千里的無主冤魂，就更不知道有多少了。朱公既驚駭又傷感，百般思慮，無法成眠。請教手下的部屬，還是缺乏對策。於是，他虔誠地沐浴後，致書城隍神。然後齋戒入睡。恍惚間，見一位官員，官服上插著笏板走進來。朱公問：「你是什麼官？」那人回答說：「城隍劉某。」朱公問：「你要說什麼？」劉某說：「鬢邊垂雪，天際生雲，水中漂木，壁上安門。」說完就走了。朱公醒後，解不開這隱藏的謎語。他整晚輾轉反側，忽然醒悟道：「鬢邊垂雪是老，天際生雲是龍，水中漂木是船，壁上安門是戶：難道不就是『老龍船戶』嗎！」

原來，省的東北面，稱為小嶺、藍關，河水從老龍津流入南海，外來巨商總是從這兒入粵。朱公派遣武將，祕密授以計策，捉拿老龍津的船夫，先後抓獲五十多名，都不用上刑就招供了。原來，這些盜賊以駕船渡河為名，誘騙旅客上船，有的投蒙汗藥，有的燒迷魂香，致使旅客昏迷不醒；然後剖開肚子，塞進石頭，沉入水底。冤屈慘酷極了！自從案子昭雪後，遠近的人們一片歡騰，讚頌朱公的歌謠都編成書了。

異史氏說：「剖腹塞石，沉屍水底，慘酷、冤屈已到極點，而木雕一樣的官員，一點也不關心百姓痛癢，難道只有粵東暗無天日嗎！朱公一到，則神鬼顯靈，沉冤昭雪，差別多大啊！然而朱公不是有四隻眼睛、兩張嘴，不過是把人民的疾苦記在心中罷了。那些人高高在上，外出就刀戟橫路，在家就蘭麝熏心，雖然尊寵優渥，和老龍津的船戶究竟有什麼區別呢！」

【研 析】朱宏祚（西元一六三〇～一七〇〇年），字徽蔭，號厚菴，高唐（今山東高唐）人。順治五年（西元一六四八年）舉人，康熙九年（西元一六七〇年），授盱眙（今江蘇盱眙）知縣。康熙十四年（西元一六七五年），升刑部廣東司主事，後歷任刑部員外郎、兵部督捕郎中、直隸天津道僉事、直隸守道參議。康熙二十六年（西元一六八七年），破格擢升為廣東巡撫。後因疏奏「失言」被罷官。康熙三十九年（西元一七〇〇年），被任命監修河南河工，因積勞成疾，卒於任上。

本篇所寫故事即發生在朱徽蔭任廣東巡撫之後的第二年。案件的偵破頗具神奇性。朱徽蔭冥思苦想，查不到真兇，便致書城隍神，希望神靈能夠「大奮威嚴，或未事而早為驅除，或既事而蚤令發露」，幫助自己為地方除害。城隍神託夢給朱徽蔭，給他出了一則謎語，「鬢邊垂雪，天際生雲，水中漂木，壁上安門」。朱徽蔭整晚輾轉反側，終於悟出了謎底是「老龍船戶」，而這正暗示了殺人兇手：老龍津的船夫。這種受神靈幫助破案的例子並不少見。在《聊齋誌異》的〈冤獄〉中，周倉借殺人兇手之身，直接告訴邑令「殺人者乃宮標也」；在〈董公子〉中，關羽借殺人兇手之身，到衙門前告白「我殺主人矣」，等等。應該講，這篇故事具有一定的現實基礎，並非憑空杜撰而成。朱徽蔭確有〈祭城隍文〉傳世，百姓們也發布〈各省士民公啟〉，徵集為朱公頌德之「詩詞歌賦」、「贊跋序文」。這兩篇文章反映的時間、地點、案情及破案過程與〈老龍船戶〉的記載大體相符。可見，儘管朱徽蔭破案具有神奇性，但他想盡辦法偵破案件、為民除害卻是實有其事。

蒲松齡真正崇敬的並不是朱徽蔭猜謎的神奇本領，而是他一心為民的做法。比如，他一接觸到案件，便「駭異惻怛，籌思廢寢。遍訪僚屬，迄少方略」。在〈祭城隍文〉中，朱徽蔭說自己「奉天子命，來撫是邦，一意以澄清吏治，休養生民為孳孳。籌畫庶務，披覽案牘，心營口商，目竭腕脫；晝不敢以時食，夜不敢以時寢，中宵皇皇，或起或臥，務思所以上不負國，下不負民；其黽勉莫敢告勞如此」。他為了得到神靈的啟示，「潔誠熏沐，致檄城隍之神」。他為了猜出謎底，「輾轉終宵」。他對捉拿兇手作出周密部署，「遣武弁，密授機謀，捉龍津駕舟者」。這些都顯示了他「恫瘝之念積於中」的仁者本色。

當然，蒲松齡還對那些尸位素餐的庸官進行了猛烈抨擊和辛辣諷刺。他們不念民生疾苦，出則刀戟橫路、耀武揚威，入則蘭麝熏心、醉生夢死。面對「死者不下百餘，其千里無主者，更不知凡幾」的惡性案件，他們毫無辦法。起初告的狀子，他們還裝模作樣地須發文牒緝捕疑兇，後來隨著案件的日益增多，就連官樣文章也不做了，直接將案件束之高閣。蒲松齡痛斥他們是絕不少關痛癢的「木雕之有司」。在此基礎上，蒲松齡進而擴展到對所有庸官的批判，「豈特粵東之暗無天日哉」，揭露了廣泛存在的黑暗吏治，天下還有很多地方被這種庸懶官員統治著。最後，蒲松齡認為他們「何異於老龍船戶」，簡直與殺人犯沒有什麼不同，表達出作者的極度憤慨之情。

元少先生

韓元少❶先生為諸生❷時，有吏突至，白主人欲延作師，而殊無名刺❸。問其家閥，含糊對之。束帛緘贄❹，儀禮優渥。先生許之，約期而去。至日，果以輿來。迤邐❺而往，道路皆所未經。忽睹殿閣，下車入，氣象類藩邸❻。既就館，酒炙紛羅，勸客自進，並無主人。筵既撤，則公子出拜；年十五六，姿表秀異。展禮罷，趨就他舍，請業❼始至師所。

公子甚慧，聞義輒通。先生以不知家世，頗懷疑悶。館有二僮給役，私詰之，皆不對。問：「主人何在？」答以事忙。先生求導窺之，僮不可。屢求之，乃導至一處，聞拷楚聲。自門隙目注之，見一王者坐殿上，階下劍樹刀山，皆冥中事。大駭。方將卻步，內已知之，因罷政❽，叱退諸鬼，疾呼僮。僮變色曰：「我為先生，禍及身矣！」戰惕奔入。王者怒曰：「何敢引人私窺！」即以巨鞭重笞。訖，乃召先生入，曰：「所以不見者，以幽明異路。今已知之，勢難再聚。」因贈束金❾使行，曰：「君天下第一人❿，但坎壈未盡耳。」使青衣捉騎送之。先生疑身已死。青衣曰：「何得便爾！先生食御一切，置自俗間，非冥中物也。」既歸，坎坷數年，中會、狀⓫，其言皆驗。

【注　釋】❶韓元少　韓菼，字元少，號慕廬，康熙十二年（西元一六七三年）會試、殿試均名列第一，授翰林院修撰。歷任內閣學士、禮部侍郎、尚書等職。❷諸生　秀才。❸名刺　又稱「名帖」，拜訪時通姓名用的名片。❹束帛緘贄　五匹絲綢、一封財禮。❺迤邐　曲折、迂迴行進。❻藩邸　藩王的府第。❼請業　向師長請教學業。❽罷政　停止辦理公事。❾束金　送給教師的酬金。❿天下第一人　指考中狀元。⓫中會狀　考中會元、狀元。會試第一名稱會元，殿試一甲第一名稱狀元。

【語　譯】韓元少先生是個秀才時，有名衙吏突然來訪，說自家主人要請他當家庭教師，但竟沒有名片。詢問他的家族門第，那人含糊應對。五匹絲綢、一封財禮，聘禮十分豐厚。韓先生答應了，那人約定了時間就走了。到了那天，果然派車前來。車子逶迤而行，道路都是從未經過的。忽然看見大殿樓閣，下車走進去，那氣派就像是藩王的府第。到了學館，酒肉紛紛擺上來，勸韓先生自己用餐，並沒有主人相陪。殘席撤去後，主人家的公子出來拜見老師；公子十五六歲，姿態儀表十分秀氣。拜師禮結束後，他就快步走到別的房間去了，請老師授課才到韓先生的住處。

公子很聰明，聽了文義就能通曉。韓先生因為不知他的家世，滿懷疑慮。學館裡有兩個僮僕做雜活，韓先生私下問他們，他們都不回答。韓先生問：「主人在哪裡？」僮僕以主人事忙作答。韓先生要求引導他去窺視一下，僮僕不肯。韓先生屢屢請求，他們才把他帶到一個地方，聽到拷打的聲音。韓先生從門縫往裡看，見一位王者坐在大殿上，臺階下是劍樹刀山，都是冥間的景況。韓先生大驚。正要退走，裡面已經知道，於是停止辦公，叫群鬼退下，高聲呼喚僮僕。僮僕臉色都變了，說：「我為了先生，災禍降臨了！」戰戰兢兢地跑進去。王者生氣地說：「怎麼敢領著別人偷窺！」便用大鞭子把僮僕重重打了一頓。打完，就請韓先生進去，說：「之所以不見先生，是因為冥府與人間有所不同。今天已經知道，看情況就難以再相聚了。」於是給韓先生贈送酬金，讓他離開，王者說：「你是天下第一的人，只是坎坷還沒有經歷完罷了。」他命差役牽著馬送韓先生。韓先生懷疑自己已經死了。差役說：「哪能如此！先生吃用的一切，都是從陽間購置的，不是陰間的東西。」韓先生回家後，窮困潦倒了幾年，後來考中了會元、狀元，王者的話都應驗了。

【研　析】韓元少，名菼，號慕廬，長洲（今江蘇蘇州）人。康熙十一年（西元一六七二年）中舉，第二年殿試狀元。授翰林院修撰，歷官日講起居注官、右贊善、侍講、侍讀、禮部侍郎、吏部右侍郎，至禮部尚書兼翰林院掌院學士，康熙四十三年（西元一七〇四年）卒於任上。

〈元少先生〉寫的是韓元少在作諸生時候的故事。冥司王者派人請韓元少擔任兒子的老師，「束帛緘贄，儀禮優渥」。韓元少在對主人家世一無所知的情況下約定前往授課。到了主人家，韓元少只是教學生學習，對這一家人的來歷「頗懷疑悶」。他屢屢懇求僮僕「導窺之」，得以看見冥司王者審理案件。因為這次偷窺使他們之間的合作不再可能，冥司王者贈送韓元少酬金，並告知他經過幾年窮困潦倒，必定飛黃騰達，成為「天下第一人」，也就是考中狀元。

韓元少到陰間教學生，這自然是後來好事者的附會之說。但這篇故事特別描寫了陰間與陽世之間的頗多相同之處。比如，陰間缺少老師，便請韓元少前往授課；陰間的殿閣及待人接物與陽世並無多少不同；韓元少在陰間的「食御一切」皆取自陽世，等等。陰間與陽世的你中有我、我中有你，給讀者以新奇有趣的感受。整個故事雖然不長，但圍繞社會現實中真實存在的人物來安排情節，在故事最後才解開人物身分的謎底，再加上對人生窮通的準確預測，因此為這篇故事增加了不少真實感，顯得婉曲有致而引人入勝。

薛慰娘

豐玉桂，聊城❶儒生也。貧無生業。萬曆間，歲大祲❷，孑然南遁。及歸，至沂而病。力疾❸行數里，至城南叢葬處，益憊，因傍冢臥。忽如夢，至一村，有叟自門中出，邀生入。屋兩楹，亦殊草草。室內一女子，年十六七，儀容慧雅。叟使瀹❹柏枝湯，以陶器供客。因詰生里居、年齒❺，既已，乃曰：「洪都姓李，平陽族❻。流寓此間，今三十二年矣。君誌此門戶，余家子孫如見探訪，即煩指示之。老夫不敢忘義。義女慰娘，頗不醜，可配君子。三豚兒❼到日，即遣主盟。」生喜，拜曰：「犬馬齒❽二十有二，尚少良配。惠以眷好，固佳；但何處得翁之家人而告訴也？」叟曰：「君但住北村中，相待月餘，自有來者，止求不憚煩耳。」生恐其言不信，要❾之曰：「實告翁：僕故家徒四壁，恐後日不如所望，中道之棄，人所難堪。即無姻好，亦不敢不守季路之諾⑩，即何妨質言⑪之也？」叟笑曰：「君欲老夫旦旦⑫耶？我稔知君貧。此訂非專為君，慰娘孤而無依，相託已久，不忍聽其流落，故以奉君子耳。何見疑！」即捉臂送生出，拱手合扉而去。

生覺，則身臥冢邊，日已將午。漸起，次且入村。村人見之皆驚，謂其已死道旁經日矣。頓悟叟即冢中人也，隱而不言，但求寄寓。村人恐其復死，莫敢留。村有秀才與同姓，聞之，趨詰⑬家世，蓋生緦服叔⑭也。喜導至家，餌⑮治之。數日尋愈。因述所遇，叔亦驚異，遂坐待以覘其變。

居無何，果有官人至村，訪父墓址，自言平陽進士李叔向。先是，其父李洪都，與同鄉某甲行賈，死於沂，某因瘞諸叢葬處。既歸，某亦死。是時翁三子皆幼。長伯仁，舉進士，今淮南⑯。數遣人尋父墓，迄無知者。次仲道，舉孝廉。叔向最少，亦登第⑰。於是親求父骨，至沂遍訪。是日至，村人皆莫識。生乃引至墓所，指示之。叔向未敢信，生為具陳所遇，叔向奇之。審視兩墳相接，或言三年前有宦者，葬少妾於此。叔向恐誤發他冢，生遂以所臥處示之。叔向命舁材其側，始發冢。冢開，則見女尸，服妝黯敗，而粉黛[18]如生。叔向知其誤，駭極，莫知所為。而女已頓起，四顧曰：「三哥來耶？」叔向驚，就問之，則慰娘也。乃解衣蔽覆，舁歸逆旅。急發旁冢，冀父復活。既發，則膚革猶存，撫之僵燥，悲哀不已。裝斂入材，清醮[19]七日；女亦縗絰若女。忽告叔向曰：「曩阿翁有黃金二錠，曾分一為妾作奩。妾以孤弱無藏所，僅以絲線繫腰，而未將去，兄得之否？」叔向不知。乃使生反求諸壙，果得之，一如女言。叔向仍以線誌者分贈慰娘。暇乃審其家世。

先是，女父薛寅侯無子，止生慰娘，甚鍾愛之。女一日自金陵舅氏歸，將媼問渡。操舟者乃金陵媒也。適有宦者，任滿赴都，遣覓美妾，凡歷數家，無當意者，將為扁舟詣廣陵[20]。忽遇女，隱生詭謀，急招附渡。媼素識之，遂與共濟。中途，投毒食中，女媼皆迷。推媼墮江；載女而返，以重金賣諸宦者。入門，嫡始知，怒甚。女又惘然，莫知為禮，遂撻楚而囚禁之。北渡三日，女方醒。婢言始末，女大泣。一夜，宿於沂，自經死，乃瘞諸亂冢中。女在墓，為群鬼所凌，李翁時呵護之，女乃父事翁。翁曰：「汝命合不死，當為擇一快婿㉑。」前生既見而出，反謂女曰：「此生品誼㉒可託。待汝三兄至，為汝主婚。」一日曰：「汝可歸候，汝三兄將來矣。」蓋即發墓之日也。

女於喪次㉓，為叔向緬述之。叔向嘆息良久，乃以慰娘為妹，俾從李姓。略買衣妝，遣歸生，且曰：「資斧㉔無多，不能為妹子辦妝。意將偕歸，以慰母心，何如？」女亦欣然。於是夫妻從叔向，輦柩併發。及歸，母詰得其故，愛逾所生，館諸別院。喪次，女哀悼過於兒孫。母益憐之，不令東歸，囑諸子為之買宅。適有馮氏賣宅，直六百金。倉猝未能取盈，暫收契券，約日交兌。

及期，馮早至；適女亦從別院入省母，突見之，絕似當年操舟人。馮見亦驚。女趨過之。兩兄亦以母小恙，俱集母所。女問：「廳前跮踱㉕者為誰？」仲道曰：「幾忘卻，此必前日賣宅者也。」即起欲出。女止之，告以所疑，使詰難之。仲道諾而出，則馮已去，而巷南塾師薛先生在焉。因問：「何來？」曰：「昨夕馮某浼㉖早登堂，一署券保㉗。適途遇之，云偶有所忘，暫歸便返，使僕坐以待之。」少間，生及叔向皆至，遂相攀談。慰娘以馮故，潛來屏後窺客，細視之，則其父也。突出，持抱大哭。翁驚涕曰：「吾兒何來？」眾始知薛即寅侯也。仲道雖與街頭常遇，初未悉其名字。至是共喜，為述前因，設酒相慶。因留信宿，自道行蹤。蓋失女後，妻以悲死，鰥居無依，故遊學㉘至此也。

生約買宅後，迎與同居。翁次日往探，馮則舉家遁去，乃知殺媼賣女者，即其人也。馮初至平陽，貿易成家；比年賭博，日就消乏，故貨居宅，賣女之資，亦瀕盡矣。

慰娘得所，亦不甚仇之，但擇日徙居，更不追其所往。李母饋遺不絕，一切日用皆供給之。生遂家於平陽，但歸試㉙甚苦。幸是科舉孝廉。慰娘富貴，每念媼為己死，思報其子。媼夫姓殷，一子名富，好博，貧無立錐。一日，博局爭注㉚，毆殺人命，亡歸平陽，遠投慰娘。生遂留之門下。研詰所殺姓名，蓋即操舟馮某也。駭嘆久之，因為道破，乃知馮即殺母仇人也。益喜，遂役生家。薛寅侯就養於婿，婿為買婦，生子女各一焉。

【注釋】❶聊城　舊縣名，今山東聊城。❷祲　妖氣；不祥之氣。這裡指天災。❸力疾　勉強支撐病體。❹淪煮。❺年齒　年紀；年齡。❻平陽族　平陽氏族。平陽，府名，治所在今山西臨汾。❼豚兒　謙稱自己的兒子。❽犬馬齒　用為對尊上卑稱自己的年齡。❾要　訂立誓約、盟約。❿季路之諾　即信守諾言。季路，即子路，春秋時期魯國卞人，孔子得意門生，為人勇武，信守承諾，以政事見稱。見《左傳・哀公十四年》。⓫質言　直說。⓬旦旦　語出《詩經・衛風・氓》：「言笑晏晏，信誓旦旦。」意為盟誓。⓭趨詰　跑來詢問。⓮緦服叔　遠房叔叔。緦服，喪服名，為五服（斬衰、齊衰、大功、小功、緦麻）中最輕的一種。⓯餌　服用藥餌。⓰淮南　縣名，即今安徽壽縣。⓱登第　指考中進士。第，科舉考試錄取列榜的甲乙次第。⓲粉黛　這裡指臉色。⓳清醮　舊時道士設壇祈禱、超度亡靈的一種儀式。因舉行這種儀式要清心素食，故謂清醮。⓴廣陵　郡名，今江蘇揚州。㉑快婿 稱意的女婿。㉒品誼 品德。㉓喪次 指居喪期間。㉔資斧 旅費;盤纏。㉕跬踱 小步徘徊。㉖浼 拜託;請求。㉗署券保 署名於券,以此作保。㉘遊學 到外地設館授徒。㉙歸試 回原籍參加科舉考試。㉚爭注 為賭注而爭鬥。

【語　譯】豐玉桂,山東聊城的書生。家裡很窮,沒有產業。萬曆年間,發生了大災荒,豐玉桂獨自一人逃往南方。回來時,到沂州就病了。他勉強支撐病體走了幾里路,來到城南的亂葬崗,更加疲憊,便靠著墳頭躺下。忽然就像做夢一樣,來到一座村莊,有個老人從門裡出來,請他進屋。有兩間房子,也很簡陋。屋裡有位姑娘,十六七歲,儀容聰慧俊雅。老人叫她煮柏枝湯,用陶器盛了款待客人。老人問豐玉桂的住處和年齡,然後就說:「我叫李洪都,是浙江平陽人。流落到這裡已經三十二年了。你記住這地方,我家子孫如果來探訪,就麻煩你指給他們。老夫不敢忘記你的情義。義女慰娘,不算很醜,可以許配給你。我那三兒子到來之日,就讓他給你們主婚。」豐玉桂很高興,跪拜說:「我二十二歲了,還少個好配偶。您賜我賢妻,固然很好;只是到哪裡去找您的家人告訴他們呢?」老人說:「你就住在北村裡,等上一個多月,自然會有人來,只求你不嫌麻煩。」豐玉桂擔心老人言而無信,便要求立約說:「實話告訴您:我本是家徒四壁,恐怕日後不像期望的那樣,中途的離棄,是令人難以忍受的。即便沒有締結好姻緣,我也不敢不信守承諾,您何不直說呢?」老人笑著說:「你要老夫發誓嗎?我深知你窮。這親事不是專門為了你,慰娘孤苦無依,寄託在我這裡已經很久,我不忍心任她流落,所以才讓她侍奉你。有什麼可懷疑的!」老人便挽著豐玉桂的胳臂送他出門,拱拱手,關上門回去了。

豐玉桂醒來,發現自己躺在墳旁,已經快中午了。他慢慢爬起來,跌跌撞撞地走進村裡。村民們見到他都很吃驚，說他死在路邊已經一天了。豐玉桂頓時醒悟老人就是墳裡的人，他瞞下不說，只是請求寄住。村民們擔心他會再死去，沒人敢留他。村裡有個秀才和他同姓，聽說這事，跑來詢問豐玉桂的家世，原來他是豐玉桂的遠房叔叔。他高興地帶豐玉桂回家，給他飯吃，幫他治病。過了幾天，豐玉桂的病好了。他把經歷講了一遍，叔叔也感到驚奇，於是等著觀察事情的變化。

不久，果然有個官人來到村裡，訪求父親的墓地，自稱是浙江平陽的進士李叔向。此前，李叔向的父親李洪都和同鄉某甲外出經商，死在山東沂州，某甲便把他埋在亂葬崗。某甲回家後，也死了。當時，李洪都的三個兒子都還年幼。長子李伯仁，考取了進士，擔任淮南縣令。多次派人尋找父親的墳墓，一直沒人知道。次子李仲道，考中舉人。李叔向最小，也考上進士。他於是親自尋找父親的遺骨，來到沂州到處打聽。這一天李叔向來到，村民們都不知道情況。豐玉桂把他領到墓前，指給他看。李叔向沒敢相信，豐玉桂詳細地陳述了自己的奇遇，李叔向覺得很驚奇。細看有兩座墳連在一起，有人說三年前有個官員把小妾葬在這兒。李叔向擔心錯挖別人的墳墓，豐玉桂便把自己躺過的地方指給李叔向。李叔向命人把棺材抬到墳旁，才挖開墳墓。墳墓挖開，發現是具女屍，服裝陳舊破爛，但臉色卻像活人一樣。李叔向知道挖錯了，害怕極了，不知該怎麼辦。而女屍突然坐起來，四處張望，說：「三哥來了？」李叔向很吃驚，走近問她，原來是慰娘。李叔向於是脫下衣服把她蓋好，讓人抬回旅館。趕緊發掘旁邊的墳墓，希望父親也能復活。打開墳墓後，發現父親的屍體皮膚完好，但摸起來僵硬乾燥了，李叔向悲哀不已，他把父親的屍體裝進棺材，祭奠了七天；慰娘也像親生女兒一樣披麻戴孝。慰娘忽然對李叔向說：「昔日父親有兩錠黃金，曾分給我一錠作嫁妝。我因為孤單柔弱，沒有收藏的地方，只用絲線纏在金錠中間，而沒拿走，哥哥取了嗎？」李叔向不知道。於是，叫豐玉桂回墓坑找，果然找到了，正如慰娘所說的一樣。李叔向仍舊把用絲線作了標誌的金錠贈給慰娘。閒暇時，李叔向才瞭解慰娘的身世。

原來，慰娘的父親薛寅侯沒有兒子，只生了慰娘，非常喜愛她。有一天，慰娘從南京舅舅家回來，帶著個老媽子去雇船。那駕船的是南京的一個媒人。剛好有個官員任職期滿，前往京城，叫他找個漂亮的小妾，他看了好幾家，沒有如意的，便準備駕小船到揚州去。忽然遇上慰娘，便暗生陰謀詭計，急忙招呼捎她們過江。老媽子一向認識這人，便跟他一起渡江。途中，那人在食物裡投毒，慰娘和老媽子都昏迷了。那人把老媽子推進江裡；帶著慰娘返回，把她高價賣給那官員。慰娘進了門，那官員的妻子才知道，非常惱怒。慰娘又神志不清，不知道行禮，大老婆便打了她一頓，把她關起來。乘船北上三天，慰娘才清醒過來。有個丫環把事情經過告訴她，慰娘大哭。一天夜裡，他們在山東沂州住宿，慰娘上吊自盡，那官員便把她埋在亂墳中。慰娘在墓中受鬼魂們欺淩，李洪都常常保護她，慰娘便把李洪都當作父親侍奉。李洪都說：「你命不該死，我要給你挑個好丈夫。」那天豐玉桂見過面出去後，李洪都回來對慰娘說：「這位書生品德很好，可以託付。等你三哥來了，讓他為你主婚。」一天，李洪都說：「你回去等著吧，你三哥要來了。」這就是發掘墳墓的那天。

慰娘在居喪期間對李叔向述說往事。李叔向嘆息了很久，於是認慰娘為妹妹，讓她改姓李。李叔向買了些衣服首飾，讓她和豐玉桂結婚，並說：「盤纏不多，沒法為妹妹置辦嫁妝。我想帶你們一起回家，好慰藉母親的心，怎麼樣？」慰娘也很高興，於是夫妻倆跟隨李叔向，乘著馬車，載上靈柩一起出發。回到家裡，李母問清原委，疼愛慰娘超過親生女兒，把她夫婦安排在另一座院子裡。治喪期間，慰娘比李洪都的親生兒孫還要悲傷。李母更是憐惜她，不讓她夫妻東歸，囑咐兒子們為她買房子。剛好有個姓馮的要賣房子，價錢是六百兩銀子。李家倉猝之間沒能準備夠錢，就暫時收下房契，另約日子成交付錢。

到了那天，馮某很早就來到李家；恰巧慰娘也從住處來問候母親，突然見面，覺得非常像當年的那個駕船的人。馮某見了慰娘，也吃了一驚。慰娘匆匆而過。兩位哥哥也因為母親生了小病，都聚集在母親的房間裡。慰娘問：「在大廳前徘徊的人是誰呀？」李仲道說：「差點忘了，那一定是前幾天賣房子的。」他馬上站起來要出去。慰娘攔住他，把自己的懷疑告訴他，讓他盤問一下。李仲道答應著走了出去，馮某已經離開了，而巷南的私塾老師薛先生在大廳裡。李仲道問：「先生為何而來？」薛先生說：「昨晚馮某央我早點來這兒，在賣契上署名作個保人。剛才我在路上遇到他，說是偶然忘了什麼，暫且回家一趟就回來，讓我坐在這裡等他。」一會兒，豐玉桂和李叔向也來了，便攀談起來。慰娘因為馮某的緣故，就悄悄到屏風後窺視客人，仔細一看，那薛先生就是自己的父親。她猛地跑出來，抱著父親放聲痛哭。薛先生流著淚驚訝地問：「女兒從哪裡來？」大家才知道薛先生就是薛寅侯。李仲道雖然在街上經常遇見他，原先並不知道他的名字。這時，大家都很高興，代慰娘說了事情經過，隨即擺酒慶賀。於是留薛寅侯住上兩晚，薛寅侯把自己的經歷告訴了大家。原來，失去女兒後，妻子因為悲傷而死。薛寅侯一人獨居，沒有依靠，所以來到這裡講學。

豐玉桂和岳父約定買下房子後，就接他來一起住。第二天，薛寅侯前去打探，馮某全家已經逃走了。這才知道殺害老媽子，賣掉慰娘的就是這人。馮某早年來到浙江平陽，做生意，成了家；他連年賭博，財產越來越少，所以典賣房產，先前賣慰娘的錢也快花完了。

慰娘得到好的歸宿，對馮某也不太仇恨，只是選定日期搬過去，不再追查馮某的去向。李母不斷地饋贈東西，一切日用全都供給。豐玉桂於是在平陽安了家，但回鄉參加考試很辛苦。好在當年考取了舉人。慰娘富貴了，每每想到老媽子因自己而死，就想報答她的兒子。老媽子的丈夫姓殷，有個兒子叫殷富，好賭博，窮得沒有立錐之地。一天，他在賭局中為賭注和人爭鬥，打死人命，遠逃到平陽，投奔慰娘。豐玉桂便收留了他。問起他所殺人的名字，原來就是那駕船的馮某。豐玉桂驚嘆了很久，於是向殷富說出內情，殷富這才知道馮某是殺母仇人。他更加高興，便在豐玉桂家幹活。薛寅侯住在女婿家裡，豐玉桂為他續娶了妻子，生了一個兒子和一個女兒。

【研　析】「因果報應」思想是佛教教義的基本理論和根本要義。東晉王謐在〈答恒太尉〉中說：「夫神道設教，誠難以言辨，意以為大設靈奇，示以報應，此最影響之實理，佛教之根要。今若謂三世為虛誕，罪福為畏懼，則釋迦之所明，殆將無寄矣。」意思是說，如果排除了因果報應學說，也就排除了佛教的真實理論和根本要義。「因果報應」作為佛教的根本要旨，由於對人們的心理具有強烈的威懾作用，因而在傳入中土以後，在社會上產生了廣泛而深刻的影響。

蒲松齡是一位受佛教思想影響比較深遠的作家，時代背景和家庭因素都給了他傾向於接受佛教的理由和條件。因而，他的作品中有不少是表現佛教教義的，〈薛慰娘〉便是其中的一篇。薛慰娘由於受到歹人馮氏的陷害淪為妾室，後又成為孤鬼，受庇於李叟。後遇豐生，復生為人，並喜結連理，終與生父團圓。而慰娘的乳媼被馮氏害死，終馮氏亦死於媼子之手。「善有善報，惡有惡報」的思想正是文章所要表達的主題，一切緣由貌似巧合，其實早有因緣相隨。「因果報應」便在這曲折離奇的故事中逐漸呈現，以此勸誡世人行善積德，勿做壞事。何守奇在文末評論說：「馮某之誘賣慰娘，實為豐生作合耳。叔向獲父，寅侯之遇女，莫不曲曲引出。乃知小人無往不福君子，至媼子之顯報，所不待言。」

蒲松齡在宣揚「因果報應」的思想時，並沒有長篇累牘地講述枯燥的道德觀念，而是將故事講述得情節曲折，展現了作者獨特的構思技巧。他以環環相扣而又分外巧合的情節給人留下懸念，而最後的幾句交代則讓人恍然大悟，原來一切安排皆是有緣由的。薛慰娘身為孤鬼，經李叟的幫助與豐玉柱結為夫妻。復生之後，同豐生依附於李家，並以買房為機緣，認出拐賣她的馮氏，又在機緣巧合下，與生父相聚。後文又附上惡人馮氏終得惡果，媼之仇終被其子所報。作者將本來具有強烈說教意味的主題採用超現實主義的手法，通過虛幻的情節，借用超人的力量來加以表達，體現了《聊齋誌異》的獨到之處。

在藝術特色上，這篇小說內容豐富，思路清晰，雖線索紛繁，但安排得井井有條，足見作者之寫作功底和駕馭語言文字的非凡功力。馮鎮巒在「仲道曰：『幾忘卻，此必前日賣宅者也。』」後，說：「串插聯合之妙，令人白日欲迷。」在「生遂家於平陽，但歸試甚苦。幸是科舉孝廉」後，說：「層層卸去，層層生出，如柳塘春水，風動紋生。」但明倫認為，這篇故事「頭緒極繁，筆無經緯，則以棼而治絲矣。鳥跡蛛絲，若斷若續，經營慘澹，大費匠心。」

田子成

江寧❶田子成，過洞庭，舟覆而沒。子良耜，明季❷進士，時在抱中。妻杜氏，聞訃，仰藥而死。良耜受庶祖母撫養成立，筮仕❸湖北。年餘，奉憲命❹營務湖南。至洞庭，痛哭而返。自告才力不及，降縣丞❺，隸漢陽❻，辭不就。院司強督促之，乃就。輒放蕩江湖間，不以官職自守。

一夕，艤舟❼江岸，聞洞簫聲，抑揚可聽。乘月步去，約半里許，見曠野中，茅屋數椽，熒熒燈火；近窗窺之，有三人對酌其中。上座一秀才，年三十許；下座一叟；側座吹簫者，年最少。吹竟，叟擊節贊佳，秀才面壁吟思，若罔聞。叟曰：「盧十兄必有佳作，請長吟，俾得共賞之。」秀才乃吟曰：「滿江風月冷凄凄，瘦草零花化作泥。千里雲山飛不到，夢魂夜夜竹橋西。」吟聲愴惻。叟笑曰：「盧十兄故態作矣！」

因酌以巨觥，曰：「老夫不能屬和❽，請歌以侑酒❾。」乃歌「蘭陵美酒」之什❿。歌已，一座解頤。

少年起曰：「我視月斜何度矣。」突出見客，拍手曰：「窗外有人，我等狂態盡露也！」遂挽客入，共一舉手。叟使與少年相對坐。試其杯皆冷酒，辭不飲。少年起，以葦炬燎壺而進之。良耜亦命從者出錢行沽，叟固止之。因訊邦族，良耜具道生平。叟致敬曰：「吾鄉父母⓫也。少君姓江，此間土著⓬。」指少年曰：「此江西杜野侯。」又指秀才：「此盧十兄，與公同鄉。」

盧自見良耜，殊偃蹇⓭不甚為禮。良耜因問：「家居何里？如此清才⓮，殊早不聞。」答曰：「流寓已久，親族恒不相識，可嘆人也！」言之哀楚。叟搖手亂之曰：「好客相逢，不理觴政⓯，聒絮⓰如此，厭人聽聞！」遂把杯自飲，曰：「一令請共行之，不能者罰。每擲三色⓱，以相逢為率⓲，須一古典相合⓳。」乃擲得么二三，唱曰：「三加么二點相同，雞黍三年約范公⑳：朋友喜相逢。」次少年，擲得雙二單四，曰：「不讀書人，但見俚典，勿以為笑。四加雙二點相同，四人聚義古城中㉑：兄弟喜相逢。」盧得雙么單二，曰：「二加雙么點相同，呂向兩手抱老翁㉒：父子喜相逢。」良耜擲，復與盧同，曰：「二加雙么點相同，茅容二簋款林宗㉓：主客喜相逢。」

今畢，良耜與辭。盧始起，曰：「故鄉之誼，未遑傾吐，何別之遽？將有所問，願少留也。」良耜復坐，問：「何言？」曰：「僕有老友某，沒於洞庭，與君同族否？」良耜曰：「是先君㉔也，何以相識？」曰：「少時相善。沒日，惟僕見之，因收其骨，葬江邊耳。」良耜出涕下拜，求指墓所。盧曰：「明日來此，當指示之。要亦易辨，去此數武，但見墳上有叢蘆十莖者是也。」良耜灑涕，與眾拱別。

至舟，終夜不寢，念盧情詞似皆有因。昧爽㉕而往，則舍宇全無，益駭。因遵所指處尋墓，果得之。叢蘆其上，數之，適符其數。恍然悟盧十兄之稱，皆其寓言；所遇，乃其父之鬼也。細問土人，則二十年前，有高翁富而好善，溺水者皆拯其尸而埋之，故有數墳在焉。遂發冢負骨，棄官而返。歸告祖母，質其狀貌皆確。江西杜野侯，乃其表兄，年十九，溺於江；後其父流寓江西。又悟杜夫人歿後，葬竹橋之西，故詩中憶之也。但不知叟何人耳。

【注釋】❶江寧　府名，即今江蘇南京。❷明季　明朝末年。❸筮仕　古人將出仕做官，卜問吉凶，故稱做官為筮仕。筮，本義是用蓍草占卜，又特指《易經》占卜時所用的蓍草。❹奉憲命　奉上官命令。❺縣丞　官名，為縣令之佐官。❻漢陽　府名，治所在今湖北武漢。❼艤舟　停船靠岸。❽屬和　和別人的詩。❾侑酒　勸酒；為飲酒者助興。❿蘭陵美酒之什　此指李白〈客中作〉：「蘭陵美酒鬱金香，玉碗盛來琥珀光。但使主人能醉客，不知何處是他鄉。」⓫父母　這裡指父母官。⓬土著　當地居民。⓭偃蹇　驕橫；傲慢。⓮清才　卓越的才能。⓯觴政　酒令。這裡指行令喝酒。⓰聒絮　絮叨；囉嗦。⓱每擲三色　每次擲三個色子。⓲以相逢為率　指所擲三個色子的點數，如果其中之一的點數與另外兩子的點數之和相同，即所謂相逢。率，標準。⓳須一古典相合　必須和一典故相吻合。⓴雞黍三年約范公　東漢范式與張劭分別，約定兩年後某日去拜訪張。兩年後張劭準備好食物，范式果然如期到來。雞黍，指招待客人的飯菜。見《後漢書．范式傳》。㉑四人聚義古城中　指《三國演義》第二十八回所寫劉備、關羽、張飛、趙雲聚會古城的故事。㉒呂向兩手抱老翁　唐代呂向的父親遠行，久無音訊。後來呂向官到翰林，一天，他上朝回來，遇到一位老人，細問竟是父親，便下馬抱著父親痛哭。見《陝西通志》。㉓茅容二簋款林宗　東漢郭林宗與茅容邂逅相遇，宿於茅家。茅容殺雞燒菜，郭林宗以為是款待自己。而茅容把雞給母親吃，自己和郭林宗吃蔬菜，郭林宗深受感動。簋，古代餐具。見《後漢書·茅容傳》。㉔先君　稱已死的父親。㉕昧爽　拂曉；黎明。

【語譯】江蘇江寧田子成，坐船過洞庭湖時，船發生傾覆，淹死了。他的兒子田良耜，是明末的進士，當時還在母親的懷抱中。妻子杜氏，聽到噩耗，服毒自殺了。田良耜由庶祖母撫養成人，在湖北當官。過了一年多，他奉上官的命令到湖南任職。到了洞庭湖，他痛哭而回。自稱才能不足，降為縣丞，任職湖北漢陽，他推辭不去。省衙門強行督促，他才就任。常常放蕩於山水之間，並不盡職盡責。

一天晚上，他泊船江岸，聽見洞簫的聲音，抑揚悅耳。他乘著月色走去，大約半里多，只見曠野中有幾間茅屋，燈火閃亮；走近窗前偷看，屋裡有三個人正在喝酒。上座是位秀才，年紀三十歲上下；下座是位老人；旁邊吹簫的年紀最小。一曲吹罷，老人拍手讚好，秀才卻面向牆壁沉吟思索，好像沒聽見。老人說：「盧十兄一定有好詩了，請曼聲吟誦，讓我們共同欣賞。」秀才便朗誦起來：「滿江風月冷淒淒，瘦草零花化作泥。千里雲山飛不到，夢魂夜夜竹橋西。」吟誦的聲音充滿傷感。老人笑著說：「盧十兄故態復萌了！」於是斟上一大杯酒，說：「老夫不能唱和，請讓我用歌聲來助酒。」便唱起李白「蘭陵美酒」那首詩。唱完，滿座開顏歡笑。

年輕人站起來說：「我看看月亮西斜到哪裡了。」他突然出門，看見田良耜，拍著手說：「窗外有人，我們的狂態畢露無遺了！」於是拉著田良耜進屋，大家舉手行禮。老人讓田良耜和年輕人相對而坐。田良耜摸摸酒杯，酒都是涼的，推辭不喝。年輕人站起來，用蘆葦火把酒溫熱，然後遞給田良耜。田良耜也吩咐隨從拿出錢來去打酒，老人一再勸止。於是詢問籍貫、家族，田良耜詳述自己的生平。老人恭敬地說：「原來是我們家鄉的父母官。我叫江少君，是本地人。」他指著年輕人說：「這是江西的杜野侯。」又指著秀才：「這是盧十兄，和你是同鄉。」

盧秀才自從見到田良耜，就很傲慢，不太搭理。田良耜便問：「您家住哪裡？這樣卓越的才能，以前沒有聽說過。」盧秀才回答說：「我流落在這裡已經很久了，連親戚都常常不認識，令人嘆息啊！」說著心情很傷感。老人擺擺手把話題岔開說：「嘉賓到來，不行令喝酒，這樣嘮叨，讓人聽起來厭煩！」於是舉杯自己喝酒，說：「請大家一起來行個酒令，做不出的要受罰。每次擲下三顆色子，以其中之一的點數與另外兩子的點數之和相同為準，這個數又要和一個典故相吻合。」他於是擲得么二三，唱道：「三加么二點相同，雞黍三年約范公：朋友喜相逢。」下面是那個年輕人，他擲出兩個二，一個四，說：「我是不讀書的人，只見過俗典，請不要取笑。四加雙二點相同，四人聚義古城中：兄弟喜相逢。」盧秀才擲出了兩個么，一個二，說：「二加雙么點相同，呂向兩手抱老翁：父子喜相逢。」田良耜擲，又和盧秀才的相同，說：「二加雙么點相同，茅容二簋款林宗：主客喜相逢。」

行完酒令，田良耜告辭。盧秀才這才站起來，說：「同鄉之誼，還沒有來得及傾心一敘，怎麼走得這麼急？我還有事要問，請再留一會兒。」田良耜又坐下，問道：「您有什麼話要說？」盧秀才說：「我有位老朋友田子成，在洞庭湖淹死，和你同一個家族嗎？」田良耜答道：「那是先父，你們怎麼認識呢？」盧秀才說：「我們小時候很要好。他去世時，只有我看見，於是收殮他的遺骨，葬在江邊。」田良耜流出眼淚，跪拜在地，請求指點父親的墓地。盧秀才說：「你明天來這兒，我會指給你。其實也容易分辨，離這兒幾步遠，只要看見墳頭上有十棵成叢的蘆葦，那就是了。」田良耜流著淚和三人拱手告別。

回到船裡，田良耜整夜睡不著，回想盧秀才的情緒言語似乎都事出有因。黎明時分，田良耜前往，那裡房子都沒有了，他更吃驚了。於是按照盧秀才所指之處尋找墳墓，果然找到了。一叢蘆葦長在墳上，數一數，正好符合盧秀才所說的數。田良耜恍然大悟，盧十兄的稱呼都是有寓意的；昨晚遇到的，原來是他父親的鬼魂。田良耜又細細詢問當地居民，原來，二十年前，有位高老翁，富有而又好做善事，凡是溺水而死的，都撈起屍體來埋葬，所以這裡有幾座墳墓。田良耜於是挖開墳墓，收拾遺骨，辭職回鄉。回家後，他把事情告訴祖母，問起父親的相貌，和自己看到的一點不差。江西杜野侯，是田良耜的表兄，十九歲時，在長江淹死了，後來他父親流落江西。田良耜又想到母親去世後，埋葬在竹橋的西邊，所以父親在詩中追憶。只是不知道老人是誰。

【研　析】〈田子成〉講述的是田良耜之孝感動天地，與父親田子成的鬼魂相遇，得以載父親的屍骨還鄉的故事。田良耜幼年時，父親田子成在洞庭湖溺水身亡，母親也「仰藥而死」。田良耜成人後為官，至洞庭痛哭，放蕩江湖間。一日偶遇三人在江邊吟詩作樂，良耜參與其中，盧十兄為其指點父親遺骨葬處，至墓所方知所遇為父親的鬼魂。最終，田良耜發冢負骨，棄官而返。

在主題思想上，〈田子成〉讚揚了那種「奉孝至死」的大孝觀念，這在今天仍有巨大的現實意義。百善孝為先，孝確為一個人的良善之本。田良耜在其父死後多年，仍然時時惦記其父之歿，到洞庭湖邊痛哭，其至孝之情，確可感地動天。而最終，他得其父鬼魂指引，負其父遺骨回家，實現了對父親最後的「孝順」。這正所謂「孝動天地」吧。但明倫說：「目示葬所，鬼誠有靈矣。然非良耜之誠孝，亦不能感此。」何守奇說：「獲父骸骨，皆孝所感，有不知其所以然而然者。母節子賢，田氏清風遠矣。」

〈田子成〉一篇雖然以田子成命名，但是文章中對田子成的正面描寫極少，無非是當年的「覆舟而沒」和幻境中相聚時的偶一吟哦。而最能表達他思想感情和文學才能的就是他在鬼宴上吟誦的這首詩：「滿江風月冷淒淒，瘦草零花化作泥。千里雲山飛不到，夢魂夜夜竹橋西。」詩歌營造了一個淒冷、蕭瑟的意境，表達了田子成魂牽夢繞思念故鄉、渴望與家人團聚的內心情感。遺骨埋葬荒野十餘年的淒苦，孤魂遊蕩異鄉十餘年的悲慘，對生離死別的妻子的思念，都融化在了這淒楚悲愴的長吟中了。馮鎮巒說這首詩：幽冷之作，音調淒楚。所以說，這首詩是文章中感人肺腑的妙筆，同時也是田子成形象塑造的一個關鍵。

在《聊齋誌異》中，很多篇目的人物命名都有深意，〈田子成〉篇就是如此。盧十兄、田子成、田良耜這三個名字都對故事情節的發展有著預示作用。田良耜偶遇盧十兄，經盧指點找到父親的墓所，墓上竟有蘆十莖，方知「盧十兄」是暗指墓葬所在，實為其父之鬼。田良耜是田子成的兒子，名為良耜。耜，是古代的掘土用具，最後良耜果然發冢負父骨回鄉埋葬。田子成，名為子成，雖遺骨他鄉卻終被兒子遷葬。這三個姓名雖不能說完全左右故事情節，但在其中的作用卻是相當重要的。總而言之，《聊齋誌異》的人物命名，是對中國傳統文化的一種繼承和發展，更是對短篇小說構思藝術的一種開拓。它對塑造人物性格、促進故事的發展，亦起到了巨大的作用。

酒蟲

長山❶劉氏，體肥嗜飲。每獨酌，輒盡一甕。負❷郭田三百畝，輒半種黍；而家豪富，不以飲為累也。一番僧❸見之，謂其身有異疾，劉答言：「無。」僧曰：「君飲嘗不醉否？」曰：「有之。」曰：「此酒蟲也。」劉愕然，便求醫療。曰：「易耳。」問：「需何藥？」俱言不須。但令於日中俯臥，縶手足；去❹首半尺許，置良醞一器。移時，燥渴，思飲為極。酒香入鼻，饞火上熾，而苦不得飲。忽覺咽中暴癢，哇❺有物出，直墮酒中。解縛視之，赤肉長三寸許，蠕動如游魚，口眼悉備。劉驚謝，酬以金，不受，但乞其蟲。問：「將何用？」曰：「此酒之精，甕中貯水，入蟲攪之，即成佳釀。」劉使試之，果然。劉自是惡酒如仇。體漸瘦，家亦日貧，後飲食至不能給。

異史氏曰：「日盡一石❻，無損其富；不飲一斗❼，適以益貧。豈飲啄固有數乎？或言：『蟲是劉之福，非劉之病，僧愚之以成其術。』然歟？否歟？」

【注　釋】❶長山　舊縣名，治所在今山東鄒平。❷負　具有；享有。❸番僧　西域來的僧侶。❹去　距離。❺哇　吐。❻石　容量單位，十斗為一石。❼斗　容量單位，十升為一斗。

【語　譯】山東長山有個姓劉的，身體肥胖，喜好喝酒。每次自己喝酒，都要喝光一甕。劉某在城外有三百畝良田，一半用來種黍；而且家裡很富有，不把喝酒作為一個沉重負擔。有個西域來的和尚見到劉某，說他身上有一種奇怪的病，劉某答道：「沒有啊。」和尚說：「您是不是喝酒總是不醉？」劉某說：「有這種事。」和尚說：「這是長酒蟲了。」劉某很驚愕，便請求和尚治療。和尚說：「這很簡單。」劉某說：「需要什麼藥物？」和尚說不用任何藥物。只是捆住劉某的手腳，讓他在陽光下俯臥著；然後離劉某的頭半尺遠的地方放上一缸美酒。過了一會，劉某燥熱口渴，很想喝上一口。酒的香氣鑽入鼻孔，使他酒癮大發，但苦於喝不上。忽然，劉某覺得喉嚨很癢，「哇」的一聲吐出個東西，直接掉在酒裡。和尚把劉某解開，劉某看清那東西是三寸多長的一段紅色肉條，像魚游動般地蠕動著，有眼有口。劉某很驚奇，感謝和尚，並要付錢給他，和尚卻不接受，只是希望得到酒蟲。劉某問：「用來做什麼呢？」和尚答道：「這是酒的精華，在甕中盛水，只要把酒蟲放到裡面一攪，水馬上變為美酒。」劉某讓和尚試試，果然如此。從此以後，劉某非常厭惡酒，見到酒就像見到仇人一樣。他的身體漸漸消瘦，家境也一天天貧窮下來，後來以至吃喝無法自給。

異史氏說：「每天喝一石酒，無損於他的財富；滴酒不沾，卻越發貧窮。人生難道真的有定數嗎？有人說：『酒蟲是劉某的福氣，不是劉某的病。和尚愚弄他，只不過想顯示自己的法術罷了。』這句話對呢？還是不對呢？」

【研 析】〈酒蟲〉中，長山劉氏體肥嗜飲，獨酌也能喝光一甕酒，因為家裡比較富裕，也沒有覺得這是很重的經濟負擔。但當一個番僧想辦法讓劉氏把「酒蟲」吐出後，劉氏自此不再飲酒，家裡也變得貧困了。

故事有兩個細節描寫十分生動。一是番僧對劉氏的治療過程，「但令於日中俯臥，縶手足；去首半尺許，置良醞一器。移時，燥渴，思飲為極。酒香入鼻，饞火上熾，而苦不得飲。忽覺咽中暴癢，哇有物出，直墮酒中。」這是一種頗為奇特的治療辦法，它不用方藥、針灸、推拿等方式，而是採取釣魚或者引蛇出洞的方式，引誘酒蟲自投羅網。二是關於「酒蟲」形態的描寫，「解縛視之，赤肉長三寸許，蠕動如游魚，口眼悉備。」王立在《聊齋誌異・酒蟲》文本淵源及其神祕信仰〉中對「腹中生蟲」這樣一個故事主題進行了歷史考察，他認為，「從可吞吃食物說，從形狀看，從功能看，從酒蟲脫離所寄生主人身體的方式看等等，〈酒蟲〉均來自前代文本」，比如《太平廣記》卷七百七十六引張讀《宣室志》、《太平廣記》卷二百二十引《廣五行記》、《太平廣記》卷二百二十引張文成《朝野僉載》等就有相似記載。

故事主要描寫了劉氏的兩個轉變，一是他由嗜酒如命轉變為惡酒如仇，二是他的家境由富裕轉變為貧窮，以至於「體漸瘦」，「飲食至不能給」。在蒲松齡看來，由於「飲啄固有數」，劉氏的貧窮或富有與是否飲酒之間沒有必然聯繫，即劉氏「日盡一石，無損其富；不飲一斗，適以益貧」。但還有人提出這樣一種觀點，「蟲是劉之福，非劉之病，僧愚之以成其術」，把酒蟲視為劉氏的吉祥之物，有酒蟲則家富，無酒蟲則家貧，番僧愚弄劉氏只不過是想顯示自己的本領罷了。蒲松齡對這種觀點並無明確意見，「然歟否歟」，把它留給讀者來判斷。但明倫也沒有把酒蟲與貧富聯繫起來，而只從嗜酒對身體有害角度進行評論，「嘗見有酒力初不甚佳，而嗜飲無度；其繼也，日飲石餘，而不見其醉；試再投之，竟成無底之壑矣。擬以此進之而不果，其人亦不久而死矣。可知劉之蟲，其病也，非福也。」

日本近代作家芥川龍之介（西元一八九二～一九二七年）根據蒲松齡的〈酒蟲〉創作了一篇同名小說〈酒蟲〉，他在結尾提出了「吐出酒蟲之後，劉某的健康為何惡化，家產為何衰落」的問題，列出了人們給出的三種答案，「答案之一：酒蟲為劉某之福，而非其病。由於偏巧碰上了昏庸的蠻僧，他自願放棄了這一天賜之福。答案之二：酒蟲為劉某之病，而非其福。之所以這麼說，是因為每飲必盡一甕的酒量，終究是常人不可想像的。因此，若酒蟲不除，劉某不久必死無疑。這樣看來，與其貧病交加，不如說是劉某的福分。答案之三：酒蟲既非劉某之病，也非其福。劉某過去只嗜飲酒，他一生如若無酒，則其他也不復存在。從這點來說，劉某即酒蟲，酒蟲即劉某。因此，劉某除去酒蟲，無異於自我扼殺。也就是說，從忌酒之日起，劉某只留下一副空骨架，已非原來的劉某了。劉某自身不存，那麼昔日他的健康和家產如大江東逝，也就順理成章了。」這第三種答案其實是芥川龍之介自己增加的，他把酒蟲的象徵意義充分挖掘出來，當然這裡面貫注了作者自身的人生觀念。郭豔萍的〈再論芥川龍之介與《聊齋誌異》〉中進行了詳細剖析，可為理解第三種答案提供有益的參考。

褚遂良

長山趙某，稅屋❶大姓。病癥結❷，又孤貧，奄然就斃。一日，力疾就涼，移臥簷下。及醒，見絕代麗人坐其傍。因詰問之，女曰：「我特來為汝作婦。」某驚曰：「無論貧人不敢有妄想；且奄奄一息，有婦何為！」女曰：「我能治之。」某曰：「我病非倉猝可除；縱有良方，其如無貲買藥何！」女曰：「我醫疾不用藥也。」遂以手按趙腹，力摩之。覺其掌熱如火。移時，腹中痞塊，隱隱作解拆❸聲。又少時，欲登廁。急起，走數武，解衣大下，膠液流離，結塊盡出，覺通體爽快。返臥故處，謂女曰：「娘子何人？祈告姓氏，以便尸祝❹。」答云：「我狐仙也。君乃唐朝褚遂良❺，曾有恩於妾家，每銘心欲一圖報。日相尋覓，今始得見，夙願可酬矣。」

某自慚形穢，又慮茅屋灶煤，玷染華裳。女但請行。趙乃導入家，土莝無席❻，竈冷無煙，曰：「無論光景如此，不堪相辱；即卿能甘之，請視甕底空空，又何以養妻子？」女但言：「無慮。」言次❼，一回頭，見榻上氈席衾褥已設；方將致詰，又轉瞬，見滿室皆銀光紙裱貼如鏡，諸物已悉變易，几案精潔，肴酒並陳矣。遂相歡飲。日暮，與同狎寢，如夫婦。

主人聞其異，請一見之。女即出見，無難色。由此四方傳播，造門者甚夥。女並不拒絕。或設筵招之，女必與夫俱。一日，座中一孝廉，陰萌淫念。女已知之，忽加誚讓❽。即以手推其首；首過欞外，而身猶在室，出入轉側，皆所不能。因共哀免，方曳出之。積年餘，造請者日益煩，女頗厭之。被拒者輒罵趙。

值端陽❾，飲酒高會，忽一白兔躍入。女起曰：「春藥翁❿來見召矣！」謂兔曰：「請先行。」兔趨出，徑去。女命趙取梯。趙於舍後負長梯來，高數丈。庭有大樹一章，便倚其上，梯更高於樹杪。女先登，趙亦隨之。女回首曰：「親賓有願從者，當即移步。」眾相視不敢登。惟主人一僮，踴躍從其後。上上益高，梯盡雲接，不可見矣。共視其梯，則多年破扉，去其白板耳。群入其室，灰壁敗竈依然，他無一物。猶意僮返可問，竟終杳已。

【注　釋】❶稅屋　租賃房屋。❷癥結　中醫指腹腔內結塊的病。❸坼　裂開。❹尸祝　祭祀。❺褚遂良　唐初大臣，書法家。因反對武則天，遭貶斥而死。❻土莝無席　土坑上鋪著碎草，沒有席子。莝，鍘碎的草。❼言次　言談之間。❽誚讓　責問。❾端陽　即端午節，每年農曆五月初五。❿舂藥翁　即玉兔。舂，把東西放在石臼或乳缽裡搗掉皮殼或搗碎。

【語　譯】山東長山趙某，租了大戶人家的房子。他肚子裡長了腫塊，又孤苦、貧窮，奄奄一息，快要死了。一天，他掙扎著要乘涼，移到屋簷下睡。醒後，看見一個絕代佳人坐在身旁。他便詢問她，女子說：「我特地來給你當妻子。」趙某驚訝地說：「不要說貧窮的人不敢癡心妄想；就說我病得奄奄一息，要妻子幹什麼！」女子說：「我能治好你的病。」趙某說：「我這病不是一下子就能治好的；即使有好的藥方，沒錢買藥也無可奈何！」女子說：「我治病不用藥。」於是用手按著趙某的肚子，用力按摩。趙某覺得她的手掌像火一樣熱。一會兒，肚子裡的腫塊隱隱發出裂開的聲音。又過了一會兒，他想上廁所。急忙爬起來，走了幾步，脫下褲子，狂瀉起來，粘液淋漓，結塊全部排出，覺得全身暢快。他回到原來的地方躺下，對女子說：「娘子是什麼人？希望告訴姓名，好為你設位祝禱。」女子答道：「我是狐仙。你本是唐朝的褚遂良，曾經對我們家有恩，我時時記在心上，希望報答一下。我每天尋找，今天才見到你，可以了結多年的心願了。」

趙某自慚形穢，又擔心茅屋簡陋，土灶煙黑，弄髒她的漂亮衣服。女子只是請求進屋。趙某便把她領進家裡，土坑上鋪著碎草，沒有席子，灶是冷的，沒有煙火。趙某說：「且不說如此光景，不能辱沒你；即便你能心甘情願，請看米缸空空，又怎麼養得起妻子兒女？」女子只是說：「不必擔心。」說話之間，一回頭，只見床上已鋪好了席子、毛毯、被褥；趙某正要詢問，又轉眼間，見整個房間都用銀光紙裱糊好了，像鏡子一樣，各種物品都已經變了樣，桌子整潔，佳肴美酒一齊擺開。兩人於是高興地喝起酒來。晚上，趙某與她親熱地睡覺，像夫妻一般。

房東聽說這件奇事，請求見見那女子。女子立刻出來見他，毫無難色。從此，消息四處傳開，登門拜訪的人很多。女子並不拒絕。有人設宴招待趙某，女子必定和丈夫同去。一天，座上有個舉人暗地裡萌生淫念。女子已經知道，忽然加以譴責。當即用手推他的頭；他的頭伸出窗外，而身體還在屋裡，出不去，進不來，轉身都不行。大家於是都替他求饒，才把他拽出來。過了一年多，拜訪宴請的人日益煩擾，女子覺得很討煩。遭到拒絕的人總是罵趙某。

正逢端午節，趙某大排酒席，宴請賓客，忽然有隻白兔跳進來。女子站起來說：「搗藥的玉兔找我來了！」她對兔子說：「請先走一步。」白兔跑出門去，逕自走了。女子叫趙某拿梯子。趙某到房子後背來一個長梯，高好幾丈。院子裡有一棵大樹，便把梯子靠在樹上，梯子比樹梢還高。女子先登上去，趙某也跟隨著。女子回過頭來說：「親戚朋友中有願意跟來的，請立即跟上來。」大家互相看著，不敢登上去。只有房東的一個小僕人，緊緊跟在後面。三人越爬越高，梯子盡頭緊接雲彩，看不見人了。大家看那梯子，原來只是壞了多年的破門，去掉了木板而已。人們走進趙某的房子，依然是沾滿灰塵的牆壁，破舊的灶臺，別無他物。大家還料想小僕人會回來，可以問問他，卻始終杳無蹤影。

【研 析】褚遂良乃唐朝著名書法家，與歐陽詢、虞世南、薛稷並稱初唐四大書家。他是唐太宗時的名臣，因諫立武后，被貶為潭州都督，轉桂州（今廣西桂林）都督，又貶愛州（今越南清化）刺史，後卒於任上。蒲松齡把狐仙主動上門求親的美事附加在褚遂良轉世而成的趙某身上，足見對褚遂良的崇敬與仰慕。

狐仙對趙某的報恩主要是三個方面。一是治病。狐仙治病用的是按摩之術，「以手按趙腹，力摩之。覺其掌熱如火。移時，腹中痞塊，隱隱作解拆聲。又少時，欲登廁。急起，走數武，解衣大下，膠液流離，結塊盡出，覺通體爽快」，就這樣，讓奄然就斃的趙某恢復了健康。二是嫁給趙某為妻。趙某家境極為貧窮，狐仙便施展法術，布置新房，「一回頭，見榻上氈席衾褥已設」，「又轉瞬，見滿室皆銀光紙裱貼如鏡」，輕而易舉地掃清了兩人成親的環境障礙。三是引領趙某登仙。狐仙設雲梯，「上上益高，梯盡雲接，不可見矣」，此後趙某脫離俗世，過起了神仙的生活。

值得注意的是，趙某頗有自知之明，沒有因為「絕代麗人」的到來忘乎所以。在狐仙提出與他結為夫婦的建議後，趙某說：「無論貧人不敢有妄想；且奄奄一息，有婦何為！」狐仙承諾給他治病，他說：「我病非倉猝可除；縱有良方，其如無貲買藥何！」他充分考慮了狐仙的建議與自己現實處境的巨大差距，以一步一步地解決實際問題來達到超出想像的理想狀態。

蒲松齡還順手一筆，對某孝廉作了辛辣諷刺。「孝廉」本為「孝順親長、廉能正直」之意，到明清時成為對舉人的雅稱。在這篇故事中，狐仙陪著趙某出席各種場合，引來某孝廉的「陰萌淫念」。狐仙察知後，「忽加誚讓」，揭穿孝廉的真實面目，還「以手推其首」，使孝廉「首過櫺外，而身猶在室，出入轉側，皆所不能」，十分尷尬難堪。蒲松齡借狐仙之手，對無德的孝廉進行了抨擊和懲罰。但明倫評價這位孝廉說：「名孝廉而心不孝廉，使其首過櫺外，而身猶在室，是明示以內外不相一之報，而敬以身首異處之刑。然則外面裝正人，內裡存邪念者，皆當以此法處之。」

劉全

鄒平❶牛醫侯某，荷飯餉耕者。至野，有風旋其前，侯即以杓掬漿祝奠❷之。盡數杓，風始去。一日，適城隍廟，閑步廊下，見內塑劉全獻瓜❸像，被鳥雀遺糞，糊蔽目睛。侯曰：「劉大哥何遂受此玷污！」因以爪甲為除去之。

後數年，病臥，被二皂攝去。至官衙前，逼索財賄甚苦。侯方無所為計，忽自內一綠衣人出，見之訝曰：「侯翁何來？」侯便告訴。綠衣人責二皂曰：「此汝侯大爺，何得無禮！」二皂喏喏，遜謝❹不知。俄聞鼓聲如雷。綠衣人曰：「早衙矣。」遂與俱入，令立墀下，曰：「姑立此，我為汝問之。」遂上堂點手❺，招一吏人下，略道數語。吏人見侯，拱手曰：「侯大哥來耶？汝亦無甚大事，有一馬相訟，一質❻便可復返。」遂別而去。

少間，堂上呼侯名。侯上跪，一馬亦跪。官問侯：「馬言被汝藥死，有諸？」侯曰：「彼得瘟症，某以瘟方治之。既藥不瘳，隔日而死，與某何涉？」馬作人言，兩相苦❼。官命稽籍，籍注馬壽若干，應死於某年月日，數確符。因訶曰：「此汝大數已盡，何得妄控！」叱之而去。因謂侯曰：「汝存心方便，可以不死。」仍命二皂送回。前二人亦與俱出，又囑途中善相視。侯曰：「今日雖蒙覆庇❽，生平實未識荊❾。乞示姓字，以圖銜報。」綠衣人曰：「三年前，僕從泰山來，焦渴欲死。經君村外，蒙以杓漿見飲，至今不忘。」吏人曰：「某即劉全。曩被雀糞之污，悶不可耐，君手為滌除，是以耿耿❿。奈冥間酒饌，不可以奉賓客，請即別矣。」侯始悟，乃歸。既至家，款留二皂。皂並不敢飲其杯水。

侯蘇，蓋死已逾兩日矣。從此益修善，每逢節序，必以漿酒酬劉全。

年八旬，尚強健，能超乘⓫馳走。一日，途間見劉全騎馬來，若將遠行。拱手道溫涼畢，劉曰：「君數已盡，勾牒出矣。勾役欲相招，我禁使弗須⓬。君可歸治後事，三日後，我來同君行。地下代買小缺，亦無苦也。」遂去。侯歸告妻子，招別戚友，棺衾俱備。第四日日暮，對眾曰：「劉大哥來矣。」入棺遂歿。

【注釋】❶鄒平　縣名，即今山東鄒平。❷祝奠　祝禱；祈禱。❸劉全獻瓜　劉全為唐太宗赴陰司向閻王進獻瓜果。取自小說《西遊記》第十一回。❹遜謝　道歉謝罪。❺點手　招手。❻質　對質；驗證。❼苦　詰難。❽覆庇　覆蓋蔭庇。❾識荊　久聞其名而初次見面結識。❿耿耿　不能忘懷之意。⓫超乘　躍上馬背。⓬弗須　不必如此。

【語譯】山東鄒平的牛醫侯某，挑飯送給耕田的農夫。到了野外，有團風在他面前旋轉，侯某就用勺子舀酒灑在地上祝禱。一連灑了幾勺，風才離開。一天，侯某到城隍廟去，在走廊上散步，見裡面劉全獻瓜的塑像，被鳥雀拉上糞便，把眼睛都糊起來了。侯某說：「劉大哥怎麼受這樣的玷汙！」便用指甲把鳥雀的糞便摳去。

　　幾年後，侯某臥病在床，被兩名差役抓走了。到了衙門前，差役苦苦勒索錢財。侯某正在無計可施，忽然從裡面走出來一位綠衣人，見到侯某，驚訝地說：「侯翁怎麼來這裡？」侯某便告訴了他。綠衣人斥責兩名差役說：「這是你們侯大爺，怎能無禮！」兩名差役連聲謝罪，說不知道。一會兒，聽到鼓聲如雷。綠衣人說：「早上升堂了。」於是他和侯某一起進去，叫侯某站在臺階下等候，說：「暫且站在這兒，我替你打聽一下。」綠衣人走上大廳，招招手，喚一名小吏下來，約略說了幾句。那小吏見了侯某，拱手說：「侯大哥來了嗎？你也沒什麼大事，有匹馬告了你，對質一下就可以回去。」說著就告別離去。

不久，大堂上呼喚侯某的名字。侯某上去跪下，有匹馬也跪著。判官問侯某：「馬說被你毒死，有這回事嗎？」侯某說：「牠得的是瘟病，我用治瘟病的藥方給牠治。吃了藥也不見好，第二天死了，和我有什麼關係？」馬說起了人話，雙方互相責難。審判官下令查閱冊籍，冊籍上注明馬的壽命多少，應該死於哪年哪月哪日，數字相符。審判官於是斥責道：「這是你的天數已盡，怎能胡亂告狀！」呵叱著把馬趕走。審判官對侯某說：「你心地善良，與人方便，可以不死。」仍命兩名差役送侯某回去。先前那兩人也和侯某一起出來，又叮囑差役在途中好好對待侯某。侯某說：「今天雖然蒙受庇護，生平其實不曾相識。請告訴我大名，以圖報答。」綠衣人說：「三年前，我從泰山來，渴得要死。經過你的村子外面，承蒙你用勺子舀酒給我喝，至今不忘。」小吏說：「我就是劉全。昔日被鳥雀糞便玷汙，煩悶不能忍受，你親手為我清除，所以我不能忘記。無奈陰間的酒菜不能招待賓客，請就此告別。」侯某這才醒悟，就回家了。回到家裡，侯某款待兩名差役。差役並不敢喝他的一杯水。

侯某醒來，原來已死去兩天了。從此他更加多做善事，每逢節日，一定用酒祭奠劉全。侯某八十歲時，還很強健，能騎上馬背奔馳。一天，他在路上遇見劉全騎著馬走來，好像要出遠門。

兩人拱手寒暄後，劉全說：「你的壽命已盡，勾魂的公文已經發出。勾魂的差役要來招你去，我制止他，叫他不必如此。你可回家處理後事，三天後，我和你一塊走。我在陰間替你買了個小官職，也不會受苦的。」說完就離開了。侯某回家告訴了妻兒，招集親戚朋友來告別，棺材衣被都準備了。到第四天黃昏，侯某對大家說：「劉大哥來了。」躺進棺材就死了。

【研　析】劉全是小說《西遊記》第十一回中的一個過渡性人物。他本是均州人，家有萬貫之資。因其妻李翠蓮在門首拔金釵齋僧，劉全罵了她幾句，說她不遵婦道，擅出閨門。李氏忍氣不過，自縊而死。撇下一雙兒女年幼，晝夜悲啼。恰好唐太宗要派人到陰曹地府進獻瓜果，他便情願捨棄性命，以死進瓜。太宗傳旨，教他去金亭館裡，頭頂一對南瓜，袖帶黃錢，口噙藥物，服毒而死。到了森羅寶殿，閻王收下瓜果，便問劉全哪裡人氏，為何要以死進瓜。劉全訴說原委，閻王即命查勘劉全妻李氏，並讓李氏借太宗之妹李玉英的身體還魂。李翠蓮蘇醒之後就嚷著要見劉全。太宗見劉李二人所言相符，隨即將御妹的妝奩、衣物、首飾，盡賞賜了劉全，就如陪嫁一般，又賜與他永免差徭的御旨，著他帶領御妹回去。他夫妻兩個，便在階前謝了恩，歡歡喜喜還鄉。

《聊齋誌異》中的〈劉全〉主要講述了敬神敬鬼必有好報的故事。牛醫侯某給耕田裡的農夫送飯，路上見有風在他面前旋轉，便用勺子舀酒灑在地上祝禱。侯某到城隍廟去，見鳥雀的糞便把劉全塑像的眼睛都糊起來了，便進行了清理。後來，侯某被一匹馬誣告，到陰間對質。綠衣人（即要酒喝的陰司官吏）和小吏（即劉全）都給侯某提供了幫助。侯某剛到陰間官府，便有差役上前來勒索錢財。綠衣人作為比差役高一層級的官吏，斥責兩名差役，「此汝侯大爺，何得無禮」。

劉全主動給侯某通報案情，「汝亦無甚大事，有一馬相訟，一質便可復返」。對質完後，綠衣人和劉全都叮囑差役要好好對待侯某，並揭出了報答侯某恩情的主題。

費孝通先生在《鄉土中國》中認為，中國傳統社會是一個熟人社會，其特點是人與人之間有著一種私人關係，人與人通過這種關係聯繫起來，構成一張張關係網。在〈劉全〉中，這張關係網甚至連接起陰間與陽世。侯某因為曾經幫助過綠衣人和劉全，而綠衣人和劉全又知恩圖報，為侯某提供職責範圍內的方便。特別是侯某八十歲時，劉全專程告訴他陽壽將盡，「勾役欲相招，我禁使弗須。君可歸治後事，三日後，我來同君行。地下代買小缺，亦無苦也」。這一情節極富情趣，充滿了人間濃濃的摯友之情。這也說明熟人好辦事、多個朋友多條路的觀念根深蒂固地存在於人們的思想觀念之中。

紉針

虞小思，東昌❶人。居積❷為業。妻夏，歸寧❸而返，見門外一嫗，偕少女哭甚哀。夏詰之，嫗揮淚相告。乃知其夫王心齋，亦宦裔也。家中落，無衣食業，浼中保貸富室黃氏金，作賈。中途遭寇，喪貲，幸不死。至家，黃索償，計子母❹不下三十金，實無可準抵。黃窺其女紉針美，將謀作妾。使中保質告之：如肯，可折債外，仍以廿金贖券❺。王謀諸妻。妻泣曰：「我雖貧，固簪纓之胄❻。彼以執鞭❼發跡，何敢遂媵吾女！況紉針固自有婿，汝烏得擅作主！」先是，同邑傅孝廉之子，與王投契❽，生男阿卯，與襁中論婚。後孝廉官於閩，年餘而卒。妻子不能歸，音耗俱絕。以故紉針十五，尚未字也。妻言及此，王無詞，但謀所以為計。妻曰：「不得已，其試謀諸兩弟。」蓋妻范氏，其祖曾任京職，兩孫田產尚多也。次日，妻攜女歸告兩弟。兩弟任其涕淚，並無一詞肯為設處。范乃號啼而歸。適逢夏詰，且訴且哭。

夏憐之；視其女，綽約⑨可愛，益為哀楚。遂邀入其家，款以酒食。慰之曰：「母子勿戚，妾當竭力。」范未遑謝，女已哭伏在地，益加惋惜。籌思曰：「雖有薄蓄，然三十金亦復大難，當典質相付。」母女拜謝。夏以三日為約。別後，百計為之營謀，亦未敢告諸其夫。三日，未滿其數；又使人假⑩諸其母。范母女已至，因以實告。又訂次日。抵暮，假金至，合裹並置床頭。

至夜，有盜穴壁，以火入。夏覺，睨之，見一人臂跨短刀，狀貌凶惡。大懼，不敢作聲，偽為睡者。盜近箱，意將發扃。回顧，夏枕邊有裹物，探身攫去，就燈解視；乃入腰橐，不復胠篋⑪而去。夏乃起呼。家中唯一小婢，隔牆呼鄰，鄰人集而盜已遠。夏乃對燈啜泣。見婢睡熟，乃引帶自經於欞間。天曙婢覺，呼人解救，四肢冰冷。虞聞奔至，詰婢始得其由，驚涕營葬。時方夏，尸不僵，亦不腐。過七日，乃殮之。既葬，紉針潛出，哭於其墓。暴雨忽集，霹靂大作，發墓，紉針震死。虞聞，奔驗，則棺木已啟，妻呻嘶其中，抱出之。見女尸，不知為誰。夏審視，始辨之。方相駭怪。未幾，范至，見女已死，哭曰：「固疑其在此，今果然矣！聞夫人自縊，日夜不絕聲。今夜語我，欲哭於殯宮⑫，我未之應也。」夏感其義，遂與夫言，即以所葬材穴葬之。范拜謝。虞負妻歸，范亦歸告其夫。

聞村北一人被雷擊死於途，身有字云：「偷夏氏金賊。」俄聞鄰婦哭聲，乃知雷擊者即其夫馬大也。村人白於官，官拘婦械鞫，則范氏以夏之措金贖女，對人感泣，馬大賭博無賴，聞之而盜心遂生也。官押婦搜贓，則止存二十數；又檢馬尸得四數。官判賣婦償補責還虞。夏益喜，全金悉仍付范，俾償債主。

葬女三日，夜大雷電以風，墳復發，女亦頓活。不歸其家，往叩夏氏之門，蓋認其墓，疑其復生也。夏驚起，隔扉問之。女曰：「夫人果生耶！我紉針耳。」夏駭為鬼，呼鄰媼詰之；知其復活，喜內入室。女自言：「願從夫人服役，不復歸矣。」夏曰：「得無謂我損金為買婢耶？汝葬後，債已代償，可勿見猜。」女益感泣，願以母事，夏不允。女曰：「兒能操作，亦不坐食。」天明告范。范喜，急至，亦從女意，即以屬[13]夏。范去，夏強送女歸。女啼思夏。王心齋自負女來，委諸門內而去。夏見驚問，始知其故，遂亦安之。女見虞至，急下拜，呼以父。虞固無子女，又見女依依憐人，頗以為歡。

女紡績縫紉，勤勞臻至。夏偶病劇，女晝夜給役。見夏不食，亦不食；面上時有啼痕，向人曰：「母有萬一，我誓不復生！」夏少瘳，始解顏為歡。夏聞流涕，曰：「我四十無子，但得生一女如紉針亦足矣。」夏從不育；逾年忽生一男，人以為行善之報。

居二年，女益長。虞與王謀，不能堅守舊盟。王曰：「女在君家，婚姻惟君所命。」女十七，惠美無雙。此言出，問名者趾錯於門⑭，夫妻為揀。富室黃某亦遣媒來。虞惡其為富不仁，力卻之。為擇於馮氏。馮，邑名士，子慧而能文。將告於王；王出負販未歸，遂徑諾之。黃以不得於虞，亦託作賈，跡王所在，設饌相邀，更復助以資本，漸漬習洽⑮。因自言其子慧以自媒。王感其情，又仰其富，遂與訂盟。既歸，詣虞，則虞昨日已受馮氏婚書。聞王所言，不悅，呼女出，告以情。女怫然⑯曰：「債主，吾仇也！以我事仇，但有一死！」王無顏，託人告黃以馮氏之盟。黃怒曰：「女姓王，不姓虞。我約在先，彼約在後，何得背盟！」遂控於邑宰，宰意以先約判歸黃。馮曰：「王某以女付虞，固言婚嫁不復預聞，且某有定婚書，彼不過杯酒之談耳。」宰不能斷，將惟女願從之。黃又以金賂官，求其左袒⑰，以此月餘不決。

一日，有孝廉北上，公車⑱過東昌，使人問王心齋。適問於虞，虞轉詰之，蓋孝廉姓傅，即阿卯也。入閩籍，十八已鄉薦⑲矣。以前約未婚。其母囑令便道訪王，問女曾否另字也。虞大喜，邀傅至家，歷述所遭。然婿遠來千里，患無憑據。傅啟篋，出王當日允婚書。虞招王至，驗之果真，乃共喜。是日當官覆審，傅投刺謁宰，其案始銷。涓吉⑳約期乃去。會試後，市幣帛而還，居其舊第，行親迎禮。進士報已到閩，又報至東，傅又捷南宮㉑。復入都觀政㉒而返。女不樂南渡，傅亦以盧墓在，遂獨往扶父柩，載母俱歸。又數年，虞卒，子才七八歲，女撫之過於其弟。使讀書，得入邑庠，家稱素封，皆傅力也。

異史氏曰：「神龍中亦有遊俠耶？彰善癉惡，生死皆以雷霆，此〈錢塘破陣舞㉓〉也！轟轟屢擊，皆為一人，焉知紉針非龍女謫降者耶？」

【注釋】❶東昌　府名，治所在今山東聊城。❷居積　積累；囤積。這裡指做買賣。❸歸寧　回家省親。多指已嫁女子回娘家看望父母。❹子母　本息。❺壓券　貿易成交時買主臨時交給賣主以示事成的少數錢款，俗稱「壓約錢」。❻簪纓之胄　官宦人家的後代。簪纓，古代達官貴人的冠飾，後借指高官顯宦。❼執鞭　手拿鞭子駕車。這裡指職務卑賤。❽投契　意氣或見解相合。❾綽約　形容女子姿態柔美的樣子。❿假　借。⓫胠篋　撬開箱子。胠，從旁邊撬開。⓬殯宮　墳墓。⓭屬　託付。⓮問名者趾錯於門　求親的人接踵上門。問名，男方請媒人問女方姓氏、出生年月日時等，報於男家，用於宗廟占卜婚姻吉凶，是婚禮六禮（納采、問名、納吉、納徵、請期、親迎）之一。趾錯，足跡雜錯。⑮漸漬習洽　逐漸熟悉融洽。⑯佛然　忿怒的樣子。⑰左袒　偏護；偏袒。⑱公車　漢代以公家車馬遞送應徵的人，後以「公車」為舉人應試的代稱。⑲鄉薦　唐宋應試進士，由州縣薦舉，稱「鄉薦」。後稱鄉試中式為領鄉薦。這裡指阿卯考上舉人。⑳涓吉　選擇吉日。㉑捷南宮　指會試中式，即考中進士。宋、明以來稱禮部為南宮。因會試由禮部主持，故稱會試中式為捷南宮。捷，獲勝；取中。㉒觀政　新進士初入仕，在中央各部、院、司、寺考察政事，稱為「觀政」。㉓錢塘破陣舞　即〈錢塘破陣樂〉。據唐李朝威〈柳毅傳〉，洞庭龍君之女被丈夫涇川龍王子虐待，她的叔父錢塘龍君將涇川龍王子殺死，救出龍女，演奏〈錢塘破陣樂〉慶祝勝利。

【語譯】虞小思，是山東東昌人。以做買賣為生。他的妻子夏氏從娘家回來，見門外一位老婆婆帶著個少女哭得很傷心。夏氏問她們，老婆婆抹著眼淚告訴夏氏。才知道她的丈夫叫王心齋，也是官宦後代。家境衰落，沒有可以維持生計的產業，請求中間擔保人向財主黃某貸款，做起生意來。做生意途中遇到強盜，失去了錢財，幸好沒死。回到家裡，黃某來要債，本利不下三十兩銀子，而家裡實在沒有可以抵押的物品。黃某窺見他的女兒紉針很美麗，想要去做妾。他讓中間擔保人直接告訴王家：如果答應，除抵償債務外，還給二十兩銀子作壓券錢。王心齋和妻子商量。妻子哭著說：「我們雖窮，本是官宦人家的後代。他以卑賤之身起家，怎敢就拿我的女兒去做妾！而且紉針本來有夫婿，你怎麼能擅自作主！」此前，同縣傅舉人的兒子和王心齋相當投緣，生了個兒子叫阿卯，還在襁褓中就和紉針定了親。後來，傅舉人到福建當官，一年多後去世。他妻子和兒子無法回來，音信全無。所以紉針十五歲了，還沒嫁人。妻子說起此事，王心齋無話可說，只是和妻子商量對策。妻子說：「不得已，試試和兩個弟弟商量。」原來，妻子范氏的祖父曾任京官，兩個孫子的田產還很多。第二天，范氏帶著女兒回去告訴兩個弟弟。兩個弟弟任她痛哭流涕，並沒有一句為她解決問題的話。范氏就哭著回來了。正逢夏氏詢問，她一邊訴說一邊哭。

夏氏很可憐她們；看那少女，柔美可愛，更替她哀傷。於是邀請進自己家裡，拿酒菜款待她們。夏氏安慰她們說：「你們母女不要悲傷，我會盡力幫助你們。」范氏未及道謝，紉針已經哭著跪在地上，夏氏更是憐惜。她盤算著說：「我雖有微薄的積蓄，但拿出三十兩銀子也很困難。我要典當些物品再給你們錢。」范氏母女拜謝了。夏氏約定三天後再見。分別後，夏氏千方百計為她們謀劃，也沒敢告訴她的丈夫。三天後，還沒湊足錢；又派人到母親那裡借錢。這時，范氏母女已經來了，夏氏如實相告。又約第二天再來。到了晚上，借的錢送來了，夏氏把錢包在一起放在床頭。

到了夜裡，有個盜賊挖穿牆壁，舉著燈進來。夏氏驚醒，斜眼看去，只見那人臂挎短刀，相貌兇惡。她非常害怕，不敢作聲，假裝睡著。盜賊走近箱子，想要砸鎖。他回頭看見夏氏枕邊有包東西，探過身子抓了去，靠近燈解開看看；就放進腰袋裡，不再撬箱子就走了。夏氏這才起來呼喊。家裡只有一個小丫環，隔著牆告訴鄰居，鄰居們趕來，盜賊已跑遠了。夏氏便對燈啜泣。見丫環睡熟了，就拿帶子在窗櫺上上吊了。天亮時，丫環發現了，喊人來解救，夏氏已四肢冰冷。虞小思聽說後跑來，詢問丫環才得知緣由，非常吃驚，哭著安排喪事。當時正是夏天，屍體不僵硬，也不腐爛。過了七天，才把夏氏埋了。

葬後，紉針偷跑出來，在墓前痛哭。忽然下起暴雨，雷聲大作，震開墳墓，紉針被震死了。

虞小思聞訊，跑去察看，棺木已經打開，妻子在裡面呻吟，把她抱了出來。他看見一具女屍，不知道是誰。夏氏仔細看，才認出來是紉針。夫妻倆又害怕又奇怪。沒多久，范氏來了，見女兒已經死了，哭著說：「我本來疑心她會來這兒，現在果然如此！紉針聽說夫人自殺，日夜不停地哭。今天夜裡對我說，要來哭墳，我沒有答應她。」夏氏為紉針的情義所感動，便和丈夫說，用埋葬自己的棺材和墓穴把紉針埋了。范氏拜謝。虞小思把妻子背回家，范氏也回去告訴丈夫。

傳聞村北有個人在路上被雷擊死，身上有字寫道：「偷夏氏金賊。」一會兒聽到鄰家婦人的哭聲，才知道遭雷擊的人就是她的丈夫馬大。村民於是向官府告發，官府拘捕馬妻嚴刑審訊，原來范氏因為夏氏籌措金錢為自己贖女兒，感激涕零地對別人說，馬大是個賭徒無賴，聽後便萌發偷心。官府押馬妻去搜查贓銀，則只剩下二十兩；又檢查馬大的屍體，找到四兩。官府判決賣掉馬妻以補足原數，還給虞家。夏氏更高興了，全部銀子仍交給范氏，讓她償還給債主。

紉針葬後的第三天，夜裡雷電大作，伴著狂風，墳墓再次劈開，紉針也頓時復活。她不回家，而去敲夏氏的門，原來她認識這個墓葬，疑心她復活了。夏氏吃驚地起來，隔著門詢問。紉針說：「夫人果然復生了！我是紉針啊。」夏氏害怕，以為是鬼，呼喚隔壁的老婆婆來盤問；才知道紉針復活了，高興地讓紉針進屋。紉針自己說：「願跟著夫人伺候，不再回家了。」夏氏說：「這不是說我花錢買丫環嗎？把你埋葬後，債務已經代為償還了，可不要猜疑。」紉針更是感激落淚，願意像對母親那樣侍奉她。夏氏不答應。紉針說：「我能幹活，也不會坐著白吃飯。」天亮後，夏氏告訴了范氏。范氏很高興，急忙趕來，也遵從女兒的意願，當即把紉針託付給夏氏。范氏走後，夏氏強行把紉針送回家。紉針哭著思念夏氏。王心齋親自把女兒背來，放在門裡就走了。夏氏見了，驚訝地詢問，才知道其中緣故，也就讓她留下了。紉針見虞小思來了，急忙跪下叩頭，喊他作「父親」。虞小思本來沒有子女，又見紉針惹人憐愛，十分高興。

紉針紡紗織布，製作衣服，十分勤勞。夏氏偶然病重，紉針晝夜伺候。見夏氏不吃東西，她也不吃；臉上常有淚痕。她對人說：「母親若有不測，我發誓不再活了！」夏氏病況稍好，她才開顏歡笑。夏氏聽說後流下眼淚，說：「我四十歲了，沒有兒子，只要生一個女兒像紉針那樣也就滿足了。」夏氏從來不能生育；過了一年忽然生下一個男孩，人們認為這是她做善事的回報。

過了兩年，紉針年齡更大了。虞小思便和王心齋商量，不能再死守舊日的婚約了。王心齋說：「女兒在你家，她的婚姻全聽你的。」紉針十七歲，賢惠美麗天下無雙。這話一傳出，求親的人接踵上門，虞小思夫婦替她挑選。財主黃某也派了媒人前來。虞小思討厭他為富不仁，堅決拒絕了。他為紉針挑選了馮家。馮氏是縣裡的名士，他的兒子很聰慧，富有文才。虞小思打算把這件事告訴王心齋；王心齋外出做生意沒回來，虞小思便逕自答應下來。黃某因為沒有在虞小思這裡得到允諾，也藉口做生意，找到王心齋，設宴相請，又出資幫助他，兩人的關係漸漸融洽。黃某於是自稱他兒子聰明，自己來說親。王心齋感激他的情誼，又仰慕他的富有，便和他訂了親。回來後，王心齋來到虞家，而虞家昨天已經接受了馮家的聘書。虞小思聽了王心齋的話，很不高興，叫紉針出來，把情況告訴她。紉針生氣地說：「那個債主是我的仇人！要我侍奉仇人，只有一死！」王心齋沒有顏面，託人把已和馮家訂親的事告訴黃某。黃某生氣地說：「女兒姓王，不姓虞。我訂親在先，他訂親在後，怎能毀約！」於是向縣令告狀，縣令想按訂親在先把紉針判給黃某。馮某說：「王心齋把女兒託付給虞小思，本來說過不再干涉女兒的婚事，況且我有訂婚書，而他只不過是喝酒時說的話而已。」縣令不能判決，打算聽從紉針的意願。黃某又用錢賄賂縣令，請求袒護，因此拖了一個多月無法裁決。

一天，一個舉人北上赴京應考，經過東昌，派人打聽王心齋。剛好問著虞小思，虞小思反問來人，原來這舉人姓傅，就是阿卯。他入了福建籍，十八歲就已考上舉人。因為有以前的約定，還沒有結婚。他母親囑咐他順道探訪王心齋，問紉針是否已經另嫁他人。虞小思十分高興，邀請傅阿卯到家裡，詳細講述了紉針的遭遇。然而女婿遠遠來自千里以外，虞小思擔心他沒有憑據。傅阿卯打開箱子，取出王心齋當時的允婚書。虞小思叫來王心齋，仔細驗看，果然是真的，大家都很高興。這一天，正好縣令要復審這件案子，傅阿卯遞上名片拜見縣令，案子才撤銷了。選擇吉日、約定婚期後，傅阿卯才離去。會考之後，阿卯買了彩禮回來，住在他家的故居，舉行了婚禮。進士捷報已到了福建，又報到東昌，阿卯又通過了禮部會試。他再度到京城接受官職，然後返回。紉針不喜歡到南方去，阿卯也因祖墳在這裡，便獨自去福建運回父親的靈柩，載著母親一同回來。又過了幾年，虞小思去世了，兒子才七八歲，紉針撫養他，待他勝於自己的親弟弟。讓他讀書，他中了秀才，虞家的家境寬裕起來，都是靠傅阿卯的幫助。

異史氏說：「神龍中也有俠客嗎？表彰善行，憎恨惡行，救人、殺人都用雷電，這真是〈錢塘破陣舞〉啊！連連轟擊，都是為了一個人，怎麼知道紉針不是龍女謫降人間呢？」

【研　析】〈紉針〉講述的是夏氏仗義助人、紉針知恩圖報的故事。夏氏是一個樂於助人的商賈之婦，路見范氏、紉針母女二人，得知紉針因父債被逼為人妾時便主動幫助她們。不料，夏氏後來千方百計籌措的銀兩被盜，她因覺得愧對范氏、紉針母女而自盡。紉針哭於夏氏墳前，結果被雷「震死」，夏氏卻漸漸蘇醒；盜賊也於當夜被雷劈死，案件真相大白，夏氏追回丟失的銀兩，並替紉針的父親還清了債務。紉針下葬三日後，雷雨大作，紉針也像夏氏一樣蘇醒了。此後，紉針視夏氏為母，殷勤照顧。兩年後，紉針又陷入了馮氏、黃某奪妻的官司當中，後來因未婚夫傅阿卯回鄉才得以了結。

在〈紉針〉中，給人留下印象最深的卻是夏氏這一形象。夏氏是一個尋常的商賈之婦，沒有趨炎附勢之心，卻有樂於助人的善良胸懷。面對范氏、紉針母女的痛苦，夏氏堅決地表示要幫助她們。可是，她們的債務已遠遠超出家無餘財的夏氏的能力範圍。能夠主動幫助她們已經讓人動容，為了素昧平生的母女費盡心力地籌措銀兩也屬難得，因無力解救紉針脫離苦海而愧疚自盡更是感天動地！夏氏自盡雖然是柔弱無奈之舉，但也是「三杯吐然諾，五岳倒為輕」的俠義精神的極端表現，並由此刻劃出了一個義薄雲天的俠烈之女的形象。經過生而死、死而復生的劫難之後，夏氏俠腸未改，用從盜賊那裡追回的銀兩幫紉針母女還清了債務，表現出了救人須救徹的俠義之風。紉針復活後甘為其女奉養終生，夏氏堅辭不受。夏氏捨命救人卻不求任何回報，這個平凡的商賈之婦顯現出了一種大俠風範，她仗義疏財、捨己為人、信守承諾的崇高美德，簡直稱得上是驚天地、泣鬼神的人間壯舉！

在《聊齋誌異》中，蒲松齡透露了自己對於經商的態度，即並不否定經商本身，而是痛恨唯利是圖、貪婪自私的商人。〈紉針〉一篇就可以很明顯地表達作者的這種立場。此篇中出現了三類商人——夏氏夫婦、王心齋、黃某。夏氏是商賈之婦，卻有俠義心腸，得到了作者的褒揚；王心齋是官裔從商，逐漸沾染了逐利的習氣，幾經動搖後仍將女兒許配給債主之子；而黃某，則更是一個唯利是圖、貪婪自私的惡商，金錢利誘、強作婚姻、賄賂官員、「求其左袒」，所有這些，都暴露了他奸詐自私的品行和金錢萬能的人生觀。顯然，蒲松齡對夏氏是讚頌，對王心齋是鄙夷，對黃某則是痛恨。同為商人，蒲松齡對他們的態度涇渭分明、大不相同。由此可見，蒲松齡並不是否定經商本身，而只是痛恨有些商人身上那種棄道德於不顧、唯利是圖、貪婪自私的品性的。

桓侯

荊州❶彭好士，友家飲歸。下馬溲便，馬齕草路傍。有細草一叢，蒙茸可愛，初放黃花，豔光奪目，馬食已過半矣。彭拔其餘莖，嗅之有異香，因納諸懷。超乘復行，馬騖駛❷絕馳，頗覺快意，竟不計算歸途，縱馬所之。忽見夕陽近山，始將旋轡❸。但望亂山叢沓，並不知其何所。一青衣人來，見馬方噴嘶，代為捉銜❹，曰：「天已近暮，吾家主人便請宿止。」彭問：「此屬何地？」曰：「閬中❺也。」彭大駭，蓋半日已千餘里矣。因問：「主人為誰？」曰：「到彼自知。」又問：「何在？」曰：「咫尺耳。」遂代鞚❻疾行，人馬若飛。過一山頭，見半山中屋宇重疊，雜以屏幔，遙睹衣冠一簇，若有所伺。彭至下馬，相向拱敬❼。俄，主人出，氣象剛猛，巾服都異人世。拱手向客，曰：「今日客，莫遠於彭君。」因揖彭，請先行。彭謙謝，不肯遽先❽。主人捉臂行之，彭覺捉處如被械梏，痛欲折，不敢復爭，遂行。下此者，猶相推讓，主人或推之，或挽之，客皆呻吟傾跌，似不能堪，一依主命而行。登堂，則陳設炫麗，兩客一筵❾。彭暗問接坐者：「主人何人？」答云：「此張桓侯❿也。」彭愕然，不敢復咳。合座寂然。

酒既行，桓侯曰：「歲歲叨擾⓫親賓，聊設薄酌，盡此區區之意。值遠客辱臨，亦屬幸遇。僕竊妄有干求，如少存愛戀，即亦不強。」彭起問：「何物？」曰：「尊乘已有仙骨，非塵世所能驅策。欲市馬相易，如何？」彭曰：「敬以奉獻，不敢易也。」桓侯曰：「當報以良馬，且將賜以萬金。」彭離席伏謝。桓侯命人曳起之。俄頃，酒饌紛綸⓬。日落，命燭。眾起辭，彭亦告別。桓侯曰：「君遠來焉歸？」彭顧同席者曰：「已求此公作居停主人⓭矣。」桓侯乃遍以巨觴酌客，謂彭曰：「所懷香草，鮮者可以成仙，枯者可以點金；草七莖，得金一萬。」即命僮出方授彭。彭又拜謝。桓侯曰：「明日造市，請於馬群中任意擇其良者，不必與之論價，吾自給之。」又告眾曰：「遠客歸家，可少助以資斧。」眾唯唯。觴盡，謝別而出。

途中始詰姓字。同座者為劉子翬。同行二三里，越嶺，即睹村舍。眾客陪彭並至劉所，始述其異。先是，村中歲歲賽社⑭於桓侯之廟，斬牲優戲⑮，以為成規，劉其首善者也。三日前，賽社方畢。是午，各家皆有一人邀請過山。問之，言殊恍惚，但敦促甚急。過山見亭舍，相共駭疑。將至門，使者始實告之，眾亦不敢卻退。使者曰：「姑集此，邀一遠客行至矣。」蓋即彭也。眾述之驚怪。其中被把握者，皆患臂痛；解衣燭之，膚肉青黑。彭自視亦然。眾散，劉即襆被供寢。

既明，村中爭延客；又伴彭入市相馬。十餘日，相數十匹，苦無佳者；彭亦拚苟就之。又入市，見一馬骨相⑯似佳；騎試之，神駿無比。徑騎入村，以待鬻者；再往尋之，其人已去。遂別村人欲歸。村人各饋金貲，遂歸。馬一日行五百里。抵家，述所自來，人不之信。囊中出蜀物，始共怪之。香草久枯，恰得七莖。遵方點化，家以暴富。遂敬詣故處，獨祀桓侯之祠，優戲三日而返。

異史氏曰：「觀桓侯燕賓，而後信武夷幔亭⓱非誕也。然主人肅客，遂使蒙愛者幾欲折肱，則當年之勇力可想。」

吳木欣⓲言：「有李生者，唇不掩其門齒，露於外盈指。一日，於某所宴集，二客遜⓳上下，其爭甚苦。一力挽使前，一力卻向後。力猛肘脫，李適立其後，肘過觸喙，雙齒並墮，血下如涌。眾愕然，其爭乃息。」此與桓侯之握臂折肱，同一笑也。

【注釋】❶荊州　府名，治所在今湖北江陵。❷鶩駛　疾速奔馳。❸旋轡　回馬。❹銜　馬嚼子。❺閬中　縣名，即今四川閬中。❻代鞚　代為牽馬。鞚，帶嚼子的馬籠頭，這裡指駕馭。❼拱敬　拱手致敬。❽遽先　冒失地先走。❾兩客一筵　兩位客人一席。❿張桓侯　張飛，字翼德，三國時期蜀漢重要將領。此處是據《三國演義》人物性格寫出。⓫叨擾　客套話，打擾。⓬紛綸　紛雜。⓭居停主人　寄宿的房主。⓮賽社　人們在農事結束後，陳列酒食祭祀田神，並相互飲酒作樂，稱為「賽社」。⓯斬牲優戲　殺牲畜，請優人演戲。⓰骨相骨格形貌。⑰武夷幔亭　傳說武夷山神曾於秦始皇二年八月十五日在山上設置布幔圍成的亭子，請鄉人會飲。⑱吳木欣　名長榮，字木欣，長山人，監生，為人慷慨，好結交貧士。見嘉慶《長山縣志》。⑲遜　謙讓。

【語　譯】湖北荊州彭好士，在朋友家喝完酒回來。他下馬小便，馬在路旁吃草。有一叢小草，細密柔軟，非常可愛，剛綻開的黃花，光豔奪目，馬已吃去一大半了。彭好士把剩下的草莖拔下來，聞一聞，有股奇異的香味，於是揣在懷裡。他翻身上馬繼續前行，馬疾速奔馳，彭好士覺得很痛快，竟沒有計算歸途里程，任馬奔去。忽然發現夕陽快下山了，才要回轉。只見亂山重重疊疊，不知道這是什麼地方。有個青衣人走來，看到馬正在噴鼻嘶鳴，替彭好士抓住馬籠頭，說：「天色已近黃昏，我家主人請你去住下。」彭好士問：「這裡是什麼地方？」那人答道：「四川閬中。」彭好士大吃一驚，原來半天已跑了一千多里。彭好士問：「你家主人是誰？」那人說：「到了那裡自然知道。」彭好士又問：「在哪兒？」那人說：「近在咫尺。」於是他替彭好士牽著馬奔跑，人、馬像飛起來一樣。越過一座山頭，見山腰上房屋重疊，夾雜著屏風帷幔，遠遠望見一群衣冠整齊的人，好像有所等待。彭好士到跟前下了馬，和眾人互相拱手致敬。

一會兒，主人出來了，氣象威猛，服飾都不同於世人。他向客人們拱手，說：「今天的客人中，沒有比彭先生更遠的了。」於是，他向彭好士作揖，請他走在前面。彭好士謙讓著，不肯冒失地先走。主人抓住他的胳膊，硬拉他走。彭好士覺得被抓住的地方像上了鐐銬，疼得要斷了一樣，他不敢再爭執，便走在前面。後面的客人還在互相謙讓，主人或推或拉，客人們都喊著疼，跌跌撞撞，好像承受不了，一一按主人的吩咐順次而行。登上大廳，只見陳設華麗，兩位客人一席。彭好士偷偷問同桌的人：「主人是誰？」客人答道：「這是桓侯張飛。」彭好士愕然，不敢再咳嗽。滿座一片寂靜。

酒過三巡，張飛說：「年年打擾親友們，姑且準備幾杯薄酒，盡這區區心意。正值遠方客人光臨，也是幸遇。我私下有個非分的要求，你如果不大捨得，也不勉強。」彭好士站起來問：「你想要什麼東西？」張飛說：「你的馬已經具有仙骨，不是凡人所能駕馭的。我想買匹馬和你的交換，怎麼樣？」彭好士說：「我願恭敬地奉送，不敢交換。」張飛說：「我會給你一匹好馬作為回報，而且贈你一萬兩銀子。」彭好士離開座位，跪地致謝。張飛命人拉他起來。一會兒，豐盛的酒菜紛紛擺上來。夕陽西下，張飛吩咐點燈。大家起來告辭，彭好士也告別。張飛說：「你遠道而來，怎麼回家呢？」彭好士回頭看著同桌的客人說：「我已經請求這位先生作寄宿主人了。」張飛於是用大杯給客人們挨個敬酒，對彭好士說：「你揣著的香草，新鮮的吃了可以成仙，乾枯的可以點金；七株草，可得黃金萬兩。」他隨即命僮僕取出點金的方子交給彭好士。彭好士再次拜謝。張飛說：「明天你到集市上，請在馬群中任意挑一匹好的，不必和貨主講價，我自然會給他錢。」他又對大家說：「遠方的客人回家時，你們略為給點旅費。」大家連聲稱是。乾杯後，眾人道謝告別出來。

途中，彭好士才問起名字。同桌的客人叫劉子翬。大家同行了兩三里，翻過山嶺，就看到一處村落。客人們陪著彭好士一塊兒到劉子翬家，才談起這件怪事。此前，村裡年年在張飛廟舉行廟會，殺豬宰羊，演戲，成為常例，劉子翬是這善舉的倡導者。三天前，廟會剛結束。這天中午，各家都有一人被邀請到山那邊去。問問來人，他言語恍惚，只是催得很急。過了山，看見亭臺房舍，大家都又驚又疑。快到門前，來人才如實相告，眾人也不敢退回去。來人說：「你們姑且待在這兒，邀請的一位遠方客人快到了。」原來就是彭好士。眾人陳述著，又驚又怪。其中被張飛抓過的，都臂膀疼痛；脫下衣服一照，皮膚青一塊黑一塊。彭好士看看自己，也是如此。眾人散去後，劉子翬便拿來被褥，讓彭好士睡覺。

天亮後，村裡人爭相請彭好士做客；又陪他到集市上挑馬。十幾天過去了，看過幾十匹馬，遺憾沒有好的；彭好士也決定苟且遷就了。又來到集市，看見有一匹馬骨相似乎還好；彭好士騎上試一下，神駿無比。他逕直騎到村子，等待賣馬人；可彭好士再去找他時，賣馬人已經走了。於是和村民們告別，要回家去。村民們都送錢給他，彭好士便回了家。這匹馬一天跑五百里。回到家裡，彭好士說自己從四川回來，人們不相信。彭好士從袋子中取出四川土產，大家才都覺得奇怪。香草早就乾枯了，正好還有七株。他遵照那方子點金，家裡因此一下子富起來。彭好士便恭敬地來到舊地，獨自出資在張飛廟舉行祭祀，演了三天戲，才返回。

異史氏說：「看張飛宴請賓客，這以後我才相信武夷幔亭的故事並非荒誕。而張飛禮敬客人，使受到尊敬的客人差點兒折斷手臂，張飛當年的勇武可想而知。」

吳木欣說：「有個李生，嘴唇掩蓋不住門牙，露在嘴外有一指寬。一天，在某處宴會，有兩位客人互相遜讓尊卑，爭執得很厲害。一個使勁向前拖，一個用力往後退。用力過猛肘部掙脫了，李生正好站在他後面，客人的肘部撞在他的嘴上，兩個門牙一齊折斷，血如泉湧。眾人愕然，爭執才平息下來。」這和張飛抓斷客人手臂，是同樣的笑談。

【研 析】桓侯即三國時期蜀將張飛，字翼德，涿郡（今河北涿州）人，官至車騎將軍，封西鄉侯，以勇猛、嫉惡如仇而著稱，章武元年（西元二二一年）死於部將暗殺，葬於閬中，謚桓侯。在《三國演義》第一回〈宴桃園豪傑三結義　斬黃巾英雄首立功〉中，劉備在劉焉招募義兵的榜文前慨然長嘆，其後一人厲聲說：「大丈夫不與國家出力，何故長嘆？」說話者正是張飛。羅貫中借劉備的眼睛對張飛進行了描寫，只見他「身長八尺，豹頭環眼，燕頷虎鬚，聲若巨雷，勢如奔馬」。這一形象成為千百年來人們心目中張飛的典型形象。

在《聊齋誌異》中，蒲松齡寫出了另外一個不同的張飛。彭好士的馬吃了香草，「駑駛絕馳」，「已有仙骨，非塵世所能驅策」。張飛想用人世的良馬與之交換。他先派青衣人前往相邀，「天已近暮，吾家主人便請宿止」。見到彭好士後，張飛「拱手向客」，說今天的客人沒有比彭先生再遠的了，「因揖彭，請先行」。酒宴之中，張飛說：「歲歲叨擾親賓，聊設薄酌，盡此區區之意。值遠客辱臨，亦屬幸遇。僕竊妄有干求，如少存愛戀，即亦不強。」彭好士表示願意獻上坐騎，張飛說：「當報以良馬，且將賜以萬金。」而且張飛還告訴彭好士「所懷香草，鮮者可以成仙，枯者可以點金；草七莖，得金一萬」，命令僮僕取出點金的方子授予彭好士，等等。在蒲松齡筆下，張飛雖然喜歡彭好士的馬，但沒有利用自己的權勢巧取豪奪，而是採用商量、交換的方法來獲得，是講禮節、有修養、有內涵的謙謙君子形象。

當然，張飛的勇武之氣並未完全褪盡，主要表現在他大得驚人的力氣上面。比如，他請彭好士走在前面，彭好士表示謙讓，「主人捉臂行之」，彭好士便覺得「捉處如被械梏，痛欲折，不敢復爭，遂行」。其他人還在互相謙讓，「主人或推之，或挽之，客皆呻吟傾跌，似不能堪，一依主命而行」。結果，被張飛捉過的人，「皆患臂痛；解衣燭之，膚肉青黑」。在宴會上，張飛「乃遍以巨觴酌客」，顯示出豪邁不羈的氣勢。所以，何守奇在評語中說：「為桓侯客不易。」

錦瑟

沂❶人王生，少孤，自為族❷。家清貧；然風標❸修潔，洒然裙屐少年❹也。富翁蘭氏，見而悅之，妻以女，許為起屋治產。娶未幾而翁死，妻兄弟鄙不齒數，婦尤驕倨，常傭奴其夫❺；自享饈饌❻，生至，則脫粟瓢飲，折稊❼為匕，置其前。王悉隱忍之。年十九，往應童子試，被黜。自郡中歸，婦適不在室，釜中烹羊臛熟，就啖之。婦入，不語，移釜去。生大慚，抵❽箸地上，曰：「所遭如此，不如死！」婦恚，問死期，即授索為自經之具。生忿投羹碗，敗婦顙❾。

生含憤出，自念良不如死，遂懷帶入深壑。至叢樹下，方擇枝繫帶，忽見土崖間，微露裙幅；瞬息，一婢出，睹生，急返，如影就滅，土壁亦無綻痕。固知妖異；然欲覓死，故無畏怖，釋帶坐覘❿之。少間，復露半面，一窺即縮去。念此鬼物，從之必有死樂。因抓石叩壁曰：「地如可入，幸示一途！我非求歡，乃求死者。」久之，無聲。王又言之。內云：「求死請姑退，可以夜來。」音聲清銳，細如遊蜂。生曰：「諾。」遂退以待夕。

未幾，星宿已繁，崖間忽成高第，靜敞雙扉。生拾級⑪而入。才數武，有橫流湧注，氣類溫泉。以手探之，熱如沸湯；不知其深幾許。疑即鬼神示以死所，遂踴身入。熱透重衣，膚痛欲糜；幸浮不沉。泅沒良久，熱漸可忍，極力爬抓，始登南岸，一身幸不泡傷。行次，遙見夏屋中有燈火，趨之。有猛犬暴出，齕衣敗襪。摸石以投，犬稍卻。又有群犬要吠，皆大如犢。

危急間，婢出叱退，曰：「求死郎來耶？吾家娘子憫君厄窮，使妾送君入安樂窩，從此無災矣。」挑燈導之。啟後門，黯然行去，入一家，明燭射窗，曰：「君自入，妾去矣。」生入室四瞻，蓋已入己家矣。反奔而出。遇婦所役老媼曰：「終日相覓，又焉往！」反曳入。婦帕裹傷處，下床笑逆，曰：「夫妻年餘，狎謔顧不識耶？我知罪矣。君受虛誚，我被實傷，怒亦可以少解。」乃於床頭取巨金二鋌置生懷，曰：「以後衣食，一惟君命，可乎？」生不語，拋金奪門而奔，仍將入壑，以叩高第之門。

既至野，則婢行緩弱，挑燈猶遙望之。生急奔且呼，燈乃止。既至，婢曰：「君又來，負娘子苦心矣。」王曰：「我求死，不謀與卿復求活。娘子巨家，地下亦應需人。我願服役，實不以有生為樂。」婢曰：「樂死不如苦生，君設想何左也！吾家無他務，惟淘河、糞除、飼犬、負尸；作不如程⑫，則刵耳劓鼻、敲肘刖趾⑬。君能之乎？」答曰：「能之。」又入後門，生問：「諸役可也。適言負尸，何處得如許死人？」婢曰：「娘子慈悲，設『給孤園⑭』，收養九幽橫死無歸之鬼。鬼以千計，日有死亡，須負瘞之耳。請一過觀之。」

移時，入一門，署「給孤園」。入，見屋宇錯雜，穢臭熏人。園中鬼見燭群集，皆斷頭缺足，不堪入目。回首欲行，見尸橫牆下；近視之，血肉狼藉。曰：「半日未負，已被狗咋。」即使生移去之。生有難色。婢曰：「君如不能，請仍歸享安樂。」生不得已，負置秘處，乃求婢緩頰，幸免尸污。婢諾。行近一舍，曰：「姑坐此，妾入言之。飼狗之役較輕，當代圖之，庶幾得當[15]以報。」去少頃，奔出，曰：「來，來！娘子出矣。」

生從入。見堂上籠燭四懸，有女郎近戶坐，乃二十許天人也。生伏階下。女郎命曳起之，曰：「此一儒生，烏能飼犬；可使居西堂，主簿籍。」生喜，伏謝。女曰：「汝以樸誠，可敬[16]乃事[17]。如有舛錯，罪責不輕也！」生唯唯。婢導至西堂，見棟壁清潔，喜甚，謝婢。始問娘子官閥。婢曰：「小字錦瑟，東海薛侯女也。妾名春燕。旦夕所需，幸相聞。」婢去，旋以衣履衾褥來，置床上。生喜得所。黎明，早起視事，錄鬼籍。一門僕役，盡來參謁，饋酒送脯甚多。生引嫌，悉卻之。日兩餐，皆自內出。娘子察其廉謹，特賜儒巾鮮衣。凡有賫賚，皆遣春燕。婢頗風格，既熟，頗以眉目送情。生斤斤自守⑱，不敢少致差跌⑲，但偽作騃鈍⑳。

積二年餘，賞給倍於常廩㉑，而生謹抑如故。一夜，方寢，聞內第喊噪。急起，捉刀出，見炬火光天。入窺之，則群盜充庭，廝僕駭竄。一僕促與偕遁，生不肯，塗面束腰，雜盜中呼曰：「勿驚薛娘子！但當分括財物，勿使遺漏。」時諸舍群賊方搜錦瑟不得，生知未為所獲，潛入第後獨覓之。遇一伏嫗，始知女與春燕皆越牆矣。生亦過牆，見主婢伏於暗陬。生曰：「此處烏可自匿？」女曰：「吾不能復行矣！」生棄刀負之。奔二三里許，汗流竟體，始入深谷，釋肩令坐。飆一虎來。生大駭，欲迎當之，虎已銜女。生急捉虎耳，極力伸臂入虎口，以代錦瑟。虎怒，釋女，嚼生臂，脆然㉒有聲。臂斷落地，虎亦返去。女泣曰：「苦汝矣！苦汝矣！」生忙遽未知痛楚，但覺血溢如水，使婢裂衿裹斷處。女止之，俯覓斷臂，自為續之；乃裹之。東方漸白，始緩步歸。登堂如墟。天既明，僕媼始漸集。女親詣西堂，問生所苦。解裹，則臂骨已續；又出藥糝其創，始去。

由此益重生，使一切享用，悉與己等。臂愈，女置酒內室以勞之。賜之坐，三讓而後隅坐[23]。女舉爵如讓賓客。久之，曰：「妾身已附君體，意欲效楚王女之於臣建[24]。但無媒，羞自薦耳。」生惶恐，曰：「某受恩重，殺身不足酬。所為非分，懼遭雷殛，不敢從命。苟憐無室，賜婢已過。」

一日，女長姊瑤臺至，四十許佳人也。至夕，招生入，瑤臺命坐，曰：「我千里來，為妹主婚，今夕可配君子。」生又起辭。瑤臺遽命酒，使兩人易盞。生固辭，瑤臺奪易之。生乃伏地謝罪，受飲之。瑤臺出，女曰：「實告君：妾乃仙姬，以罪被謫。自願居地下，收養冤魂，以贖帝譴。適遭天魔之劫，遂與君有附體之緣。遠邀大姊來，固主婚嫁，亦使代攝家政，以便從君歸耳。」生起敬曰：「地下最樂！某家有悍婦，且屋宇隘陋，勢不能容委曲㉕以共其生。」女笑曰：「不妨。」既醉，歸寢，歡戀臻至。

過數日，謂生曰：「冥會不可長，請郎歸。君幹理家事畢，妾當自至。」以馬授生，啟扉自出，壁復合矣。生騎馬入村，村人盡駭。至家門，則高廬煥映㉖矣。先是，生去，妻召兩兄至，將箠楚報之；至暮，不歸，始去。或於溝中得生履，疑其已死。既而年餘無耗。有陝中賈某，媒通蘭氏，遂就生第與婦合。半年中，修建連亙。賈出經商，又買妾歸，自此不安其室。賈亦恒數月不歸。

生訊得其故，怒，繫馬而入。見舊媼，媼驚伏地。生叱罵久，使導詣婦所，尋之已遁；既於舍後得之，已自經死。遂使人舁歸蘭氏。呼妾出，年十八九，風致亦佳，遂與寢處。賈託村人，求反其妾，妾哀號不肯去。生乃具狀，將訟其霸產占妻之罪。賈不敢復言，收肆西去。

方疑錦瑟負約；一夕，正與妾飲，則車馬扣門而女至矣。女但留春燕，餘即遣歸。入室，妾朝拜之。女曰：「此有宜男相[27]，可以代妾苦矣。」即賜以錦裳珠飾。妾拜受，立侍之；女挽坐，言笑甚歡。久之，曰：「我醉欲眠。」生亦解履登床，妾始出；入房，則生臥榻上；異而反窺之，燭已滅矣。生無夜不宿妾室。一夜，妾起，潛窺女所，則生及女方共笑語。大怪之。急反告生，則床上無人矣。天明，陰告生；生亦不自知，但覺時留女所，時寄妾宿耳。生囑隱其異。久之，婢亦私生，女若不知之。婢忽臨蓐難產，但呼「娘子」。女入，胎即下；舉之，男也。為斷臍置婢懷，笑曰：「婢子勿復爾！業多，則割愛難矣。」自此，婢不復產。妾出五男二女。居三十年，女時返其家，往來皆以夜。一日，攜婢去，不復來。生年八十，忽攜老僕夜出，亦不返。

【注釋】❶沂　即沂水，屬山東臨沂。❷自為族　自己成為一族，即這一族只有自己一家。❸風標　風度；品格。❹裙屐少年　衣履整潔、外表漂亮的青年人。裙屐，原指六朝貴遊子弟的衣著，後泛指富家子弟的時髦裝束。❺傭奴其夫　把她的丈夫當奴僕一樣。❻饈饌　珍饈美味。❼稊　稗子一類的草。❽抵　投擲。❾敗婦顙　打破了妻子的額頭。顙，額頭。❿覘　看；偷偷地察看。⓫拾級　一級一級的上去。⓬作不如程　操作不合規範。程，規矩；格式。⓭刵耳劓鼻敲肘刖趾　割耳、割鼻、敲碎臂肘、砍斷腳趾。⓮給孤園　即給孤獨園。佛教傳說，印度有一長者，好周濟孤獨，人稱給孤獨長者。他曾收買祇陀太子的園林，作為釋迦佛說法的地方，叫做「給孤獨園」。這裡借指救濟孤獨的場所。⓯得當　有了機會。⓰敬　指謹慎工作。⓱乃事　你的事情。⓲斤斤自守　拘謹本分，凡事不敢超出正常範圍。⓳差跌　差錯。⓴騃鈍　呆滯遲鈍。㉑常廩　正常的薪俸。廩，廩俸。㉒脆然　形容嚼骨頭的清脆聲音。㉓隅坐　坐於偏座。㉔楚王女之於臣建　春秋時，吳國攻占楚國首都，大臣鍾建背著楚平王的女兒季芈逃難。後來，在季芈的要求下，楚昭王把她嫁給鍾建。見《左傳・定公四年、五年》。㉕委曲　湊和；將就。㉖煥映　光華映射。㉗宜男相　能生男孩的骨相。

【語　譯】山東沂水的王生，從小就成了孤兒，本族就只有自己一家。家境清貧；但儀容俊美，是個衣履整潔、外表漂亮的青年人。富翁蘭氏，見了他很喜歡，把自己的女兒嫁給他，許諾給他蓋房子，購置產業。娶妻沒多長時間，岳父就死了，妻子的兄弟都鄙視王生，不把他當家庭成員，妻子尤其高傲，常把丈夫當作奴僕；她自己享受珍饈美味，王生來了，就把粗飯、冷水、草棍筷子放在他面前。王生都忍受了。十九歲那年，王生去考秀才，落了榜。從府裡回來，剛好妻子不在屋裡，鍋裡煮的羊肉羹熟了，王生走過去吃起來。妻子進來，沒有說話，把鍋端走。王生非常羞愧，把筷子扔在地上，說：「遭到這樣的羞辱，不如死了！」妻子生氣了，問他什麼時候死，當即遞來繩索給他當上吊用具。王生憤怒地用湯碗向她砸去，把妻子的額頭砸破了。

王生滿懷悲憤走出家門，心想真不如死了，便揣著帶子進入山谷。他來到樹叢下，正要挑個樹枝繫上帶子，忽見土崖中微微露出裙幅；轉眼間，一個丫環出來，看見王生，急忙返回去，像影子一樣消失了，土牆上也沒有裂痕。王生當然知道是妖怪；但想要尋死，所以也不害怕，放下帶子，坐著觀察。一會兒，土牆上又露出半張臉，看一看就縮回去。王生想，這是鬼，跟著它去必定有死的樂趣。於是撿起石頭敲著土牆說：「地底如果能夠進去，希望給我指條路！我不是尋歡的，而是求死的。」過了很久，沒有聲音。王生又說了一遍。裡面有人說：「求死的就暫且離開，可以夜裡來。」聲音清脆，細如蜂鳴。王生說：「好。」就離開了，等待夜晚。

沒多久，已是繁星滿天，土牆忽然變成了高樓，靜靜地敞開著兩扇門。王生一級一級的走進去。才走了幾步，一道橫流奔湧，有霧氣像溫泉一般，王生用手試探一下，熱得像開水；不知道有多深。王生懷疑這就是鬼神指示的死的地方，便縱身跳進水中。熱水滲透幾層衣服，皮膚痛得像要爛了；幸好漂浮著，沒有沉下去。游了很久，熱度漸漸可以忍受，竭力爬著抓著，才到達南岸，身體幸好沒被燙傷。走著走著，遠遠看見大房子中有燈光，王生快步走去。有條兇猛的大狗突然竄出，撕咬他的衣服，扯破他的襪子。王生摸起石頭扔過去，那狗稍稍退後。又有一群狗阻攔吠叫，都像牛犢般大。

危急之間，丫環出來喝退群狗，說：「求死的人來了嗎？我家娘子可憐你艱難困苦，讓我把你送進安樂窩，從此沒有災難了。」丫環提著燈引路。打開後門，在黑暗中走去，進入一戶人家，明亮的燈光照在窗上，丫環說：「你自己進去吧，我走了。」王生進屋四處一看，原來已經走進自己的家了。他轉身跑出來。遇上妻子所使喚的老僕婦，她說：「找了你一整天，又要到哪兒去！」她把王生拖回屋裡。他妻子用手帕裹住傷處，下床笑著迎上來，說：「做了一年多夫妻，開個玩笑還看不出來？我知道錯了。你受了不痛不癢的譏笑，而我卻被實實在在地打傷了，你的憤怒也可以稍稍緩解了。」她從床頭取出兩大錠金子，塞在王生的懷裡，說：「以後穿衣吃飯，都聽你的，可以嗎？」王生不說話，扔下金子，奪門而出，仍打算進山谷，去敲高樓大宅的門。

來到野外，那個丫環行動緩慢，提著燈還遠遠張望。王生一邊快跑一邊喊，燈停了下來。到了跟前，丫環說：「你又來了，辜負了娘子的一片苦心。」王生說：「我求死，不是和你謀劃再度求活。娘子是大戶人家，陰間也應該需要人。我願意當個僕人，實在不把活著當快樂。」丫環說：「快樂而死不如痛苦而生，你的想法多麼違背情理啊！我們家沒別的事幹，只有淘河、打掃糞便、餵狗、背死屍；操作不合規範，就要剁耳朵、割鼻子、敲斷腿骨、砍掉腳趾。你能做嗎？」王生答道：「能做。」兩人又走進後門，王生問道：「各種事都可以。剛才你說扛死屍，哪來這麼多死人？」丫環說：「娘子慈悲為懷，建立『給孤園』，收養陰曹地府中意外死亡而又無家可歸的鬼魂。鬼魂數以千計，每天都有死的，所以得扛去埋掉。請過去看看。」

一會兒，走進一門，門上寫著「給孤園」。進去後，看見房屋縱橫交錯，髒臭熏人。園子裡的鬼魂看見燭光，成群聚集過來，都是斷頭少腿，不堪入目。王生回頭想走，見一具屍體橫在牆下；走近一看，血肉模糊。丫環說：「才半天沒搬走，就已經被狗啃了。」她就吩咐王生搬走。王生面有難色。丫環說：「你如果不行，請仍舊回家享受安樂。」王生迫不得已，把屍體背到隱蔽的地方，隨即請求丫環說情，希望不要背屍。丫環答應了。走近一所房子，丫環說：「你暫且坐在這兒，我進去給你說說。養狗的差事比較輕鬆，我會替你謀取，但願有了機會你會報答我。」去了一會兒，丫環跑出來說：「來，來！娘子出來了。」

王生跟著進去。只見大廳四周懸掛著燈籠，有個女郎靠門坐著，是位二十來歲天仙般的美人。王生俯伏在臺階下。女郎命人扶起他來，說：「這是個讀書人，怎麼能養狗；可以讓他住在西廂房，掌管簿冊。」王生很高興，磕頭感謝。女郎說：「你誠實可靠，可要謹慎地做這項工作。如有差錯，罪責不輕啊！」王生連聲諾諾。丫環把他領到西廂房。他見房梁牆壁清潔，非常高興，向丫環道謝。這才問起娘子的姓名家世。丫環說：「娘子小名錦瑟，是東海薛侯的女兒。我叫春燕。你早晚有所需求，請告訴我。」春燕離去，隨即取來衣服、鞋子、被褥，放在床上。王生很高興有了個安身的地方。清晨，王生早早起來辦事，抄錄鬼魂名冊。家裡的僕人都來參拜，送給他很多酒肉。王生為了避嫌，都謝絕了。每天兩頓飯，都是從裡面送出來的。錦瑟見到王生廉潔謹慎，特地送他讀書人的頭巾和新衣服。所有的賞賜，都打發春燕送來。春燕頗有風韻，和王生熟悉後，常常眉目傳情。王生謹守節操，不敢稍有差錯，只是裝作糊塗。

過了兩年多，賞賜比正常的薪俸還多出一倍，但王生還是像過去那樣謹慎自制。一天夜裡，剛剛睡下，忽然聽到內屋一片吶喊。他急忙起來，提著刀出去，只見火把照亮天空。進去窺看，院子裡擠滿強盜，僕人們驚慌地逃竄。有個僕人催促王生一起逃跑，王生不肯，他把臉抹黑，束起腰帶，混在強盜中高喊：「不要驚動薛娘子！只管分頭搜索財物，不要遺漏了。」當時，各個房間裡的強盜還沒搜到錦瑟，王生知道錦瑟還沒有被抓獲，偷偷到屋後獨自尋找。遇到一名躲藏著的老婆婆，才知道錦瑟和春燕都翻牆走了。王生也翻過牆去，見主僕倆躲在昏暗的角落裡。王生說：「這地方怎麼能躲藏？」錦瑟說：「我不能再走了！」王生丟下刀，背起她。跑了大約兩三里，汗流滿身，才進入深谷，放下錦瑟，讓她坐下。猛然一頭老虎撲過來。王生大驚，想要迎面攔上，老虎已經叼起錦瑟。王生急忙抓住老虎的耳朵，竭力把手臂伸進虎口，以此替代錦瑟。老虎發了怒，放下錦瑟，咬住王生的手臂，發出清脆的聲響。手臂斷了，落在地上，老虎也就轉身離開了。錦瑟哭著說：「苦了你了！苦了你了！」王生匆忙中不知疼痛，只覺得血如泉湧，便讓春燕撕下衣襟包住斷臂傷口。錦瑟急忙制止，彎腰找到那隻斷臂，親自接上；然後再包紮好。東方漸漸漸發白，三人才慢慢地走回去。登上大廳，像走進了廢墟。天亮後，男女僕人才逐漸聚集。錦瑟親自到西廂房，探問王生的傷情。她解開包紮，手臂的骨頭已經接上了；錦瑟又拿出藥敷在創口上，才離去。

從此錦瑟更加敬重王生，讓他的一切享用都和自己一樣。王生的臂傷痊癒，錦瑟在內室擺酒慰勞他。錦瑟請他坐下，王生多次謙讓後坐在偏座上。錦瑟舉起酒杯，像對待貴賓一般。過了很久，錦瑟說：「我的身體已經貼附過你的身體，我想學楚平王的女兒對大臣鍾建那樣，只是沒有媒人，不好意思自己提親。」王生惶恐不安，說：「我受您的恩惠太多了，付出生命也不足以報答。所作所為不合名分，怕會遭到雷劈，實在不敢從命。如果可憐我沒有家室，賜給個丫環已經有點過分了。」

一天，錦瑟的大姐瑤臺來了，是個四十來歲的美人。到了晚上，招王生進去，瑤臺吩咐他坐下，說：「我千里而來，是為妹妹主婚，今晚可以讓她許配給你。」王生又站起來推辭。瑤臺馬上命人取酒來，讓兩人交杯。王生堅決推辭，瑤臺奪過酒杯，讓兩人交換。王生便叩頭謝罪，接過酒喝了。瑤臺出去了，錦瑟說：「實話告訴你：我是個仙女，因為罪過被貶謫。我自願住在陰間，收養冤魂，以此向上帝贖罪。正好遭受天魔的浩劫，便和你有了身體接觸的緣分。我老遠邀請姐姐來，固然是為了主持婚事，也是為了讓她替我管理家事，以便我跟你回家。」王生起來鄭重地說：「在陰間最快樂！我家裡有個悍婦，而且房屋狹窄簡陋，必然不能湊和著一起生活。」錦瑟笑著說：「沒關係。」酒酣後，兩人回屋歇息，極為歡愛眷戀。

過了幾天，錦瑟對王生說：「陰間的相會不能長久，請郎君回家。你處理好家務後，我會自己來。」錦瑟給王生牽來馬，王生打開門自己出去，土牆重新合上。王生騎著馬走進村子，村民們都很驚異。到了家門口，已是高樓深院，光華映射了。此前，王生離開後，妻子叫來兩個哥哥，準備痛打王生一頓，作為報復；到了黃昏，王生沒有回來，蘭氏兄弟才離去。有人在溝裡撿到王生的鞋子，懷疑他已經死了。後來一年多沒有消息。陝西有個賈某，派媒人去蘭家說親，就在王生的房子和王生妻子同居。半年內，修建了一大片房子。賈某外出經商，又買了小妾回來，從此那女人就不能安穩地守在家裡。賈某也經常幾個月不回來。

王生打聽到原委，大怒，拴好馬進去。見到以前那老僕婦，老僕婦嚇得趴在地上。王生把她痛罵了很久，讓她領著到妻子的住所，她已經逃走了；後來在屋子後面找到，已經上吊死了。於是派人把屍體扛回蘭家。他把賈某的小妾叫出來，她十八九歲，頗有風韻，王生便和她同住同睡。賈某委託村民，請求王生把小妾還給他，小妾痛哭著不肯離去。王生於是寫下訴狀，準備告賈某侵吞產業、霸占妻子的罪。賈某不敢再吭聲，關了店鋪，回西方去了。

王生正疑心錦瑟負約；一天晚上，他正和小妾喝酒，車馬到了門口，錦瑟來了。錦瑟只留下春燕，其他人當即打發回去了。錦瑟走進屋裡，小妾向她朝拜。錦瑟說：「她有生男孩的相，可以替我承受生產的痛苦。」隨即賜給她錦繡衣服和珠寶首飾。小妾叩拜收下，站著伺候；錦瑟拉她坐下，說說笑笑，非常高興。過了很久，錦瑟說：「我醉了，想睡覺。」王生也脫了鞋子上床，小妾這才出來；她走進自己房間，發現王生躺在床上；她覺得奇怪，返回去窺看，燈已熄滅了。王生沒有一夜不住在小妾的房間。一天夜裡，小妾起來，悄悄到錦瑟的房間去窺視，發現王生和錦瑟正在說笑。她大為奇怪。急忙回去告訴王生，床上已經沒有人了。天亮後，小妾暗中告訴王生；王生自己也不知道，只覺得有時留在錦瑟的房間，有時在小妾的房間。王生囑咐她瞞下這怪事。久而久之，春燕也和王生私通，錦瑟好像不知道。春燕忽然臨盆，難產，只是喊「娘子」。錦瑟進來，胎兒就生下來了；抱起來一看，是個男孩。錦瑟給小孩剪斷臍帶，放到春燕的懷裡，笑著說：「丫頭別再這樣了！孽種一多，要割愛就難了。」從此，春燕沒再生了。小妾生了五個男孩，兩個女孩。過了三十年，錦瑟常常回娘家，來去都在夜裡。一天，錦瑟帶春燕走了，沒再回來。王生到八十歲，忽然帶著老僕人夜裡出去了，也沒回來。

【研　析】〈錦瑟〉講述了沂人王生與錦瑟相識相戀的一個故事，想像奇特，全文具有濃厚的神祕色彩。清貧書生王生「風標修潔」，娶富家女蘭氏，成婚後受其妻百般虐待，遂生死念。然忽有奇遇，在被貶謫的仙姬錦瑟家「主簿籍」。後在錦瑟家遭強盜搶劫時負女而逃，且救女於虎口。錦瑟因有附體之緣，遂以身相許。錦瑟遣王生先歸家，其時陝中賈某媒通蘭氏，見王生回來，蘭氏自經而死。賈某的小妾歸了王生。錦瑟帶著婢女春燕到王家後，一家團圓，婢女生一子，妾生五男二女，幾十年後錦瑟與王生皆飄然而去。

在主題思想上，〈錦瑟〉為我們展示了一個良善終得善終的完美結局。「風標修潔」的王生，可謂殆無生路。可是因為他的捨死相救，終於使得錦瑟以身相許，而且最後是子女眾多，生活幸福，正所謂「好人自有好報」；而反觀其妻蘭氏，卻只落得一個「自經死」的下場，真是「善有善報惡有惡報，不是不報時機未到」。這使得其主題具有了一種天然的教育意義。在表達善惡觀念的同時，蒲松齡還表達了新穎的生死觀。王生受妻虐待，憤怒地說：「所遭如此，不如死！」王生從家裡出來，「自念良不如死，遂懷帶入深壑」。因為抱定了必死的觀念，所以他不再留戀現實生活，轉而思念死之樂趣，對日常生活中那些可怕之物也變得無所畏懼了。這一「求死郎」最終獲得了生人難以企及的幸福與美滿。但明倫深有體會，在文末評論說：「盈虛消息，天道之常，從未見有動心忍性，增益不能之人，而不降大任者。即不然，只此求生於安樂，而適以速死；求死於憂患，而轉以得生。古人云：『死生亦大矣。』是亦不可以思乎？願後之覽者，有感於斯文。」

在藝術特色上，〈錦瑟〉的敘事極為巧妙，「起落令人意想不到」，詳略得當，正如馮鎮巒所說「文有當發揮處要發揮，當形容處要形容」。比如「錦瑟三試王生志」一段，描寫便極為精彩。在初逢婢女春燕時，王生就表明了其求死之志，得到的答覆卻是「請姑退，可以夜來」，這是第一次試其志堅與不堅；進門之後，王生又接受了沸湯、猛犬的考驗，其兇險程度誠如但明倫所評，「沸湯，所以滌其心也；猛犬，所以靜其慮也。於學力，則所謂困心衡慮也；於境遇，則所謂錯節盤根也；於節操，則所謂鞠躬盡瘁也。於下文負尸、飼狗同看。」即便如此，錦瑟還是沒有留下王生，而是設下幻境，以「安樂窩」誘之，王生發現自己被送歸家中，妻子變得唯夫是從，王生沒有被迷惑，而是「奪門而奔」，追上婢女一行，隨至其家服役。至此，王生才正式與錦瑟相識。

其次，作品的想像天馬行空，充分顯示出蒲松齡「寫鬼寫妖高人一等」之才氣。〈錦瑟〉一篇在《聊齋誌異》中屬篇幅較長的篇章，內涵非常豐富。小說場景出入人間與地下，出場人物有人間書生、被貶仙姬、無歸之鬼等等，風格時而令人恐懼，時而超然灑脫，愛情、輪迴、生死等諸多觀念都在小說中得到體現，這樣說來，篇幅確實是不長的。如此豐富的內涵和深刻的思想，都可以見出作者錄鬼寫妖的用心之處。

房文淑

開封❶鄧成德，遊學至兗❷，寓敗寺❸中，傭為造齒籍者❹繕寫。歲暮，僚役各歸家，鄧獨炊廟中。黎明，有少婦叩門而入，豔絕，至佛前焚香叩拜而去。次日，又如之。至夜，鄧起挑燈，適有所作，女至益早。鄧曰：「來何早也？」女曰：「明則人雜，故不如夜。太早，又恐擾君清睡。適望見燈光，知君已起，故至耳。」生戲曰：「寺中無人，寄宿可免奔波。」女哂曰：「寺中無人，君是鬼耶？」鄧見其可狎，俟拜畢，曳坐求歡。女曰：「佛前豈可作此。身無片椽，尚作妄想！」鄧固求不已。女曰：「去此三十里某村，有六七童子，延師未就。君往訪李前川，可以得之。託言攜有家室，令別給一舍，妾便為君執炊，此長策❺也。」鄧慮事發獲罪。女曰：「無妨。妾房氏，小名文淑，並無親屬，恒終歲寄居舅家，有誰知。」鄧喜。既別女，即至某村，謁見李前川，謀果遂。約歲前即攜家至。既反，告女。女約候於途中。鄧告別同黨，借騎而去。女果待於半途，乃下騎，以轡授女，御之而行。至齋，相得甚歡。

積六七年，居然琴瑟，並無追逋逃者❻。女忽生一子。鄧以妻不育，得之甚喜，名曰「兗生」，女曰：「偽配終難作真。妾將辭君而去，又生此累人物何為！」鄧曰：「命好，倘得餘錢，擬與卿遁歸鄉里，何出此言？」女曰：「多謝，多謝！我不能脅肩諂笑❼，仰大婦眉睫，為人作乳媼，呱呱者❽難堪也！」鄧代妻明不妒，女亦不言。月餘，鄧解館❾，謀與前川子同出經商。告女曰：「我思先生設帳，必無富有之期。今學負販，庶❿有歸時。」女亦不答。至夜，女忽抱子起。鄧問：「何作？」女曰：「妾欲去。」鄧急起，追問之，門未啟，而女已杳。駭極，始悟其非人也。鄧以形跡可疑，故亦不敢告人，託之歸寧而已。

初，鄧離家，與妻婁約，年終必返；既而數年無音，傳其已死。兄以其無子，欲改醮之。妻更以三年為期，日惟以紡績自給。一日，既暮，往扃外戶，一女子掩入，懷中繃兒⓫，曰：「自母家歸，適晚。知姊獨居，故求寄宿。」妻內之。至房中，視之，二十餘麗者也。喜與共榻，同弄其兒，兒白如瓠。嘆曰：「未亡人遂無此物！」女曰：「我正嫌其累人，即嗣⓬為姊後，何如？」妻曰：「無論娘子不忍割愛；即忍之，妾亦無乳能活之也。」女曰：「不難。當兒生時，患無乳，服藥半劑而效。今餘藥尚存，即以奉贈。」遂出一裹⓭，置窗間。妻漫應之，未遽怪也。既寢，及醒呼之，則兒在，而女已啟門去矣。駭極。日向辰，兒啼飢。妻不得已，餌其藥，移時湩⓮流，遂哺兒。

積年餘，兒益豐肥，漸學語言，愛之不啻己出。由是再醮之心遂絕。但早起抱兒，不能操作謀衣食，益窘。一日，女忽至。妻恐其索兒，先問其不謀而去之罪，後敘其鞠養⓯之苦。女笑曰：「姊告訴艱難，我遂置兒不索耶？」遂招兒。兒啼入妻懷。女曰：「犢子不認其母矣！此百金不能易，可將金來，署立券保⑯。」妻以為真，顏作赬。女笑曰：「姊勿懼，妾來正為兒也。別後慮姊無豢養之資，因多方措十餘金來。」乃出金授妻。妻恐受其金，索兒有詞，堅卻之。女置床上，出門徑去。抱子追之，其去已遠，呼亦不顧。疑其意惡。然得金，少權子母⑰，家以饒足。

又三年，鄧賈有贏餘，治裝歸。方共慰藉，睹兒，問誰氏子。妻告以故。問：「何名？」曰：「渠母呼之兗生。」生驚曰：「此真吾子也！」問其時日，即夜別之日。鄧乃歷敘與房文淑離合之情，益共欣慰。猶望女至，而終渺矣。

【注釋】❶開封 府名，治所在今河南開封。❷兗 州名，治所在今山東兗州。❸敗寺 破舊的寺廟。❹造齒籍者 編製戶口名冊的人。❺長策 長久之計。❻逋逃者 逃亡的人。❼脅肩諂笑 縮肩媚笑。❽呱呱者 哇哇哭的孩子。❾解館 辭館，不再作塾師。❿庶 但願；或許。⓫繃兒 被包嬰兒。繃，嬰兒的包被。⓬嗣 接續；繼承。⓭裹 包。⓮湩 乳汁。⓯鞠養 撫養；養育。⓰券保 字據。⓱權子母 「子」為利息，「母」為本金，「權子母」意為借貸生息。

【語　譯】河南開封的鄧成德，周遊講學來到山東兗州，住在破舊的寺廟中，受雇給編製戶口名冊的人抄寫。到了年底，差役們各自回家，鄧成德獨自在破廟裡做飯。黎明，有個少婦敲門進來，她美麗至極，來到佛像前燒香叩頭，隨後就走了。第二天，又是如此。到了夜裡，鄧成德起來點燈，正要寫文章，少婦來得更早。鄧成德問：「怎麼來得這麼早？」少婦說：「天亮就人多了，所以不如夜裡來。來得太早，又怕打擾你休息。剛才看見燈光，知道你已經起床，所以來了。」鄧成德開玩笑地說：「寺裡沒人，可在此寄住，免得來回奔波。」少婦嘲笑說：「寺裡沒人，你是鬼嗎？」鄧成德見她可以親近，等她拜完，便拉她坐下，想求歡愛。少婦說：「神佛面前，哪能作此勾當。你自己沒個住處，還妄想這事！」鄧成德強求不已。少婦說：「離這兒三十里的某村，有六七個小孩還沒請到塾師。你去拜訪李前川，可以得到這份工作。你藉口帶有家眷，讓他另給一間房子，我就來給你燒飯，這是長久之計。」鄧成德擔心事情敗露而惹來罪過。少婦說：「沒關係。我姓房，小名叫文淑，並沒有親屬，整年寄住在舅舅家，有誰知道。」鄧成德很高興。和房文淑分手後，立即來到那個村子，拜見李前川，計劃果然成功。約定除夕前就攜帶家人前去。回到廟裡，鄧成德告訴房文淑。房文淑約定在路上等他。鄧成德和同事們告別，借匹馬就去了。房文淑果然在半路上等著，他便下了馬，把韁繩交給房文淑，自己趕著馬前行。到了住處，兩人相處得非常歡愛。

過了六七年，兩人公然做了夫婦，並沒有人追捕私逃的婦女。房文淑忽然生下一個兒子。鄧成德因為原配妻子不能生育，得了個兒子，非常高興，取名叫「兗生」。房文淑說：「假夫妻終究難以成真。我正要離你而去，又生這個拖累人的東西幹什麼！」鄧成德說：「如果命好，能剩點錢，我打算和你回歸故鄉，怎麼會說這種話？」房文淑說：「多謝，多謝！我不能縮肩媚笑，仰望大奶奶的臉色，替人做奶媽，對哇哇哭的孩子也不能忍受！」鄧成德替妻子申明不會嫉妒，房文淑也不說話。一個多月後，鄧成德辭去教職，想和李前川的兒子一同外出經商。他告訴房文淑說：「我想，當個教書先生，一定沒有發財之時。現在我學著做買賣，或許有回家的時候。」房文淑也不回答。到了夜裡，房文淑忽然抱著兒子起來。鄧成德問：「你要幹什麼？」房文淑說：「我想走了。」鄧成德急忙起來，追上去詢問，門沒打開，可房文淑已沒有蹤影。鄧成德害怕極了，才醒悟到她不是人。他因為形跡可疑，所以也不敢告訴別人，只推說房文淑回了娘家。

當初，鄧成德離家時，曾和妻子婁氏約定，年底一定返回；此後數年沒有音信，傳聞他已經死了。鄧成德的哥哥因為婁氏沒有孩子，想讓她改嫁。婁氏轉而提出以三年為期，每天以紡紗織布維持生活。一天，天黑後，婁氏去關大門，一個女子忽然進來，懷裡抱著個小孩，說：「剛從娘家回來，正好天色晚了。知道姐姐一個人居住，所以請求借宿。」婁氏收留了她。到了房子裡，婁氏一看，是個二十來歲的美人。婁氏高興地和她同睡一床，一起逗小孩，小孩的皮膚像瓠瓜那樣白。婁氏嘆氣說：「我這守寡的人就沒這麼個寶貝！」女子說：「我正嫌他拖累人，就讓他作姐姐的後嗣，怎麼樣？」婁氏說：「別說娘子不忍割愛；就是忍心，我也沒奶養活他。」女子說：「不難。孩子出生時，我苦於沒奶，服了半劑藥就有效了。現在剩下的藥還存著，就送給你吧。」拿出一包東西，放在窗臺上。婁氏漫不經心地答應著，沒覺得奇怪。睡下後，到醒來時，婁氏呼喚那女子，只有孩子還在，那女子已經打開門離開了。婁氏驚訝極了。快到辰時，孩子因為飢餓啼哭。婁氏不得已，吃了藥，一會兒，乳汁流出來，婁氏便給孩子餵奶。

過了一年多，孩子越來越豐滿肥胖，漸漸學會了說話，妻氏疼愛他，不亞於親生兒子。從此，她就沒有了再嫁之心。但早晨起來就抱孩子，不能幹活維持生計，生活越發艱難。一天，那女子忽然來了。妻氏擔心她要回孩子，便先怪她不商量就走掉，然後訴說撫養孩子的艱辛。女子笑著說：「姐姐向我訴說艱辛，我就拋下孩子不要了？」於是去招喚孩子。孩子哭著撲進妻氏懷裡。女子說：「小崽子不認娘了！這孩子一百兩銀子換不來，你拿錢來，立個字據。」妻氏信以為真，滿臉通紅。女子笑著說：「姐姐不要害怕，我來正是為孩子。分別後，我擔心姐姐沒有養他的錢，因此想方設法籌措了十多兩銀子送來。」於是，她取出銀子交給妻氏。妻氏擔心接受了她的錢，她討回孩子就有說法了，便堅決推辭。女子把銀子放在床上，逕自出門走了。妻氏抱著孩子追她，她已經走遠了，喊也不回頭。妻氏疑心她不懷好意。但有了銀子，權且做點小生意，家境由此寬裕。

又過了三年，鄧成德做生意賺了錢，整治行裝回家。夫妻倆正感到寬慰，鄧成德看見小孩，問是誰家的孩子。妻氏告訴他緣由。鄧成德問：「叫什麼名字？」妻氏說：「他娘叫他『兗生』。」鄧成德驚訝地說：「這真的是我的兒子啊！」問那時間，正是房文淑和鄧成德夜裡分別那天。鄧成德於是詳細敘述了與房文淑結合、分離的情景，夫妻倆更加欣慰。鄧成德還盼望房文淑到來，但始終渺無蹤影。

【研　析】〈房文淑〉講述了一個非人類的女子與人間男子愛戀生子的經歷。開封鄧成德寄居兗州一寺中，偶遇豔絕少婦房文淑，動心不已。後鄧成德在房文淑指引下謀得一教職，攜房而至，兩人生活和諧，「積六七年，居然琴瑟」。不但如此，後來「女忽生一子」，名之「亮生」。故事情節發展至此，似乎非常完美。可是後來某夜，房文淑忽然攜子離開了鄧成德。鄧妻妻氏獨居家中，房文淑隱名將孩子亮生送給她撫養。後鄧成德歸家，父子終得團聚。而鄧對房仍然是念念不忘，可是「猶望女至，而終渺矣」。

小說塑造的房文淑這個形象，令人眼前不禁一亮。她身分神祕，且有夜行千里之異能，如但明倫所說「女不招而自來，無故而自去。已為之生子，而又知其妻不妬，何以忍舍此呱呱者，而反出金以授之哉？女其仙耶，鬼耶？或有前世因，而為此報耶？」真讓人辨識不清；她語言精妙，經常哂笑鄧生和妻氏，比如她與妻氏關於兒子的對話，但明倫說她的語言「一則有所恐而偽言以抑之，一則知其偽而亦偽言以恐之，語語皆針鋒相對，文乃搖曳生姿。」她通曉人情，超然灑脫，知道與鄧成德之事乃「偽配終難作真」，於是將其子亮生送與鄧妻後渺然而去。在蒲松齡的筆下，房文淑既是一位通達重情、具有靈秀才氣的人間天使，又是一位本領超群、灑然超脫的仙界異人，在其身上，顯然寄託了蒲氏許多美好的願望和希冀。

鄧成德有了子嗣，雖然與房氏沒能享舉案齊眉之福，但也算是一舉兩得，結局算是團圓溫馨了。但給我們留下深刻印象的，卻是小說主人公身上所反映的那種獨特的婚姻愛情觀，這才是值得我們關注的一個重點。主人公房文淑是一個飄然而來、杳然而去的灑脫女子，她真心追求的，是一種兩情相悅的純真愛戀，而對於婚姻的態度則極為不屑。這種婚戀觀得到了蒲松齡的肯定與支持。與鄧成德相遇不久，房文淑就不顧世俗眼光，定下了兩人相處的長久之計；生子後，鄧欲與之歸鄉，房文淑卻拒絕了，甚至稱孩子為「累人物」。她不願「脅肩諂笑，仰大婦眉睫」，即便知道鄧妻不妒也不為之動心。與蒲松齡筆下眾多花妖狐魅的婚戀觀一致，這種追求兩情相悅的愛情，不摻雜任何的現實因素，實乃人間之少有。小說通過一種曲折離奇的故事情節，寄託了蒲松齡在現實生活中難以實現的追求，而這正是作者創作凌駕於現實之上的高明之處。

秦檜

青州馮中堂❶家，殺一豕，燖❷去毛鬣，肉內有字云：「秦檜❸七世身」。烹而啖之，其肉臭惡，因投諸犬。嗚呼！檜之肉，恐犬亦不當食之矣！

聞益都❹人說：中堂之祖，前身在宋朝為檜所害，故生平最敬岳武穆❺。於青州城北通衢❻傍建岳王殿，秦檜、万俟卨❼伏跪地下。往來行人瞻禮岳王，則投石檜、卨，香火不絕。後大兵❽征于七❾之年，馮氏子孫毀岳王像。數里外，有俗祠「子孫娘娘」，因舁檜、卨其中，使朝跪焉。百世下，必有杜十娒❿、伍髭鬚⓫之誤，甚可笑也。

又青州城內，舊有澹臺子羽⓬祠。當魏璫⓭烜赫時，世家中有媚之者，就子羽毀冠去鬚，改作魏監。此亦駭人聽聞者也。

【注　釋】❶馮中堂　馮溥，字孔博，山東臨朐人。清順治四年（西元一六四七年）進士，官至文華殿大學士。中堂，宰相的別稱，明清時成為對內閣大學士的稱呼。❷燖　用開水燙後去毛。❸秦檜　字會之，江寧人，宋朝奸臣。曾以「莫須有」的罪名殺害抗金英雄岳飛，為後人不齒。❹益都　明清時為青州府府治所在地。❺岳武穆　岳飛，字鵬舉，湯陰人，南宋抗金英雄。紹興十一年（西元一一四一年）被秦檜殺害。宋孝宗時詔復官，諡武穆，寧宗時追封為鄂王，改諡忠武。❻通衢　四通八達的道路。❼万俟卨　字元忠，開封陽武人，與秦檜勾結，殺害岳飛父子及部將張憲。❽大兵　清兵。❾于七　本名樂吾，山東棲霞人，清初抗清義軍首領，曾兩次抗清，於康熙元年被鎮壓。❿杜十娘　杜拾遺之訛。⓫伍髭鬚　伍子胥之訛。呂湛恩注引《國憲家猷》載：浙西吳風村有座伍子胥廟，村人把伍子胥訛傳為伍髭鬚；塑像時把伍子胥的鬍鬚分為五綹，旁邊有杜甫（拾遺）廟，後把杜拾遺訛為杜十姨。有一天，父老鄉親商議把杜十姨嫁給伍髭鬚。⓬澹臺子羽　澹臺滅明，字子羽，春秋時魯國武城人，孔子弟子，貌醜而有行。⓭魏璫　即魏忠賢，在明熹宗時結黨營私，專斷朝政，殺害忠良，明思宗時被治罪，自縊而死。璫，漢代宦官充武職者，其冠用璫和貂尾為飾，故後代用稱宦官。

【語　譯】山東青州馮中堂家裡宰了一頭豬，燙去鬃毛，肉上有字寫道：「秦檜七世身」。煮熟了吃，那肉臭而粗劣，於是扔給狗。唉！秦檜的肉，恐怕狗也不會吃！

聽山東益都人說：馮中堂的祖父，前生在宋朝時被秦檜所害，所以平生最敬重岳飛。他在青州城北的大路旁建起了岳王殿，秦檜、万俟卨的塑像跪在地下。來往的行人瞻仰禮拜岳王，就向秦檜、万俟卨扔石頭，香火不絕。後來，清兵征伐于七的那年，馮氏子孫毀壞了岳王像。幾里外有一座神祠，俗稱「子孫娘娘」祠，於是把秦檜、万俟卨的塑像搬到那祠裡，讓他們朝「子孫娘娘」跪著。幾百年後，一定會產生杜十姨、伍髭鬚的誤會，非常可笑。

還有青州城內，曾有過一座澹臺子羽祠。太監魏忠賢聲勢顯赫時，世家大族有諂媚他的，就著澹臺子羽的塑像毀壞帽子、去掉鬍鬚，改成魏忠賢的模樣。這也夠駭人聽聞的了。

【研　析】青州馮中堂即順治四年（西元一六四七年）進士馮溥。鄭樹平在〈馮惟敏與臨朐馮氏世家〉中指出，「活躍於明清時期的臨朐馮氏文學世家，是中國文學史上獨具風采的文學現象。馮家自馮裕起，祖孫綿延，家學相承，前後七代，歷二百餘年，共考中進士十二人，有一定文學成就的不下十餘人，其詩文集收入《四庫全書》的五人，是一個名播海內的文學世家。在這個世家中，除被譽為『曲中辛棄疾』的馮惟敏在中國文學史上有重要地位外，一世馮裕，二世馮惟訥，四世馮琦，六世馮溥等也有文名政聲，流芳遠播，在明清文壇上產生了重要影響。」馮溥生於萬曆三十七年（西元一六〇九年），明亡前已考中舉人，後順應時勢，入仕清廷，歷順治、康熙兩朝，官至文華殿大學士，在馮家官階最高。把「秦檜七世身」之事附在馮家，顯然是為了增加事件的可信性，也足見蒲松齡對出賣國家、陷害忠良的秦檜的痛恨之情。在蒲松齡筆下，秦檜作為大奸臣，死後托生為豬，而且肉味「臭惡」，即使丟給狗，狗恐怕也不吃呢！

清人朱翊清在《閑談消夏錄》中說，秦檜「本在涿州一富家為犬」，後冥司「俾其托生秦氏為子」，「不意忘其本來害賢賣國罪惡。至此閻羅用罰令三十世為豬，以示殺害忠良之報，而檜仍乞為犬。」但明倫在評論〈秦檜〉時說，「註曰七世，紀其數也。推而至於千百萬世，檜之為豕與天地無終極矣。」後人在宣洩感情之外，還有更為深刻的見解，把批判的矛頭直指宋高宗，把他視為殺害岳飛的元兇，而秦檜則降為幫兇的位置。如文徵明寫了一首〈滿江紅〉，「拂拭殘碑，敕飛字，依稀堪讀。慨當初，倚飛何重，後來何酷！豈是功成身合死，可憐事去言難贖。最無辜，堪恨又堪悲，風波獄。豈不念，封疆蹙！豈不念，徽欽辱！念徽欽既返，此身何屬。千載休談南渡錯，當時自怕中原復。笑區區，一檜亦何能，逢其欲。」

不過，在民間，這些頗受尊重的歷史人物有時也面臨尷尬的境地。如岳飛。馮中堂的祖父在青州城北的通衢大道旁建起了岳王殿，但在清廷大軍征伐於于七那年，馮氏子孫卻毀壞了岳王像，還把秦檜等奸臣的塑像搬到「子孫娘娘」祠裡，讓他們朝「子孫娘娘」跪著。再如澹臺子羽。青州城內本來有一座澹臺子羽祠，大太監魏忠賢得勢時，世家大族有諂媚他的，就把澹臺子羽塑像的帽子毀掉，去掉鬍鬚，改成魏忠賢的模樣。當然，還有呂湛恩注引《國憲家猷》中記載的杜拾遺、伍子胥之事。可見，對於歷史人物的接受，除了官方的權威觀點、民間的一般理解之外，還有存在於民眾日常生活之中的一種態度。這種態度的特點是隨意性、多變性、生活性，同樣值得人們關注。

閻羅宴

靜海❶邵生，家貧。值母初度❷，備牲酒祀於庭。拜已而起，則案上肴饌皆空。甚駭，以情告母。母疑其困乏❸不能為壽，故詭言之。邵默然無以自白。無何，學使案臨，苦無資斧，薄貸而往。途遇一人，伏候道左，邀請甚殷。從去，見殿閣樓臺，彌亙❹街路。既入，一王者坐殿上，邵伏拜。王者霽顏命坐，即賜宴飲，因曰：「前過華居，廝僕輩道路飢渴，有叨盛饌。」邵愕然不解。王者曰：「我忤官王❺也。不記尊堂設帨❻之辰乎？」筵終，出白鏹一裹，曰：「豚蹄❼之擾，聊以相報。」受之而出，則宮殿人物，一時都渺；惟有大樹數章，蕭然道側。視所贈，則真金，秤之得五兩。考終，止耗其半，猶懷歸以奉母焉。

【注釋】❶靜海　縣名，在今天津市。❷初度　生日。❸困乏　貧困。❹彌亙　連綿不斷。❺忤官王　傳說中的十殿閻君之一。❻設帨　指女子的生日。帨，佩巾。《禮記・內則》：「子生，男子設弧於門左，女子設帨於門右。」❼豚蹄 指已享用的祭品。

【語 譯】天津靜海縣的邵生，家裡很窮。正值母親生日，於是備辦了三牲酒菜，在庭院中祭祀。拜完起來，只見案子上的酒菜都空了。邵生非常恐懼，就把情況告訴母親。母親懷疑兒子窮困，不能自己祝壽，所以謊稱如此。邵生默不作聲，無以自白。不久，學使蒞臨查考，邵生苦於沒有資費，便向別人借了一點，前去應試。途中遇到一個人，伏在路旁等候，非常殷勤地邀請邵生。邵生跟著那人走，只見殿閣樓臺，排滿街道。走進大殿以後，一個王者坐在殿上。邵生拜伏在地。大王和顏悅色地請邵生就座，隨即設宴款待，對邵生說：「上次經過您家，奴僕們在途中飢渴難奈，承蒙您豐盛的酒菜。」邵生聽了十分愕然，不理解大王的意思。大王說：「我就是閻王。您不記得為母親祝壽的事了嗎？」宴會結束後，閻王拿出一包白銀，說：「上次吃了您的祭品，這點銀子就算是報答吧。」邵生收下白銀，走出大門，宮殿和人物霎時間都消失了；只有幾棵大樹蕭瑟地立在道旁。他看看閻王贈予的，卻是真正的銀子，秤了一下，有五兩重。考試結束，只花了一半，另一半就帶回家侍奉母親。

【研 析】如同〈劉全〉一樣，這篇故事也是陰間鬼神報答生人恩德之事。天津靜海縣的邵生，家裡十分貧窮。在母親過生日那天，「備牲酒祀於庭」，不料跪拜過後，準備的酒食卻不見了。邵母懷疑兒子故意欺騙自己。邵生當然無法爭辯，只能默默承受母親的懷疑與責備。在趕考途中，邵生被邀入一間大殿。王者「霽顏命坐，即賜宴飲」，對「廝僕輩道路飢渴，有叨盛饌」之事表示感謝，為邵生解開了祭祀酒菜無端消失的謎題。最後，閻羅還「出白鏹一裹」，送給邵生，以作為報答。閻羅知恩圖報，對邵生的一飯之德不敢忘，一定要給予報答，表現出人間君子的美好品格。何守奇評論說：「一飯必報，鬼神之情狀如此。」

這位閻羅是十殿閻羅中的忤官王。在佛教中，十殿閻羅是十個主管地獄的閻王的總稱，這一說法始於唐末，分別是：秦廣王、楚江王、宋帝王、忤官王、閻羅王、卞城王、泰山王、都市王、平等王、五道轉輪王。此十王分別居於地獄的十殿之上，因稱此十殿閻王。

鬼妻

泰安❶聶鵬雲，與妻某，魚水甚諧❷。妻遘疾卒。聶坐臥悲思，忽忽若失。一夕獨坐，妻忽排扉入。聶驚問：「何來？」笑云：「妾已鬼矣。感君悼念，哀白❸地下主者，聊與作幽會。」聶喜，攜就床寢，一切無異於常。

從此星離月會❹，積有年餘。聶亦不復言娶。伯叔兄弟懼墮宗主❺，私謀於族，勸聶鸞續❻；聶從之，聘於良家。然恐妻不樂，秘之。未幾，吉期逼邇。鬼知其情，責之曰：「我以君義，故冒幽冥之譴；今乃質盟❼不卒，鍾情者固如是乎？」聶述宗黨之意。鬼終不悅，謝絕而去。聶雖憐之，而計亦得也。

迨合巹之夕，夫婦俱寢，鬼忽至，就床上撾新婦，大罵：「何得占我床寢！」新婦起，方與擋拒。聶惕然赤蹲，並無敢左右袒❽。無何，雞鳴，鬼乃去。新婦疑聶妻故並未死，謂其賺己❾，投繯欲自縊。聶為之緬述，新婦始知為鬼。日夕復來。新婦懼避之。鬼亦不與聶寢，但以指掐膚肉；已乃對燭目怒相視，默默不語。如是數夕。聶患之。近村有良於術者，削桃為杙❿，釘墓四隅，其怪始絕。

【注釋】❶泰安　州名，治所在今山東泰安。❷魚水甚諧　夫妻關係和諧融洽。魚水，比喻夫妻和美。❸哀白　哀告。❹星離月會　在星月之下相會、分手。❺懼墮宗主　害怕斷絕宗嗣。❻鸞續　續弦。❼質盟　盟約。❽無敢左右袒　不敢袒護任何一方。❾賺己　欺騙自己。❿杙　小木樁。

【語譯】山東泰安聶鵬雲，與妻子融洽和諧。妻子後來因病去世。聶鵬雲坐著躺著都悲哀思念，恍恍惚惚，若有所失。一天晚上，他獨自坐著，妻子忽然推門進來。聶鵬雲驚奇地問：「你從哪裡來？」妻子笑著說：「我已經成了鬼。被你的悼念所感動，哀告了陰間的主管，姑且來和你幽會。」聶鵬雲很高興，挽著妻子的手，上床安寢，一切和生前沒有不同。

從此兩人在星月之下相會、分手，這樣過了一年多。聶鵬雲也不說再娶。堂兄弟們擔心斷絕宗嗣，私下與族人商量，勸聶鵬雲續弦；聶鵬雲聽從了，和一戶清白人家訂了親。但他害怕妻子不高興，就瞞著她。沒多久，成親的日子臨近。鬼妻知道了實情，責備聶鵬雲說：「我因為你有情義，所以甘願冒著陰間責罰的危險；現在你卻不能終守盟約，用情專一的人原來是這樣嗎？」聶鵬雲說了族人的意思。鬼妻始終不高興，告辭走了。聶鵬雲儘管憐憫妻子，覺得這樣斷了聯繫也不錯。

等到新婚之夜，聶鵬雲和新娘子都睡了，鬼妻忽然來了，上床打新娘子的耳光，大罵道：「你怎能占了我床睡覺！」新娘子爬起來，與她抗爭。聶鵬雲十分害怕，光著身子蹲在一旁，不敢袒護任何一方。不久，雞叫了，鬼妻才離去。新娘子懷疑聶鵬雲的前妻並沒有死，說他欺騙自己，想上吊自殺。聶鵬雲向她詳細講述了實情，新娘子才知道那是鬼。天黑，鬼妻又來了。新娘子害怕地躲開了。鬼妻也不和聶鵬雲睡覺，只是用手指掐聶鵬雲的肌膚；然後對著燈燭怒目而視，默默不語。一連幾夜都是這樣。聶鵬雲很擔憂。附近村子有個精通法術的人，把桃枝削成小木樁，釘在聶妻的墳墓四周，鬼怪才不再出現了。

【研　析】這是一篇以夫妻、生死為主題的故事。聶鵬雲之妻死而為鬼，但仍冒幽冥之譴，來與感情甚篤的丈夫相會，再做夫妻。可見她對丈夫感情的強烈程度。直到她「就床上撾新婦，大罵『何得占我床寢』」，「以指掐膚肉」，也是因愛成妒，絲毫不令人感到恐怖與驚嚇，而是令人感嘆與同情。何守奇從妬的角度體會到感情之深刻，說：「世有妬者，謂骨頭落地，當不復爾，今觀此鬼殊不然。」但明倫只是有些灑脫地評論說：「緣情成妬，緣愛成仇，為此鬼不值。」

所謂「情之所鍾，生死以之」，多是對女子的要求。比如，湯顯祖在〈牡丹亭題詞〉裡說：「天下女子有情，寧有如杜麗娘者乎！夢其人即病，病即彌連，至手畫形容傳於世而後死。死三年矣，復能溟莫中求得其所夢者而生。如麗娘者，乃可謂之有情人耳。情不知所起，一往而深。生者可以死，死可以生。生而不可與死，死而不可復生者，皆非情之至也。……第云理之所必無，安知情之所必有邪！」當然，〈鬼妻〉這篇故事沒有寫出死而復生的浪漫與美好，更多的卻是現實生活的殘酷與無情。在傳統社會，若是丈夫亡故，人們便要求妻子立志不嫁，堅守貞操，撫育子女，直到老死；若妻子亡故，人們便舉出內幃失助、中饋乏人、鰥居已久、子息斷絕等等理由來勸男子續娶。正如聶鵬雲一樣，一開始「不復言娶」，到後來伯叔兄弟們搬出「不孝有三，無後為大」的教條，聶鵬雲又動了續娶之念。這才引來聶妻「我以君義，故冒幽冥之譴；今乃質盟不卒，鍾情者固如是乎」的追問。在《二刻拍案驚奇》卷十一〈滿少卿飢附飽颺　焦文姬生仇死報〉中，凌濛初插入了一段議論，看似隨意點染，實則發人深省，「天下事有好些不平的所在！假如男人死了，女人再嫁，便道是失了節，玷了名，汙了身子，是個行不得的事，萬口訾議。及到男人家喪了妻子，卻又憑他續弦再娶，置妾買婢，做出若干的勾當，把死的丟在腦後不提起了，並沒人道他薄幸負心，做一場說話。就是生前房室之中，女人少有外情，便是老大的醜事，人世羞言。及到男人家撇了妻子，貪淫好色，宿娼養妓，無所不為，總有議論不是的，不為十分大害。所以女子愈加可憐，男人愈加放肆，這些也是伏不得女娘們心裡的所在。不知冥冥之中，原有分曉。若是男子風月場中略行著腳，此是尋常勾當，難道就比了女人失節一般？但是果然負心之極，忘了舊時恩義，失了初時信行，以至誤人終身，害人性命的，也沒一個不到底報應的事。」這段酣暢淋漓的議論之語，公開抨擊了傳統社會中以男子為中心的傳統觀念，可謂一針見血，真切表達了凌濛初渴望男女兩性平等的呼聲！在世人眼裡，「女人再嫁，便道是失了節，玷了名，汙了身子」，從而導致「萬口訾議」；相反，男人喪了妻子，卻又是「憑他續弦再娶，置妾買婢，做出若干的勾當」。在凌濛初看來，這真個是「女子愈加可憐，男人愈加放肆」。這種觀點無疑具有超拔於時代之上的進步意義。

中國傳統社會中所說的殉情，也多指女性。無論在歷史上，還是在文學作品中，女性為情而死屢見不鮮。男性也有之為愛情而死的，比如抱柱而死的尾生、〈孔雀東南飛〉中的焦仲卿等，但在更多情況下，男性是為友情、親情而死，比如，《聊齋誌異》中的〈席方平〉，他為了為父申冤，不惜自盡，到閻王那裡去告狀。而《喻世明言》第七卷〈羊角哀捨命全交〉中，羊角哀對眾人說：「吾兄被荊軻強魂所逼，去往無門，吾所不忍。欲焚廟掘墳，又恐拂土人之意。寧死為泉下之鬼，力助吾兄，戰此強魂。汝等可將吾屍葬於此墓之右，生死共處，以報吾兄并糧之義。」這種激於朋友之義而慷慨赴死的行為贏得了後人的尊重。

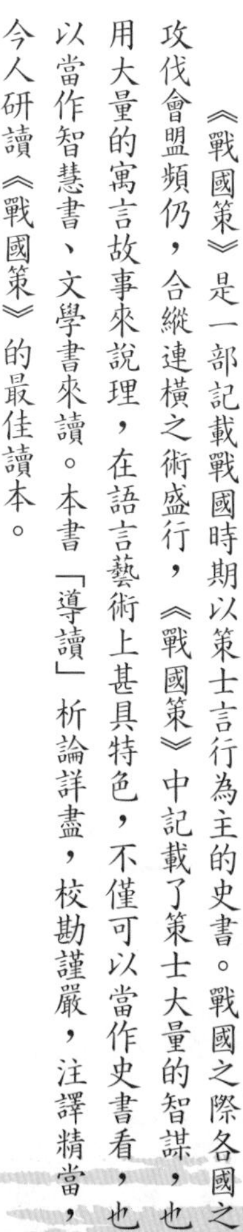

◎新譯戰國策

溫洪隆／注譯　陳滿銘／校閱

《戰國策》是一部記載戰國時期以策士言行為主的史書。戰國之際各國之間攻伐會盟頻仍，合縱連橫之術盛行，《戰國策》中記載了策士大量的智謀，也運用大量的寓言故事來說理，在語言藝術上甚具特色，不僅可以當作史書看，也可以當作智慧書、文學書來讀。本書「導讀」析論詳盡，校勘謹嚴，注譯精當，是今人研讀《戰國策》的最佳讀本。

◎新譯東萊博議

李振興、簡宗梧／注譯

《東萊博議》是宋人呂祖謙為指導諸生課試之文而寫的史論著作，它除了有助開拓讀史傳之視野外，於謀篇立意、行文技巧等更足資借鑑。此書隨科舉考試而廣為流傳，到今日仍是指導議論文作法的絕佳教材。本書各篇有題解說明歷史背景與主要篇旨，注釋以隱文僻句的出處說明，及語譯未能詳明者為重點，研析則重在文章脈絡的分析和變巧手法的深究，提供閱讀參考。

◎新譯西京雜記

曹海東／注譯　李振興／校閱

《西京雜記》是一部優秀的筆記雜著，所記多為西漢京都之事。雖是「野史」，然其記載內容繁博，涉及面相當廣，有記述人物、宮庭軼事、時尚風習、奇人絕技等等，讀者可由此認識西漢政治、經濟、文化、民俗等多方面的狀況。本書為幫助讀者瞭解，特別針對其中所提名物制度、掌故史實的來龍去脈解釋清楚；譯文部分則力求既忠於原文，又曉暢通達。